酋长有德 著

秘境

内蒙古文化出版社

图书在版编目（CIP）数据

秘境 / 酋长有德著 . — 呼伦贝尔：内蒙古文化出版社，2024.3
ISBN 978-7-5521-2485-9

Ⅰ.①秘… Ⅱ.①酋… Ⅲ.①长篇小说—中国—当代 Ⅳ.① I247.5

中国国家版本馆 CIP 数据核字 (2024) 第 067906 号

秘境
MIJING

酋长有德　著

责任编辑	王　春
特约编辑	王　花
装帧设计	百悦兰棠

出版发行	内蒙古文化出版社
地　　址	呼伦贝尔市海拉尔区河东新春街 4 付 3 号
直销热线	0470-8241422　　邮编　021008

排版制作	哈尔滨百悦兰棠文化传媒有限公司
印刷装订	河北朗祥印刷有限公司
开　　本	787 毫米 ×1092 毫米　1/16
字　　数	511 千字
印　　张	23.25
版　　次	2024 年 3 月第 1 版
印　　次	2024 年 6 月第 1 次印刷
书　　号	ISBN 978-7-5521-2485-9
定　　价	96.00 元

版权所有　侵权必究

如出现印装质量问题，请与河北朗祥印刷有限公司联系。联系电话：022-69211638

目 录

傅秀山 …………………………… 001
悼傅秀山先生 …………………… 003
楔子 ……………………………… 001

第一章　两个妈妈 …………… 003
1　出生 ………………………… 003
2　童年 ………………………… 005
3　入学 ………………………… 008
4　过继 ………………………… 011
5　取名 ………………………… 016

第二章　习文练武 …………… 018
1　傅家村由来 ………………… 018
2　阅报 ………………………… 020
3　拜师 ………………………… 023
4　结识刘云樵 ………………… 027
5　辍学 ………………………… 033

第三章　投奔津门 …………… 036
1　进城 ………………………… 036
2　学徒 ………………………… 039
3　维权 ………………………… 043
4　送货 ………………………… 048
5　加入青帮 …………………… 054

第四章　初识革命 …………… 056
1　巧遇刘云亭 ………………… 056
2　识字班 ……………………… 060
3　拔撞 ………………………… 063

4 游行 …………………………… 067
　　5 又见鸭舌帽 ………………… 069
　　6 走上街头 …………………… 072
　　7 救援 ………………………… 074
　　8 苦闷 ………………………… 078
第五章　组织工运 …………………… 082
　　1 聆听演讲 …………………… 082
　　2 加入国民党 ………………… 086
　　3 迷惘 ………………………… 089
　　4 创建工会 …………………… 091
　　5 冲突 ………………………… 094
　　6 改组脚行 …………………… 100
　　7 够板 ………………………… 107
　　8 订婚 ………………………… 111
第六章　受意西卿 …………………… 114
　　1 拜年 ………………………… 114
　　2 探病 ………………………… 117
　　3 重逢李书文 ………………… 120
　　4 组建"工联会" ……………… 123
　　5 接受授意 …………………… 126
　　6 扶柩 ………………………… 130
　　7 劳工神圣 …………………… 133
　　8 转运物资 …………………… 137
　　9 匿伏西门 …………………… 139
　　10 痛击小日向 ………………… 144
　　11 转移 ………………………… 148
第七章　警局风云 …………………… 151
　　1 特训队 ……………………… 151
　　2 进山 ………………………… 154
　　3 围而不攻 …………………… 157
　　4 招降 ………………………… 159
　　5 剿灭 ………………………… 163
　　6 调任 ………………………… 168
　　7 喊冤 ………………………… 170

8 侦察 …………………………………… 173
　　9 意外 …………………………………… 176
　　10 双簧 …………………………………… 180
　　11 谣言四起 ……………………………… 183
　　12 受命 …………………………………… 186
第八章　沈丘抗战 …………………………… 191
　　1 职责 …………………………………… 191
　　2 夜袭朱仙寨 …………………………… 193
　　3 雪枫支队 ……………………………… 196
　　4 演出 …………………………………… 200
　　5 血战冯塘 ……………………………… 204
　　6 粉碎别动队 …………………………… 208
　　7 正阳大捷 ……………………………… 210
　　8 收编杆子军 …………………………… 214
　　9 民心 …………………………………… 217
　　10 密令 …………………………………… 220
第九章　重庆受训 …………………………… 223
　　1 远涉 …………………………………… 223
　　2 特警班 ………………………………… 225
　　3 偶遇 …………………………………… 229
　　4 大轰炸 ………………………………… 233
　　5 邂逅张树声 …………………………… 236
　　6 密会白俄 ……………………………… 239
　　7 召见 …………………………………… 243
　　8 鱼翅宴 ………………………………… 245
　　9 劝解 …………………………………… 248
　　10 任务 …………………………………… 251
第十章　秘密返津 …………………………… 254
　　1 携妻儿北上 …………………………… 254
　　2 接头 …………………………………… 258
　　3 分化 …………………………………… 262
　　4 策反 …………………………………… 265
　　5 目标一致 ……………………………… 270
　　6 掩护 …………………………………… 275

7	追查	279
8	锄奸	285
9	托付	287

第十一章　不幸被捕　292
1	被捕	292
2	护送	296
3	受审	299
4	出狱	303

第十二章　赈济复建　311
1	团聚	311
2	嘉奖	315
3	乱象	319
4	创建"工职"	324
5	斗争	329
6	复工	338
7	当选	344

第十三章　出席国大　348
1	欢送	348
2	相见	350
3	曾经	352
4	起飞	356

尾　声　360

主要人物：

1. 傅秀山：1907年1月5日出生于河北省盐山县小傅家村，1947年1月5日由南京返回天津时沪平航班失事，罹难于青岛上空。一生历经工人、工会主席、市党部执委、警察局长、中统特情，代号"静予"，英勇抗战，后不幸被捕，狱中坚贞不屈；为制宪"国大"代表。

2. 刘金桂：傅秀山三大娘，养母。快人快心，常挂嘴边的一句话是"我娃金贵着呢，比我这个'金桂'金贵多了"。

3. 贾恩绂：自号"河北男子"，"鱼香书院"创始人，傅秀山的恩师。一生不慕荣利，爱憎分明，疾恶如仇，一身正气。

4. 李书文：傅秀山武术师傅，精瘦，八极拳师。

5. 刘云樵：李书文徒弟，后入军统，成为汉奸闻之丧胆的"天字第一号""长江一号"杀手。

6. 文刀刘：细纱车间监工，自称工长。抗战胜利后参与华新纱厂复建。

7. 鬼头：又名"鬼头四哥"。鬼头，是因为他不戴警帽，头小，戴则头大而得名；"四哥"，"四"为"司"谐音。因与在警备司令部工作的他哥司史博的关系，他先是在华新纱厂当厂警，后为警察厅侦缉队长；中共地下党员，被汉奸出卖牺牲。

8. 赵经理：竹竿巷的隆顺号仁记棉纱庄经理。

9. 李把头：北门东码头脚行把头。

10. 于把头：北门西街脚行把头。

11. 王静怡：估衣街达仁堂药房掌柜的千金，总是"咯咯咯"地笑着。1929年考入南开大学。中共地下党员。制宪"国大"期间，以中共代表身份与傅秀山重逢。

12. 赵欢芝：赵经理女儿，与王静怡同学；笑时喜用手背捂着嘴。1929年考入时之周任校长的天津师范学校。游行时，被打折了腿。后被迫嫁给了天津宪兵司令部司令曾家琳一个远房侄子曾红艳。

13. 曾红艳：一个取了女人名字的男人，曾家琳远房侄子。起初为街头混混，后入租界电话局，被傅秀山成功策反，为抗战服务。

14. "破帽子"：原是东码头混混，后加入黑旗会；一次傅秀山为他路见不平，遂成友。傅秀山重庆返津后，丢失了一份重要文件，"破帽子"竭尽全力帮其找寻。

15. 王掌柜：王静怡父亲，达仁堂药店掌柜的。

16. 张树景：傅秀山师傅，华新纱厂副总，青帮大字辈；走路跛跛的，口头禅是"小心我抽你大嘴巴子"。

17. "大黑痣"：警察分局局长，后为警察局局长，中统天津联系人，代号"冬如"。

18. 方子孝：原淮阳警察局局长，后在中共党员王郑武的动员下，加入了抗战队伍中。

19. 李登喜：傅秀山"特警班"同学，四川人，执行任务中受伤冻死。

20. 张爱军：傅秀山"特警班"同学，湖北人，在日机大轰炸中牺牲。

21. 司史博：与"鬼头"为亲兄弟，警备司令部后勤处科长，系傅秀山策反人员之一。

22. 刘广海：原天津西大把头，抗战胜利后化名刘四一（"刘四爷"谐音，仍是"老大"的意思），后逃往香港。

傅秀山

傅秀山（1907—1947），河北省盐山县望树镇傅家村人。1907年1月5日（农历丙午年冬月二十一），生于一个贫穷的农民家庭。1921年高级小学毕业。1922年到天津做工。先后在华欣、欲大、裕华等纱厂做童工。1924年，在中共天津地委委员李培良创建的"平民义务学校"学习。学习期间结识了中共天津地方执行委员会书记李季达等一批进步人士，接受了进步思想，奠定了为工人阶级谋利益的思想基础。

1925年，傅秀山投身工人运动的组织工作，为声援"五卅"工人运动，傅秀山参与组织宝成纱厂工人罢工，并取得胜利，在工作实践中，看到工人阶级组织起来的力量。1927年，傅秀山任华欣纱厂工会主席。

1928—1930年，傅秀山任国民党天津四区常务执行委员。北伐战争胜利后，天津市创建市总工会，傅秀山主持工运活动。

1931—1934年，傅秀山负责天津市总工会工作，创建天津市各界工会抗日联合会。1935年，日军控制了华北，抓捕抗日人士，取缔抗日组织，国民党天津市总部撤入地下活动。天津市各界工会抗日联合会转入地下秘密活动，傅秀山因日军缉捕而离开天津。

1936—1938年，傅秀山受河南国民党七区专员刘莪青推荐，先后任中牟、淮阳县警察局长，组织武装打击日伪间谍、特务活动，保护地方平安。

1939—1941年，傅秀山任河南省淮阳、沈丘、项城三县联合抗日大队二中队队长。大队为国共两党联合组织的抗日武装，双方各建一个中队。一中队队长刘金戈，为八路军第四纵队彭雪枫创建的苏、豫、皖边区的一部分。二中队队长傅秀山，是老同盟会会员河南七区刘莪青专员辖区的一部分。三县联合抗日大队精诚团结，一致抗日，多次粉碎日本帝国主义进犯，保卫辖区免遭沦陷，受到一战区司令长官卫立煌的多次表彰。

1942年春，傅秀山到重庆参加会议，受到军事委员会委员长蒋介石接见并颁发嘉奖令，受命赴天津组织抗日秘密组织。3月，抵达天津。1944年2月16日，由于汉奸告密，傅秀山被捕。2月20日被押解到北平陆军一四〇七部队（北平陆军监狱）。狱中，傅秀山受尽酷刑，从未说出天津地下组织的秘密。由于没有口供，一直被羁押到抗日战争胜利。1945年9月4日，在抗日战争胜利的锣鼓声中，傅秀山出狱。

1945年10月，傅秀山被任命为天津市总工会总干事长。在任期间吸纳天津中纺四厂工会等共产党的基层工会组织，开创了国共两党共同领导工会的新局面。1945年10月—1946年11月，傅秀山协调社会各方面力量，筹集物资，成立了"天津市公职救助会"，避免了天津5万多失业工人流离失所；协调天津市各大工厂开工，为天津市恢复生产作出重要贡献。他领导工人运动，协调劳资双方利益，使得纺织、码头、印刷行业数次工人罢工取得胜利，广大产业工人增加了工资和福利。傅秀山以其卓越的组织才干维护工人的利益，得到广大工人的拥护。1946年被公推为"国大"代表。1946年11月15日，傅秀山在南京参加了"国大"会议。

1947年1月5日，傅秀山乘坐的飞机在返回天津途中失事。噩耗传来，天津市引起巨大反响。天津市政府组织了隆重的追悼大会，天津市市长杜建时亲自主祭，党、政、军、宪、工商各界要员敬献花圈和挽联，数千人参加大会。1947年2月2日《民国日报》开辟专版，刊登傅秀山追悼会盛况，刊登了收到的花圈和挽联、国民政府对傅秀山的评价、傅秀山自传、蒋介石的嘉奖令及追悼大会的相关照片。

——《盐山县志1987—2005》（盐山县地方志编纂委员会编，中州古籍出版社出版）第934页

悼傅秀山先生

忠贞刚毅，为世所钦；天不假年，竟罹惨祸。

傅秀山先生幼年失学，不忘勤读。后努力党务，领导工运，成绩卓著，同侪毕钦。卢沟桥事变后，先生为领导津市地下工作，竟不惜闯越关山由内地冒死返津，号召同志，从事抗敌。虽被敌寇逮捕，辗转押解，非刑逼供，楚毒备尝，终以君视死如归，坚不吐实，其忠贞刚毅，有足多者。胜利后被释出狱，中国国民党中央执行委员会以君艰苦备尝，勋劳卓著，特颁奖状，以彰懋绩。君返津后见津市失业工人日多，亟待救济，乃纠合同志及各级劳工代表，创设天津市工职救济会，以俾谋失业工职早日复工。综计登记失业之工职，达五万余人。君复积极组织下层工作，办理各工厂成立工会以及选举事宜。失职工人，先得物资上之救济，以待各工厂复工而各安生业，不致流离失所者君之赐也。三十五年春，各地公选代表参加国大，君又以众望所归，当选津市代表。南行之日，全市工人代表千余人，皆到机场执旗欢送。盖咸以谋求工人福利，属望于君。不意归程，乘机失事，与李聘之代表同时在青罹难，未竟全功。噩耗传来，遐迩云悼。工界人士，则以遽失长城，哀惋弥甚。君以纯正之工人立场，立持天津工运十余年，勇于为公而廉于自奉，豪爽好义，艰险不辞，极为工人共爱戴；殚精竭智，孜孜矻矻为大众谋求福利，而不事家人生产。故一朝溘逝，身后萧然，高堂少甘旨之资，童稚无教养之费，一门衰弱，冻馁堪虞。而先生之清廉自守，公而忘私之精神，于兹益见。惜天不假年，竟使赍志以殁。社会中坚，遽告摧折，惜哉。

——天津《民国日报》民国三十六年二月二日第六版

楔子

中国。天津。广东会馆。1947年2月2日上午10时。阴云低垂。
鲜花。黑幛。沉重的脚步。
低回的哀乐——
"皇天生才，气秉精英。才练能达，器晚期成。傅公洞达，世间变更。英年卓识，条理分明。奉公国府，国大选举。煌煌盛名，民选心许。京师礼赞，驰往有吕。倾国之光，弗稍凝泪。聚首磋商，宪法纂就。协力匡扶，唯此宪法。意精法密，伟继宏收……"国民党天津市党部主任委员邵华哽咽地宣读祭文的声音，伴着鼓楼的钟磬，在海河两岸，久久徘徊……

在这徘徊中，国民政府天津市市长杜建时仿佛看到了傅秀山那雄武的英姿，在游行队伍中，与中国共产党天津地委书记李季达一起高歌："日本人，豺狼成性，惨杀我工人，血肉横飞，淋……中国人，四万万多，不买英日货……民气壮山河……"

在这徘徊中，平津特派员天津《民国日报》社长卜青茂似乎听见了傅秀山与中国共产党天津地委委员李培良一起振臂高呼："亲爱的同胞们！醒醒吧！奋斗吧！收回旅大，否认二十一条，抵制日货，这就是救国的良方呀……"

在这徘徊中，国民革命军天津驻军第六十二军军长、警备司令部司令林伟俦恍如看到傅秀山与各界群众一起正大声疾呼："整个东北亡了，倚仗国联亦不过增加几页耻辱历史。现在国将亡了，难道我们等着当亡国奴吗？我们在国民党领导之下不是要革命吗？革命就得救国、救民族，现在不救，什么时候救……"

在这徘徊中，国民党天津宪兵司令部司令曾家琳依稀看到，傅秀山在日寇的皮鞭下，紧咬牙关、严守秘密、宁死不屈的身影……

  功昭党国，名垂日星。民主壁垒，丧我前锋。
  大法初基，雁斯浩劫。皓皓英魂，长此碧血。
  ——国民党天津市党部主任委员邵华如是挽悼。
  矩典庆完成，与诸贤汇聚一堂，公定宪章传国史；
  彼苍何太酷，竟同日逢兹浩劫，歌传英烈悼忠魂。

——国民政府天津市市长杜建时如是挽悼。
抗倭寇，立宪法，伟业丰功光史谏；
痛党国，丧老成，伤心惨目哭忠灵。
——中华民国天津市教育总长郝任夫如是挽悼。
……

啊，傅秀山！我的爷爷——

"……虽被敌寇逮捕，辗转押解，非刑逼供，楚毒备尝，终以君视死如归……君以纯正之工人立场，立持天津工运十余年，勇于为公而廉于自奉，豪爽好义，艰险不辞，极为工人共爱戴；殚精竭智，孜孜矻矻为大众谋求福利……惜天不假年，竟使赍志以殁。社会中坚，遽告摧折，惜哉。"

社会中坚。

奇祸横遭。

呜呼！

无泪……

第一章 两个妈妈

"哈哈,有了。"没想到,潭清正为自己的莽撞而感到后悔,生怕秀才叔生气要责怪他时,不料,秀才叔却突然抬起另一只手拍了一下——原本是拍向桌子,但拍到一半,他又拿了起来,拍在了自己的脑门上。"有了!"

1 出生

河北有个盐山县。盐山县有个小傅家村。小傅家村有——

"有,有,有。"三嫂刘金桂一边说着,一边脚不停步地"闯"进房间,然后又一阵风般地旋了出来。"我都炒了三遍了,用被子焐着,热乎着呢。"

老二家的,也就是傅家二嫂,风风火火地双手从刘金桂手中"夺"过一个用块新红布包裹着的沙包。

沙包?

是的,是沙包。

"生了吗?"刘金桂一边跟着二嫂急急地走着,一边侧过头问。

二嫂也不搭理,只顾一头"闯"进老四海清家。

"老二家的,恭喜呀,你们老傅家又添了一个男丁。"一进门,门帘还撩在手上,接生婆一边搓着还泛着皂角沫的手一边笑眯眯地说。

后面的刘金桂一弯腰,从二嫂的胳肢窝下钻了进去:"我看看,我看看——"走了两步,又一下折过身,伸手从二嫂手中拿过沙包,一头扎进了房间。

"老三家的来啦?"大嫂正拉着刚刚生产的四嫂宫氏(四嫂娘家是离小傅家村不太远的宫庄)的手在说着什么,一扭头,见三嫂挟着一股风地闯了进来,边松手边站起来道。

"呦,大嫂在呀!"刘金桂一边打着招呼一边往前凑。

大嫂忙去拦,可手伸了一半,想想,又缩了回来。

"哎哎哎,老三家的,你别没轻没重呀。还是我来,我来吧。"好在,接生婆这时一边说着一边将手在身上擦了擦,跟了进来。

二嫂紧跟在后面。

"大嫂，你早来了呀？"

"也是刚到。"大嫂边笑应着二嫂边让了开来。

接生婆就从三嫂刘金桂手上拿过沙包，放炕头上解开，一边用手抹平着，一边还抓了一把捏了捏，点着头："唔，你这三大娘有心了，温热正好。"然后从宫氏身边抱起一个用红布包裹着的肉团团，将他放在沙上，"埋"将起来。

一边埋着，接生婆一边小声地哼唱着："郎呀郎，小儿郎，将你种在沙地上；沙地上，升起一颗小太阳；太阳呀太阳，一片金黄，金呀么金金黄……"当埋到肉团团正在乱动着的小胳膊时，接生婆婆用手轻轻拍了拍他的小脸蛋，睨着二嫂三嫂"嗞"地笑了一下。

笑得两个妯娌一脸的幸福。

宫氏见她们三个都在笑，忍不住，欠了欠身子，也想伸头过来看。大嫂赶紧伸手制止："老四家的，动不得，动不得的。"

宫氏就不动了，但眼睛却一直望着接生婆一小把一小把地埋着那个肉团团……

——这是小傅家村，不，是整个盐山县一带的习俗：小儿一出生，洗净后，不是穿上毛裌，而是用在锅里炒过的沙子将其掩起来（当然，得晾凉了）；也有些地方穿，一生下来，包（穿）上红布，等到十二晌（即十二天）再用沙子掩埋，曰"穿土裤"。据说这样埋着小儿能茁壮成长。

  我想，茁壮不茁壮与这沙子掩埋不掩埋可能没有什么太大的关系，不过这一掩一埋，倒是方便"去污""排垢"——只要将那尿湿的或是屙脏了的沙子抓起扔了便是。

"老四，给他起个名吧。"三嫂，老三家的，对在堂屋里喜得不停地搓着手的老四海清喊了一声。

老四就停了手，有些傻乎乎地笑着，说："早想好了咧。"

"得带个'金'字呀。"二嫂马上道，"我家那个叫金荣，他亲爹老大印清家的叫金声、金榜呢。"

刘金桂立马接道："对对对，得带个'金'字，和他三大娘我一样，有个'金'。"

"啊呀，他二大娘呀，什么亲爹继爹的，过继给你了，就是你儿子，亲儿子。"四嫂宫氏笑着。

"就是，就是亲儿子。"三嫂望了一眼已经被接生婆掩埋好了的肉团团，"这娃要是过继给我三大娘，就是我亲儿子。"

"他三嫂，说什么呢，你会生的。"

"生，生个屁。"不想，外屋传来了老三唯清瓮声瓮气的声音，"都这么多年了，连个蛋都没下一个，还生！"

三嫂刘金桂就煞了脸。

"老三,不兴这样说金桂啊。"二嫂接过话,"你这是骂她还是骂我呢?"

原来二嫂也一直没有生育,抱养了老大印清家的二儿子金荣来顶了她家老二峰清这一支——金荣也不负他们的希望,给他们连添了三个孙子,当然这是后话。

一听二嫂接了腔,老三只好讪讪地不知嗫嚅了一句什么,然后说了声"我去打酒"就走了出去。

"老四,你不是说你早想好了吗?"二嫂又将话题接上,"叫什么?"

"嘿嘿,金荣不是带个'荣'么,我家这个,就带个'华',叫金华。"

"金华——"二嫂三嫂,还有大嫂,似乎品了品,然后异口同声道:"好,这名字好!"

这样,我的爷爷傅秀山,最初叫金华;至于傅秀山,那是后来入学时候的事。

不,不对,应该是入学之后再入学前的事……

这一天,是1907年1月5日,小寒的前一天。

2 童年

小叔潭清不像三嫂刘金桂那样成天不是将个"我娃"就是"我叫金桂,瞎呢;我娃才是真真正正地金贵"挂嘴上,而是得空,便将小金华带得没了影儿,不喊上三遍"吃饭喽",他们都不知道饿。

没影儿?

去了哪儿?

哪儿也没去,就在村头村尾。

村头有片坡地。村尾有条河沟。

坡地是春天他们没影儿的地儿——小傅家村与盐山县周边百十里一样,虽然是盐碱地,庄稼不长,但春天的草,却与别处的春天一样,青翠、茂盛;春天的花,与别处的也一样,灼红、烂漫;春天的蜻蜓,哦,这无所谓一样不一样,因为,它不需要在地上生长……每到春天,小叔潭清先是扛着小金华后是牵着小金华。等到了这个春天,已经四岁了的小金华,他则只是引着了。潭清走在前,嘴里"噢"一声,后面的小金华便也跟着"噢"一下,然后看着那些鸟儿好奇地飞过来,在他们头顶上盘旋,他们便笑,便乐,便一头扑在草地上,打着滚。

有时,滚着滚着,小金华便滚不见了。

潭清小叔原本嘴里叼着根草茎——那种饱含着春天味道的草茎,望着蓝天,望着白云,望着那偶或一蹿便不见了的小鸟,在想着什么却又什么也没想……突然一个激灵,坐起身,眼睛紧张地四处搜寻。

却原来，小金华躲在一个低洼的草窠里，睡着了，脸蛋在阳光下，透着那种粉嫩嫩的嫩红。只是那眼睛皮，被阳光逗弄得不时在轻轻眨动。他便慢慢起身，走过去；有时候也不起，只是用手撑着地将身体往那边挪，然后坐在他身边，用身子挡着那阳光。没有了阳光直射的小金华，睡得踏踏实实。

"他小叔，我娃呢？"不想，三嫂刘金桂找来了，"我都一上午没见了。"

潭清便赶紧地竖起一根手指，眼睛直示意，让她声音小些，意思金华睡着了。可是，刘金桂才不管呢，走过来，一弯腰，就将小金华抱在了怀里。当然，这抱，不能像小时候那样将他抱起来，他大了，她抱不动了，而是伸出手，托起他："怎么在这睡了？地下有凉气呢，咱回屋去睡。"

金华睡眼惺忪，一边揉着一边道："娘，困。"

刘金桂就斜了一眼潭清，然后将背递给金华："来，娘驮你。"说完，又斜了一眼潭清，"看你将我娃累的。"

潭清就笑："三嫂，他是四嫂家的……"

"四嫂家的就是我家的。"

"你家的？他能叫三哥爹？"

刘金桂正在往起的身子顿了一下，但随即便立了起来，将金华在背上往上送了送，道："我赶明儿就上门找老四，让他做我的娃。"

潭清就将嘴里的草茎取下来，在手上晃了晃……

这个"赶明儿"，刘金桂一"赶"就赶到了这年的冬天——

这个冬天，如别的冬天一样，一个字：冷。冷得村尾的小河沟上结了厚厚的冰。

这冰，冻得大人们常常袖着双手坐在炕上不敢出门。可对小金华他们，却是仿佛到了"快乐季"，一大早，便一村的如小鸟般叽叽喳喳："溜排子喽——"

排子，就是冰排子。

冰排子，最简易的，用几根树枝——其实比树要细、比枝要粗——横竖绑上，固定成一个"井"字形；那横在下面的两根，便成了滑轮（虽然不能转动）。人站或是坐在上面，用两根短棍（当然，站着与坐着的，这"短"自然短得不一样）撑着冰面，稍稍一用力，这"排"就向前滑行了起来。

滑行不是金华他们的最终用途，最终用途是用它来比赛：谁滑得远谁滑得快，那谁便是第一。

第一，拥有无上的荣耀——一群小伙伴都会听候他的"指令"，走到哪里，都会被人"前呼后拥"着。

往年，这冰排子，都是小叔潭清给金华做的。小叔力气大，绑得紧，不像别的小伙伴，滑着滑着，在半途上散了架，不仅屁股坐在了冰上滑出多远甚至将裤子都划破了。

◎ 第一章　两个妈妈

金华的冰排子能一直滑到终点（其实也没什么终点不终点，那河沟可长着呢，只要滑得后面没人能跟得上了，最前面的一个"刹"住，将手中的棍一举，说"停"，便是终点）也不散。不仅能到终点，而且一个冬天也不散，甚至用到第二年。可今年，小叔6月里刚添了一个名叫金钊的小娃，吱吱哇哇的，闹得头疼，不仅与小金华在一起疯的时间少了些（同样时间少了些的，还有四嫂宫氏。宫氏不久前给小金华又添了个妹妹金妮。有了金妮，宫氏就将小金华当成了大人。于是，三大娘刘金桂可就有了"机会"），竟然将小金华的冰排子给忘了。

忘了就忘了，金华自己做。

可自己做的毕竟没有小叔做得好，没滑上三天，就散了架。

散了就重做一个便是，可三大娘却不依不饶。

不依不饶的不是小金华，而是三伯唯清——

那天小金华虽然得了第一，但那冰排子却散了一个角，他正撅着小屁股挂着长长的鼻涕自己"修"着呢，被三大娘看见了。于是，她一手牵了金华，一手提着那冰排子，就回了家，"咚"地将那冰排子扔在了唯清脚下，什么也不说，只是拿眼睛瞪着。

唯清一见，立即明白是怎么回事了，"嘿嘿"一笑，避了刘金桂的眼神，却看着金华，问道："怎么，没得第一？"

"得了。"小金华用袄袖擦了下鼻涕。

刘金桂一见，立即伸过自己的手，一边轻轻掐了金华的鼻子，一边说"擤"，在小金华用力地一擤后，原本掐着鼻子的手往下顺势一拧，就拧住了小金华的鼻涕，然后往地上一甩，顺势在裤子上擦了下，这才说："我娃能不得第一！"

小金华就咯咯地笑。

唯清呢，将那个冰排子拿在手上看了看，然后问："这是你小叔做的？"

"我自己做的。"

三大娘就一把搂了小金华："看我娃能的。"

唯清便将冰排子又重新扔在了地上，说："我给我娃重做一个。"说完，不由得愣了一下，因为他也不自觉地说了一句"我娃"。

刘金桂见唯清一愣，知道他为什么，咧开嘴笑了起来："我们得找老四，将这娃过继给咱。"

"人家也只一个娃么。"

"一个？老四家的不是又生了金妮！"

"金妮是女娃呢，开不了口的。"

"女娃怎么了，啊，女娃怎么了？"

唯清一见与刘金桂理不清，便转向小金华，说："明天保证你还得第一，不，是今后，永远得第一。"

金华吸了下鼻涕,咧了嘴笑。

于是,唯清找来几根枣木棍,然后又拿来斧头钉子,开始乒乒乓乓地做了起来……

"三爹,前面如果能翘一点,滑起来不是更快吗?"望着唯清快做好了的冰排子,金华指着那两根当作滑轮的棍道。

唯清被金华说得一怔:这孩子!

他立即根据小金华的建议,将那两根棍在火上烤上一烤,乘着滋滋冒着的热气,用力一掰,将那棍前端掰得翘起来,然后保持着不动,等大概成型了,这才松开。

"这样绑上。"小金华用手指点着唯清。

唯清便满心眼里溢着兴奋、激动还有几分得意地依照小金华的"指点",将个冰排子做成了一件完美的"工艺品"。不,不是工艺品——工艺品会少了一些实用价值。而是一件"工具",一件能让小金华用来竞赛的工具……

这个冰排子,金华一直玩儿到他离开家乡前往天津时仍然完好无损。

当然,说是"一直"玩儿,其实,小金华如此成天地"玩",也就这一个冬天,因为第二年开春,他要读书了……

3 入学

其实,读书也还是那一群小伙伴,只不过,不能像之前那样没时没辰地"玩"了。

先生是一位瘦瘦的、高高的,指头细细的秀才。能识得文断得字的秀才在小傅家村虽然不少,但像这个先生好脾气、温和、随遇而安的,却不多。再加上他辈分高,因此,一村子的人,不论年长年幼,都尊他一声"秀才叔",自然,人们也更愿意将自己的小娃送进他的私塾。

秀才叔名叫傅义臣。

据说傅义臣早年曾师从一个举人老爷,又据说,那个老爷是个了不得的老爷,在中举前,还曾入保定莲花池书院,受业于吴汝纶先生;中举后,还参加过"公车上书"签名,与蒋耀奎、崔兰西并称为"燕南三杰",与张皞如、李焕卿并称为"沧盐三大儒"。对于这些据说,这个时候的小金华,一点儿兴趣也没有,他有兴趣的,是秀才叔那说话的腔调,还有那他们叫作"打拳"的课。

秀才叔说话,尤其是在教他们背《百家姓》还有《三字经》《弟子规》时,随着他的头或摇动或往后拗,那声音仿佛也晃着也拗着,尤其是拗,那声音似乎都要被他给拗断了,断得金华他们也憋闷得快要受不了了,秀才叔的头才一回,给接上。

憋闷得快要受不了的,不仅仅只这"拗",还有"讲"——

讲什么?

礼义廉耻。

◎ 第一章　两个妈妈

　　有时，秀才叔"拗"得兴奋了，便接着摇头晃脑地讲："国有四维，一维绝则倾，二维绝则危，三维绝则覆，四维绝则灭……何谓四维？一曰礼，二曰义，三曰廉，四曰耻。礼不逾节，义不自进，廉不蔽恶，耻不从枉。故不逾节则上位安，不自进则民无巧诈，不蔽恶则行自全，不从枉则邪事不生……"多年后，小金华才知道，这是出自《管子·牧民》中的一段话。古人认为礼定贵贱尊卑，义为行动准绳，廉为廉洁方正，耻为有知耻之心。礼义廉耻指社会的道德标准和行为规范。可这些，对于小小的金华（他们），又怎么能"消化""吸收"得了？除了让他（们）记住了"礼义廉耻"这四个字。等到他（们）真正能"消化"，能"吸收"，那时，小金华早已不再叫小金华，而是有了大名"傅秀山"了……

　　相较于秀才叔的这样的"憋闷"的课，小金华们更喜欢他的另一种课堂内容：拳术。

　　"拳术"是秀才叔说的，小金华他们则叫它"打拳"课——这打拳课，实是秀才叔因材施教，想想，这野惯了的娃儿，让他们尽天坐着背书，能坐得住吗？于是，他自己独创了这一课程。

　　而所谓打拳，不过只是一些伸伸腿弯弯腰蹲蹲马步练练蛙跳之类的，除此之外，更多的，则是让他们自由活动。学生们自由活动了，秀才叔呢，就或端一只茶壶或笼着双袖，或坐在阴凉的树下或靠在有太阳的墙边，眯着眼睛，看着他们在那儿生龙活虎。有时，看得高兴了，他也走过来参与其中，对他们"指点"一二。譬如这天——

　　这天蹲完了秀才叔指定的马步后，又是自由活动。

　　活动内容，仍是小金华他们百玩不厌的"让腰摔"。

　　所谓"让腰摔"，就好比下象棋让你一个车或是马，下军棋让你一个旅长或是团长，摔时，让你先抱住后腰，然后再摔。如果让一个腰不行，那就再让一个，两个人先抱住。如果介于两个腰之间，那就减半——半，顾名思义，就是一个腰的一半。这腰还能半？能。就是一个人在后面抱住腰了，另一个人则从侧面或正面抱一只胳膊或是脖子。

　　金华一般都是让人一个半或是两个腰。

　　"今天你能让两个半吗？"比金华大两岁、辈分也要大一辈的景荣拉了金华的胳膊道。

　　堂弟金榜立即拉了金华另一条胳膊："敢吗？"

　　"有什么不敢？两个半就两个半。"金华笑着。

　　"好，"景荣应了一声，转向另一边喊，"开山，来。"

　　开山就张着双臂跑了过来。看得出，开山要比金荣小上一个个头。其实，他的辈分也要小上一辈，要叫的话，得叫金华为叔呢。但此时他们都是小娃，又都一个村住着，天天见，天天闹，也就不分什么叔什么侄了，只要有的就在一起玩儿。

　　可让了两个半，景荣他们还是摔不过。

　　"来来来，我让你们三个腰。"见金华又摔赢了，秀才叔将茶壶轻轻放在了一块平平的石头上，走了过来……

　　这是个秋天。小鸟快乐地从玉米地里吃饱了飞到屋檐上或树枝上，歪着小脑袋，看着这群也与它们一样叽叽喳喳地嬉闹着的娃娃。一只鸟见秀才叔走了过来，扑了一下翅膀，从一根枝上跳到了另一根枝上，然后啄了啄正好从它面前伸过的枝，"摩拳擦掌"，就差没喊出"加油"两个字。也不知它是为秀才叔加油还是为金华他们加油。

自然，别说让三个腰，就是让四个腰，金华他们也不是秀才叔的对手，毕竟秀才叔是秀才"叔"嘛，何况他还会点武功（要不然，他也不会给他们上什么打拳课了）。

"再来，再来。"金华一边说着，一边指挥景荣、金榜他们抱住秀才叔的后腰。

金榜见金华让他们抱，而他自己却不参加，有些不解，从后面伸过头来问："金华，你呢？"

金华冲他眨了下眼。

金榜知道，金华肯定憋着什么坏——只要他眼睛这么一眨，准有一个什么好听点儿的叫"聪明点子"不好听叫"鬼主意"的想法。于是，也就不再问，只紧紧地抱住了秀才叔的腰。

"准备好了吗？"秀才叔张开双臂，做好了发力的姿势。

"准备好了。"

"好，预备——开始——始……"

怎么这"开始"还带了颤音？

原来，在秀才叔"开始"一出口正要屏息使劲时，不想，金华却突然伸手直"指"他的下巴，也不知是想摸一下还是来扯他的胡子。于是，秀才叔刚才出口的"开始"的"始"不禁就绕了一个弯儿，成了颤音。

而这个弯儿一绕，随着金华一声"摔"，后面的金榜他们发一声喊，一使劲，秀才叔就被"摔"了，倒在地上，引得抱摔的还有一边看着的，全都笑成了一片。

秀才叔一边尴尬地笑着一边爬起来，见金华正躲在人后坏坏地笑，"气"得就要过去"打"他。

打他？这可不行。

不知什么时候也站在了一边正笑着的三嫂刘金桂一下冲了过来，拦住秀才叔，一手卡着腰，一手指着他："你干吗，你想干吗？敢打我娃！摔不过耍赖是不是？"

秀才叔就收了手也收了脚，拍了拍其实并没有沾多少土的衣衫（即使沾了，也是粉尘，钻进了布缝，根本看不见），笑着说："闹着玩儿呢，谁敢打你三大娘'金贵'的娃。"

"这还差不多。"三大娘手一松，笑了。

秀才叔就转过身，准备往回走。

"秀才叔——"

秀才叔又转回身，望着刘金桂："有事儿，找我？"

"有事。"刘金桂有些不自然地笑了下。

什么事？

三嫂刘金桂以为她说了，秀才叔不会立即答应，即便答应至少也要先推诿推诿几句，可没想到，她一说出来，秀才叔竟满口就应了……

4 过继

"什么事儿？"秀才叔眨了眨眼睛。

刘金桂便向前走，边走边说："屋里说，这事儿——"可走了几步，发现正门是教室，犹豫了一下，只一下又向侧门走。侧门的屋是个披间。正屋做了私塾教室，这披间，便成了秀才叔的临时"憩"所——便于他课间休息或是烧个开水煮个玉米棒子吃个零嘴什么的。

秀才叔在后面"哎哎"了两声，刘金桂也没停，径直推开门走了进去。

待秀才叔也走了进来，只见刘金桂变戏法似的不知从哪儿掏摸出了几个鸡蛋放在了也不知秀才叔是用来泡什么吃的还是盛水用的一只蓝边大花碗里。

"你这——老三家的？"

"求你个事。"

"坐。"秀才叔指了一下一张小凳子，自己也坐下了，"啥时变得客气了？没事儿，还躲到这屋里来说？"前面半句是指刘金桂说的那个"求"字，后面半句，显然是指刘金桂怎么如此郑重。

刘金桂说："我想托您秀才叔去老四家，将金华过继给我们三房。"

"过继！"秀才叔不知是意外还是吃惊。

"是的。"

"金华同意？"

"早试过呢，他同意。"

刘金桂是试过，而且不止一次——

那天老三唯清在河沟里摸了一条黑鱼，足足有两三斤。据说这黑鱼大补，要是手足哪里弄破了即使出了血，吃了，第二天也能长愈。加了一些金华平日里喜欢吃的豆腐，煮好后，刘金桂就将金华从老四家喊了过来。看着金华正吃得津津有味时，刘金桂眉毛弯弯地笑着道："金华，你娘又生了个弟弟金玉，不稀罕你了，你给三大娘做儿子可好？""不，娘稀罕。"没想到，金华竟脱口而出了这么一句。刘金桂眉头就轻轻蹙了蹙，责怪自己不会说话。长长地叹息了一声后，刘金桂又道："你看，你娘有金妮金玉，可你三大娘却一个娃也没有呢。""三大娘生呀。""三大娘不想生。"金华就从碗上抬起眼睛看她。"三大娘只想要金华做我娃。"金华眼睛转了转，这才道："好吧。""你答应了？""答应了。"金华脆生生地说完，又继续吃起鱼。刘金桂就喜不自禁地伸手抚着金华的小脑袋，一脸的幸福，说："那你叫声娘。""娘——"金华的"娘"那个尾音还像飘带一样在空中随着鱼的香味飘着，刘金桂就响响地应了声"哎"。这还不够，弯下腰，又伸过嘴在金华的小腮帮上狠狠地亲了一口。

于是，从这之后，刘金桂见到金华，将那个"我娃"说得更加理直气壮，并且有意无意地让金华叫着她"娘"。

可没想到，那天她在老四家，当着宫氏的面让金华再叫时，金华却犹豫地望了他娘一眼，说："三大娘，我叫了你娘，那我叫我娘什么？"

"叫四娘。"

"喂，他三嫂，我怎么就成了娃的四娘？"宫氏一听，虽然脸上仍挂着笑，但刘金桂，不只是刘金桂，换作任何一个人，也能看得出，四嫂宫氏不乐意。

不乐意我也要说。刘金桂铁了心。

"老四家的，你看，你有金妮，现在又有了金玉，就将金华给我呗。"

"给你？"

"嗯，我还会对他有二心吗？"刘金桂涎着脸。

"你三大娘怎么会有二心？这个我放一百二十四个心呢。"宫氏一边说着，一边给金玉擦了下鼻涕，"可再放心，金华还是我的儿。"

话说到这里，刘金桂知道再说就说不下去了，讪讪地找了个借口，怏怏地走出了老四的家。

可走出了老四的家，刘金桂的心却仍牵着"我娃"的事，正好半路上遇上回家的老三唯清。她就缠上他，让他去与老四海清商议。

唯清就找海清商议。

兄弟之间，还有什么说的。海清一听，立马就点了头。

可四嫂却怎么也不肯，说娃还小，在自己怀里焐着，放心。

无奈，刘金桂想来想去，就想到了村上人人都敬重的秀才叔，于是，便有了这一个"求"字……

"只要老四家的点了头，让我怎么着都成。"刘金桂说完金华同意后，又重重地补了一句。

秀才叔却没接她的话，而是继续问着："老四呢？"

"老四也同意。"

"就是宫氏不同意，是吧？"

"是的。"刘金桂眼巴巴地望着秀才叔。

秀才叔就不置可否地点了点头。刘金桂以为秀才叔是答应了呢。可秀才叔接着又摇了摇头。

"什么意思呀，秀才叔？"

"这个，我得去趟海清家，看看他们——总得有个三回两回的，这事儿——"秀才叔期期艾艾。

"行，需要带礼物吗？"

"这头两趟三趟的不用，但到定事那天……"

刘金桂明白，秀才叔的意思是，到"定事"那天，得郑重其事。"行呢，行呢，只要老四家的同意，怎么着都成。"

可是，直到"定事"那天，这事也是没"成"，虽然最终还是定了事——

秀才叔毕竟是秀才叔，他一直没有"郑重其事"，但每每见到海清或是宫氏，他都一直"有意无意"地要说这件事，直到那天，刘金桂又找到他，问他什么时候"定事"，他才说："老四家的一直没松口呢。"

"不是她老四家的没松口，我看是你秀才叔没诚心帮我。"

"这话从哪儿说起呢。"秀才叔嘬了嘬牙齿，"我说了都不下二五一十遍呢。"

"你直接问了老四家的？"

"这事能直接吗？一直接，问僵了，那事还定不定？"

"啊呀，好你个秀才叔，到现在你都还没向老四家的敞亮说呀？"刘金桂急上了，"走，今天我与你一起上她家门去。"

"一起？"

"你那含而不吐吐而不含的，这事要到哪天？你带上纸笔，今天我们就去定了。"

秀才叔脸上有些不尴不尬。

"走走走，别再磨叽了。"边说着，刘金桂边伸过手拉了秀才叔的胳膊。

秀才叔忙一边挣了刘金桂的手，一边道："好好好，我与你一起去。"

到了老四海清家，正好，海清、宫氏都在。

"老四，将金华过继给我们三房，你没意见吧？"进门屁股还没坐热，刘金桂就单刀直入。

海清望了一眼抱着金玉的宫氏，然后转向秀才叔，道："我是没意见的。"

"那就是四娘你有意见了。"刘金桂直视宫氏，"金华给我，你有什么不放心的？怕我待他不好？"

"没有什么不放心。你三大娘怎么会待他不好？"宫氏幽幽地道。

"那是怕我没生育过不知道怎么疼他？"

话都说到这个份儿上了，宫氏被逼得"走投无路"，只好勉强笑了一下，说："舍不得呢。"

"一个村上住着，大门对着后门的，有什么舍不舍得？"刘金桂又逼上一句。

秀才叔见老三家的"步步紧逼"，不禁做起"和事佬"来，说："你们看这样行不行？"

刘金桂和宫氏就都望着秀才叔。

"过继后，小金华愿意住谁家就住谁家。"秀才叔又一指刘金桂，"愿意住你家就住你家。既是你老四家的儿子，也是你刘金桂的娃。将来，对你们两家老的，都赡养。"

"行，只要我娃做我儿。"刘金桂爽快地道。

"老四家的，你们家的财产，将来也有小金华一份。"秀才叔一手托两家地道，"就像老话说的，这叫'一门两不绝'。"

宫氏脸红了红，说："那是——那是自然，只是——"

"只是什么？难道还要我敲个铜锣在村上给你行个保证？"刘金桂又急上了。

"老四家的不是这个意思。"秀才叔赶紧插上话，因为他忽然想起来，之前与宫氏交流时，老四家的曾提出过的一个想法，"她是……"

"那是什么意思？"刘金桂没待秀才说出"是"字后面的话，眼睛火辣辣地望着秀才叔紧问了一句。

秀才叔被她望得不觉有些手足无措起来，舔了下嘴唇，这才道："老四家的意思是，小金华聪明，不能就在我这个'秀才叔'手里糟践了。"

"糟践了？"

"她想让他念更好的书。"

"念呗。"

"可更好的地儿，不像在我这儿，那是得花费的。"

傅义臣的私塾是不收学资的：一个村子都是亲戚，东家给点儿吃的西家给点儿喝的就成。

"花呗。"刘金桂脱口而出了这两个字后，才发现一屋子的人全都在望着她。

"看我干什么？"刘金桂回望着，"我卖了我娘家的陪嫁，也要供我娃往更好了念！"

"那使不得。"宫氏，金华的亲娘，终于被刘金桂感动了，"那可是你的'本'呢。"

"我娃出息了，比我什么'本'不强？"

"那好，有你老三家的这句话，我也放句话——我明天就去县城找我的恩师贾恩绂先生，让小金华去'鱼香书院'……"

鱼香书院是举人贾恩绂创办的高级学堂。

"拜贾先生为师？"宫氏眼睛亮了一下。

这一亮，虽只一瞬，但还是让秀才叔捕捉住了——见时机终于成熟了，秀才叔不再言语，忙一边铺开带来的红纸，一边在砚上磨起了墨，接着不管不顾，就写起了《立嗣文书》。

今有盐山县小傅家村傅家行四海清自愿将其子金华过继给傅家行三唯清。过继后，唯清与金华以父子相称，共同生活，并对金华进行教育抚养。金华成年后应对唯清赡养送终。

注：海清也有对金华教育抚养之责任，金华也有对海清赡养送终之义务。

想想，傅义臣又心血来潮地在后面添了一笔："中人（即见证人）：秀才叔傅义臣。"也许在那一瞬，他为能见证这样的一个过继过程而感到无上荣光吧，所以，他便江边上卖水——多此一举地在他名字前面冠上了"秀才叔"三个字。

"既然双方都没意见了，来来来，就画个押吧。"秀才叔不失时机地将毛笔递给海清，指着文书上"当事人"后面道。

可海清伸了一半的手，却一下又顿住了。

秀才叔知道，海清不识字。于是，他将毛笔仍往前递着，说："哦，你不识字，那就摁个手印吧。"

海清就抬起手望了望手指。

"不用咬的，蘸点儿这墨吧。"秀才叔道。

海清就"嘿嘿"笑了一下，伸过右手食指在毛笔上抹了抹，然后在秀才叔指的位置按了下去。

"他三大伯呢？"见海清按了手印，宫氏一脸不高兴地问了声。那意思，海清按了，唯清也得按。

"不管他，我替他按。"刘金桂也不管老四家的脸色不脸色，抢过文书，仿着海清的样，就按上了自己的手印。

"礼成！"秀才叔一见，一边收了文书，一边高声唱了一句。

这时，金华与唯清一起走了进来——他们在村头遇上了，听说刘金桂拖着秀才叔到了海清家，他们就一起赶了来。

一见金华，秀才叔似乎这才猛然想起，到现在，还没直接问过当事人小金华呢。

"金华，将你给三大娘做儿子，你愿意吗？"

"愿意呀，三大娘早就跟我说过了。"已经长得齐唯清胸口高的小金华爽爽地应道。

"那你从此之后，得改口，叫三大娘为娘，叫你三大伯为爹，同意吗？"

"同意。"

"那就跪下，叫。"秀才叔有些矫揉地道。

"啊呀，跪什么跪？"刘金桂一把拦了秀才叔，"让我娃喊一声就得了。"

"那——好吧。"秀才叔就指着唯清对小金华道："金华，叫爹。"

"爹。"金华还不自觉地鞠了个躬。

"叫娘。"秀才叔又指向刘金桂。

"娘。"

刘金桂的眼泪"刷"一下就流了出来，响响地脆脆地应了声："哎。"

而随着这声"哎"，宫氏的泪也"刷"一下落了下来……

"娘，人家一个娘，我有两个。"小金华望着宫氏有些不解地道。

"笑都笑不过来，你咋还流起泪了呢？"

宫氏被这样一说，泪珠更加地滚了出来。

"喜泪，喜泪。"秀才叔一边准备着收拾桌上的东西，一边喉咙也不禁有些哽咽地不知对着谁地说着。

可哽了喉咙一边说着"喜泪"，一边收拾笔墨的秀才叔，不经意地，眼睛落在了文书中那"金华"两个字上，不由得眉头皱了下，说出了一句话。

这句话，将原本有些沉重的气氛一下给打破了……

5 取名

秀才叔刚将砚墨收拾好，一眼瞥到文书上的"金华"两个字，忽然觉得哪里有些不妥。

哪里不妥？

哦，名字。

于是，便道："这金华要去鱼香书院，那可是高级学堂，不能再像在我这里金华来金华去的，得要有个学名。"

"学名？"一句话，说得大家面面相觑。

"就是大号。"

"那你秀才叔给取个呗。"刘金桂愣了一下后，望着秀才叔道。

"这个……"

"什么'这个''那个'，不就是取个名字吗？"刘金桂见秀才叔犹豫，撇了下嘴道，"难道还要我打三个鸡蛋下碗面？"

一句话，说得秀才叔脸不禁红了起来。

一见秀才叔要生气，唯清赶紧拉了一下刘金桂，道："妇人家没见识，那学名，可是随便取的？得讲究呢。"

"讲究？"刘金桂眨巴了下眼睛。

这时，宫氏伸手抹了下脸，接过话来："得讲究。金华算是我们给他取的小名。这学名，大号，我说他三大——三娘，"宫氏终究一个"娘"字没说出来，说成了"三娘"，"得好好地请请秀才叔。"

刘金桂就拿眼睛直瞅着秀才叔。

秀才叔却避开她，煞有介事地想了想，然后望望唯清，又望望海清，问道："你们是清字辈，到他，是什么辈分？"

"'山'字。"海清想都没想说道。

"山字，傅什么山——什么山？"秀才叔眼睛望向门外。

门外，却一头闯进来了潭清。

"呀呀呀，三哥，这一眨眼，金华就成了你家的儿子啦！"

◎ 第一章　两个妈妈

"可不。"刘金桂欢喜地咧着嘴，"秀才叔都写了文书呢。"

"写了文书？我看看。"

边说着，潭清就脚到手到地伸向了桌上的文书。

秀才叔生怕他手里不知轻重，将红纸弄破了，赶忙伸手去拦。不想，他手上正拿着还没收拾好的毛笔呢，那墨一滴，恰好就滴到了文书上，而且，不偏不倚，这一滴墨，滴在了"秀才叔"后面两个字"才叔"上，因而使得前面的一个"秀"字格外醒目。

"哈哈，有了。"没想到，潭清正为自己的莽撞而感到后悔，生怕秀才叔生气要责怪他时，不料秀才叔却突然抬起另一只手拍了一下——原本是拍向桌子，但拍到一半，他又拿了起来，拍在了自己的脑门上，"有了！"

大家的眼睛就齐齐地望着秀才叔，等着他的"有了"之后……

"金华的学名，就叫秀山，傅秀山。"

"傅秀山。"大家咂摸了咂摸。

"'秀山'，咱们盐山之秀。"似乎怕大家没听懂他的解释，秀才叔又将大家挨个儿望了一遍，"盐山之秀！"

"好，傅秀山，盐山之秀。"刘金桂"啪"地拍了一巴掌，"我娃就是金贵。"然后去找金华，哦，现在当叫秀山，傅秀山。可是，秀山不知什么时候跑了。

"秀山——"刘金桂叫了一声，向门外找了去。

唯清却连忙向秀才叔鞠了一躬："多谢秀才叔。"躬完，也随着刘金桂走了出去。

"哎哎，我说唯清你别走呀，"秀才叔一边收拾着桌子上的东西，一边道，"我给你们家办了这么一桩大事，怎么着，你们弟兄几个也得请我喝顿喜酒吧？老大老二呢？"

"我们来了。"秀才叔的话刚落地，老大印清和老二峰清就乐呵呵从外面走了进来，"秀才叔，今天我们弟兄五个，一定要好好敬你几杯……"

已经走到院子前了的唯清突然想起了什么，又折了回来，一边说了声"大哥二哥坐"，一边望着秀才叔道："明儿还得麻烦秀才叔将我娃送到鱼香书院去拜贾先生呢。"

"我也去。"宫氏马上道。

"都去，我们都去。"唯清望了一眼宫氏，转向海清。

海清"嘿嘿"了两声，算是回答，眼睛却望着印清、峰清。

"都去，都去。"老大印清道。

"好，我们一起去，送傅秀山——我娃……"秀才叔说完，兀自先笑了起来——那后面的"我娃"，显然是学了三嫂刘金桂的口音。

大家便都一起笑。

笑声如门外树上的叶般，哗啦啦，迎着风……

第二章　习文练武

"现在，你们看好了，这是我在习练'八极拳'基础之上的心得，也可说是我李书文对'八极拳'的继承与创新。"李书文说到这里，眼睛挨个儿地将面前的弟子们看了一遍，当看到傅秀山时，他的眼睛里更是多出一分叮嘱或是期望，"这一套动作，注意，我只演示一遍。看完，大家就散了——"

1　傅家村由来

整个小傅家村都兴高采烈——

这天，天气格外地晴好，用个成语来形容，叫作"风和日丽"。云只几缕，在空中笑着。哪家的大麻鸭在沟塘中嘎嘎地拍着翅膀叫着。驻在树梢上的风，不时地探着身，向村口张望。

村口，一辆驴车。

驴车上载着两担粮，一担白面，一担玉米。

——车是用来送傅秀山去贾先生"鱼香书院"的。粮是用来作为傅秀山一学期的学资。

叔伯婶娘，金声、金荣、金榜、小金钊、金妮、小金玉，一起在秀才叔那儿上课的小伙伴，还有左邻右舍和村上傅家或不是傅家的乡亲们，有的送来了鸡蛋，有的送来了红枣，还有的送来了一刀两刀过年时才吃的腊肉……大家一齐说说笑笑，仿佛过节一般，将傅秀山送上车。

——这些天，三大娘刘金桂高兴得嘴都合不上，逢人便说"我娃秀山要去县城念书呢"。不过，真的到了此时，她反而一句话也没了……

车在车把式的一声鞭响中，"得得得"地上了大道，不一会儿，便走得只剩了一个影。

但大家仍站在那儿挥着手，尤其是傅秀山的启蒙先生秀才叔傅义臣——秀才叔本来说好也要同车去的，可是，私塾中还有其他的娃呢，总不能为送一个，而丢下那一班吧，秀才叔只好手书一札，让刘金桂带上（本来是给傅秀山揣着的，可刘金桂却抢先接了，恭恭敬敬地用布帕包好放进了贴身的衣兜）……

县城离小傅家村说远不远说近也不近，驴车走了两三个时辰才到。

◎ 第二章 习文练武

一到鱼香书院,傅秀山才发现,原来早在光绪十九年(1893年),鱼香书院就改建成了"高等学堂",秀才叔之所以仍叫它"鱼香书院",那是他习惯了他当年到这里求学时的叫法。但虽不再叫书院,可傅秀山立即还是被"书院"的氛围感染了——尽管书院由原来坐落在县城东门里大街迁到了东门外大街,但走进去,一股浓浓的"书香"之气扑面而来,正如清代诗人胡世钰所言:

院构鱼香数往还,文风胜似引蓬山。
三年治绩允称最,片刻提斯总来闲。
堂额正经通孔道,门悬萃秀抱城湾。
愧余谫劣膺鳣席,馆课仍烦特笔删。

书院里庭院深深,两旁的梧桐苍苍茂茂,一条条鹅卵石铺就的小路通向各间教室。教室里墙上出着壁报。座位也不像傅秀山原来在小傅家村秀才叔那儿只一张平面桌板,而是带了书斗。

后面,书院后面还有一面湖,湖上不仅有各种水草,还有几只鸭几只鹅如标点符号一般打在水上。不,不是标点符号,而是音符,是一串让人不由得想唱《放风筝》的音符:

姐妹(哎哎咳)三人到村东(哎哎),
一到村东去逛青,捎带着风筝绳。
大姑娘(哎咳)放的锣鼓燕(哎哎),
叮叮当当起在了空,俱都是锣鼓声。
二姑娘(哎咳)放的花蝴蝶(哎哎),
摇头摆尾起在了空,披后边背着弓。
三姑娘(哎咳)放的花蜈蚣(哎哎),
飘飘绕绕起在了空,亚赛一条龙。

因为那浮在塘上的鹅鸭,就似那春风,就似那风筝,就似那牵着线的姑娘……

但见到先生贾恩绂的第一面,却让傅秀山有些失望——

原以为,大名鼎鼎的贾恩绂先生,会与秀才叔傅义臣一样,高高瘦瘦,儒儒雅雅,可令傅秀山没想到的是,贾恩绂却是一个胖子,穿一件黑绸长衫,衣服紧绷绷地绷在身上,他说话嗓门很大,而且说话时,不但语速快,充满激情,眼睛还透过一副金丝眼镜紧紧地盯着你,盯得你两手都不知道往哪儿放。

"你叫傅秀山?"

"是的。"

"傅家村的？"

"是——哦，不，是小傅家村的。"

"知道小傅家村的来历吗？"

傅秀山眨巴了半天眼睛，只好摇了摇头。心想，这先生，不问我《三字经》《百家姓》《弟子规》还有《千字文》背得怎么样，却问我傅家村的由来，难道这鱼香书院要上村史庄志的课？

见傅秀山站在那儿用脚搓着地，贾恩绂笑了一下，道："我知道你在想什么，是不是在想我怎么不考考你学问？"

傅秀山眼睛一下睁大了：这先生厉害，一下就看到了人心里！

"学问，自然重要，但我们'数典'却不能'忘祖'——你们傅家村，始于明成祖永乐九年（1411年），由你们的先祖傅仲彬带着他儿子和孙子傅准、傅恺从盐山县大左迁过来的，以姓取名，叫傅家村。后来，傅氏一脉香烟旺盛，分了一支出来，到了你们现在的居住地。为了相区别，原来的傅家村便改成了大傅家村，你们，自然就叫小傅家村。而你——傅秀山，你父亲叫什么？"

"傅海清，傅唯清。"

贾恩绂愣了下。

傅秀山马上接上道："我生父是傅海清，养父是我的三大伯，叫傅唯清。"

"哦——"贾恩绂笑了起来，"'清'字辈，是吧？"

傅秀山点了点头。

"那他们是傅家第十六代，而你，是你们傅家第十七世。"

傅秀山不由得惊愕得嘴巴都张了起来：这贾先生太神了，不但知道我们傅家村的来历，还知道我是我们傅家的第十七世！

其实，此时的傅秀山有所不知，贾恩绂不仅是桐城派古文学家吴汝纶的高足，而且也是新文化运动先驱（维新派）——福建侯官严复（就是翻译有"达尔文的斗犬"之称的英国著名学者赫胥黎的讲演稿《天演论》的那个严复）及汉学专家王树楠的好友；不仅是中国近代著名的教育家，也是中国近代著名的方志学家。前不久，他刚刚主持撰修并梓行了共30卷的《盐山新志》，里面正好涉及了关于傅家的这段来历，所以才如此谙熟，一说起来，便如数家珍，滔滔不绝。

而让傅秀山更加惊愕的，是这位贾恩绂贾先生，还有许许多多不为人知的故事，甚至是在二十九年后（只是，那时的鱼香书院已不叫鱼香书院，而改盐山中学了）……

2 阅报

就这样，傅秀山怀着对贾恩绂十分崇敬的心情，开始了在"高等学堂"的生涯。

新生活一开始，便给他注入了新鲜的活力。首先，这里不再像秀才叔的私塾那样，想什么时候上课就上课，想什么时候下课就下课，而是有严格的作息时间；其次，内容也由原来的"背"改成了说——解说，譬如在上"四书五经"前，一开堂，贾先生便解说道："四书又称为四子书，是指《大学》《中庸》《论语》《孟子》。五经是《诗经》《尚书》《礼记》《周易》和《春秋》，是'六经''七经''九经''十二经''十三经'的一部分。《礼记》通常包括三礼，即《仪礼》《周礼》《礼记》。《春秋》由于文字过于简略，通常与解释《春秋》的《左传》《公羊传》《谷梁传》分别合刊。四书之名始于宋朝，五经之名始于汉武帝……"还有，贾先生除了上这些"必读"科目外，有时还给他们上"选修"课，譬如说《岳飞传》，说到激奋处，他慷慨激昂，一边大声地诵着《满江红》："怒发冲冠，凭栏处，潇潇雨歇。抬望眼，仰天长啸，壮怀激烈。三十功名尘与土，八千里路云和月。莫等闲白了少年头，空悲切……"一边不停地拍着桌子。

再其次，便是阅报——

贾恩绂自费订了很多报纸，当然，这"多"，也只是相对于从来没有见过报纸的傅秀山们来说，其实不过三四种，譬如《国闻报》《益世报》，譬如《醒华日报》《民兴报》。但这"多"，除了品种，还有分量，旧的新的，泛着黄的，散着墨香的，一沓沓，一摞摞，有的，还被补过多次（翻烂了，贾先生便用糨糊又给粘上）。乍一见，让傅秀山与同学们都有点应接不暇。

好在，贾先生并不让他们全都看，一般让他们从旧的开始阅起。

这阅，起初，傅秀山他们也并不是真正阅报上的字，更多的，是阅那类似于如今图书（又叫"小人书"）的图画。譬如有一期《醒华日报》上，整版画了四个故事，其中，《愚妇自戕》一共有五个人，有大人，有小孩，有男人，有女人，上部分配有文字。文字，傅秀山认得不全，但大致意思他还是阅得懂的。说是一个妇人与人争吵，用厨刀自戕，幸未伤及要害。还有一幅，叫《失而复得》，画了四个人，两男两女。那画，栩栩如生，仿佛要从报上走出来。

当然，有时他们也看字，但大多只阅下标题，譬如《民兴报》的《论说》栏目中就有这样一个标题——《驳袁总统用人之规定》。一看日期，是"中华民国元年二月二十七日"的，离现在都有五六年了。直到一天，傅秀山在先生贾恩绂不知是有意还是无意地递给他的一份《国闻报》上看到这样一段文字，他才不由得认认真真地阅起标题下的内容来……

那期报上说的是一个故事，故事的主人公是列宁。故事说，1917年7月21日晚上11点多钟，彼得格勒海滨火车站开出了最后一列客车。乘客中有一位芬兰农民打扮的人，到距边界不远的拉兹里夫下了车，他就是列宁！拉兹里夫湖波光粼粼。列宁就住在湖边的一座草棚里。草棚有个厨房：两个树杈架起一根木头，上面挂着一口小锅。草棚前，清出了一块空地，放着两个树墩，一个当桌子，一个当凳子。列宁风趣地把这里叫作"我的绿色办公室"。他在这里紧张地战斗……夜深了，响起了木桨拍击湖水的响声，布尔什维克党中央代表来到列宁这里，汇报工作并听取指示。拉兹里夫湖畔的篝火在漆黑的夜里格外明亮……

不久，他在另一份《益世报》上，又看到了这样一段文字：十月革命向全世界宣告崭新的社会制度由理想变为现实。它在人类历史上第一次消灭剥削和压迫的不平等社会，第一次尝试建设公平正义共同富裕的美好社会……

阅着这些文字，我的爷爷傅秀山震惊了，虽然他还不明白"十月革命"是一场什么样的革命，但他从这样一句话"十月革命是俄国工人阶级在布尔什维克党领导下联合贫农所完成的伟大的社会主义革命，又称布尔什维克革命"中，记住了"工人阶级"这四个大字，并从此奠定了他"唯以劳工神圣"之信念的基础。之所以说是"基础"，是因为我的爷爷傅秀山完全确立这个信念，还是几年之后他在天津华新纱厂的时候……

"先生，他将报纸弄坏了。"这时，一位男生讨好地对走过来的贾恩绂打着"小报告"。贾先生先看了一下报纸，并用手抚了抚被弄破的地方，然后对那个犯了错误的同学笑了下，道："怎么办？"

"听候先生发落。"男生低着头嗫嚅道。

"那好，我就罚你。"贾恩绂将身子弯了弯，"罚你将这阅报室打扫一周，如果偷懒，再加罚。好吗？"

罚了犯了错的，还问声好不好（没有厉声，更没有打板子，尽管先生手中就拿着那块用来惩戒的戒尺）——这让傅秀山对贾恩绂的崇敬又更添了一层敬仰。

"好。"

"你——"没想到，贾恩绂又直了直身子，指着那个刚才打"小报告"的学生，"明天将《论语》十二章背会，并背给傅秀山听。"

我的爷爷傅秀山当时并不明白，这打了"小报告"的同学非但没得到先生的嘉奖，反而还要受罚。他又哪里知道，贾恩绂贾先生是很反感这样的举止的。在他看来，靠打"小报告"来博取夸赞或是置对方于不利，是一种人性的扭曲，万万不可姑且怂恿，更不能使其养成，所以才有了此一"背"。

傅秀山？

大家将眼睛望向手里正拿着那期刊有关于"十月革命"的《国闻报》的傅秀山。

原来，虽然先生看似不经意地偶尔进来转上一圈，但对每个学生在看"什么"，在"什么"上留意甚至思考，全都落在了他的眼里。

落在贾恩绂眼里的不仅仅是傅秀山有意选读报纸的内容，而且，课后的一举一动，也尽数在他目光之下，譬如这天——

3 拜师

这天，是个快满月的晚上，因为月亮还不够圆。如果是满月，那月亮会像一面铜盆一样，而这天的月亮，却不是，只是一大半圆了，还有一小块，毛虚虚的。有云，飞快。有没有风，傅秀山不记得了，只记得他在侧后的池塘边的柳树下，正在打着从秀才叔那里学来的也不知叫什么拳的拳术，套路不像套路，散打不似散打，反正就那么自己发挥着练着。伴着月光，也许看起来别有一番景致吧。因为他打得正兴起时，身后突然传来了几声掌鸣。

谁？

傅秀山不禁一下刹住刚打出的拳，一个转身，正面对了那个拍掌的人。

"先生！"

"不错。"贾恩绂见傅秀山有些害羞地一脸讶然着，上前了一步，"一直练着？"

"嗯。"

"一技在身闯天下。有此一技，则可凭凌。只是——"

只是什么？傅秀山定定地望着说了一半衔了一半的贾恩绂。

"只是，"贾恩绂换了一口气，也许是咽了一下唾沫，"你这功底薄了。"

先生还会武？

贾恩绂笑了一下，像是知道傅秀山的疑问，说："我虽不会一招半式，但我能看得出。就像看戏一样，那戏子演得好不好，唱得妙不妙，看戏的一眼就能看得出听得出，但他未必自己会演会唱。"

傅秀山就咧开嘴乐了一下。

"今天的功课完成了吗？"贾恩绂示意傅秀山与他走一走，然后自己先沿着塘边走了起来。

傅秀山立即跟了上去，应了声"完成了"。

"我看得出，你非常出色，如果我判断不错，是个可造之材。"顿了一下，"将来会是一个可用之材。"

傅秀山被贾恩绂这"材"一下给弄得有些不知所措。

"你别不好意思，"贾恩绂头也没回，继续走着，"先生我是不随意夸赞自己学生的。"

傅秀山愣了一下，但立即又亦步亦趋跟上。

可傅秀山刚刚跟上，贾恩绂却突然一个转身，望定了他，道："我给你介绍个师傅吧。"

这下，傅秀山真的有些愕然了，因为这贾先生的思维，就像一群小娃们在操场上，一会儿跳这一会儿跳那，跳得他如果稍不用心就跟不上。

"真正的武术师傅。"贾恩绂认真地望着傅秀山,"李书文。"

李书文?王南良村的那个"刚拳无二打,神枪李书文"?

——单从傅秀山知道的这句话,就足见李书文之武功境界。他幼时首拜八极五世传人张景星为师,习练八极拳三年,后拜在师伯黄士海门下习练大枪六载。黄士海是李大忠、张克明亲传弟子,曾以卓越武功受朝廷六品顶戴。李书文在师门习武期间,由于天资聪敏,力大惊人,又肯勤学苦练,倍受李大忠、张克明二位师祖厚爱。

据说,李书文昼扎铜钱眼,夜扎香火头,就连想吃颗枣了,拿起枪,对着那枣树,一枪一个,百枪百枣,一枪不落空。他的大弟子霍殿阁,为清末皇帝爱新觉罗·溥仪护卫队武术总教习,说白了,就是皇帝的保镖;其侄霍庆云为御前侍卫。不过,与这"据说"相比,傅秀山更愿意听关于他的"传说"——

传说,清末宣统二年(1910年),一次一个俄国著名拳王马洛托夫来华,在京设擂台,贴海报,夸海口,侮我中华儿女,激起了民众及有志之士的极大愤慨。京、津两地武术名手与其较量,却无一能胜。有人便捎信给李书文。李书文接信后,二话没说,来到京城,飞身跳到擂台之上。可一上台,他才发现,原来这个马洛托夫体壮如雄牛,好似他平时练功用的六百斤沙袋。马洛托夫呢,见面前的这个中国人不仅瘦小而且因一路的奔波显得疲惫、枯干、倦怠,于是,根本没把他放在眼里,双手抱肩,对着李书文蔑视地吐了一口唾沫。这下可激恼了李书文,只见他气运丹田,随手一记"霸王挥鞭"卧风掌,打得马洛托夫晕头转向。再看,他左腮部鸡蛋大小的一块皮也不知了去向。未等马洛托夫反应过来,李书文再起神威,接着又顺势一招"六大开抱肘",以闪电般的速度,运起千钧之力将马洛托夫肋骨打裂,击下擂台……

传说,因此一擂,宣统皇帝还送了他一尊金佛,以示嘉奖。

还有,还有一个传说,说他当着张作霖的面,打败了日本武士冈本——那天,李书文见张作霖对日本人曲意逢迎早已不满,见冈本挑衅,便与他立下生死状,然后泰然走上前要与其一比高下。立了生死文书的冈本更加狂傲,急不可待地挥动双掌,恶虎擒羊般朝李书文颈部就是一击。不想,李书文迅速侧身躲过,顺势一掌,击中冈本肩头。冈本的肩胛骨立即粉碎……

"是的,正是他。"贾恩绂见傅秀山眼睛里有些惊,有些喜,还有些疑虑,便点了下头道。

"可是,他能收我吗?"傅秀山立即自惭形秽起来,"就我,会这点连三脚猫的功夫都算不上的拳术?"

"他是我好朋友,现就在离城不远的小校场授徒。"贾恩绂再次看穿了傅秀山的心思,"我介绍的,他多少会给些薄面收下的。"

"那——多谢先生!"傅秀山脸立即绽红了起来,讷了半天,最后,竟然双手冲着贾恩绂一抱,施了一个抱拳礼。

"哈哈哈……"

◎ 第二章　习文练武

贾恩绂的笑声与月光一起，在池塘上飘荡……

随着这飘荡，第二天，正好是周末，傅秀山怀揣着贾恩绂写给李书文的介绍信，如那笑声一般，七八里的路，飘荡着就到了。

说是小校场，其实就是郊外的一片空场地。也不知是哪朝哪代的官兵曾在这里扎过兵营，所以得了"小校场"的名声。

不过，空地，是相对于城里来说的，其实，这里更多的像是一座村庄。

一进"村庄"，傅秀山便感到一股凌凌的傲傲的厉厉的武林之风，嗖嗖在空中响着——

突然地，一片枣树林后传来了整齐的一声"嘿"，接着一声"哈"，然后一连声的"嘿嘿哈嘿"！

再然后，是一人领，众人接：

领：哈，拔步肘上步；

众：嘿，擢打左右忙。

领：哈，滚手抗脚踢；

众：嘿，拳打裹打刚。

领：哈，甩步掌卡肚；

众：嘿，跨截单乘扬。

领：哈，刁扣腕进大；

众：嘿，缠来左右上。

领：哈，小缠丝防破；

众：哈哈嘿，阴捶起身掌……

傅秀山闻着声音便寻了去。

转过枣树林，一片场地上，只见七八十名与他一般大小的青少年，正在那有条不紊地一招一式"嘿哈"着。

见有人站在一边往这瞅着不动，立即从中走出一个人来，高高的，但那脸上凸出的棱骨，却让人不禁觉得他功夫了得。

"找谁？" "凸棱骨"冲傅秀山抱拳施礼。

傅秀山本来也想抱拳还上一礼，可手刚一动，还是缩了，看着这个"凸棱骨"那一抱的拳，是那么的刚劲，自己——还是算了吧，于是，改为笑了笑，道："我找李师傅李书文。"

"你找——李师傅李书文？" "凸棱骨"眼睛大了大。

"是的。我先生介绍来的。"傅秀山忙解释。

"你先生是谁？" "凸棱骨"追问道。

"谁找我？"傅秀山正待要回答"凸棱骨"，不想，从那群人中走过来一个瘦瘦小小的甚至都可以用"干瘪"来形容的中年人。

"师傅，他。""凸棱骨"回过头，先鞠了一躬，然后才一指傅秀山。

难道他就是李书文？

在李书文围着傅秀山转了一圈打量着他的同时，傅秀山也用一双犹疑的眼睛打量着李书文。

"你先生是谁？"

傅秀山这下确定了，眼前的这个干瘪的中年人正是传说中的李书文，于是忙深深施上一礼，递上贾恩绥给李书文的信札："贾金村的贾先生贾恩绥。"

"哦，是举人老贾的弟子呀。"李书文却并没有伸手去接那信札，而是将那伸过来的手突然顺着傅秀山的手腕向他的肩胛骨"袭"上。

傅秀山本能地一缩，一个侧旋，避了开来。

"嗯，还行。"李书文"嗯"了声后，这才伸过手来，向傅秀山索要那信札。

傅秀山忙再次双手递上。

可李书文接了，却看也不看，就背了双手，转身向那群仍在"嘿哈"的弟子们走了去。

  领：哈，打小缠两头；
  众：嘿，成破终一样。
  领：哈，撒左腿遂捶；
  众：嘿，夺步换捶放。
  领：哈，向回接上翻；
  众：嘿，下夹如上样。
  领：哈，立肘接捧拊；
  众：嘿，挤按怀里迡。
  领：哈，高搓手两护；
  众：哈哈嘿，裆来挤架揉……

"留下吧。"走了好远，在一片"哈嘿"声中，李书文才丢来如此一句，头也没回……

傅秀山站在那儿，就有些发愣：我这，就算拜见了师傅？

也许吧。

之所以说是"也许"，是因为傅秀山全仰仗了贾恩绥。不久后，他才真正见识到了这"拜见"，原来是多么的不容易——

  领：哈，对搓掌柔化；

众：嘿，撩阴上步掌。

领：哈，推舟式弓撑；

众：嘿，抽步搓胸膛。

领：哈，先将手抽步；

众：嘿，蜷腿搂护裆。

领：哈，撩衣式进步；

众：嘿，跪膝把裆藏。

领：哈，顺手接齐步；

众：嘿，右手迎面掌。

众：嘿嘿哈嘿，打将手走脱，过步归中堂……

其时，傅秀山只知道这"哈嘿"有着无与伦比的"铿锵""强劲""刚直"，后来他才知道，刚入师门，他听到的这"哈嘿"，竟是有着"正心修心"之称的《八极拳》歌诀。

4 结识刘云樵

不过，傅秀山现在练的，却还不是"八极拳"。八极拳之全部拳路共有架子、八极拳、六大开三套，此外，还有散招散手等多种。

他练的，是架子。

这架子，又有小架、大架之分。小架乃八极门之基本功也，初学者必须从小架开始学起，此路练好后再练八极拳，最后练六大开及其他散手等。

所以，准确地说，傅秀山此时练的，是架子中的小架——

于是，从鱼香书院到小校场的路上，每天晚上，或薄暮时分，或月上中天，一个少年，走路不是正常地行走，而是一步一拳、一步一掌、一步一肘，而且嘴里还伴着诸如"双拳齐出站中央，开步两肘勒胸膛；双手一合分左右，拧身扣步左右扬"的口诀，同时，碰上碗口粗细的树，或枣树，或栎树，或榉树，他便错上一步，或掌击，或肘顶，或肩撞，或背靠，同样地，每击、顶、撞、靠，嘴里仍念念有词："悟空问路头一请，离步顶肘在中央；顺势抽肘弓裆步，二郎神拳两分张……"

这个少年，不用说，便是傅秀山。他白天在城东的"鱼香书院"随着贾恩绂习文；晚上，便一路边走边练着来到城郊的小校场跟着李书文习武，习上两三个时辰，再边练边走着回到学堂。

这样一个季节练下来，路边的树，便不知被他打"死"了多少棵，直至第二年的小秋假，尽管只有短短的十来天，经过一场透雨，这些树才又活了过来。

——小秋假实际上就是春假，因为这个时节要麦收还要播种，忙得不亚于秋天。秋天既要收玉米又要收高粱，当然，还有秋麦，所以称为大秋。与这大秋相比，这春上的忙，也就只能算是"小秋"了。

当然，这小秋假只是指鱼香书院。

书院放假，本来傅秀山应该回家去帮忙。可三大娘，哦，现在应该叫娘，捎信来，让他安心上他的课、练他的功，家里的活儿不用他。于是，他干脆就住到了小校场，与那些驻庄习练的师兄师弟们住在了一起。

住在了一起的傅秀山，每天天不亮，便与师兄师弟们起来练上一两个时辰，然后整个白天或分组操练或互相切磋，晚上对着月亮还得再练上两炷香时间。

但也不全是这样整天"哈哈嘿嘿"，有时，李书文在指点完招式后，也会坐下来与他们说一说其他话题。譬如，针对傅秀山，他说："遇事一定要忍，尤其是一些看来令人十分难忍之事。"

"既是难忍之事，还怎么忍？"小师弟瓜圆子听后，不禁哧地笑了。

李书文就拿眼睛瞪了他一下，吓得小师弟吐了一下舌头，哧溜一下，溜到了三丈开外。

"教你一个办法。"李书文继续道，"先用食指掐住拇指，若还忍不住，再用拇指掐住食指，如若仍然忍不住，那就是忍无可忍——"

傅秀山睁大眼睛，心下等着师傅道出对这个"忍无可忍"还能有什么"办法"，可没想到，李书文突然笑了下，道："忍无可忍，那就无须再忍。"

"忍无可忍，那就无须再忍！"傅秀山不仅记住了李书文的这句话，而且，他还从此不经意地，养成了一个不是习惯的习惯，那就是每每在他出手之前，总是用食指掐着拇指，然后再用拇指掐住食指，如果此时对方还"不识时务"，那么，他的拳便要出击了……

这个习惯说不上好，也说不上不好，但归根结底，不好。因为后来的后来，就是这么一个小小的习惯，使我的爷爷傅秀山落入了日本人之手……

"师傅，师傅——"

这天，经过夜里的一场小雨，树上的叶格外苍碧，就连那立在枝头上叫着的小鸟的叫声，也染着一片青翠。这时，远远地传来一阵马车的铃铛声，丁丁丁，零零零，丁零零……惹得几条大黄狗汪汪汪地跟着叫。因为庄子上大多用驴车，马车极少。不要说马车，就连马，也很少有人养。拿村上的人来说，那马是最没用处，除了拉拉车，基本上就是闲养着，虽然可以骑乘，可谁没事在村上骑着一匹马得得来得得去？不像驴，可拉磨，可骑乘（它个子矮，女人小儿一翻身或是一蹁腿，就骑了上去；不像马，个头大不说，还要鞴鞍鞯什么的），还可拉车，更重要的是，它识路。因此，如果你出行，不用担心回程，哪怕你被颠巴得瞌睡了，驴照样儿将你给驮回来。

"有人来了。"

"师傅不在。"正在一边练着上步顶肘、进步撮打、顺势抽肘的"凸棱骨"（虽然傅秀山现在知道他名叫"酸枣子"——师兄弟们私下里都给每人以植物名取了一个带"子"的绰号，不单好玩儿，称呼起来也显亲切，不，是亲热。傅秀山也有一个，叫"棠棣子"。而且他还知道，师傅李书文外出时，也是由酸枣子"当家"。但他还是愿意叫他"凸棱骨"）没好气地对着一路叫着跑了过来的小师弟"瓜圆子"不高兴地道了一句。

道了一句后的"凸棱骨"突然一下顿住了，收了招式，问："什么人？"因为看"瓜圆子"那兴冲冲的样子，"酸枣子"不禁有些好奇。

"集北头的。""瓜圆子"答非所问地答道。

"我是问什么人？"

"一车的人。""瓜圆子"仍认真地作答，"哦，还有一车的礼物。"

"一车的人，一车的礼物？你叫师傅干吗？又不是送给师傅的。"

"正是送给师傅的。""瓜圆子"昂了一下头道，"一进村，他们便嚷嚷着要找师傅拜师。"

"呵呵，财主……""酸枣子"不屑地嘟哝了一声，接着继续练他的拳。

这时，马车已到了场院前了。傅秀山便上前拉开了院门，以方便马车直接进到院中。

"停停停。"可那马刚准备进院，车上一个人连忙一边叫着一边爬起来往车下跳。他穿着府绸长衫，戴着一顶瓜皮帽，不是太胖，但由于身材不是很高，却显得有些笨拙。"就停在院外，我们搬，搬进去。"他还颇懂礼节，知道车停在院外是对主人的尊重。

车把式打了一个响鞭，车停在了院前。说是院前，其实这个院与普通的住家小院完全不同，四周不是像住家那样用棒子秆或是高粱秸小麦秸扎成的篱笆，而是间隔着一根根树桩（不用问，是用来练功的；否则，怎么叫"小校场"呢），除了门楼子（门楼子倒是盖着层草，有模有样）。因此，说是庭院也行，说是演武场也中。

"搬，搬——""府绸衫"一边对车把式说着，一边走了进来问着："李师傅，谁是李师傅？"

傅秀山正准备回答"师傅不在"，却不想，一搭眼，却见李书文正从外面进来，而且见府绸衫发问，便停了脚步，问："找李师傅有事？"

"没事，没事。""府绸衫"哈了哈腰，但立即又更正道，"有事，有事。"

"何事？"

"拜师。"

"你？"

"不不不，是小儿，小儿——""府绸衫"一边说着，一边指了指马车旁边。

傅秀山这才看清，马车旁边还站了两个娃，两个六七八九岁的小娃，一个比"府绸衫"要矮上一个头，另一个比那个也要矮上一个头，两人都在拿眼往院子中瞄。尤其是那个小矮个儿，见傅秀山望向他们，还冲他做了个鬼脸，然后用袖子擦了下鼻子，也不知是擦鼻涕还是擦鼻子尖上的汗抑或是一路风尘。

李书文则一边回身往外走，一边道："他不在。"

"府绸衫"望着李书文转身走去的背影，站在那儿发了一会儿愣，然后才回过身，边自言自语着"他不在，不在"边走进院，先望了望酸枣子，又望了望傅秀山，最后望向了也正望着他的"瓜圆子"，心下狐疑着"怎么就这几个人"（他又哪里知道，此时正值小秋假，大家都回家忙着收割麦子了呢），但嘴上却还是道："小师傅，李师傅不在？"

也许"瓜圆子"被他的一声"小师傅"给"贿赂"了吧，咧开嘴，笑了下，道："刚才那个正是李师傅。"

"刚才？"

"瓜圆子"还想说什么，这边一旁的"酸枣子"却厉声叫了一声"瓜圆子"，"瓜圆子"便一哆嗦，转过身跑进了后院，将"府绸衫"晾在那儿一怔一怔的。

愣怔之后，"府绸衫"的脸就红了又紫，然后重重地"哼"了一声，将"府绸衫"摆一甩，转身走出了院子，对拿着一双眼睛不知所措地望着他的车把式狠狠地挥了一下道："有什么傲的，不就是会打个拳吗？我一大清早赶到王南良村，又赶到了这儿，却这般如此地不待见我，我还不待见你呢。我们走——"

原来，李书文在他的家乡王南良村也收了徒弟，平日里，相隔十天半个月地来回往返着。先前傅秀山所说的"师傅外出"，就是指他回了王南良村教授去了。"府绸衫"今天天还没亮，便套了马车，丁丁零零地赶到了王南良村。可到了王南良村却被告知，李书文李师傅不在。在哪？县城呢。于是，他又拨转马头，丁丁零零，赶了五十多里地，一路打听着，来到了小校场。到现在，连杯热水都没喝上一口。谁知，却碰了一鼻子灰，便想我在集北头，孬好也是一大名鼎鼎、鼎鼎大名的老爷，不禁就恼羞成怒了起来。

"走，走，走。""府绸衫"连连挥着手。

车把式就掉转了车头。

"上车。"

可是，那两个小娃却立在那儿，一动不动，那个高点儿的甚至还将脖子梗了梗。

"你们不走，我走。""府绸衫"对车把式再次道，"走！"

车把式犹豫了下，望了一眼两个小娃，但手中的鞭还是响了，马车便不再是"得得得"而是"呼呼呼"地就沿着来路走了。

望着车消失在了枣林中，高个儿的一拉矮个儿的，也道了声："走。"就走进了院子。

"少爷，真走了？"他的意思是"府绸衫"是不是假走或是走到一半会折转回来。

"走了就走了。"那个被称为"少爷"的硬硬地说了声，"我们就在这里练。"

"可没有李师傅呢。"

"没有李师傅——"少爷拿眼将"酸枣子"、傅秀山还有在后院正探头探脑往这边望着的"瓜圆子"望了望，"有他们。"

"他们？"

◎第二章　习文练武

少爷就不再搭理矮个儿，径直走到"酸枣子"身边，学着"酸枣子"，开始比画。

矮个儿的见少爷开始比画，他也不再说话，扎了扎腰，也假模假式地跟着比画起来……

这一比画，不知什么时候就将太阳给比画下去了。

太阳下去了，李书文也回来了。

一进院子的李书文见那两个小娃——其实只是一个，另一个矮个的，却是半坐在一棵倒在地上的树上，手里拿着一根枝，在那儿指指戳戳，"指点"着高个儿。"少爷，再高点""少爷，低点，直点""少爷，再伸点"……那个少爷，就依他的"指点"，一边做着，一边偷偷瞟着"酸枣子"。李书文眉头不禁就皱了起来。

"师傅。"傅秀山叫了声。

李书文鼻子里应了声，然后问："他们没走？"

"那个马车走了，他们没。"

"一直在这儿？"

"一直在。"

李书文就又看了一眼两个小娃，甚至还在那个少爷身上停了那么一小会儿。

"吃饭了。"说完，李书文看也不看地向侧院的食堂走去。

"酸枣子"和傅秀山随着李书文走，可两人走到一半，又忍不住地回过头，看了一眼仍在那比画着的那俩娃。

但师傅没说话，他们谁也不敢去叫他们也过来……

很快，饭就吃好了。

吃好了饭的李书文没出来，傅秀山与"酸枣子"还有"瓜圆子"出来了。

随着他们出来的，还有月亮。

月亮挂在西天上，弯弯得像鱼香书院那半边池塘——傅秀山想，这要是在鱼香书院，现在应该是晚自修的时辰了，便有贾恩绂那一只手背在身后一只手拿着长长的戒尺在课桌间走来走去的身影了，便有那池塘里偶尔传来一声鱼儿跃出水面的哗哗声了……

"好了，你留下。"不知什么时候，李书文站到了院场上。

"少爷，你留下了！"矮个儿一纵便从树上跳了下来。

少爷便停了比画，眼睛忽闪忽闪地望着李书文："那他呢？"

"他？不行。"

"他是我堂弟，很聪明的。"

"他是少爷，大伯让我来陪着我家少爷呢。"矮个儿有些急了，眼泪在眼眶里直打转，转得月光直闪，"你要是不要我，那，那我——我也不敢回。"

"怎么，怕你大伯责罚？还是怕你少爷在这里生活不能自理？"

"都不是。"

"都不是？"李书文也不知怎么突然就有了好心情。

"嗯，是怕在这夜里，我不识回去的路。"

"只怕不识回去的路，不怕别的？"

"别的，不怕。"

"为什么？"

"我有功夫呢。"说着，便伸了胳膊在空中划了一下，划到一半，突然又收了，"不过，少爷比我更厉害。"

"你少爷又不回。"

"那我也不回。"

李书文就笑了，说："好吧，那就不回。"

"你留下他了？"直到这时，那站在一边一直默默地观察着李书文与矮个对话的少爷才带着几分欣喜却又不敢相信地问了声。

李书文便冲他点了点头："你叫什么？"

"他叫刘云樵，我叫刘云亭。他是少爷，我是他弟。"矮个儿刘云亭一口气地道。

这下，李书文不只是点头，而是笑了，挥了下手道："饿了吧？'瓜圆子'，带他们去食堂，饭在锅里热着呢。"

望着瓜圆子领着刘云樵、刘云亭哥俩去了食堂，傅秀山这才问李书文道："师傅，明明你都进院门了，怎么又说你不在，离开了？"

李书文笑了一下，说："这些土财主，仗着有两个臭钱，以为真的就能叫'鬼'推磨。我才不理那套呢。再说，你看看，哪个在那样的家庭出身靠钱喂大的娃儿，能吃得下我们练功的这份苦？既吃不得这份苦，半途而废，只落得一个我李书文徒弟的花架子，还不如趁早不见。"李书文顿了一下，"钱有什么用，生不带来死不带去。房子多，穷人买不起，富人不愿买。钱是白的，眼睛是黑的。不像咱爷们儿，有艺。一艺在身，可闯天下。他们离了一个'钱'字，寸步难行。"

"一艺在身，可闯天下"——傅秀山立即想起贾恩绂也曾说过这样的话，只不过，贾先生说的是"一技在身闯天下"。一文一武两位恩师，说出了同样的一句话，可见这句话是"真理"所在。

但傅秀山现在还不想感慨，接着刚才的话题问道："可你现在怎么又改变了主意？"

"我看这娃儿底子不错。"

"你试都没试就知道？"

"你师傅这点儿道行都没有，还能当你师傅？"李书文得意地笑了下，"你看着，这个刘云樵，将来定是个人才。"

果然，若干年后，刘云樵不仅击败了日本关东军的剑道师，而且还考上了黄埔军校，成为令汉奸走狗闻之丧胆的军统'天字第一号'"长江一号"杀手……

于是，李书文的弟子中，从此，又添了两人；而傅秀山，也多了两个师弟。并且，不久后，傅秀山还得知，刘云亭竟然还是他的远亲，也是他的表弟。

5 辍学

可令傅秀山没想到的是，正当他顶、抱、缠、拿、劈、砸、撞、挑练得如火如荼之时，一天，就像天空里突然飘过来一团乌云一般，一个消息就笼罩在了他的心头上。

那天，他与刘云樵正在结伴念着师傅教导的"托枪式"要领：双手齐出向正前方冲击，步落即松肩摆身，右手随之拉回；拉回时，要塌肩而出，左胯向前，松后脚出蹬劲，前脚出碾步，前肩与腿呈一直线，肘与膝相对应，头部、臀部与后足跟呈一垂直线……这时，师傅过来了，而且步子有些滞，就连那一声"都过来"也滞，滞得就像吃野柿子时那涩味滞在了喉咙里一样。

傅秀山与刘云樵互相对视了一眼。

傅秀山冲刘云樵轻轻摆了一下头，示意他们过去。

他们就过去了。

过去了，听到的，却是师傅这样的一句话："从明儿起，所有人，都散了。"

都散了？

大家立即面面相觑起来。

"可我连小架子都还没练完呢。"刘云樵眼泪刷一下流了下来，"师傅，为什么呀？"

李书文就定定地看了一会儿刘云樵，面无表情。

"为什么，师傅？"似乎大家都一时反应不过来，在刘云樵问过"为什么"后，那思绪在空中足足飘了三十秒，才落下来醒过来，这才齐齐问出了声。

"不为什么。"李书文似乎叹息了一声，"刘云樵留下来跟着我，其他的，散吧。"

大家都没动。

"我接到邀请，要去外地执教。"李书文道，"那里谷麦丰收。"

原来，打春上起——这个中国历史上多事之秋的1921年的春上起，盐山县的老天，就没下过一滴雨，种在地里的庄稼，连常言说的"点火就能烧着"都不如，因为种下去，干得根本就出不来；如果要说点把火就能烧着，那只能是沟塘边还是去年留下的那些苇子或草。所以，灾，一场天灾，就这样再一次地降临了。

而之所以说是再一次，是因为前一年，蝗虫——该死的那些长着翅膀的魔鬼，就将地里的庄稼祸害得几近无收。

面对着连年天灾，试想，还有几人能有心思在他这儿继续习武？与其到那时散得一干二净，不如现在——趁这"灾"还没如蝗虫一样飞来——散了，也好给各家腾出一些劳力。

"那刘云樵为什么能跟着您？"傅秀山咬着嘴唇问了声。

李书文的眼睛就转向了他："因为，他最小。"

最小不假（也不是最小，那刘云亭比他还小呢），其实，是李书文喜欢上了这个最小的已然是个少年了的徒弟，因为他不仅没有他原来想象中纨绔子弟的"娇""骄"二字，而且做起事来，认真、执着，最重要的是，聪明，能举一反三，所以，不知不觉间，他便喜欢上他了。

还需要什么理由吗？

大家再次面面相觑起来。

"我还会回来的，回来时，大家再聚来，练……"李书文缓了缓语气，"下面，请立正，叫我一声'师傅'——"

大家就立正，就叫"师傅"。

"现在，你们看好了，这是我在习练'八极拳'基础之上的心得，也可说是我李书文对'八极拳'的继承与创新。"李书文说到这里，眼睛挨个儿地将面前的弟子们看了一遍，当看到傅秀山时，他的眼睛里更是多出一分叮嘱或是期望，"这一套动作，注意，我只演示一遍。看完，大家就散了——"

于是，李书文便"左攉打""右踢腿""反臂砸"，直至"撩阴腕""中平掌""退步掌""搜裆挂耳"练起来……最后，"收式"。

式"收"了，可是，弟子们却"散"了。

——就这样，散了。

——散了，六年。傅秀山，跟随着李书文，六年的习武，六年的"八极"，六年的寒来暑往，就这样，散了……

好在，贾先生没有散，傅秀山除了不用再晚上来回地跑上十来里，还可以在高级学堂里继续"之乎者也"。

可灾情却丝毫没有减轻，为此，过了暑假，因交不起学费，有好多同学都退学了。

傅秀山原本也想退学的，一则因为李书文师傅走了，他的心里一直有些失落；二则自己再过年就十六岁，是一个大小伙子了，不说帮家里什么忙，至少可以不用家里再交学资。

可娘、三大娘，一听就急上了，说："娘就是砸锅卖铁，也要供我娃；再不济，把娘卖了。"为此，唯清爹还笑话她好久，说："就你这样，卖给谁？人家买回去做奶奶都还嫌老，倒贴俩钱差不多。"

四娘，自己的亲娘宫氏，听后，则不是说"砸锅卖铁"，也不说将自己卖了，而是说："你有两个娘，还怕供不上那点学资？放心念你的书！"

如此这般，傅秀山还有什么理由辍学？

唯有，跟随贾先生，争取中个举人老爷……

这是我爷爷傅秀山发奋学习的表达。其实，他的思想，早就在贾恩绂让他阅报时就有了启蒙，虽然还有些朦胧，那就是"消灭剥削和压迫的不平等社会"；况且，其时早就没有什么中不中举人了，就连最后一次科举考试（殿试），也于1904年7月4日结束了。

可尽管如此，令傅秀山再次没想到，万万没想到的是，到了学期结束，贾恩绂贾先生，还是说出了一句与李书文同样的一句话："都散了。"

为什么？

原因还是那个原因：灾，旱灾，颗粒无收……

如果说李书文解散大家的时候，大家对老天还抱有一丝丝希望，希望它能在这个冬季下场雪，这样，还能来得及补种上一些庄稼。可谁知，冬月过了，腊月都要过了，马上就要过年了，却还是没见到一片雪花。正好，这时贾恩绂接到原来的同门师兄送来的一封信，请他去曾有"临清水码头，南宫旱码头"之喻的南宫县编纂《南宫县志》。而撰修方志，又恰是贾先生贾恩绂情之所钟。

贾先生走了。高等学堂没有了贾先生，那他傅秀山，还有继续在县城待下去的必要吗？虽然"高等学堂"还在。

无奈。

无奈何。

无可奈何！

这年年底，随着寒假的"开始"，傅秀山的寒假，从此便再也没有了"结束"——他，辍学了……

第三章　投奔津门

　　在这"扬长"中，无论是李把头还是于把头，哦，还有那帮混混，都像被施了法术一般，怔怔地怔在那儿，一动不动，望着傅秀山"而去"……直到傅秀山快要走进竹竿巷时，他们才反应过来，啸吼一声，齐齐向他扑去……

1　进城

　　天空与心情一样灰暗。
　　这年的年关，真正地成了"年关"，整个村子，没有了往年进入腊月的那种磨豆腐、打年糕、做米糖以及杀年猪、杀年羊甚至杀驴杀马的喜庆，代之的是一片荒地上的荒土与荒碱。
　　年，在人们期盼的期盼中，过去了。
　　可雨仍未下。
　　"这才刚进正月，有雨没雨三月三。到了三月，肯定会下。"唯清这样劝着傅秀山。
　　——原来，自腊月，天津便有工厂趁此机会来盐山乡下招工。年前，村上就走了几个身强力壮的年轻人了。
　　傅秀山虽然还算不上"年轻人"（过了年，他才十六岁），但绝对长得身强力壮；况且，在小傅家村人的眼里，十六岁，也足够算得上大小伙子了。因此，他也要去。可是，不但娘不同意、四娘不同意，唯清爹也不同意。理由还是那个理由，我们两家还怕饿了你？唯清爹的理由是，咱就你一个娃，还怕没你一口食？大不了吃得差一点儿稀一点儿菜里的油少一点儿罢了。等开了春，一场雨一下，地气一上来，发了青，什么也就过去了。再说，马上就过年了呢，人家千里迢迢都要回家团个圆，你却要往外跑，让我们心里怎么能过得去？说着，两个娘还抹起了眼泪。傅秀山只好放弃了年前出去的打算。
　　可昨天，听景荣说，初六，天津还有人来招工。
　　这次，他无论如何得去——他不是担心他在家里会挨了饿，他总觉得，自己学了一肚子的"四书五经"（尽管半途而废）、一身的武功八极（尽管也是半途而废），就这样窝在这小傅家村，憋屈；即便不遇上这百年也难遇的旱灾，他也是要走出去闯一闯的。

◎第三章　投奔津门

　　于是，他与景荣、开山一起私下里商议好了，等到初六，招工的一来，他们就走。在此之前，得瞒着。

　　可没有不透风的墙，初二三里，先是四娘听说了，后是娘听说了。四娘是小叔的儿子、他的表弟金钊告诉的，他是听开山说的；娘则是在四娘听说后，直接上了景荣家的门问出来的。

　　两个娘虽然因饥饿而面黄肌瘦，但还是一个抹眼睛一个唉着声地劝，什么外面世道不宁娃还嫩一个人出门在外怎么能让人放心，什么虽然大年三天过了可这还没"上七"呢怎么也得等"七""上"了才能离开，等等。傅秀山知道，什么世道，什么上七，全是两个娘的借口。世道宁了，"七"上过了，她们肯定还会找出别的借口来阻止他。

　　倒是海清爹，泛着一脸的菜色过来说了一句话，说："娃迟早要长大的。天津又不远，两来天的路，在那儿待不下去，随时回来便是了。"

　　虽然这话说住了四娘，说住了唯清爹，却怎么也说不住娘，傅秀山的三大娘刘金桂——为此，多年后说起来，三大娘还说海清爹："哪像是他亲生的，心肠硬得像地上的碱呢。"

　　可说不住也得说住，因为初六说到就到了。

　　不过，傅秀山差点儿没走成。

　　为什么？

　　因为那来招（接）工的，是坐着一辆驴车来的。在傅秀山看来，既然是天津大工厂来招人，不说洋车，至少得有一辆马车才是。只是一辆再普通不过的驴车，那个工厂，又能大到哪儿去？心里不免就冷了三分。

　　好在，那个接工的张副总——这是景荣告诉傅秀山的，年前，他曾亲眼见过这个张副总在村上招了那几个人，倒是让傅秀山眼睛亮了一下。

　　张副总还没待车停稳，便跳了下来，抱着拳，连连说着"抱歉"，说他雇了几家车行，才雇到了这辆驴车，因为过年，大家都不愿意出活儿呢。这一番下来，傅秀山才开始打量起这个张副总。

　　张副总着一身长袍马褂，长袍是那种大襟右衽、平袖端、盘扣、左右开裾的直身式袍，马褂是对襟、平袖端、衣长至腰，前襟缀扣襻五枚。蓝色长袍搭配着黑色马褂，使得这个张副总看上去精干、有激情、充满活力。尤其是他走路的样子，跩跩的，让傅秀山有种想模仿的冲动。

　　为了防止娘对他的唠叨，傅秀山一直站在人群里，没有像景荣与开山那样在张副总的招呼声中就坐上车，直待张副总连问了几遍"还有没有了"之后，车把式的驴鞭在空中绾了一个花，"啪"的一声，驴车开始得得得地走时，他才从人群中对着娘一抱拳，什么也没说，紧走几步，纵身一跃，上了车。

　　而他那一跃，在送行的一村的人以及两个娘还有前来送他的两个爹及金声金荣金榜兄弟，当然，还有小叔、金钊。尤其是金钊，听说他今天就要去天津，昨晚缠着傅秀山也要去。傅秀山被他缠不过，答应等他长大后带他去。可小金钊竟然说"等我长大了，哥哥就将我忘记了"，弄得傅秀山啼笑皆非。最后，傅秀山将自己小时候还是唯清爹给他做的那个冰排子找出来送给了他（除了这个，他也实在找不出什么令他最喜爱珍爱至爱的东西可以拿来送了，说如果将来他忘了他，他就拿这个冰排子去找他，这才罢了）……在他们眼里，不过是他平常的一个举动。可在张副总眼里，却是那么炫耀，并且，衣服虽然也很破旧，却非常整洁、合体，穿在他身上，透着一种精明、机灵、慧智，心下不禁一动，就喜欢上了。

"你叫傅秀山？"待驴车走上了大路，张副总看似随意地一问。

"是，张副总。"

"你怎么知道我是张副总？"

"我告诉他的。"一边的景荣咧嘴笑了一下。

张副总却并没有看景荣，而是继续望着傅秀山："练过？"

傅秀山轻轻点了下头。

"什么练过？"开山不明就里地问。

"就是打拳。"景荣解释。

"我们村上都会打。"开山马上道。

张副总笑了下，不置可否。

可都过了吕家桥了，车上仍只有他们三人——傅秀山以为，车在别的村子上可能还要再（招）带上一些，可现在看来，这次，张副总只招到了他们三个。

"他们已经另乘车回了。"张副总似乎看出了傅秀山的心思，眼睛望着前面隐隐约约的羊三木村，不经意地说道。

哦，原来如此。

于是，当夜他们宿歧口，第二天一早，经小站，不到太阳落山，就过了咸水沽。

过了咸水沽，就算到了天津城。

可天津城在傅秀山他们眼里，除了海河，却与他们小傅家村没有什么两样。

不过，再往前行，"两样"就开始出现了，先是一片片冒着烟的烟囱，接着是一片片的工厂，再接着，是行人与车。行人络绎不绝，车则是熙来攘往。傅秀山他们以为这便到了，可他们的驴车却还在前行。

再前行，人又变得稀了些，车又变得少了些，可一座工厂，却矗立在了他们眼前：华新纱厂。

"到了？"傅秀山用眼睛问着张副总。

张副总眼睛眯了一下，说道："远吧？"

"不远。"傅秀山几乎在景荣与开山的"远"答出的同时，说了这两个字。

张副总再次点了点头。

然后下车，进厂。

再然后，傅秀山，还有景荣、开山，便开始了他们的"工人"生涯。只不过，景荣与开山，还没等做会儿"工"，就不再是纱厂的"人"了……

2 学徒

景荣他们离开时，是在6月里。

6月，一个多么美好的时节，让人想起的，是暖暖的风，暖暖的雨，还有暖暖的蜻蜓蝴蝶。可是，在景荣与开山他们，却是一天到晚无休无止的机器轰鸣和没白天没黑夜的工作。

工作说轻松不轻松，说累也不是太累，相较农田里的活儿，算是不轻不重吧。但耗神耗人耗时间，耗得让人喉咙耳朵眼睛都疼，因为那机器的声音轰隆隆，如果说话声音不大，对方根本就听不清你在说什么。

等到他们好不容易刚刚有所适应，这时，家里捎来信了——

信是开山家里先捎的，没隔两天，景荣家也来了，最后是傅秀山的娘的。但他们无一例外地说，是春上下了雨，地里现在已经返青，家家都在抓紧时间补种，到了秋季，一个丰收年，算是应下了，为此，希望他们能回去。

希望他们回去，景荣与开山家，是地里真的要耕种，而傅秀山，却是娘与爹想念他、挂念他、思念他。

可景荣决定回去、开山也决定回去，偏偏傅秀山决定不回去。

在傅秀山看来，他回去，只能将一身的力气用在那牛身上、驴身上、马身上，再不，就是那镰呀锄呀犁呀上，而他，一个曾师从举人老爷贾恩绂、拜过钢拳无二打的李书文的傅秀山——盐山之秀，怎么能甘心就这样碌碌无为地将自己委身在了那片土地且还是盐碱地上！

况且，他现在也早就熟悉了前面的清棉工序，现正在学习梳棉，再有个半年一年，师傅说他就可以进入下一道工序学习：并条和粗纱。

于是，他决定不回。

送走了景荣与开山，傅秀山心里有那么一刻，不免有些空落。虽然景荣与开山半年多了，仍还是在又累又脏的清棉车间干活儿，但至少他们是一个村里的，偶尔碰上，还有个问候，虽然这偶尔很少（因为不同工序，上班时间是不同的；即使同一工序，排班也不定能同时排在一个时间段里）。好在，师傅还在——

说起师傅，傅秀山尽管来的时间不长，可已有两个师傅了。当然，如果要是将张副总也算上的话，那就是三个。

不过，在这师傅之前，他们还经过了为期一个月的培训（其实是三个月，前一个月是像学堂里上课一样，有老师专门给他们讲纱厂的历史，然后讲工作程序，最后分班，学习各自所学程序的相关理论知识；后两个月，下到车间，算是见习），培训完后，蜻蜓点水般地，他们熟悉了一下整个工序。然后，然后才是真正地工作。工作时一对一带着他们的，那才算是真正的师傅。

但无论是在培训期间还是见习期间抑或是现在工作期间，厂里的伙食，却是不差，简直可以用"很好"来形容，不仅白面馒头管够，而且每周还有两顿肉。拿开山的话来说，这样吃上两个月，他都要变成猪了。

张副总，现在傅秀山知道，他叫张树景，沧县人，离他们盐山不是太远。总经理叫周学熙，虽然他是中国近代著名的实业家，抱着"实业救国"的理想办了这家纱厂（其实他不仅办了纱厂，还办了自来水公司、银行，还与比利时人合办了玻璃公司，与南方实业家张謇齐名，有"南张北周"之说），但现在，由于正在筹备成立"实业总汇处"（成立后他自任理事长），而基本上不管华新纱厂（估计也没精力管）。傅秀山来了都这么久了，却一次也没有见过他。因此，厂里的大大小小的事，都交给了一个监理，却不是张副总。张副总好像一点儿也不介意。

在厂里，张副总好像什么都管，却又什么都不管，成天东逛逛西游游，监理也不说什么。不过，对傅秀山，张副总却是另眼相看——傅秀山以为他是他招来的，所以对他另眼相看一些也属正常，他又哪里知道，这是张副总张树景对他的"一见钟情"。当初他刚进厂时，张副总便问他想去哪个车间。哪个车间？对于根本就不知道纱厂是干什么的他来说，哪知道什么车什么间？但想起先生贾恩绂和师傅李书文说过的同一句话"一技在身，可闯天下"，于是，他扬了下头，道："进最基础的吧。"张树景愣了下，但旋即眉头就松了开来，说："也好，那就从清棉开始吧。"想想又补充了一句，"我会让你对每道工序都熟悉的。"就这样，他与景荣、开山一起，进了清棉车间。

三个人三个师傅，张树景给傅秀山安排的师傅是位来自河北涞水县北涧头村的中年人，名叫万宗礼。此人看上去十分精干，据说，在这清棉车间，他一干就是十好几年了，几次想调整他去别的车间，可他却说自己大字不识一个，别的机器他弄不住，就这清棉好，只要有力气就行，不用费脑筋。但他将他的还没到做工年龄的独生女儿万德珍，安排到了络筒车间做起了见习工，说那"络筒"不仅活儿轻省一些，而且还是技术活儿，学会了，一辈子不愁饭碗。

"没嘛技术，清棉么，顾名思义，就是把不同的原料给开松、除杂、混合，然后制成棉卷，供下一道梳棉工序就行了。"万师傅这样轻描淡写地告诉傅秀山。

傅秀山当时心里不免就打了个冷，想：如此简单的活，哪还谈得上"技"？没"技"，他还学什么？

可是，他错了。

当站到那抓包机、除杂机前，他不禁蒙圈了。单就一个抓包，将送上的原棉用气流送到前方开棉这一环节，傅秀山就学了好几个月：堆多了，抓手阻滞住了，机器转不动；转不动的后果，要么是停车，要么机器被超负荷烧坏。好不容易将这送棉送得顺畅了，可那开棉，如果动作稍一迟钝，不是没打开，就是棉过了还没打。可那机器轰轰轰，轮带嗖嗖嗖，却是不等你哪怕半分钟呢。纵使你手忙脚乱甚至上蹿下跳，不掌握要领，那原棉还是原棉，棉块还是棉块，棉没松，杂没除，怎么混合。

好在，万师傅是个好人，不仅人好，脾气也好。

那天，不知是原棉质量问题还是傅秀山没睡好（他昨晚做梦了，梦到了自己打擂呢。可那拳，怎么打出去，却都是那般无力。醒来想想，这段时间只顾着这清棉了，却少了练拳——于是，他决定从今儿起，每天至少要练上一个时辰），竟然让那抓棉的机器抓手在空中抓了几个空，直到那机器空转的声音引来了万师傅。

"怎么了，发呆？"万师傅一边赶紧地喂料，一边侧过脸问。

傅秀山不由得有些紧张，说："没睡好。"

"年轻人，瞌睡重。"万师傅说，"下了班，早些睡。"

傅秀山就拿眼睛望着万师傅。在此之前，他听景荣说，他们的师傅可严着呢，错了一步，他就拿那铁扳手敲，敲头是头，敲肩膀是肩膀，敲得人生疼还不敢顶嘴。

万师傅似乎知道他的疑惑，说："都是从学徒过来的呢。这清棉不难，没技术，只要上点儿心。"

傅秀山重重地点了点头。

可是，就在他感到对这清棉工序能驾驭得得心应手，准备抽更多精力到他的"八极拳"尤其是李书文告别时演示的那一套动作上时，张副总来了。

"怎么样，傅秀山？"

傅秀山被他问得怔在了那儿，因为他不知道张副总问他"怎么样"是什么意思，是指清棉，还是指他的拳术？一天他在练拳时，被张副总突然发现了。其实这"突然"仅只是对傅秀山来说的，张树景却已是早就在暗处静静观察了他好一段时间了——傅秀山自以为他练的这块场地是个隐秘之所在，不想，这隐秘也是他张树景的隐秘——没事时，他也来这里练练腿脚，虽然他不像傅秀山这样需要避人。

"你练的是八极拳？"

傅秀山不好意思地搓了一下手，"嗯"了一声。

"跟谁学的？"张树景不动声色地问。

"李书文。"

"王南良村的李书文？"

"是。"这次，傅秀山答得很响亮。

张树景眉尖不禁就跳了一下，嘴里轻轻念叨了声"难怪"（张树景的意思是，"难怪"这套八极拳似曾相识，可再一细看，却又有些陌生呢，原来傅秀山师从的是将"劈挂掌融贯"、使得八极大枪"相得益彰"的李书文呀）；虽然面容上不动声色，但内心里对这个来自小傅家村的傅秀山，更是足足喜爱上了十分……

"跟万师傅学得——"张树景见傅秀山发怔，笑着补了一句，意思是跟万师傅学得怎么样了？

哦，傅秀山听懂了，忙道："差不多了。"

"什么叫差不多了。会了？"一边的万师傅笑着。

傅秀山就不好意思地笑了下。

"那好，既然差不多了，明儿起，调整你一下，去下道工序，梳棉去。"

对张树景这样的安排，虽然傅秀山求之不得，但还是有些纳闷：这张副总怎么就知道他想多学点儿技术呢？

而一边的万师傅，也鼓励地点了点头，道："我这徒弟聪明着呢，放这清棉，塌瘪了。是该调整调整。"

就这样，在景荣他们临走前，傅秀山到了梳棉车间。

梳棉与清棉车间相差不大，清棉的任务是开棉、松棉、混棉、成卷，而这梳棉，则是分梳、除杂、混合、成条。只是，机器不同了，不再像清棉那样简单的两台，而是有刺辊、锡林、道夫等，听听这机械名字，就有技术含量。

师傅将傅秀山安排在锡林工序上。

这道工序不仅有锡林，还包括盖板。它首先将经过刺辊松解的纤维进行自由分流，使之成为单纤维状态，具有均匀混合作用；然后除去纤维中残留的细小杂质和短绒；再然后，制成质量较好的纤维层，转移给道夫。比起清棉的力气活儿来，这道工序确实要轻省一些，但同样，对技术要求也要高上一等。师傅是个大姐——本来傅秀山是准备叫她姨的，可她坚持让叫大姐，也不准叫师傅，他就这样叫上了。

大姐与万师傅相比，要细心得多，常常问傅秀山在这里适应不适应，饭吃得饱吃不饱，简直就是个"娘"，就连教他技术时，也是轻声细语——真的难为她，在这机器轰鸣得耳膜都要结老茧的车间里，她还能说得那么轻巧。

这样地，在大姐的指教下，傅秀山又用了不到一年的工夫，将整个梳棉工序也尽握手中了。

原以为，他就在这个技术含量很高的梳棉车间里干下去了，因为不仅万师傅告诉他，这个车间的活儿学会了，会不愁一辈子饭碗（万师傅对"饭碗"这两个字看得十分重），就连大姐也说，这个车间是个重要的车间。可不想，张副总又来了——

不用问，傅秀山的工种又调整了。

接下来的两年间，他分别调整过了并条、粗纱两道工序。上个月，他又被调整到了细纱车间。

如此频繁地调整，傅秀山不明白，但万师傅心里却明镜儿似的，这是张副总要培养这个徒弟呢！想想，一个人一辈子能在一个岗位上干到退休，那是多么的幸运，但也是多么没出息。可他才来这儿短短的两年，竟然接连调整了四个车间，不是着意培养又是什么？

事实上，也确实如此。

张副总就是想将傅秀山培养成一个——一个什么样的呢？拿他的话来说，就是能独当一面；不仅是技术上的一面，而且是管理上的一面。因为他不仅勤恳、踏实、精明，还能文能武……

张副总原打算等到傅秀山将整个纱厂的工序全都学上一遍之后，自己再"赤膊上阵"教他。

可是，没想到，那天，却发生了一件令他也感到头疼的事，而傅秀山却顺利解决了，他遂决定，将这个"赤膊上阵"提前……

3 维权

那天好不容易得了一个休息，傅秀山美美地睡了一个懒觉，然后美美地在海河边青青绿绿的柳树间，美美地听了一会儿河上来来往往的船只的突突突的机器声和昂昂昂的汽笛声，然后，这美美的享受，就被万德珍打乱了——

万德珍好像等傅秀山已有一会儿了，在他们男工宿舍门前徘徊，远远地一见傅秀山回来，立即迎了上去，但即便到了面前，却站在那儿半天没言说一句。还是傅秀山开了头，问："德珍，找我有事？"

万德珍点了下头，这才说："秀山哥，请你帮我个忙。"因为傅秀山是万师傅的徒弟，万德珍也就自然而然地称他为"哥"了。

不过，第一次称这个"哥"时，万德珍却是"别扭"了半天呢——

那是傅秀山下厂后的第一个休息日，他买了盒点心，前往师傅万宗礼租住的小屋拜望。

小屋不大，但位置却很好，靠近河边，每当日出，朝阳透过柳丝照在墙壁上，犹如一幅水彩画。但小屋里，更好，收拾得井井有条不说，还散发着一股淡淡的好闻的皂香味。

"来啦，"万宗礼招呼着，"坐。"

"哎。"傅秀山就坐了。

"德珍，给你秀山哥倒水喝。"万宗礼对着屋后道。

哦，屋后还有一个小院。

可院里没有动静。

"这娃。"万宗礼就自嘲地笑了下，然后给傅秀山倒水。

傅秀山忙说"我来我来"，从师傅手上拿过杯子，先给师傅杯中续上水，然后才给自己也倒了一杯。

倒好水，两人坐下后，后门一暗，接着，一个十三四岁的小姑娘端着一盆应该是刚洗好的衣服进来了。

"你秀山哥。"万宗礼赶紧介绍，"这是小女德珍。"

万德珍就伸手捋了一下搭在额上的头发，望了一眼傅秀山，却没有任何表情地就走出了前门，晾晒衣服去了。

"师母呢？"傅秀山将眼睛从门口收回来问。

"你师母王氏身体不大好，在老家呢。"万宗礼眼神暗了一下，但接着就又亮了起来，"今年春上，我将这个娃带了来，让她学个手艺，将来好有个饭碗端。"

傅秀山还想说什么，这时万德珍晾好衣服回来了。

"你秀山哥可本事着呢，"万宗礼接着对万德珍介绍傅秀山，"不仅会识字，还会打拳。"

万德珍就再次望了傅秀山一眼。

"你还别不信。"万宗礼也不知哪儿来的好兴致，"秀山，打一个给她看看。"

傅秀山原本不想打的，可一方面师傅说了，另一方面，眼前的这个小姑娘正毫无表情地拿着一双不信的眼睛忽闪忽闪地闪着他，于是，他就站了起来，随手一个"转朱角"，接着一个"上高楼"，再来一个"明月下"，终于将这个小德珍给逗笑了。

"我可以学吗？"她眼睛却是望着万师傅。

"一个女娃，学这个干甚？"

"保护你呀。"

万宗礼笑了起来，说："不用你保护，有你秀山哥呢。"

"秀山哥？"万德珍就将眼睛不屑地望向傅秀山，"他？"

"我，咋了？一日为师，终身为父。"傅秀山似乎有意要逗逗这个小姑娘。

"终身为父？"

"对呀，所以，你得叫我秀山哥。"

"叫你秀山哥，喊，梦里穿龙袍——想得倒美；我才不叫呢。"说完，万德珍将头发一甩，进了厨房。

可进去后的万德珍，却又从门口探出头来问："秀山哥中午在这儿吃饭吗？"也不知是问着谁。

万宗礼与傅秀山不由得对视了一眼，然后两人同时笑了起来……

"你——忙？"

万德珍又点了下头，但旋即又摇了摇头。

傅秀山就笑了，道："到底是还是不是？"

"是，又不是。"万德珍用手捋了一下头发，"是我的好姐妹程岚。"

"程岚？"

"嗯。"

◎第三章　投奔津门

"她怎么了？"

"她被我们工长欺负了。"

"欺负了？"

万德珍就再次地点了点头，然后简单地说起程岚被欺负的经过——

原来程岚刚休满产假上班不久，今天小娃不知怎么有点儿发烧，于是，在喂奶的时候，她就多抱了一会儿娃，被工长文刀刘发现了（其实，应该是监工，文刀刘也知道这"监工"听起来不好听，于是，他自称为"工长"，让工人们也这样叫他），不仅当即将她狠狠地批评了一通，而且，还罚扣她当天所有的工钱。

按道理，哺乳期女工，厂里规定每天上下午可以各喂一次乳，这个文刀刘不应该如此罚；即便罚，批评一通也就罢了，不至于要罚扣一天的工钱，这里面还有个原因。

原因是程岚有个小姑子，也在络筒车间，与她们只不过不是同一条流水线上，这个文刀刘看上了她，要与她好，可程岚听后，夹在中间，却怎么也不同意，说一个小监工，还不知是攀了什么关系才混上的或是拍马屁拍上的，除了会看上面头头的脸色，吆吆五喝喝六，不要说技术撑不住，就连自己的心都不在自己身上，有什么出息？这话自然就传到了这个文刀刘的耳朵里，也自然，他是气得七窍冒烟八窍生火的，正愁着找不到机会报复一下，恰好，今天这事，被他碰上逮着了，于是……

"你们与他讲理呀。"傅秀山说。

"讲了，我们都讲了，可是——"万德珍咬了下嘴唇，"他油盐不进。"

"那程岚现在怎么样？"

"一直在抹着眼泪。这么哭下去，怕那奶水也要给哭回去的。"

奶水哭回去，就是不再产乳；不产乳，那小娃岂不要遭罪？想到这儿，傅秀山说："走，找他去！"

"他现在应该在食堂。"

傅秀山就向食堂方向大步走了去。

万德珍顿了一下，也赶紧地跟了上去……

文刀刘正好吃过饭出来，傅秀山径直上前拦住他问："你凭什么扣女工的工钱？"

文刀刘不认识傅秀山，但听过傅秀山的名字，因为他常常利用早早晚晚的时间练一练他的功夫的消息在工友们中早就当作"演义"传扬着。

"你谁呀？"

"细纱车间的傅秀山。"

"哦，傅秀山。"文刀刘翻了下白眼，"我们络筒车间的事，关你细纱车间的傅秀山嘛事？"

"违反厂里的规定，不管是哪个车间的，都关。"

"都关？"文刀刘便向围拢过来看热闹的工人们望了望，大了大声音，"就你？还都关？"

傅秀山一听，食指便掐上了拇指。

"厂里的规定，谁规定的？我，文刀刘。"文刀刘指了指自己的鼻子尖。

傅秀山的拇指不由就掐上了食指。

"我愿意罚谁就罚谁。"文刀刘一边说着一边不屑地伸出手狠狠地推了傅秀山一把，然后准备扬长而去，"你算什么玩意儿！"

"玩意儿"三个字还在文刀刘的嘴边没落到地上，"啪"，他自己先着了地——

原来，这"玩意儿"不仅是个贬义词，指男人裤裆里的那家伙什，而且还有着亵渎、侮辱、蔑视的意思。天津人骂人不带脏字，说"你算什么玩意儿"比那脏字还脏。所以，文刀刘这句话刚出口，傅秀山一个"牵缘手"，就将其撂在了地上。

可这文刀刘倒也会些功夫，甫一着地，不仅一个"鲤鱼打挺"站了起来，而且同时一个"乾坤肘"就直向傅秀山面门击来。

傅秀山一闪身，让过，然后顺势移开身距，紧紧地瞪住文刀刘。

文刀刘吃了亏，岂肯就此罢休？见傅秀山站在了三尺开外瞪着自己，马上再次被撼趋身上前，一招"和尚撞钟"向傅秀山撞去。

傅秀山不慌不忙"双手接拿"，然后一个"拧按"，文刀刘就再次被撂在了地上——只不过，前次是倒，这次，是趴。

"好！"围观的人群中不知谁叫了一声"好"字，同时拍起了巴掌。

一掌既响，仿如点燃了的鞭炮，"噼噼啪啪"，周围响起了一片的掌声……

叫好声和掌声立即引来了人称"鬼头"的厂警——他的脑袋一会儿大一会儿小，小，是他没戴警帽，大，自然就是戴了，所以工友们戏谑地称他为"鬼头"。

"嘛事？嘛事？""鬼头"一边叫着，一边用手中的警棍拨着人群跑了进来。

"四哥，快——"一见"鬼头"进来，文刀刘正准备起来的身子索性往地上一躺，"打死人了。"

"为嘛打人？""鬼头"立即用警棍指着傅秀山。

傅秀山鄙夷地看了一眼地上的文刀刘，道："问他。"

"我问你。"

没想到，"鬼头"在这"我问你"三个字出口的同时，他手中的警棍也打向了傅秀山。

傅秀山不想与这"鬼头"发生冲突，忙一错身让了过去。可"鬼头"见傅秀山让过了他的警棍，更加气不打一处来地连连挥着警棍，棍棍直抵傅秀山的要害，譬如眼睛，譬如胸口,譬如腰肋。可是,任他怎么挥,傅秀山却总能避让开。这样避上十下让上十下,"鬼头"的气就喘上了。而围观的工友们，先还心里替傅秀山紧着，生怕他要吃亏，因为这"鬼头"的功夫要比文刀刘高上很多（也正因为如此，文刀刘才叫他四哥；其实他姓司，原本文刀刘是叫他"司哥"，但由于方言的原因，在工友们听来却是"四哥"。"四哥"

也挺好听的，所以，"鬼头"没纠正，文刀刘也没解释，就这样叫了开来。不过，叫了开来的"四哥"，工友们还是在其前面加着原来"鬼头"二字，叫"鬼头四哥"。文刀刘呢，程岚先前说的也没错，他也确实是凭了与"鬼头"的这点关系，才当上这个监工的)，而且，他的哥哥司史博还在市警备司令部，据说，是个什么队长。可现在，见"鬼头"那近乎小丑般的上蹿下跳，不禁又叫起"好"拍起掌来。

"你，你……你等着！""鬼头"一手扶着膝盖喘息着，但手中的警棍却仍还是指着傅秀山，"不，不用等着，你，现在，就被……被开除了。"

"什么理由？"傅秀山气定神闲地睥睨着"鬼头"。

"对，什么理由？"工友们一齐接着傅秀山的话问着。

"鬼头"见工友们"起哄"，遂将手中的警棍转着圈地指着工友，道："理由，是吧？理由，就是——他聚众闹事。"

"他们是我聚来的吗？"傅秀山抱起了胳膊。

"我们是他聚来的吗？"一个工友大声地跳了一下脚，将脖子伸了伸地朝后问着大家。

"不是。"众人异口同声。

这下，"鬼头"可不再是气喘不上来了，而是连血都涨在脸上下不去了。

可谁也没料到，众人正与"鬼头""玩笑"般地闹着，原先一直躺在地上的文刀刘却爬了起来钻出人群，找了块砖头，趁着傅秀山和大家的注意力全在鬼头身上，竟然悄悄靠了上去，运起全身的力气，跳起来猛然向傅秀山头上直砸而下……

"啊！"

随着人们短促的"啊"，"啪"一声，有人栽在了地上——不过，不是傅秀山，而是那个偷袭的文刀刘。

虽然傅秀山的注意力在鬼头身上，但文刀刘那跳起来的风声，让傅秀山本能地一闪，顺势转身，右手出甩劲，同时以肩向前，后手向外翻拧，松肩下按，一招"撩阴腕"——文刀刘在空中几乎翻了一个身，就被重重地摔在了地上……

"好！"

这个"好"字，在文刀刘还没落地、众人还没有叫出之前，一个声音就叫了起来。

谁？

张副总。

大家遽然一下屏住了呼吸，眼睛一齐望向了张树景。

"鬼头"想说什么，张副总伸出一个指头制止了他说："我都看见了，也听见了。"

"可他……"鬼头还是用手指了傅秀山。

张副总就夸张地慢慢转过身，望着傅秀山，然后指向他，扭头问"鬼头"："他怎么了？"

"他，他聚众闹事。""鬼头"仍坚持着自己先前的理由。

"我看闹事的不是他，而是他。"张副总将手一指文刀刘，"你，今天一天的工钱，罚没了。"

大家仍在屏着息。

"嗯，还要向那女工道歉。"

"好！"

工友们这才再次地叫起好来，不过，这次，是为张副总。

"凭嘛？啊，凭嘛！"文刀刘紫了脸色，"我要找监理去评理。"

"不用找了。"不想，监理从人群中走了出来，也不知他什么时候来的，"我同意张副总的处理意见。"

"好！"

工友们的掌声再次响起来。

"还有——"监理一边举起双手向下压着，示意大家静下来，一边望了一眼张副总，说，"从今天开始，傅秀山不用再到细纱车间去工作了。"

大家的呼吸"刷"一下又屏住了。

"他调到厂综管科了。"

半天，工友们才反应过来。

工友们在一片掌声和欢呼声中，一下将傅秀山围住并抛了起来……

而站在一边的万德珍，与女工们又是拍掌又是叫好，还又不停地兴奋得直抹着眼泪——从此，傅秀山在女工们那里，简直就成了一个龙舟上说故事传（船）说。

而且，这个传说，不久又演绎出了一段比传说还要精彩的故事……

4 送货

综管科，顾名思义，就是综合管理科。既综合，也就不难理解傅秀山现在的工作，什么都要管。譬如服务、协调总经理办公室工作，尽管总经理周学熙不来，但监理却是天天在的；譬如根据公司物料采购的品种、规格和批量，负责进行市场调查，选择合格的供货方并定期进行市场调查及供货方资质评审；再譬如，负责厂里生产的物品的销售工作，并确保所售物料质量和送达监督。前面两项有别人承担，傅秀山主要负责监督销售。

监督销售，说白了，就是保证供的货顺利到达店家，再说得白些，就是他要押运——不用说，监理是看中了他的武功。

其实，监理虽然看中了，但更多的，却是张树景的主意……

到综管科已有一段时间了，但傅秀山一直都处在熟悉业务阶段。这天，张副总终于给他下派具体任务了，让他送一批货去位于竹竿巷的隆顺号仁记棉纱庄。

竹竿巷东临北门外北大关，东口与估衣街西口相对，直通锅店街、归贾胡同、侯家后、单街子一带，可与毛贾夥巷、天后宫相通；北靠运河南岸；南邻针市街、北马路北门西一带；

西口与茶店口、曲店街、缸店街相通。傅秀山早就听说过，可来天津这么久了，却一直没机会去转上一转，更不要说逛上一逛了。

接受过任务，傅秀山来到码头，上了早已装好了棉纱的船，发现货并不多，且这不多的货，还给他配了好几个脚力。其时他想，这几捆货，凭他一个人扛着也就够了，这张副总，为嘛还要多费这人力？其实，他又哪里知道，这正是张副总的"心计"——不过，当时傅秀山却并不知道，而是替张副总这样想：厂里的工人，放在那儿也是工人，送一趟货也是工人，工人的工钱是按月固定发放的，倒是省了上下力支与运货的开销呢。

船从海河北岸往前开了一小段，便到了南岸。

到了南岸，上了码头，只要走上一小截，便是竹竿巷。

可就这一小截，却让傅秀山第一次见识了他从来没有见过的在他看来心不惊肉不跳在别人看来却是惊心动魄的一幕幕——

船刚靠岸，倒什么也没发生，也许是华新纱厂的雇船，码头上的，都熟悉吧。可当傅秀山带着几个脚力将棉纱卸到码头上，事情来了。先是几个不起眼的人过来绕着棉纱转了两圈，什么也没说，走了。接着，几个人就举着右手，跷着大拇指（向外），拖着一条看上去似乎有点残疾的腿，走了过来——混混。

傅秀山虽然没有与混混打过交道，但他知道天津地界上，这类混混比比皆是，他们无组织、无辈分，不惹官府，不带兵器（但有的带棍，因为棍是木质，闹起事来，大不了算是打斗；而刀，是铁器，那可就算是持械了），扛打，而且挨打时不改口、不服软、不求饶。傅秀山眉头就皱了起来。

"第一次吧？"一个戴着顶破帽子的混混走过来嬉皮笑脸地站在傅秀山面前。

傅秀山却将眼睛故意从他的肩膀上越过去，看向后面。后面，还有一帮人，个个儿扎着腰身，看来，是"脚行"的。所谓脚行，拿现在的话来说，就是从事"搬运工"的组织。

"知道规矩吧？""破帽子"戳了戳大拇指头。

傅秀山便收回视线，眯了下眼道："什么规矩？"

"给爷施舍俩银子，你走阳关道，我还是过我的独木桥。"

"不给呢？"

"不给？哼,哼哼——""破帽子"脸色就现了无赖的表情，"你就踩着爷的身子过去。"

傅秀山就不再理他，回头招呼随行的脚力："走。"

"走？""破帽子"也回头，不过他没说话，只是使了一个眼色，"往哪儿走？"

于是，随着"破帽子"的眼色，几个混混立即一字在傅秀山的脚力面前排着躺下了。

脚力们面上露了难色。

傅秀山微微一笑，走过去，从脚力肩上接过纱捆，也不说话，扛着就从那混混身上跨了过去。

"破帽子"先是一怔，接着，就追了上来，从后面一把拽住了傅秀山。

傅秀山没想到"破帽子"竟敢动手拽他，想走，却走不脱，转身，谁知那"破帽子"也跟着转，不禁就有些恼火，"嗵"一声，将纱捆扔在了地上，睁大了眼睛。

"怎么，想打人？""破帽子"仍是那副嬉皮笑脸，"你打，你打。"

傅秀山的食指就掐上了拇指，对着一边指着自己的头一边往他面前凑近着的"破帽子"冷冷地看着。

"破帽子"见傅秀山站在那儿发不出声，以为他"服"了，便叹了口气，道："也不打听打听，在这海河边，在咱的码头上，不丢仨瓜俩枣就想过去了？"

不说这话，也许傅秀山也就真的掏俩钱省点事儿了，可听他这一说，他的火气"腾"一下就蹿了上来——这次给了，那下次呢，还有下下次呢，岂不是没了个头？于是，他再次弯腰将纱捆扛上了肩。

"破帽子"以为他要走，立即上前伸手如前次一样去拽。不想，傅秀山装着一下没扛稳，将那纱捆顺着"破帽子"的一拽之势，扑通，掉在了地上。哦，不，不是掉在地上，而是砸在了"破帽子"的身上。

"破帽子"猝不及防，被纱捆压在地上龇牙咧嘴了半天没喘过气来。

不待其他混混反应，傅秀山对着那几个脚力摆了一下头，道了声："走。"就重新扛起纱捆，大步流星地向前走了起来……

这下热闹了，前面几个人扛着纱捆，后面一帮混混跌跌撞撞跟着叫着，两边的行人则"噢噢噢"地起着哄，一时间，全码头人的眼睛都转到了这里。

可傅秀山没想到，他正走着，前面，却忽然又出现了一帮人——不是出现，是早就等在那里的那帮扎着腰身的人，拦住了他。

嗯？不是一帮人，怎么是两帮人？

确实是两帮人——

两帮都是脚行的，不过，却分别属于两个脚行。一个属于东北，一个属于西北。东北的脚行北门东都归它；西北，无疑，就是管北门以西一带。可现在问题是，傅秀山显然是个不懂行的初来乍到的主儿，而且正从东往西而来，说是东也行，说是西也可，并且显然是个长期的单，因为凡是送货或是运货送到运到的是棉纱，那就不是瓦罐子里锤核桃——一锤子买卖，因此，两家脚行都要争下这一单。在混混与傅秀山纠缠的时候，他们两家，也不清不楚地纠缠了起来。一个说这里归东，一个说归西，当傅秀山"领"着一群混混到来的时候，两家早已摆上了阵势。

东边的把头姓李，西边的把头姓于。

李把头见傅秀山已然到了近前，便命令手下抬出一个煤炉，上面架着一口油锅，里面的油已然烧得开了，正沸沸滚滚地冒着青烟。

"怎么样？敢吗？"

于把头轻蔑地哼了一声，将眼睛转向了另一边。

李把头就冲其中一个小个子使了下眼色，只见小个子将袖子捋了捋，不惊不乱，不慌不忙，不动声色地走到锅边，眼睛望着于把头。

于把头仍不看他。

小个子就将手伸进了滚沸的油锅里——"滋"，随着一叠的油声，小个子的手就变了颜色，先是红的，接着，就黑了。

然后，小个子就将那只黑手举着，眼睛紧紧地盯着于把头。

"你还能嘛？"李把头挑衅地歪了歪脑袋，"识相的，让开；这单，归我们。"

可于把头却邪邪地笑了一下，说："嘛吗，来！"

随着一声"来"，于把头将自己的裤管挽了起来，旁边一个大个子立即递过来一条板凳。

于把头坐了上去。

于把头再次示意，那个大个子招了一下手，与走过来的另一名汉子将还在滋滋地翻着滚的油锅抬离了煤炉。

那锅一离开，煤炉里的煤球火焰"呼"一下蹿起老高，将周围的人都映红了。

然后，只见于把头拿过一支铁钳，慢慢地从煤炉中夹出一只通红的煤球，边夹边拿眼望着李把头。

李把头的眼睛就越睁越大。

在李把头越睁越大的眼睛里，于把头不动声色地将那只煤球，轻轻放在了自己裸露的腿上——"滋"，随着于把头腿上冒起一缕白烟，一股肉焦味弥漫开来。

傅秀山再也看不下去了，他三步两步走上前，先是一脚将那只油锅踢得在地上滚了几滚，然后又一脚将那煤炉踢得炭火四飞，什么也不说，对那几个脚力挥了一下手，说了声"走"，就扛着纱捆扬长而去……在这"扬长"中，无论是李把头还是于把头，哦，还有那帮混混，都像被施了法术一般，怔怔地怔在那儿，一动不动，望着傅秀山"而去"……直到傅秀山快要走进竹竿巷时，他们才反应过来，啸吼一声，齐齐向他扑去……吓得原本在两旁边看热闹的人群"哗"一下炸将开来……

一场好戏眼看着就要上演。

可是，没演成——

傅秀山虽然凭着一股初生牛犊不怕虎的锐气，不管你什么"行"，也不管你什么"规"什么"矩"，我就是我，傅秀山就是傅秀山地一脚踹了两帮，头也不回地向前走，但听着后面一片吼叫，心下里，多少还是有些紧张。他很清楚"好汉难敌四手"的道理。所以，脚下不由得就加了点劲，步子也就快了。在他想来，只要到了隆顺号，将棉纱一交，他单个一人，无论是打还是脱身，都要好对付得多。

他脚下生风，可苦了那几个脚力，拼了命地想跟上傅秀山，可那步子却怎么也迈不大，且不知是因为紧张还是害怕，那肩上的纱捆感到越来越沉，恨不能要将它立马扔了才好。但他们都是华新的老工人了，这点责任心还是有的，尽管很担心，但还是一路风地随着傅秀山向隆顺号跑。

"快，快！"

隆顺号仁记似乎早就得到了消息，伙计站在门前，一边引着傅秀山往后面的库房走，一边大声地叫着。

等傅秀山他们一进门，伙计就"哐啷啷"将大铁门落了锁。

直到这时，傅秀山才发现，自己也早已是一身的汗；而那几个脚力，瘫坐在纱捆上，浑身像被水洗了一般。

"你，你……这下……这下祸闯大了……"仁记赵经理这时一手撩了袍子，嘴唇哆嗦着跑了过来，"你知道，这是哪里？天津，码头！"

傅秀山只呆呆地望着赵经理。

"还不快快随我来。"赵经理跺了一下脚，转过身，向前店走。

傅秀山犹豫了下，但还是跟上了赵经理。

前店外，已经翻了天了，里三层外三层，也不知是闲人还是脚行的抑或是混混，全都在那儿嚷嚷。嚷的什么，谁也听不清。但意思都懂，就是让隆顺号仁记交出刚才进去的人。

"闹嘛，闹！"在傅秀山随着赵经理一进前店，前店一个人就摇了一把折扇走到了门口，"嘛吗，这人哄哄。"

谁？

张副总。

"景爷，这不关你事。"李把头走上前，向张树景抱了下拳，"这仁记送货的，坏了我们两帮的规矩，我们得向他要人。"

"嘛送货的，是他吗？"张树景一指正随着赵经理走过来的傅秀山，"是不是他？"

"是。"

"啊呀，对不住，对不住。"不想张树景突然"啪"一下收了折扇，双手抱了拳对门外揖了几揖，"这是我刚收的徒弟，不懂事，不懂事，各位，多海涵，海涵！"

李把头，于把头，还有那一众的混混、看热闹的，全都一下窒息般地张了嘴望着张树景。

"改天，我带上他，亲自，登门去向你们爷道歉。"说完，张副总眼珠一转，望向了李把头："我说老李，你呀，唉唉……"

"我？怎么了？"

"你看看人家于把头。"张副总用扇子指了一下于把头，"你却让小弟吃苦，这把头……"张副总边说边摇了摇头，那意思是，他自己不吃苦，却让手下小弟上，太不够"把头"这个称号了。

"就是，李把头，这一仗，你输了。"于把头立即转向了李把头。

李把头却眼睛望也不望于把头，举起手抱了拳，冲张副总揖了揖："看在你景爷的面儿上，今儿这个事儿，咱就此了了。"说完，冲他身后的人挥了一下手："我们走。"

052

◎ 第三章　投奔津门

　　于把头见李把头撤了，想想，也挥了一下手，不知对着谁地说了声："散了。"然后，自己率先一跛一瘸地走了……

　　"走了？"傅秀山有些不敢相信，张副总这么三言两语就让这些人都走了？

　　张副总却一句话也没说，转过身，冲赵经理抱了下拳："叨扰了。"说完，一撩袍，向码头方向走去，头也不回。

　　傅秀山站在那儿发着愣，不知是跟上好还是不跟上好，而且在想：张副总怎么会在这儿？

　　"咯咯咯……"

　　傅秀山一扭头，只见一个与万德珍般大小约莫十四五岁的女孩，梳着个学生头，见他站在那儿痴痴呆呆，不禁捂着嘴发出了笑声，虽然捂着，但那笑声在傅秀山听来却仍如银铃一般脆，立时没来由地身上就冒出汗来——即便是刚才扛着那纱捆，他也没有出过这样的汗。

　　好在，傅秀山正窘迫之际，前面传来了张树景的声音："愣在那儿干吗？难道还要赵经理租个八抬大轿抬你呀。"

　　傅秀山这才一个蹿步跟了上去。

　　后面的"咯咯咯"声更响了……

　　跟了上去的傅秀山，脚步却又不禁顿住了，因为，他忽然想起刚才在与那个李把头交涉时，张副总竟然说他是他徒弟。

　　徒弟？

　　徒弟！

　　可他何曾拜过他做师傅？

　　"师傅——"心里想着，嘴里情不自禁地念叨了一声。

　　他的本意是，"他怎么就成了我师傅"，虽然声音很轻，却不想，前面的张副总还是听见了，仍是头也不回道："师傅？且慢，我能做你师傅吗？"

　　"能。"傅秀山怔了一下，但随即便响响地应了声。

　　他是真心说出这个字的，因为就凭刚才的三言两语，他就知道这张副总绝对不仅仅是个副总这么简单。况且，贾恩绂和李书文两位先生都说过，一技在身闯天下；多上一个师傅，岂不是要多上一技！

　　"你拜过了吗？"

　　"我这就给您下跪。"傅秀山紧走几步，赶上了张树景，转过身，就要跪。

　　张树景轻轻一笑，伸出扇子阻了，道："回去，开香堂。"

　　这拜师还要开什么香堂？

　　傅秀山站在那又愣住了——他哪里知道，这"拜师"，不仅要开香堂，还有一大堆规矩，而且他这一"开"，还开出了他人生中的另一片天地来……

5 加入青帮

傅秀山以为他只是拜下师，开香堂，不过是有几个人作个证而已。可他哪里知道，他这拜的，他这开的，不仅仅是师门，而且，还"开"进了其时正如日中天的青帮。

开香堂那天，傅秀山依了张树景，早早地便来到堂口。

不来不知道，一来吓一跳。只见堂口两边，清一色的青年，均脱去了背心、马褂，除去了帽子、眼镜，肃立着。香堂大殿正中长桌上供奉着翁、钱、潘三堂祖爷神位（青帮为翁、钱、潘三位祖师所创）。神位后面，高悬着罗祖的画像（罗祖，乃罗教创始人，名罗清，法号悟空。因其将自己悟道所得写成"五部真经"自立教门，被信徒尊为罗祖；因翁、钱、潘三位祖师曾受教于罗祖教下，所以才有此一悬）。也不知过了多久，只听有人轻声道"时辰到"，随着这一声，只见当家师，也即香主，点燃香烛，高声诵唱起《请祖词》来："双膝跪尘埃，焚香朝五台，弟子请祖爷临坛把道开。"在这诵唱声中，傅秀山由人引着，进了大堂，跪在神位（像）前。

"你何故要来此地？"香主问。

傅秀山答："冲兄弟而来。"

问："谁叫你来的？"

答："出于自己本意。"

问："谁人引进？"

答："张树景。"

香主就转向一直肃立一边的张树景问："他是你引进的？"

张树景朗声道："是。"

香主又转向傅秀山："青帮的规矩你知道吗？"

答："全仗承兄、拜兄们的戒摩。"

（在此之前，张树景早就让他背会了诸如"不准欺师灭祖""不准藐视前人""不准江湖乱道"等十大帮规，还有十戒、十要谨遵等。）

问："进了帮后，犯了条规，就要洗身，你不怕吗？"

答："若是犯了条规，或是不忠不义，愿受三刀六眼的处分。"

问："兄弟吃的三分米、七分沙，你能受这种苦吗？"

答："兄弟能受，我也能受。"

香主听完，再次转向张树景："既然如此，那就让他行抖海誓吧。"

张树景便上前一步，他念一句，让傅秀山跟着念一句（有点像现在的领誓人）："我既归帮，今后若有三心二意，或私卖帮派，或不讲义气，愿死于刀剑之下，千刀万剐。"

誓完，香主端起一碗酒，张树景与傅秀山各割破食指，取上三滴血，然后倒入坛中，分发给在位的所有青帮弟子。

待所有弟子都有了酒后，香主将碗高高举起，喝道："此夕会盟天下合，四海招俫尽姓青。金针取血同立誓，兄弟齐心要和睦。"

但至此，这"拜"还没有结束。

喝完酒，香主对着傅秀山又高声道："我帮人才辈出，辈辈相传，共有四六二十四字，青、净、道，此三字为我帮前三辈，为谨尊敬，后世弟子不得再用；接下来，是德、文、成、佛、法、仁、伦、智、慧、本、来、自、信、元、明、兴、理、大、通、悟、觉……你的引进人张树景，为'大'字辈，顺理成章，你——傅秀山，为我帮'通'字辈。"

"谨遵。"傅秀山跪着冲香主抱拳施礼。

"礼成。"香主遂宣布。

傅秀山在香主宣布完后，这才被允站了起来。

站了起来的傅秀山先是对着张树景深深鞠了一躬，然后对一边的长辈们诸如师太、师爷、师叔再次鞠躬，最后，才转过身，对着下面的同山（引进或传道帮头之同辈弟子称为同山）、平香（非三帮九代帮头之同辈）们，抱拳答礼……

　　崇祖拜师孝双亲，师傅教训要谨遵；
　　长幼有序人钦敬，当报尊长教育恩。
　　凡我同参为弟兄，友爱当效手足情；
　　兄弟宽忍须和睦，安青义气传万冬……

于是，在一片"诵唱"声中，傅秀山便算正式入了青帮。

虽然"正式"了，可傅秀山却一直像是坠在云雾之中，不仅朦朦胧胧，而且还浑浑噩噩、混混沌沌，直到有一天，他碰上了另一个人。

而在碰上这个人之前，他先碰上了刘云亭……

第四章　初识革命

> 刘云亭也不管傅秀山笑不笑，自顾自地说着："譬如，李先生在给我们上'工人'这两个字时，说'工人是干什么的？天下所有的东西都是工人生产的'。想想，确实是，我们用的穿的哪样不是？他说'工和人加在一起就是一个"天"字，工人能顶天立地……"

1 巧遇刘云亭

进了青帮，拜了"大"字辈张树景，傅秀山起初并没感到什么。感到什么的，是张副总。他见到傅秀山，总是笑呵呵地说："今后再遇到那些什么把头、混混，就报我的名号。"

"你的名号那么管用？"傅秀山在心里有疑惑，如5月里的蛇一般翘着头吐着信子，但他嘴上却没说，说的是："好，我就报师傅的名号。"

"不信吗？"张副总似乎看出了他的疑惑，"告诉你，我这'大'字辈，你知道现在全国有多少个吗？"不待傅秀山回答（他回答也回答不上来），接着又道，"统共不过二十几个，包括北京的袁寒云——袁寒云知道是谁吗？就是袁克文，袁世凯的次子，寒云是他的号。还有上海的张仁奎，也就是黄金荣的师傅……"

"他们都是师叔？"

见傅秀山称袁克定他们为"师叔"，张副总的嘴又咧咧开了说："你说呢？"

"我说是。那就是。"张副总再次咧开嘴。

他当然咧开嘴笑咧咧，因为为了收傅秀山这个徒弟，他可还小动了一下心思呢——只不过，这个心思，此时的傅秀山，却还只是一个疑问，这就是那天在隆顺号仁记他见张树景三言两语打发走了李把头他们后所想的："张副总怎么会在这儿？"

且不说张副总收了傅秀山这个徒弟如何得意吧，单说此后，傅秀山再去竹竿巷送货，还就真的没再遇上过任何刁难，反而那些把头们见了他常要恭敬地叫声"秀山叔"，最不济，也得要拱拱手。于是，他在心里不禁更加佩服加感激起张树景来。

这感激，嘿嘿，说起来，傅秀山却有了另一番隐情——因为没有那一次的张副总让他送货，他便遇不上姓王的静怡小姐。

◎ 第四章 初识革命

王静怡小姐是谁？

就是那天在隆顺号仁记里望着他"咯咯咯"笑的那位。

知道她叫王静怡，是加入青帮后不久，张副总又让他独自押运一批货物送往隆顺号仁记——

那天，有点小风。顺着这小风，傅秀山很快就上了码头，将货物交给了于把头（自那次之后，凡华新纱厂的货物，李把头与于把头轮流着运送；今天轮到了于把头），自己就安步当车地自个儿先到了隆顺号。

照例，伙计给他沏了壶茶。

可他第一杯茶还没端起来，门外忽然传来一阵"咯咯咯"的笑声，随着笑声，门口一闪，闪进来两个天仙般的少女，一个，他认识，就是那天笑话他的；另一个……另一个伙计一见，忙叫了声"小姐"，说"你要的梅花丸子已经给你准备好了"，他就知道，这另一个是赵经理的千金。

"咯咯咯"一见傅秀山，不由得愣了一下，但接着就又"咯咯咯"了起来，一边走一边叫了声"欢芝"，然后将嘴凑近了赵经理的千金欢芝的耳边悄声说了一句什么。

之后，她继续"咯咯咯"地笑着往里走，而赵欢芝听后，则回过头来也笑，不过不是"咯咯咯"，而是"咻咻咻"，且也捂了嘴，不是"咯咯咯"那样地用手心捂，而是用手背掩，边笑边打了一下"咯咯咯"，叫了声"静怡——"

于是，傅秀山知道了，这"咯咯咯"名叫静怡。

并且没过多久，他还知道了，静怡与赵欢芝同在一所女中读书，而且，他还知道，他爹是这竹竿巷东口那边估衣街上有名的药店"达仁堂"的掌柜的。

年轻人在一起，熟识起来总是不需要理由的——他们熟识了。

那天，傅秀山练功时，不小心在靠桩时将胳膊肘蹭破了点皮，原本算不上什么，这在他来说，是马尾作琴弦——不值一谈（弹），可赵欢芝却大惊小怪，非要拉了他去找王静怡，让她给找块膏药贴上。也不知怎么地，虽然在欢芝拉他时还"忸怩"了一下，嘴上连说着"没事没事"，但被赵欢芝一句"哟，看不出还挺封建的"，傅秀山的脚，就在她的一惊一乍中，随了她，走到了街上。

可他们刚过东口大街，正在进西口的估衣街，不想，一个人追着叫着从侧后面跑了过来。

谁？

刘云亭。

"师兄，'棠棣子'师兄，"刘云亭拉着傅秀山的胳膊又是叫又是跳，全然不顾一边的赵欢芝担心他将傅秀山胳膊那破了皮处给伤了的眼神，"你怎么在这儿？"

"刘云亭，你，是你？"傅秀山也很高兴，自那日别了李书文师傅，离开了"小校场"，他就再也没有过刘云亭还有刘云樵的消息了。

"是我，是我。"

"这是我小师弟，叫刘云亭。"傅秀山给赵欢芝介绍。

刘云亭这才注意起站在一边拿眼睛忽闪忽闪地闪着他的这位仙女一般的赵欢芝来："她是——"

"是……"

是什么？傅秀山一时语塞了起来。说她是师妹，却又不是；说是隆顺号仁记纱庄经理的千金，可那与她和他怎么在一起确乎风马牛不相及。不由一时窘在了那。

"啊呀，我那梅花丸子还在灶上煮着呢；秀山哥，你自个儿去，我就不陪你了。你那伤——"见傅秀山一时发窘，赵欢芝不禁脸也微微红了起来，忙找了个借口抽身想走，却又担心着傅秀山胳膊上的伤。

"伤？你受伤了？"刘云亭立即拉起傅秀山的胳膊。

傅秀山让了一下刘云亭说："靠桩蹭的。"

尽管傅秀山让了一下，但刘云亭却还是看到了。看到了伤的刘云亭不想却根本不以为然，将手在空中划了一下："哦，这呀，对'棠棣子'，包括我在内，"刘云亭又拍了下自己的胸脯，"都是屎壳郎爬到算盘上——算嘛数（不算数）。"

看着刘云亭那既有见了傅秀山的欣喜又有几分滑稽的表情，赵欢芝不禁就用手背掩了嘴轻声念道："'棠棣子'？"

"就是我师兄。"刘云亭忙解释。

赵欢芝望了一眼傅秀山问："真的没事？"

"早就说过，没事。"

赵欢芝就眨巴下眼睛说："那我走了呀。"

"走吧走吧。"刘云亭挥了下手。

"真走了——"

"走吧。"傅秀山笑着。

赵欢芝就走。

可走了几步，不由又回过头，用手背掩了嘴，哧哧哧笑着，然后就不再是走，而是边笑着边跑了起来……

望着没了影的赵欢芝，刘云亭诡秘地笑了一下，然后一拉傅秀山说："走，我们吃嘎巴菜去。"

嘎巴菜本名应为"锅巴菜"，天津话称"嘎巴菜"。以绿豆、小米水磨成浆，摊成薄厚均匀的煎饼——天津人俗称锅巴。晾干后切成柳叶形小条，浸在素卤之中，盛碗，点上芝麻酱、腐乳汁、辣油、辣糊、撒上卤香干片和香菜末等几种小料。制成后，五彩缤纷，多味混合，素香扑鼻，再加上那锅巴的香嫩有咬劲，非常适口。拐过一个小弯，前面巷子中就有一家。

◎ 第四章 初识革命

一人要了一碗，边吃边就聊起来这相别之后的境况——

刘云亭告诉傅秀山，自师傅带着刘云樵外出后，他也回了集北头村，直到去年，才被招工进了裕大纱厂。

傅秀山呢，就告诉他，自己进了华新纱厂后，遇上了张副总，并且将自己入了青帮也一并告诉了他。

告诉刘云亭入青帮，自然也就要说到他第一次送货的经历："我到现在也不明白，张副总怎么就在了那儿？"

刘云亭一听，不由得就笑了起来说："那肯定是他早有预谋呀。"

"早在预谋？"傅秀山睁大眼睛望着刘云亭。

刘云亭便重重地点了点头。

其实，刘云亭说得没错，那天，张树景，还真的动了一点儿小心思——

打第一眼见到傅秀山，张树景便认定了这娃将来肯定是个不凡的角儿，因此，心下里不禁就生了几分喜欢。直待看到他为了女工程岚竟然敢利用厂里的制度而"打抱不平"，就更是一个喜欢了。于是，就想纳他入门——能有这样一个徒弟来接他的班，也算是对周老板周学熙这么多年来对自己的关照的一个交代。可就这样提出来，一则显得自己没有城府，二则傅秀山也不会服，于是，那天他有意要在他面前树一下"威"，就让他送货——那点货，其实根本不用什么傅秀山送的。当然，为了防止万一，他还特地找了几个老工人，跟了他一起做脚力。在他们离开码头后，他抄近路，早就到了隆顺号仁记。所以，当傅秀山出现时，他也就出现了。

这一说，傅秀山立即醍醐灌顶般地明白了过来。

明白过来了的傅秀山却并没有生气，反而为自己能得到青帮"大"字辈的张副总欣赏而感到些许得意。

"对了，师兄，"刘云亭可不管傅秀山的得意不得意呢，眼睛一转，又想起了另一个事，"听我娘说，我一个堂姑在你们小傅家村呢。"

"你堂姑？"

"嗯，她姓刘。"

傅秀山不由笑了下："你堂姑，自然姓刘了。"

刘云亭就拍了下前额也笑，说："她夫家也姓傅。"

"我们村叫小傅家村，不姓傅姓什么。"傅秀山就又笑。

"听我娘说，堂姑嫁过去后，一直没开怀，后从他四叔那里过继了一个儿子……"

"那四叔叫什么？"傅秀山眼睛亮了起来。

"叫什么，我没记住，只记得最后一个字叫什么'清'。"

"海清。"

"对，对，海清。"

059

"啊呀，那是我爹，你说的堂姑，就是我现在的娘呀。"

"啊？"刘云亭先是惊得张大了嘴，接着"啪"地又一拍前额，"大水冲了龙王庙，原来师兄，我们是一家人——我得改口，改口叫哥……"

"随你。"

"来，哥，我敬你。"说完，刘云亭伸手端起刚才喝水的杯子，装模作样地喝了一口，"我这就认下了哥你啦。"

傅秀山也不由几分兴奋——在这举目无亲的天津，他竟然遇上了同门师弟刘云亭，而且，师弟还是表弟，能不让他兴奋吗？

2 识字班

现在有个哥了，刘云亭一到休息日就往傅秀山这儿跑。跑也不跑到他厂里，华新纱厂在河北，他们就在这老城边，在这几条街上，穿来穿去，甚至，还到天后宫的戏园子里看过一回戏。戏唱的是元代关汉卿的《拜月亭》。

《拜月亭》主要写书生蒋世隆与王瑞兰在兵荒马乱时候的离合故事，共四折一楔子。战乱逃亡之中，王瑞兰与母亲失散，书生蒋世隆与妹妹瑞莲也失散。世隆与瑞兰相遇，共同逃难中产生感情，私下结为夫妇。瑞莲则与瑞兰的母亲结伴同行。瑞兰的父亲偶然在客店遇到瑞兰，嫌弃世隆是个穷秀才，门不当户不对，便催逼瑞兰撇下生病的世隆跟自己回家，在路上又与老妻及瑞莲相遇。瑞兰一直惦念着世隆，焚香拜月，祷祝世隆平安，心事被瑞莲撞破。二人得知情由，姐妹之外又成姑嫂，愈加亲密。蒋世隆与逃难途中的结义兄弟分别高中文武状元，被势利的瑞兰之父招为女婿。世隆与瑞兰相见，知她情贞，夫妻终于团聚。瑞莲则与世隆的结义兄弟成婚。

这故事说都要说半天，让根本就没有心性的刘云亭坐在那儿一动不动地看，他又哪能坐得住，只不过图个新鲜，再图个在厂里那帮小兄弟们面前吹个牛罢了。

不过，他对戏中那男女的一段对唱却还是听了进去。只是，他分不清人物谁是谁，只知道一个是小生，一个是花旦：

小生：中途兄寻妹。
花旦：半路母失女。
小生：乱中相依伴。
花旦：逃生紧跟随。
小生：人马吼心惊骇。
花旦：风声鹤唳草木哀。
小生：懦弱皇帝太无用。

◎第四章　初识革命

　　花旦：文武百官贪钱财。
　　小生：国亡家破无依赖。
　　花旦：十家骨肉九离开。
　　小生：你母亲不知道今何在？
　　花旦：你妹妹也被两分开。
　　小生：我看来风雨如晦暂忍耐。
　　花旦：君莫学只会读书的呆秀才。
　　小生：我看你女子倒有英雄概。
　　花旦：在乱世文士应有武将才。
　　小生：举国同心把贼兵打败。
　　合：报仇雪恨快心怀。

　　傅秀山也喜欢这一段，只不过，与刘云亭喜欢的不一样。刘云亭喜欢的是前面几句那花旦的唱，还有那堪比花旦脸蛋的小生的装扮；傅秀山则喜欢"君莫学只会读书的呆秀才"。
　　说到秀才，不仅让傅秀山想到了秀才叔，也让刘云亭想到了他最近上的识字班——识字么，就是秀才！
　　"哥，我识字了呢。"
　　傅秀山望了一眼刘云亭道："你们厂里办了识字班？"
　　"厂里没办，你们厂办了？"
　　"我们厂没有识字班，但有培训班。"
　　"培训班？"
　　"就是帮新入厂的工人掌握技术。"
　　"这个呀，我们厂里也有。"刘云亭挥了一下手，"我说的不是这个，是认字，一个字一个字地识。"
　　"厂里没办，那你在哪儿识的？"
　　"庆元里，就是我们河东的郑庄子。"刘云亭边说边仍挥着手，"以前见到字，我一个头两个大，但这个识字班上的李先生，教起来我却一听就会。"
　　傅秀山拿眼望着刘云亭。
　　"不相信？"刘云亭不待傅秀山回答，马上又说："哪天你去听听，保准你一听就喜欢。"
　　傅秀山笑了下。只是笑一下，因为他曾上过"高等学堂"的呢，还用识刘云亭说的什么字？不过，刘云亭下面的一句，却让他还是改变了主意。
　　刘云亭也不管傅秀山笑不笑，自顾自地说着："譬如，李先生在给我们上'工人'

这两个字时，说'工人是干什么的？天下所有的东西都是工人生产的'。想想，确实是，我们用的穿的哪样不是？他说'工和人加在一起就是一个天字，工人能顶天立地'……"

工人能顶天立地！

这几个字一下将傅秀山拉回到了贾恩绂让他看的《国闻报》《益世报》上所说的那句话："十月革命是俄国工人阶级在布尔什维克党领导下联合贫农所完成的伟大的社会主义革命……"

两句话虽然字有多有少，但意思却是如此地一致，而且说的都是一个词：工人阶级！

于是，他决定找个机会随刘云亭去郑庄子庆元里，听一听这个李先生上的课……

可傅秀山来到课堂上，李先生说的，却不是"工人阶级"，而是另一个让傅秀山更加感兴趣的名词和一个名字——

三民主义。

孙中山。

"孙中山先生在十月革命和五四运动后发现了广大人民的力量，开始依靠人民来革命。何为'民'？"李先生环顾了一下在座的工人，"孙中山先生认为，'民'，是指有团体、有组织的众人。综观人类进化史，不外生活民生、生存民权、生命民族三大问题。孙中山先生设想通过'三民主义'的实施，实现'人能尽其才，地能尽其利，物能尽其用，货能畅其流'，进而实现国富民强、天下为公的大同社会……国家之本，在于人民……"

傅秀山因为是中途才进入课堂的，但仅听了李先生说了这么一点，精神立即便为之一振了起来，因为在这里，他再一次听到了"十月革命"这个词语。

"为什么中国工人生活这么苦？"李先生顿了一下，"因为现在的中国工人还没有组织起来。工人只有组织起来、团结起来，才有力量，才不会出现我们常说的'你织布，我纺纱，赚的钱来都归资本家'的现象。就像一根筷子容易被折断，但一把筷子就不易被折断一样。"

大家立即感同身受般地兴奋地点头称是，要不是这是课堂，肯定要鼓起掌来……

有了第一次的听讲，傅秀山便再也忍不住了，第二次、第三次、第四次……休息日一到，不用刘云亭招呼，他就跑了过去，早早地进了课堂。而且，他还知道了这个李先生，名字叫李培良，是一个非常有"本事"的人（其时，李培良为中共天津地委委员）。

"我们中国工人阶级，要像俄国工人阶级在布尔什维克党和列宁的领导下夺取十月革命胜利一样，积极参加民族革命运动，并且要在这一革命运动中取得领导地位……"

如果说，我的爷爷傅秀山当初在贾恩绂"高等学堂"中通过"阅报"，知道了"十月革命"，记住了"工人阶级"，朦胧地产生了"唯以劳工神圣"之信念，那么现在，通过中国共产党天津地委委员李培良在这"识字班"上的开导、引导、指导，这个信念便如一盏明灯般清晰了起来，明亮了起来，闪耀了起来……

"……中国的工人阶级,必将领导一切,成为国家的主人。孙中山先生说,'吾心信其可行,则移山填海之难,终有成功之日;吾心信其不可行,则反掌折枝之易,亦无收效之期也',所以……"

所以,傅秀山在原来记住的"工人阶级"基础上,从此又记住了另一个名词:团结。并且,在不久的不久,他一接触到"职工运动"(简称"工运"),便义无反顾地投身其中。

3 拔撞

时间真快,一场雪后,就到了腊月。

腊八一过,年的味道就从街上飘散开来,自然闻着就不禁心花怒放。

这味道,自然也飘到了刘云亭和傅秀山的鼻腔里、心坎上,于是,他们约好了,这天,腊月二十三——小年,他们一起逛街,虽然买不起(其实是舍不得),但饱饱眼福,也是好的。

满街都是摊点,满街都是红红绿绿的商品,满街都是抑扬顿挫的吆喝声。他们先沿着宫北大街逛着,满眼都是吃的,糖有果糖、药糖、拔糖、麻糖、棉花糖,糕有大梨糕、酸磨糕、京糕、蜂窝糕、丝糕、枣糕、年糕、炸糕、切糕、盆糕,枣有酸枣、黑枣、红枣、熏枣、脆枣、醉枣,饼有蒸饼、油酥烧饼、芝麻烧饼、麻酱烧饼、什锦烧饼,还有槟榔、瓜子、花生、崩豆、青果等等。一到天后宫,祀神用品又琳琅满目,什么纸马、红蜡、佛像、束香、纸元宝、皇历、黄钱,什么供花(纸花,专用于供神,譬如大小八仙人、大小石榴花)、花糕(供神用的塔形白面枣糕,三层发面夹两层枣为一摞,由下向上一摞比一摞直径小,高达二尺半至三尺,每两三摞之间用秫秸秆或竹签串联起来),什么门神、财神、灶王神,等等。进入宫南大街,仍然是吃的居多,酱货熟肉有酱肉、酱肘、酱牛肉、酱驴肉、狗肉、熏肠、腊肠、肉冻、炸蚂蚱、炸铁雀、炸鱼、炸虾、羊杂碎、猪头肉、熟肝、肚、小肠、熏鸡、熏鱼、卤鸡等,腌制品有冬菜、姜不辣、辣萝卜干、咸黄瓜、咸蒜、甜蒜、咸鸭蛋、榨菜、八宝菜、朝鲜小菜、酱瓜、酱疙瘩、酱豆腐、臭豆腐、面酱、黄酱、辣酱、麻酱、虾酱、豆瓣酱、雪里蕻、酸菜,另外还有画糖人、包子、烧卖、锅贴、肉火烧、煎饼馃子、乌豆、面茶等等。

还有什么红粉皮、白粉皮……且慢,前面,前面怎么了?

只见前面人头突然攒动了起来,而且显然不是那种为赶热闹的攒动,而是在躲、在避、在让。

出了什么事?

傅秀山一把没拉住,刘云亭就向那边边拱边挤边叫着过去了。

傅秀山只好也向那边挤。

挤到了前面,前面已然豁开了一个圆场,圆场中间,两拨人正在打架——

"怎么了？"有人如傅秀山一样不明所以地问着。

于是有人答："抢地盘。"

"不是。"有人立即纠正，"是另一帮到了这帮的地盘上没有交'水子钱'。"

水子钱，其意思，通俗地说就是"地头税"。

"可是，这一帮明明败了呀，还打？"有人不平。

"啊呀，打成这样了，怎么还不求饶？服个软吧——"有人着急。

"这帮原来是东北角的混混，跑到巴爷地盘上来混，岂不是找霉倒？"有人惋惜。

"呀，那'折箩'可是开着的呢！"有人指着惊叹。

傅秀山顺着那人的惊叹一看，只见一个光头从嘟嘟冒着热气的锅里正舀了一端子"折箩"向那倒在地上的一个混混走过去，那意思，是要浇他。这要一端子浇下去，那皮肉……傅秀山想到这儿，脚便想动，可是，他的脚还在"想"，那边，刘云亭却跳了过去，一下拦在了光头前面。

"住手，这个是吃的，用来浇人，糟蹋呢。"光头被这突然跳出来的一个人惊得一愣。也许他没想到，在这里，在这地盘上，还有人敢跳出来碍事吧。

"你看，他们倒在地上半天都没还手了，得饶人处且饶人吧。"

"谁的裤裆没扎严，蹦出了你个货来？"光头在刘云亭说完后面一句话反应了过来，边说边将手中的端子向刘云亭泼了过来。

刘云亭也算敏捷，一让，避开了，然后拉了一个架势道："知道我是谁吗？"

"你谁？"这时，他身前身后围上了一帮人。

"我是李书文的弟子。"刘云亭将大拇指翘了翘，"李书文，听过吧？"

一帮就故意地夸张地互相望望，然后一齐声地摇着头："没有。"

"没有？"刘云亭收了架势，"那'文有太极安天下，武有八极定乾坤'总听过吧？"

"没有。"

刘云亭似乎感到没辙了，却又不甘心，想："我师傅那么有名，怎么这帮人都不知道呢？"于是又道："那我告诉你们，'十年太极不出门，一年八极打死人'，知道吧？我的师傅李书文就是'八极拳'大师……"

"什么'大师''大屎'，揍他。"光头说完，率先举起拳向刘云亭袭上。

刘云亭自忖不是这么多人的对手，忙边向后退，边用眼睛在人群中找着傅秀山："师兄，哥！"

傅秀山就走了过去。

可是，他并没有走向向他求助的刘云亭，而是走向那个躺在地上被打得爬不起来的混混。

"'破帽子'？"傅秀山稍稍弯了弯了腰，"能起来吗？"

"破帽子"睁了睁眼，然后又闭上了，但轻轻点了点头。

◎ 第四章 初识革命

"你怎么与他们打起来了?"

怎么与他们打起来了?原来,这"破帽子"他们一直在李把头地盘上混着。所谓混着,也不过是讨口吃的,求个饱、不挨上饿而已。可这几天眼看着要过年了,于是,他与他的那帮弟兄们便想将这讨来吃不完剩下的,拿到这里,做起了"折箩"与"堆饽饽"——所谓"折箩",就是将从各饭馆敛来的残羹冷炙(里面有鱼头、鱼刺、鸡爪、鸡骨甚至牙签、纸烟头,如果其中见到一块半块红烧肉、海参条,那便是"珍品")加上剩饭,也不管是否馊不馊臭不臭变不变质,倒在一口大缸里,抓上一把盐,在火炉上炖热,论碗卖;"堆饽饽"与此基本上一个意思,就是将讨要来的自己吃不了的陈饽饽、剩饼子,拿到市面上来卖,所不同的,是论斤卖。想换两个小钱,大家过个丰年。而他们之所以跑到这里来,一则是这里热闹、人多,能卖个好价,二则,在李把头地盘上,让他看见,实在是掉面子(混混可以讨吃的、图个饱,如果是做起买卖来,便不仅不合帮规,而且还是一种耻辱)。没承想,碰上了巴爷的这帮人。

巴爷是谁?傅秀山正想问,那边,却传来了光头的声音——

"唷喝,还有同伙?"光头眼睛轻蔑地瞟着傅秀山,"也是那个什么'大屎'的徒弟?"

傅秀山的食指就掐上了拇指:骂他可以,但骂师傅,绝对不行!看来,今天我要"拔撞"一回了。

拔撞,天津方言,意思是为他人打抱不平,出气。

"你知道他是谁吗?"刘云亭又跷起了大拇指,"是在帮的。"

"管你什么帮不帮,兄弟们,一起揍了。"说完,光头就要欺身上前。

可是,光头身子向前欺了两欺却没欺动,一根文明棍在他身后钩住了他——拿着这根棍的,约莫三十多岁,瘦高身材,穿一件马裤呢大衣(大衣特别长,长及脚面),敞着怀,戴着帽衬(帽衬大一号,压在右耳上,且略向右歪着),手里拿着一根文明棍,棍正钩着光头的后脖领。

"巴爷。"光头回头一看,立即躬身施礼。

巴爷就放了光头,走向傅秀山,一抱拳:"老大在帮?"

"沾祖爷灵光。"傅秀山也抱了抱拳。

"你老大在会?"

"好说。沾点盐味。"

"请问老大贵姓?"

"好说。敝姓潘。"

"请问,是本姓潘头顶潘?"

"头顶潘。"(意即祖爷姓潘)

"请问老大占哪个字?"

"好说。兄弟占通字。"

"香头多高？"

"二丈二。"（即辈分中的第二十二字）

"香头多重？"

"二两二钱。"

"身背几炉香？"

"二十二炉。"

"头顶几炉？"

"二十一。"

"手携几炉？"

"二十三。"

"师叔，恕无礼——"没想到，说到这儿，巴爷将那文明棍往肘上一挂，双手抱了拳冲傅秀山拱了拱，然后回头说了声"闪了"，就眼睛看也不再看傅秀山一眼地在光头们簇拥下走了。

走了，但他与光头的对话，却还是传了过来——

"巴爷，他是师叔，怎么不请楼上喝壶茶？"

"喝茶，喝嘛茶？"巴爷冷笑加嘲笑地笑了一下，"一个'老坦儿'也配我请他喝茶，还楼上？"

老坦儿，是天津城里对来自农村的人的歧视称呼，相当于今天的"乡巴佬"。

傅秀山的食指不禁就掐上了拇指。

"多谢了。"这时，"破帽子"龇牙咧嘴地爬了起来，合了双手，深深地一揖："这位爷，恩情来日再报。"

傅秀山忙伸手扶了（当然，只是象征性地），问："这巴爷什么来头？"

"他呀，""破帽子"向巴爷走去的方向望了一眼，"名叫巴延庆，少年时便随父做'脚行'，十七岁时子承父业做了这东大街包括海河东码头'脚行'老大。"

"脚行老大？"傅秀山不由得轻轻念了一声。

而"破帽子"说完之后，则挥了挥手，带着一帮混混在人们的视线中，相扶相将着，头也不回地离去了。

离去了的"破帽子"，却真的言而有信，后来，当傅秀山因丢失一份重要文件（抗战大后方重庆送来的《华北日军军事布防图》）找到他时，他果然"报恩"，只不过，那时的他，早已不再做东北角的混混了……

4 游行

年一过,春天便如鸽子一般地飞了回来,先是落在枝头上,接着落在坡地上,再接着便落满了山山水水……落着落着,就落成了绿肥红瘦,落成了繁花似锦,落成了累累硕果,落得人们喜气洋洋、喜上眉梢、喜出望外……

在这到处充满着喜气的日子,傅秀山与刘云亭喜迎来了"五一"假期。

"五一"这个日子,正是春浓时,好季节。早早地,刘云亭就沿着海河来到了河北大街,等着傅秀山。他们早就约好了,今天先看东北角的花市,接着沿北门,再去看炮仗一条街,然后穿到西南角,坐上白牌电车,环城绕上一圈,最后回到北门东,去北海楼。北海楼是一座三层楼房的建筑,砖木结构,上搭顶棚,下设摊档,周围四面店铺,二三楼上环形,设四面走廊,造型别致典雅,装饰新颖辉煌,尤其是三楼的北海茶社,每日由京津艺人演出两场。刘云亭最喜欢听(看)天津时调高五姑和鸳鸯调秦翠红的演出了,那声那音那调门,让三天不吃饭也成。下回,下回再去南门,去看看"南市街"的繁荣,"三不管"的繁闹,"海光寺"的繁华;今天电车上先走马观花地"走"一回"观"一次吧……

傅秀山今天特地穿了一件中山装,显得格外俊朗、英气。

两人见面后,一面踏着晴好的天气,一面安步当车,如"富家小姐"般地逛了起来。对花市还好,虽然那些如继绣球、倒挂金钟、海棠、牡丹、天竺等花品傅秀山小时候在家乡没少见,但现在放在一起,又经过花匠们的精心培育,确实也璀璨烂漫、巧夺天工。可到了看那些烟花爆竹,傅秀山就没了兴趣了,催了几次,刘云亭才恋恋不舍地与傅秀山开始往西南角走——去乘电车不假,更多的,是想去看看电车的起始站的新鲜。

可是,他们正走着,不想,斜刺里突然蹿出两个人来——

谁?

静怡和欢芝。

"秀山哥,你也来了?"王静怡一下就跳到了傅秀山面前。

傅秀山有些蒙,他来逛电车,她怎么知道?

"你们也去坐电车?"刘云亭一边高兴着这"凑巧"一边道。

赵欢芝就用手背掩了嘴乐,说:"什么电车马车,我们去游行。"

"游行?"傅秀山与刘云亭一下都有些诧。

"啊,你们不是来参加的?"王静怡似乎感到很奇怪。

刘云亭就摇头。

这工夫,有三三两两的人群从他们身边走了过去,边走还边互相鼓舞着"快点儿,那些小旗都带了吧","带了,到场再发","标语在他们那一组",听着,傅秀山的血,就热了起来。

"走，走，我们一起走。"王静怡一把拉了傅秀山就走。

赵欢芝望了一眼刘云亭，笑了一下，跟了上去。

刘云亭虽然为不能去坐电车心下感到有些遗憾，但见到两位天真妙龄少女，这"遗憾"只是在大脑中绕了一个圈，立刻就烟消云散了。

前面就是广场。

广场上已是人山人海。

他们一到，有人便递给他们一面纸做的小红旗。离他们不远处，有人正在打开标语，标语上显目地写着"纪念五一劳动节""打倒帝国主义""取消不平等条约"等文字。广场周围，还有戴着红袖章的工人纠察，手里拿着短棒。这时，前面有人在喊"开始了，开始了"。傅秀山与王静怡、赵欢芝还有刘云亭就随着人群向中心集中。

中心临时搭建了一个简单的舞台（估计只是两张桌子，离得有点远，被人群挡了，傅秀山看不见），舞台上，一个穿着长衫的人正在演说。说的什么，人多，有点闹，听不清。但傅秀山的耳朵还是捕捉了几个词，譬如"什么是帝国主义"，长衫说"帝国主义就是那些具有对外侵略扩张倾向的国家"；譬如"什么是军阀"，长衫说"就是那些拥有军队、以武力为后盾、割据一方、自成派系、以保有并扩张自己的权位忽视国家的秩序法律的军人或军人集团"；譬如"什么是土豪劣绅"，长衫说"土豪：乡里的豪强，即仗势欺人的地主。劣绅：地方上的恶霸或退职官僚中的恶劣者。一句话，就是有钱有势、横行乡里的人"……傅秀山还在思想着长衫的这些话，在一片的热烈掌声中，感到胳膊被拉了一下。"游行了。"傅秀山就随着王静怡与赵欢芝开始游，开始行与那些激愤而高昂的工人、学生、店员们一起，高呼起口号来……

"收回铁路矿山！"

"抵制日本货！"

"劳动万岁！"……

游行队伍人人精神抖擞、斗志昂扬、步伐雄壮，挥动着手中的小旗，沿着西南城角、南马路向东南城角、东马路前进。

傅秀山正挥舞着小旗，忽然一个熟悉的身影在前面也在振臂高呼。他说："亲爱的同胞们！醒醒吧！奋斗吧！收回旅大，否认'二十一条'，抵制日货，这就是救国的良方呀！"傅秀山不禁惊喜地叫了一声："李先生！"

"是的，是李培良先生。"一边的刘云亭也看到了。

"打倒帝国主义！"傅秀山的口号声立即更加响亮了起来……

"哥，我去下那边。"进入东马路，刘云亭拽了下傅秀山，"打个招呼就回。"

傅秀山点了下头，然后继续往前边喊着口号边走。

边走边喊着口号的傅秀山见刘云亭要"打招呼"的，原来是个戴着鸭舌帽的与他们差不多大的也不知是工人还是店员抑或是学生模样的人。哦，还有，还有一个，"鬼头"，四哥。"鬼头"四哥与那个鸭舌帽走在一起,也在高呼着口号。

一会儿,刘云亭回来了,一脸的兴奋与激动。

"你们认识?"傅秀山问。"谁呀?"

"'鬼头'四哥。"刘云亭也学着与傅秀山他们厂子里的工人叫这个姓司的厂警为"鬼头"。

"'鬼头'四哥我当然认识,我说的是另一个。"

"与李先生一起的。"刘云亭道。

"与李先生一起的?我怎么没见过?"傅秀山随口问了声。

"你才去'识字班'几回呀。"刘云亭不由得有些得意,"他常陪着李先生一道去我们识字班的。"

"他叫什么?"

刘云亭这才露出了一分不好意思来,低声说了三个字:"不知道。"

不知道就不知道吧,游行队伍仍在继续前行着呢,尽管对这个与李先生一起的鸭舌帽竟然与"鬼头"也在一起,傅秀山十分不解……

这场意外的游行,仿佛一下将傅秀山的青春热情给激发了出来,结束后几天,他都沉浸在那种胜利的亢奋中……

5 又见鸭舌帽

天说热就热了起来,一场小雨过后,街上的人便脱了单(其实是脱掉棉衣或夹袄,穿上只有一层的衣衫)。

脱了单的人们,心情与这季节一样,就变得有色彩了,变得热情了,变得走路也如南方的燕子一样轻快了……

这天傅秀山听说师傅万宗礼准备回家一趟请假没请动,一大清早,他便来到清棉车间,结果万师傅因为是夜班,没来。

于是,他又转到络筒车间,找到万德珍,问问师傅请假是为了什么。

万德珍拿着饭盒正好从食堂刚进车间,远远地看到傅秀山,便"秀山哥"地叫着跑了过来:"你怎么来了,秀山哥?"

傅秀山望着早晨的阳光正斜斜打在万德珍脸上,使她的脸侧逆着光,仿如挂在枝头上的桃一般,望着望着,心不由得"怦"地就"动"了一下,吓得他一跳。

"德珍,你秀山哥来看你呀?"

正是换班时间,进进出出的人很多,见她与傅秀山亲亲热热地站在门口,不由得就多看上一眼;有的嫌这"多看上一眼"还不够,便嘻嘻笑着大声地打上一声招呼。

听着这招呼,万德珍的笑容便映着阳光更加灿烂,然后转向傅秀山,眼睛如蝴蝶扇动的翅膀一样忽闪忽闪着。

看着那蝴蝶，傅秀山的脸，就红了——本来想说"你爹"，可在"你"字刚要出口时，却一转，换成了"师傅……"

"我师傅？"

"不，不是，是我师傅。"傅秀山立即摇起了手，"我师傅昨天请假是为了什么？"

"哦，这个呀。"万德珍眼皮就往下压了压，"我娘又病了，他想请假回去看看。"

"师母病了？重吗？"

"不重，老毛病了。"万德珍见傅秀山一下敛了笑的表情，忙解释，"我爹攒了年假，也许是他们车间这段时间太忙，离不开吧。"

"离不开也得给假，老毛病也是病呢，我这就去找监理。"傅秀山说完，转身便走。

万德珍没说让傅秀山去"找"，也没说"不让"，站在那儿，一直望着傅秀山走出门外，还在那望着。

"德珍，上工了。"

程岚走过她身边，坏坏地笑着推了她一下，她才一个激灵，赶紧地跑进更衣室（上下班得换工作服）……

傅秀山径直走进了办公楼。

刚上到三楼，迎面碰上张树景，他正在热情地送一个人下楼，见到傅秀山，示意他等他一下，他有事与他说。

傅秀山就站在那儿，望着与他错身而过的张树景和另一个人——

另一个人，傅秀山怎么觉得在哪见过？可在哪见过，却又一时想不起来。直到张树景在前面楼梯口的"慢走"的声音传过来，他才猛然一下想了起来。

谁？

那天"五一"游行时，刘云亭过去"打招呼"回来后告诉他"与李先生一起的"的鸭舌帽。

"刚才那人——"傅秀山见张树景过来，犹豫地问。

"上面的。"张树景边走边将一根手指头向上指了指，也不知这"上面"是指总经理周学熙，还是市党部或是市政府抑或哪个部门。

见傅秀山满脸的疑虑，张树景顿了下道："说是市党部派他来的。"

"他来我们华新干吗？"

"干吗？"张树景走进办公室，一直走到他的办公桌后，才接着道，"干吗？他能干吗？让我们成立工会。"

"成立工会？"

"我说我们早成立了，我就是工会主席，将他给打发走了。"张树景一边坐下去一边说着，伸手去拿他的茶杯。

◎ 第四章 初识革命

茶杯空了。

傅秀山便拿起水瓶,一边给张树景续水一边问:"他还会来吗?"

我的爷爷傅秀山问这句话的意思是,希望他下次来时能与李先生一起来,因为刘云亭说过他是"与李先生一起的"。他却并不知道,其时为了加强对工人运动的领导,中国共产党天津市地委派出了三组得力的党团干部分别深入纱厂比较集中的海河两岸河北新开河一带开展工作,且进行了详细分工,地委委员李培良负责联系宝成和裕大纱厂,而这个鸭舌帽,名叫周世昌的中国社会主义青年团天津地方执委,主要联系的,是华新纱厂和铁路工人。但他们之间,偶也协作、配合。刘云亭说的"与李先生一起的",正是周世昌与李培良一起互相支持在开辟工作时被他见到了。

"下回来,我让他去你们综管科——你应付应付……"

"应付?"傅秀山就直直地看着张树景。

张树景愣了一下,但接着又笑了起来,挥了下手道:"我们华新管理规范,制度完善;老板仁爱,工人肯干,什么'公'会'母'会的?但也不能不应付应付,是吧?毕竟他是'上面的'。"

傅秀山就只好点了点头。但心下却在想:"我能应付得来吗?"

后来的事实证明,我的爷爷傅秀山不仅能"应付"得来,而且还"应付"得风生水起,只不过,不是在华新纱厂……

"哦,对了,你师傅昨天向监理请假,监理当时正有事,没批。"张树景忽然想起傅秀山来是为嘛事,"今天监理出去开会了,临走让我告诉你,他批了。"

傅秀山经张树景如此一说,来办公楼正是为了这事呢,于是就一边从张树景手里接过假条一边道:"那我就替我师傅谢谢张副总。"

"别,别谢我,谢监理。"说完,他又挥了一下手,笑道:"还是谁也别谢,这是他攒了好久根据厂规应得的假期,谁也不用谢。"

傅秀山也跟着笑。

"笑嘛笑,小心我抽你大嘴巴子。"张树景说完,忍俊不禁,又笑了起来,"有嘛困难,就来找我。"

"好,谢谢张副总。"

"还没找我呢,不用谢。"

"有,一定找。"

说完，张树景与傅秀山都笑了起来……

6 走上街头

可是，"困难"没找，鸭舌帽也没来，但"应付"却还是很快就让傅秀山"应付"上了——

那天，傅秀山刚清点完一批运往外地的货，还没来得及洗一下手，厂办的看上去还是个孩子样的小文书就跑了过来，说张副总让他明天去市府广场参加"万人大会"。

"是工会活动。"通知完，小文书又补充上一句。

哦，既是工会活动，那就得"应付"。于是，第二天，他先是不慌不忙地将工作安排好，然后才不紧不慢地来到市府广场。

可一到广场，他震惊了，只见广场上万头攒动但有条不紊，而且一个个还十分激愤。为什么？原来5月30日，上海学生两千余人在租界内散发传单，发表演说，抗议日本纱厂资本家15日镇压工人大罢工、打死工人顾正红，声援工人，并号召收回租界，被英国巡捕逮捕一百余人；下午万余群众聚集在英租界南京路老闸巡捕房门前，要求释放被捕学生，高呼"打倒帝国主义"等口号，英国巡捕竟开枪射击，当场打死十三人，重伤数十人，逮捕一百五十余人，造成震惊中外的"五卅惨案"。消息传到天津，激起天津人民极大义愤。中共天津地委立即响应，加强领导，反帝怒火骤然爆发，于是决定这天（1925年6月5日）在市广场举行万人大会，以示坚决支持上海工人斗争。

傅秀山的热血立即被这"激愤"所点燃，与学生、工人和各界群众一起，一边散发天津学生联合会发出的《告天津工人同胞书》，一边大声地朗诵着《通告津埠市民传单》："穷凶极恶的帝国主义已然加紧一步地向我们进攻了……他们更变本加厉，杀我同胞。国尚未亡，彼等待我之残酷，已较对其属地奴隶尤甚，是可忍，孰不可忍……非根本打倒帝国主义，中华民族之解放无从实现……同胞们，不要迟疑，赶快起来求你们的生路……快起，快起，根本地打倒一切帝国主义。"

"起来，全天津的工友起来，各界人士愿你们携起手来……"这时，另一边一个不知是因为激动还是愤慨得喉咙都哑了的声音传了过来。

谁？

李培良。

傅秀山立即向声音移了过去。

李培良看到了傅秀山，向他招了招手。

傅秀山就往前靠近。

可刚要与李培良说话，不想，前面的台上传来了如浪一般的歌声："日本人，豺狼成性，残杀我工人，血肉横飞，淋，淋，淋……"

"他是中国共产党天津地委书记李季达同志。"李培良侧过头给傅秀山介绍后，举

◎ 第四章　初识革命

起双手打起节拍,也唱了起来。

唱,唱吧——傅秀山立即放开喉咙,大声地唱了起来——

"中国人,四万万多,不买英日货……民气壮山河……"傅秀山的歌声,与李季达、李培良,与千千万万工人、学生、群众的歌声一起,如开春的雷,回荡在海河上空,激起一片片火花,闪耀……

大会结束后,傅秀山毫不犹豫地响应中共天津地委号召,代表华新纱厂报名参加了"天津各界联合会"。

可惜的是,在6月10日联合会成立当天,并且在之后由天津各界联合会于14日和30日举行的十万人大会和八十多个团体参加的示威游行,他却因厂里一批急需的货物生产和运送而无法前往参加。但"消息",他却一点也没落,因为,刘云亭参加了——

"整个南开操场上人山人海。"6月14日的群众大会,是在南开操场举行的。"会上向政府提出了五项要求,我只记得什么'收回英、日租界''废除不平等条约''不买英、日货'。"

傅秀山看着说得白沫泛了嘴角的刘云亭问:"还有什么？"

"还有,就是选出了七名请愿代表,我只记得有邓颖超,因为她是女的。"

"然后呢？"

"然后？"刘云亭顿了下,"然后就举行了游行。"

而参加完6月30日全国反帝总示威集会后的刘云亭,一见到傅秀山就兴奋地说:"今天我听到了邓颖超的讲话了,她声音好好听。"

"她说什么了？"

"她说今天是全国总示威,因全国愤慨英人打死沪、汉、湘、粤各地同胞,若不群起打倒英帝国主义,我们中华民族就都被残暴不讲道理的英人打死了,故全国联合一致,抵抗万恶的英人,谋我们民族的解放……"

"说得好！'谋我们民族的解放'！"

"哥,你说我还看见了谁？"

"谁？"

"那个王静怡。"

"赵欢芝没去？"

"没看到。"刘云亭说完,还不无遗憾地瘪了下嘴角。

傅秀山不过只是随意一问而已,对刘云亭的"遗憾"也就随意地一笑而过了,然后道:"听说下次集会游行是什么时候吗？"

"没有。"

傅秀山不免就有些怅然若失。

可是,很快地,他这若失怅然便被另一种动心惊魄所代替……

7 救援

夏天说来就来了，就像一片叶在空中打了一个旋儿还没落到地上，就又被风给吹了起来似的，7月（1925年）就过去了。

进入8月，正是天津这个北方城市的最热季。

早晨的风将早起的风送进华新纱厂的同时，将一个坏消息也送了进来——昨晚，河东的裕大纱厂出事了，还响了枪声（其实，消息在传来的同时，那边的枪声又响起）。

裕大？傅秀山一怔。刘云亭，在那儿！

想到刘云亭，傅秀山心中不禁就一个咯噔：这个"惹惹"，不知有没有卷进这件"事"中？

早晨刚得到消息时傅秀山还只是这么想，可到了晌午时，坏消息再次传来，说清晨，那边的枪声更响了，而且开始到处捕人。傅秀山就再也坐不住了，决定去裕大看看，看看刘云亭有没有事。

沿着海河，傅秀山一路紧走，个把时辰后，傅秀山已远远地看到裕大纱厂了，可是，再往前走了不一会儿，却走不过去了，不是因为正茂着的玉米地，而是每个路口都有警察设了卡，设了岗，设了路障。

"不让过了吗？"傅秀山慢慢靠近持着枪站在路口的警察，"我有亲戚在那边呢。"

"青（亲）戚？黄（皇）戚也不行。"一个警察将帽子抓在手里扇着风歪着脖子看着傅秀山，"除非——"

除非什么？

"除非你不想活。"另一个敞着领子下三四粒纽扣的警察笑着接上道。

两人大概在这儿站了有好久了，正无聊着，遇见傅秀山，所以也就当成了一个消遣。

"我们是外围，里面可是'格杀勿论'。"歪脖子夸张地缩了一下脖子。

"你亲戚是在厂里还是在村子里？"

傅秀山看着敞领子的，试探着道："怎么，不一样？"

"厂子里的，昨天闹事……"

歪脖子就瞪了一眼敞领子，说："话多了啊。"

敞领子就将后面的话咽了回去。

"走走，快走吧。"歪脖子翻了脸色挥着手，因为前边，有一小队警察正往这边来，"再不走，小心连你也一起抓了。"

傅秀山就只好"走"，但他没走上多远，一钻，就钻进了玉米地，然后迂回着，向另一个方向走。

走了一会儿，前面终于又有一个路口。

◎ 第四章　初识革命

可这次路口站着的,不是穿黑警服的警察,而是穿黄色制服的保安队。

怎么办?

傅秀山蹲在玉米地里不禁焦急起来,不仅因为太阳越来越烈,而是他越来越担心刘云亭,这"黑皮""黄皮"都出动了,事情肯定"出"得不小。

当然不小,小还能响枪?傅秀山立即否定了自己刚才的一念,然后站了起来,想试试能不能过去。

可他刚站起来,那边就传来了喝声:"谁?出来!"

傅秀山只好"出来",举着双手,走向那个喝他的保安队员。

"干什么的?"

"走亲戚。"

"亲戚怎么走到这里来了?"

"那边警察不让过。"傅秀山用举着的右手指了指那边。

"哪里来回哪里去,戒严了,都不让过。"保安队员挥了挥手中的枪。

傅秀山就无奈了,一边往后退着,一边擦着脸上淌着的汗水,想这可怎么是好,再换个方向?可那样,离裕大纱厂就绕远了,而且即使绕,也未必就能绕得过去。傅秀山站在一片长着苇草的小水塘边一筹莫展。

"哥。"

傅秀山不由得一惊,放眼四望,却什么也没有——是自己出了幻听?

"哥。"

这次,他听得真切了。

"云亭!"

"是我,哥。"随着声音,刘云亭从苇草中钻了出来。

"真的是你!"傅秀山立即迎了过去,一把抱住了他。

刘云亭本来还只是声音颤抖着,可这时,在傅秀山一抱上他时,眼泪却"哗"一下就涌了出来:"哥!"

"哥在。"傅秀山拍了拍他的后背,"出了什么事?"

刘云亭伸手抹了一下泪,然后张了张嘴,正要说,突然后边传来了一阵簌簌的声音。

傅秀山紧张地一拉刘云亭,就地蹲了下去,同时示意刘云亭别出声。

"小军、大头,是你们吗?"没想,刘云亭却半蹲着用手卷在嘴上,对着那声音轻声问道。

"是我们。"

接着,声音就向他们这边簌簌簌地响了过来。

"他们是我的工友。"刘云亭向傅秀山介绍着几个身上被玉米叶子或是苇叶子刺的一道道血痕的如他一般大小的小伙子,"我们从昨天夜里就开始跑,可到处都是岗哨,好不容易跑到现在跑到这里。"

"到底出了什么事？"傅秀山话一出口，觉得在这里说这些不妥，忙又道："走，从这边走——这里已经是外围，没有岗哨了，刚才警察说的。"

"不是有'黄皮子'吗？"刘云亭望了一眼刚才保安队员站的地方，尽管他什么也看不见。

"那边，"傅秀山伸手指了一下，"那边全是警察。"

"真的没有岗哨了？"一个工人仍心有余悸地问。

"没有，"傅秀山安慰地望了他一眼，"真的没有。"

刘云亭就将腰直了直，长长地舒了一口气，说："好吓人。"

傅秀山拿眼望着他。

"昨天下午，"刘云亭咽了口唾沫，"一些人要往厂外的盐坨地走，可不知怎么，枪就响了。枪一响，厂子里就乱了。乱中，隔壁的宝成纱厂工人一起用力，将围墙推倒了一片，举着旗帜冲了进来。然后，就是一片口号声、欢呼声，还有喊叫声。再然后，大家就气愤地冲进了公事房……我一看，这要出事，转身就往河边跑。谁知，河边早就布满了警察，还架起了机枪……我吓得转身就又往回跑，还没跑多远，身后那机枪就嘎嘎嘎地响了……"

"那是河西的北洋和裕元纱厂的工友们听到枪声后赶过来增援被警察拦截了。"一个工人趁刘云亭喘口气的空儿接上道。

"那他们过来了吗？"

"过来了。"刘云亭接着说，"可我没看见。"

傅秀山就望向他，意思是你去了哪儿，怎么没看见。

"那个时候我就窜进了玉米地里，向外跑，想去找你。"刘云亭也望着傅秀山，"可转来转去，就是转不出来，到处都是'黑皮子''黄皮子'。直到快小半夜，遇上了他们几个，我们才结伴转到了这片地里。"

"这下事情真是闹大了。"另一名工人苦了脸地道，"出大事了。"

工人们说的这"大事"，其实就是史称的"砸裕大"事件。整个过程，九十多年后的我，从《新民主主义革命时期天津工人运动记事》和《天津工人运动史》两本小册上看到，是这样描述的：

《新民主主义革命时期天津工人运动记事》：裕大纱厂工人支援上海工人和要求增加工资准备罢工。地委支持罢工，并要求其他纱厂举行同盟罢工。裕大工人11日下午后在厂外召开大会，遭军警阻止，并被打死、打伤数人。工人怒不可遏，同军警展开肉搏。这时，因债务关系住厂监视厂务的日本人小幡用手枪轰击群众，被工人逮住缴了械。工人遂包围了工厂。各纱厂工人闻讯亦前来支援。一墙之隔的宝成纱厂工人,推倒了东面的大墙,奔向裕大;河西的北洋、裕元两纱厂工人都停工过河,推倒裕大围墙,涌入厂内,同裕大工人共一两万人一起战斗。敌人又开枪打伤十几个工人,愤怒的纺织工人自发地将裕大纱厂公事房和一些机器砸毁。经过三个小时搏斗,抓获日人凶手和三名士兵,缴获步枪十支、手枪八支,工人死伤二十多人。"砸裕大事件"使"五卅"期间天津以工人为主体的反帝爱国斗争达到前所未有的高潮。

《天津工人运动史》：12日,形势恶化,反动军阀开始了血腥的屠杀。12日清晨,各厂工人正分头向盐坨地集中。北洋、裕元两厂工人过了海河,走到周家祠堂附近,遇见路口有保安队把守,大家准备冲过去,遭到枪击和机枪扫射,队伍大乱。仓促间,有的调头后撤,跳下海河,或登上渡船,船翻落水；大部分人退到周家祠堂,在印度籍守门人的帮助下幸免于难。宝成、裕大两厂工人刚出郑庄子也遇上了保安队的堵截。宝成工会代表姬兆生带领队伍前进,枪声四起,从庄稼地里窜出无数"黄狗"（穿黄色制服的保安队）,把工人围在当中,一部分后撤的工人直被逼进裕大纱厂院内,北洋、裕元工人未能逃脱的和被包围的宝成、裕大工人也被围困在裕大纱厂院内,院内聚集工人共有一千多人……随后,大批便衣特务连续"肆虐数日之久",在河东、河西纱厂工人居住地带和劳动群众常出入的游乐地区清查可疑工人、嫌疑分子。先后遭逮捕的共产党人、工会代表、纠察队员和无辜群众达四百四十多人,其他受累者难以计数,激烈斗争中死伤共约八十多人,这就是轰动一时的"砸裕大"事件。

但我的爷爷傅秀山其时并不知道这些,他只知道他的表弟刘云亭在裕大纱厂,他得去"看看"。只是他这一"看",却救了几位工人,则是在他预料之外……

"谁？"

他们正边走边诉说着,不想,突然前面传来一声厉喝。抬眼一看,前面不知什么时候也设了岗,几名警察正在那端着枪晃来晃去,大概听见了他们的说话声,这时都一齐将枪口对准了这里。

几名工人吓得一个愣怔,就想跑。

"别慌。"傅秀山忙低声告诫,"你们跟着我。"

说完,傅秀山马上举起双手,答了声"是我",走了过去。

"你们,干什么的？"

"我是华新纱厂的,运货回来,前面河道被戒严了,只好走着回厂里去。"傅秀山边说着边走到了警察能完全看清楚他的位置,然后站住了,"各位辛苦,这大热的天儿还在执行公务。"

一个警察走过来看了看傅秀山,又看了看他后面的刘云亭他们,说："你真的是华新纱厂的?"

"我哥是他们厂综管科的。"刘云亭在后面伸着脖子替傅秀山答道。

这个警察还想问什么,旁边一个看上去是个头儿的却挥了挥手:"快走,没事儿别出来。"然后又晃了回去。

这个警察就不再言语,也挥了挥手,然后看着他们狼狈地掩进了玉米地……

可走着走着,傅秀山的眉头不禁就皱了起来——不,是拧了起来。他原想接上刘云亭,将他带到他的厂里藏几天,可现在,却接上了这么多人,厂里,是断断不能"藏"了——也"藏"不了。不仅是因为人多他不好安排,还因为他不想为此而招来警察或是保安队。华新纱厂本来风平浪静,如果他一下带这么多工人回去,肯定要引起别人的注意。一注意,岂能不"招"?

可不将他们带回厂里,将他们又能往哪儿带?他想到了巴延庆的脚行,让他们在码头上去做几天苦力,这样,也许可以藏一藏。可是,刘云亭的一句话,又让他将这个想法给否定了。

刘云亭说:"哥,巴爷可认得我呢。"

是呀,既认得,还怎么"藏"?

傅秀山的眉头就拧得更紧了。他想到了隆顺号仁记,看看隆顺号仁记能不能帮这个忙。因为他想到了那个堆放棉纱的库房——而且这找赵经理肯定不行,得找赵欢芝。只是,这样一来,会不会给赵欢芝惹上麻烦?还有,赵欢芝会不会帮?

果然,当他找到赵欢芝时,赵欢芝面上露了难色,但也只是一"露",随即她便说:"我去找王静怡商议一下。"商议的结果,是她们俩轮流帮着打掩护,如果外人问起来,赵欢芝就说他们是隆顺号帮着上下货的苦力,如果是隆顺号的人问起来,王静怡就说这上下货的苦力是他们达仁堂的——反正,只是暂时藏一下,又用不了几天……

安排好这一切,傅秀山终于长长地舒了一口气。但只舒了一半,担心还是又被"吊"了上来——这个喜欢惹事的表弟刘云亭,可千万别给我在这里惹事呀。

谁知,就这短短的几天,刘云亭还是将"事"给惹下了,只不过,这事惹的,却是一件让傅秀山一生中说起来可圈可点的事,虽然几年之后这事才"犯"……

8 苦闷

这天早晨醒来,傅秀山还沉浸在兴奋中。

一大清早,有什么兴奋?

梦。

他做了一个梦,昨晚——不,就在今晨。因为梦醒了,他只眯了一会儿眼睛就起床了。

那梦说来挺有趣,他梦见两家生死对头,今天你打我,明天我打你,打来打去,最

◎ 第四章　初识革命

后就和好不打了,再到最后,他们成了儿女亲家。儿女们便欢乐无比,说从此没有敌,只有友。不,不仅有友,还有亲。儿女便生了儿女,一个取名"努力",一个取名"奋斗"。于是,这个世界,除了努力奋斗,什么也无须存有。

这样的梦,怎么能不让傅秀山兴奋?

于是,他一边轻快地向办公室走,一边哼着《小红娘》:

> 手儿拉着张生,红娘笑呵呵,
> 张生哥,听我说,不要脸皮薄,
> 胆儿小的人不得将军作;
> 别怕那个老乞婆,一切都有我。
> 小姐在花园等着你,
> 走吧走吧走吧快走吧,
> 小姐等急了可要埋怨奴……

正哼得兴起着呢,不想,突然一声喝,将他惊了一吓,忙抬眼,原来是张树景正站在二楼上叫他。

"上来。"

声音不对,师傅可从没如此喝令过他。傅秀山忙将"小红娘"一下扔过了墙,三步两步地向楼上跑去。

张树景坐在办公桌后阴着脸,见他进来,半天没抬头也没吱声。

"师傅。"

"别叫我师傅!"

"张副总。"

"唔,我问你——"张树景这才抬起眼睛,"这些天你玻璃镜上的人儿——有影无踪地尽在干些嘛?"

"没,没干吗呀。"

"没?"张树景瞪起了眼睛,"我查了你这几天的出行日志,既没押运,也没清点,见天地往城里跑。进城里干吗?是不是与那个'公'会'母'会有关?不说实话,小心我抽你大嘴巴子。"

傅秀山就声音低了地道了声:"没。"

"没更好。"张树景叹了一口气,语气放缓了些,"别整天这游行那集会的,厂里的事,才是正经八百。"

"没耽误厂里的事。"

"知道你没耽误。"张树景站了起来,走过了办公桌,然后靠在上面,面对着傅秀山,一手端着茶杯,"你看看那个裕大,前阵子整个厂子被砸了,图个一时之气,图个一时之快,图个一时……"张树景一时找不到这个"一时"后面该用什么词,顿了一下,才接着说,"可是,这气过了,快过了呢?机器没了,厂子烂了,还要不要工作,要不要吃饭?"

傅秀山心下就想,那不是被逼的吗?可嘴上却没敢出声。

"还有那个宝成厂,听说一个女工将一个小孩子带进车间放在棉条筐里,被发现后厂里要处理,工人们就说资本家欺人太甚,提出要求增加工资,如不加,就要罢工。这罢的哪门工嘛,你想想,如果那个小孩要在厂里出了安全事故,譬如跑到机器前被轧到了,怎么办?会不会找厂里?那个时候是不是又要说厂里安全防范不严?"

傅秀山还真的没往这上面想,虽然他也听说过这个事情。听说这个事情后,厂里给工人增加了工资,粗纱十条增加四分,细纱、摇纱十条增加二分,其他工种工人增资一半。当时刘云亭在说时,还不时地羡慕得直吧嗒嘴呢。

"今后没事,别往外跑。那些工会要求的,也尽量别去参加。"说到这里,张树景不由得深深叹息了一声,"我知道这样说你,你心里存着老大的不愿意。可是,这官府的事,今天说对,是对,明天说不对,就不对了。想当年,我跟随曹福田……"

这是自傅秀山认识张树景以来,张树景第一次提到往事,而且还是他自己主动的,傅秀山不禁就竖起了耳朵——

"曹福田是静海人,离我老家沧县和你老家盐山都不远。当年(1900年),他率领两千余人到天津建立总坛口(在吕祖堂内),向帝国主义发出'战书',与张德成还有官军(清军)一起攻打八国联军占据的老龙头火车站(今天津东站),第一次就击毙俄军五百人。同时,为了维护中国人的利益,他下令不准焚毁洋货、打击商人。可是,正当他率部东进追击,与租界敌军接火之时,清军却突然掉转枪口,直指义和团,不仅使得天津失陷,曹部被打散,而且,第二年5月,逃到家乡静海的曹福田,还被官府捕杀了。"张树景说到这里,眼睛望着天空,顿了良久,"你说,这官府的事,能有个准吗?自曹福田被捕杀后,一切我都看得开了、淡了,什么革命,什么正义,什么为这为那,那不过是官府的一种手段罢了。所以,我让你对那个工会应付应付就行了,不要'当真地'一门心思地参与了进去。听到没?小心我抽你大嘴巴子。"

"这样说来,师傅,恕我斗胆——我连青帮也不想参与了。"傅秀山先是望着自己的脚尖说了这么一句后,然后抬起头来望着张村景,"你看看那些同参们,不仅毫无正义之感,甚至连他们最初的淳朴善良都忘了,简直成了无赖。不,不只是无赖,还开妓院、设赌局、开烟馆,黄赌毒,无恶不作。这与师傅你,还有我的恩师贾恩绂、李书文所教导我的做人的根本'孝、悌、忠、信、礼、义、廉、耻'简直是背道而驰!"

张树景听着傅秀山的话,先是有些讶然地睁大着眼睛,继而便露出一丝欣喜,再接着,则不禁锁起了眉头,长长地一声喟叹后,他才道:"你以为我就不厌恶现在的这帮乌合之众吗?他们个个唯利是图,毫无人情,更谈不上情义。可是,帮会有门户,你入帮的

第四章　初识革命

时候，也血誓过；进去了，哪能说退就退，说不参与就不参与？所以，我一般不介入他们的是是非非。再说，凭借着咱的辈分，那些无赖们见了，绕着道，不惹。在这乱世中，能这样，咱们还奢求什么？有句话怎么说的来着，'出淤泥而不染'，对，'出淤泥而不染'，洁身自好吧——洁身自好，听到没？"

"听到了。"傅秀山只好喏喏应着。

"下回我要是再听到你二五不挂三五成道地参与什么这游行那集会，小心我抽你大嘴巴子。"

"是。"

"听说你最近也很少练拳了，是天太热吗？"张树景见傅秀山左一个"听到了"右一个"是"的，语气就缓了下来，"一天不练手脚慢，两天不练丢一半，三天不练门外汉，四天不练瞪眼看。知道不？"

"知道了。"

"傅秀山，傅秀山在吗？"这时，下面有人喊，"监理让你去一趟供给科。"

"哎。"傅秀山应了声。

"去吧。"张树景头也不抬地将茶杯放在了桌上，"记住我说的了吗？"

"记住了。"傅秀山说，"那，师傅，我去了。"

"嗯。"张村景哼了声，看着傅秀山走了出去。

走了出来的傅秀山这才对着正闪着阳光的树梢深深地呼吸了一下，然后边往楼下走边想，师傅说的也不无道理，今天集会明天游行，全都集会游行了，那工谁来做？况且还有像裕大那样的，招来杀身之祸。能不参加的还是不参加吧——

于是，那段时间，傅秀山好像一下变了个人，见天到晚，不言不语，隐默着，哪儿也不去，只一心地工作，工作，工作着。

可这样只过了三四个月，拿张树景的话来说，他又"壁虎的尾巴——节节活"了起来……

第五章　组织工运

　　刘云亭就火了——当着巴爷的面,这也太那个了。于是,他"嗖"的一下拔出了一直挂在他身上的那把没有子弹的手枪,往桌上重重地一掼,冷冷地道:"给句话,参还是不参,加还是不加?"

1 聆听演讲

　　如果说前两次参加集会游行多少有些被动,那么这次,傅秀山却是主动且积极参加的——

　　节令进入3月,天仍还是冷着。海河上的冰没完全化开。风吹在身上,虽然不像之前那么像刀割,却依然凛凛着,刮脸皮。但太阳暖了。

　　上午八九点钟光景,鸭舌帽周世昌来了,径直走进了张副总的办公室。

　　他来,大多是与工会有关。

　　于是傅秀山就在楼下挥了一下阳光,然后上楼。

　　果然,"鸭舌帽"与张副总正在说着"集会"的事。前面说的傅秀山没听见,只听见他在说"这次是为了纪念中山先生"。

　　中山先生?

　　孙中山!

　　他知道,孙中山先生于去年(即1925年3月12日)去世了,据说逝世前一年,1924年10月,奉系军阀张作霖和直系将领冯玉祥联合推翻曹锟为总统的直系军阀政权后,冯玉祥、段祺瑞、张作霖先后电邀他北上共商国是。孙中山欣然接受了邀请,并郑重提出了废除不平等条约、召开国民会议作为解决时局的办法。11月,离广州北上,先抵上海,再绕道日本赴天津。12月底,扶病到达北京。1925年3月12日,因患肝癌在北京逝世。

　　关于孙中山这次"赴天津",以我的爷爷傅秀山当时的身份,是不可能知道其行踪的。几十年后的我,在"历史"书上,看到这段历史是这样的——

　　1924年10月23日,直系将领冯玉祥在北京发动军事政变,一举推翻了曹锟的北京贿选政府。冯玉祥、段祺瑞、张作霖等先后电邀孙中山北上商谈建国大计。孙中山按照既定的对内召开国民会议、对外废除不平等条约，用以消除军阀割据、争取民族独立、达到国内安定和平的政治目的之方针，毅然决定北上。1924年12月4日，孙中山与宋庆龄乘永丰舰抵达天津美昌码头（今营口道靠海河处），他第三次踏上了天津的土地（前两次分别是1894年和1912年）。

孙中山决定北上后，许世英对孙中山在天津的下榻之处几经挑选，最后选定张园，并亲去洽谈借居之事。张园是张彪的住宅。1911年武昌起义爆发时，作为湖北提督、第八镇统制的张彪，无力也无法阻挡迅猛的革命浪潮，在退隐津门期间，张彪投资实业，用赚来的钱在日租界购置土地，于1915年至1916年间在宫岛街（今鞍山道59号）建了一栋三层豪华楼房，为西洋古典风格建筑，命名为"平远楼"。因为园主人姓张，人们称之为"张园"。

4日下午，孙中山偕汪精卫、孙科、黄昌谷、李烈钧等10余位随员赴曹家花园访晤张作霖。当晚，孙中山入住张园。孙中山回到张园后，觉肝气发痛，即请德国医生施密特诊视。施密特诊断是因旅途劳顿，食物不消，以致胃痛，肝部因之而肿，须静养。其实，此时孙中山已经患上肝癌。

在天津，孙中山和张作霖进行两次会谈。但因二人政治理念存在巨大差异，孙中山未得到昔日盟友张作霖的配合与支持，双方的合作也止步于军事反击，未能向前发展，中国失去了一次和平统一的机会。1957年，张学良在《杂忆随感漫录》中写道："假如总理不死，我父亲能同协作，中华民国史须另辟一页，亦未可知，因而止笔三叹焉！"

在津期间，孙中山的病情逐渐加重。当时他虽然已是肝癌晚期患者，但为了消除军阀混战、废除不平等条约，达到和平、统一、救国之目的，仍是日夜操劳，仅以大元帅名义在张园给部下发出的指令、训令等就有118件；在张园接待的各界代表，见诸报端的就有68人；并在张园发出了长文《孙中山抵津后之宣言》，草拟了建国意见25条。

1924年12月31日上午10时许，雪后气寒。孙中山偕夫人宋庆龄及其诸随员由张园起身至天津东站乘专车入京。

至此，孙中山先生与天津永别。

"如果张副总您没空，可派贵厂综管科的傅秀山去。""鸭舌帽"居然知道"傅秀山"的名字。

"他呀，不定有兴趣参加。"

"我有。"里面张副总的声音还没落地，外面的傅秀山就应了一声，同时，人也站到了屋子里，"张副总，我可以参加。"

——自小从贾恩绂的高等学堂知道了十月革命,后来在识字班又从李培良口中进一步认识了三民主义,此时,为纪念"中国近代民族民主主义革命的开拓者、中国民主革命伟大先行者、中华民国和中国国民党的缔造者、三民主义的倡导者"孙中山先生逝世一周年,傅秀山,一个热血青年,一个浑身充满着活力的热血男儿,焉能不去!

"你……去?"张副总有些尴尬地望着傅秀山。

傅秀山将胸脯挺了挺,肯定地道:"我去。"

"那……那好吧,明天,就由他,傅秀山,代表我们华新纱厂出席纪念大会。"张副总转向"鸭舌帽"有些无奈地道。

"好,明天我在南市大舞台等你。""鸭舌帽"说完,伸出手与张副总握了握,然后又与傅秀山握了握。

"我送你。"傅秀山说着,上先一步,让在一边。

"不用,不用。""鸭舌帽"边说边跨出了门,但就在出门与傅秀山擦身而过的一瞬,他轻轻道:"明天李先生也在。"

傅秀山怔了一下。

待傅秀山反应过来,"鸭舌帽"已一边挥着手一边走下了楼梯……傅秀山不知道,这是他最后一次见到"鸭舌帽",因为此后不久,军阀对天津革命运动施行了疯狂报复,到处搜捕"赤化党"人,周世昌等公开露面活动的党、团、工会同志及其负责人都撤离了天津……

第二天,几乎在天亮的同时,傅秀山就动身了,因为他得要过河,还要经过市区,然后才能到达南市。

到达时,不早不晚,集会才刚刚开始,默哀结束后,在前排的李培良一回头,发现了傅秀山,便悄悄向他招了招手。傅秀山就轻轻走了过去,站在了李培良身边。

这时,有人开始演讲。傅秀山认识,是中共天津地委书记李季达——"孙先生在去年的今天,因患肝癌在北京逝世了。逝世前夕,他签署的遗嘱,包括《国事遗嘱》《家事遗嘱》和《致苏俄遗书》三个文件。"李季达说,"在《国事遗嘱》中,他总结了四十年的革命经验,得出结论说:'必须唤起民众,及联合世界上以平等待我之民族,共同奋斗。'发出了'革命尚未成功,同志仍须努力'的号召。遗嘱指出,要按他'所著《建国方略》、《建国大纲》、《三民主义》及《第一次全国代表大会宣言》,继续努力,以求贯彻'。在《家事遗嘱》中,先生说明将遗下的书籍、衣物、住宅等留给宋庆龄作为纪念,要求子女们继承他的革命遗志。在《致苏俄遗书》中,阐明了他实行三大革命政策,坚持反帝爱国事业的坚定信念,表示'希望不久即将破晓,斯时苏联以良友及盟国而欣迎强盛独立之中国,两国在争世界被压迫民族自由之大战中,携手并进,以取得胜利'。"

李季达声音刚停,另一个洪亮的声音接上了:"所以,天津人民,具有优良革命传统的天津人民,要携起手来,贯彻孙中山先生反帝反军阀的教导,全心全意地为了改造中国而耗费毕生之精力,鞠躬尽瘁,死而后已……"

随着这声音,李培良一下激动了起来,指着那个穿着玄青长衫的留着两绺浓重胡子的中年人轻声对傅秀山道:"知道他是谁吗?"

傅秀山当然不知道。

"李大钊,他是李大钊,中国共产党北方区委书记李大钊。"说完,李培良抬起头,眼睛放着光地望着舞台上李大钊在那儿激昂地演讲……

　　李大钊,中国共产党主要创立人之一,中国最早的马克思主义者和共产主义者之一,是中国国民党第一届中央执行委员会委员之一,也是在北伐时期推动颠覆北洋政府的重要人物之一,同时为共产国际的成员及其在中国的代理人。在当时,我的爷爷傅秀山,又怎么能知道?
　　但他知道了李大钊演讲的内容——

傅秀山浑身热血一下被点燃了,不仅激动得使劲地鼓掌,而且将正在舞台上空回荡的《国际歌》唱得如海河激浪一般汹涌澎湃。

在这澎湃中,李大钊那激越的声音,仍在他耳畔回响——

"20世纪的群众运动将是'合全世界人类全体为一大群众',这种力量将不可阻挡,要把'历史上残余的东西——什么皇帝咧,贵族咧,军阀咧,官僚咧,军国主义咧,资本主义咧——凡可以障阻这新运动的进路的,必挟雷霆万钧的力量摧拉他们。他们遇见这种势不可当的潮流,都像枯黄的树叶遇见凛冽的秋风一般,一个一个地飞落在地',劳工阶级的强大力量展示了其创造一个新世界的能力……"

接下来,是天津市总工会代表讲话。

傅秀山仍沉浸在李大钊的慷慨激昂的演讲中,对工会代表说了些什么,根本静不下心来听。不过,虽然没能静下心来听,但他却记住了他的号召。这就是天津工人要成立和加强工人纠察队的组织和训练,"以后像苏联一样发展工农红军"。于是,参加完集会后回到厂里的傅秀山,便开始了一个大胆的计划——

成立纠察队!

因为,"劳工阶级的强大力量展示了其创造一个新世界的能力",这与他,傅秀山所确立的"唯以劳工神圣"之信念志同道合;况且,集会结束临分别时,李培良还告诉他,有什么困难,可以随时去找他。

2 加入国民党

对于成立纠察队，厂里非常支持。因为近来常有人出入华新纱厂，也不知是哪条道上的，监理正为这事感到不安，傅秀山提出建立一支纠察队，开展巡逻、值班以及处理突发事件，监理就一口答应了。因为有了这个纠察队，他就可以让纠察队随时注意外人（主要是防止裕大、宝成这边的纱厂来人，撺掇什么罢工、游行）进出，既保全了厂，也保全了工人。

张副总也同意，因为这样一来，不仅有益于厂的稳定，而且也使他的"武术"情结得以释放——他自请担当纠察队教官。

队长，既是傅秀山提议的，那就由傅秀山担任——监理也好，张副总也罢，也懒得去管这事无巨细的烦人活儿。

于是，傅秀山首先在全厂选人，接着制定训练计划，再接着，编排队员（因为队员分别来自各个车间，因此，得与车间协调，错开上工、训练和今后的执勤时间），一应事情下来，就到了真正的夏天。

冬练三九，夏练三伏，这是武家常挂嘴上的一句话，傅秀山将它们也用到纠察队员们的训练上了。

好在队员们大多与傅秀山一般年龄，浑身勃发着青春，所以，对这训练，充满着热情与信心。

这热情与信心不仅来自他们自身的荷尔蒙，而且因为他们能同时得到两位不凡的师傅指教，那就是张树景和傅秀山。

于是，华新纱厂，每天清晨或是傍晚，总是激荡着昂扬、朝气、刚劲却又不失温情的《拳歌》——

> 左把凤凰单展翅，猛虎回头不留情；
> 倒退一步斜引式，犀牛望月往前行。
> 老虎入洞回收缩，拳撞俯腰对目称；
> 拦路刹身当心打，上步码肘打耳根……

还别说，经过两三个月的训练，这支纠察队便有模有样，甚至国民党天津市党部来人看了都连连称赞。

这一称赞，大家原本以为只是市党部对他们的褒奖（事实上也确实是对他们的褒奖），谁知，他们这一称赞这一褒奖，却引来了警察厅的警察，不，准确地说，是侦探。

怎么回事，原来当时天津工人运动的重整旗鼓，引起反动军阀极大的恐慌和仇视，

◎ 第五章　组织工运

先后发出一系列禁令，预剥夺一切言论、出版、集会、结社的自由，并在天津《大公报》上登载《警厅预防纱厂风潮》消息，说"现警察厅为预防各纱厂工潮，并取缔工人入党起见，对于宝成、裕元、北洋、华新、裕大各纺纱厂，均各派侦探二人，前往侦查工人行动，以防工人群众滋事"。

结果，两名侦探一到华新纱厂，发现纱厂不仅有纠察队，而且纠察队还个个能武会拳，不禁就紧张了起来。但又由于厂里秩序井然，无论是生产还是管理，都按部就班，他们却挑不出任何"滋事"的毛病。不过，他们既感到"紧张"，那就不能不做出点什么来——

做出点什么来？

解散纠察队。

这哪行，纠察队刚有起色，怎么能说解散就解散？监理找，张副总找，可都不行。最后，监理与张副总不得不向总经理周学熙汇报。

好在，警察厅还算给周学熙面子，答应纠察队可以不解散，但队长须加入国民党。也就是说，要想保留纠察队，傅秀山就得加入国民党。在警察厅看来，有了"国民党员"的纠察队，总不至于滋"工潮"事。

可傅秀山却根本就不知道国民党是个什么党。

入党申请表都发下来了，傅秀山却仍然拿不定主意。

傍晚，夕阳很美地照在海河上，映得来往的船只也一片通红，甚至那些海鸟白色的翅膀上，也打着红色金边。可站在岸边的傅秀山，心里却是一片灰暗，他不知道该怎么办，明天还不交表，就再也没有理由推托了。

怎么办？

这时，一只海鸥突然从河中向他飞来，几乎到他头顶时，"呀"地叫了一声，然后一个折返，又飞到了河上……

这一声叫，将一筹莫展的傅秀山叫得一个激灵。

一个激灵之后的傅秀山想到了一个名字：李培良。

对，去找李先生，他不是说遇到困难可随时去找他吗？看看他有什么好主意或是好建议……

想到就去。傅秀山立即动身前往英租界义庆里四十号——他知道，李培良在那里办公。

穿过一片片庄稼地，穿过一条条街道，穿过一座座楼房，傅秀山带着一身的月光，找到了李培良。

李培良一见到傅秀山，惊得一下从座位上站了起来，紧张地望着他问："发生了什么事？"

"没什么事。"傅秀山笑了一下。

这一笑，才让李培良那颗"怦"地一惊的心平静了下来问："没什么事这么晚来找我？"

"想找你谈谈心。"

"哦，"李培良舒了一口气，重新坐下去，一边指着对面的椅子道，"坐，坐。"一边给傅秀山倒了一杯水，然后向前倾着身子问："什么心要谈？说来听听。"

傅秀山没有直接进入正题，而是先将自己原先对师傅张树景说过的想退出青帮可师傅却又不准的事说了说，然后才将他如何训练纠察队，现在警察厅又如何要让他加入国民党一事捡着要点说了一遍。

李培良认真地听着傅秀山说，一会儿皱下眉头，一会儿陷入沉思，傅秀山说完，半天，他仍在拧眉思考。

"我该怎么办？"

"你说出了两个问题，一个是想退出帮会，二个是想保住纠察队，是吧？"

"是。"

"我们先来说第一个问题。"傅秀山的眼睛就定定地望着李培良，"我认为你还是在帮的好。为什么呢？你看，自你入帮，当然还有你师傅张树景，借用你们在帮会中的辈分，是不是为工人们争取了更多更好的利益？"

傅秀山就想，更多更好的利益不敢说，但社会上那些这府那衙还有这帮那派的倒是不敢轻易欺负华新纱厂的人倒是真。

"所以，我认为你大可不必退什么帮、出什么会。只要你自己不忘初心就行了……"

"只要自己不忘初心就行了。"这倒是与师傅张树景说的"洁身自好"意思如出一辙。

"我们再来说第二个问题。"李培良见傅秀山半天没言语，接着道，"既然不想解散纠察队，那你就加入国民党吧。"

"加入国民党？"

李培良郑重地点了点头后，眼睛紧紧地盯着傅秀山道："但你要记住，这支纠察队，一定要牢牢掌握在你自己的手中。"

"你是国民党党员吗？"

李培良没想到傅秀山这样问他，他只好笑了一下说："是的。"

"也是中共？"傅秀山终于将一直憋在心里的一句话问了出来。

李培良没说是，也没说不是，只是仍笑着说了声："现在不是国共合作嘛？"然后就借着给傅秀山续水转移了话题……

傅秀山本来想说"我也想加入共产党"，但见李培良转移了话题，也就将这句话咽了回去。

但从李培良那里出来，他心里，却是安定的、平静的、坦然的。只是，临走时，李培良握着他的手，意味深长地说"希望你不论在什么党，都谨记着'工人阶级'这四个字"，顿了一下，接着又说"这里，今后你不要再来了"，见傅秀山疑惑的眼睛，李培良不容他问，马上道"不要问为什么"，他却一直惴惴不安……

我的爷爷傅秀山又哪里知道，作为中共天津地委委员的李培良，已敏锐地感觉到了一双黑手正向这里伸来——果然，1926年11月23日，天津警察当局在英租界工部局的协助下，包围查抄了国民党天津市党部和中共天津地委的秘密联络站、国共合作的统战机关义庆里40号，并以"组织党部，宣传赤化，阴谋暴动"为由，逮捕了共产党员和国民党革命派江震寰、邬集中等15位志士……

第二天，傅秀山将那份加入国民党的申请表填好后，交了上去。

不久，他的申请就批了下来，傅秀山成了国民党的正式一员——这个"不久"，傅秀山永远记得——1927年1月。

3 迷惘

加入国民党后，华新纱厂工人纠察队总算保住了，并且在张树景和傅秀山的领导下（实际上是以工会的名义），护厂、训练、维护工人利益，工作开展得热火朝天。可是，很快，一个又一个坏消息便如秋天的乌鸦一样飞了来。先是义庆里四十号被查抄了，接着当局出动大批军警、密探，"调查工人行动，查问居民动向，有成千上万的被查被问者，以在党的工人、学生为最多"；再接着，就在傅秀山被批准入党的当月，刚刚成立不久的位于法租界普爱里七十二号的"天津城市工人俱乐部"（即天津总工会）遭到破坏；再再接着，更加匪夷所思的事情发生了——

1927年4月15日，当局竟然将从英租界义庆里四十号逮捕的江震寰等十五位革命志士在南市广场杀害了。还没过上多少天，28日，李大钊等二十名革命志士被以"和苏俄里通外国"为罪名绞刑处决。不久，李季达，那个在广场上与傅秀山一起高歌"日本人，豺狼成性"的刚刚由天津地委改组为天津市委并任省委委员、天津市委书记的李季达，在海京地毯三厂被逮捕了，并于11月18日在西头白骨塔刑场遭到枪杀……（同时被捕的还有傅秀山一直尊称其为"李先生"的李培良。好在，他后因"证据不足"而脱险。脱险后的李培良立即被组织上安排去了唐山，任中共唐山市委书记；不久又任中共北京市委书记，1931年病逝。

这些敬爱的人，怎么一个个居然、竟然、不可思然地被逮捕了？

傅秀山惊呆了。

呆过之后，突然地，他感到眼前一片漆黑——

哪里是路？路在哪里？

傅秀山陷入了迷惘中。

而随着这迷惘，傅秀山感到自己每天都在向下沉、向下沉、向下沉……

好在，正当傅秀山感到整个身心就要沉到谷底时，厂里来了一个人，一个带着一身早春气息的人——谁？傅茂公（即原名傅懋恭的彭真，傅茂公为其化名）。

那天，虽然工会涣散但工人纠察队却还保存着的华新纱厂，迎来了一个戴着礼帽、十分儒雅的人，他径直找到张树景，并自我介绍说他是中共第一部委书记。

中共？

中共！

原来，面对反动军阀对革命的镇压破坏日甚一日的情况，中共天津地委经过反复研究，决定采取相应的措施，调整和加强原区委，改为三个部委，实行分片领导。第一部委活动范围是水产前街到北马路，包括铁路北站大厂、西站、华新纱厂、嘉瑞和大丰面粉厂等，书记由傅茂公兼任（后改为靳子涛）。

张树景眼睛不由得睁大了起来，但在傅茂公平静的笑容下，张树景很快也平静了下来，并且立即叫来了傅秀山。

"我今天来，一是看望并慰问你们，二是想让你们将工会重新组织起来。"傅茂公顿了一下，"当然，如果'工会'这个名义不好用，那就叫'工运小组'。"

"工运小组？"

"是的，"傅茂公将手挥了一下，"用什么名义无所谓，宗旨只有一个，那就是为工人阶级服务，为劳工争取福祉。"

一听工人、劳工，傅秀山的眼睛就亮了起来。

"行，我们华新纱厂听从部委号召，成立小组。"张树景精于世故地立即表态，"由我和我们综管科的傅秀山负责。"

"好呀，我们都姓傅——"没想到，傅茂公竟然伸过手来，"五百年前是一家啊。"

这么此时说起来听起来都很随意的一句话，谁也没想到，若干年后，竟成了我的爷爷傅秀山与中共地下党之间的一句心照不宣的暗语。

傅秀山赶紧地伸出双手。

两手相握，一股暖流立即涌遍了傅秀山的全身。随即，这近一年来一直蒙在他眼前的一片雾霾，似乎正被一阵清风吹开……

但一边的张树景却是冷静地在观察着这一切。

待送走了傅茂公，傅秀山正要离开，张树景喊住了他："秀山，你等等。"

傅秀山就"等等"。

"我提醒你一下呀，今天的事，不要告诉任何人。"

傅秀山有些不解地眨巴着眼睛。

张树景却仍一脸的严肃："记住了没？"

"记住了。"傅秀山只好答应了声,"不过,师傅,为什么呀?"

"哪有那么多为什么!再'为什么',小心我抽你大嘴巴子。"说完,张树景就走了。

望着张树景的背影,傅秀山想了想,大概傅茂公说了他是中国共产党吧——共产党又怎么了?就是国民党,又怎么样?我一工人,管他什么党,谁对工人好,谁为工人说话,谁站在工人一边,我就信谁,我就为谁赴汤蹈火……

这样想着,傅秀山的血,不禁又热了起来。

热了血的傅秀山,不久,便迎来了他的另一番人生——

4 创建工会

随着血的热,好消息也一个接着一个地如春天的小鸟一般飞到了傅秀山的身上,并且叽叽喳喳地鸣啭着——

第一个飞来的,是华新纱厂工会正式成立了。

之前虽然也有工会,但那只是张副总为了应付上面而应付应付的(当然,这应付里多少也包含着傅秀山的应付)。但这次不一样,是全体职工通过选举,选出来的工会主席。

1928年7月23日,阳光普照。几只喜鹊站在枝头,一大清早就叫个不停。

厂区里,到处挂着横幅或条幅,当然还有标语——"尊重职工,理解职工,保护职工,关爱职工""尊重劳动,尊重创造""组织起来,切实维权,增强工会组织凝聚力和战斗力""诚心诚意关爱职工,实现职工体面劳动"……

不要说成立大会上的沸腾场面,单这标语,看得就让人心潮澎湃、豪情满怀、意气风发。

上午9时,厂方代表张树景宣布成立大会开始,之后,市党部代表王佩文发表了热情洋溢的致辞,再接着,大家以投票的方式,选举工会主席。

张树景原以为这次仍是走走过场,形式而已,在军阀时期如此,国民军时期如此,这国民党时期,也不会玩出什么新花样来,肯定也是如此。可他错了,当最后一张票唱完,大家看到,那用"正"字来计数的最多的名字,却是傅秀山。

也就是说,傅秀山当选了华新纱厂首届工会主席。

"实至名归,实至名归。"张树景带头鼓起掌来……

工会主席还只是傅秀山的第一个"头衔",之后不久,他便又有了新的身份——不过,在这个新的身份到来之前,一个让他如沐春风、心旷神怡的消息再次飞了来。

什么消息?

王静怡和赵欢芝分别考上了南开大学和市立师范学校。

不过,这个消息不是主动飞过来的,而是傅秀山撞到的——那天,隆顺号仁记进一批纱,傅秀山本来是不需要过去的,但正好他要到租界洽谈一份合约,顺路就进了竹竿巷。

"秀山哥,你来送欢芝?"还没进门,迎面碰上了也来找赵欢芝的王静怡。

傅秀山愣了一下，问："送欢芝？她去哪儿？"

"你不知道呀，咯咯咯。"

傅秀山摇了摇头。

"她考上了师范学校，我们约好今天一起去学校呢。"

哦，傅秀山这才想起来，她们今年女中毕业了；中学毕业了，自然是要考大学的。之前确实听她们说过，可这段时间事情太多，他竟然给忘了。

"那你考上了哪个学校？"

"她呀，南开。"这时，听到他们说话的赵欢芝走了出来，挽了王静怡胳膊，笑望着傅秀山说，"厉害吧？"

"厉害。"傅秀山对着王静怡竖起了大拇指。

王静怡就"咯咯咯"地乐，然后伸手如赵欢芝挽着她一样地挽了傅秀山说："你是送她，还是送我？"

"两个都送。"傅秀山一边挣开了王静怡的手臂，一边道。

"喊，我才不稀罕呢，明明你是来送人家欢芝的。"王静怡撇了一下嘴角，又要伸手来拉傅秀山。

"傅主席来啦。"好在，这时赵经理在门口招呼上了。

傅秀山不好意思地笑了一下，说："还是叫我秀山吧。"

"那哪成，主席就是主席嘛。"

"那我们也得要改口，不能再'秀山哥'来'秀山哥'去了，得叫你'主席'。"王静怡没拉傅秀山，复又挽了赵欢芝，咯咯咯笑着道。

"什么'主席''宾席'，你又不是我们厂的？"

王静怡一下被傅秀山说卡住了，赵欢芝就拿手掩了嘴乐。

"我今天店里相当忙，走不开，你来送送，甚好。"赵经理真以为傅秀山是来送赵欢芝的，"东西都收拾好了。也没什么东西，只不过一些日用品。"

"赵伯，人家傅秀山可是来送我的，你别斜刺里杀出个程咬金来呀。"

"好，送你送你。"赵经理也是惯了，笑着，"反正南开与师范都在八里台，前后挨着，顺便送下我们家的欢芝，成吧？"

"都送都送。"傅秀山只好笑着。

"那好，欢芝，你把东西准备好，我这就回，让车夫把车开到你这儿来。"王掌柜换了洋车有些日子了，可王静怡还是习惯将"司机"叫成"车夫"。

"不用，就在巷口吧，没什么东西，不重。"

王静怡望了一眼傅秀山，然后对赵欢芝道："也是，好不容易逮到个卖苦力的，不让他多卖点还对不起人家呢。"

说完，王静怡就"咯咯咯"地转身又回去了……

◎ 第五章　组织工运

这一送，还真的让傅秀山送出了一个让他一辈子感激不尽的人来——

谁？

老同盟会会员，时任师范学校校长时之周。

虽然学校离这竹竿巷有些远，但洋车一鸣笛，要不了个把时辰，就到了。傅秀山他们先去了南开，将王静怡的东西放进了宿舍，然后王静怡就让司机将车开走了。她与赵欢芝每人拎了一只小号的皮箱，让傅秀山扛上一只大号的，穿过校园，就到了位于南开后面的师范学校。

可是，他们刚要进校门，却被阻住了；而这"阻"，却阻得傅秀山耳目一新——

他们刚到门口，却见一着长衫的先生，带着几名男女学生分两排站在两边，见到新生，先生带着，学生跟着，竟然对着鞠起躬来——先生给学生鞠躬，让傅秀山不禁"大开眼界"。当下慌得傅秀山就将皮箱一下从肩上放了下来，满脸绽红着，要给先生还礼。

"欢迎你成为我们师范学校首届学生。"先生望了望他们三个人，立即判断出赵欢芝才是新生，然后笑着伸手阻住了傅秀山："你是她哥？"

"不，不是。"傅秀山有些尴尬，想否认，但嘴唇翕动了下，却没发出声。

"这是我们时校长。"旁边一名学生上前一步介绍，"时校长规定，送行的家人不得进入学校。"

"可——"傅秀山将眼睛望向了皮箱，那意思是，不让进，这皮箱怎么办。

"让她自己拎进去吧，既入大学，便是大学生，要独立，自强。"时之周仍笑着，"小鸟总是要飞翔的。"

"时校长好。"这时，王静怡上前给时之周深深鞠了一躬。

"你是——"

"我叫王静怡，那边南开的。"王静怡回手指了一下身后的南开。

"你也是这位哥送的？"

王静怡的脸难得地一下红了起来。

"你叫什么？"

"傅秀山。"

"嗯，傅秀山，欢迎你来我们师范学校，但行李，就不要帮着她拿了。"时之周说完，迎向了后面过来的一名学生和家长，但走了两步，又回过身对傅秀山道："你这个哥可以回了。"

无奈，傅秀山与王静怡只好站在那里，看着赵欢芝吃力地将两只皮箱给拖了进去……

——这别致的入学一幕，尤其是时之周的不多的几句话，让傅秀山心情久久不能平静，直到另一个"不平静"飞来……

那是9月初的一天，傅秀山接到市党部通知，说第四区党部执监委员任期届满，经呈市党部，将于11日在华新纱厂召开全区党员大会，改选下届执监委员。意思是，让华新纱厂安排好会场。

安排会场就安排会场吧,傅秀山将通知精神报告了监理。监理说你们党开会,你又是这儿的工会主席,一切事宜就由你傅秀山负责吧。

于是,傅秀山在工会大厅挂上标语,又让万德珍她们几个女工将桌椅擦得干干净净,一切就绪,单等11日的会议召开。

11日,市党部委员马亮、组织科主任蒋慎良担任监选和指导。大会首先公推大会主席,结果,傅秀山当选。10时,开始投票。下午1时,开票完毕。结果,又是结果,傅秀山当选新一届四区执行委员。

四区执委,这便意味着,傅秀山从此将真正以"纯正工人之立场"来践行他的"唯劳工神圣"之信念了……

总经理周学熙听到这个讯息后,不由兴奋得欢欣鼓舞起来,在办公室里猛拍了下桌子,因为这不仅意味着他的华新纱厂管理上规上矩上范,而且他的厂里出了个市党部的领导,这是何等的荣耀!于是,他不仅当即连声赞好,而且还专门指示,说虽然傅秀山不再是厂里的工会主席,但薪水照发,一分不少地照发!

薪水,周老板是一分不少地发了,但我的爷爷傅秀山却一分也没舍得用,直到后来的后来……

这个新的使命,不但让傅秀山热血澎湃,而且与傅秀山一起偾张、沸腾着热血的还有刘云亭——

因为傅秀山在当选华新纱厂工会主席期间工作开展得有声有色,所以,市党部便委派他将各行业工会组建起来;这一组建,刘云亭便有了一个用武之地。

只是,在这个"用武之地"之前,出现了一场意外……

5 冲突

这场意外,仍是刘云亭惹起的——

那天,傅秀山与刘云亭根据事先的约定,一个穿着长衫,一个穿着短褂,来到了南门外。这南门外果然热闹,有旅店,有妓院,有烟馆,有赌场,有卖糕点、干鲜果、茶叶饮食的,有卖中西药的,还有经营板厂、照相、五金和卖汤布、包布的,等等。人头攒动,熙来攘往。他们正目不暇接地逛着,忽然有人匆匆往蓬莱大街拥。

"怎么了,前面?"刘云亭抓住一个行人问。

行人瞪了他一眼,将他的手打掉了,却没言语一声,只急急地往前走去。刘云亭站在那儿愣了一下,伸手又拦住了一人:"请问,前面发生了什么?"

"你不知道？"这次这人倒是心直口快，"太平里'花会'开筒，可热闹呢。"

哦，"花会"开筒。

何谓"花会"？说来，不过是一赌博形式而已——首先杜撰并公布三十六个古人名字，以分别代表着皇帝、宰相、将军、状元、公主等。由于赌客大多不识字，对这三十多个人名不易区别记忆，所以就在每幅人像的左下角配缀一只牌儿图案以便区别。牌九又称为"花牌"，因此，这项赌博便被称之为"花会"。这三十六个古人便为花神。

花神又与马、蝶、龙、鱼等动物——对应，如林荫街（鹃）、吴占奎（白蛇）、古茂林（小和尚）、翁有利（象）、陈逢春（鹤）等。

（只是这花神中还有小和尚、老僧、尼姑等，很是令人费解。）

花会组织又称为"筒"，老板称为"筒主"。每日两次当堂开彩（又叫"开筒"），开彩的地方就是它的总部，叫"大筒"。它的工作人员由护筒、开筒、核算、写票、收洋、巡风、更夫、稽察和决定赌博胜负的"老师父"组成，其中，最重要的是"老师父"，他的唯一职责是决定每日早晚两场各开三十六花神中的哪一门。

"紫陌红尘拂面来，无人不道看花回。玄都观里桃千树，尽是刘郎去后栽。"这是唐人刘禹锡的《赠看花诸君子》诗，它辛辣地讽刺了"二王八司马"事件后弹冠相庆的朝廷新贵们。如果用它的前两句来形容"花会"盛况，也是十分贴切的。

"走走走，哥，我们瞅瞅去。"刘云亭一边退着走一边面对着傅秀山一迭连声地道。

傅秀山却住了脚，四周望了望，然后一指前侧的"永安茶庄"说："那里。"

刘云亭顺着傅秀山的手指方向一看，不禁乐得跳了起来："好，好，好。"一连说了三个"好"字。

原来，在那里，既可以喝茶，也可以直接看到整个"开筒"情景，因为永安茶庄二楼正好对着"开筒"的小楼阁——花会"大筒"有堂屋大厅，其上有个小楼阁，楼阁地板中间开一尺见方的小洞，小洞与堂屋相通。小楼阁自洞中挂着一箱，便是"彩筒"（每日早晚各开一次，一般早上4点和晚上10点开筒）。"彩筒"之中所封的是什么花神由"老师父"决定。他独居小楼阁之中，每日不到第二次开筒不得下来，自然也不得与任何人接触。每日上午，他在三十六花神中提出四门，称为"门将"或"把筒"，当众宣布。然后在余下的三十二花神之中任选一门装入"彩筒"，封固、签字、插花、披花，然后从小孔悬挂而出——这就是供赌客猜押的"号筒"（押中的，可获赌注三十倍的彩金；未押中的，其赌注归庄家统吃。参赌人员也可同时投买两人或三人。若投买两人，只中了其中一人，仍可获十五倍的彩金，依此类推）。第一次开筒之后，再选一门装入彩筒，以补上花神数。

此时，还没到"开筒"时间，尽管那里早已人如潮涌。傅秀山与刘云亭便放眼四望，将一街的景致悉收眼帘。可是，就在傅秀山要将眼神从侧面收回的时候，突然，他看到一轿车后，一帮人举着刀、棍还有铁锹正在追着，而且转眼之间，就到了他们所在的"永安茶庄"前——

前面被堵住了。

堵住车的，是一个穿着紫底暗花对襟衫、头上有着几个癞疮疤、手中拿着一把纸扇的人。暗花的底子和纸扇在这二楼上看得不十分真切，但他那头上的癞疮疤却十分显眼，身后跟着十几个喽啰，个个手中拿着家伙什。

"怎么回事？"癞疮疤问着刚刚追上汽车的那群人，"车上什么人？"

那群人中就有一个矮子走过来向癞疮疤行了个礼，然后道："三爷，是西头的刘广海，想到'花会'来闹事。"

"刘光海？西头的大把头四爷？想闹事，在我三爷的地盘上？找死！"癞疮疤几乎一字一顿地说完，那早已收了起来的扇子便向前指了指。

立刻，他身后的喽啰们一哄而上，扑向汽车。

一片的呼喝，一片的刀光，一片……

"呀，干仗！"刘云亭说完，转身就向楼下跑，边跑边说："我下去看看。"

傅秀山伸手去阻，可来不及了，刘云亭早拐过了楼梯。

怔了一下，傅秀山忙又转回身，向楼下望——

楼下，一个身影从车上慌乱地跳下，没头没脑地向人群里钻。车旁，一个人倒在了血泊中；还活着，手在向前伸，也不知是要抓住什么还是想让那个身影快逃……

忽然，四周响起一片警笛声，接着，也不知从哪儿一下就冒出几十个，不，应该是上百个警察来，一个个手中拿着警棍，一边挥舞着，一边大声地喝着"蹲下，蹲下"，围了过来。

那个身影一下躲进了警察中。

其他人在警察的警棍下，一个个蹲了下去，可那个癞疮疤却仍站在那儿，冷冷地看着警察在那儿吆喝。

"全部带走！"一个警长模样的警察挥着手中的短枪脖颈上暴着青筋地叫着。

那些蹲着的一个个就站了起来，随着警察的叫声双手抱了头，呈一串地向位于侧面巷子中的警察分局走去。

在那些人中，傅秀山竭力地搜寻着刘云亭——既希望看见，更希望看不见。

可是，他还是看见了，刘云亭正在一边走着一边犟着嘴地与警察说着什么。警察开始不理不睬，可当刘云亭说着说着将手从头上拿开了，警察的警棍冲着他就挥了起来，他一吓，忙又抱上了头，随着人群，慢慢走进了巷子。

傅秀山转身要下去，可当他走到楼梯口又停下了，心想，如果现在下去，不仅于事无补，可能自己也会被警察误抓着给带进巷子里去。于是，等所有人抱着头走完了，警察在那儿疏散人群时，他才走出茶庄。

傅秀山看了一眼躺在地上的那个人。人大概已经没气了，几个警察正在将一块盖尸布往他身上盖。然后，他也走进了巷子——他要去警察分局说明情况，将刘云亭给保出来……

警察分局前面的院里蹲满了人。傅秀山站在门前寻了两圈也没寻见刘云亭。他要往里面去，被警察拦住。

"干什么的？"

"不干什么，我一表弟刚才被你们误抓进去了。"

"误抓？你说误抓就是误抓，我们得调查！"

"真的是误抓，我们是一起的。"

"一起的？好呀，你也进来吧——"说着，警察一伸手抓住他的长衫，将傅秀山拉了进去。

傅秀山让了一下膀子，说："拉什么拉？"然后往里走。刚要走进大厅，墙边传来了刘云亭的声音："哥，哥，我在这儿。"

傅秀山向刘云亭看去。

刘云亭就站了起来，想过来，却又不敢，只在那儿叫着"哥"，听不出是委屈还是兴奋。

"走。"后面的警察推了一下站在那儿的傅秀山。

傅秀山回头冷冷地横了他一眼。

"横什么横？"警察举起了手中的警棍。

"喂——敢打我哥！"刘云亭一看警察要对傅秀山动手，什么也不顾了，一蹿，就蹿了过来，"你知道他是谁吗？"

举着警棍的警察手停在了空中："他是谁？"

"他是李书文的徒弟。"刘云亭没说自己。

"李书文？"警察显然没听说过这个名字。

"他是青帮的师叔。"刘云亭一急，马上又说。

"青帮？"

"是。"刘云亭将脖子昂了昂，"青帮师叔。"

"还有青帮师叔？"警察肯定听过"青帮"，但这种"青帮师叔"肯定也是没听过，站在那儿嘴里念叨着有些发愣。

"是。"刘云亭也不清楚有没有"青帮师叔"这个称谓，只知道上次巴延庆大把头是这么叫着傅秀山的（可人家巴延庆叫的是"师叔"，可没有前面的"青帮"二字。而刘云亭，却是想，如果不说"青帮"二字，就不能体现出傅秀山的身份）。

"谁是青帮师叔？"这时，从楼梯上探出一个脑袋来。

"他。"警察抬着头指了一下傅秀山。

脑袋就全露了出来——傅秀山没记住脑袋，却记住了他嘴边的那颗大黑痣。

"大黑痣"看了一眼傅秀山，然后对警察说："让他上来。"

"上去，我们分局长叫你。"

傅秀山就上去。

到了二楼，分局长"大黑痣"先是将他上上下下地打量了一番，然后才道："你在帮？"

"是。"

"请问老大占哪个字？"

傅秀山愣了一下，心想，这"大黑痣"也是同门中人？心里想着，嘴上却道："好说。兄弟占'通'字。"

"我哥不但是'通'字辈，"一边的刘云亭挣着胳膊道，"他还是市党部领导。"

"哦，市党部领导？"

"领导不敢当，傅秀山，四区执委。"傅秀山客气地一边拱了拱手，一边将别在里面衣服上的党徽露了出来。

"四区执委还不是领导呀，大领导啊！""大黑痣"连忙也拱了拱手。"好，好，我正愁没办法劝着这三爷四爷呢，好，哈哈哈，来了个市党部大领导，还是'通'字辈的，看这两个混混'悟'字还能嘛？""大黑痣"咧开嘴大笑着，"走走走，帮兄弟一个忙，那两位爷我谁也得罪不起，帮我去劝劝。"

傅秀山就在"大黑痣"热情地搂着肩膀中，向前面一间办公室走了去。

办公室里面分两个房间，一个房间里坐着那个癞疮疤，一个房间里坐着一个穿着西装的男子。癞疮疤是三爷，而那个西装革履的，想必就是三爷嘴中的四爷刘广海了。

"行了行了，两位爷，"一进门，分局长"大黑痣"就打着哈哈，一边示意看管的警察出去，一边分别对着两个房间里的"爷"拱了拱手，"你们自己商量着办，只要能给兄弟我一个交代，就行；毕竟出了人命，是吧？"

癞疮疤三爷头动都没动一下，另一边的刘广海望了一眼傅秀山。

"他是'二丈二'高的香头。"分局长指了下傅秀山。

傅秀山便冲两位各抱了一下拳。

"这样，你去那边谈。"分局长指了一下刘广海，"然后再过来。"

傅秀山站在那儿没动，心想：这两位我连面都没照过一次，凭嘛要给他们来解这个梁子？

"解决好了，今晚我做东，好好谢谢兄弟。""大黑痣"拍了拍傅秀山的后肩，"哦，还有你那个兄弟，放，放了，立马放了。"

傅秀山便不好再说了，望了一眼分局长。

"大黑痣"点了点头。

傅秀山就进了刘广海房间。

先前刘广海是看了傅秀山一眼的，可这会儿，眼睛却是望着窗外，根本不屑一顾……

"告诉你们，"分局长"大黑痣"似乎知道刘广海（当然也包括三爷）会对这个辈分大但年纪却还很轻且看上去也不那么"黑恶"的傅秀山十分轻慢，故意地夸张地大声而不失威严地道,"傅先生可是市党部大领导,我特地请来的,如果爷们再不配合,那就怪不了怨不得本警察局长要公事公办了。"

刘广海就有些不屑地望了一眼分局长,想:"一个破分局长还本局长,离'本局长'还差着一大截外加一小截着呢。"但在那"望"收回的时候,眼睛还是落到了傅秀山身上。

傅秀山见刘广海望向他,先笑了一下,然后报上了自己的名号。

刘广海想:"'本局长'都说他是大领导,那这领导一定'小不了',咱四爷刘广海何不趁机来个'恶人先告状'?"想完,刘广海为自己怎么突然就冒出一句"恶人先告状"不禁自己唾了自己一口,然后顺水推舟地也抱了一下拳,报了自己的名号。接着,傅秀山不温不火地问起事情的缘起。

刘广海就将事情的来龙去脉一五一十地说了起来——

原来,他与一朋友约了今天在万国公寓见面,正好他的手下郭李宋要去谦德庄,于是他们便雇了一辆轿车,先送他,然后再去谦德庄。可是,刚转进这条街,就被他三爷的一帮人给堵上了;到现在,他也没搞清这究竟是因了什么。

"他死了吗?"说完前因,刘广海迫切地望着傅秀山,"郭李宋?"

"刚才分局长说人没了。""大黑痣"说的是"出了人命",出了人命岂不就是人没了?

刘广海便咬了咬牙,腮帮现出一道骨棱。

"我去问问那边。"傅秀山说完走了出来。

"来来来。""大黑痣"立即站起身,将傅秀山领到三爷那边去。

三爷名叫袁文会,人称袁三,祖居天津南门外芦庄子,生性粗野,不读书不求上进,整日在邻里间打架斗殴,为一霸,但入青帮却才不久。

说起他入帮,也有一段故事——那天袁文会和王恩贵、殷凤鸣、牛占元等在南市庆云茶园听杂耍,其时,正好姜二顺以靠山调唱《妓女悲秋》,声调婉转动听,但词句多有淫荡,于是,袁、王等人便或站起或拍掌地怪声怪气地叫好,引起了楼上包厢里一人的反感。不,不是反感,是生气。这个人不是别人,正是当时直隶督军的干儿子李七猴。李七猴当即便派其随从马弁数人下楼将袁、王等人逮捕送押到军警督察处,要求干爹对其从重处治。督军也不管三七二十一,也当即命令军警督察处长厉大森对袁等执行枪决。

这下可急坏了殷凤鸣的弟弟殷凤山。殷凤山是督察处的小队员,苦苦哀求队长白云生施以援手。白云生,山东省历城县人,早年参加青帮,为"通"字辈。他有个师叔,人称孙老太爷,是督军的干老,督军对孙敬如亲爹。白云生想方设法找到了孙老太爷向督军求情。这一求,就求下了袁、王等人。

袁文会、王恩贵等被释放后,立即叩见白云生。除了对白千恩万谢,还要求拜白云生为师加入青帮。白云生便应允了。于是,袁文会成了青帮中的"悟"字辈……

傅秀山同样先报了自己的名号,然后不愠不恼地问起原委。

原委说起来,令人啼笑皆非。因为今天"花会"开筒,一大早,他就将手下们都撒了出去,以防有人前来捣乱。怕什么来什么，眼看开筒时辰就要到了，手下却来报告说西头的四爷要来砸场子。他一听，自是火冒三丈，于是，便有了前面的"围追堵截"……

"误会，误会，这都是误会。"傅秀山听完，抱了下拳，然后将刘广海为什么会出现在这太平里的前因后果——说了遍，最后，他说，"看在同门的分儿上，两位爷将这梁子给解了吧。"

袁文会望望傅秀山，又望望分局长。

"大黑痣"冲他点了点头，但没有再笑，而是一脸的"死相"（在袁文会看来）。

袁文会想想站了起来，对着傅秀山抱了一下拳，道："师叔面子，给了。"然后就想甩手走人。

"哎哎哎，"这下分局长急了，他忙伸手拦住了袁文会，"那——那条人命呢？"

"明天自有人来投案。"袁文会说完，看也不看分局长，抖了下肩膀，就走了出去。

这时，刘广海走了过来，对傅秀山也是一抱拳，叫了声"师叔"，然后冲分局长拱了拱手，接着又转向傅秀山说："今日之恩，师侄记下了。"说完，也走了……

刘广海所说的"记下"，是真的记下了，而且从此一直称傅秀山为"秀山叔"；可袁文会，却自此与傅秀山结下了怨。在他看来，傅秀山今天，没有偏袒他；没有偏袒他，就是得罪了他；得罪了他，他就得记仇，尽管他是师叔，尽管他是市党部"大领导"。

可傅秀山却还以为自己"二两二钱"重的香头公平地做了一件好事呢……

至于那个郭李宋，袁文会说话还算数，第二天，让一个手下前来警察分局顶了"包"——也有的地方叫"顶缸"，意思都一样，就是"顶罪"。

6 改组脚行

刘云亭见分局长"大黑痣"都说傅秀山是市党部"大领导"，大领导，那就是大官了，于是——

"哥，你做官了，带着我吧。"刘云亭边退着走边将一根草茎送入嘴中咬着含混不清地说道。

傅秀山就笑，说："什么官呀，不过是为工人们多做些事。"

"还不是官，看，这盒子炮都背上了。"刘云亭指着傅秀山的佩枪。

"这呀，配发的；只是装装样子，我又不用它。"

——其实，他今天还真的是带着它出来"装装样子"的。

"对对对，哥一身的武功，哪用得上这劳什子。"刘云亭一边说着，一边伸手去傅秀山身上就摘了枪来，连同皮套。

"这子弹可不能给你。"傅秀山忙从枪套上拿下弹夹。

刘云亭才不管什么子弹不子弹呢，他将枪往脖子上一挂，然后再一顺，那枪，就挎在了他身上。然后,他将前衣襟再夸张地扯了开来,这样,被风一吹,就有了种"抖抖抖"的感觉。

"嘿,长眼睛没?"刘云亭拍着腰上的枪,"还不给爷跪下?"

看着刘云亭那太过表演的样子,傅秀山不禁也开心地笑了起来。

"哥,怎么样?"

"挺那个什么,嘛,像回事儿。"傅秀山以为刘云亭是问他背上枪形象如何,望着他,微笑着道。

"我是说,"刘云亭将枪往身后背了背,"带着我。"

"带着你干吗?"

"做你的副官呀。"刘云亭道,"你看,那些带枪的,哪个出门身边不带个副官?"

傅秀山就乐了,说:"我自己连个'官'都还'副'不上,你还副官?"

刘云亭不高兴了,说:"哥,你不知道,这段日子我过得有多恓惶。"

"怎么了?"

"还'怎么了'!"刘云亭学着傅秀山的语气,"差点儿连饭都吃不上。"

原来,前不久,裕大工人为反对资本家开除参加工会的工人提出"被开除工人全部复工,给全厂工人增加工资一角,厂方如增加或开除工人需经工会同意,创办工人子弟学校,经费由厂方负担;另外要求撤换经理"要求,厂方拒绝答复,于是,全厂几千工人举行罢工。罢工惹恼了社会局,他们以工人代表中有"共党""煽动工潮""企图推翻总工会"为由,拘捕了工人代表五人和纠察队员二十多人。并且对那些跟着罢工的工人威胁说,如果再不复工,将全部开除……复没复工,开没开除,刘云亭不知道,他在工人代表和纠察队员被拘后,就悄无声息地"逃"了,拿他的话来说,"你不让爷干,爷还不想干了呢"。刘云亭先是在码头上混了些日子,后来听说傅秀山当了主席,他就想投奔,可他知道,工会主席还是在厂里;吃厂里的一口饭,管不了大事。直至最近听说傅秀山当了执委,专职工会事宜了,想,他总不能事事亲为,得需要一个人鞍前马后地跟着,于是,他就找到了他。起初几次,他还没好意思说他没去处,今天,现在,此时,见傅秀山工作开展开了,他这才和盘托出……

听了刘云亭的这一番叙述,傅秀山唏嘘了半晌,同时,心想这组建各行业工会,尤其是这运输行业工会难度最大,因为它不仅人员结构复杂,而且山头多、帮派多(所以,他计划第一个组建的,便是这个运输行业;拿下了这个,其他行业的工会,相对就要好办得多了)。他着实也需要一个帮手,于是道:"这样吧,我刚接了一项任务,改组码头工人,成立运输工会(即脚行),正需要一个帮手,你就过来帮我吧。"

刘云亭立即一个立正,还举手冲傅秀山敬了一个"鬼子"礼,甚至嘴里还学着日本人"哈衣"了一声,逗得傅秀山不由得笑着伸手揽了他的肩,两人向东码头走去。

"我们这就去?"

"是呀，"傅秀山说，"今天我原准备过去摸摸底的，现在，有你一起，我们就去开宗明义吧。"

"哥，连'开宗明义'这样的词都跩上了，啧啧。"刘云亭又油腔滑调了起来。

傅秀山就瞪了他一眼。

刘云亭立即收敛起嬉皮笑脸，说："哥，我们这是去哪儿？"

"码头呀。"

"我知道是码头，"刘云亭将傅秀山的手从他肩上拿了开去，"我是问我们这是去哪儿？"

傅秀山笑了下说："我已经通知李把头还有于把头和巴爷，今天到李把头的盘子上来。"

"为什么是李把头，巴爷那不是更好吗？"傅秀山的眼前不禁就闪出巴延庆那张说着"老坦儿"的冷笑加嘲笑的嘴脸，但只是一闪，"巴爷上次我们打过交道。"

"李把头我们更是早就打过。"傅秀山道。

刘云亭就不吭声了，关于那次"送货"的故事，哥傅秀山给他说过，况且，傅秀山的声音里，明显透着一种对巴爷的不舒服。

"那好，"刘云亭脑筋立即"咔楞"转了一个弯，拍了一下仍挂在他腰上的枪，道："哥，看我的。"

"一把空枪，怎么看你？"傅秀山不由乐了起来。

"你就看呗。"

"好，我就看。"

别说，还就真的"看"起了刘云亭——

李把头他们早就等在码头上了。

码头上，搭了一顶凉棚。凉棚下，李把头不时与巴爷，还有于把头等几个把头说着什么，远远地，见傅秀山走了过来，一边往起站，一边招着手道："在这儿，领导大人。"

"我是领导，四区执委，却不是什么大人。"傅秀山一边笑着，一边紧走了几步，然后冲各位把头拱了拱手，"傅某来迟了，海涵海涵。"

几位把头就形态各一地或抱拳或拱手道："好说。"

"今天我来，就一件事——"傅秀山真的开宗明义了起来，"成立运输工会。"

"什么叫运输工会？"李把头先将各位把头望了一圈，见大家与他一样，也不明所以，就转向傅秀山问，"是不是说，我们脚行没有了？"

"你可以这么理解。"

见大家都半张着嘴巴顿在了那儿，巴延庆想想问："师叔，这运输工会成立了，我们有什么好处？"

"就是让码头工人团结起来，联合起来，维护自身利益，并且通过自身内部协调，互相帮助，解决工人内部的竞争……"

"等等，等等，"这时，于把头伸着一只手，身子却扭向桌面地摇着道，"什么'起来'，什么'内部'，我们听不懂，你就说，我们有什么好处？"

"好处就是，大家统一在工会的领导之下……"

"停，停——"于把头这次举起了双手，"统一在工会的领导之下，那我们各位把头呢？"

"当然也是在工会的统一领导之下。"傅秀山笑着解释。

"也就是说，我们把头没了，整个海河码头，只有'工会'一个大把头了？"于把头眼睛睁得如牛卵一般。

其他几个把头立即一迭连声地跟着附和起来，现场便一片的混乱声。

"工会是一个组织，不是什么'大把头'；脚行都没了，还哪儿来的把头？这个都听不懂——"刘云亭见傅秀山只是在那儿眯着眼睛微笑，一边忍不住地"听懂了"地道。

人们的眼睛就转向了一边的刘云亭。

刘云亭见大家都看向他，不禁就将身子挺了挺，将那支斜挂着的手枪，挺得一翘一翘的。

——其实，大家哪儿是看他刘云亭，而是在看他腰上的枪。

"那这样，师叔，"李把头跟着巴延庆也叫起了"师叔"（其实，他与巴延庆父亲同辈，理当叫傅秀山"兄弟"才是。可此时的李把头，却想着与傅秀山套近乎，所以不惜自降身份），"这事今儿个太突然，容我们大家把头商议商议再说，怎么样？"

"这有什么好商议的，就表个态，同意还是不同意，多大个事儿，还商议？"刘云亭又插上了。

把头们又望了一眼刘云亭腰上的枪，便全都缄默了起来。

这样下去，肯定不是办法，于是，傅秀山想了想说："好，就容各位把头商议商议。商议的结果告诉李把头，让他向我汇报。"

大家将眼睛一齐望向李把头。

李把头立即点头哈腰地道："一定，一定。"

傅秀山见在这里再待下去已无必要了，望了一眼刘云亭，然后起身走人。

刘云亭立即跟了上去。

可他们前边一走，后边立即就"炸开了锅"，有说"这祖上的签还算不算数"，有说"这码头的规矩还要不要"，有说"有了工会，那我们这些把头还叫把头吗"……最后，李把头将脚踏在一只凳上，举着双手道："我明天就汇报，说我们商议的结果就三个字：不同意。大家以为如何？"

"好，不同意。"

于是，这场原本讨论成立脚行工会的把头聚会就这样结束了。

可令李把头没想到的是，这"不同意"三个字，没等到"明天"，当天傍晚，就有人向傅秀山汇报了。

谁？

巴延庆。

巴延庆当晚就小跑着找上了傅秀山，一番抱拳，一番师叔，一番问候："我有事向师叔报告。"然后在傅秀山"坐下说，坐下说"声中，便坐下将李把头他们的如何不同意成立工会之事，不说夸大其词但至少是添了点油加了点醋地说了一遍。

"那你的意见呢？"

"我？"巴延庆也"开宗明义"了起来，"成立运输工会，我是打一百二十四个心地同意，不要说你师叔，就是云亭老弟招呼一声，"他望了一眼站在一边的刘云亭，"我也会没的说，可是——"

可是什么？傅秀山与刘云亭望着巴延庆。

"可是，你知道，这码头不仅我这一块，还有西窑洼、西于庄、大红桥、河东扇面、东北角……"

原来，巴延庆从他父亲那里承继的"子孙签"只有一根（尽管他父亲曾与李把头几次三番地争斗，可最终还是没能争过斗过），而当时这整个东边包括河北大街脚行共有33签，一点赢利，分在十几个把头手里，显然，只拥有一根签的巴延庆势单力薄，一个月所得无几，有时甚至还分不到，因此，正愁着如何才能打破这个不利的局面呢。不想，这个时候傅秀山要改组脚行，成立运输工会，他岂能不"一百二十四个心"地同意？但前提是，傅秀山得帮他，至少要给他底气。

"这个底气我给你。"傅秀山说，"只要是对工人有利，只要是能顺利成立工会，我全力支持你。"

巴延庆眼睛转了转，小声问："师叔，那参加了工会后呢？"

"你当临时主席。"傅秀山说。

"临时？"

"是呀。"傅秀山道，"只有你干得好了，通过了大家的选举，这'临时'二字才能去掉。"

"那行，师叔，你摆个话儿，怎么支持？"巴延庆脖子立即就伸直了起来。

他岂能不伸直？工会成立，他不仅可当"主席"，成为一人之下不说万人至少是千人之上，光他巴家的宗、耀他巴家的祖，而且，同时还能替父亲报李把头当年一箭之仇。再说傅秀山是谁？四区执委，市党部，是官府的官。有这棵大树，不，是大山，靠着，他巴延庆，还愁什么把头不把头。于把头说得没错，整个海河码头，只有"工会"一个大把头了。这个大把头是谁？他呀，运输工会主席，他巴延庆……

"你说如果成立工会，最棘手的，是哪一块？"傅秀山望着巴延庆问。

"东北角，只要将东北角的李把头拿下了，其他的都好说。"

傅秀山就想起了第一次送货时的情景，说："这个不难。"

"师叔呀,在你不难,可在我,他可是个'难'字呢。"

"我让刘云亭配合你,看他还怎么个'难'字?"

刘云亭就又挺了挺身子,将那把手枪挺得一翘一翘的。

"得嘞,师叔,有您这句话,"巴延庆笑了起来,"说吧,嘛时成立?"

"越快越好。"傅秀山说。

这是傅秀山当选执委后接受的第一个任务,在他,自然是越快完成越好;他要以实际行动来证明不辜负工人们对他的期待与希望。

"好,我明儿就去找李把头。"

"什么明儿呀,我们现在就去?"刘云亭一边道。

巴延庆望向傅秀山。

傅秀山想了想,说:"现在也行,当然,明天也中。"

"这样吧,师叔,我晚上紧着先去探下路,明天,让云亭老弟来,我给回话。"

傅秀山就端起茶碗喝了口茶,然后放下,站起身。

巴延庆知道,傅秀山这是端茶送客了,就上前躬身道:"师叔,我这就告辞,去找李把头。"

……别说,巴延庆"晚上"还真去探了路,只不过,"探"的结果,却仍是此"路"不通——当然不通,有了白天的那一幕,加上刚刚傅秀山对巴延庆的承诺,此"路"又怎么会"通"?

巴延庆乘着月色,来到东北角,李把头以为他是专门私下里来与他商量"要事",便将他直接请进了自己的家。

茶过三盅,巴延庆现出一脸的为难状,说傅秀山在他们散去后,又找了他,要他领头将这个运输工会成立起来,希望李把头能给他三分薄面。

李把头一听,不由得愣了,明明傅秀山找的是他,怎么这会儿,这个巴爷又巴巴地跑来说是傅秀山让他领头?不禁,脸就黑了起来——也是,想想,这"会上",傅秀山清清楚楚说要他汇报大家商议的结果,可现在,这个巴延庆却怎么说起要给他"薄面"?再说,他李把头在这块码头上固守着,有吃有喝有钱赚,要是一"工会",那还有"块"吗?先祖"挣"下的这份基业,岂不要在自己手里断送?于是道:"巴爷,不是不给你面子,也不是不给师叔傅爷面子,你看看那,只要'那'同意了,没的说。"

李把头说的"那",是指悬在屋梁上的一个红布包。

巴延庆将眼睛望着"那"。

"真的要请?"

巴延庆微笑着,不动声色。

李把头就示意手下拿过梯子上去。自己则打来了一盆水,净起手来。

净好手的李把头,从手下手里郑重地接了那个红包,并用眼睛望着巴延庆。

巴延庆虽然知道里面可能是什么"镇宅之宝",但这"宝"是什么,他却无从知晓,因此，对李把头那"眼神"，也就视而不见，置之不理。

李把头将包放在桌上，解了开来，然后，一层一层打开……打开……打开……

打开了，巴延庆惊得一下站了起来。

——布包中，竟是一只焦黑的胳膊！

原来，当年为了挣下这块基业，李把头的先人，生生将自己的一条胳膊砍了下来，放进了油锅中……

巴延庆明白了，李把头的意思是，谁要想占领这块码头，谁就如他先人一样：狠！同时，他也似乎明白了，当年，父亲为什么只有一签而他李家却拥有那么多。

还能说什么？

巴延庆只好抱拳施了礼，垂头丧气地打道回府。

"还有这回事？"第二天，刘云亭听完巴延庆的叙述，一脸的不屑，"走，我们再去会会这个李把头。"

巴延庆有点为难。

"怕什么，有我哥呢。"刘云亭竖起了大拇指。

"好吧，爷就再陪你走一趟。"巴延庆似乎"没奈何"，只好起身，其实他内心里不知有几多兴奋呢，"不过，说好了，这次看你的。"

"行，看我的。"刘云亭拍了下胸脯。

果然，一见巴延庆又来了，李把头就一脸傲慢地望着他，什么也不说。

"李把头，是吧？"刘云亭冲李把头抱了抱拳，"听说，巴爷让你参加运输工会，你不愿意？"

李把头看也不看刘云亭，将眼睛转向了一边，看海河上那起起落落的海鸥。

刘云亭就火了——当着巴爷的面，这也太那个了。于是，他"嗖"的一下拔出了一直挂在身上的那把没有子弹的手枪（就连昨晚睡觉，他也没舍得拿下来），往桌上重重地一掼，冷冷地道："给句话，参还是不参，加还是不加？"

一听枪掼在桌上的声音，李把头不由得一惊，除了眼睛"倏"一下转了过来，脸上，也是一抹的惧色。

"爷，这位爷，好说，好说。"李把头一边忙抱拳，一边道，"你看巴爷都来了，什么都好说。"

显然，这是李把头在向巴延庆求助。

可巴延庆却故意地将眼睛也转向了海河上，也看那海上海鸥起起落落。

"那好，交出你们的账簿，明儿个我带人过来清账。"

"这——"李把头再次将求助的眼神望向巴延庆。

巴延庆这才转过来，说："我说李把头，参加工会，这是大势所趋，老话说得好，'识时务者为俊杰'，你就识回'时务'做回'俊杰'嘛，何必要，啊……"巴延庆用嘴努了努桌上的手枪,"再说,入了工会,这码头,不还是你的码头嘛。"

"还是我的?"

"当然,不过,得要重新改组。"

其实,此时的巴延庆,并不知道这"改组"到底是怎么个"改"怎么个"组",也就是说,他并不知道这"改组"具体是什么意思,只不过这个词是从我的爷爷傅秀山嘴里说出来的,于是,他就记住了。

"怎么个'改组'法?"李把头问。

怎么个改组法?巴延庆半张着嘴望向刘云亭。

刘云亭也不知道,但他相信傅秀山既然说要改组,那这改组想必是件必须做的好事,于是道:"入了不就知道了?"

也是,参加了工会,同意了清账,不就一切都明白了?

"那——好吧,我入。"李把头一边说着,眼睛还一边瞟了瞟那把泛着冷冷的光的手枪⋯⋯

于是,运输工会从李把头开始,不,准确地说,是从巴延庆开始,通过重新登记的办法,很快就成立了(实际上是废除了二百多年来天津四口脚行的"官脚行"地位)。巴延庆在傅秀山的支持下,也顺利当上了运输工会主席。

并且,从此巴延庆开始了唯傅秀山马首是瞻之人生。

只是,这"是瞻",不久,却"瞻"出了一件大事来,令巴延庆怎么也想不到⋯⋯

7 够板

这件大事,发生在第二年的6月,正是南方水涨船高的季节——什么事?王静怡不见了。

不见了!

去了哪儿?

——南方。

怎么去了南方?

说起来,这事与傅秀山有关,与巴延庆有关,也与刘云亭有关,还有,与赵欢芝有关——

与这么多人都有关,什么事?

事情说起来,起初并不算什么事——

早在"五一",为响应中华全国总工会发表的《五一节纪念宣言》,王静怡她们南开学生就准备游行。可是当局下令各纪念日一律禁止集会、游行、示威和罢工,实行戒严,哪怕是深夜也严加防查，所以，游行不得不偃旗息鼓。虽然旗是偃了鼓是息了，可王静怡她们却将这"旗"这"鼓"藏在了心中，等待着时机。一旦时机来了，她们便立即举起来擂起来。

这个时机终于等来了——有关资料是这样记载的：比商电车公司破坏工会，曾多次无故开除工人。1928年12月将电车工会第一分会总干事常升品开除，1929年6月6日又无故将第三分会总干事陈泽霖开除。因此激怒了工人。工人于10日成立罢工委员会，向公司提出改善待遇、实行八小时工作制等十条要求，限二十四小时内答复。公司置之不理，是日1929年6月11日11时，千余名工人举行了大罢工。

为了支持电车工人罢工，王静怡她们决定进行声援游行。

本来王静怡她们南开声援也就声援了，可王静怡却在游行前跑到了师范学校，生拉硬拽地将赵欢芝给拉了出来，与她一起走上了街头。

可谁知，正当她们一边高呼着"打倒帝国主义""收回电车电灯公司""取消俄人监工"等口号时，却遭到了警察和保安队的无情冲击。冲击中，赵欢芝躲闪不及，也不知是被打的还是跑时跌的，她的腿就折了。

赵欢芝是王静怡拉上去的，王静怡便感到十分过意不去——因为"赵经理千金因参加学生游行被打折了腿"的消息，也不知怎么，在竹竿巷，还有估衣街就传了开来。于是，王静怡除了陪她在家休养，而且还四处为她寻找当时非常难寻的消炎药（其实是当局控制甚至严禁了），譬如盘尼西林。

同学而且是好同学受伤，为她寻药，再正常不过。

可这不正常的，是王静怡自己家就开着"达仁堂"呢，难道为赵欢芝注射的几支盘尼西林都没有？

不是没有，是不够。

于是，几乎所有与"达仁堂"有生意来往的药店，都有了王静怡的身影。身影告诉药店掌柜的，她的好友腿发炎了，而她家的盘尼西林又正好被政府管控了进货数量，没办法，请各位叔伯掌柜的帮帮忙，凑上一支两支。

这样，东家"帮"一支、西家"忙"两支，这"忙""帮"得就是一笔不小的"支"了……

王静怡不见的前一天，她找到了傅秀山。

也不知是巧合还是有意，那天傅秀山正从租界出来，准备去宫北街给师母王氏买盒点心（师母病重了，到了天津来诊治），可就猛不丁被王静怡给撞上了。

"秀山哥，逛街呢？"

"不，不是逛，只买盒点心。"

"买点心，给赵欢芝呀？"

傅秀山不禁脸一红，道："送我师母呢。"

"师母来了?"

"嗯,看病。"

"不要紧吧?"

"不要紧。"

王静怡就顿了一下说:"那既不要紧,还是请你先帮我一个忙好不好?"

"什么忙?"

"我一个亲戚,带了一点政府管控的食品,想到南方去,找不到船。"王静怡直言不讳"管控"二字,"听说你与码头上的巴爷交情不错,帮个忙想想办法呗。"

"你怎么知道我与巴爷有交情?"

"我不仅知道你与巴爷有交情,还知道你是青帮中的'通'字辈。"

"你怎么知道的?"

王静怡看着傅秀山那有些意外的表情,不禁又"咯咯咯"了起来。

她怎么知道?她早就知道了——还是那次"砸裕大"事件,刘云亭与几名工友在傅秀山的帮助下,躲进了隆顺号仁记库房。在库房中,当危险终于过去后,刘云亭那"惹惹"的毛病又犯了(当然,也许是闲的),他不仅先将他的师傅李书文的故事说了个神乎其神,还将傅秀山如何收服了巴延庆添油加醋地演绎了起来。说者无心,听者有意。那时,王静怡就留了个心眼:有朝一日,傅秀山一定可以帮到她。

果然,这时傅秀山就帮到了。听过王静怡的请求,他虽然犹豫了一下,但还是爽快地答应了。但在爽快的同时,他还是谨慎地问了下:"多吗?"

"不多,只一个小皮箱,随身带的那种。"

哦,只一人一个小皮箱,这个对巴延庆来说,应该不至于太为难。

巴延庆也着实不是太为难——

那天上弦月出来打了个照面就又掩到西天下的树丛中去了,巴延庆按照傅秀山与他约好的码头左边第三个礅桩接上了"一个拎着皮箱的人",然后亲自将她送到了一只装满货物正要启航的船上,什么也没多想就回家了。

可第五天,不,应该说是第六天早上,却传来消息,那只货船被查封了,原因是,船上有共党偷运禁品。

共党?还偷运严禁的消炎药品?

当巴延庆将消息告诉傅秀山时,傅秀山大脑不禁也是一"嗡",王静怡明明告诉她只是食品,虽然也明明告诉了他"管控",但怎么就与"共党"二字沾上了?这要是追查起来,巴延庆要倒霉,他也脱不了干系,尽管他并不怕。

"不行,得去问问王静怡。"

可是,令傅秀山怎么也没想到的是,王静怡,那个成天"咯咯咯"的王静怡,不见了,失踪了,王掌柜一家,正焦头烂额着呢。

傅秀山立即就想到，王静怡说的那个"亲戚"原来不是别人，正是她自己。可面对悲伤不已的王掌柜一家，傅秀山半个字也没敢透，安慰了一番之后，他便又赶紧地横穿过街道，来到竹竿巷隆顺号仁记。

好在，赵欢芝在。

于不幸中还算是庆幸吧。

"你早知道静怡是共产党？"当身边没人时，傅秀山还是控制不住自己地轻声问赵欢芝。

赵欢芝蹙了一下眉，说："我也不知道，真的。我只知道她每每在我面前提起共产党就心花怒放、喜不自禁地。"

"她就没跟你说过一些什么？"

"没有。"

"没有？"

"没有。"

赵欢芝说得没错，王静怡还真的没与她说过，因为她知道，赵欢芝生性懦弱，说了，只会引起她的不安、害怕，与其这样，还不如不说，想等到某天需要她的"帮忙"时（譬如运纱或是运布），再说也不迟。

谁知，那个"忙"赵欢芝没帮上，却"无心插柳柳成荫"地帮上了这个"忙"——假借她的受伤，给"南方"筹措了一批不亚于黄金的盘尼西林。

而且，她是药店家庭出身，多多少少懂得一点救护知识，而这，正是南方目前最可"宝贵"的，所以，她干脆，连同自己，也一并给"筹措"了……

"不要告诉任何人。"傅秀山临走，一再地告诫赵欢芝，"任何人也不要说。"

可是，尽管赵欢芝严肃地点着头，确实任何人没告诉也没说，谁知，她还是被一个人给盯上了……

这个人不是别人，是离竹竿巷不远的针市街上在政府机关工作的曾红艳，一个叫着女人名字的男人。

这个曾红艳早就对赵欢芝喜欢上了，也曾托人上赵家提过亲，可是赵欢芝却一直对他"无意"也"无情"，因此，尽管赵经理对曾红艳心下有几分喜欢，但还是以赵欢芝"小"为由，婉拒了。这次，也不知他从哪儿打听到了"王静怡"这个事件（后来，据他说，是他的一个远在外地军中就职的叔父回津省亲，警署的一位旧部与他说起，他无意中听到的），不由得欣喜若狂，觉得"有意"又"有情"的机会来了，于是，他拎着一大堆礼物找到了赵欢芝，说："现在，只有嫁给我，否则，不仅你，王掌柜，就连那个四区执委，也要一起完蛋。只有嫁给我了，我才能保护你。"

明明是逼迫、敲诈、威胁，却说是"保护"，赵欢芝想反抗，可是听到他嘴里传出的一串名字，她那刚刚燃烧起来的怒火便又一点一点地熄灭了。而且，在听到她与曾红艳"主动"上了后,赵经理乐呵呵着直说"好",因为在他眼里,不仅曾红艳长得一表人才,而且,曾家有"军"字背景,在这乱世中,无论是对赵欢芝还是他们赵家抑或是对隆顺号仁记,都不啻是一顶五彩缤纷的保护伞。

  这顶保护伞有没有保护过赵家或是隆顺号仁记,我的爷爷傅秀山不是很清楚,但后来的后来,却保护过他,倒是令我的爷爷傅秀山没有想到。

  于是,赵欢芝在师范学校还没毕业,就嫁了……
  而这一切,傅秀山却一直全然不知,因为这段时间,他也掉进了"爱河"中不能自拔,等到他知道时,却一切都已既成事实,无可挽回。
  但此时,警署还是找上了傅秀山。
  傅秀山面对警署的调查,"坦率"地承认他认识王静怡,也认识巴延庆,但只说王静怡与巴延庆是风马牛不相及的两回事,说码头上那么多船只来往,巴延庆不可能对每一艘船只都进行检查或是搜查,这次是被共党钻了空子,当引以为戒,如果上面要追究巴延庆的过错,那就先追究他,因为运输工会是他这个执委分管的,他是巴延庆的直接领导……
  这件事,最后,傅秀山在内部受了个"警告"处分,不了了之了。
  事情不了了之了,但在巴延庆,对傅秀山却更多了一层敬佩,因为他认为是傅秀山"扛"了这一切。于是,此后每每提起"傅秀山",他总是竖着大拇指甩上一甩,赞叹道:"秀山叔,够板!"(够板,天津方言,意思是讲义气,够朋友,哪怕是自己受到损害。)

8 订婚

  处分就处分吧,反正这段时间,傅秀山也没心思工作;他的心思,在恋爱中呢……而这恋爱,除了感谢"上面"一会儿让他接受问讯,一会儿让他配合调查,让他无心工作,更要感谢她的师母王氏——
  王氏是老毛病,药吃了不知多少副,就连洋人的西药和针都用了,可就是不见好。这样说不是太准确,也好,只是,好不了多长时间,又犯。这次,犯严重了,所以,师傅万宗礼让她无论如何都得要到天津来,让大城市里的洋医生给瞧瞧。
  洋医生在法租界。
  傅秀山要过来一趟,得走半天的路,因此,有时休息,若遇师傅也抽不开身,干脆他就留在医院,既省了两头跑,也可以一直陪着师母。
  陪着师母,免不了就要拉些家常。这拉家常,免不了就要说到子女。师母由于身体原因,只有万德珍一女,没有子。于是,就说这个女。什么小时候,这女子如何淘气,大点,又如何不听话，再大点，就敢上房揭瓦，今天一句明天一句地，就统统让傅秀山知道了。当然，傅秀山自参加市党部活动以来，成天忙得脚打后脑勺的，师母也知道了。

只不过，知道了这个"统统"的傅秀山其时也还没往别的地方想，只是将她当作师傅的女儿，他的小师妹，直到那天——

那天师母与傅秀山正说着，万德珍与万宗礼父女走了进来。

师母王氏也不知怎么，眼泪就流了出来，不仅吓得万宗礼父女一脸的惊慌，也让傅秀山手足无措。

谁知，正当大家大呼小叫着要叫医生时，师母说话了，说："宗礼呀，就让这个小子做咱女婿吧，看着他整天忙得连口热饭都吃不上，我心疼呢。"

大家都以为自己听错了，你望望我，我望望你，确定王氏说的是什么时，脸红的脸红，不好意思的不好意思，开心的开心。

"你呀，让人家做女婿就做女婿嘛，哭啥子的？吓不死人呀。"万宗礼一边笑着搓手一边道。

这句话太突然了，虽然之前师母也有意无意地表达过这个意思，可从没有直接说过，今天这么突然地一说，让傅秀山站在那儿，不知是尴尬还是不好意思，动着手又动着脚却又不知手往哪儿动脚往哪儿放的。万德珍呢，虽然没有手足无措，却也是一脸的红云，说："娘，说你病呢，怎么说到这上来了？""不说这上来，你娘的病能好？""啊呀，不跟你说了。"万德珍一甩辫子，"我去打水"，说完就出去了。

本来傅秀山想说去打水的，可万德珍似乎知道他的心思，抢先拎着篾制外罩的水瓶出去了。没水打了，那还能做什么？就站在那儿，望向师傅求救，希望师傅能找个借口让他离开或找个台阶让他下来，省得师母还要说。

可一向善解人意的师傅，却不仅不给他借口和台阶，反笑着道："秀山，你说，我们家德珍能配得上你吗？"

这让人怎么回答？

傅秀山就窘在了那儿——要说配不配，他还觉得自己配不上万德珍呢，人家漂亮，在络筒车间工作被称为"一把手"，并且像师傅一样，也带徒了呢。要说没有对她动过心思，那是假的；但要说动过，却又不准确，因为他真没往"女婿"这层上想。

"不配？"师傅紧逼。

"配。"傅秀山被逼不过，低着头，轻轻应了声。

"什么，我没听见。你说什么？"师母不知是故意还是真的没听见。

"他说配呢。"师傅这下倒是善解人意了起来。

师母瞪了他一眼："要你说。"然后眼睛又转向傅秀山。

傅秀山就抬起了头，大声地道："配。"

"当家的，你听到了吧，他说'配'。"师母笑得又用手抹眼泪。

"哎呀,你呀你,有什么出息?"师傅上前伸出袖子要替师母擦眼泪,想想不好,又缩了回来,重新拿起搭在病床头的毛巾,"说了个女婿,还落泪?"

"人家高兴嘛。"师母也不避讳傅秀山,对着师傅撒起了少女般的娇。

师傅就笑,然后转向傅秀山:"你小子可想好了呀。"

"想好了。"傅秀山道。

"想好了还不改口?"师母一边趁热打铁似的说。

傅秀山就真的难为情了起来。

"不慌不慌,等他们结了婚吧。"师傅眯着眼睛说。

——哎呀呀,这一息息,这一刻刻,这一时时,不仅说到了女婿,还说到了婚嫁,傅秀山的身子不由得就膨胀了起来,飘升了起来,眩晕了起来……哦,眩晕的是头,一个头两个大,不是贬义上的那个"大",是幸福冲得头大……

"先改了,我听着高兴高兴。"师母仍细声细气地道。

"听着什么高兴?"不想,万德珍打好水一头撞进来,只听到了后面这句,笑着问。

万宗礼就望向傅秀山。

傅秀山呢,被万德珍这一问,也"回"到了地上,上前了一步,冲着师母王氏深深地一躬,亲亲热热地叫了一声:"娘。"

"哎。"师母将那个尾音拖得好长好长好长。

"小子,我,我,我。"师傅万宗礼一边急忙用手指着自己。

"爹。"

"哈哈哈……"

"当家的,你别只顾'哈'呀,答应,答应,赶紧地。"

"可我没准备红包呢。"万宗礼笑着,"等我备了红包,再答应。"

"啊哟,将这个茬儿给忘了。"师母笑着拍了下手,"改天娘再给。"

"你们——在说什么呀?"万德珍先是站在一边,说不明白是假的,她装着不明白地听着,听到这儿,才一边将水瓶放下,一边故意地问了声,"我可还没答应呀。"

"你敢。"师母立即就绷起了脸,但终还是没绷住,笑着说,"给我女子寻下了婆家,我就是死,也瞑目了。"

"你呀你呀,说得好好的,又瞎扯上了。"万宗礼边掖了掖被角,边说,"你尽快好起来。好起来了,给他们俩办喜事。"

"那我立马就好了。"

"那就立马办。"说完,万宗礼不禁大声笑了起来。

大家跟着也都笑了起来……

——婚,傅秀山与万德珍的婚,就这样,订下了。

第六章　受意西卿

傅秀山一听这个高旭东原来是日本人，不由得一股怒火涌上了心头，一招"退步掌"让过迎面劈下来的军刀之后，接着"右搂手""撅打顶肘""反臂砸"三招连上，最后再一个"关门谢客"，高旭东就倒在那儿只有出气没有进气了。

1　拜年

傅秀山与万德珍的婚，是这年夏天结的。

结完婚，过了中秋就到了年。

师傅原准备过了年再回老家的，可是，师母却死活不同意，理由是女儿有了归宿了，也就是说，她有了自己的家了，嫁给了傅秀山，便是傅家人，他们可以撒开手了。再说，大过年的，家里还有一双老人，让他们独自在北涧头村（虽然还有叔伯亲戚，但总敌不过自己的儿子媳妇亲），岂不有些凄凉？万宗礼一想，自己年岁也不小了，是得要在父母面前尽点孝，且也要好好照顾照顾王氏了，索性也提前退了休，回家"养老"。于是，在腊八过后，他们乘着凛冽的寒风，揣着满怀的温暖，双双回涞水去了。

而在岳父兼师傅的万宗礼与师母王氏离开后，傅秀山与新婚妻子万德珍，也踏上了回乡的路——不过，这次回乡，却不是像六七年前投奔津门那样坐驴车加步行了，而是先乘火车再转驴车。

火车出静海，进沧县，一路上，傅秀山与万德珍一样，先是对那"哐哧哐哧"一路"笑"着的火车充满了好奇；接着，是对两边一闪而过的风景，充满了新奇——虽然是寒冬，但两边树上的叶，却仍还没有落尽，透过玻璃，看上去，似乎还泛着绿；当然，还有那远远近近的林、高高矮矮的屋，偶尔抬起头如他们一样新奇而好奇的牛或是马抑或一群羊以及放牛放马放羊的老汉或是男娃女娃。如果不是火车的那过于兴奋的"笑声"，说不定，他们还能听到老汉或男娃女娃那嘹亮高亢的近似于歌唱般的叫喊声呢。

可惜，只不过小半天的时间（其实，也就是几个时辰），车就到了沧县，他们不得不下车了。

下了车，雇了辆驴车，他们便开始往盐山赶。

◎ 第六章 受意西卿

这驴车，在傅秀山看来，多少还有些不好意思，毕竟是带着新媳妇第一次回乡省亲，怎么着也得雇辆马车才是。可是，万德珍却偏偏看中了这辆驴车——说是看中了，实是她怕了那马车。不，准确地说，是马，不是车。

怎么回事？说来有些好笑——

他们下火车后，还没出站，那些揽活儿的车夫马夫便大呼小叫着围了上来，有的要帮他们拿行李，有的要拉着他们的胳膊"热情"地邀上车，这么七拉八扯着，就拉到了一辆马车边，也不知怎么，万德珍就扯到了马缰，那马一回头，一张马嘴，就正对了万德珍，而且是正对了她的脸。万德珍吓得脸霎时就白了，嘴也不禁张了起来，俨然两人在那儿比着嘴大嘴小。而那马，不知是被万德珍那张着嘴吓得还是半天才传出来的她的尖啸的叫声惊得，一炮蹄子，拖着那空车，一下就冲了出去……要不是傅秀山眼疾手快，万德珍也差点被它给带跌在了地上。

如此一番，好不容易平静下来的万德珍，便再也不肯坐马车了（不要说坐，连马边她也不敢近了）。此时，正好一边停着辆驴车。说来也古怪，那驴一见万德珍，便拿那双大大的黑黑的眼睛直瞅她，而且发出友好的"哝哝"的叫声。万德珍便说："坐它吧。"傅秀山不由得笑了，因为在他们老家，接新媳妇还真的是驴，只不过是骑着那，而他们，却是要坐驴拉的车。

车把式一见，立即迎了上来，说他这驴通人话呢，只要你说出个地名，它就不用赶，将你驮到，一丝一厘都不差。

果然，那驴还真"神"，在傅秀山让万德珍说过盐山小傅家村后，它便"得得得"地走了起来，而且五六个时辰后，还真的一丝一厘不差地径直走到了小傅家村。

小傅家村前，早得了信儿的刘金桂，还有四娘、大娘、二娘，当然，还有金钊、景荣他们，一齐集在了那儿迎他们。远远地见了他们过来，金钊带头，点响了鞭炮……然后，在一片爆竹的兴奋的烟雾中，刘金桂张着双臂迎了上来，一手挎了万德珍一手拉了傅秀山，眼里闪着光地乐着笑着，嘴里不停地说着"我早就说过呢，我叫金桂，叫瞎了呢；我娃才是金贵"，也不知是说给谁听……

一番的热闹，终于平静了下来。

可刚平静下来的热闹，接着又被浓烈的酒给点燃了起来——一餐接着一餐，一桌接着一桌，一杯接着一杯，喝得傅秀山整天都不分日出太阳落。好在，万德珍一直不喝，尽管每到一家每到一餐，他们新人面前都摆着双杯双筷，意谓"双双对对，百年好合"，但她不像傅秀山每喝必三杯（小傅家村的风俗，"有没有，三杯酒"，以示尊重），然后再三杯……有时，同辈们之间还要"须愁春漏短，莫诉金杯满"地又劝上三杯。就这样，到了大年。

大年初二，傅秀山终于"抽得半日闲"，前去拜望启蒙老师秀才叔傅义臣。

本来他早就当去拜望，可是，由于贾恩绂外出纂修县志，将秀才叔也一同邀了去，所以，直等到他回来过年,才有了这个"闲"——由此,他原准备去拜望贾恩绂的安排也落了空,因为贾恩绂忙得连年也没回到贾金村过。

不过,傅秀山还是从傅义臣处听到了许多关于贾恩绂以及他曾在那里度过美好岁月的"鱼香书院"的消息。譬如,贾恩绂现在一门心思致力于志书的编纂,主张撰志不要拘泥于古,"志为地史,应以疆域为主题",要做到"纲目层次清楚,文无定格,各从其是,文之成章,内容要和现实相结合,重当代,贵实用,论断要公正而不偏颇"等,如此才能达到"资政、存史、敦风教"之目的;譬如他早年以"开牖乡里,造福桑梓"为宗旨创办的"鱼香书院",经"高等学堂"于1922年(即傅秀山辍学不久)便改成了"盐山中学";譬如贾恩绂"为人清高,淡泊名利,不附权贵,特立独行",将他的书屋命名为"思易草庐",且自号"河北男子"……当然,其间,傅义臣也免不了对傅秀山勉励劝慰一番,尤其是当得知傅秀山现在已是四区执委,专事工人运动,更是在得意与兴奋中,劝诫他要记住傅秀山早年教导过的"礼义廉耻",只不过,他又添加了新解,譬如"礼",要"谦恭礼让,团结友爱",甚至"助人为乐";譬如"义",应"追求世事的公正合理合宜,维护社会的正义公德";譬如"廉",要"不畏权贵,刚正不阿;洁身自好,恪尽职守"(说到这时,让傅秀山不禁想到师傅张树景告诫过他的"洁身自好";虽然字同词同,可意,却是多么地不同啊);譬如"耻",要"有君子之气节,有羞耻之心,维护人格尊严",等等。

"总之,我与你恩绂先生贾老师,希望你热爱自己出生的民族,'先天下之忧而忧,后天下之乐而乐'……"说完,秀才叔傅义臣不由得不好意思地笑了下道:"其实,这些道理,也是近几年与恩绂先生一起,他经常说的。"

哦,敢情秀才叔这些"新解",是这些年受了贾恩绂的影响呀!

这样一说,使得傅秀山想见贾恩绂的心情更加迫切了起来,只是可惜,时间太短,也太远了。好在,不久,不久之后(说是"不久",其实也有三四年时间)他在另一个他宁愿没有的场合终于见上了……

这边傅秀山受着傅义臣的勉励,那边,万德珍却因随着刚回乡时的那份新奇,而落入了"不习惯"。

不习惯什么?

首先是水。

原来,这小傅家村的水,碱重,喝到嘴里,不仅有些涩,而且还发着苦。刚回来,在大家的热情氛围中,还能忍受,可这时间一长,她就有些忍不住受不了了。

其次,是那些到处都是的马呀驴呀骡呀的粪便,以及散发出的难闻的气味,不像她老家北涧头村,溪水潺潺,涧风清亮——其实,万德珍不知,傅秀山也不知,这些,都是因她的孕反(怀孕而产生的反应)造成的。

他们不知,可四娘知呀,在万德珍几次悄悄地背着她呕吐之后,她便笑着"催"上了傅秀山让他们回天津,说这小傅家村也没什么新鲜好吃的,不像天津,想吃啥都有。

虽然娘刘金桂还舍不得,但她也知宫氏的意思(拿她的话来说,"没吃过猪肉,难道还没见过猪跑?平常听也早听明白了"),于是,上了七,便将这"年"给拜完了——傅秀山他们便"打道回府"。

可他刚一回到天津,甚至还没"进府",便得到了一个不好却又是让他在日后的工作中受益匪浅的消息,让他着实有些措手不及。

2 探病

张树景病了——

年前走时,傅秀山没来得及去当面辞别,但在结婚时,师傅张树景却是自始至终参加了的,而且,还大碗地喝了酒。这才多少天,怎么就病了?而且还住进了医院?傅秀山还没进门,准确地说,是在门口,便得到了这个消息。

消息是刘云亭告诉他的。

刘云亭过年没有回去,要不是他,张树景那天有可能在"不知不觉"中就"走"了。

也是事有凑巧。大年初五,俗称"破五"——黎明即起,人们便放鞭炮,打扫卫生。鞭炮从里往外放,边放边往门外走,说是将一切不吉利的东西都轰将出去。而且这天,得吃饺子,俗称"捏小人嘴",尤其是天津人,"破五"这一天,家家户户都吃饺子,而且菜板要剁得"叮咚"响,让四邻听见,以示正在剁"小人"。刘云亭因傅秀山回老家了、工厂还没开工,一个人无所事事,不知怎么就想到了也是一个人在这儿的张树景——平日里,张树景与他并没有打过多少交道,更谈不上交情,如果说有那么一点儿的话,那也纯粹是因了傅秀山。可这天他还是一早就买了面粉和做馅用的肉、菜,敲响了他的门。

门是敲响了,可是半天没人应,也就没人来开。

难道张副总出去了?刘云亭正犹疑着,不想,里面传出了一声微弱的呻吟。刘云亭以为自己听错了,忙一边拍(不再是敲)一边将耳朵贴在了门上,一听,果然,里面传出了张树景的声音。

于是,刘云亭一边"张副总""师傅"地叫着,一边运起他的那三脚猫的功夫,"嘭"一声,硬是将门给"破"了。

破门而入的刘云亭惊得一吓,只见张树景半卧在桌边,一动不能动,见他进来,只是拿眼睛望了他一眼,就又闭上了……

到了医院,医生们忙活了半天,张树景才慢悠悠地将眼睛睁开。医生长长地舒了一口气,说他终于从鬼门关被拉了回来。

张树景就笑,然后转向刘云亭:"谢谢你。"

这声"谢",让刘云亭不由得就一脸地欢喜了起来,一边说着"不用"一边在心里暗自得意："我可是救了青帮'大'字辈的呢。"

救了青帮"大"字辈的得意与欢喜，刘云亭最想告诉的，自然是傅秀山，于是，从张树景醒来后，他只要一得空，就往傅秀山租居的小屋（也就是原先万宗礼租的，后将小屋续租给了傅秀山夫妇）跑，直跑到今天，才终于见了傅秀山。

傅秀山听着刘云亭"栩栩如生"的叙述，放下行囊，转身就要与刘云亭奔向医院。

"稍等会儿吧，这就到吃饭点儿了，不如我们包点饺子带过去给你师傅。"万德珍倒是想得周到。

傅秀山一想，也成，虽然俗话说"拜年拜到月半边，草堆旁边吃袋烟"，但毕竟还是大正月里，这火急忙慌地过去，空着双手，确实也不是太合适。

"我去买肉。"刘云亭一见傅秀山在犹豫，立即明白了哥的心思，马上说道。

"给你钱。"

万德珍说着手还没从口袋中拿出来，刘云亭却早就跑没了影……

可当傅秀山与刘云亭带着热热的饺子赶到医院时，不想，张树景病床前却坐着两个人。

谁？

不认识。

傅秀山不认识，刘云亭更不认识。

"师傅！"傅秀山一见张树景，不禁声音就哽咽了起来。

"呵呵，师傅没事。"张树景眼睛越过傅秀山望向他身后的刘云亭，"不过，多亏了你表弟刘云亭，要不，你还真的见不着你师傅了。"

刘云亭就"嘿嘿"地笑着。

"来来来，你来得正好，我给你们介绍——"张树景接着指着那两个人，"这是你师叔，厉大森。"

厉大森！

傅秀山早有耳闻，他可不是一般的"大"字辈人物，前面在认识袁文会时，傅秀山就了解到，袁文会拜的师傅是白云生，而白云生，便是这个厉大森的徒弟。

当下傅秀山一愣之后，立即施礼："师叔在上，'通'字小辈傅秀山有礼。"

厉大森一边象征性地伸了下手，以示搀扶，一边颔了颔首，道："早就听说过张兄收了唯一的一个弟子，吃饷银的，哦，是俸禄，俸禄——当时就想，这弟子一定是个奇才。今日一见，果然不同凡响。"

"哪里哪里。"张树景抱拳客气地揖了揖。

"来，我介绍下，"厉大森指着一直站在他侧后的一个看上去要比傅秀山年长一些的精干的中年人，"我徒弟，姜般若。"

姜般若顿了一下，却没有立即与傅秀山抱拳行礼，而是望着厉大森。

厉大森便笑着说："怎么，我做你师傅不够格？"

"哪里，师傅，我是想……"

"见过师兄。"傅秀山见姜般若的不语引起了厉大森的不快，忙先抱拳施起礼来。

姜般若一见，也赶紧地抱拳还礼。

这样，算是两厢见过。

"我，还有我，刘云亭。"这时，刘云亭在傅秀山身后，也抱起了拳，冲着厉大森还有姜般若行了行礼。

"我表弟。"傅秀山不得不介绍。

"知道你这个表弟，"厉大森倒是好心情，"刚才你师傅说过了。"

"好了，彼此都见过，今后有事，同参们都互相照应照应。"张树景望望傅秀山又望望姜般若道。

"'凡我同参为弟兄，友爱当效手足情'嘛，应该，应该。"姜般若也许是想挽回一下厉大森刚才因自己一愣的不快，立即抱拳对着张树景道。

"好了，时候不早了，也不耽误你们师徒叙话了。景兄，告辞了。"厉大森这时站了起来，"多多保重身体。"

"秀山，替我送送你厉师叔。"

傅秀山就忙引着厉大森与姜般若走了出去。

刘云亭一见，也想跟出去，却被张树景给唤住了："云亭，你们带来的是什么？"

"哦，你看，这一说话，就给忘了。"刘云亭忙抱起用棉布焐着的饭盒，"饺子，给您包的饺子。"

张树景就笑。

这时，傅秀山进来了，说："师傅，厉师叔他们走了。"

"唔，走了——好——"

"之前我怎么没听师傅说起过这个厉师叔？"傅秀山见刘云亭为张树景递上了饺子，问。

"我们虽是'大'字辈同参，但平日里从来不走动。"不走动？那他今天怎么来看望你？张树景似乎看穿了傅秀山的心思，"今日里也不知他打哪儿听说我病了，因为他想让这个姜般若把持大红桥码头，而码头上有我一个师侄，所以，他便带了他来拜一下。"

"就为这？"

"当然略，也不全是。"张树景看了一眼饭盒，"这个厉大森原是奉系军阀褚玉璞的军警督察处处长，随着北伐成功，他的大势已去，而我的一个叔伯弟弟张树声，也是'人'字辈，现在在上海、杭州、南京一带以'大'字辈兼洪帮太极山、长白山山主的身份活动，所以，他来，也是想通过我拉拉关系。"

哦，原来如此。

"这个姜般若，别小瞧了他，虽然他并不是厉大森开门收的徒弟，但这个人既然能拿下大红桥码头,说明他真的不是'般若'——一般人可比。"张树景提醒道。

他还真的不是一般人可比,资料上说,姜般若,名更生,以字行,直隶青县兴济镇人。1911年于天津南开中学毕业。1914—1919年任南开中学学监。1920年赴法勤工俭学,为李石曾所赏识,归国后曾在北京中法大学任职。1928年北伐军进抵京津前夕,任国民党地下天津特派员,与孙洪伊谋划河北省人治河北省、天津人治天津。1931年与邓演达组建第三党京津分支机构,嗣任国民党天津党部联络员。1933年在北方负责某项任务。1934年成为天津红帮老大。1945年被国民党第十一战区司令长官孙连仲聘为咨议……当然,此是后话。

"不是厉师叔开门收的徒弟呀,怪不得……"

刘云亭的意思是,怪不得刚才厉大森在介绍说这是他徒弟时姜般若愣了一下呢,可被傅秀山瞪了一眼堵住了后半截话。

"也别瞪他了,"张树景说,"你不是也看出来了?"

傅秀山就上前攥起一个饺子,要喂给张树景,以岔开这个话题。

可张树景却轻轻推了推傅秀山伸过去端着饭盒的手,叹息了一声说:"秀山,师傅这一病,元气恐怕再也恢复不过来了。等能出院,我想回北京去,那里还有我一处房产,到那里去静养静养。所以呢,这师叔同参们,虽然平日里都互不相干,甚至如你所说的,有的还干着鸡鸣狗盗的事,但不管怎么说,排起来论起来,毕竟还是同门……"

"师傅,你吃点儿吧,"傅秀山再次打断张树景,"我知道你的意思,我会管好自己,不管别家的事,不惹麻烦。"

张树景听完傅秀山近乎表态的话,这才点了点头,伸过嘴,吃下了傅秀山递过来的饺子……

二月二,龙抬头的那天,张树景出院了。

出了院的张树景,走时连傅秀山也没打招呼,就这样走了。不,与其说是"走",不如说是"消失"了——也不知是真的去了北京还是去了哪儿,反正从此,世上好像就没这个人来过一样,任傅秀山四处打听,也没打听到一星半点信息……

倒是那天在医院里见过的姜般若,不久,还真的看在了"同参"的分儿上,帮了他一个大忙,尽管那个"大忙"帮得傅秀山差点被"上"了黑名单。

3 重逢李书文

年一过,春天就到了。

这个春天,傅秀山过得如凫在海河上的那些白鹅麻鸭一样自在,因为,万德珍的肚

◎ 第六章 受意西卿

子越来越大,眼看着他就要做爹了。这种如看着庄稼拔节、抽穗、灌浆的感觉,让傅秀山感到天空是那么的碧蓝,觉得大地是那么的盎然……

而且,在这碧蓝与盎然中,刘云亭又给他带来了一个如蝴蝶似蜻蜓的消息:师傅李书文也在天津。

"师傅来津了,当真?"傅秀山望着喜滋滋地将消息告诉他的刘云亭。

刘云亭将手在空中画了一下,说:"哥,什么时候我说过假话?"

是呀,他什么时候说过,虽然这个表弟有时说的话不着边际,但却又总是有着点边沾着点际,仔细想想,纯是凭空的,还真的没有过。于是,他笑着说:"走,我们看师傅去。"

"就这样去吗?"

"不这样去,还怎么样去?"傅秀山被刘云亭说得愣住了。

"得备些礼物。"

傅秀山便笑了,他以为是什么呢,原来是礼物呀,好说,现成的,前面街上就有一家狗不理包子铺,一块钱三两,买上几块钱的便是。

"你怎么知道师傅好这一口?"

怎么知道?"我不知道呀。"傅秀山再次愣愣地望着刘云亭。

刘云亭就诡诡地一笑,说:"我一见到师傅,你道师傅说的第一句话是嘛?"

"嘛?"

"你小子,没带那个什么不理的包子来?"刘云亭学着李书文的口气,"我忙说,来得匆匆,没带。但给师傅您带了点心,还有麻糖。可师傅听后,却看也没看,就转向了我家少爷……"

"云樵也在?"

"啊,他一直跟随着师傅的呢。"

"那还不快些走?"说完,傅秀山人已走出去几米远了。

"哎,哥,慢些呀!你知道师傅在哪儿,我还没说呢?"

"不说我也知道。"

"不说你也知道?"刘云亭紧跑几步,赶上傅秀山,"在哪儿?"

"津南。"

这下轮到刘云亭一愣了:"你怎么知道?"

"你告诉我的呀。"

"我?"刘云亭还真的想了想,"没呀。"

傅秀山就不再言语,只顾往前走着。

——其实,刘云亭一见到傅秀山,第一句说的是"哥,你知道我昨天在津南遇上谁了?师傅",然后才有傅秀山的那句"师傅来津了,当真"。可刘云亭一激动,此刻却忘了这个茬儿。

121

不大工夫，傅秀山就与刘云亭到了津南。

虽然有好多年没见面了，但李书文看上去，除了眼角添了些许皱纹，基本没变。倒是刘云樵，如果不是有师傅在，傅秀山几乎不敢相认了，不仅个子长得高了，而且整个人都长变了，变成了一个帅帅气气的大小伙儿。

师徒相见，自是一番亲热与问候……

"不错，不错。"寒暄过后，李书文拿过傅秀山带来的狗不理包子，先是端在眼前仔细地看了看，然后才情不自禁喃喃自语着这两句话。

看什么？

包子褶。

原来，这狗不理包子用肥瘦鲜猪肉三比七的比例加适量的水，佐以排骨汤或肚汤，加上小磨香油、特制酱油、姜末、葱末、调味剂等调拌成包子馅料，皮用半发面，在搓条、放剂之后，擀成直径为八点五厘米左右、薄厚均匀的圆形。而且在包入馅料后，用手指精心捏折，同时用力将褶捻开，每个包子有固定的十八个褶，褶花疏密一致，如白菊花形（最后上炉用硬气蒸制而成。蒸熟后的包子口感柔软，鲜香不腻，色、香、味、形独具特色）。也不知是怎么形成了这个癖好或曰习惯，每每吃这狗不理包子前，李书文都要先欣赏一下这褶花，甚至还细细地数一下，看看是不是十八个。

刘云亭只知道师傅喜欢吃狗不理包子，并不知道他的这一小癖好。此时，见李书文在那端详着包子嘴里喃喃着，却并不急着吃，不禁也将头凑了过去看。

"一边去。"没承想，李书文狠狠了瞪了他一眼，然后一下将整个包子塞进了嘴里。

"哈哈哈。"一边的刘云樵不由大笑了起来，看着刘云亭那莫名其妙却又进退两难的尴尬样子，"这个你就不知道了吧？"

刘云亭，还有傅秀山，不知道的，何止是这个。

这些年，李书文带着刘云樵走山东、过沧县、上北京的，到处授徒，可留下很多让人津津乐道的轶事呢——

"我们在山东，一地方武官对流传的师傅的神功不太相信，命人把一米多长的木橛子钉进了墙中，外面只露两尺，然后让所有人都拔上一拔，可谁都拔不动，这才让师傅去拔。师傅呢，上前只一伸手，就听'嘭'一声，木橛子就被拔出来了。"坐在一堵矮墙头上，刘云樵对傅秀山与刘云亭说着，"还有一次，我们在沧县孟村吴家做客，吴家有一烈马，不听使唤，并且性子特别烈，烈到咬人。师傅就问：'他咬我吗？'吴家老爷说：'可能不咬生人。'于是，师傅笑了笑，走到马前。那马哪分什么生人熟人，伸过头来就咬。师傅忙一提膝，顶在了马下巴上。马痛得一抬头，师傅乘势抓住马鬃，飞身骑在马背上，一煞劲，那马就劈趴在了地上。然后师傅一缓劲，那马又站起来。马一站起来，师傅又一煞劲，马又趴了下去。连续三次，吴家老爷不由得心疼，说：'你快下来吧，再来两下，我的马就死在你手上了。'师傅这才笑着跳了下来。还有……"

这样的轶事，刘云樵后来在傅秀山他们每每来看望李书文时都要说上一两个。譬如在黑龙江省，李书文住在许兰州的司令部，许兰州执礼尤恭，可是，他却不知李书文有一怪异脾气，就是吃鸡不吐骨头。一天吃饭，新来的厨师做鸡时，把鸡头弄没了。吃鸡不带头，李书文当即备感对他的不恭敬，回房间后收拾收拾东西就从楼上跳了下来。许兰州将军闻讯骑马追赶。可任凭他如何催马，距离总是那么远，明明李书文在前面，就是追不上。跑着跑着，一条大江拦在了前面，许将军不禁拍马大笑，说："看你还能往哪儿走？"谁知，李书文竟然一点儿也没犹豫，一头就扎进江里。过了好一会儿，正在许兰州茫然惊顾时，李书文却从江那边出了水面。原来李书文的内功，已修炼到胎息境界。许将军后来又是赔礼又是道歉，这才将李书文给重新请了回去，奉为上宾。

听着师傅的轶事，忙着工会的公事，还有，照顾着刚刚出生的女儿——1930年4月12日（农历三月十四），万德珍为傅秀山生下了大女儿玉喜。傅秀山的日子如蜜一般地甜着。

可是，谁也没想到，第二年夏秋之交，历史上却发生了一件惊天动地的大事，将傅秀山这种甜蜜的生活一下打乱了。

什么事？

九一八事变。

4 组建"工联会"

"哥，不得了了！"

1931年9月的一天，傅秀山刚刚处理完英商天津济安自来水公司破坏工运事件——该公司为了达到破坏工会之目的，以节省开支为由，将工会理事马纯黎开除，从而引起工会会员义愤——要求公司恢复马纯黎的工作。傅秀山接到指令后，立即赶过去，在了解了事情的经过后，提出除了恢复马纯黎的工作，今后不得随意开除工人，且职员夫役一律享受工人之待遇。这样，在各业工会的一致声援下，水业工会特致函该公司，限其三日内恢复马纯黎的工作，同时开除破坏工运之责任者。这样，事情总算得到了解决。可不想，他刚回到家，刘云亭就跟了进来。

"什么不得了了？一惊一乍的，来，坐下说。"傅秀山一边招呼着刘云亭，一边自己先坐了下来。

"东北没了。"

"什么东北没了？"傅秀山一时没反应过来。

"日本人占领了沈阳。"

"日本人？占领？"

"是的，现在整个天津全都在说这件事。"

刘云亭说的这件事，便是震惊中外的九一八事变。1931年9月18日晚10时许，日本关东军岛本大队川岛中队河本末守中尉率部下数人，在沈阳北大营南约八百米的柳条湖附近，将南满铁路一段路轨炸毁，称是中国军队破坏铁路。日军独立守备队第二大队即向中国东北军驻地北大营发动进攻。次日晨4时许，日军独立守备队第五大队从铁岭到达北大营加入战斗。5时半，东北军第七旅退到沈阳东山嘴子，日军占领北大营。上午8时，日军几乎未受到抵抗便将沈阳全城占领——此后，东北各地的中国军队继续执行张学良的不抵抗主义，使日军得以迅速占领辽宁、吉林、黑龙江三省。只不过，其时我的爷爷傅秀山，包括刘云亭，知道的并没有如此详细，但他们的第一感觉是日本人占领我东北绝对不行！

"好，走。"

刘云亭望着霍地站了起来的傅秀山，不知他说的"走"是去哪里。

"去市党部。"傅秀山边说边走出了门，"工会要有行动。"

工会当然要有行动。

行动首先从天津比商电车电灯公司工会开始，他们发表了《抗日救亡宣言》。于是，傅秀山义无反顾地与工人们一起，走上街头，大声疾呼："整个东北亡了，倚仗国联亦不过增加几页耻辱历史。现在国将亡了，难道我们等着当亡国奴吗？我们在国民党领导之下不是要革命吗？革命就得救国、救民族，现在不救，什么时候救？"并利用他执委的身份，四处呼吁，全市和全国工人阶级要"团结一致"，"督促政府速定对日宣战方针，恢复民众运动"，"官民合作救我危亡之中国，夺回失去的领土，歼灭残暴的倭奴"，倡议"我们数千电车工友每人先拿一天工资"来慰劳在冰天雪地里战斗的抗日将士，同时承担修枪械和运输子弹工作。总之，只要是抗日需要，傅秀山他们将带领工人阶级全力以赴。

电车电灯公司工会的倡议，很快得到了各业工会的响应。但傅秀山很快发现，这种倡议，由于各业站在各业的立场，行动起来，既没有统一指挥，也无法形成有效的力量。于是，他开始整日地奔走在电车电灯、电话、清洁、丹华、水业、猪鬃、津浦、裕元、宝成、北洋、华新等工会，发起成立"天津市各业工会救国联合会"，并且，他还亲自草拟了《宣言》——

"本会成立的使命，一面使下层的革命力量团结坚固，形成强大深厚的革命基础，领导和训练全市工友，集中抗日力量，以促驱日迅速成功；一面与全国民主势力深切结合，一致行动，以作卫国的壁垒。以全市工友意志为意志，以全市工友的主张为主张，以全市工友的意识为基础，扫除过去包揽把持隔绝群众的罪恶"，"望全市共患难生死的工友们完成彻底打倒帝国主义的使命"。

"望全市共患难生死的工友们完成彻底打倒帝国主义的使命。好!"市党部委员李墨元看到这里,不禁猛拍了一下桌子,站了起来,"我要立刻呈递张学铭市长圈阅。"

张学铭,字西卿,张学良的胞弟,那个曾被作为人质被迫在日本留学的张学铭。

是的,正是他。

张学铭从日本留学返国后,先是就职于东北军,但去年(1930年)中原大战,随着张学良入关后,经国民党元老吴铁城举荐,先是出任天津市警察局局长,接着于今年4月又被任命为天津市市长。

对这个任命,说来还另有一番故事——

原来的天津市市长臧启芳,是张学良于1930年10月任命的,而这次在任命张学铭之前,张学良竟然毫不知情。等到他知道时,一切木已成舟。

不过,这么说,似乎也未免有些绝对,因为吴铁城保荐张学铭无非两个目的,一是送张学良人情,因为在外人眼里,张家两兄弟关系一直很好——张学铭留学日本时,张学良还曾写过这样一封信:

二弟手足:

前函谅达。弟能知在异邦奋勉,不贻国人之羞,不丢父兄之脸,兄甚喜。我弟论起东瀛人士,皆努力前程,非同吾国之军阀官僚,日以大烟麻雀为生活可比,兄闻之更快甚,觉我弟知识高进矣。但望我弟永远保守此种思想,将来学成归国,勿践旧官僚之臭习,是为切妥。

……切望弟勿入学习院,那是贵族式学校,要知我兄弟力谋平民生活,勿染贵族教育习惯,为盼。

我们将来要为中华民族造幸福,不是为个人谋荣华富贵也。盼弟在东瀛留心他们平民生活状态,研究他们一般社会的真精神。弟有什么感触,常常以告兄为盼。

从信中不难看出张家兄弟间的亲情、同志情以及民族情,所以,吴铁城名为保荐张学铭,实在是拍他张学良的马屁。二呢,是他要拉拢一下张学铭,想以后多知道一点"内幕"消息。所以,虽然十分生气,也有权加以否决(他只要给蒋介石打个电报就行了),但考虑来考虑去,还是算了,因为他要是否决了,张学铭不乐意倒也罢了,但吴铁城肯定是完蛋了,蒋介石不会轻饶了他。所以,张学良也就默认了这个事实,尽管他后来说,这是他平生最抱歉最难过的事。

"这个傅秀山!"张学铭看后,不仅立即圈阅了,而且立即要通了市党部电话,"傅秀山的材料马上报我。"

于是,1931年12月23日,"天津市各业工会救国联合会"(简称"工联会")宣告成立。傅秀山与张广兴等十一人当选为执行委员。

傅秀山立刻主持向全国各党政机关、人民团体及报馆发出通电，声称："在外侮日甚，国难当头之际，特受天津数十万工人之请，吁请全国各界立即行动，设立统一领导机关，谋民众意志之集中、民众训练之统一、民主势力之巩固，以期与政府共负治国、救国、建国之重责，共纾国难，庶能使民主政治之实现，救国家民族之危亡。"

并且，在接着的1月（1932年）记者招待会和临时代表会上，傅秀山慷慨陈词，旗帜鲜明地表示要与日本帝国主义斗争到底，并公开宣布"天津工人不买、不用与抵制日货"，"愿率本市数十万工友做政府后盾，卫国御侮"，"特再由各业工会推举代表组织请愿团"，以便敦促政府抗战……

再接着，傅秀山组织义勇军，成立自卫队，发行《工联救国旬刊》，发动募捐，慰劳抗日将士，组织各业工人以实力拯救祖国危亡。拿万德珍的话来说，这段时间，傅秀山整个人甚至连梦中都在喊着"抗日"。在九一八事变一周年纪念大会上，傅秀山振臂疾呼："我们所受的饥寒是万分的凄惨，我们若再做了亡国奴，那更痛苦到十万倍了！那时，我们的身躯也一定会当了日寇射击教练的靶子，所以，我们国家的存亡，也就是我们自己的存亡，我们救国就是救自己！"

于是，"宁做救国鬼，不做亡国奴""与暴日拼命，誓雪国耻"的口号声，在海河两岸，如浪如涛，拍击、震荡、远播……

而且在这拍击、震荡、远播中，傅秀山很快就有了一场近身的、贴身的、切身的"厮杀"。

5 接受授意

随着几场秋雨，已然就有了寒意。

傅秀山拖着一身的疲惫回到家，刚刚才分开的刘云亭又忙慌慌地跑了过来：

"哥，电话。"

傅秀山不明所以地望着刘云亭，心想，电话在办公室，我这是在家里，哪来的电话？

"市政府电话，让你十分钟后回过去。"

傅秀山这才笑了下，说："知道了。"

可刘云亭站在那儿却没动。

"我知道了。"傅秀山转过身又强调了一次。

"知道了？走呀，只十分钟呢。"刘云亭有些着急。

傅秀山只好对正替他脱了一半衣服的万德珍歉意地笑了下，然后又重新穿上衣服，就与刘云亭再次没入了夜色中。

电话是市政府打来的，而且还是市长本人亲自打的；但不是在市政府办公室——

市长？

是的，电话一接通，对方就直接通报了自己的身份："傅秀山，是吗？我是市长西卿。"

"张市长好。"

"唔，现在请你来一趟香港道五十号我私宅，可以吗？"

"马上到。"

电话就挂了。

挂了电话后，傅秀山才反应过来：香港道（今和平区睦南道）五十号，租界，私宅……

"一定是大事。"刘云亭见傅秀山拿着听筒站在那儿愣了半天，心里不由得就"咚"地跳了下，"哥——"

傅秀山这才一个愣怔醒转过来，放下话筒就往外走。

刘云亭立即跟上。

傅秀山不得不制止住他："云亭，你要有事先办你的事去吧。"

"我没事。"

"没事你就先歇着吧。"

刘云亭明白了，这是哥不让他知道他去哪儿呢，就站住了："哥，万事小心啊。"说完，刘云亭还不禁向前走了一小步。

傅秀山就挥了挥手，意思是让他放心。

可走在街道上的傅秀山，心却怎么也放不下，刘云亭告诉过他的关于市长张学铭的一些传闻，正一帧一帧地在他眼前闪现——西卿与张学良虽然同为张作霖原配夫人赵氏所生，但两人的境遇却有着天壤之别。张学良从一出生，就备受张作霖宠爱，且寄予厚望，而他张学铭，一出生，却犯了张作霖的忌，饱受冷落。

什么忌？

原来张作霖是个非常迷信的人，1908年张学铭出生的那天，门房里的老薛头午睡做梦，梦见一个小喇嘛冲进了院子，老薛头一惊，醒来，不知是梦，拔腿就追，张作霖见他眯眯瞪瞪，便问怎么回事。老薛头就如实地将梦说了，恰在这时，产房里传来了张学铭的第一声啼哭。张作霖一愣，接着，原本兴奋的脸上便笼上了一层阴云，说了声"这小子，找老子算账来了"，就不快地离开了。

谁找他算账？

原来早年张作霖办团练时，曾枪杀过一个匪帮内的小喇嘛，此时听老薛头说有一个小喇嘛跑了进来，接着这个儿子便出生了，他便认为这是那个小喇嘛转世找他来了。

就这样，无辜的张学铭一出世，就不受张作霖待见，以致后来日本人担心张作霖的势力过于强大，假惺惺地建议他送一个儿子到日本去留学（实际上是作为人质），张作霖便毫不犹豫地就将张学铭派去了，直到前两年才回国。

进入香港道，这个长二点零八公里，东西向并列着，后来以中国西南名城成都、重庆、大理、睦南及马场为名的"五大道"（原是一片坑洼塘淀，现散落着一些窝棚式的简陋民居，有"二十间房""六十间房""八十间房"等似是而非的地名）之一道，一棵棵梧桐在灯光的摇曳下，显得既诡异又妖娆；两旁的英式建筑、意式建筑、法式建筑、德式建筑、西班牙建筑和众多的文艺复兴式建筑、古典主义建筑、折中主义建筑、巴洛克式建筑、庭院式建筑以及中西合璧式建筑鳞次栉比。要是白天，漫步其间，会使人感到路、房、树的空间尺度恰到好处。三三两两的巡警，或背着枪，或拿着警棍，来来回回地游动着。

借着灯光，傅秀山很快就找到了五十号。这是一幢坡顶的西式建筑，大门坐北朝南，主楼为二层带顶，前有一花园。外墙采用的是紫红色机砖砌筑。

可五十号找到了，却差点没能进去——

也许是他一路查找着门牌号吧，便显得有些鬼祟，所以，引起了巡警的注意。那些巡警看上去漫不经心地在那儿来来回回走着，可眼睛还是很管事的。正当他要伸手去按门铃时，突然，从后面就伸过一双手来，要将他反扣过去。傅秀山一惊，本能地一退，顺势一个"顶肘"，那身后的两名巡警就倒在了地上。

"瞿，瞿瞿……"

警哨蓦地响了起来，虽然只响了两声，但在这静夜里，听起来却是那么地森厉。

怎么只响了两声？

因为在傅秀山将两名巡警放翻在地的同时，从门里急急跑出来了一名副官。所以，当巡警爬起来想再吹响警哨时，那副官眼疾手快，一把从他嘴上将那哨给"拔"了下来，"我们的客人，没事，没事了"，然后顺手递给了他两块大洋。两个巡警这才拍了拍身上的尘土（其实不过是象征性地拍了拍，这地上打扫得干净着呢，哪儿来的尘又哪儿来的土），叨叨唧唧地离开了。

"市长正在客厅等着你呢。"副官见巡警离开了，一拍傅秀山的肩道。

傅秀山来不及多想（因为他不知道这个副官是怎么知道他就是市长要等的人），随着副官走了进去。

大厅非常宽敞，设有带暖回廊和花室，并与宾客卧室、餐厅、备餐厅、厨房、卫生间和楼梯相连。

走到楼梯口，副官便站住了，示意傅秀山市长在上面。

傅秀山就上了楼梯，进了二层。

二层设有卧室、会客厅和两个卫生间。

张学铭坐在会客厅的长沙发上，见傅秀山进来，立即招呼他过去："傅执委是吧，来，坐，坐。"

傅秀山不禁就四面望了一下。

"没人。"张学铭不知笑还是没笑地道。

傅秀山就诚惶诚恐地走了过去。

第六章 受意西卿

"你叫傅秀山，1927年入的党，会武功，有青帮背景，"张学铭没等傅秀山完全坐下，就说了起来，"群众基础很好。"

傅秀山一时语塞。

"别紧张，这么晚叫你来，是想请你帮我一个忙。"

帮忙？傅秀山的眼睛不由得就睁大了起来。

"实不相瞒，我想在天津有个动作，"张学铭顿了下，"大动作。"

傅秀山没有接话，只是拿眼睛定定地望着张学铭。

果然，张学铭接下来说："我想收拾一下'三不管'那一带……"

"三不管"那一带，是袁文会的地盘。

袁文会自拜白云生为师加入青帮后，先在旭街新旅社后开了个小赌局，生意还算不错。但他并不满足，见苏兰芳（外号苏秃子）在日法交界的富贵胡同旁新津里开了个宝局，生意相当好，便在日警的帮助下，强抢了过来。从此，他便带着一帮地痞流氓在大街上横着膀子走路。

这倒也罢。

可是，袁文会最近还纠结了诸如郭小波、李子珍、王恩贵等百余号人强占了太古码头，贩运起大烟土来了。

这倒也还是罢。

可不能罢的，是近日，他网罗了上千名烟鬼、嫖客和赌徒，成立了便衣队，有可能要在日本特务土肥原贤二亲自策划下，进行一次暴动……

"我刚从北京见我大哥回来——我大哥你是知道的，二十万大军不战就退出了东北，孬包一个；可我不怕，我不仅要替他争口气，更为我自己出口气，让我那死鬼老头子也看看——我对大哥说了，'只有打，才是出路，不打是没有前途的'，所以，只要时机一成熟，我就将他们给收拾了。可是，上面却不让我碰日本人。"说到这里，张学铭身子往沙发上靠了靠，"我不能碰，但你傅秀山傅执委能碰呀，对吧？"

傅秀山立即明白了张学铭的意思。

"你训练的那个华新纱厂的纠察队还在吧？可以悄悄地将他们调出来，在'三不管'那儿闹些动静。只要有人敢出来，我就——"张学铭没有再说下去。

"在。"

"多少人？"

"一两百吧。"

张学铭皱了皱眉头，自言自语道："少了，少了。"然后问道，"还有其他力量可用吗？"

"有。"

张学铭就望着傅秀山。

"巴延庆是运输工会主席，我可以发动他们也参加进来。"

"好。"张学铭眉头这才松了开来,"这个——就交给你了。"

傅秀山立即站了起来,说:"请市长放心,那一带的乌烟瘴气,确实到了是人都看不下去的地步了,我这就去安排。"

"不慌,"张学铭摇了摇手,可摇了两下,又顿住了,"记住,一定要将他们给'闹'起来,只有闹大了——你,明白吧?"

"明白。"傅秀山血脉不由得就偾张了起来……

可让傅秀山万万没想到的是,他的"明白"却不仅仅是看不下"三不管"一带的乌烟瘴气。

那是11月初,傅秀山得到消息,袁文会第二天将进行游行,他们计划从南市出发,经万德庄、南门外,然后向政府机关进发。

傅秀山立即通知纠察队,哦,现在不叫纠察队,而依据张学铭的意见,改名为保安队,做好准备,准备在袁文会他们游行时,进行一个反游行。

可令傅秀山万万没想到的是,第二天,傅秀山他们还没行动,那些被袁文会的可恶激起的民众,就抢先动起了手。一时间,有喊打的,有喊杀的,还有往前冲的,一片混乱。

混乱中,突然一支训练有素的警察队伍冲了过来,一边保护着民众,一边对那些烟鬼、赌鬼、色鬼一顿"劈头盖脸",打得他们一个个抱头鼠窜地退回到了日租界。同时,乘着混乱,警察将沿街所有的烟馆、妓院、赌局,一并砸了个稀巴烂……

如果说,这次给袁文会这样的汉奸的教训令傅秀山与张学铭的"心有灵犀"而痛快,那么不久,傅秀山痛击日本浪人小日向,则更令他们扬眉吐气,尽管张学铭为此多有受累……

6 扶柩

谁知,沉浸在粉碎袁文会及其汉奸走狗们的胜利喜悦中还没有缓过来,1933年4月的某天一大早,一个噩耗传了过来——

"哥,哥,"傅秀山因这几日的忙,晚上一般就睡在了办公室,没有什么特别的事,他都要睡一个懒觉(这是他自己说的,其实是因为晚上工作太迟,早晨醒不来)。不想,今天太阳还没出来,刘云亭就拍响了门:"起来了没?"

"起来了,什么事儿?"傅秀山一边穿着衣服,一边走过去开了门。

"哥,师傅——师傅没了……"

"师傅没了?"开了门的傅秀山看也没看一眼刘云亭边继续穿着衣服边往里走,"那还不是又外出云游去了?"

"不,哥,师傅他——"

傅秀山这才听出了刘云亭的不对劲,不由得回了头。

回过头来的傅秀山见刘云亭满眼通红,一脸伤悲。"你是说——师傅不在了?"

"嗯。"

"什么时候的事?"

"昨晚。"

"昨晚?"

"是的,昨晚师傅忙了一天后,吃了几杯酒,便躺下了。哪知这一躺下,就再也起不来了。"

"酒中有毒?"傅秀山眼睛瞪大了起来。

"不,不是,是脑溢血。"

傅秀山不禁颓唐地踉跄了一下,然后赶紧一把拉了刘云亭:"走,快走。"

他们紧走慢走,等他们赶到津南,李书文已经殓入了棺材,一帮弟子正在商量着如何处理接下来的事宜。

傅秀山磕过头,敬过香,自是难过一番。但听大家讨论,有说就地埋葬,有说过了九九八十一天后再启棺回乡,他还是强忍悲伤,参与到了讨论中。他说:"人死只有两件事,一是盖棺定论,二是入土为安。师傅一生献于武术,没有子嗣,我们这些弟子,就是他的后人。后人当以孝为最。何谓孝?我以为,让他老人家回到家乡,葬于祖坟,才是我们这些弟子最大的孝。"

"我同意秀山兄的意见。"刘云樵立即表态。

"我也同意。"刘云亭举起了手。

有人表态,其他人在面面相觑了一番后,也都纷纷表示赞成。

"明天是逢三,我们正好启程。"傅秀山说,"手头没事的,家里能放得开的,都随了一起护送吧。"

于是,大家立即为明天的行程安排了起来……

一路的悲悼,一路的辛苦。七天,正好七天,李书文的棺椁,终于抵达了他的出生地王南良村。

于是,李书文的远亲近邻替他再次殓棺,正式办起了丧事——在家停放三天,再行下葬,以便于亲朋故旧前来吊唁……

令傅秀山没想到的是,在第二天,贾恩绂,他日思夜想的贾恩绂先生也来了——想当初,他傅秀山还是贾先生介绍给了李书文的呢。

晚上,贾恩绂不顾劝阻,执意要为李书文守灵,说:"我这老友一生痴武,虽然光明磊落,却好友无多。我能算一个,怎么着,也得要陪他这最后一夜。"既然话都说到这儿了,弟子们也就不好再劝,只好设一靠背椅,让他守在棺前。

贾恩绂不睡,傅秀山则更不得眠。

于是,两人便开始说些别后的情景——

贾恩绂将他如何对盐山中学进行改造、如何四处受邀编纂志书，一一叙述了一遍。傅秀山呢，将他在天津的起起伏伏也一一相告。

最后，当听到傅秀山前不久与张西卿"合谋"一节，贾先生不由得一下坐直了身子，连叫了几个"好"，说："小日本绝不会满足占领我东北，他们的计划，是要吞灭我整个中国，是想让我整个中华民族乃至后代永远做他们的奴隶……在这生死关头，唯有坚决抵抗，拼死抗敌，才能粉碎狼子野心的阴谋。"

傅秀山就不禁露出惊羡：没想到，如此大年纪的恩师，却有如此的决心；我华夏儿女，何愁不能御侮？

"这个时候，什么这党那匪，统统让道，唯有一个目标，这就是扛起枪，指向敌人。"贾恩绂在听过傅秀山说他是国民党员后，这样道，"只要是打小日本的，就是我中华民族的优秀子孙！"

真是"听君一席话，胜读十年书"，难怪当年维新派严复赠诗贾恩绂，说他"志欲扫浮云，磨洗日月光，忧来思长剑，欲往河无梁，结庐篇思易，慨然念羲皇，所悲五千载，未睹斯民康，沈吟写孤愤，哀歌和迷汤"。听过贾恩绂如此豪迈的，傅秀山的血，再次沸腾了起来。

"师兄，"这时，刘云樵走了过来，"你们在说什么呢？"

"这是我师弟刘云樵，师傅的得意门生。"傅秀山介绍道，"这是我恩师贾恩绂。"

"贾先生好。"刘云樵行了礼，与傅秀山坐在了一起。

"听说过，你师傅尤喜你的悟性。"贾恩绂颔了颔首，"你一直跟随着你师傅走南闯北的，现在师傅殁了，你今后作何打算？"

一语，让刘云樵刚刚干了的眼泪，又刷一下流了出来。

"别伤心了。"傅秀山伸手拍了拍他的后背，安慰道，"记得你说过，你小时候，父亲告诫你说'长大后不必做官发财，只把身体弄好，续了咱们家的香烟，就算你不枉姓刘了'，你看，如今，你身体如此健壮，也算是不负他老人家了。"

刘云樵便涩涩地笑了一下，说："师傅在，一切我都随了师傅；师傅不在了，究竟干什么，我一时还没想好。"刘云樵了顿了顿，"不过，我想有可能的话，还是去学校里再读读书。"

刘云樵之所以如此一说，是因为在他二十岁时，父亲曾想让他到朝阳大学法律系去念书，可他倒好，拿了家里给的学费，却跟着李书文四处云游了起来，差点没把老爷子给气死。

"读书？在这个时候读书？"贾恩绂却摇起了头。

"我读书，除了圆父亲的梦，还要用法律来作为武器，替老百姓说话，替正义说话，替中国人说话。"

贾恩绂这才点了点头。但头点过之后，不由得还是长长地叹息了一声……

后来刘云樵并没有进朝阳大学，更没有读什么法律专业，而是报考了陕西凤翔黄埔军校七分校（第十五期），从军报国。只是，那个时候，我的爷爷正在沈丘抗战，后来又到了重庆，对此一概不知；等知道的时候，刘云樵早已"成名"了。

本来，傅秀山想等师傅下了葬，再将恩师贾恩绂送回去，顺道再回趟小傅家村看一看，可是，一则按照风俗，扶柩不便省亲，二则，"工联会"传来信息，让他赶紧回去，因为工人们又在"闹事"，一天接着一天地，不是请愿就是要求复工，他们疲于应付，简直焦头烂额……

7 劳工神圣

这次"请愿""复工"，在历史上称为"反停工、反关厂、反解雇"斗争——

由于日本帝国主义的经济侵略和世界性经济危机的影响，天津纺织业陷于原料匮乏、产品滞销的境况。资本家为转嫁危机或减薪或停产，大量裁减工人。为此，纺织工人联合向国民党天津市党部请愿，要求对各纱厂减薪停工严加禁止。虽然市党部在"工联会"召开了紧急联席会议，要求诸如"呈请市党部转呈国民党中央，请对全国各纱厂暂准减少出入厂税，以维营业""推举代表向市政当局报告各纱厂的营业情况"等，但减薪停工事件仍在不断地发生着。

傅秀山听说了事情的原委后，心急如焚，若纱厂一旦停工，影响社会治安不说，更为严重的是，这意味着有十数万工人生活无着落。

这怎么得了！

他顾不上喝口水，立即赶往社会局，要求社会局马上召集各厂经理谈话，让他们在这"国难当头"之际，必须维持工厂运转。

可谈话会上，各厂经理纷纷表示，依目前的形势，只有在开工半日、减薪百分之七十、停发固定纪念日休假工资的条件下，才能勉强维持。

"不减薪，待遇不变，敢问傅执委，这些真金白银是你掏腰包还是我们掏腰包？"一位戴着金丝眼镜的经理举了举手，质问着傅秀山。

"即使是我们掏，那也得我们腰包里有的掏呀。"另一名经理立即附和。

"先停了，等经济形势好转，我们再开工嘛。"有人开始阴一句阳一句，"开工了，还不是一切照旧。"

傅秀山一时也没有什么更好的办法，谈话会就这么不了了之了。

可各厂经理却没有了之，5月5日（1933年），恒源纱厂以"经营不振"为由，首先宣布关厂停工六个月。全厂两千七百多名工人立即被推向了生活的绝境。

对此，傅秀山一面周旋于市党部、社会局，一面号召譬如华新、宝成、裕元等厂甚至电车、电话、面粉等工会对恒源工人进行援助。

但这援助无异于杯水车薪。

恒源纱厂关停后的工人们，除了请愿，似乎束手无策。但随着停工后工人因饥饿致病的人数日益增加，最后竟高达一千一百多人，这时全厂工人再也忍无可忍了。他们于6月15日包围了厂工会，推拥工会负责人去向经理交涉，并且声明"厂方如果不立即开工，停工一日发一日工资，停工期间工人们的所有损失，都将由厂方负责"；同时宣布"不开工，全体工人不出厂"。

厂方立即向社会局求助。

社会局将矛盾转交给警察局。

警察局发出指令，如果工人"闹事"，可以弹压。

傅秀山听到这个消息后，先是赶往警察局，要求不能对工人开一枪。在得到警察局保证二十四小时内不出警后，他又冒着丝丝小雨赶往恒源纱厂。

到厂后，他一面安抚工人，一面对经理软硬兼施，说如果这几天工人闹起"事"来，一切后果，将由他们承担。

"可我们也是没有办法呀，不停工，生产出来的棉纱往哪儿销？"厂经理一脸的苦相。

傅秀山看了他一眼，道："工先开起来。至于销路，我们再想办法。"

"要是办法想不出来呢？"经理逼上一步。

"那棉纱总还在吧。"傅秀山说，"况且，你们真的是到了一厢纱都销不出去的地步了吗？"

经理想点头，却又没敢点。

"据我所知，你们码头的船上，此时，就正在转运着一批货物。"傅秀山说完，又一指窗外，"要是这些工人知道了实际情形，你想想，会发生什么？"

经理这才软软地坐了下去："好吧，我们来研究一下这开工的具体方案。"

研究来研究去，在傅秀山的力争下，最终，厂方不得不于当晚7点半发出了布告，布告说"从15日到19日止，发给工人七五折工资的半数，五天为限；如届时仍不能开工，发给七五折的全数工资或研究解雇办法"。这样，恒源纱厂终于在6月20日如期开工，工人全部上班。

一波未平，一波又起。

恒源纱厂刚刚复工，裕元纱厂又宣布减工：停止夜班生产，所有男女工人及童工（三千二百多人）一律工资减半。

但停工不停产，他们将夜班的活儿加在早、中两班。

为此，工人们决定关车罢工。

7月22日，罢工工人将大门紧闭，不准任何人入内；前来镇压的保安队、警察和宪兵均被拒之门外。

于是，保安队、警察和宪兵商议如果再不开门，他们将武装强行进入。

正在这紧要时刻，傅秀山火速赶了来，请求不要镇压。可是，现场的保安队与宪兵没有一个人搭理他。正在傅秀山无可奈何之时，他突然看见警察那边有一个熟悉的身影。

谁？

"鬼头"。

"喂，'鬼头'，四哥——'鬼头'四哥——"傅秀山赶紧奔了过去。

"什么'鬼头'四哥，这是我们分局长。"一名警察见傅秀山一边叫着一边靠了上来，忙伸手挡住了他。

"分局长？"傅秀山愣了下，"他不是华新的厂警吗？"

"放开。"好在，这时"鬼头"发现他是傅秀山后，走了过来："傅秀山，你怎么在这儿？"

傅秀山心想，我还想问你怎么在这儿呢。可傅秀山现在顾不上了，看了他一眼领子上的警衔，说："这里的警察你是头儿？"

"鬼头"便点了下头。

"那好，能不能让他们暂时不要行动，我去，我去与工人们谈谈。"

"鬼头"就用警棍顶了一下帽子，说："可我只能管住我们警察这块儿，其他的，管不了呀。"

"管了警察就行。"傅秀山边说，边立即往厂门前走。

走到门前，傅秀山通报了自己的名字，然后隔着门，开始劝告工人们要冷静，有什么要求希望能采取有效的合法的途径解决。

工人们立即在里面回应，说他们没有什么其他要求，只有两条：一是恢复夜班生产，二是不得开除工人。

于是，傅秀山又费尽周折找到厂方经理。

可经理坚持裁减一千五百名工人。

傅秀山虽力争，经理却再也不肯松口，说这是他让步的最后底线了。

无奈，傅秀山只好出来，准备去与工人商议。

可这时，保安队却得到命令，趁机从小门强行进入了厂内，开始实行武力镇压……一时间，口号声、叫喊声，还有枪声混合在一起。现场一片混乱……

"不能再死人了。"傅秀山再次找到厂方，"否则，后果不堪设想。"

"我也不想死人呀。"经理傲慢地轻敲着桌面，"可我又有什么办法？"

"裁减人数上，你们是不是能再考虑考虑？还有，解雇后的这些工人，连回家的路费都没有，你让他们怎么走？"

经理听后，沉默了半晌，然后起身说："我出去商议一下。"不一会儿，他回来了，说与资方反复磋商,这样,裁减人数最后定为一千零四人,被裁人员各发路费四元,但前提是,他们立即解散,不得再闹事。

傅秀山一看,这应该是他所能争取到的最好的结果,于是,他就代表工人,接受了这个条件……

这边事情总算有了一个不是结果的结果,可宝成纱厂那边又开始停工了。

8月14日(1933年),宝成纱厂仍以"营业不振"为由宣布停工。停工后,全厂一千八百多名工人陷入失业。

这次停工,纱厂经理"吸取"了裕元与恒源的教训,事先悄悄地请来了七十个保安队员,将机器保护了起来。工人们无奈,只有请愿。请来请去,最终资方决定将三班改为两班,每班生产十二小时。

这简直是要榨干工人身上的每一滴血!

于是,工人们继续请愿,要求恢复"三八制"(三班,每班八小时)的生产和待遇。

可资方表示,如果要恢复"三八制",那就得裁减六百三十名工人。

事情僵持住了。

9月15日,六百多名被裁工人冲进厂里,将经理室团团围了起来……

眼看着冲突一触即发。

这时,得到消息的傅秀山又出现了。当了解到工人们的要求后,他只身进了经理室,开始了谈判。

可是,经理态度非常"坚决",一定要裁员。

既然裁员这"条"无法再继续谈,那就改弦易辙,傅秀山开始谈解雇费用。

"厂里有《工厂法》,既有法,那么我们就得按法办事,不是吗?"

经理眨巴了半天眼睛,不知傅秀山的用意何在。

"你坚持要裁减这六百三十个人,那解雇费,就得按照《工厂法》一分钱不能少。"

经理只能轻轻点了下头。

"还有,"傅秀山紧跟着一句,"你得给这些工人出具一个证明,将来形势好转,工厂复工了,这些工人得优先安排。"

经理有些犹豫。

"这个你必须答应,"傅秀山威严地道,"否则,你今天走不出这个经理室,刚才我进来时,工人们说了,'如不按要求办,即使流血也不散去'。"

经理望了眼窗外愤怒的工人,最终还是颓唐地叹息了一声,说:"那就按傅执委说的办吧。"

> ……在当时的情势之下,我的爷爷傅秀山始终抱着"唯以劳工神圣"之信念,在保证工人生命安全的前提下,尽量将他们的利益争取到最大化。他所做的,

似乎也只能如此。

8 转运物资

1934年5月1日，农历三月十八，月亮在夜色笼罩上整个城市之后才出来。

月光下，傅秀山拖着疲惫的长长但又不免有几分婆娑的影子，回到了家——这一天，虽然让他筋疲力尽，但"工联会"举办的庆祝"五一"纪念大会，在他的筹备和安排下，顺利地完成了。不仅有纺织、面粉、火柴、电车、电话、猪鬃等十余个工会代表参加，而且市党部也派了代表李湘如出席。会议号召全体工人团结起来，在"劳资调和之原则下"求"解放"。

虽然措辞是在"劳资调和之原则下"求"解放"，但有"号召工人团结起来"这句，足够了。

在此之前不久，他刚刚为北洋火柴公司南厂（该公司分南北两厂，曾宣布停工十日。结果北厂按期复工，南厂却继续停业。于是，他们遂向当局请愿）和恒源、北洋两纱厂宣布再次停业一事，以"工联会"的名义，致电南京国民政府实业部，内容为"万余工人顿告失业，情势严重，深恐引起全市工人公愤，请速电津市党政当局，严令该等工厂即日开工，俾维工人生活"。

万德珍似乎早就在等着他，一进门，便说了声："哎呀，可回来了。"

什么叫"可回来了"？傅秀山不禁有些讶异。

"傅执委，我们工人的代言人，"没待傅秀山的讶异从脸上绽开，一个瘦高个儿从桌前站了起来，伸过手来，"我是小丁。"

"小丁——好。"傅秀山礼貌地伸过手与小丁握了握，但脸上却由刚才讶异变成了犹疑，"你是？"

"你不认识我，但我们认识你。"小丁反客为主地示意傅秀山坐下说。

万德珍便给傅秀山也倒上了一杯水，然后默默地退了出去。

"你——你们认识我，'你们'是谁？"

"是谁不重要，重要的是，我们现在有一批物资滞留在了大红桥码头，想请你帮个忙，给放行。"小丁按着自己的思路继续说着。

傅秀山心里不免咯噔了一下，他素与大红桥码头无来往，只不过那次师傅张树景病时在医院里见过一次那里的大把头姜般若；也只是见过一次，人家能买他人情？况且，这小丁什么来路还没摸清楚呢。他眉头不禁就拧了起来。

"你是不放心那批物资是什么吧？放心，肯定不是鸦片。"

傅秀山眉头仍拧着。

"傅执委为难吗？"

傅秀山便点了点头，不是推辞地推辞道："我是'工联会'执委不假，但码头上的事，归运输工会，我与他们少有接触的。"他有意避了市党部四区执委，而特地强调是"工联会"的。

小丁便有些失望地望着傅秀山。

"我恐怕真的无能为力。"傅秀山耸了下肩，"顺便再问一句，'你们'到底是谁？"

"啊呀，看我。"小丁突然拍了一下自己的脑门，忙抱歉，"对不起，对不起，我忘了，上面让我告诉你，我们'五百年前是一家'。"

"五百年前是一家！"傅秀山轻轻念了一声，突然，那个"带着一身早春气息的人"倏一下就从他的记忆中跳了出来。

谁？傅茂公。

那天在布置完华新纱厂要成立工运小组（工会）任务后，傅茂公离开时，曾握着傅秀山的手说："好呀，我们都姓傅——五百年前是一家啊。"

"你们是——"

小丁立即伸手打断了傅秀山下面的话，然后道："上面告诉说，只要我说出这么一句暗语，傅执委就一定会想方设法地帮助我们。"

傅执委傅秀山还真的陷入了两难，不帮吧，明明这批物资是中共的；帮吧，不说政府当局对"中共"两字敏感，就那姜般若，也不是那么好说话的主儿呀。

小丁见傅秀山沉吟不语，想想站了起来，说："如果十分为难，也就不难为了。"说完，便要告辞。

"这样，你回去告诉我那宗家，给我三天时间，让我试试。"傅秀山也不挽留小丁，只在他后面说了这么一句。

小丁便回头笑着，将一个纸卷交到了傅秀山的手上，说"这是那批物资的货号"，说完，礼貌地轻轻一躬，然后便消失在了一片月光中……

这"中共"怎么派了小丁这样一个几乎没有任何经验的人来与他接头，我的爷爷傅秀山到后来也不明白。其实，不是"中共"，而是小丁本人，因为近来傅秀山为工厂到处停工、减薪、解雇奔波，在权衡利弊得失中，有时未免在外人看来，是在替资本家说话，因此，他对我的爷爷傅秀山，心里多少是含着一些愤恨的，所以，这番接头，便不免显得有些生硬。

傅秀山从一片月光中回过头来，万德珍不知什么时候站在了他身后，说："关上门吧，外面的风还有些冷呢。"

于是，傅秀山便关上了门，但心里的那扇门，却怎么也关不上——他翻来覆去地在想明天如何去见姜般若，见了又如何说出那批物资来……

大红桥码头傅秀山确实有好长一段时间没来过了，一则因为他忙，二则这里是姜般若的码头,他经常出现不好。可不来不知道,一来还真的未免有些吃惊,这里因为政府查禁,货船泊了一码头。好在,秩序还好,不乱。

一见到傅秀山,戴着一顶礼帽正在说着什么的姜般若很是意外,说:"师兄怎么有空到鄙人小码头上来转转?"

"无事不登三宝殿。"傅秀山也不绕弯弯,开门见山,"师兄借一步说话。"

于是,两人上了茶楼。

泡好一壶敬亭绿雪,两人喝过三口,傅秀山便将来意说了。

"这个——"姜般若脸上有些凝重,"恐怕不妥吧,政府可是三令五申,对过往货物来回盘查,发现违禁品,一律查办呢。"

"要是妥,我还来找师兄你帮忙?"傅秀山不轻不重地顶了一下。

姜般若也就不再说话,只拿起茶杯:"喝茶,喝茶。"

傅秀山心下便有了数,悄悄将准备好的两根金条,连同那张写有货号的纸条一起往姜般若面前推了推,说:"到了姜兄的码头叨扰,怎么好意思还让姜兄破费,茶钱,茶钱。"

姜般若一边说着"客气客气",一边就用礼帽给盖了。

事情就这么三言两语解决了,傅秀山也就告辞了出来。

三言两语就解决了,其实,事情怎么会如此简单?原来,姜般若可不是等闲之辈,为了区区的一船货物,竟然劳烦只见过一面的青帮"通"字辈而且还是有政府做靠山的"工联会"执委(就不说他是市党部四区执委了)傅秀山登门。其"分量",他焉能不知?知了却不点破,见风使个舵,皆大欢喜,何乐而不为?

可是,他出来了,那批物资也出来了,只是令傅秀山没想到的是,没过几个月,竟有人查到了他的头上,还差点儿将他列入了"黑名单"……

9 匿伏西门

坏消息是"鬼头"带来的。

天气虽然过了立春和雨水,这都到了惊蛰,却仍寒风凛冽。可经太阳一晒,那风,也就有了些暖意。一条狗站在一棵树下,对着来来往往的行人时不时"汪"地叫一声,既不是与谁打招呼也不是见了什么什么人,只是那么地叫一下,然后往地上一坐,翘起一条后腿,将头勾在裆中逮着跳蚤。欻一下,一阵风吹过,将树上的枯叶吹得一阵乱响。

那风过去后,傅秀山出现了。

傅秀山今天穿了一件长衫,看上去,精神倒是精神,但不抖擞;意气倒是意气,却不风发。接连的停工减薪解雇事件让他很是疲累。

"嘿，傅执委。"不想，路边突然跳出一个人来。

傅秀山一愣："鬼头"四哥。

"鬼头"就不自禁伸手扶了扶头上的警帽，笑了下，说："你这是回家还是去码头？"

傅秀山不禁又是一愣。

"我看你既不要回家也不要去码头，最好能到外面去避避。""鬼头"说着，冲着傅秀山吹了个口哨。

"为什么？"

"还为什么？你以为你替南边姓'红'的做的好事真的就人不知鬼不觉呀？"

"什么南边北边，红呀黑的，'鬼头'，别在这装神弄鬼好吧。"

"好。""鬼头"就正了正脸色，"我刚从警察局出来，你的事儿东窗事发了。"

傅秀山没有接腔，只拿眼睛望着"鬼头"。

"你前次在大红桥码头放走了一船货，是吧？"

傅秀山仍没接腔，仍是拿眼睛望着。

"你知道那货是什么货吗？""鬼头"说，"是南边姓'红'的武器。"

"武器？你怎么知道？"

"我怎么知道？""鬼头"哼了一声，"有人把你卖了。"

——原来，那天受"五百年前是一家"所托，在大红桥码头求助姜般若放走的那批物资，是机枪、大炮拆卸开来的零部件（为了遮人耳目），如果不是内行，看上去，只是一些破铜烂铁，可等货一到齐，一拼一凑，那就是一挺挺机枪，一门门榴弹炮。也是，如果不是如此贵重的物资，中共又怎么会搬出"五百年前是一家"来。那批物资顺利倒是顺利地运送到了目的地，可这边却又不知怎么查了起来。查来查去，就查到了那天放走的那条船。查到船，自然就要查是谁让放行的。姜般若才不顶这个雷呢，还没等问，就一口交代出了傅秀山（这让傅秀山不由得想起了师傅张树景曾说过的一句话来，那便是"你以为我就不厌恶现在的这帮乌合之众吗？他们个个唯利是图，毫无人情，更谈不上情义"）。所以，上面立即着手要对傅秀山进行甄别。

只是，这货物"鬼头"又是怎么知道的？还有，"鬼头"又怎么知道这事与自己有关？

"你以为你是青帮'通'字辈，就没人敢惹你吗？""鬼头"道，"这事儿，除非市长出面替你周旋周旋，否则……"

"鬼头"说完，哼哼了两声，又吹了个口哨，走了。

可"鬼头"后面的那个"否则"，却让傅秀山不由打了个冷战……

"哥，你怎么在这儿？让我好找。"这时，刘云亭从对面跑了过来。

傅秀山一惊，忙问："什么事找我？"

"刚刚市长秘书穿着便衣找到我，让我通知你赶快找个地方躲两天，说一切由市长做主，你只需躲两天就行了。"刘云亭急得有些结巴地说完后，眼睛紧紧地盯着傅秀山，

◎ 第六章 受意西卿

"哥，你犯下嘛事了？"

"嘛事也没犯。"傅秀山故作轻松地笑了下。

刘云亭也就不再追问，这些年他跟在傅秀山身前身后，知道不想让他知道的事，他再问也问不出个子丑寅卯来。

"那，咱还是躲躲吧。"

"躲躲……"傅秀山轻轻念叨着，"可躲哪儿去呢？"

"华新纱厂？"

傅秀山摇了摇头。

"竹竿巷？"

傅秀山更是摇了摇头。自从王静怡去了南方（王静怡，傅秀山的耳畔不禁又回响起那"咯咯咯"的笑声），他就很少去那里了，就连隆顺号仁记他也好久好久没去过了，也不知赵欢芝（啊，那个笑点很低，喜用手背掩嘴的赵欢芝）现在情形如何？想到这儿，傅秀山又点了点头。

"那就事不宜迟，赶紧地。"刘云亭急得伸手拉了一下傅秀山，"嫂子那边我去通知一声。"

既然"鬼头"说让他避避，市长特地派秘书还穿便衣也前来通知他躲躲，看来，这次事情比上次放走王静怡要大得多。想到这儿，傅秀山转过身，向竹竿巷方向急急地走去，也顾不得赵欢芝还在不在原来的隆顺号。

其实，赵欢芝早就不在了，自那次王静怡走后，她就被那个姓曾的叫了个女人名字的红艳小子软磨硬泡地给弄到曾家当少奶奶去了。

不要说赵欢芝，就连赵经理，自出事后，也辞职不知去了哪里了。

但傅秀山此时并不知道这些，他一路还在惦记着他们。

好在，他还没进入竹竿巷便遇上了一个人。

谁？

于把头。

于把头一见傅秀山，喜不自禁地迎了上来，远远地便道："哈哈，我老于今儿个真的是小辫儿拴秤砣——又打腰，又走运。刚刚吃了四爷一顿瘪，说让我找个人竟然两天都找不着。这不，找着了，找着了……"

"于爷好。"傅秀山抱了抱拳。

"傅爷好，傅爷好。"于把头忙不迭地又是抱拳又是作揖，"傅执委，您老人家让我好找。"

"我比你还年轻几岁呢，叫我老人家？"傅秀山见于把头一脸的谄笑，不禁也笑了起来，"就不怕把我叫老了？"

"您啦，不老，永远不老。"

"刚才你说什么来着，找我？"傅秀山不想与于把头纠缠太久，他还要去找赵欢芝呢。

"是咧，"于把头说，"我现在不是在四爷的地盘上混嘛，四爷昨儿个交代，让见了您，无论如何，得请您去他那儿，他请您喝茶。"

"嘛事呢？"

"爷，我哪知道嘛事？要是知道，我不就是大把头了？"

傅秀山想想，也罢，与其去找还不定找得到的赵欢芝，不如去刘广海那儿，况且，他也想看看，刘广海葫芦里到底卖的嘛药。

刘广海大概得了信儿了，他们刚到西头，他便站在三品茶楼前恭候着了。

两人见面，一番虚情假意之后，刘广海一边让着傅秀山上楼，一边在后面说："秀山叔的事，我全听说了。"

傅秀山不动声色。

"你知道是谁告的密？"

傅秀山的脚步不禁就顿了一下。

"请，请——"刘广海却不再说，而是将傅秀山引向雅座。

坐下。茶泡上。傅秀山虽然心里很好奇想知道是谁告的密，但面色上却显得若无其事。

刘广海终还是耐不住，两杯茶喝完后，将头凑近了傅秀山，道："是那个袁三，癞头袁文会。"

"你怎么知道？"

"别问我怎么知道，"刘广海不由得得意地将身子往回靠了靠，"我还知道你为嘛没事。"

"我怎么没事？"问过后，傅秀山不免又扭过身子，笑着道："我本来就没事，能有嘛事？"

刘广海就笑了，说："秀山叔，跟我，就不用打哑谜了吧。"

傅秀山微微笑了下。

"听说，市长为你这事都发了话呢，"刘广海又将身子凑了过来，"他说捉奸拿双，捉贼拿赃，单凭一个人单方面的证词，就说人家有通共嫌疑——是，只是嫌疑，可这嫌疑一旦被嫌上了，进了黑名单，那还是嫌吗？一句话，没证据。"

傅秀山想，自己除了找过姜般若，还真的没有其他把柄落在他人手里，就连那张货号纸条，也是那个宗家派来的小丁给的，他只不过经转了下手——想到这儿，他突然想起，市长为什么要让他出来避避，不出来，那肯定是要被拿去对质那纸条的事情的。

"这事儿呀，八九不离十，过两天就过去了。"刘广海说，"但那袁三，实在是可恶。"

傅秀山就望了一眼刘广海。他知道，自上次命案后，袁文会与刘广海的怨，便越结越深了。原先一个凭借着西头，一个凭借着南边，半斤对八两，旗鼓相当，谁也不能把谁怎么着。可现今，不同了，袁文会投靠了日本人，在小日本的卵翼之下，他的势一下

◎第六章 受意西卿

就"仗"了起来,刘广海,就不得不处处赔着小心,生怕一不留神犯在了他手里,而且小心到近来连门也不大出。今天派人将他专门请来,傅秀山想,无非是看中了我"执委"这块牌子,想假借我之手,来对付袁文会。

想到这儿,傅秀山道:"四爷。"

"别别别,秀山叔,叫我广海,广海。"

"好,广海——"

"哎。"

"这袁三是可恶,但你要相信,恶人自有恶报,迟早会有人收拾他的。"傅秀山停了一下,"广海,那袁三还揪着你不放手吗?"

一句话,将刘广海沉抑在心底里的恨一下给掀了开来。于是,他咬牙切齿地将袁文会如何一直觊觎他的这西头地盘,如何几次三番寻他不是,如何利用日本人对他进行威胁,等等等等,一股脑儿全说了出来。

"呸,实在是可恶、可恨、可憎!"说完了,刘广海还愤愤不平地朝地上唾了一口。但接着,他又不忘挑拨上一句:"现在,连师叔你他也不放在眼里了。"

傅秀山便呵呵一笑,道:"我在不在他眼里无关紧要,倒是你,想不想听我一句劝?"

"当然想。"刘广海脱口而出后,将身子往上抻了抻,"秀山叔请赐教。"

"赐教不敢,我的意思呢,是暂时不要与他硬对硬硬碰,最好能出去走上一走;留得青山在,不怕没柴烧嘛。"

"走,那不就是躲吗?难道我刘广海还怕了他袁三?"

"不如此,又能如何呢?眼下——"傅秀山问过后,想想又缓了缓语气,"广海呀,我不是说过嘛,这个袁三,迟早会有人收拾他的。"

刘广海眼睛就亮了起来:"真的?"

"相信我。"

"好,那我听秀山叔的劝,出去,啊,出去走走。"

> 刘广海还真的听了我的爷爷傅秀山的建议,此后没两天,就去了上海,不久,又带着在上海新讨的一个小老婆远走内地去了。只是,他的一帮弟子却不知,只以为是他们的老大被袁文会给害了,以致后来几次动了暗杀……

两人又说了一会儿其他话,刘广海就留傅秀山在这家茶楼歇息下了,第二日第三日,刘广海陪着傅秀山在西头他的盘子上逛了逛。名义上是陪傅秀山,实际上,他是在向他如狼一样用尿圈起来的"领地"(当然,他不是狼,是四爷,不能用尿,只能用血;好在,尿与血,都是液体。俗称"一亩三分地")告别。

而每到一地,人们除了或小声议论或大声抗议——议论的是东北如何一夜之间就沦陷了，抗议的是日本人和亲日的中国人在天津越来越猖狂。一些学生和工人，则悲愤地唱着《看东北》——

>　　抬头望青天，青天无有边，
>　　望不见树木看不见山，
>　　爹娘（啊）妻儿在何方？
>　　眼望着山海关，两眼泪不干。
>　　天也不埋怨，地也不埋怨，
>　　单怨九月十八那一天，
>　　日本鬼强占了东三省，
>　　只杀得血成河，尸骨堆成了山……

到了第四天头上，刘云亭找了来。
一见刘云亭那笑的模样，傅秀山就知道"万事大吉"了。
果然，刘云亭告诉傅秀山说，市长那个秘书又找到他了，说让他赶紧地去趟市长那儿。
去市长那儿，干吗？

10　痛击小日向

"干吗，你说干吗？"张学铭轻轻扣了一下玻璃几面，"不给他们点颜色，他们还真的不知道这里是谁的天下！"

傅秀山来时，心里不免还有些惴惴，此时，一见张学铭开口如此态度，心底里的一股热流便涌了开来，身子不禁也就正了正挺了挺。

"你看看，不要说那些日本人，就是那些狗腿子、汉奸，一个个的嘴脸！"张学铭说完，将原来竖着的左腿架到了右腿上，"只是——"

傅秀山就望着张学铭，等着他的"只是"后面的内容。

可是，张学铭半天也没说出什么来，伸过手，端起桌上的杯子喝了一口水，且一口含在嘴里，分了两次才咽下去。

"我们再来他一次？"傅秀山试探地问。

张学铭这才将杯子放了下去，说："当然。"

"还是我与他们发生摩擦，你出动警察？"

"这次——你得想想。"张学铭望着傅秀山，"因为自上次'扫荡'之后，上面就一直在给我施加压力，说我得罪了日本人，那个日本驻华公使天天在抗议。"

"他们还抗议？"傅秀山的眼睛睁大了。

"你说,我们扫的是乱匪,荡的是黄赌毒,关他日本人什么鸟。抗议,抗议他个锤子嘛!"张学铭不知怎么冒出这么一个方言来了,也许他的幕僚中有人是四川的吧。"可我们国府就怕了,就妥协了,就退让了,就让我辞职了……"

"市长你辞职了?"傅秀山虽然知道张学铭自那次事件后,方方面面的压力就一直在压着他,但他还不知道他已经辞职了。

"新市长这不是都到任了嘛。"张学铭眼睛转向了一边的金鱼缸,看着那鱼儿在那儿浮浮沉沉地游动着,"一上任,不去抓那些亲日分子,却到处打压亲共分子,甚至连你也差点儿都上了他们的黑名单。"

傅秀山心里不禁轻轻咯噔了下。

"我就与他们理论,说人家通共,得有证据嘛——就凭那张纸条?那张纸条上哪一个字是他傅秀山写的?没有嘛。证词?这个能算数吗?不信,我马上给你弄个你通共的证词来,信不信?就这样,我给顶回去了,没事儿了。"

"那这次——"傅秀山再次试探地问。

"这次我找你来,一是告诉你这些小日本绝对不能让他们如此肆无忌惮,得给他们点教训;二是你要想好,如果还像上次那样,西卿我在,还可保着你,但万一我西卿不在,担子,就得你自己想办法去扛。"

"我扛!"傅秀山立即表示。

"自己扛,勇于承担责任,是好事。"张学铭将腿放了下来,"但要讲究策略,尽量不要让自己暴露在最前面,而且,要'名正言顺',让对方感觉得到却看不到见不到抓不到。"

傅秀山点了点头。

"这些天,你在西门那边匿伏着,想了些什么呢?"张学铭缓缓气氛。

"我在想,抗击日本,仅凭我们'工联会'还不行。"傅秀山道,"这些天,我总是在想,我们得要将整个天津工人都组织起来,成立天津市总工会,这样斗争起来,力就大了,量就多了,行动起来就壮了。"

张学铭没有立即说话,只是看着有些激动的傅秀山。

可是,傅秀山却打住了,不再往下说,因为他突然觉得,在市长面前如此慷慨,多少有些唐突。

"据我所得到的消息,日本人正在策划一个事件——"张学铭有些吞吐地说道,"所以……"

哦,直到这时,傅秀山才完全明白张学铭这次召他来的真正意思。

"市长放心,我会谨遵您的指示……"

"我没什么指示。"张学铭打断了傅秀山,"不过,要将你的保安队紧紧抓在手里,要发挥那些劳工……"

两人一直谈到近黄昏，傅秀山才告辞出来。

告辞出来了的傅秀山回头想了想，这一次，虽然张学铭与他谈了不少，也说得很深入，但让他却始终感到有些乱，而且张学铭的情绪一直很低落。

张学铭的情绪焉能不低落？在日本驻华公使的"抗议"下，上面不仅迫使他辞了市长之职，而且最近还在动议他出国考察，连让他在国内待着也不让了——我的爷爷傅秀山与他的这一见，也是最后一面。

转眼就到了"五一"（1935年），傅秀山精心地准备了庆祝大会。之所以说是"精心"，因为在纪念大会之后，他还要召开全市工人代表大会，就筹备组织天津市总工会一事作出决定。

大会如期召开。且于第二天即6日召开的第一次筹备委员会全体会议上，傅秀山被选为常务委员。

可正当傅秀山全身心地投入总工会的创建筹备之中时，不想，亲日分子《国权报》社长胡恩溥和《振报》社长白逾桓相继被刺杀的"河北事件"发生了。日本华北驻屯军参谋长酒井隆声称此案"系中国排外之举动，若中国政府不加以注意改善，则日方将采取自卫行动"，并连日在政府门前武装示威，同时举行巷战演习。原本龟缩在日租界里的袁文会，秉承日本特务小日向（中文名字高旭东）的旨意，纠合汉奸、青帮分子张逊之等人，建立"普安协会"，网罗社会上的一些残渣余孽也跳了出来，冒充所谓"民意代表"，高呼什么"华北要自治""华北要特殊""华北要独立"等口号，为日本侵略华北张目。

张学铭再也坐不住了，可他又无可奈何（此时，在日本的"抗议"下，张学铭已被南京政府"安排"在了出国考察的轮船上了），几经辗转，才将四个字转告到了傅秀山。

这四个字便是："是时候了。"

傅秀山接到这四个字，立即明白张学铭的意思，连夜组织起了一支游行队伍。第二天，当"民意代表"们出动的同时，他们也行动了——

这天一大早，黑云就压在了树梢上，沉沉的，让人有点儿透不过气来。几只乌鸦从墙这边树上像被谁追着一样嗖的一下就飞进了另一边的楼中去了。几条狗趴在巷子口，却一声也不叫。

突然，一支队伍，穿着各色衣服，有长衫，有制服，还有短袄，但头上却都绑着白布条，上面或写着"自治""独立"或画着一个黑太阳，手里举着太阳旗，高呼着"华北独立""防共自治""大日本万岁"等口号，沿着日租界南关老街，过墙子河，向西一路拉拉杂杂地走来。

与此同时，另一支由工人组成的队伍，也从南马路西端开始游行，同样高呼着口号，但内容却是那样的激昂——"打倒日本帝国主义""用武力保卫华北""为祖国自由而奋斗"……

两支队伍，终于在海光寺相遇了。

相遇了，谁也不让谁。

于是，两支队伍就各自用各自的口号声来压制对方。

一开始，两边的口号声还旗鼓相当，可不一会儿，"白布条"那边渐渐就处于了下风，再接着，就只有"打倒卖国贼""中华民族万岁""为祖国自由而奋斗"的高亢了。

在高亢声中，傅秀山的声音格外响亮。

可是，突然地，"砰"就响起了一声枪声。

谁？

日本便衣。

于是，两边人先是一愣，接着，不知是谁高呼了一声"打倒汉奸走狗"，工人们就冲进了"白布条"中，"白布条"也冲进了工人队伍……

打着打着，只见"白布条"中一个矮胖子，一边叫着，一边挥着拳，一下将几名工人打倒在了地上。傅秀山一见，立即奔了过去，弯身一边扶着一边急问倒在地上的工人要不要紧，伤没伤着骨头。可当他刚刚扶起第三个工人，不想，一道拳影径直向他的后背袭来。傅秀山凭着本能，就势一个"随波逐流"，先是让过那道拳影，接着一下缠住那拳，只一牵再一压，就将那拳连同出拳的人一下按在了地上。

可那人的确也有几分功夫，一愣之后，回了一招"搭桥过河"，竟然化解了开来。

被化解了开来的傅秀山这才看清，原来是那矮胖子。

矮胖子先是诧异后是恼怒，正在那儿打量着傅秀山。

"高旭东，上！"傅秀山这才知道，矮胖子名叫高旭东。"上呀！"

高旭东就上。

可还没贴近傅秀山，傅秀山一招"叶底穿蝶"就将他掀翻了。

高旭东一个鲤鱼打挺，站了起来，接着就是一个"公牛鸣角"再次向傅秀山而来。

傅秀山想，虽然他们是亲日分子，但也有一些是受蒙蔽的，再说，这个胖子功夫也还是有些，如果走的是正路，倒也不失做一个朋友。心下这样想着，手上也就奔着"教训教训"的意思先是一个"浪子抛球"，后接着一个"青衣垂帘"，再次将高旭东掀在了地上。

"八嘎！"

不想，高旭东一边往起爬着，一边竟骂了一句日本话。然后，不知从哪儿（也许是从另一个日本人身上）抽出来一把军刀，举起直向傅秀山劈来。

"日本人！"人们一惊，接着一片的激愤，"他是日本人！"

"打倒日本帝国主义！"

可是，在人们的口号声响起的同时，高旭东的军刀已劈到了傅秀山的头顶——

"啊！"人们发出一阵惊叫。

但这声惊叫，接着，就变成了一声惊叹："好！"

因为傅秀山一听这个高旭东原来是日本人，不由得一股怒火涌上了心头，一招"退步掌"让过迎面劈下来的军刀之后，接着"右捋手""擂打顶肘""反臂砸"三招连上，最后再一个"关门谢客"，高旭东就倒在那儿只有出气没有进气了。

"师叔师叔，放一马放一马。"不想，傅秀山还在不解恨地朝地上吐着一口唾沫时，袁文会不知从哪儿钻了出来，一边抱着拳冲傅秀山揖着，一边跑向了高旭东："小日向，小日向……"

"走狗！"傅秀山擦了下嘴巴。

几乎这声"走狗"的同时，警笛还有枪声也响了起来……

"快，走，傅执委！"不知是谁，推了一把傅秀山。

傅秀山还没反应过来，工人们已一拥而上，将他"裹"进了人群中，然后"挟"着，一会儿，便不见了……

多少年后，人们提起来，还直竖大拇指，说这场痛击让人痛快！

可是，痛快是痛快了，麻烦却也惹上了。

好在，这"麻烦"，却开启了傅秀山的另一种人生……

11 转移

但是，对这"麻烦"，傅秀山却并不知情。

知的，是天津市政府当局——

"这个傅秀山，上次就参与了'三不管'的闹事，之前还涉嫌帮助过南边红军运输物资，这次，竟然还打伤了日本人！"南京方面专电打到了代市长商震（在市长王克敏未到任前，国民政府行政院训令天津警备司令商震兼代天津市市长）的办公桌上，"你们要好好查查这个事件，要防患于未然……"

商震就查。

可一查，查到傅秀山不仅是"工联会"执委、正在筹备的"总工会"常委，而且还是市党部四区执委，不归他市政府序列，而是隶属于市党部。

于是，他一个电话，就打到了市党部，要他们严查严办。

电话记录很快形成简报，报到了市党部各位委员面前。

不过一个打伤日本人的嫌疑犯，严查也好严办也罢，与各位委员似乎并无多大利益关系更无影响，因此，谁也没注意，包括已经也是市党部委员的时之周。

九一八事变以后，原南开中学学生张厉生（曾赶上赴法国勤工俭学高潮，与周恩来、刘清扬、张崧年等赴法留学），逐渐成为蒋介石亲信之一，以国民党中央委员兼华北党务特派员身份留居北方，便推荐了他的老师时子周为国民党天津市党部委员，还促使时子周与陈果夫、陈立夫之间发生联系，参加了CC集团，成了国民党在天津的嫡系。

时之周进入市党部后，不久便发起了当时CC的两个外围组织"中国文化建设协会"和"中国科学化运动协会"天津分会，且会址都设在他曾任校长的市立师范学校内。

那天，时之周刚从外面回来，电话就响了起来——

"喂，市党部时之周。"

"时校长呀，知道我是谁吗？"

时之周先是眉头一蹙，接着就舒展了开来："哈哈，墨元老，好久没联系了。"

"这不联系了吗，将那个'好久'可以去掉了。"

"哈哈哈。"时之周笑道，"参议大人（其时，李墨元是天津市参议会议员），你是无事不起早的，此番电话有何指教？"

"指教不敢，"李墨元敛了笑意，"听说，你们市党部要严查傅秀山？"

"有吗？"时之周一边说着，一边伸手在桌上一堆文件中找着，且很快便找见了那份简报，匆忙瞥了一眼，"哦，有。"

"这个傅秀山，我是知道一些的，他在工人中有一定的号召力，在社会上也是有一定影响的，况且，不就是打伤了一个日本人嘛，处理要慎重，慎重啊！"

"傅秀山，嗯，我与他也曾有过一面之缘，"时之周立即想起了当年他初创市立师范学校招收第一届学生时，傅秀山送赵欢芝入学时的情形还在眼前，"是个不错的小伙子。"

"时校长是个惜才之人，既然'不错'，那就请时校长多多周旋了。"

"墨元老的吩咐，子周一定遵办。"

"我可没吩咐什么哦，是你校长大人想起了《论语》中的'上天有好生之德'嘛，啊？！"

时之周就"哈哈哈"地笑着，放下了电话。

电话是放下了，李墨元说的"上天有好生之德"他也知道了，可是，这毕竟是市长亲自电令严办的案件，他又怎么好直接驳回呢？得想个万全之策才好……

这边时之周正想着，那边，秘书抱着一摞文件走了进来，放在了他面前。原本他是准备将这些文件随手与"简报"一样放到一边的，可想过河碰上了摆渡的——巧极了，不经意地，他忽然看到了一份报告——不，应该说是打报告的那个人。

谁？

与时之周曾同为同盟会会员现任河南省第七区督察专员公署（淮阳）专员的刘莘青。

刘莘青，哈哈，时之周眉头一皱计上心来——前不久，刘莘青还在向他抱怨，他治下的中牟匪患不断，尤其近来格外猖獗，他几次责令剿灭，但历任警察局长都无功而返。"非得要有一个'铁腕'的人来采取'非常手段'不可"，刘莘青说。而眼下这个傅秀山，会武功，在青帮，还是市党部四区和"工联会"执委，岂不是最"铁"最"腕"的合适人选？

而且，如果傅秀山去了中牟，纵使天津市府想查想办得再严，也是站在山顶赶大车——

149

鞭长莫及……想到这儿，时之周于是兴奋地拿起笔，在一页洁白的信笺上龙飞凤舞了起来——一封推荐信，不日便到了刘萼青手上……

这样，在时之周的一手"炮制"下，傅秀山名为履新，实是转移，很快就开启了他的另一段人生——去了河南，走马上任中牟警察局长一职。

第七章　警局风云

　　刘萼青气不打一处来地立即下令，撤销冯副局长警察局督察长职务（一般警察局督察长由一名副局长担任），改由傅秀山兼任，并当着冯、巩二位副局长的面对傅秀山道："你有先斩后奏的权力，非常时期，当有非常之手段。"话刚说完，外面一迭连声地传来报告，说一群不明身份的人正在进攻县政府……

1　特训队

　　动身时还是百花盛开的季节，可等傅秀山一行——他这次是"转移"，不是"调任"，所以，他的一家不能留在天津，否则，那些汉奸或是无赖、混混，会找上门的。

　　临行前，一切都是秘密进行的。但对刘云亭不能保密，因此，他也随了傅秀山南下来到了中牟。

　　中牟曾为战国时赵国首都，长达三十八年，那时是赵国由弱到强、由小到大的重要转折时期，为以后赵国进取河北平原、攻灭中山国、拓广西北边陲疆域，乃至最后定鼎邯郸，打下了坚实的基础。中牟在历史上留名的，除了这段"首都"，还有一个人。谁？潘安。如果对潘安没什么印象，那么，成语"掷果盈车"你一定知道。因此，一路上，傅秀山是带着"美好"心情前往的，甚至还逗着万德珍唱起了山歌：

　　　　有一个小毛驴（儿），
　　　　驮的个小媳妇（儿）；
　　　　有一个老爷们（儿），
　　　　赶的个小毛驴（儿）；
　　　　老爷们送小媳妇（儿），
　　　　一边走又谈心（儿），
　　　　脚底下绊倒老爷们（儿），
　　　　吓跑了小毛驴（儿），
　　　　急坏了小媳妇（儿）……

傅秀山那拿腔捏调的样儿，不仅逗得万德珍笑得直不起腰，就连五六岁的玉喜，也笑得直打嗝。

可是，当进入中牟看到眼前的颓废景象时，他们的心立即就绷紧了起来——村庄破败，老百姓身上衣不蔽体，原应该正是绿肥叶茂的地里，庄稼也如人一样瘦……直到县城，大街上，也是驴粪牛屎一坨坨。

一路上的美好心情，几乎是刹那间随着一阵风就被吹走了。

"这样了，还闹土匪？"刘云亭有些不相信。

傅秀山则一直拧着眉。

好在，转过一条街，前面就到了县政府。

刘萼青算好了傅秀山到达的日子，特地从淮阳赶到了中牟，为他接风洗尘。可是，面对着满桌的佳肴，傅秀山却怎么也吃不下。刘萼青还以为他是焦虑着他的"剿匪大业"呢，因为他给傅秀山的第一个任务也可以说是唯一的任务，就是剿灭那望崖山上的匪（他后来曾给傅秀山说，"时之周将你说得比这望崖山上的匪首还要神乎其神，当时我还不相信，心想，只要你能将这匪患替我除了，我就将我这专员位置让给你"。当然，事后，匪患除了，专员他自是没让）。

实际上，傅秀山还真的也在焦虑着这"剿匪"，只不过此时，他并没有将它作为"大业"。他想，如此贫瘠之地，即使有匪，也不过是些"骨瘦如柴"的棒子，那堪什么"剿"字。

可是，他错了。

第二天，当他到警察局报过到，在了解匪情时，得到的却是这么一个词——十恶不赦。

为什么？

因为这帮匪残忍得简直毫无人性。

残忍得毫无人性是什么样子？

一份报告上是这样说的，说中牟县西南三五十里外有座山，叫望崖，不高，海拔不过几百米，但易下难上、易守难攻，再加上周围茂密的树林，自民国以来，就一直穴居着土匪（他们全凭崖洞居住），历年或曰历任官府都想灭之，可都没有剿灭。而这些土匪的残忍，简直令人发指，他们每每下山，不仅抢粮抢钱，还抢人。不仅抢女人，还抢男人。

抢粮抢钱这个好理解，抢女人也不难理解，可抢男人干什么？费解。

难道是为了扩充队伍？

不是。

是为他们修筑工事或是场地或是居室？

不是。

修路？

不是。

那是什么？

做风筝。

做风筝？可做风筝女人不是更心灵手巧，干吗非得要男人？

可这个"做"，虽然也是"制作"的意思，但不是由男人制作风筝，而是用男人制作风筝——用男人的皮制成风筝。

至于这制作（包括剥皮）的过程，更是惨无人道……

"还有这等荒唐之事！"傅秀山看到这里，不由得拍案而起，恨不能立即出警，将那望崖山踏平。

可是，当他以有话要训的名义将警力集合起来一看，他的心立刻冷到了冰点——这些警察，不要说剿匪（爬山钻洞），就连站个队也是东倒西歪，而且也如饥民一样，个个面黄肌瘦、弱不禁风。

这是怎么回事？难道他们个个吸大烟？

否。

原来这些警察都是本地的乡民，虽然拿着一份薪饷，但为了养家活口，留到自己嘴里的也就只剩一点稀粥糠皮了。

"工欲善其事，必先利其器。"此时，傅秀山突然想起了这么一句。

古人的话没错！

于是，傅秀山开始了他走马上任来的第一件事，成立"特训队"——"特训队"三个字首先是"特"，这就是要通过特殊渠道，保证他们能吃得饱；其次是"训"，训其纪律严明、技术过硬；最后才是"队"。

挑人。

组队。

训练。

一番下来，就过了一两个月。

但"训"，几日便可；可"练"，又岂是一两日之功？

"云亭，这支队伍的日常训练就交给你了。"那天，出完早操后，傅秀山脸色严峻地说道，"我主要精力恐怕要放在协调统筹他们的日常开支上。"

刘云亭却面露难色，说："哥，我那几下功夫，你又不是不知道，让我跑跑腿儿倒还行，这训练……"

"怕什么？按照我的训练大纲，一一监督落实就是。"傅秀山说，"再说，不是还有三个小队长呢吗？"

"他们能听我的？"

于是，傅秀山就将三个小队长召集了过来，说了自己的打算。

三个小队长一听，立即表示赞成，而且是举双手赞成，尤其是第二小队队长陈跃灿……一切安排妥当，傅秀山就专心做起他的事情来。

2 进山

傅秀山对刘云亭说得有鼻子有眼，"日常开支"可是特训队的大事。而且是头等大事，试想，肚子如果填不饱，那战斗起来，还有力吗？

可是，刘云亭又哪里知道，傅秀山这是虚晃一枪，这头等大事，早在那天给他傅秀山接风时，专员刘萼青就给拍了胸脯的，说"你这天津市的执委到我这中原小县城不觉得委屈，我就千恩万谢，哪还敢让你饿上肚皮"。因此，当他将要组建一支特训队的想法一提出来，刘萼青就一边点头称赞一边早将他的"后勤"之"忧"给"顾"了。他晃这一枪的真实意图，是避开所有人的眼睛——自己要入虎穴。

傅秀山谁也没告诉。出发时，子夜时分，他怕天亮了会被人发现，虽然大家对他还不怎么熟悉，可谁都知道新调来的警察局长与中牟历史上的哪一任局长都不一样（历史上每一任警察局长上任伊始个个都将胸脯要拍肿了地表态——不拿下望崖山，不铲平匪患，不还百姓一个安稳，他就将如何如何，譬如辞职，譬如让土匪砍了自己的脖子，还譬如永远不当警察等等），这个傅局长，不声不响，却挑了一帮子人，只顾在郊外那块特地辟出来的林子里摸爬滚打。而他的长相，据说与普通人没有两样。

八九点钟光景，傅秀山已经到了望崖山下的一个山坳了。

其实望崖山并不如人们传说的那样陡峭，不，应该说陡峭还是，只不过不似想象中那样高峻。之所以说它又险又高，大概是因为这里周围是一片平原，只有这一片山，显得突兀，所以显高大了。

山坳前半部分没有人家，到了快要尽时，才有两三家。

两三家的门有的半开着，有的还闭着，只有一家大开着，甚至冒起了炊烟。

傅秀山观察了一下，就走了过去——

"有人吗？"

没有回应。

傅秀山伸手敲了敲那单薄的木门："有人吗？"

仍是没有回应。

傅有山就抬起脚准备往里走，他想，人也许是在后面厨房里，要不，怎么会有炊烟？可谁知，他的腿刚抬起要迈过门槛，不想，一条大黄狗却猛地从门后面伸过头一口就咬住了他的腿——好在，他的裤子肥大，没咬住肉，只咬了个肥肥大大的裤管。然后头一甩，只听"刺啦"一声，傅秀山的裤子下半截就被撕扯下来，吓得他一个后跳，跳了出来。

那狗也不追，只是站在门口，警惕地望着他，也不叫。

还有这样的狗？傅秀山惊魂未定。

"大豆，是谁呀？"这时，也许听到了动静（其实是傅秀山的那声本能的惊叫），一个背有点驼的老婆婆从后面厨房里（傅秀山猜得果然没错）走了出来，"别吓了贵客啊。"

叫大豆的狗就回头摇了下尾巴，然后又立即回过来，仍紧紧地盯着傅秀山。

"是我，婆婆，过路的，想讨口水喝。"

可老婆婆却没应，只是侧过耳朵像是在仔细听，不，是听过了，在回味，抑或是在比对，在辨别。

"你——不是崖上的？"老婆婆试探地问。

"我是过路的。"傅秀山只好大声地重复一遍，因为他看得出，这个婆婆不仅眼神不好，而且耳朵似乎也不是太好。

"过路的？"老婆婆不由得咧嘴笑了起来，笑得一脸的褶子，"你就别逗弄你大豆奶奶了，这里还有过路的？"

傅秀山不禁就感了兴趣："怎么就不能有过路的？"

"谁听到'望崖山'三个字，不吓得卵子掉地上，还过路？那'路'怎么写的来着？一个'足'一个'各'，说的就是这望崖山的路。"老婆婆说话间，就到了门口，伸手拍了下大豆，然后伸过手，示意傅秀山过去。

傅秀山就"过去"了。

但嘴上还是忍不住地问："别的'路'不也是这么写的吗？"

"可这路，人还没过，足早就吓得各自逃了。"老婆婆边说边一把拉了正在"过去"的傅秀山，伸过鼻子，竟然朝他身上闻了闻，然后才让开身，并自言自语了声："真还不是山上的。"

"呵呵，婆婆，山上的难道你还能闻得出来？"

"你婆婆是什么人？不要说闻，单听你走路——嗯，你这走路还真的像山上的。"老婆婆眉头皱了一下。

傅秀山就想，看来，这山上的，武功确实不错，因为老婆婆听出来他的走路声与山上的差不多。

"你是来入伙儿的？"老婆婆一边让着傅秀山，一边引着他到桌前取水。

傅秀山说："我是外地来的，天黑，走岔了道。"

"你走了一夜夜路？"

"是呀，要不然怎么敢冒昧这一大早就来叨扰你婆婆。"说话间，傅秀山开始打量起这间屋子。

屋子如外面看起来的一样，不大，但被柴烟熏得漆黑，就连那吊着的蜘蛛丝线，也是黑的，除了到房间和厨房有一条很明显的走路的痕迹，通往其他地方的，都积着一层灰，那灰上，布着大豆的爪印。

只有这婆婆一个人？傅秀山的眉头不禁拧了拧。

"水在热水瓶中，你自己倒。"婆婆用手指了指桌子上的一个篾编外罩的水瓶和一个空瓷碗。

瓷碗倒是不怎么稀奇，普通的黑釉，可那热水瓶就很稀罕了，在这山里，一般的人家，根本就没这物什，即使有也用不上，大多有一口水缸就不错。

傅秀山在倒完水放回水瓶时，眼睛不经意地发现，那水瓶后面放着一个风筝，灰黄色，线拖在地上，如果不在意，你会以为是一块抹布或是一块帕子。

"水有点烫，你慢点喝。"老婆婆突然在傅秀山耳边道。

什么时候老婆婆站到了自己的身边，傅秀山都没感觉到，吓得他一惊，差点儿将手上碗中的水给抖了出来。

"嗯，我吹吹。"傅秀山就故作大声地吹起了碗中的水。

大豆仍站在门口，只不过，现在它掉转了身子望着他，眼睛里不再那么警惕，可仍没放松。

"婆婆，我一路行得匆忙，身上也没备什么吃的，这里有一块大洋，算是给您的水钱吧。"傅秀山从口袋中摸出一块大洋，在放回瓷碗的同时，放在了桌上。

本来，傅秀山还想说"如果您觉得多了，那就麻烦再给我点吃的"，可是，老婆婆的话，却让他将这句竟然给"忘"了——

老婆婆说："啊呀，使不得使不得，哪有讨口水喝要收费的？那样，我老婆婆岂不成了山上的。"

"山上的？"傅秀山佯装不懂，"山上的什么？"

"mu zhu。"

墓筑？木珠？穆蛛？

一瞬间，傅秀山脑中不停地闪现着老婆婆所说的到底是什么。

可闪了半天，也没一个能让傅秀山确定。

——其实，老婆婆说的，是牟主——望崖山上的大当家。

"哦，哦——"傅秀山只好打个哈哈，"我是见婆婆你一个人在这孤门独户的，想……"

"想施舍给我？"老婆婆反应很快，"可我并不是孤门独户呢，你没见，那前面，还有两家？"

"对对对，不是，不是。"傅秀山赶紧纠正。

"汪。"大豆见婆婆不高兴了，忙动了动脚，叫了一声。

"好了，那我就收回这块大洋，喝了你的水，走了。"傅秀山不想再纠缠下去，忙告辞着，走了出来。

大豆跟着他，转了半圈，一直望着他。

"有太阳吧？"婆婆也站在门口，不知是问傅秀山还是自说自话，"哦，今天没有。"

她竟然知道今天没有太阳？这老婆婆，肯定有来头。

当然有来头，只不过，傅秀山此时虽然感觉到了但并不知道……

这第一次进山，要说有收获，似乎没有；要说没有，却又似乎有，而且还很多。可傅秀山就是理不出个头绪来。

3 围而不攻

让傅秀山没有想到的是，他前脚回到县城，后脚他所到过的地方就传来消息，说山上又杀人了，质问是谁到过望崖山，事先怎么没向他们通报一声？

去望崖山要通报？傅秀山一头雾水。

原来，这里多年与望崖山形成了一个默契，就是凡有官府的人去往那里，如果事先不报知，那么一个人去的，山上就会杀一个附近的村民，两个人去的，杀两个，超过三个人，就杀一个村子。

还有这等事？傅秀山眉头拧成了一个疙瘩。

拧成疙瘩不是为了山上杀人，而是为了一个疑问：他一个人悄悄进的山，山上怎么知道？难道山上在下面有眼线？眼线肯定是有，可这眼线应该不在县城更不在官府中，因为他走时，没有任何人知道（他也是为防止走漏消息才选择一个人独自去的），余下的，应该就在山的周围四乡八村。

于是，为了验证他的这个判断，他让刘云亭将三个小队长召集了来，事先没有告知他们是为了何事，然后让他们分别各带上两个人分不同方向前去侦察。

结果，同样是他们人刚回来，后面就又传来有人被杀的消息。

这就怪了，傅秀山想，这消息是怎么走漏或者说是传出去的？

他将局里几个老资格的警察找了来开会，拿后来抗战时说的话叫"开诸葛亮会"。老警察们说，之前他们也多次剿匪，可是，匪没剿着，却死了好多无辜的人；也就是说不剿不死人（山上的只下来抢粮，当然，有时也抢女人），而一剿，反而死了更多的人。也查找过原因，可查来查去，就是查不着。

"你们有谁见过山上的匪首？"

大家你望我我望你地望了一圈，都摇了摇头。

"那山上呢？"

大家还是摇头。

傅秀山眉头就拧上了，继续问："这么多年，为什么就攻不下来？"

"那山上，没有路，"这次有人答了，"而且那匪也不集中居住，全都分散在洞洞穴穴中。"

"他们不仅有枪，还有炮。"

"没有路，他们怎么上下？分散居住，又怎么联系？"

警察们就笑。

傅秀山左看看右望望，问他们笑什么。

"笑什么？他们是土匪呀，要是不能上不能下，还能叫土匪吗？"一个警察道，"怎么联系就更简单了，学鸟叫，打口哨，吹角号，再不济，吆喝一声，反正，他们有的是办法，而且还是暗的。"

"暗的？"

"就是什么鸟叫是什么意思，什么口哨是什么办法，那叫声长还是短，三声还是两声，都有玄机，譬如躲还是打，转移还是下山，往东还是往西，只有他们知道。"一个豁嘴警察道。

"那人皮风筝用来做什么？"傅秀山提出了一直纠结着他的这个问题。

"好像没什么用，只在每年清明和中秋，山上放得到处都是。"瘦脸说。

"平日里也有，但那都是零零星星的，山下的人家放的。"

"山下人家不是放的，是扔的。"有人立即反驳。

"山下人家也有人皮风筝？"傅秀山问。

"是山上分派下来的，每年清明中秋他们放过之后，就将那些人皮风筝强行分派给山下的人家，如果有谁拒绝，他们就将谁抓上山去，有时甚至就当着全村人的面，活活剥下皮来制成风筝。所以，望崖山四周村子家家都有。"豁嘴道。

傅秀山就又想起了他在那个老婆婆家看到过的那块抹布样的风筝。

"家家都有？"傅秀山喃喃道。

"是的，"另一个警察接上说，"也有人家嫌放在家里瘆人，就悄悄地拿到外面放了。"

"所以，这里偶尔见到飘着一个两个风筝，不是什么稀奇事。"豁嘴道。

是不是这些风筝在作怪？傅秀山脑中突然灵光一闪。

为了这一闪的灵光，傅秀山第二天又专门派了一个小组去了趟山下，而他，则远远地跟着观察。

观察的结果，令他大喜过望，因为小组所经过的地方，就飘起了风筝——原来，那风筝，是为了通风报信。

找到了症结所在，傅秀山不由得有些兴奋，他决定先断了这风筝。

可是，家家都有，总不能说家家都是匪谍吧？傅秀山自有傅秀山的办法，他下令所有人家将风筝全部上缴，而且大张旗鼓。因为他知道，如果是暗下里，单靠他新组建的特训队，人手肯定是不够的，必须得动用一切力量。而一动用，这里面人员复杂，谁也不知道谁与山上有瓜葛，所以，他索性公开。

但公开并不是说一点"心眼"没有，傅秀山事先只通知让所有人带足干粮，待命。尽管有人猜测说是要剿匪了，甚至山上很快也得到警察要来清剿的消息，可是，直到出发时，傅秀山才让传下令，说只是收缴风筝。

收缴风筝还带干粮？

是的，傅秀山的收缴风筝如他第一次察访一样，只是虚晃一枪，待所有警察到位并收缴了风筝以后，他却并没有发布撤退的命令，而是命令将通往山上的路全部封锁起来，形成一条隔离带，同时，留下一个机动分队。在这封锁期间，见谁放风筝就抓谁，因为这个放风筝的，肯定就是匪谍。

这一切全都是悄悄进行的，虽然在警察内部是兴师动众的，但对外却是暗暗地秘密地悄悄地进行的，即使山上得到全城警察出动的消息，也只能是猜想警察要上山剿灭他们。傅秀山这一断了山下他们的情报来源或曰渠道，围而不剿的计策一出，一天，他们还可耐着性子，两天三天也还可以，到了五天六天甚至七八十来天，他们耐不住了，就派人下山打探。

谁知，派一个，没有回去；派两个，还是没有回去——傅秀山命令，只要有山上人下来，来一个捉一个，来两个捉一双，绝对不能让他们回去。

原本山上是做好警察攻山的准备的，可等了这么多天，一个警察也没上山，而且，山下一个信息也传递不上来，他们就先是慌慌后是惶惶了，虽然山上即使被围上三个月也有吃的，可这不声不响不动，他们却受不了。于是，随着天数的增加，下山的便越来越多。这样，半年后，尽管警察个个也都筋疲力尽，但山上的"兔"，也被"守株"的"待"得差不多了。

在此期间，刘萼青来过一次，问傅秀山，这样围着，就不怕他们突围？傅秀山胸有成竹地说道："原先一直剿不了他们，不就是因为他们龟缩在山上，我们攻不上去吗？现在如果他们胆敢突出来，不仅会丢了老窝，而且我的特训队分分钟能就灭了他。"

"你知道他们从哪个方向突？"刘萼青追问一句。

"我也学他们呀。"

"学他们？"

"对，他们不是利用人皮风筝传递信息吗？我也学他们，用灯笼，不同的颜色表示不同的意思。"

"那要是晚上呢？"

"只要在灯笼中点亮蜡烛就行了。"

刘萼青就不由得轻轻颔首点头笑了，说："好！围他个半年一年的，看他们……"

看他们还能怎么样？

4 招降

他们不能怎么样，只能投降。

但投降,他们不是打着白旗、举着手、排着队,更不是先喊一番话说"我们投降啦",而是直奔那一筐正冒着热气的白面馒头——

其实,山上还有吃的,只是,却没有人烟。起初,大家凭着一个信念,还可以支撑着,况且,一个洞里至少还有两三个人。大家一起吃了睡,睡了吃。睡烦了,吃厌了,就坐在洞口看太阳看月亮看鸟从这棵树上飞到那棵树上或是从头顶上掠过去。可这样的日子一天可以,十天可以,一个月可以,而三个月半年下来,他们却怎么也不下去了,不说生病,不说人越来越少,单那见不到一个人影听不到一句人声,就让他们几乎要发疯了,何况,那吃的,吃着吃着,就只剩下了干粮。

于是,傅秀山在半年后的一天,在一条过去土匪们上山下山最常经过的路口,搭起一个窝棚,里面什么也不放,只让放上一箩筐香喷喷的白面馒头。

在洞里久未吃过馒头的土匪们,鼻子变得格外灵敏,那香味一飘,还在空中,他们就嗅到了。

嗅到了也就嗅到了,大不了感叹两个字:"好香。"可是,肚子却不干了,它们不仅咕嘟咕嘟地响,而且还从嗓子眼里伸出了它们的手,不仅要抓住那香味,还要抓住那软软的劲劲的吃着比香还香比味还味的经过老面发过酵的嚼劲格外十足的馒头。

于是,先是一个,后是两个,再后来,就是三三两两,走了出来……

走了出来的土匪并不敢直接过去,只是躲在一丛树后或是一丛灌木后先是窥视着,接着,一个胆大的被香味牵着走了过来,结果,什么事也没发生,于是,他一把抓了几个,就要再返回去。

以为他返回去时,警察会出来或是在暗处给他一枪,可是,仍然还是什么也没发生。这样,一个人没事,三个人就出来了。

三个人出来了,十个人就出来了……

可是,当那十个人正要返回去时,警察,准确地说,是特训队,不知从哪儿,就一下出现在了他们面前。

"好吃吗?"陈跃灿望着魂飞魄散的土匪问。

"好……好吃……"

"那就留下来吃吧。"

"不……不敢……"有土匪赶紧地把嘴里的咽下去,接着再咬一嘴,然后将余下的试着送回了筐里。

"吃,没事,吃饱了说话。"

土匪们就将信将疑地又从筐里重新拿起来吃着。

"从现在开始,愿意回家的,我们发给路费,还有路上吃的;如果想回山上的,也可以放行,但如果再要出来,那就只能是尸首了。"

土匪们就变了脸色。

160

第七章 警局风云

"除非——"陈跃灿故意地顿了一下,"你能再带至少两个人出来投降。"

"只要带人出来就没事,是吗?"

"是的。"

"可我们怎么能相信呢?"

"你能不相信吗?"这时,傅秀山不知从哪儿走了出来,"现在你手里不是还拿着馒头吗?"

"你是当官的?"有个脖子上长了个肉瘤的土匪立即从制服上认出傅秀山不是一般的警察。

"他是我们局长,傅局长!"一边的刘云亭赶紧上前一步,扬了扬头道。

"哦哦,不管是'正'的还是'副'的,都是局长,都是局长……你剿的我们?"

"是,正是本局长下令剿的。"傅秀山微微笑着,没理他那理解错了的"正""副","怎么,想找我报仇?"

"不不不……不敢……"肉瘤说着腿就不争气地弯了下去。

"谅你也不敢。"刘云亭上前用脚踢了踢他,"起来起来,你是回家还是回山?"

"我,我回山。"

"滚。"刘云亭又踢了"肉瘤"一脚。

"肉瘤"爬起来就滚。可滚出了五六米后,他似乎不放心,回过头,望着傅秀山:"你不会在背后打我黑枪吧?"

"滚。"刘云亭挥了挥手中的枪,"再不滚,老子我就真要开枪了。"

"肉瘤"就又试着向前跑了几步。

跑了几步的"肉瘤",却突然一个回身,"扑通"跪了下来,说:"副(傅)局长,你就是我的再生父母,我这就回山上,去找我那些弟兄们,让他们全都出来投降。"

"肉瘤"也不食言,没两天,他还真的带着几个土匪下山了。

但得到情报的傅秀山放走了他带的那几个土匪,却将"肉瘤"留了下来——

"你家是哪儿的?"

"界马村的。"

"家里还有什么人?"

"没了,就一个侄儿,刚走了。""肉瘤"说着望了一眼刚傅秀山放走的那几个土匪离去的方向。

"想当警察吗?"

"当……当警察……我?""肉瘤"眼睛一下睁大了。

傅秀山点点头,继续道:"是的,如果你愿意。"

"愿意,愿意,一千个愿意。""肉瘤"说着,忙又要下跪。

"不过,你在正式参加警察之前,得立功。"

· 161 ·

"我立功，我立功。"

"怎么立？"傅秀山望着"肉瘤"。

"肉瘤"就蒙在了那儿，嘴里喃喃着"怎么立"三个字。

"很简单，"傅秀山仍微笑着，"你带我们上山，抓你们大当家的。"

"大……大当家的？""肉瘤"不禁连吞了几口口水，"说实话，我都没见过；不仅我没见过，我们弟兄们基本上都没见过。"

"都没见过？那你们怎么行动？"一边的陈跃灿问。

"不是有人皮风筝吗？我们平时都是通过风筝联系的。"

"那谁见过，你估计？"

"好像没听说过。"

"你听说过的呢？"刘云亭道。

"听说过……听说过他叫牟主，是哪里人，长什么样，我真不知道。不过——"

"不过什么？"

"也许我侄儿知道。牟主那次病了，我侄儿给他送过一回药。"

"那就让你侄儿也来。"刘云亭说。

"他也可以做警察？"

"如果抓到了牟主，就可以。"陈跃灿望了一眼傅秀山，然后道。

"当真？""肉瘤"不相信陈跃灿，而是将眼睛殷切地望着傅秀山。

傅秀山点了点头。

"那行，我这就去找我侄儿。"说完，"肉瘤"转过身，一溜烟地消失了。

消失了的"肉瘤"没过两个时辰，就满头大汗地带着他侄儿回来了。

"你叫什么？"傅秀山一边示意他们喝水一边问。

"我叫李金顺。"

"你见过你们大当家牟主？"

"见过。"

"见了能认得？"

"认得。"

"愿意带我们上山去找他？"

"我叔对我说了。"李金顺望了一眼"肉瘤"，"愿意。"

"好，今晚你们吃好睡好，明天我们上山。"

可是，第二天，他们山是上了，却没找见牟主。

◎ 第七章　警局风云

5　剿灭

第二天，天还没亮，"肉瘤"就推醒了昨晚吃了一顿饱饭现正睡着饱觉的李金顺，说："准备准备吧，一会儿局长他们就要来了。"可局长他们却并没有"一会儿"就来——

怎么了？

雾。

这深山里（其实，山倒不深，可那林子，却既密又深），早晨不到九十点钟，那雾散不了。在雾中剿匪，对于对地形不熟悉的傅秀山他们来说，是件非常危险的事，所以，直到太阳都快中天了，他们才集合。

为了防止土匪利用地形地势当然还有地洞和树林袭击，傅秀山也学着土匪，将三个分队化整为零，每三人一组，拉开距离，以扇状向前搜索；等进了山，则又以梯级向上攀缘。总之，不能成"块"，以免土匪一旦发现反抗，付出太大的代价。并且约定，不管剿没剿到土匪、抓没抓到牟主，三天后，在山下会合。

要不是有"肉瘤"和李金顺带路，任傅秀山他们再"特训"也"特"不进来"训"不出去——先说路，看上去一条，无论大路还是小路，且还是直直的，可当你一转身，想往回去，兀地，前面却变成了两条三条甚至更多的路来，即使你刚过来时做了记号，这时也找不着。再有，那进了山开始攀登，石与石相扣，攀错了一块，不仅自己没法儿再往上攀，且让后面的人手脚都无处安放。这还不算，那石块之间，随时随处，就有一个岩洞。而那洞，如果不指给你看，你根本就发现不了，因为洞口不是有障碍物遮拦着就是有草或是树"把守"着。及至到了山上，也找不见哪儿是顶哪儿是坡，仍都是那石块相连……难怪剿了这么多年，官府一直没能剿下来这望崖山，傅秀山想。

"局长，小心前面——"刚攀上一块看上去稍平一点的石头，"肉瘤"回过身提醒着着了便装的傅秀山道。

傅秀山一只手按在石块上，向前面看了看。

前面除了陡峭的石梯，并没有什么呀；硬要说有，就是那石梯边长着一丛丛石斑草。可这石斑草一路不都是有的吗？除了这，还有什么？还有——傅秀山将眼睛向前上方再望。这一望，不禁让他惊出了一身冷汗——

前上方，略偏一点，不知什么时候，那个石崖上就冒出了一个脑袋来，而且还正用枪口瞄着他，这要不是"肉瘤"还有李金顺带着，那枪口怕早就冒出青烟来了，而他，在那青烟冒出来的同时，大概也早摔到崖下去了。

"直木，嘿，直木，我是扁树——""肉瘤"冲上面挥着手，用他们的暗语交流着，"放流子。"

傅秀山在一发现那颗脑袋时，手本能地就按在了腰间的枪上。可当他手按上枪时，

· 163 ·

不由得自己笑了起来，如果上面的人要是开枪，估计他的枪还没拔出，脑袋就搬家了，于是，将手又拿了出来，也向上挥了挥。

那颗脑袋在听了"肉瘤"的"放流子"后，缩了回去。

缩回了脑袋的那片崖上，又是一崖，什么也没有。

"我们能上去？"跟在傅秀山身后的刘云亭担心地问。

"没事儿了，我叔说了，我们是送吃的来了。"李金顺解释说。

"原来这'放流子'就是送吃的意思呀？"刘云亭道。

李金顺笑了一下，但没接刘云亭的话。

倒是前面的"肉瘤"回过头望了他一眼，说："不是。"

"那是什么？"

"是说我们下山打劫回来了。"

"他认识你？"

"在这山上，认识不认识都没用，凭的就是这暗语——哦，拿你们警察的话来说，是口令。不过，这个人我确实认识，要不然，我们也没这么容易过关。"

"过去缴了他？"

"当然。""肉瘤"说，"不过，要注意，能不响枪，尽量不要响枪。"

刘云亭还想说什么，傅秀山回过头，瞪了他一眼，他只好借着咽唾沫，将那给咽了下去。

转了两个弯，他们就出现在了刚才的那颗脑袋面前。

"脑袋"先是望了望"肉瘤"，然后越过他，看了看傅秀山、刘云亭，又看了看他们身后的李金顺——

"李金顺，李金顺。"李金顺忙自报家门。

"知道你是李金顺。""脑袋"将枪收回后往肩上边挎着边仍望着他们。

"肉瘤"在他们这一问一答间，领着傅秀山就到了"脑袋"面前。而"脑袋"问完从刘云亭身上收回眼睛时，只见眼前一个影一闪，还没来得及叫上一声，就倒在了地上——傅秀山只一拳，就将他撂趴了。

"这里没有了。""肉瘤"望着刘云亭绑着"脑袋"对傅秀山道。

"就这一个？"

"原来还有暗哨的，但现在不是被你们警察今天一个明天两个地给剿了吗，人手早就没了，哦，是不够了。这里能有一个，还是被你们漏掉的呢。"李金顺道。

傅秀山望了望李金顺，想说"你不也漏掉了"，想想，还是没说，而是说了句"那这里离牟主应该不远了吧"。他在想，别的地方没有哨位，这里设了一个，不是明显说明是因为要接近牟主了？

"谁说得清呢，"李金顺说，"牟主可鬼着呢，他没有固定的居所，也没有明显的特征，平日里总是神龙见首不见尾的。"

"你不是见过吗？"

"我是见过，可那时他也还是戴着面具呢。"

"那你在哪儿见的？"傅秀山问。

"就在前面，喏——"李金顺用手指了一下前面一块崖，"那个尖崖下面。"

大家就朝那块尖崖望。

尖崖却不是在他们的上方，而是在偏下的位置，而且从这里看过去，简直是在另一片崖上。

"大家小心点。"傅秀山说。

其实，这"大家"，除了"肉瘤"和李金顺，就只有他自己和刘云亭了，当然，后面应该还有一组在不远处，以备接应。

沿着一边绝壁，一边万丈深渊（这是刘云亭形容的，其实，"渊"还算不上，充其量算个"深"字），他们小心翼翼地往那尖崖走过去。

可是，原以为在接近时会遇上一些麻烦，谁知，却一路畅通无阻——这无阻的畅通，却让傅秀山心里不免咯噔了一下，因为这意味着，牟主不在。

果然，到了那尖崖，洞还是那个洞，甚至里面铺在石上的一块兽皮还是那块，可没有人，更不要说牟主了。

"这里是山顶了？"刘云亭四顾着问。

"应该是吧。"李金顺说，"这里从来就没有顶，都是一条路接着一条路，一个洞连着一个洞，高高低低，大大小小，谁也不知道哪儿是顶哪儿不是。况且，我们平时根本就进不了这里……"

原来，土匪进山后，每人根据级别还有时间长短，只能进某一段，最多走三段。如果谁要是破坏了规矩，立即当作叛徒处死——这让傅秀山再次想到难怪这么多年官府剿了那么多次却一直剿不灭。

"他就被分在这一段。""肉瘤"似乎知道傅秀山的疑问，指了下李金顺解释道，"我是因为进山时间长，可走三段。"

傅秀山就没再说话，向前走了起来。

走着走着，夜色就降临了下来。

看着似乎伸手就能捉住星星的天空，傅秀山没敢"浪漫"，而是命令大家就近找个洞钻了进去，因为夜晚土匪极易出来，而他们对这里的地形一点儿也不熟悉，万一碰上，肯定吃亏——吃了点儿干粮，然后一天的劳累就侵上了他们的眼皮……

第二天，他们继续搜索。第三天，仍然继续……可直到下了山，来到了傅秀山那次来的那条坳，他们也没再遇上一个土匪。看来，土匪是真的剿灭了。

"我们去休整一下吧。"傅秀山指着那次去过的那几户人家，"我上次还在那个老婆婆家讨了水来喝过呢。"

"哥，你来过？"刘云亭有些讶然。

傅秀山微笑了一下。

"老婆婆？""肉瘤"与李金顺不由对视了一眼。

"是呀。"

"什么样的一个老婆婆？""肉瘤"继续问。

"什么样的？"傅秀山不禁挠了挠头，"老婆婆就是老婆婆，还有什么样的？"

"肉瘤"与李金顺就再次对视了一眼。

"怎么，不对劲？"傅秀山发现了他们的疑惑。

"这里应该是没有人的，哦，不是没有人，我的意思是，按照我们规矩，这里应该是我们望崖山的要道，要有，也应该是我们的人，怎么会有'老婆婆'？"

"走，去看看。"傅秀山嘴里说着，脚就动了起来。

大家立即警惕地跟了上去……

还是那么两三家，门还是有掩着有闭着，后面老婆婆的家，门也依然开着，只是，没有了炊烟。

"老婆婆，我又来了。"傅秀山一边说着，一边径直走进了门。

走进门的傅秀山还小心地提了一下腿，因为上次来时，那条叫大豆的大黄狗就出其不意地咬了他一口，虽然没咬中他的肉。

可是，没有狗。

"老婆婆——"

"风筝！"傅秀山在里面的这声"老婆婆"刚喊出，外面刘云亭却叫了起来。

傅秀山一听，一个蹿，就蹿了出来。

果然，屋后，升起了一个人皮风筝，而且还在往上升，显然是刚刚放出。

"追。"傅秀山拔腿就要往后跑。

"肉瘤"一把拉了他，指了下侧面的一条小路："牟主。"

——他是知道这人皮风筝的暗语的，它的意思是，牟主遇到了危险，希望救援。现在牟主的方向是东南方，所有人正迅速向这里集结。

"牟主？"傅秀山不知是兴奋还是意外，眼睛一下睁大了起来。

"是的，这是牟主发出的信号。"

"在那边？"傅秀山指了下侧面。

侧面正是东南方。

李金顺点了点头，说："是。"

"走！"

大家向侧面小道追了去。同时，那几名警察也升起了灯笼……

可没追出多远，就遇上了第一波的拦截，不过，只一个土匪。自然，还没等拦截的土匪枪响，就被警察打成了筛子。

再追，遇上了第二波，仍只有一个，同样，被众枪歼灭。

可接着再往下，却没路了。

"散开，警戒搜索。"得到灯笼信号的陈跃灿这时赶了过来，命令着，"保护好局长。"

局长自是不用他们保护，傅秀山摆了摆手，站在那儿，观察着周围环境——这里是山麓，往前通往望崖山，当然，这"前"到这里，已没有了路；往后，则是一条谷，谷下有溪，哗哗地流，听得见水响，却看不见。

傅秀山闻着水声向溪走去。

可正走着的傅秀山，突然听到一声"趴下"，然后随着一声枪响，扑在他身上的李金顺就不动了……

子弹是从溪谷下面一丛刺灌木中射出来的。

"包围——这里！"傅秀山一边命令着，一边转过身，抱住了李金顺。

"牟主……"李金顺说完，手还在向溪谷里指着，就闭上了眼睛。

警察很快就将溪谷"翻"了个底朝天，下面，一共有三个土匪，不，只有两个，另一个，另一个，竟然，竟然是——

"老婆婆！"傅秀山惊大了眼睛。

"老婆婆"被警察押了双臂，原本就有些驼的背，就驼得更狠了。

傅秀山伸出一根食指晃了晃，意思是放开她。

警察就准备放开她——

"不能放。"不想，一边的"肉瘤"突然大叫了一声，"他是牟主。"

"牟主！"所有人的眼睛遽一下睁大了起来。

傅秀山则紧紧地盯着她。

"老婆婆"也不申辩，只是迎着傅秀山的眼睛……

"肉瘤"走上前，伸出手——傅秀山以为他是要打她耳光，为他侄儿李金顺报仇。可是，伸出手的"肉瘤"却不是打，而是一把撕下了"老婆婆"脸上的一层"皮"。

皮撕下来了，"老婆婆"的真面目一下暴露在了众人面前——天呀，哪是什么老婆婆，明明是一个英俊青年嘛。

英俊青年见面具被揭了，也不再伛着腰装驼，而是一下将身子直了起来，对着傅秀山冷冷笑着。

见到"老婆婆"一下变成了这样，傅秀山脊背上不禁惊出了一抹后怕的冷汗……

这时，不远处响起了激烈的枪声。

只是，这"激烈"，不过十几秒……

6 调任

剿匪大捷，不仅傅秀山高兴，刘萼青高兴，更高兴的，是中牟百姓——

当宣布匪首牟主被抓获后，起初，大家谁也不敢相信，因为这匪首太年轻了，可后来反复验证，包括审讯、指认、坦白，最终确证，他就是牟主，大家这才欢欣鼓舞、兴高采烈起来。

可这牟主怎么会如此年轻？

其实他并不年轻，只不过长着一张年轻的脸而已。不过，倒是揭开了这么多年来一直剿不灭这股土匪且抓不住匪首的秘密。

原来，所谓牟主，并不是某一个人，而是每隔几年，土匪内部通过竞选，有时是"禅让"，产生新的匪首。而无论是新匪首还是老匪首，都叫一个名字，即牟主。因此，在外人看来，这土匪大当家的，一直是一个人。就连土匪内部，级别达不到的，也不知其中内幕。所以，即便是土匪，也不认识牟主。

但这次，也活该这牟主倒霉，拿他自己的话来说，望崖山土匪气数已尽，恰恰被刚给他送过药不久的李金顺碰上了。

碰上了就碰上了，如果那个土匪不开那一枪，他们躲在溪谷里，也许还有可能侥幸逃过，可那个土匪太紧张了，原本是分散躲藏，谁知他一见李金顺，知道他认识牟主，就对着他开了一枪，结果，李金顺在临闭上眼之前，还是告诉了傅秀山牟主在溪谷中。

李金顺起初并没有发现牟主，是先发现那个藏在刺灌中的土匪的，但根据土匪的习惯——一般呈三角形布哨，很快就找见了牟主，而且也确认了牟主，可就在他要说出牟主方位时，不想，那个被他发现的土匪抢先开了枪……

牟主被押到西头菜市场执行死刑的那天，天气格外晴朗，人们像过节一样笑逐颜开，喜气洋洋。当专员刘萼青宣布将匪首牟主押赴刑场时，场上一片欢呼声，还有喜庆的鞭炮声……

傅秀山凭此一役，在中牟大地上很快就成了传奇英雄。因为铲除了土匪，不仅给中牟带来了安宁，很快使中牟的生产、生活、生计出现了繁荣、富足、安宁，而且，全城老少，还竞相学起了武术，缘由是，傅秀山警察局里的警察，个个神勇。于是，清早傍晚，操场上、草地边，便传出阵阵练武歌——

> 出拳起脚应有光，
> 运行灵活最适当；
> 眼四看耳听八方，
> 沉着应变莫狂妄……

168

◎ 第七章　警局风云

显然，是刚入门的；下面唱的，则是至少练过一段时间了，因为在互相鼓舞着呢——

> 钢要炼，铁要打，
> 宝剑要磨枪要擦。
> 练练练练练，
> 咱们练格斗嘿；
> 练练练练练，
> 咱们练擒拿……

甚至就连多年没听到过的歌声，在街头巷尾也唱了起来。
唱的什么？《大清朝改中华》——

> 大清朝，改中华，
> 时兴小伙镶金牙；
> 大礼帽头上卡，
> 西服革履皮咔嚓；
> 串了东家串西家，
> 田间干活找不着他。
> 劝诸君，莫学他，
> 改朝也得种庄稼；
> 铁锄头，肩上扛，
> 耪完南地耪北洼；
> 一年四季闲不着，
> 有吃有穿笑哈哈……

可见，中牟的百姓，有多久没有如此平安、欢畅过了！要不是这时傅秀山接到了一纸命令，中牟百姓差不多就要给他像菩萨一样盖座庙、塑尊像……

命令是这年冬末春初下的。

那天，傅秀山正在警署里忙着，其实说"忙着"并不十分准确，应该是在思考着，思考着如何将警力由原来剿匪维持治安转向稳定治安发展经济上，专员特别通讯员进来了。

进来的通讯员先是递给他一笺命令，然后又递给他一封刘萼青的亲笔信。

命令，是让他立即动身前往淮阳赴任。信，则是刘专员的私信，说最近淮阳出现了叛军，他虽然力平，可越平越乱，无奈之下，请他——这个时之周推荐的也以剿匪实绩证明了的铁腕人物，再帮他一把。

平叛？

傅秀山的眉头拧了起来，怎么会出现叛军呢？难道这军叛到土匪那边去了？还是叛到……叛到哪儿去了，傅秀山却怎么也想象不出来。

还有，原来的警察局长呢？

但眉头拧归拧，他还是立即动身，赶赴新任。

7 喊冤

从中牟到淮阳，一路上虽然风光无限，驴车不紧也不慢，可傅秀山却一点儿"欣赏"的心情都没有——那些问题，一直缠绕着他。即便到了淮阳，他也来不及或者说没有心情去看一眼这历史上曾三次建国（陈国、楚国、淮阳国）、五次建都（太昊伏羲氏、神农氏炎帝、陈国国都、楚国国都、淮阳国国都）的中华文明发祥地之一（中国的历史，一千年看北京，三千年看西安，五千年看安阳，八千年看淮阳）的地方。

"欢迎欢迎，傅秀山傅局长。"刘萼青站在第七区督察专员公署前，见傅秀山过来，远远地便伸过手。

傅秀山紧走几步，上前握了手："专员，怎敢劳烦您！"

"呵呵，中牟百姓都要将你传成神一样的人物了，我刘萼青岂敢不过来亲自替你接风？"说完，刘萼青还向周围的人环顾了一下。

于是，傅秀山在刘萼青的引领下，走进了公署大院。

说是大院，其实不大，前后几幢楼。但侧面的几排平房，倒是不失情致，相比于大楼，宛如小家碧玉。墙头栽着几排白玉兰，墙后，则是一条小河。河水清亮，有几只鹅在上面拍着翅膀嬉戏。进入办公室，简单欢迎之后，刘萼青便直截了当地说起傅秀山此次上任的任务——

有一支叛军（原是地方驻军），扎在离县城八九十里的大山里，四处抓人，扩充队伍，大有攻击县城之势；并且，还残忍至极，凡被抓的人如果逃跑，就地将其大脚趾削掉。所以"希望新任警察局长以百姓平安为己任，尽快将这股叛军平复"。

还有这等事？傅有山眉头不禁又拧了起来。那原来的警察局长呢？

原来的？

原来的警察局长方子孝因平叛不力，被解职放其归田了。

既然如此，傅秀山也就不再多问，辞别刘萼青，就赶往了设在西街的警察局。

可一走进警察局，让傅秀山感到的并没有一点懒政怠政的气息，相反，各科室包括两名副局长，都在各自的岗位上兢兢业业工作着。

是不是因为他初来乍到在装样子？

傅秀山将两名副局长召集了过来——

两名副局长一胖一瘦，胖的姓冯，瘦的姓巩。两人一个站着一个坐着。两位副局长大概早就听过关于傅秀山的传闻，一见面，眼中就露出一种钦佩。

"叛军有更翔实的资料吗？"傅秀山开门见山。

冯副局长望了一眼巩副局长，说："有。"

傅秀山就望着他，意思是"既有，怎么不呈上来"。

"但建议局长先不看材料。"冯副局长说。

"为什么？"

"报告局长，不为什么。"冯副局长挺了挺胸脯。

傅秀山将眼睛望向巩副局长。

巩副局长坐在那儿掏出一盒烟，一笑两笑地给傅秀山递上一支烟。

傅秀山伸手挡了，眼睛却仍定定地望着他。

巩副局长就自己将烟点上，然后吐出一口浓烟，这才说道："傅局长，我们还是先提审一下犯人，然后再说，你看呢？"

"我看？"傅秀山眼睛就又看向冯副局长，"什么犯人？"

"叛军。"

"你们抓到了叛军？"

"没有。"

"没有？"傅秀山被他们绕得有些晕，"那——"

"是一个叛军，一个受伤的叛军。"

"脚被削了？"

"是大脚趾。"巩副局长弹了一下烟灰，"但这个叛军没有。"

"没有？"傅秀山第二次说了这两个字。

"是的，没有。"

"准确地说，是叛警察。"冯副局长道。

"叛警察？"这下，傅秀山真是有些晕了。

"是的，是跟随原来局长的一个警察。"

傅秀山就不再与这两个不知是有意还是原本就如此说话不得要领的副局长啰唆，挥了一下手，说："走，先去看看。"

可到审讯室刚坐下，那个叛军或曰叛警察的犯人似乎早就等在了那儿，一见傅秀山，就大声地喊起了"冤"。

"冤？你有什么冤？"傅秀山厉声道，"你有没有反对政府？有没有侵害百姓？"

"政府我是反对，但绝对没有侵害百姓。"

"坐好了。"傅秀山正打算追问，一边的冯副局长也厉声地喝了起来："姓名？"

"朱光学。"

"年龄？"

"二十二岁。"

"籍贯？"

"淮阳县朱家镇子乡南姥嘴子村。"

"你是怎么进来的？"

"我哪知道是怎么进来的？"朱光学道，"哦，想起来了，是被你们抓进来的。"

"为什么抓你？"

"我也不知道为什么。"

"那你喊什么冤？"傅秀山忍不住插话。

"我是随着我们局长进山去的，谁知我们局长叛变了，让我回来报个信儿，我就回来了。一回来，就让冯副局长他们抓起来了。"

傅秀山望了一眼冯副局长。

"冯副局长为什么抓你呢？"巩副局长不阴不阳地问了声。

"我怎么知道为什么。"

"让我告诉你，因为你叛乱，妄图攻打县政府。"冯副局长再次厉声。

"有一枪都没放就叛乱的警察吗？"

"有，你不就是。"巩副局长又说了一句。

朱光学就望着巩副局长，但话却仍是冲着冯副局长："警察攻打县政府，还妄图？"

"叛乱的，到底是警察还是部队？"傅秀山再次糊涂了。

"有部队也有警察。"朱光红不待别人答话自己却说上了，"但不是叛军。"

"行了行了，"傅秀山挥了挥手站了起来，"今天就到这儿吧。"

冯副局长与巩副局长便对视了一眼，相跟着站了起来，随着傅秀山走了出去。

身后传来朱光学一声声的"冤呀，我冤"的叫声。

在铁门一阵的哐啷声后，朱光学的声音听不到了，可那"冤"字，却仍在傅秀山耳边旋绕。

——从与冯、巩两位副局长谈话到提审这个朱光学，傅秀山感觉只有一个字：乱。两个字：很乱。三个字：非常乱。

而从这乱中，傅秀山隐隐，不，是明显地感到，这"叛军"，其中一定藏有不为人知的隐情。

于是，傅秀山迅速作出了一个决定……

8 侦察

　　傅秀山决定自己前去侦察一下，凡事，眼见为实，与其在这里听他讲你说，不如自己亲眼去看上一看。

　　但决定是决定，直到临动身时，他却为以什么方式去侦察而纠结：货郎？要饭？寻亲？要不，干脆，扮作商人，可想来想去，还没想出个结果时，手下来报告，他夫人到了。

　　夫人万德珍在傅秀山赴新任时，并没有与其一道，一是因为不久前，即1936年11月24日（农历十月十一），她产下了次女玉英，玉英太小，怕路途上过于颠簸；二是傅秀山只身前往，既可以立即全身心地投入工作，也可以打个前站，熟悉了淮阳的工作环境后，她再来，一切也就"轻车熟路"了。所以，在傅秀山上任后的今天，她才在刘云亭的一路相伴下，到了。

　　"哥，我将嫂子安全护送到。"刘云亭见到傅秀山，按照在中牟警察局学来的规矩，敬礼道，"不辱使命。"

　　傅秀山被刘云亭那后面的"不辱使命"四个字给逗乐了，伸手在他肩胛上擂了一拳，说："好兄弟，辛苦你了。"

　　"不辛苦，为哥服务。"

　　"好了好了，你们这兄弟俩。"万德珍一脸的幸福，"秀山，快带我们去住处。"

　　"爹，这里比中牟好玩儿。"这时，已经七八岁了的玉喜拉了傅秀山的手，扬着小脸说道。

　　"你还没玩儿呢，怎么就知道好玩儿？"

　　"云亭叔说了，这里有八景。"

　　"八景？"傅秀山笑着弯了弯身问，"哪八景？"

　　玉喜望了一眼刘云亭，然后才像在课堂上背诵一般地背道："羲陵岳峙、菁草春荣、蔡池秋月、弦歌夜读、卧阁清风、望台烟雨、苏亭莲舫、柳湖渔唱。"

　　"嗯，不错不错，这些景，连爹都还不知道呢。"

　　玉喜就格外高兴，说："爹不知道，我知道呀。"说完，放了傅秀山的手，一蹦一跳地走了。

　　望着一蹦一跳天真无邪的女儿，傅秀山脑中不由倏忽亮了一下，有了！

　　什么有了？

　　侦察方案。

　　安顿好万德珍母女，傅秀山对玉喜道："明天爹带你去玩儿好不好？"

　　"好。"玉喜立即拍起了小手。

　　于是，第二天，傅秀山带着玉喜，还有刘云亭，他们扮成探亲的样子，雇了一辆驴车，

秘境

走出了淮阳城——

那时我的奶奶万德珍根本不知道他们去干什么，要是知道，恐怕打死也不会让我的爷爷傅秀山去，更不会让他带上我的姑姑玉喜。

八九十里，驴车"得得得"地也不过"得"了几个时辰，就"得"到了。

可"得"到了八九十里的傅秀山他们，却连一个叛军的影儿也没见着，包括沿途上——

沿途他们倒是见过不少路两边的田里地里坡上正在榜着地的或男或女或老或少。有时，他们停下来，还向这些男女老少问一下路——因为出城不过二三十里后，便开始是树林，如山一样，逶逶迤迤，蜿蜿蜒蜒，高高低低，有时，一个林子接着一个，傅秀山他们便不得不停下来，问下方向。

每每停下来，玉喜便兴奋得不是去摘花就是让刘云亭去摘那树上还没有成熟的果子。

前面又是一个村庄。

庄上飘起了炊烟。袅袅娜娜。在这袅袅娜娜中，一支高亢而顿挫的山歌从他们身边的林子中飘了出来——

　　背起笆篓上了山，
　　上山下山不一般。
　　背进背出为了养活咱，
　　背起笆篓上了山……

词不多，但那调，听起来，却是那么悠扬、嘹亮、豪放。

叛军？

傅秀山第一反应，是叛军，也许这歌声，是他们的暗语。

可是，等他们驴车都过去了，也没见有什么动静。要说有的话，是那个唱山歌的，不是一个人，而是也带了一个小女孩儿，跟在他们车后不远，并且还时不时地指指山指指地，说着什么。

"喂——"

突然，玉喜用手圈成喇叭状放在嘴上对着车后的那小女孩叫了起来。

那小女孩见前面车上的小女孩在叫她，她也立即圈起嘴，回应了一个"喂"。

于是，在这浓浓的初夏的浓绿中，两个小女孩那清脆的如溪水般的"喂"声，便如一只翠鸟，飞进了林中，飞上了树梢，也飞向了那个唱山歌的汉子的心田……

"停下，停一下。"

傅秀山就让驴车停下了，有些戒备，有些不明所以，也有些兴奋地看着汉子一步步

◎ 第七章　警局风云

走到近处。

"有嘛事吗？"傅秀山跳下车站在那迎着山歌汉子问。

山歌汉子似乎愣了一下，但立即就学着傅秀山的那略带着天津味的方言道："事倒没嘛，就是想问，你们这是去哪儿？"

"朱家镇子。"傅秀山突然就想起了那个朱光学说他家是朱家镇子上的，于是，随口就应上了。

"你们走过了呢。"

"走过了？"缚秀山与刘云亭互相看了一眼。

"也没过多远，"山歌汉子搭了下凉棚看了看太阳，"这眼瞅着正午了，去庄上坐一坐，喝口水吧。"

傅秀山就也看了看天，然后道："好嘞。"

他不"好嘞"也得"好"，因为玉喜在他们一问一答间，早与那个小女孩搭上了，也不知两个小女孩说了些什么，只见在傅秀山一声"好嘞"刚出口，她们便拉着手向庄中跑了过去。

当然，这"好嘞"也是傅秀山心下正所想的，他这次出来，不就是为了侦察一下这里的"叛军"吗？

可这里，哪里有一点叛军的迹象？如果按照刘专员的说法，那些叛军比土匪还要土匪的呀。然而这里，却是如此安宁。傅秀山的眉头不免又拧上了。

庄子不大，但家家都有人。山歌汉子在庄子上人缘似乎很好，见到他，庄上人都要与他打声招呼。

山歌汉子的屋在庄后。

进了屋，山歌汉子便吆他婆娘弄些吃的，说这位城里来的走过了路，再要返回去，得好几个时辰呢，到了咱张庄，不能让他饿了肚子。

傅秀山便有几分感动，为山歌汉子的淳朴。

婆娘在灶间忙活，刘云亭带了两个小女孩去后面地里玩耍，傅秀山与山歌汉子则有一句没一句地说着话。

说着说着，傅秀山就将话题引到了叛军上。

"叛军？"山歌汉子一听，不由得笑了起来，"你是说抗卫队吧？"

"抗日自卫先锋队？"

"就是抗日自卫先锋队。"山歌汉子解释，"听说，一个叫小日本子国的鬼子要来呢，他们就反水了，要抗他们。"

"反水？"

"他们原来都是城里的宪兵和警察呢。"山歌汉子看了外面一眼，然后将身子倾到傅秀山面前，"这一反水，反得他们反被宪兵警察围剿上了。"

"他们现在在哪儿,就在这山上?"傅秀山也故作神秘地轻轻指了指庄子后面的山(其实不过一土包而已)。

山歌汉子立即警惕地将身子让了开来,望着傅秀山,说:"你问这干甚?"

"只是随便一问,随便一问。"

"随便?"

"随便。"傅秀山心里却一点儿没有"随便"着呢。

好在,这时饭菜好了,汉子婆娘在后面叫着小女孩还有刘云亭他们回来,打断了他们的尴尬。

饭很快便吃好了,可就在傅秀山让刘云亭留下一块大洋作为饭资的时候,不想,几个"兵"样的人,不知从哪儿就钻了出来,围住了他们,二话没说,拉的拉,牵的牵,将他们连同那辆驴车,就给牵拉进了庄后山歌汉子先前走下来的山中。

直到进了林子,傅秀山才在眼角余光中,瞥见山歌汉子的婆娘在那与听到动静围上来的庄上人指指画画地说着什么,他才恍然想起来,刚才在吃饭的过程中,却是一直没有见到她……

9 意外

当然他没见到山歌汉子的婆娘,婆娘在他们吃饭的空档,悄悄出来,向山上报了信了呢——

在中牟没有陷入土匪窝,看来,今天要栽在这叛军的营中了。傅秀山一边走一边想。走着想着,不想,前面玉喜发出了咯咯的笑声。

怎么回事?

傅秀山赶紧地往前紧走几步,看到,玉喜正被一个兵扛在肩上,不,不是扛在肩上,而是从后背背上去,然后从肩上将她放下来,接着玉喜再从他后背上爬上去……这,有这样的叛军吗?

而等进了叛军的驻地,傅秀山则更加地怀疑了,因为所谓"叛军",住的,只不过是在林子间用破布或是树叶搭建起的一个个小窝棚,而等到他见到叛军的首长,则完全蒙了——这哪是什么叛军?

首长站在一个坡地上,见傅秀山他们过来,远远地就下了来,一边往下走,一边让身边的一个兵将那驴车牵到另一边去,然后伸出双手要与傅秀山相握。

傅秀山本能地将手往后缩了缩,眼睛却紧紧地盯着他的头。他头上,戴着的,却是警帽,而且从警衔上,傅秀山一眼就看出,这位,就是警察局长。

这,这,这到底是怎么了?

"哈哈哈,来来来,坐下说,坐下说。"警察局长将傅秀山引到一个石块垒成的桌

◎第七章　警局风云

子旁边坐下,"还去朱家镇子呢,连朱家镇子在哪里都不知道,还去?"

傅秀山这才知道,他出的岔子原来在这儿。

"朱家镇子在城东,这是哪里,城西。你就没打听清楚?"警察局长笑呵呵地,"哦,忘了介绍,本局长——嗐,现在不是了,姓方,名子孝。你呢,叫什么?"

傅秀山不由一惊:他就是原来的警察局长方子孝!但他没露声色,而是在一边想着,刘专员不是说他被解职归田了吗,怎么会在这儿?一边道:"傅秀山。"

"傅——傅秀山?"

傅秀山就拿眼睛望着方子孝:"怎么,不像?"

"那个中牟警察局长傅秀山?"

"正是本人。"

"哈哈哈,失敬失敬。"方子孝激动得又伸过双手,抓了傅秀山的手握了握,"大名早就如雷贯耳,如雷贯耳呀。"

"不是说你成了叛军,四处抓人,扩充队伍,大有攻击县城之势;并且,还残忍至极,凡被抓的人如果逃跑,就地将其大脚趾削掉么……"

"你看我像叛军吗?"

傅秀山四处看了一眼,轻轻摇了摇头,说:"不像。"

"你见过百姓会帮叛军打掩护,只要官军一动,就替他通风报信的吗?"

傅秀山眼睛睁得大大地望着他,脑中快速地旋转着——这到底是怎么一回事?

怎么一回事?事情,是这样的——

随着日本侵略的风声越来越紧,淮阳的税收也越收越重,尤其是盐税。这样,首先激起了盐民的愤怒,先是请愿;请愿不成,有的地方便开始抗税。于是,政府就出动警察,强行征收,甚至查扣营运中的硝盐。方子孝那天接到的命令,便是政府得到报告,说这里出现了暴力抗税,一批当地盐民打伤税警后,还抢了枪。于是,方子孝立即带了一小队警察,还配了一个班的宪兵,火速前往增援。

可当方子孝来到出事地点,事实却并不是如报告上所说的暴力——抗税是抗税,但并没有抢了枪什么的,而是那几个税警收不上来税回去怕长官责罚,就谎报了军情,希望借助更大的力量,以求强征。

"你们知道这些盐是运往哪里的吗?"一个中年人指着车上的硝盐对着方子孝义愤填膺,"是运往抗日前线,给那些打鬼子的英雄们吃的,你们也查,也扣?"

"不交税,就得查,就得扣。"先前的税警,以为方子孝他们来了,有了后援,便上前破了嗓子地吼。

中年人却并不望他,只与方子孝说话:"你们这些人,也都拿着枪,也都一个个站着七尺的个儿,也都长着两条腿……人家在那儿保家卫国,你们呢,你们在干什么?欺负老百姓,而且欺负的还是前去支援前线的老百姓,你们还长着一颗良心,一颗中国人

177

的良心吗？"

"支援前线？你知道前线在哪儿？"方子孝不禁对中年人哂笑了一下。

"在东北，在长城，在上海，在华北……在平津！"中年人因义愤而红着眼睛一口气地说道，"你们枉为一名军人，枉为一名男儿，枉为一个中国人！"

"你不'枉'，那你怎么不拿起枪去抗战？"那个税警见方子孝半天没言语，他上前一步指着中年人反问道。

"我不拿枪？我不抗战？我——"中年人突然满脸绽红，然后将一只手抓了他的另一支空胳膊用力地抖了抖，然后又原地跛着转了一圈，"我要是像你们一个个地这么囫囵着，还在这里与你们废话？我早就上前线与狗日的小日本子干上了。"

"你知道抗战的队伍在哪儿？"方子孝用手示意中年人不要激动。

"当然知道。"

"那好，我们跟你去抗日。"方子孝不紧不慢地道。

中年人，还有所有在场的警察和宪兵，全都一下瞪大了眼睛望着方子孝。

方子孝却仍望着中年人。

"行，我们一起将这批盐运上去，一起去打鬼子——"前面一句话，中年人说得慷慨激昂，可说到后面一句，他的声音却不由得低了下去。"我这胳膊我这腿，唉！"

"兄弟们，有愿意跟我一起上前线去抗日的，我欢迎；不愿意的，回去，给我捎个口信，就说我方子孝不干这碌碌无为的劳什子警察了，上前线打鬼子去了。"说完，上前推了那车盐，说了声"走"就走了起来……

方子孝怎么在中年人如此三言两语中说抗日就"抗日"起来了？原来，方子孝本是部队上的，只因与长官"过不去"，才被调到了这淮阳当了个"替人擦屁股的破警察局长"，而他内心里，却是驻着一个英雄梦。中年人的这几句话，就像一根火柴一样，一下将他这梦给点燃了，因此，他当即就"反水"了。

谁知，他们还没走出两天，就被大批宪兵与警察给阻挡住了。

好在，当地百姓听说他们是前往抗日前线的，便暗中将他们保护了起来，任宪兵警察怎么搜怎么查怎么找，始终就是搜不到查不到找不到；他们呢，被这搜、查、找阻碍得也出不了林子下不了山。

出不了林子出不了山，索性，他们就驻扎了下来，一边养精蓄锐，一边打出"抗日自卫先锋队"的旗号，大肆宣传——因为在方子孝看来，既是"自卫队"，这还不到一个排的兵，岂不是太少了点？至少，得有一个连。成一个连建制，那才叫"队"呢。

"可刘尊青专员却是一个开明积极的专员呀，怎么也说你们是叛军呢？"傅秀山眨了眨眼睛问。

方子孝笑了一下，说："他是什么，专员？谁的专员，政府？他专员的政府里的警察宪兵要去打鬼子，他的政府会同意吗？他的专员职责会让吗？还有与那个'国家至上，民族至上''意志集中，力量集中''军事第一，胜利第一'的精神壁垒会一致吗？不说我们是叛军，他怎么向上面交代！"

"可他真的是在平叛呀。"傅秀山的眉头又拧上了。

"可他平了吗？要是真平，不要说我们这几个人，就是再多些人，他也早平了。"

"你是说——"

方子孝点了点头。

二人便立即心照不宣起来……

"可是，传言说你们对抓来的人——"

"纠正一下傅局长，那不是抓来的人，而是自愿报名参军的人。"方子孝笑着打断傅秀山。

"好吧，就算是自愿报名的，可怎么还有削其大脚趾一说？"

"哈哈哈，还有这一说？什么削其大脚趾？扯他娘的淡呢！你问问他——"方子孝指了一下站在另一边站着岗正背对着他们的一个兵道，"夏林子。"

"到。"夏林子立即转过身来，望着方子孝。

"给傅局长说说，说说你那大脚趾。"

夏林子就说起自己的大脚趾——原来，他那天来报名参军，可他因一是家里只他一根独苗，二是因为他小时候砍树手指上落下点残疾，方子孝便不收他。而一心要上前线打鬼子的夏林子，当即拿起背在后腰上的砍刀愤然地砍了自己的一颗大脚趾，砍下来后，还咬牙切齿地边说着"不能上前线打鬼子，要你长在脚上有甚用"一边将它狠狠地扔出去了很远，仿佛那样，他的脚就能飞到前线了一样！

"真的是这样？"

"你说呢？"方子孝笑着反问傅秀山，"要不然，这里的百姓能如此？"

是呀，连他到了这庄上，也被告了密呢。

"这里的百姓，都是我们的眼线，只要官军一到，我们早早就知道了。"方子孝不无骄傲地说道。

傅秀山就黯了黯眼神。

但只黯了黯，一霎，立即又睁大了，问："那个朱光学怎么回事？"

"他呀，原来是我身边的，是我让他回去禀报刘专员的。"顿了下，方子孝叹息了一声，才又道，"专员不会对他怎么着的。"

确实专员对他没怎么着，但关着的呢。傅秀山想。可想着，他的脑子一转，又转到了另一个人身上："那，那个中年人呢，就是那个没了一只胳膊跛了一条腿的？"

"呵呵……"

方子孝笑了下，正要准备回答，这时，刘云亭牵着玉喜的手从另一边有说有笑地走了过来。

"哥，这里……"

傅秀山抬起一只手制止了刘云亭不知想说的"这里"什么，转向方子孝，不再追问"中年人"，而是问道："方局长，你现在想怎么做？"

"走出去，向北方，打鬼子。"

"好。"傅秀山不禁也动起了情，"我能为你做些什么？"

"放我们走。"

"还有，枪。"夏林子一边补充上。

"你——"傅秀山望向夏林子的脚。

"没事，山里人，皮实，这只没了，还有这只，不碍事。"夏林子将另一只脚抬了抬。

"那好，我现在就回，三天后，我前来'平定'你们这股叛军。"傅秀山说得"义正辞严"。

方子孝先是一愣，但接着便"心领神会"了过来，马上一个立正："敬礼！"

夏林子却没明白过来，但见方子孝敬礼，他也马上一个立正，敬了一个不是那么标准的军礼……

10 双簧

临别，傅秀山却一下想起了警察局里的冯、巩二位副局长，还有那个朱光学——

"朱光学是我让他回去报告刘专员具体情况的，专员不会对他怎么着的。倒是那两个副局长，老巩是个马虎，在警察局干了有十几年了，是个油条；那个冯，是个人精，一心想往上爬，你要提防着点他。"方子孝说。

果然，傅秀山回到警察局，就与冯副局长"杠"上了……

"现在集合局里的所有警察，我要训话。"傅秀山一边走进自己的办公室，一边对跟在他身后的冯副局长吩咐。

冯副局长则一边替傅秀山挂好风衣，一边道："马上？要不要报告一下刘专员？"

"我训话，报告什么刘专员？"

"不是，"冯副局长忙解释，"我的意思是，你这几天都在外面侦察，让刘专员来，也是替你着想嘛。"

"替我着想？"

"是呀，要不然，你这几天的辛苦，谁个知道？"

"我辛苦，是为了平定叛军，这跟他刘专员知道不知道有什么关系？"

"有关系，"冯副局长一脸的谄媚，"你看，刘专员知道了你的辛苦，如果你再平定了叛军，那功劳，啧啧……"

"平定叛军就是我的功劳，辛苦不辛苦……"傅秀山说了一半，突然想起来，让他集合队伍，与他扯这些个干吗，于是，话锋一转，"你只管集合队伍去。"

◎ 第七章 警局风云

"我刚才不是说了吗，要不要报告刘专员。"

"不用。"

"还是报告一下吧。"

傅秀山便不满地望了一眼冯副局长："怎么，我局长说话不好使还是怎么着？"

"好使，好使。"冯副局长一见傅秀山的话中带上了刺，忙一边往外走一边应着。

可是，当傅秀山宣布大家做好战斗准备，并押上朱光学带路，明天跟他去"平叛"时，冯副局长一个劲地对他使眼色，大概是碍着全体警察的面，有什么他不好说的吧。可傅秀山佯装没看见，只顾按照自己的意图部署着。

"傅局长——"

傅秀山立即举起一只手，示意他不要说话。

冯副局长的脸就挂了下来，如猪肝色一般。

解散了队伍后，傅秀山这才问："有什么事，讲。"

可冯副局长不"讲"了，气呼呼地走了。

"别理他，他就这德行。"巩副局长倒是没走，递给傅秀山一支烟，傅秀山伸手挡了后，他给自己点上，说，"方局长走了后，他原以为他……谁知，你来了。啊，懂吧……多担待点儿，老弟……"

傅秀山什么也没说，只笑了一下，也走了。

巩副局长望望冯副局长走的方向，又望望傅秀山走的背影，深深地吸了一口烟，然后对着天空，慢慢地吐着……

第二天，一直到10点钟，傅秀山才命令队伍出发。但没让冯副局长出发，以局里需要留守人员应对突发事件为由。

这样，队伍拉拉杂杂，走了七八个时辰，到了目的地，天就黑了。

傅秀山对巩副局长说"只有乘着天黑，叛军麻痹大意时，才能将他们一举歼灭"。巩副局长就拍着马屁地竖了竖大拇指，说"傅局长高"。高不高傅秀山才不管呢，他管的，是如何实现方子孝的"心领神会"——

"如果遇到抵抗，打得过就打，打不过，扔下枪就逃，保命要紧。"傅秀山这样临阵动员，"现在听我命令，巩副局长带一队在左边设防，防止叛军逃跑；其余人，随我进攻。"

进攻在半夜时分打响了。

只听一阵的枪响，甚至还有一两门小钢炮，接着，警察就退了下来，退得巩副局长都没反应过来，跟着，也退了……

原来，我的爷爷傅秀山"进攻"后，在"叛军"的一声枪响中，命令警察全体开火，就那么原地站着开火，然后传话（注意，不是命令）丢下枪赶紧撤。撤为什么要丢下枪？因为有枪是逃兵，没有枪，是被叛军打散了。

但傅秀山没退,他与刘云亭,在朱光学的七弯八绕中"迷路"了,拐进了一丛小树林子中。

好在,恰到好处地"好在",这时那个山歌汉子领着方子孝过来了。与他一起过来的,还有那个缺了胳膊瘸了一条腿的中年人。

"谢谢。"方子孝一见傅秀山,立即上前握住了他的手。

"够了吧?"

"够了,够了。"方子孝兴奋地"呵呵"笑着。

"我姓王,名郑武。"中年人这时也走了过来,伸过一只手,"傅局长,我代表抗日自卫先锋队谢谢你。"

"你代表?"傅秀山一时有些反应不过来。

"哦,我忘了介绍,他是我们抗卫队政委。"

啊,"抗卫队"还有政委!

傅秀山怔怔地握着王郑武的手竟然忘记放了……

其实,我的爷爷傅秀山不知道,警察局长,哦,不,现在是抗日自卫先锋队队长方子孝也不知道(即使知道,也只是一种隐隐的感觉),这个缺胳膊瘸腿的王郑武,原是鄂豫边红军游击队,后改称豫南人民抗日自卫团,再后又改称豫南人民抗日独立团的,因为自己负了伤,不能再在前线与敌人面对面冲锋陷阵,便主动请缨,前来淮阳,动员抗战。方子孝便是他动员的第一个对象。

"走,走了,要不宪兵们来了就走不脱了。"朱光学在一边催促着,他对傅秀山与方子孝的"心领神会",自然是蒙在鼓里。

"保重。"王郑武用力地摇了下傅秀山的手。

傅秀山这才松了王郑武,若有所思地也道了声:"保重!"

"后会有期。"方子孝也过来与傅秀山再次握了握手。

"后会有期——"

"走,我领你们抄近路,赶上你的队伍。"山歌汉子道。

于是,他们,傅秀山,刘云亭,在山歌汉子的带领下,一头钻进了夜色弥漫的山林中……

"你也是'抗卫队'的?"路上,傅秀山忍不住地问。

山歌汉子一边用手中的砍刀拨开挡住路的树枝,一边说道:"不是。"

"不是?"刘云亭不知是讶异还是疑惑地问。

"我就是个种地的。"

"那你——"

"那你怎么会唱山歌?你看,你放眼四周看看,这,哪里有山?"傅秀山的意思是,

"那你怎么帮他们做事",不想,刘云亭却接过了话。

山歌汉子就黯了脸色,叹息了一声,说:"唉,我老家原是西北山区的,跑反逃荒逃到了这里。"

"那你怎么帮起了他们?"傅秀山赶紧将话题拉了回来。

"他们要打鬼子,是好人。好人,就得帮!"其实,山歌汉子想说"他们不查盐、不扣粮、不收税",但这些与打鬼子比起来,自然要无足轻重得多。

好人,就得帮——还能说什么?

还能说什么……

11 谣言四起

傅秀山与刘云亭很快就追上了巩副局长他们。

巩副局长一路走还在一路地嘀咕,说你们打的什么仗?枪还没放三声,炮还没炸一响,就一个个属啄木鸟的,嘴硬屎稀地退了下来,还叫个平叛、平乱?我看你们这是自己要乱要叛。这样回去,怕傅局长不要拿你们的脑袋当球踢哦。"咦,傅局长呢?"巩副局长这才想起来似的四下里寻望着。

可四周一片夜色,他什么也望不见寻不到;望到的寻到的,是一个个垂头丧气的警察。直到现在,这些警察也不知是谁传的命令,说要丢下枪,逃命。想来想去,肯定是哪个怕死的鬼临死拖上大家一起死地假传了。

"巩局长,巩局长——"傅秀山不知从哪儿钻了出来。

巩副局长一听是傅秀山的声音,"哎哟"一声,腿一软,差点儿坐在了地上:"局长,你可……""你可什么?"巩副局长一时语塞住了,说"你可回来了",可他傅局长一直就在队伍中;说"你可还活着",却又没亲眼看见他在与叛军交战中倒下;最后,从巩副局长嘴里说出来的是:"你可——来了。"

"你们怎么就撤了呢?"傅秀山板着面孔,不说责怪,但谁也能听得出来,多少还是带着点责备。

"我,我也不知道。"

"你不知道?"傅秀山声音硬了硬,"让你在东边设防,你怎么不放一枪就撤?"

巩副局长还想说什么,这时,突然想了起来,将脖子梗了下,道:"傅局长,话不能这样说吧,你不是说'如果遇到抵抗,打得过就打,打不过,扔下枪就逃,保命要紧'吗?"

"可你们遇到抵抗了吗?打了吗?没遇上没打上,你保的哪门子命,跑的哪门子路?"

一句话,又将巩副局长噎住了,半天缓不过气来。

"现在怎么办?我们得想个办法。"傅秀山叹息了一声后,缓了缓语气,"我们不能就这样回去复命。"

"有什么办法?"

"想,就有。"

"我脑壳子笨,想不出来。"巩副局长刚刚吃了一顿傅秀山的斥责,心下里便堵了一些不高兴。

"你看这样如何?"

巩副局长就拿眼睛望着傅秀山,尽管看得并不真切。

"我们回去,就说大获全胜,在我警局同仁奋勇之下,叛军望风而逃,被我一举荡平。"

"这,这行吗?"

"行不行,这不是在与你商议吗?"

"要是叛军再出来作乱怎么办?"巩副局长忧虑道。

傅秀山便笑了一下,说:"那还不好办,就说又有一股新的叛匪就是。"

巩副局长还有些犹豫。

"别再犹豫了,这样上报,你我不但不受责罚,兴许还能立功授奖。要是如实上报,你不放一枪就撤——好听点儿叫'撤',不好听的,你不放一枪就逃,该当何罪?"傅秀山软中带硬地威胁道。

"那——一切听从傅局长的。"

"不,不是听从我的,是事实如此。"

"那,那——"

"别这呀那呀的了,集合队伍,训话。"

"训话?"

"是,这大获全胜,还得要由警察嘴里说,不能光我们俩说。"

于是,队伍停了下来,听训……

傅秀山一举荡平敌军,这消息很快便报到了行署。刘萼青听报后,非常高兴,不仅给警察局通报嘉奖,还给傅秀山记了功。

不仅给傅秀山记了功,而且还给全体警察每人发了奖金,以示慰勉。

皆大欢喜……

可这喜还没喜上多久,一场前所未有的斗争,再次摆到了傅秀山的面前。

什么事?

锄奸反特。

奸是汉奸,特是特务——

平叛回来后,傅秀山又立即投入整饬市场中去了。一个城市的繁荣,不仅需要没有匪患,更需要稳定,需要秩序。因此,他要让淮阳城尽快安定下来,给百姓一个良好的生活环境。为此,他还特地任命刘云亭为侦缉队长,以维护治安。

◎ 第七章　警局风云

可是，越是要稳定要秩序，似乎这稳定秩序越是要不了。这不，先是有人散布说"日本人打过来了，那些日本人蓝眼睛红眉毛，见男人就杀，见房子就烧，见女人就奸，赶紧裹了钱逃命呀"。虽然日本鬼子确实侵略了中国，但至少现在，离淮阳，还远着，傅秀山就让冯副局长负责查封这些谣言，如果发现造谣的，严惩不贷。

这边冯副局长还没查出谣言的始作俑者，一天夜里，城南的米家乡，忽然大火冲天。伴着这大火的，是"共产党游击队进村杀人了"的喊叫声。

"冯副局长，命令你火速前往米家乡，查清原因，安抚民情。"傅秀山得报后，马上命令冯副局长，因为他又刚得报，城北也有人在散布谣言，说共产党游击队与日本人合伙要攻城，他得去那里。

可是，冯副局长命令是得了，但他根本就没往米家乡去，因为其时他正在家里与他的姨太太们打麻将，只派了一个小队去"探探情况"，结果，小队走到半路，不知被谁又给叫了回来。

直至傅秀山从城西抓到了一个汉奸，回到警署，听到各种谣言的刘萼青专员亲自找上了门，冯副局长才衣冠不整地被叫了来。

一见他那样儿，刘萼青便气不打一处来地立即下令，撤销冯副局长警察局督察长职务（一般警察局督察长由一名副局长担任），改由傅秀山兼任，并当着二位副局长的面，对傅秀山说道："你有先斩后奏的权力，非常时期当有非常之手段。"

话刚说完，外面一迭连声地传来报告，说一群不明身份的人正在进攻县政府。

"走！"傅秀山立即列队带领警察赶了过去。

可是，等傅秀山他们赶到，那伙不明身份的人，似乎得到了消息般，一窝蜂地"轰"一下散了……

"这里面一定有特务。"傅秀山说出了自己的看法。

"查。"刘萼青铁青着脸色，"限你两天内，给我查出来。"

"是。"

可没用两天，傅秀山便查了出来——

查来查去，最后的线索都指向了一个人，谁？一个挑货郎担的大家都不认识的人。

货郎先是用他的货，迎合了一些女人。接着，还是用货，征服了一个女人的男人——这个男人，是一家商号的少爷。少爷与那些女人很熟，于是货郎"无意"说的一些话，就由少爷传给了女人，女人又传给了他们认识的男人。这样，一传十，十传百，"日本人要打来"的消息就传播开了。

而接下来的纵火，还有攻打县政府，则是少爷受了货郎的蛊惑，要做将来的淮阳县太爷，以小恩小惠收买了一些地痞流氓而为的。

"知道他是什么人？"傅秀山瞪着浑身发着抖地站在他面前的少爷。

"不……不知道。"

"你们如何接头?"

"他到我们商号分店……"

"分店在哪儿?"

"在……在城北。"

"叫什么?"

"永平百货。"

"侦缉队,与我马上行动。"傅秀山招呼上刘云亭。

结果,那个货郎自是束手就擒。

而让傅秀山意外的,是这个货郎,竟然是个日本特务,他受命于日军第十四师团,专门潜伏到淮阳,进行战前情报搜集与破坏。

日本人真的来了!

这个震惊,让傅秀山不禁有些瞠目……

12 受命

"哥,你保护刘专员先撤。"刘云亭对举棋不定的傅秀山道,"我保证在鬼子进城之前,将那些狗特务给找出来。"

——日本鬼子说来真的就来了。有资料记载,1938年2月7日,日军第十四师团等部三万余人自安阳、大名分路南犯。汤阴、淇县、辉县、南乐、清丰、内黄、濮阳、长垣、封丘等县相继沦陷。6月1日,蒋介石在武汉召开最高军事会议,决定以水代兵,阻止日军西进。9日,将郑州北花园口黄河大堤扒开,一股河水顺贾鲁河流向东南,一股河水顺涡河流经通许、太康等地。全省被淹四十七余县九百三十六万亩耕地,二十万人被淹死,一百四十万灾民流离失所。从此,黄河再次改道,形成黄泛区。6日,日军攻陷开封(省政府事先已迁驻南阳)……

随着日本人的逼近,日伪特务和汉奸四处煽风点火,城里不仅各种谣言四起,而且不时有纵火和爆炸发生,弄得人人心惶惶意乱乱。在这种情况下,专区决定,将办公机构南迁至水寨镇。

但这股特务汉奸的嚣张气焰,使得傅秀山气愤难填,决心在撤走之前,一定要给他们以教训。可是,他又担心刘萼青,他们南迁途中如果遇到危险,他不在,怎么办?派刘云亭,他放心是放心,可是,他能胜任吗?左不是,右不是,所以,刘云亭才说出了"哥,你保护刘专员先撤"这句话。

◎ 第七章　警局风云

"不仅要找出来，一定要让他们知道知道马王爷长了几只眼。"傅秀山一气，不知怎么就将道教神话中的"三只眼马王爷"给引用上了。

"好。"刘云亭说过这个字后，心里多少有些不舍地望着傅秀山道："哥，你带着嫂子还有玉喜玉英，自己也要小心。"

"我会的。"傅秀山说完，挥了挥手，"你赶紧去你的侦缉队吧，我这就去刘专员那儿。"

"是。"刘云亭少有地立正对着傅秀山敬了一个标准的警礼……

风越刮越猛，云一层层地压了下来，整个淮阳城，陷入一片阴暗中。鸟躲在树上，缩着脖子，偶或被风吹得站立不稳，才伸一下头张一下翅膀。几条流浪狗蹲在垃圾堆旁，一会儿看看乌云翻滚的天，一会儿看看从它们身边行色匆匆走过的人，张张嘴，却发不出一声叫。有只猫从墙头跳了下来，然后迅速地钻进下水道不见了。"轰！"一道闪电，将天空撕了一道口子，但瞬间，那口子又被乌云给堵上了。

雨，没有过渡地哗哗啦啦就下了下来……

刘云亭将侦缉队队员分成三个小组，分别派往东、西、南三个城区，在鬼子未进城之前，维持住治安，不让特务汉奸借机残害百姓。而他自己，则带了两名队员，前往城北。因为鬼子侵入淮阳，必先从北门进城，所以这里是特务汉奸活动最活跃的地方。他要在鬼子进城之前，端掉它。

街上除了偶尔跑过一两个人，就是满地的落叶随着风打着旋。刘云亭将另两名队员分别派往两头，他自己，进了一条巷子。巷子很深，也很窄，但临街店铺却很是热闹，尽管此时的"热闹"与往日相比已是零落。刘云亭在街上来来回回地走了两三趟，也没发现有什么不正常，可就在另两名队员也一样搜索无果回头与他会合时，一家布店引起了他的注意。准确地说，引起他注意的并不是布店，而是从布店里走出来的几个人——

刘云亭第二次转到布店时，并没有在意布店里有什么活动，可他刚过去，眼角，不，是脑后的眼睛告诉他，店里出来了几个人。他一回头，正好与个胖子眼睛撞到了一起。"这个人我在哪儿见过？"刘云亭疾速地想着。而那个胖子，却眼睛一低，与另两个人匆忙向对面的巷子钻了去。

"潘老板。"刘云亭终于想了起来，"汉奸。"

这个潘老板在上次傅秀山惩治汉奸时，由于认罪态度好，被网开了一面允许继续经营他的五金店。

可他是住在城东的呀，怎么会出现在这儿？而且还那么地鬼鬼祟祟？这店里有鬼。

"走，我们进去看看。"刘云亭当即拔出手枪，与两名队员走进了布店。

布店老板一见，忙点头哈腰地上前："老总，老总，我只是个卖布的，可什么也没做，什么也没做呀。"

他不说，刘云亭还只是怀疑，他这一说，反倒让他更加相信店里有鬼。

鬼在哪儿？

刘云亭用眼睛搜索了一下，店里确实只有布匹，但当他眼睛由布柜转向后面时，老板的眼神不经意地慌了一下。

只这一下，让刘云亭立即捕捉到了。

"去店后看看。"

"后面可是贱内的卧房，老总，别鬼子还没来你们就胡作非为呀。"

刘云亭轻蔑地笑了一下，说："到底谁在胡作非为，我们去看了，就明了了。"

后面确实是卧室，可当刘云亭一脚将门踢开后，出现在他们面前的，是一桌子的小太阳旗（日本国旗，估计是用来迎接日本鬼子进城用的），一个瘦高个子正在数着，大概是看够不够数。

"这么快就回来了？"瘦高个子还以为刚才出去的那几个回来了呢，"手脚能不能轻点，要是被侦缉队那帮警察听到了……"

"我们已经听到了。"

瘦高个子一回头，看到的是刘云亭那黑洞洞的枪口，猛吃一惊，一手抓着一面旗，一手半举着，张着嘴巴，僵在了那儿。

"抱头，蹲下。"一名队员上前用枪捅了一下瘦高个子。

瘦高个子就蹲了下去。

但蹲了下去的瘦高个子眼睛却直往后面一间屋子瞟。

刘云亭一愣之后，立即走过去，仍是一脚——可这脚没踢着门，而是——

"八嘎！"一个矮胖的身影手里拿着一把剪刀，在刘云亭的脚挨上门的一刹，突然从里面扑了出来。

"小日本。"两名队员一见，立即放了瘦高个子，同时扑了过来。

刘云亭毕竟是李书文的徒弟，尽管在傅秀山眼里他只不过会点花拳绣腿，但这花拳绣腿用来对付这个小日本却是足够了。只见他腿在空中顺势一个"随风转"将踢变踹，同时"霸王敬酒"，手到拳到，只见那个刚才还"八嘎"的矮胖子就只剩个"胖"字"矮"在地上了。

两名队员几乎同时骑在了小日本身上，三下两下，将他捆了个结结实实。

可等他们收拾好这个小日本，回过头来，那个瘦高个子早跑了。

"怎么办？"队员望着刘云亭。

"带上他，烧了它。"

"他"自然是指小日本，"它"则是指那些堆在桌上的小太阳旗。

"我们大日本皇军明天就要进城了，你们放了我，我替你们求求情，不杀……"

"替我们求情，不杀？还是替你自己求求情，求老子不杀吧。"一个队员狠狠地抽了小日本一个耳光。

小日本还想挣扎，刘云亭抬起手。可他手还没抽，那个小日本就吓得一躲一让，要不是一名队员拉着，大概就要瘫在地上了。

……当刘云亭站在水寨镇东寨墙上说着这一切时，已是1938年10月初了。9月5日在日军占领淮阳城之前，刘云亭他们顺利撤了出来，但由于路上七耽误八耽误，到这里，一个月都过去了。

"那个小日本呢？"傅秀山问。

刘云亭一脸惭愧，嗫嚅道："让他给跑了。"

"跑了？"

"半路上，我们遇到了一小股伪军，战斗中，他乘机跑了。"

"没击毙？"

"等我们发现时，他已没影儿了。"

傅秀山就没再吱声，抬起头，望向远天——远天，布着乌云，浓浓的，厚厚的，笼罩着，仿佛一动不动。

莫名地，傅秀山就热了起来。

可他正准备脱掉外面的夹衣时，一个通信兵急急地跑了过来，"报告，刘专员让傅局长你立即去一趟他的办公室。"

傅秀山伸手拍了拍刘云亭的肩膀，说不上是安慰也说不上是责备，然后随了通信兵匆匆走下了寨墙，向镇子中走去……

"傅秀山，现在，我交给你一个艰巨的任务。"刘萼青见傅秀山进来，也不客气，劈头就是一句。

"保证完成任务。"

"我还没说任务呢，你保个什么证？"刘萼青原本绷着的脸，不禁松了一下，"这个任务说艰巨很艰巨，说光荣也很光荣。"

傅秀山定定地望着刘萼青，心想，我的专员大人，你就别卖关子了，什么任务下达吧——

"前不久中共在沈丘建立了'沈项淮抗日联防指挥部'，你知道吧？"

"知道。"

"这个指挥部现在要组建一个常备队，队下设两个中队，一中队由他们中共出任，二中队，则由我们国民党担任……"

"中共？"

"怎么了，中共怎么了？只要抗日，我刘萼青就支持，就响应，就引为同志！"

傅秀山被这个老同盟会员这掷地有声的三个"就"感动、感染、感慨得浑身的血立即沸腾了起来。

"傅秀山，听令——"

傅秀山立正。

"现我任命你为常备队二中队队长,即刻开拔。"

"是。"

"去吧。"

可傅秀山刚转过身,不禁又转了过来,道:"专员,我的兵……"

"你将那个刘云亭的侦缉队先带过去吧,随后我从保安队那边给你再抽调一个排。"

"是。"

"下雨啦——"外面,不知谁叫了一声。

随着这声叫,雨点开始如掌声一般噼噼啪啪地响了起来。

傅秀山就在这"掌声"中,走出了寨子,走进了沈丘,但并没有走出淮阳……

第八章　沈丘抗战

黄文武不由得眉头皱了皱，侧过脸问傅秀山："怎么，他们与你们不一样？""什么不一样？"傅秀山被问得一时有些莫名其妙。"他们的装备……""他们是共产党那边的。"傅秀山不经意地道。"那你们——""我们是国民党建制。"

1　职责

"哥，天上有星了。"

傅秀山先看了一眼刘云亭，然后才抬头去看星。

星，还不太大，也不太亮，仿佛被风吹眯了眼，一眨一眨的。倒是一弯新月，虽然只是一弯，但很亮，亮得西边的天，一片青碧。

转过一片小树林，前面一条小河出现在了眼前。

小河两边长满了苇草。风吹过，一片沙沙声。有几只鸟在这沙沙声中，翅膀急速地振动着，悬停在一丛芦苇上，喳喳喳地叫着，大概那里筑有它的巢吧，巢里有还没长出绒毛的小鸟，此时，正张着那嫩黄的小嘴，准备着迎接父亲或是母亲的亲吻……

"我们今晚就在这河边宿营吧。"傅秀山站住脚，望望队伍前面，又望望队伍后面，大声说道。

"这里，哥？"刘云亭也望望前望望后，有些发愁，"这里既没有村也没有庄，生火都没有干柴干草，怎么宿呢？"

"打仗还选村选庄呀。"

"这仗不是还没打嘛，就让弟兄们往前走走，喏，那里不就有村庄了。"刘云亭指着河岸的前边。

"就不要骚扰百姓了。"傅秀山挥了下手，"原地休息。"

大家就松松垮垮地坐下了，炊事班的赶紧挖灶埋锅。不一会儿，一股炊烟便飘升了起来……

傅秀山不是不想到前边村庄上去，至少，屋子里没有风，没有蚊虫——尽管已是八九月了，可这蚊虫却还是嗡嗡嗡叫着，叮得人奇痒难受；这中原就是不比北方。但他们是代表国民党去与共产党合作的，他得要让这支队伍学着人家共产党的"三大纪律八项注意"，不能在人家面前丢人现眼。

刘云亭虽然也知道傅秀山的心思，但这队伍是他的侦缉队，因而，就不免有些偏袒。但此时，傅秀山已经作出了决定，他也就什么也不说了，站在那儿，看上去在东张西望，实际上，他是在寻找——寻找刚才的那些鸟。

"小五，随我走。"刘云亭轻轻招了招手。

那个叫小五的警察就跑了过来，然后随着刘云亭，向河边的苇丛走……

不一会儿，刘云亭，还有小五，两人用上衣兜着什么，喜滋滋地跑了回来。

什么？

鸟蛋。

哈，晚餐，虽然在这风中吃，有些苍凉，但有鸟蛋，却让这苍凉一下变得欢闹了起来——有人受到启发，干脆脱了衣服，下到河里摸起了鱼。

于是，这个夜晚，便在这一片的喜乐中不知不觉地过去了。

第二天，是个晴天，当太阳将整个东边都染红了的时候，傅秀山他们已经走出几里地了……

如此晓行夜宿，不过三五天，傅秀山他们就到了沈丘，驻扎在木子寨。

听说国民党二支队到了，沈项淮抗日联防指挥部主任张震特地从指挥部所在的槐店赶了来，亲自迎接。

迎接傅秀山的，除了张震主任，还有一中队队长刘金戈（竹沟彭雪枫派来的抗大学生），双方甫一见面，傅秀山就感到了自己队伍与一中队相比，首先精气神上就输了一点，尽管他以长途跋涉疲劳所致安慰着自己，但自己都不能相信。

张震主任大概地说了下成立常备队的意义与形势。内容基本上是，中共河南省委根据中共中央长江局（1937年12月在武汉成立）于1938年1月7日河南、湖北两省工作会议所确定的省委应以"武装保卫河南，在加紧开展党与群众工作的基础上来准备和发动河南游击战争"为总任务的指示制定的《中共河南省委保卫河南宣言》——

"我们的神圣职责，就是'誓死保卫我们的家乡，保卫我们的河南'。"他说，"保卫河南的中心关键，在于河南一切抗日力量的大团结，而这种大团结的中心骨干，应当是河南国共两大政党的亲密合作。"说到这里，张震便激动了起来，"我郑重声明，中共河南省委热忱地愿意和国民党共同合作，为保卫河南，争取抗战最后胜利而斗争。"

傅秀山虽然曾经任过天津市党部四区执委，大会小会参加过不少，也讲过话作过报告，可现在，面对共产党，他得说话，而且还是代表国民党，不由得还是有些紧张，但在张震鼓励的目光下，他很快就镇静了下来，表示河南国共两党在为"达到胜利地保卫河南的目的"前提下，共同完成"巩固抗敌前线"安定后方，"为创造十万武装而斗争"……

欢迎会简短而隆重，气氛激荡着昂扬的斗志。接下来具体谈两个中队的合作形式，更让傅秀山兴奋了起来——两个中队平时分开，傅秀山所带领二中队的主要任务是深入淮阳东南敌后，一中队主要是守卫沈丘北面以防日军南下。但战时，如果中队能自己解决的，就自己解决；自己解决不了的，两队可联合起来并肩战斗。

最后，刘金戈与傅秀山同时保证"精诚团结，绝不摩擦；一致抗日，争取胜利"。

接下来，傅秀山一边等待后续的队伍，一边与刘金戈他们交流，日子飞一般地就过去了，转眼，就到了冬月。

"傅中队，我们都休整了这么久了，是不是该出次手，找个机会教训一下那些猖狂的日伪？"一天，月光下，刘金戈与傅秀山站在河堤上，看着泛着波光的河水，望着傅秀山说道。

傅秀山立即说道："我也早就休得手痒痒了。"

"好，我们好好地计划计划，这第一仗，一定要打出我们常备队的威风、名望、志气，要让敌人今后提到你傅秀山我刘金戈腿肚子都发颤。"

"好，打出我们的威风、名望、志气！"

两双手紧紧地握在了一起！

河面上，一条鲤鱼跃出水面，将那水波碎成了一河的银光……

2 夜袭朱仙寨

木子寨在午后的阳光中，如冻结在树上的雪一样，泛着一种黛色。几条狗跟在巡逻的常备队员身后，走走停停，似乎也在警惕着。寨前的一块已经化了雪的地上，几只鸡正在那用它们的爪划拉着，希望能从地上划拉出一粒能吃的种子或是拉出一棵能吃的根来。突然，一匹马从寨子外的小路上踏踏而来。那骑在马上的人，身子微微前倾，一手握缰，一手拿鞭，嘴里不时地"驾驾"催着马。

近了，巡逻的战士发现是自己人。

自己人还没待马停住脚，就翻身跳了下来，向寨中一中队队部跑去。

由于常备队刚成立，两队虽然有了各自的分工，分开管理，但仍驻扎在一起，只不过，队部分设在了寨子的两头，一中队在寨南，二中队在寨北。自己人一路小跑进中队部，恰好刘金戈与傅秀山正在说着什么，见他进来，不禁愣了一下，问："王二槐，你不是去朱仙寨侦察了吗？"

"是，队长，可是……"王二槐一声"可是"后面的还没说出来，望着傅秀山眼泪却先流了出来，"小五，他被汉奸出卖牺牲了。"

"汉奸出卖！"刘金戈与傅秀山异口同声。

"是的，汉奸崔定国向日军告的密。"

"确定？"

"确定。"王二槐说,"我亲眼看见他领着一帮鬼子——"

原来,为了掌握周边敌情,这段时间,一二中队互相协作,每天派出战士去周边村寨和镇上侦察。

今天一大清早,一中队的王二槐与二中队的小五就出发了,一路上,两人扮成卖秫秸的,因为明天是"腊八节"(1939年1月27日),按照这里的习俗,这天家家在头天夜里以小米、大米、红薯为原料(当然,这是贫苦人家,富家则以糯米、果脯、莲子、百合、银耳、玫瑰、青红丝、红白糖为原料)熬成粥,俗称"腊八粥",待到凌晨三四点钟起床,将已然熬熟了的"腊八粥"先舀一碗敬天地神灵;再盛出一碗给牲口,以酬劳它们一年辛劳耕作之苦;还因传说枣树的生日也在腊月初八,所以,敬过天地神灵和酬劳过牲口之后,还要舀出一碗"喂"枣树,以使其多结枣,结甜枣。再然后,一家人才食起来。所以,他们今天,就扮成这卖秫秸的(秫秸是供那些富户熬粥用的)。

"王二槐,没看得出来,你这担子挑得还真像那么回事。"小五将担子换了一个肩,望着走在前面的王二槐说道。

王二槐见小五"表扬"他,站在那儿换了一个肩,说:"没参军之前,我见天儿都在地里干着活儿呢。"

"我也是,十岁时就下地当劳力使了。"小五感慨一句。

两人这么有一句没一句地说着,就到了朱仙寨前。

寨前有伪军盘查。

这样的盘查他们见得多了,所以,也如往常一样,到了他们时,连担子都没往下放,张着一条胳膊,让伪军从上到下地摸上一遍。一般来说,这"摸"也只是个象征性的,因为伪军知道这些卖秫秸的都是穷鬼,没什么油水可"摸"的。可是,今天没想到却不一样,伪军不仅将他们从上到下"摸"了个遍,还从内到外地也"摸"了,结果,自然是什么也没"摸"到。

"走,走——"伪军摆了摆手。

王二槐就走了。

后面是小五。

小五如王二槐一样,站在那儿,张着一条胳膊,任伪军在他身上"摸"着,可就在伪军也要摆手让他走时,崔定国走了过来。

崔定国他们都认识,是寨中做皮货生意的,而且,生意做得还很大。日本人没来之前,他与官府做,日本人来了后,他不知怎么又与日本人勾搭上了,拿他的话来说,他的生意都做到日本去了。

好在,崔定国并不认识他们。

但不认识他们的崔定国走到小五面前,不,不是面前,而是从他身边走过去了,却又突然折了回来,拉了一下正要起身的小五,问道:"你是哪个村寨的,我怎么没见过你?"

"这么多村寨,每个村寨上的人你都认识呀。"小五没好气地说完就要继续走。

可这一没好气,让崔定国听出了他不是本地人的口音,冷笑了一声,说:"不认识,不认识。"说完,便走了。

王二槐与小五想的一样,想这崔定国走了也就走了呗,可谁知,当他们在寨中放下担子,正准备分头行动时,崔定国竟然带着一小队日本人,气势汹汹地径直向他们跑了过来。王二槐一看不好,一转身,进了身后的小巷。小五在墙那边,想跑已来不及了。

但小五心下还存侥幸,想一路上他们根本没有暴露,也许这鬼子不是冲他们来的呢。于是,他将手往袖中笼了笼,低着头,靠在墙上,等着鬼子他们过去。

"就是他。"崔定国在离他近十步远时,对着鬼子一指小五。

小五这才知道,他被这汉奸给出卖了。于是,一顺手,就绰起了担柴的扁担,对着冲在前面的鬼子就是一扁担。

前面的小鬼子猝不及防,只听"啪"一声响,连"哎呀"一声都没来得及叫,就倒在了地上。后面的鬼子一见,手中的枪立即就响了……

"我在巷子中看得真真切切。"王二槐泪流满面。

"太猖狂了!"傅秀山在听到小五牺牲时,早就将食指掐上拇指拇指又掐上了食指,听到这里后,不由得一掌击在了桌子上,"我们要给他点厉害。"

"好,我同意。"刘金戈也义愤填膺。

于是,两人当下一合计,决定今晚就行动,目标是除掉汉奸崔定国,同时,如果顺便能杀鬼子也便多杀上几个……

夜色,很快就如雾一般浮了上来。

两个中队各抽了一个小队,由刘金戈和傅秀山亲自带领,在掌灯时分就开始出发,因为一般人家都会早睡,以便明早能早早起来。

崔定国住在朱仙寨东头,日军驻扎在西——

"傅中队,你去抓汉奸,我们在中寨阻击西头的日军。"

傅秀山顿了一下,但还是同意了,因为小五,是他的人。

"抓个汉奸用不了这么多人,"刘云亭说,"哥,让我带两个人去就行了,我一定手刃了这狗东西。"

小五平日里与刘云亭关系非常好,就像亲兄弟一样。

"不行,"王二槐马上道,"崔定国家里有雇请的护院,他们手里都有家伙(枪)。"

刘云亭还想说什么,这时,傅秀山发话了:"别说了,还是如刘中队说的,我们去抓崔定国。"

可到了寨门前,白天伪军们搜查的寨门被关得严严实实。

"炸开!"刘金戈命令。

一个战士拿过一颗手榴弹,塞进门下,然后一拉引线,随着"轰"一声响,门便被炸开了。

于是，两个中队按照之前的部署，立即分头冲了进去……

崔定国也许根本想不到他白天作的恶，当晚就会遭到报应。当寨门炸开的响声传到他的美梦中时，他还以为是谁家在为迎接腊八节而放的鞭炮呢，要不是护院惊慌失措的叫声，他还准备将那个因响声打断了的美梦给续下去。

"皇军与谁打起来了？"他一边扣着衣扣，一边跑出房门问。

"进……打进来了……"一个护院胡乱地朝门前射击着。

"打……打进来了？"崔定国这才醒过神来，"来……来打我？"

"崔定国，你这个汉奸……"

"我，我不是汉奸。"崔定国一边躲进房里，一边隔着门叫道，"我是做生意的商人。"

"叭！"一颗子弹将门打穿了，擦着崔定国耳朵飞了过去，吓得他一下趴在了地上，一把抱了头，但嘴里却仍在嘟囔着"我不是汉奸"……

这时，护院顶不住了，开始逃的逃躲的躲。

"给我顶住，顶住！"崔定国见门前的枪声稀了，在里面忙叫喊着。

可他这叫声刚喊出，一颗手榴弹就炸响了——汉奸崔定国不是被枪打死的，也不是被手榴弹炸死的，而是被他自己的房门倒下时砸死的……

与此同时，刘金戈那边，也与听到枪声过来增援的日本鬼子接上了火。当得到汉奸崔定国已除的消息时，地上早已躺下了六七个鬼子的尸体……

3 雪枫支队

这一仗，果然打出了常备队的威风、名望、志气，此后好长时间汉奸不敢出来为非，小鬼子也不敢出来作歹。

常备队利用这段相对安定的机会，抓紧训练，练刺杀，练射击，练投弹，尤其是傅秀山的二中队，因为队中大部分是原来的侦缉队员，虽然也会开枪，但都没经过系统的培训，因此，傅秀山请来刘金戈做教官教导大家。

两个月下来，虽然二中队上了些"规矩"，但仍捉襟见肘，因为刘金戈虽任教官，但他并不能全身心地投入二中队的教导，因为他还要对抗敌人员训练班进行培训，要给他们讲解《战时经济》《八一宣言》《抗日民族统一战线》以及有关军事知识，虽然他也热忱欢迎二中队队员前去听讲，可队员觉得他们是来打鬼子的，听那些嘴上的"政治"没多大用处，听了一两回也就不去了。傅秀山倒是想去，可一方面他要管二中队，另一方面，却又碍于自己的国民党身份，所以，对大家不高的热情，也就放之任之听之任之了。直到有一天，刘金戈告诉他，竹沟的雪枫支队的同志要过来，可以请他们来进一步地指导。

雪枫支队，即彭雪枫领导的新四军游击支队。

◎第八章　沈丘抗战

对雪枫支队，傅秀山只知其名，但对彭雪枫在这年（1938年）9月29日正式创刊的《拂晓报》，尤其是创刊词，他却是耳熟能详——

"'拂晓'代表着朝气、希望、革命、勇敢、进取、迈进、有为，胜利就来的意思。军人们在拂晓要出发，要进攻敌人了。志士们在拂晓要奋起，要闻鸡起舞了。拂晓催我们斗争，拂晓引来了光明。""我们的报纸，定名为'拂晓'，是包含着这些个严重而又伟大的意义的。""同志们，《拂晓报》的读者们！我们要为着拂晓的，也就是我们的这些伟大任务而斗争"……

记得几经辗转，傅秀山看到那份只有三版印在草纸上、油渍斑斑的《拂晓报》创刊号时，竟是如获至宝般地一口气从头看到了尾的，正如资料上说的那样，这份不显眼的战地油印小报，在短短的几个月时间里，竟然成为豫皖苏边这片荒芜的"沙漠中的甘泉"，"她的威力赛得过千军万马"……

现在，这个支队，马上就要过来，傅秀山怎么能不激动！

可是，天公不作美，这些天一直阴雨，所以，雪枫支队的行期一改再改，转眼间，就到了11月。

11月中旬，雪枫支队终于来了，但来得却是十分的"被动"——彭雪枫曾"揭开了中原抗战的壮丽篇章"的竹沟，发生了事变……

关于这次"竹沟事变"，我特地查找了相关资料，不妨引用一下：

（1939年）11月11日拂晓，国民党和河南地方当局策划已久的武装进攻竹沟的阴谋开始了。进攻竹沟总兵力约计两千人，由三十一集团军少将参谋、确山人耿明轩任指挥。他们选择我军分批开往敌后在竹沟留守处兵力大为减少之际，发动了围攻。当时，住在竹沟我留守处的部队有两个中队和尖山区委的一个班，除青年队有二十多支土造步枪以及少数干部身边佩带的自卫手枪外，计有步枪一百五十余支，苏联造转盘轻机枪一挺。

事变发生前，我党通过内线情报已知国民党将在11月10日夜间发动对竹沟的围攻。同时，上级领导也曾一再叮咛，要留守处提高警惕，一旦有事，要注意东门的守备。因此，在10日夜间，留守处主任王国华曾经三次检查东门哨所。竹沟地委书记王景瑞三次向省委报告敌情，省委让竹沟地委撤出寨外，发动群众保卫竹沟，因为这一天小雨，因而迟疑未决。

还是10日的黄昏时分，竹沟东门外的大街上来了一百多人的壮丁队，据说是六十八军的壮丁，准备到泌阳去，因天色已晚，便住在竹沟的东街上。因为这支壮丁队是徒手的老百姓，谁也没有注意他们，寨内寨外，主客之间相安无事，住了一夜。

11日拂晓，住在寨外的留守处教导处一个中队起床到河滩上和往常一样出早操，住在寨里的部队因为昨夜过于紧张，打开寨门之后，开始休息。在这当儿，河东街上的壮丁队出发了，先头部队已经过了河滩循着寨墙往南走去，后续部队约五十人突然闯进寨门，迅速登上寨楼，拿出暗藏的手枪，将守卫东寨楼的一个班十三人全部杀死，其他敌人则已来到街中留守处的门前。

在这万分紧急时刻，正在做饭的我警卫部队炊事班，听到枪声、跑步声，知道敌人已经进寨，便主动拿起武器，封锁道路，坚决抵抗。这时，寨东南、东北两个碉堡的我军也开始了还击，截断了敌人向寨内的增援。接着一中队后备队在队长和指导员的指挥下全部登上房屋，与进寨敌人进行逐屋逐院的争夺战，并派出突击部队关闭了寨门。这时，敌人不能前进，也不能后退，占据着东寨楼进行顽抗。

北门的枪声也开始激烈起来，枪声响起后北门守备部队在群众的支援下用树枝、土袋等物临时堵塞了缺口。进攻部队虽然众多，但战斗力非常弱，始终不敢接近寨墙，不敢强攻。但东、北两门的战斗仍较激烈。

战斗开始后，住在寨外的教导队二中队被阻于寨外与敌且战且退。由于西门敌军距离较远，进攻部队不够坚决，在中队长朱钫率领下，自西门进入寨内，并向东门增援，激战至晚，终于肃清了东门里的残敌。

下面，根据耿明轩的交代资料整理：

11月11日拂晓，耿明轩亲自指挥确山保安团，将竹沟东寨外河东新四军新兵训练连（待训练结束即开赴前线对日作战）包围，旋即耿明轩下达了进攻令。一时，枪声大作。新四军新兵连的战士都是刚刚入伍，尚无战斗经验，缺乏武器装备，而保安团人力和武器装备又占绝对优势，所以在保安团的突然进攻面前，仓促应战，显得有些捉襟见肘。这些刚刚入伍的战士们，虽然英勇顽强，抗击着数倍于己的敌人的进攻，然终因双方力量悬殊，绝大部分都队员被耿明轩指挥的保安团枪杀。

在包围进攻新兵连的同时，耿明轩指挥保安团攻占了竹沟东寨门门楼，枪杀了门卫和守卫在门楼上的一个班的新四军战士。但是，耿明轩占领了确山东寨门闯入东街之后，遇到了寨内新四军的顽强抵抗，保安团只能退守到东寨门楼上。磨角棚山当日虽然被信阳保安团占领，但是泌阳保安团11日未能按照预定计划占领西寨门。在东寨门的战斗，双方对峙了一整天，到了傍晚，进入东寨门的保安团担心晚上被歼灭，被迫撤退到河东岸。

12日拂晓，耿明轩得到报告，说新四军留守处人员已经于12日午夜冒雨从西门突围向南撤离，泌阳保安团已经进入寨内。耿明轩闻讯，内心十分不甘。

汤恩伯"不要俘虏"的话，让耿明轩杀红了眼。他和孙星南带领保安团在河东岸搜索到一个新四军的新战士，即令枪杀。可怜这个新战士，连新四军的军服还没有穿过的新战士，就这样惨遭耿明轩的毒手。

耿明轩经过东寨门，进入竹沟大街，沿途他看到上百具新四军战士和伤病员的尸体，发出了阵阵狞笑。他亲眼所见，寨内北后街病尸两具身瘦如柴，被枪杀后，身边滴血未流。确山、泌阳的保安队占领竹沟镇后，放纵士兵，大肆抢掠，真可谓十室九空。耿明轩本人亲眼看到泌阳保安团搬运抢掠的财物，连农具、桌椅、锅碗瓢勺也不放过。确山保安团进寨后，又搜刮一番。耿明轩看到一个保安团士兵怀内鼓鼓囊囊，就要他拿出来，原来是老太太纺织的一斤多棉线条。

经过确山、泌阳两个县保安团的轮番烧杀抢掠，一个生气勃勃的抗日后方基地——竹沟镇，突然充满了血腥。抗日民众，生灵涂炭，朝不保夕。耿明轩一面追击突围的新四军留守人员，一面从泌阳、确山两个县各抽调两个中队的保安团，驻扎竹沟，办理清乡。在这过程中，大批新四军家属被毒打、被抢掠、被杀害。

耿明轩本人则率领泌阳两个中队、确山四个中队的兵力，沿着留守处撤退的路线一路追击，15日在桐柏县境内的回龙寺，追上部分撤退的新四军留守人员。双方激战约半个时辰，新四军部队脱离战斗，向东南山撤退。耿明轩一直追击到信阳尖山，也未能捞到什么便宜。最后，他不得不退回确山新安店老家。

原来，雪枫支队的行期一改再改，并不是"天公不作美"，而是因为"1939年下半年以后，新四军第八团留守处的驻地竹沟和皖中、豫皖边的直接联系逐渐减少，到10月间，竹沟周围的反共气氛日益明显"。他们是在准备着应对敌人其时有可能的进攻。

雪枫支队到达木子寨的时候，正是早晨，虽然经过一夜的艰苦行军，但战士们个个精神抖擞，脸上洋溢着与太阳一样的青春与朝气。

常备队早得了通知，分列两队，对他们表示热烈的欢迎。

可是，可是，对面走过来的一个人，一个神采飞扬的人，傅秀山看着觉得如此眼熟——

"傅局长！"

一声"傅局长"，一下将傅秀山的记忆给打开了——啊，原来，原来是方子孝，他的前任淮阳警察局长，而且在他上任伊始就要去平定的"乱军"！

"方……方局长。"傅秀山激动地上前，先是两双手紧紧地握在一起，接着，两人紧紧地挽在一起。

"方局长。"这时，刘云亭也挤了过来，"还认识我吗？"

"你不是那个队长刘——"

"刘云亭。"

"对，刘云亭。"

"走，到我们中队去坐坐，慢慢聊。"傅秀山拉着方子孝就要走。

方子孝犹豫了一下，望了眼正在与常备队队员们热烈地拥在一起的战士们。

"到了这里，就到了家，没事的。"傅秀山忙安慰道。

"那行。"方子孝转身对一名战士道："常小保，告诉副大队，我去傅——"

"傅中队。"刘云亭知道方子孝不知怎么称呼傅秀山，忙解释了一声。

"傅中队那儿去了。"

那个常小保应了声，转身离去了。

方子孝与傅秀山就并肩走向了寨北的二中队队部……

"你——"还没落座，方子孝与傅秀山同时问起了对方。

"你先说吧。"傅秀山用手示意了一下。

方子孝也不再客气，问道："你不是在淮阳警察局吗？"

傅秀山便将他如何听从刘萼青安排来到了这里一五一十地叙述了一遍，然后同样好奇地问："你们不是北上了吗？怎么到了竹沟？"

方子孝笑了笑，然后简略地说了起来——

原来，自得到傅秀山有意"送"的一批武器后，在淮阳县城一片地庆祝"平叛"胜利的凯歌声中，他们悄悄地开始向北出发，去打鬼子。

可是，不想，走了个把月，却遇上了正南下的日军，无奈，他们只好改道，向西走，准备迂回再北上。谁知，恰巧遇上彭雪枫从山西临汾八路军办事处带领三十二名同志前往确山县竹沟成立河南省军事部教育大队，进行抗日救亡运动，于是，他们就一边护送，一边随着队伍到了竹沟。雪枫支队成立后，他们顺理成章地就成了支队中的一个大队；他现在是这个大队的队长……

"我们这次来这里，只是路过。"方子孝说完了他的经历后，最后想想又添了这样一句。

但尽管只是"路过"，雪枫支队，还是让傅秀山看到了另一番热气腾腾的"抗日"景象……

4 演出

"对了，王郑武呢，那个缺胳膊又瘸腿的中年人？"傅秀山突然想了起来。

方子孝脸色便凝重起来，深深叹息了一声，然后才道："在突围中不幸牺牲了。"

听到这个消息，傅秀山与方子孝一样，脸色凝重地沉默着……

"在敌人攻进寨子的时候，我们分几路突围，一路向南撤往豫鄂边区，一路由我带着撤向豫皖边区……"

"彭雪枫呢?"傅秀山迫不及待地问。

"他带着'光明话剧团'随后就到。"方子孝见傅秀山那急切的表情,不禁笑了一下。

"我能见到他?"

"当然能。"

刚说到这儿,常小保便在门外高声报告:"方大队,彭支队带领的后续部队过来了。"

"呵呵,刚还说'随后'呢,"方子孝笑了起来,"这也'随'得太快了呀。走,接彭支队去——"

"我也去?"

"你刚不还说要见他吗?"

傅秀山就不自然地笑了下,他是担心自己顶着这个国民党党员身份彭雪枫是否会待见他。

"没事,都是抗日;只要抗日,就不分彼此。走!"方子孝一拉傅秀山,傅秀山也就半推半就地随着他走了出去……

彭雪枫已经到了,正在刘金戈的一中队休息。傅秀山与方子孝一进门,刘金戈就站了起来,向彭雪枫介绍道:"这位便是国民党派来常备队的二中队队长傅秀山同志。"

傅秀山在刘金戈后面一句"同志"的激动中,忙将双手伸向了眉宇间充满着英气的彭雪枫。

彭雪枫也忙伸出双手,紧紧地握住了傅秀山,并用力地晃了晃:"早听方大队说过你的抗日情怀……"

"他不仅有抗日情怀,还有抗日智慧与决心。"刘金戈一边接着夸赞,"前不久朱仙寨一战,就是他除掉了汉奸崔定国。"

彭雪枫听后,不禁十分欣赏地将傅秀山的手又用力握了握,这才松开。

"彭支队说,这里的抗日氛围非常好,他一走进村,就感到热风扑面,所以,话剧团的演员们决定今晚就给木子寨的父老乡亲还有我们中队的战士们慰问演出。"

"今晚?"傅秀山眉头拧了一下,"这一路的行军,演员们不疲倦?"

"他们不仅是演员,也是战士,抗日战士。"彭雪枫接过话道,"在他们身上,就没有'疲倦'二字,只有话剧。"

  这让我突然想起来前不久刚看的一部小说《重庆之眼》,其中有这样一段对话:

  梅泽一郎律师这时问:"没有了制空权以后,重庆靠什么抵御轰炸呢?"

  李中华苦笑道:"天上只有靠雾,地上只有靠防空洞了。"

  "不。"刘云翔说,"我们还有话剧。"

  ……

"只有话剧？"傅秀山轻轻念了一声。

"是的，他们只有话剧。"刘金戈复又解释了下，"明天彭支队他们就要出发，所以，只有这一晚时间。"

傅秀山便忙立正，道："那我去布置战士警戒。"

"警戒任务交给我们一中队吧，你们与群众一起看看我们的演出。"刘金戈笑着说，"你们还没看过呢。"

彭雪枫也笑望着傅秀山点了点头。

"那——好吧。"

傅秀山其实也是想看一看这"光明话剧团"的演出，看看在刚刚经历过生死撤出包围逃过追截的共产党游击队在什么样的心思下完成演出。

可是，一看，傅秀山的浑身不仅充满了力量，而且还蓬勃了青春与激情——

演出是在天快擦黑时开始的，演员们先是与战士们一起唱了几首歌，譬如《九一八》《义勇军进行曲》《七七事变卢沟桥》，然后才正式开始演出，剧目是《放下你的鞭子》。

关于这个独幕剧，资料上是这样介绍的，说"该剧讲述了'九一八'以后，从中国东北沦陷区逃出来的一对父女在抗战期间流离失所、以卖唱为生的故事。一日，女儿香姐正要提嗓，却因饥饿难熬，晕倒在地，老父即举起鞭子打她，观众中一名青年工人十分愤怒，大声高呼：'放下你的鞭子！'夺下了老父的皮鞭，并加以指责。老父和香姐诉说了日本侵华、家乡沦陷等辛酸，全场感动，高呼'打倒日本帝国主义'，激起观众的抗日救国情绪。"事实上，现场演出的效果远比这样的描述要生动、要感动、要激动——

在一片的锣鼓声中，卖艺汉子开始的道白，并没有引起傅秀山的兴趣，甚至还让他感到有点不舒服：

小小刀儿转圆圆，
五湖四海皆朋友，
南边收了南边去，
北边收了北边游，
南北两边皆不收，
黄河两岸度春秋，
不是咱家夸海口，
赛过乡间两头牛……

这分明是走江湖的嘛，算什么抗日演出？

可接下来看着看着，傅秀山就被剧情吸引住了，进而进入了剧情：

汉子：你打得对，我不应该打一个可怜的女孩子，而且她还是我自己的女儿呢！是的，不提起来，我几乎忘了：我曾经是她的亲爸爸，我曾经爱她胜过宝贝。唉，真要命，我疯啦，怎么的，怎么，我怎么会下这样的毒手鞭打我自己的女儿呢？我疯啦，是我亲手抚养长大的，也跟我一样受苦的女儿！怎么，怎么我刚才一点也没有想到呢？好，你打得好，我实在不是人，我现在才感觉到伤心悔恨了。

　　（双手掩面而哭）

　　香姐：爸爸。

　　汉子：香姐呀，我的好女儿！

　　香姐：别伤心吧，爸爸！

现场的观众再也忍不住，纷纷啜泣了起来……

　　汉子：我曾经想积攒一点钱，让我们的生活过得好一点，我的女儿也像小姐们一样地去念书快活。可是这般可恨的东洋兵弄得我们家破人亡，性命都几乎保不住了。

　　香姐：爸爸的苦处我是知道的。

　　汉子：（痛苦地）最可怜的是你的妈，她活着时没有过一天好日子，连死也死得那么可怜……

　　香姐（哭泣着）：爸爸，爸爸。

台下哭声一片，"打倒日本帝国主义"的口号声陡然响起，然后迅速响成一片……

　　汉子：好女儿，你说得对，没有家乡，没有饭吃，才使我疯的，咱们两个都是可怜的。（深思）咱们要做人，要像人的样子活下去，可是谁给我们饭吃呀？有家不能回去，没有田耕，没有工做，像野狗似的，叫我们怎么做人呢？

　　青工：那你怨恨谁呢？

　　汉子：人家都说是我的命不好。我的命不好，也许是的。

　　青工：命，不要相信什么命！谁给你这个命的？

　　汉子：天啦！

　　青工：天，你现在还在怨恨天吗？天是空的。你刚才不是说过的吗？把你们从家乡赶了出来，弄得你们有田不能去种的是谁？使你们家破人亡、挨冷受饿的是谁——这都是人干出来的！

　　甲：对呀，阿根说得对。

青工：我告诉你们，使你们挨冷受苦、无家可归的是日本帝国主义，是不抵抗的卖国汉奸！

　　汉子：先生的话固然不错，可是叫我们怎么办呢？

　　青工：怎么办？是的，咱们穷人一碰到什么意外，就像你们一样不知道怎么办了。穷朋友，咱们"不打不相识"。现在既然在这儿碰头了，咱们就得一伙儿去，向压迫我们、剥削我们的人算账去——这才我们的生路！

　　汉子：孩子，记着，要打倒那些吃人的东西，才有生路。

　　香姐：是的，我们要像人的样子活下去！

　　汉子、香姐（齐）：可是叫我们拿什么去打倒他们呢？

　　青工：你要打倒他们，（拾起鞭子）你应该用你这个武器。我们是有我们的武器的。就是空着两只手，拳头也是我们的武器呀！

　　汉子：这有什么用？人家有的是飞机大炮呀！

　　青工：只要大家齐心，团结起来，这力量比什么都大……

　　"对呀，大家联合起来，一齐打倒我们的敌人！"观众呼啦一下全站了起来，高声呼喊——

　　"打倒日本侵略者！"

　　"国共两党亲密合作抵抗日寇进攻！"

　　"为保卫国土流尽最后一滴血"……

　　在这一声高过一声的口号声中，傅秀山振奋了，他激动得与彭雪枫一起，攥紧拳头，挥起手臂，喊着时代的强音——

　　"抗战到底！"

　　"团结起来，驱逐日寇出中国！"

　　"中华民族解放万岁"……

5 血战冯塘

　　原本以为昨晚兴奋到后半夜的雪枫支队，至少要睡到不说中午也要到头10点钟才能醒来出发，可当傅秀山大约10点半从寨北赶过去，却被留守的战士告知，雪枫支队天一亮就走了——

　　"那刘中队呢？"

　　"刘中队带了一个小队护送彭支队去了。"战士道。

　　一种沉重的失落感就如感冒病菌般袭上了傅秀山的心头，让他想咳嗽却咳不出来，让他想抬头却又抬不动，而且还想流泪——这不告而别（可能说"不告"吗？昨天人家明明已经告别了,说今天就要走),意味着,是对他的不信任。

不信任?

人家彭支队对我傅秀山不是太理解、了解,可你刘金戈,刘中队,应该不至于呀!

不过,话又说回来,傅秀山想,如今不仅日本鬼子到处肆虐,伪军丧尽天良,一些国民党顽军也为虎作伥,依然奉行着"限共""反共"政策,持续不断地制造摩擦。他身为国民党员,又是国民党建制,人家防他一手,也无可厚非。想到这儿,傅秀山仰起头望向蓝天,对着那悠悠的白云,这才长长地吐了一口气……

其实,傅秀山错怪了刘金戈了。当早晨出发时,彭雪枫提出要与傅秀山告个别时,刘金戈说,他们昨晚睡得迟,一个别一个告,既耽误了时间,也吵醒了他们,还是回头我给傅中队解释一下吧。

谁知,这解释,刘金戈还没解释上,他自己,却遇上了一场惨重的战斗——

经过几天的跋涉,刘金戈终于顺利地看着雪枫支队消失在了茫茫的豫皖边上,他带个他的小队,开始往回赶。

可是这次真的是天公不作美,接连阴雨,让他们一驰一滑,一天下来,走不出六十里。直到这天,大家在树林里被一缕阳光唤醒掀掉盖在头上的树枝树叶,才恢复了往常的行军速度。

可紧走慢走,当走到冯塘时,天还是黑了——他准备早点赶回驻地,与傅中队他们一起迎接1940年的元旦呢。

"刘中队,今晚我们就宿这冯塘吧,"王二槐侧过脸,对刘金戈道,"这些天同志们连一顿热饭都没吃上过。"

望望天色,刘金戈只好轻轻叹息了一声:"今天哪天了?"

"冬月二十二了吧。"

"今天冬月二十二?"刘金戈吃了一惊。

"是呀。"

"你没记错?"

"哪能呢,前天是我生日,我记得可清楚着呢。"

"那,今天是元旦!"

"元旦?"王二槐伸手挠了下头,"我只记着农历了,这阳历我还真不记得。"

"那行吧,就让同志们今晚宿在这冯塘,吃顿热乎的,也算是过个新年吧。"刘金戈想想嘴上又念叨了一声,"也不知傅中队他们有没有热闹热闹?"

傅中队傅秀山他们,哪儿还有心思热闹?刘中队出去都这多天了还没归队,会不会在途中出了事,譬如遇上日军了?走错方向了?与彭支队一起进入豫皖边区了?他一面如此焦灼着,一面部署着自己的二中队,一边多方打听,打听附近有没有战斗,一边做好准备,准备随时投入战斗。

同时，傅秀山还将刘云亭的一小队派了过去，与一中队他们留守的一个小队共同警戒，以防敌人突然袭击。

敌人倒没"突袭"木子寨，却"袭击"上了冯塘——

虽然白天是一天的太阳，照得人们脸上身上一片暖洋洋，可临近天黑，天空又变得灰暗了，风也烈了起来，似乎这次不是要下雨，而是要下雪。

可天明明已经放晴了呀，一般来说，连日的阴雨，只要一放晴，至少要晴上几天的。

"又冷了起来，怕是还要下。"吃饭的时候，战士们议论着。

"要下恐怕要下雪了。"

"还会是下雨。"

"你怎么知道？"

"这也没刮'抽屉风'呀。"说的人侧过脸看了看借宿的房东家糊得厚但透着明的窗户。

——所谓"抽屉风"，就是窗户纸被风刮得"吧嗒吧嗒"地响，如拉抽屉般。其实是气流不稳定造成的。刮这种风就要下雪了。

"别管什么抽屉不抽屉了，要防止日伪'抽风'。"这时，刘金戈端着碗从另一边走了过来，"大家夜里警醒些，这里离日伪据点近。"

"来呀，正好，我们可以打个痛快呢。"那个说"抽屉风"的战士将筷子在碗上一敲。

"对，来了正好！"

但刘金戈还是不放心，不仅派了双岗，而且自己也一直不敢睡，战士们连日来太疲劳了，躺下后，就呼呼睡着了。

直待黎明时分，雪没有下，雨也没有下，风也没有"抽屉"，可是，刘金戈刚刚闭上眼，鬼子与伪军却"抽风"上了——他们分三路，将刘金戈紧紧围了起来，然后随着一声枪响，同时发起了攻击，妄图一举将这支小队歼灭掉。

刘金戈一个激灵跳了起来："准备战斗！"

可是，这"战斗"不知从哪儿准备，因为四面都是枪声和日军的叫声，还有伪军的虚张声势的"你们被包围了，投降"的声音。

"分成战斗小组，快，抢占有利地形。"刘金戈说完，率先冲了出去。

战士们立即冲了出去，然后依靠墙垣、树干、屋顶，开始了反击……

枪声中，天渐渐亮了。

"队长，敌人被我们打下去了。"有战士在墙头上高声叫。

刘金戈从掩体中站了起来，望了望分散在各处的战士们，大声地说道："敌人马上就会发动第二轮进攻，大家抓紧机会，找好掩体。"

"队长，我们得冲出去。"王二槐在另一堵墙后也站了起来。

"不行，敌人正在外面等着我们呢。"

"那怎么办，我们不能在这里束手就擒呀。"

第八章 沈丘抗战

刘金戈皱着眉头，说："再打他一轮，然后找个突破口，我们再冲。大家的子弹够吧？"

"打他一轮，打他两轮也够了。"有战士不知在哪里应了一声。

"但还是节约点，留着更多的子弹突围。"刘金戈提醒大家

说话间，在墙头上观察的那名战士又叫了起来："敌人从西面攻上来了。"

"其他方向呢？"

"还没有。"

"王二槐，你带几个人，去堵住他。"

"是。"

"其他人，做好突围准备。"

可王二槐他们刚与西面敌人接上火，墙头上的战士又喊了起来："东边、南边都有。"

"快，通知王二槐，撤回来，我们不能分开让敌人各个击破了。"刘金戈大声喊道。

一名战士应声跑了出去。

"做好准备，等敌人近了再打——"

这一轮，他们打得很辛苦，敌人见他们只是固守，于是，集中了所有的火力，向他们压了过来。

"这样打下去，我们会吃大亏。"刘金戈一面打着一面想，"得突围出去。"

于是，他仔细听了听，西面的枪声多是鬼子（他们是想断了刘金戈向根据地靠拢的退路），南面也不少；东面，是伪军多；北面倒是没有枪声，但那是日占区，敌人正想将他们往北赶呢——

"同志们，我们准备往东突出去。"

"东面，那不是离我们驻地越来越远吗？"

"先突出去。"刘金戈说，"检查弹药，我们先对西边佯冲一次，然后迅速回撤向东突围。"

"是。"

可是，他们佯攻后，却并没有撤，因为，在他们集中火力佯攻将鬼子打得正蒙时，鬼子身后却突然响起了激烈的枪声。

——这突然的枪声，是傅秀山打响的。

原来，当敌人在冯塘打响第一枪时，傅秀山立即就得到了消息，他简单分析了下，这枪声应该是针对刘金戈的，因为这个方向，正是他们回归驻地的方向，所以，他当机立断，除将刘云亭小队留下外，其他战士，包括一中队的，全部随他前往接应。

虽然一路急行军，但还是在刘金戈他们开始第二轮反击时赶到了。

不过，也算赶得及时，要不然，刘金戈他们就要撤往东边去了……

一听鬼子后面响起了枪声，凭着这些日子来对傅秀山的了解，刘金戈知道，傅中队前来接应增援了。

于是，他立即振奋了起来，对战士们高喊一声："冲呀，杀出去！"

"杀！"战士们一边喊着"杀"，一边迅猛地往外冲。

里面的往外冲，外面的往里打，鬼子反被一下夹在了中间——好在，我方也不恋战，因为毕竟敌众我寡，只在突围，所以，战斗很快就结束了。

虽然鬼子伪军倒了一地，可刘金戈所率的一小队，损失几乎殆尽；刘金戈自己也受了伤……

6 粉碎别动队

受了创的常备队准备好好地休整一下，可是，那些日伪，就像知道一样，根本不让喘息。他们专门成立了一个别动队，穿着便衣，常常打着沈丘常备队的旗号，冒充刘金戈或是傅秀山，利用夜晚或是阴雨天，到周边乡镇进行劫掠，不是抢粮，就是祸害妇女，甚至有时还抢耕畜。不，不是抢，抢至少没当着那些世代靠种地为生的农民的面残杀他们赖以生存的工具，让他们还有某一天夺回来的幻想——他们将耕牛抢了之后，就在村中架起火堆进行烧烤。

是可忍，孰不可忍！

傅秀山借着看望刘金戈的机会，说道："你安心养伤，让我来教训教训这些狗娘养的小鬼子。"

很少暴粗口的傅秀山，也会骂"狗娘养的"了，可见，这帮小鬼子确实是狗娘养的。

"要计划缜密，目前我们保存有生力量是第一要务。"

这话从刘金戈嘴里说出来，多少有点让傅秀山感到诧异，因为类似的话，国民党常挂在嘴边。

"保存不是退缩。"刘金戈立即反应了过来，"只是我们共产党人也不提倡作无谓的牺牲。"

傅秀山在一"诧"之后，立即不"异"了，因为他明白，这是刘金戈对他的关心甚至是爱护——常备队自上次冯塘一战，到现在元气还未完全恢复呢，何况刘金戈也还在伤病中。

"放心，刘中队，"傅秀山拍了拍腰间的手枪（那意思是，我们二中队的装备比你们一中队要好。不是好一点，而是好很多。都是国民党配备的正宗美国货呢），"你就等着我们二中队的好消息吧。"

"好，我等着。"刘金戈笑着，"我就在这病床上等你的好消息将我给治愈出院。"

"好消息能治病？"

"当然。"刘金戈少有地幽默了下，"你是谁？傅中队呀。傅中队的好消息，就是一剂良方。"

第八章　沈丘抗战

可好消息得有好时机,这别动队也不是天天出来,而且出来时还神出鬼没的,很难事先布控。

怎么办?

傅秀山有的是办法。

根据以往别动队行动的规律,他们一般都选小点的村子抢,人不多,抢了以后也不急着撤退;地点大多在敌占区与常备队之间,尤其是靠近木子寨的地方。好吧,不知道你的"神出"是不是"鬼没",但我会守株待兔——傅秀山将中队的三个小队分别布在相邻的三个村庄。如果别动队到任一头的任一村,中间的增援,另一队抄后路;如果他们到的是中间,那正好,靠近来路的一队断后,另一队增援。

布置好后,队伍悄悄地出发,也不进村,就埋伏在村外的林子里或是沟坎下或是苇丛中……

第一天,别动队没动;第二天,仍没动;第三天,就在大家蹲守得快要没耐心了的时候,在东边的路上,过来了一群人,远远看上去,像是赶集归来的百姓,稀稀拉拉地走着。

"过来了,快去通报傅中队。"东边正好是刘云亭小队,"算了,来不及了。"通信兵正要走,刘云亭又叫住了他,"也许,他们不是冲我们来的。"

通信兵就望着刘云亭,那意思是你怎么知道?

"他们没有做战斗准备,我估计他们是冲中间的杨庄去的。"

"傅中队就在杨庄。"通信兵有些兴奋。

"趴下,注意隐蔽。"刘云亭咧嘴笑了下,"他怕是早就盯上了。"

刘云亭说得没错,傅秀山早就盯上了——他原准备过来看看的,可刚要动身,就见别动队装扮成百姓三三两两一组地过来了,于是,他立即精神一抖,让早就憋坏的战士们做好准备。

别动队一直往前走,甚至走进杨庄了,仍还是那么稀稀拉拉的。

可一进庄,那三三两两就迅速分散了开来,扑进毫无防备的百姓屋子。立时,庄子里喊声叫声哭声还有牛哞狗吠鸡鸣声响成了一片。

傅秀山咬了咬牙齿,"狗日的,这回看你往哪逃!"然后将小队也分成两三人一组,呈扇状包围了过去。

别动队大概根本没想到这里会有常备队出现,他们正抢得欢,不想,脑袋就被枪口对上了……日伪几乎被收拾了一半多,整个战斗还没响枪;要不是一个想逃跑,队员们手中的枪还不准备响。

"砰!"

这一声响,立即"杀"声从四面响了起来——原来西头的小队得到通知,早就包抄了过来;而东头,却也早已到了别动队身后。

就这样，一时扰得百姓夜不能寐的别动队，在傅秀山二中队的吹灰之力之下，成了真正的"别动"，被粉碎了。而二中队，毫发无损……

可是，不久之后的一场恶战，却令二中队的损失很是惨重。

7 正阳大捷

不过，这次惨重的，不仅仅是二中队，一中队，更是有过之——这场战斗，叫正阳大战，也可以叫"正阳大捷"，是豫鄂边中日会战中的一仗——

随着春天的一天天像草一样越来越茂盛，大家的心情也越来越高涨——面对日军越来越猖狂的行径，傅秀山与战士们一样，早憋得肺都要炸了……

这天，随着一场雨，重新出来的太阳格外明亮。这时，一中队的王二槐跑步过来了，请傅中队立即去一中队队部，说刘中队有重要事项相商。

傅秀山一听，立即预感到这"相商"的肯定是一件大事。

果然，是件大事。

什么事？

据可靠情报，目前日军一个大队带着一个联队的武器配置集结盘踞在正阳县城，准备南侵，上级命令沈项淮常备队采取行动给他们一点教训，如果能一举歼灭则更好，以配合其他部队阻击日军进一步南犯。

"一个联队配置？"刘云亭听说后，不由得张大了嘴，"三千八百人，包括一个五十四人的指挥部，一个一百二十一人的运输队（携带团部和直属各连一日份的给养以及可能配属师的野战厨房，一个八十一人的弹药排携带一日份的弹药），三个步兵大队，一个一百二十二人的炮兵中队（含一个二十五人的连部，一个观察班，一个三十一人的弹药排，三个三十一人的炮排，其中各有两个十五人的炮班，装备一门七十毫米九二步兵炮）……"

傅秀山不禁笑了起来，说："这是标准的联队建制。除了你说的，它还当包括通信中队，有一个电话排（四到六个电话班，每班三部电话、1个交换机），一个无线电排（五到八部电台）。"

"那要这样说，还有联队两名医生和两名卫生员，大队三名医生和四名卫生员，中队四名卫生员呢。"

"是呀。"

"还'是'呀？哥，我们呢，我们只有两个中队，两个！"

"怕了？"

刘云亭也许没想到傅秀山会这样说，一下愣在了那儿，半天才回过神。

回过神来的刘云亭一下又恢复了他原来的"惹惹"状态："怕！？喊，也不打听打听，爷是谁？"

"你是谁？"傅秀山有意地逗着刘云亭。

"'钢拳无二打，神枪李书文'的徒弟，傅秀山的兄弟！"

"过了,过了嘿。"傅秀山一边说着,一边将地图打了开来,"我与刘中队计划好了——"刘云亭就将头伸了过来。

"我们准备采取'里应外合'战术。"

"我们'里'？"

"不，他们一中队'里'，我们'外'。"

"我们——外？"

"是的，他们中队的队员都是本地人，而我们……"

傅秀山虽然没说完，但刘云亭立即明白了，因为二中队是国军建制，队员五花八门，不要说进到城里，恐怕在进城门时就会被站岗的通过口音给识了出来（那次小五的牺牲便是一个例子）。

"可是——"刘云亭虽然明白了为什么二中队"外"，可另一个问题又让他犯了难，"正阳城那么大，凭我们一个中队，怎么打……进去？"

傅秀山的眉头不禁拧了起来，说："我也正为这事愁着呢。"

"刘中队怎么说？"

"他说大的战术方案定了，至于怎么打，各队想各队的，充分发挥大家的智谋，明天战前开战术会。"

于是，刘云亭不再说话，与傅秀山一起，也拧着眉头，盯着地图……

"有了！"随着傅秀山一拳击在案板上，他的眉头也解开了，"我们给他来个'声东击西'。"

"怎么个声东？"第二天战前战术会上，刘金戈听傅秀山说出了这四个字后，眼睛放着光地望着傅秀山，"又怎么个击西？"

"如果你要是敌人，你的兵力在县城里会怎么部署？"

刘金戈不知傅秀山葫芦里卖的什么药，没接他的话。

"是不是将靠近我方的东北边布出重兵，而靠近他们的西南边……"

"哦，你是说，我们佯攻东门，实打西门。"

"对。"傅秀山说。

"可是，我们怎么才能到达西边呢？你看——"刘金戈指着地图，"这儿，这儿，还有这里，都是敌占区，不要说我们是一个中队，就是一个排一个班，要想过去，也都不可能呀，何况还要提前到达，准时打响。"

"这个，我想到了。"傅秀山胸有成竹，"你看，这儿，这儿，这儿——"

"这能行吗？"

"'能'。"傅秀山直起腰,"也'行'!"

刘金戈虽然还有些犹豫和疑惑,但被傅秀山这肯定而自信的语气和表情所感染,也轻松了起来,说:"好,那就这样定。"

可是,令刘金戈没想到的是,战斗打响后,傅秀山的二中队按照预定战术打进了城,而他一中队,却没能如"定"的"那样"……

傅秀山率领着二中队从一片林子蹿进另一片林子,林子与林子之间,他们就潜进河沟,这样,在预定的时间里,顺利赶到了城西。

而一中队的刘金戈他们,也算是顺利地进入了城,但只是一部分,另一部分,刘金戈将他们安排在了城外——他的计划是,城外的这一部分战士佯攻,当敌人的注意力被吸引过去后,他们则乘机从里向外打,这样先来个小的"里应外合",将城东门楼上的鬼子给清了。

可是,计划归计划,到了约定的时间,外面的战士根据方案打响了后,刘金戈他们在城里的,却没能按照方案在东北打响。

怎么了?

他们被北门敌人给牵制住了——

刘金戈他们白天分散进城后,说好在北门角集结,然后等到外面打响后,再冲上去。可是,当夜晚来临时,他们在北门角,集倒是集了,可没能结成,因为在战士们三三两两过来时,被一小队巡逻的鬼子给拦下了。

"什么的干活?"

一名战士见鬼子一下到了面前,不由有些发怵,竟然站在那儿浑身颤抖了起来。

抖也没关系,可万万没想到的是,这时东门外的枪声响了起来。

一听到枪声,这名战士腿不抖身也不颤了,呼一下从衣服里拿出了掩藏着的枪,甩手就一下……于是,城里的战斗提前打响了。不,不是提前,而是没有到达预定的地点就打响了……

枪一响,鬼子一个小队迅速过来了,一下将刘金戈他们堵在了北门角,进不能进,退又退不了。

"不对头。"一直伏在西门的傅秀山一听这枪声,一个在东,一个在北,感到出事了,"我们原定的是在东门集中火力的,现在怎么北门也响起了枪?"

"哥,我先带我们小队进去侦察侦察。"刘云亭自告奋勇。

傅秀山拧了下眉,摇了摇头:"不行,里面可是驻扎了一个大队的鬼子,你一个小队进去,岂不是活活给他们塞了牙缝?"

"那怎么办?"刘云亭焦急道。

傅秀山的食指就掐上了拇指。

"要不,哥,冲进去?"

傅秀山的拇指便掐上了食指。

"哥,听,东门的枪声——"

东门的枪声渐渐弱了。

"进城,杀向南门。"傅秀山咬了咬牙,站了起来。

"不,不……不对呀,哥,我们不是计划攻打西门吗?"

"现在东门枪声弱了,北门枪声仍在响着,而我们西门这边鬼子没动静,说明南边的鬼子前往东门增援去了,正空虚着,我们从西往南打……"说完,傅秀山回过头,对着各队大声命令,"兄弟们,随我杀进城,打向南门!"

于是,随着一声枪响,傅秀山第一个跃了出去……

城里一下乱了,鬼子不知道来了多少共产党还是国民党,怎么这四门都响起了枪声?东门声音渐渐弱了,说明部队已经占领了东门。而北门那边,却正打得紧,弄得指挥部里的大佐本阳栽藤团团转,也没转出哪里是主攻方向。东门不能去了,那里应该被攻破了;南门,虽然布防了不少的兵力,但此时枪声似乎并不太激烈,说明敌人不多;西门只零星的枪响,那里本来就不是重点;那现在,唯一的,就是北门,那里枪声正密集。于是,他抽出指挥刀,亲自指挥着队伍向北门冲了过去。

谁知,事情根本就不是如本阳栽藤判断的那样,实际情形是,东门不是被占领了,而是一中队的那佯攻的小队,因没有"里应"上,被城里冲出来的鬼子给打退了;而北门,混乱中,原先的鬼子小队却与城东赶来增援的鬼子接上了火,并且在他们"狗咬狗"的间隙,刘金戈他们却抽身跳出了鬼子的纠缠,按原定计划,杀向了东门。

另一边,傅秀山打下了西门,攻占了南门后,迅速从中间直杀向北门——本来他是想着来增援的,可没想到,他杀到北门的时候,刘金戈他们已打下东门也正杀一个回马枪过来,于是,两个中队会合了……

这一仗,除了东门一部分鬼子追赶一中队的一个小队而被刘金戈他们关在了城外,因祸得福地逃了命外,其他的,几乎全部被歼。尤其是那炮兵中队,一炮没放(事发突然,加上又在城区,炮这种远射程的家伙毫无用武之地),就"奉献"了。大队长本阳栽藤在乱枪中被打死,他到死也不清楚这是哪支部队攻进了城——

关于这场战斗的背景,史上是这样记载的:1940年5月1日,日军四万余人由豫南信阳,兵分三路进犯桐柏、正阳、确山、泌阳、唐河、新野等县,豫鄂边中日会战展开。会战中,豫南国民党军曾于明港、桐柏、泌(阳)桐(柏)地区同日军激战,收复唐河、泌阳、武胜关、鸡公山、长台关等城镇,迫敌停止进攻。15日会战结束,中日两军恢复战前态势。

为此,时任河南省政府主席卫立煌(国民党高级将领,国民革命军陆军二级上将军衔,是蒋介石的"五虎上将"中的"虎将"之一;美国出版的《中国人名大辞典》称其为"常胜将军")特地从省府洛阳(1939年10月,卫立煌将河南省府由南阳移至洛阳)发来贺电,

对傅秀山灵活机动地运用战略战术痛击日寇、创下"以少胜多"又一典范战例给予嘉奖:

这个嘉奖内容我没有见到,但我见到了多年后的2015年在抗日战争胜利七十周年之际,由马英九签署的从台湾寄来的"抗胜字第1040400391号"给我的爷爷傅秀山的《中华民国抗战胜利纪念章证明书》:"傅秀山先生曾参与对日抗战,牺牲奉献,功在国家,特颁发抗战胜利纪念章壹座,以昭尊崇。"时间是"中华民国104年7月7日"(碑文如此,即公元2015年)。以及1947年1月5日我的爷爷傅秀山罹难后,国民政府公葬中的烈士墓碑上,书有"傅烈士秀山之墓"几个遒劲的大字。

正阳大捷,很显然在时间上大大牵制了敌人的南下侵犯速度,为豫鄂边"中日会战"迫使"中日两军恢复战前态势",奠定了胜利的基础……

8 收编杆子军

正阳一战,让沈项淮常备队一时进入了"休整"状态,因为没有敌人的骚扰,准确地说,没有敌人可战,傅秀山开始又练起他的二中队。而一中队呢,则利用这个时间,开始"招兵买马",以补充在战斗中的自然减员。

本来他们各自练的练、招的招,不想,这一天,突然来了通知,说离驻地不远的羊角营出现了一股造反的"杆子军"——没有了鬼子骚扰,不想,却出现了这"土匪"——希望常备队去灭了它。

剿匪傅秀山有的是经验,他到这河南来,头一个,便是铲除了土匪"牟主"。而且他是国民党,政府军。于是,他便主动请缨,说这"一碟小菜"的事就交给他们二中队吧。

刘金戈一中队经过正阳一战,元气还没有完全恢复,也就默认了。但他提醒傅秀山:

"这杆子军不同于日本鬼子,得饶人处且饶人。"

"放心,咱中国人不打中国人。"傅秀山笑着道。

"倒也不是不打,主要是看他是什么性质的。"

什么性质的?傅秀山虽然此时并不清楚,但他一到羊角营,不仅清楚了,而且,还帮着他们"造"起"反"来……

出发那天早晨,夜里还出着星星的天竟然下起了小雨,落在身上、脸上,腻腻的,让人很不舒服。可经过两三天的行军,终于到达羊角营时,傅秀山所听到的"杆子军",却令他更加不舒服——

什么"杆子军",原来全是被当局强征来的壮丁,为了反抗,揭竿而起,逃到了这里,然后联合这里正苦不堪言的百姓,一起"抗丁""抗粮""抗捐"。因"杆子"指结伙抢劫的土匪，又因为"二杆子"有"疯癫、鲁莽、粗野、轻狂、蠢笨、弱智兼具盲目自大"等意思，于是，官府便称他们为"杆子军"。

这样的"军"，还怎么剿？

傅秀山将部队宿营在离羊角营三里之外，然后只带着刘云亭，孤身前往"杆子军"头目所在的营前寨子。

"我是沈项淮常备队二中队的傅秀山，叫你们大当家的出来说话。"远远地，傅秀山便自报家门。

不一会儿，寨门开了，两排"杆子军"分列两边，中间走出一个彪形大汉。只是，"形"是彪，"汉"也大，但那张脸，却实在让人不敢恭维，不仅布满了坑坑洼洼的麻子，而且，少了一只耳朵不说，眼睛还只剩一条缝；一条缝就一条缝吧，两只却还相隔万里，这要是小孩见了，保准要吓得哭上三天五夜；女人见了，至少要做五天三夜的噩梦。他一手叉腰，一手握着支短枪，见傅秀山果真只有一个人（当然，身后还跟着一个刘云亭），便拿枪在头上挠了挠，站在那儿半天不知说什么好。

"你就是大当家的？"还是傅秀山先开了口。

"你就不怕死？"麻子没接傅秀山的话，却来了这么一句。

"怎么称呼？"傅秀山抱了一下拳。

"你不都称俺是'大当家'的了嘛。"麻子是不是笑了一下，傅秀山没看清。

"你是傅秀山？"

"知道俺？"傅秀山学着麻子的方言。

"知道一点儿。"麻子这次真的是笑了，"怎么称呼？"

"这是我们傅中队长。"傅秀山原本还想学着麻子说"你不都叫俺傅秀山了么"，可一边的刘云亭却抢先接上了腔。

"哦，副中队长——早就大名鼎鼎了的傅秀山，怎么才混个副中队长？"他与中牟望崖山上的那个土匪"肉瘤"一样，将"傅""副"弄混了。

"是傅中队长，姓傅。"刘云亭不得不解释。

"哦——"麻子长长地"哦"了声，"到俺羊角营来有何贵干？"

傅秀山就想笑，这个麻子，还给他转起文来了，便道："想进你们寨子看看。"

"呵呵，呵呵。"麻子冷笑了两声后，突然翻脸，对两边的"杆子军"一挥手，"绑了。"

刘云亭急退一步，拔枪在手。

傅秀山连忙制止住他，说："收起来。"

可哪容刘云亭"收起来"，"杆子军"一拥而上，就将他的枪给缴了，接着便要绑。

"行了。"不想，麻子却挥了挥手，让手下散开去，然后一抱拳，冲着傅秀山道："果真是大英雄。"

傅秀山正莫名其妙，不知什么时候得了这么一个"大英雄"，是在中牟剿匪，在淮阳平叛，还是前不久的正阳大捷？

"请——"

傅秀山就随着麻子进了寨子。坐下来，傅秀山才知道，麻子名叫黄文武，原先是个杀猪的（父母给他起这个名，是希望他能文能武，结果，他武有余而文显然不足），可不想，却被抓了丁（虽然他手中有刀，可刀毕竟拼不过抓丁的枪）。到了队伍上，待学会了打枪，他便拉了一帮人，就逃到了这羊角营。见这里的官府与他那里的官府一个样儿，于是，他又怂恿着百姓们与官府对着干……

"你说，我杀我的猪杀得好好的，不偷税，不抗捐，可他非得要抓我出来当兵。"黄文武咽了口唾沫，"当兵就当兵吧，打鬼子，我愿意；七尺男儿，不保家卫国岂不白长了大个儿，可他们却又要我们防共产党、防老百姓。你说，这共产党不也是打鬼子的吗？而这老百姓，手无寸铁，你防他算个么子事！"

"好，"傅秀山不由得为黄文武一番说辞鼓起了掌，"说得好。"

"难道我说错了吗？"

"没错。"

"没错你拍么子巴掌？"

傅秀山就笑了，说："是夸你呢。"

"夸我？"

"就是说你说得好。"一边的刘云亭再次解释。

黄文武望望刘云亭，又望望自己身后的护卫，最后望向傅秀山，说："那你还带兵来剿我？"

"我带了吗？"傅秀山抬手指了一下刘云亭，"他？"

黄文武就不高兴了，脸上的麻子往中间一挤，道："三里外的那些兵不是你的？"

"是。"傅秀山仍笑着，"可不是没带来么。"

"为什么不带来？"

傅秀山这次想笑，但没有笑出来，正了正色，道："是因为我认为你不是土匪。"

黄文武就亮起了眼睛。

"不仅不是土匪，而且还是正义之师。"傅秀山说，"为什么会有你这'杆子军'？还不都是官府给逼的！"

黄文武就站了起来。

"但你这'杆子军'，政府不承认——不仅不承认，还要剿。没有名，没有分；别的人又弄不清，长此以往下去，也不是个事，你说是不？"

黄文武没有答，但不自禁地轻轻点了下头。

"你看我，可以信赖吗？"

"百闻不如一见，信赖！"

"那好，如果信赖我傅秀山，我建议你，不如随了我，参加常备队，我们一起打鬼子，替咱中国人出口恶气！"

"你不诳我？"

"你刚才不还说信赖我吗？"

黄文武站在那儿，开始犹豫。

"你也不用急着回答我，这毕竟是你们'杆子军'的大事。"傅秀山站了起来，"你考虑考虑，明天的这个时候给我回话，行吗？"

"行。"

"那好，我先告辞。"

"吃了饭再走呗——"显然，这是黄文武的一句客气话，因为说这话时，他的声音明显小了。

也难怪，一是他们确实没有什么好饭食招待，二则，他的心思，估计现在全在是不是参加常备队上了……

"不用了，我得赶回去，那边的兵还等着我呢。告辞！"

"不送。"

两人就这样互相拱了拱手，分了别。

第二天，当太阳刚升起一竿子高，黄文武便骑着一匹马，同样也只带了一个护卫，就过来了——

不用说，他同意了傅秀山的建议。

只是，令傅秀山没想到的是，他黄文武说得好好的，随了他傅秀山参加常备队，可到了驻地，一见到一中队的刘金戈，他却立即背起了"信"弃起了"义"……

9 民心

原准备去灭了这股"土匪"的，可结果，不仅"灭"了，还带回了差不多整个连建制的兵源，这怎么能不让常备队喜出望外？

早得到消息的刘金戈兴奋得一把拔了针头，将队伍集合到村头，以最热情的怀抱，欢迎"杆子军"黄文武他们——

"刘中队，是他们二中队的战果，你干吗嘴咧得像荷花一般呀？"战士们见到刘金戈，不禁打趣道。

刘金戈便仍咧着嘴，说："抗日的队伍壮大发展，无论是一中队还是二中队，我刘金戈都高兴。"

那名战士还想说什么，这时，王二槐用手指着前面，叫了声："来了。"

果然来了，队伍成两路纵队，望上去，阵势仿如一个营呢。

"快，立正。"刘金戈发出了命令。

"欢迎加入抗日队伍！"黄文武他们还离有百八十米，刘金戈他们就"欢迎"了起来。

黄文武不由得眉头皱了皱，侧过脸问傅秀山："怎么，他们与你们不一样？"

"什么不一样？"傅秀山被问得一时有些莫名。

"他们的装备……"

哦，傅秀山回头看了一眼自己国军的配备，有短枪，有长枪，还有机枪，甚至还有一门九二式步兵炮，而正在挥着手欢迎他们的一中队，除了服装上与他们一样外，却只有长枪，短枪也只有刘金戈一个人有，机枪虽有一挺，但那还是战斗中缴获的。

"他们是共产党那边的。"傅秀山不经意地道。

"那你们——"

"我们是国民党建制。"

"你们？"黄文武的意思，一个共产党，一个国民党，怎么走到了一起。

"我们沈项淮常备队是由国共两党组建的，目的是枪口一致对外——抗日。但给养和装备，却还是各归各供给。"傅秀山解释。

"这样呀。"黄文武似乎陷入了沉思。

可对面的一中队战士们开始向这边跑了过来，黄文武只好将自己从沉思中拔了出来，也热情地伸出双手，迎上去……

等双方战士们互相"热情"之后，刘金戈便引着黄文武与傅秀山一起走向一中队队部。

可他们一边走着，一边就有人在他们背后或捂着嘴乐或指指点点，刘金戈回过几次头，也没弄清楚他们在乐什么指什么点什么。

"他们一定是被我的尊容给吓着了。"黄文武自嘲地替刘金戈解开了这个谜。

大家便相视一笑。

走在后面的王二槐虽然竭力忍着，但在中队长他们笑时，还是忍不住，张开大嘴哈哈笑了起来，结果，笑了一半，被刘金戈回头一瞪，硬是给瞪得憋住了，但那腮帮却仍还在一鼓一鼓着。

进了队部，几个人坐下后，茶还没喝上一口，黄文武便着急地站了起来，问："我这被你们收了过来，进哪边？"

刘金戈没想到黄文武会提出这个问题，在他看来，这杆子军是傅秀山收编的，自然是要归建到他们二中队，虽然他们一中队缺员比二中队要多。

"你想进哪边？"傅秀山望了一眼刘金戈，然后问黄文武，"我们这边是国军，有枪有炮；他们那边是共党，武器虽然没有我们的好，但打鬼子一样勇敢。"

刘金戈对傅秀山能如此介绍，心中不禁暗暗为他竖了竖大拇指，说："你们是傅中队收编的，按说，你们归他们。"但刘金戈不待大家喘气，马上又道，"当然，加入我们还是他们，如傅中队刚刚说的，都是一样打鬼子，悉听尊便。"

· 218 ·

"真的'悉听尊便'？"黄文武紧紧地盯着刘金戈。

刘金戈被他盯得有些不自然起来，望了一眼傅秀山，意思是让他表这个态。

"当然是真的。"傅秀山道。

"那行，我要加入他们！"黄文武一指刘金戈。

"为……为什么？"也许黄文武的这个决定大大出乎了傅秀山的意料，他一下站了起来，睁大了眼睛，"他们装备，还……还没有我们一半的好呢。"

"对不起，我看的不是装备。"

"那你看什么？"

"你知道我们为什么要在羊角营成立'杆子军'吗？"

"为什么？"

"抗丁，抗粮，抗捐。"

"是……是呀。"傅秀山不知黄文武为什么扯到了这个，"这个我知道啊。"

"那我问你，我们'抗'的这'丁'这'粮'这'捐'是谁？"

"是……是……"

"是国民党，"黄文武不禁激动了起来，"是国民政府！"

没想到，国民党在百姓眼里，竟是这样不堪的形象。傅秀山站在那儿张着嘴巴半天，才怏怏地坐了下去。

"黄——"

"黄文武。"黄文武接过刘金戈的话。

"对，黄文武，你刚刚过来，这个事，我们后面再定，好吧？"刘金戈想打破这多少有些尴尬的气氛。

谁知，黄文武却执拗地站在那儿，说："不，这个事情现在就定。"

这次，轮到刘金戈尴尬了，他望着傅秀山，咧嘴不是，不咧嘴也不是，结果，扯了扯嘴角，说："这……"

"那他就归你们一中队吧。"傅秀山看似大度显然并不大度地挥了一下手，"只要是抗日就行。"

"那，行。"这次，刘金戈终于嘴咧上了，"王二槐——"

"到。"王二槐应声从屋外走了进来。

"让'杆子军'的弟兄们归建一中队。"

"是。"

可答过"是"的王二槐虽然转身走了出去，心中却是一片茫然，因为他不知道这"归建"要建成一个什么"规"。

其实，也没什么"规"，在随后的编队中，刘金戈将"杆子军"统编在了一个队，自然，黄文武为队长。

而自这次收编之后，一中队如有神助，前来参军或是投奔的络绎不绝，在不到一年的工夫里，队伍迅速扩大到了一千余人。

当傅秀山将这个现象报告给刘尊青时，刘尊青站在窗前沉默了良久，才轻轻叹息了一声，只说了两个字："民心。"因为傅秀山的二中队，除了从国军中强行补充，竟然没有一个人愿意参加……

"民心。"傅秀山回到住处，这两个字，一直萦绕在他的耳畔。

不，不只是耳畔，还有心头……

为此，身为国民党党员的傅秀山，感到很是沮丧。

10 密令

这个"沮丧"，自然逃不过共产党一中队队长刘金戈的眼睛，于是，他如实将这一情况及时向上作了报告，上面也及时作出了指示，只是，其时大家全沉浸在了"对日宣战"的欢欣鼓舞之中，还没来得及行动——

1941年12月8日，太平洋战争爆发（7日，日本海军对太平洋上美国的海军基地珍珠港不宣而战发动攻击，同时在西太平洋向印度尼西亚、马来西亚、缅甸和菲律宾等地发动攻击）。13日，河南各界三万余人在洛阳举行"河南党政军民拥护对日德意宣战示威大会"，省府主席卫立煌亲自宣读宣战布告。国共两党也分别发表布告或宣言。早在当月9日，国民政府根据国民党中央党务委员会特别会议决议发布文告，该文告称："兹特正式对日宣战，昭告中外，所有一切条约、协定、合同，有涉及中、日间之关系者，一律废止。"对德、意宣战文告称："兹正式宣布，自中华民国三十年（1941年）十二月九日午夜十二时起，中国对德意志、意大利两国处于战争地位，所有一切条约、协定、合同，有涉及中、德或中、意间之关系者，一律废止。"同日，中共中央也发表了《中国共产党为太平洋战争的宣言》，向党内发出了《中共中央关于太平洋反日统一战线的指示》。

与此同时，中共继续"撤退河南党员干部"。

撤退？

是的，自震惊中外的"皖南事变"发生后，中共中央根据出现的反共逆流和党内个别不坚定分子投降变节、充当国民党特务等有关严重情况，决定紧急撤退河南党员干部。当然，虽然"紧急"，但是分期分批进行。首先全部撤退的是豫西、豫西南、豫中区委以上党员干部。豫西的党员干部撤到延安，其他地区可撤到豫皖苏或豫鄂边抗日根据地（这个撤退一直进行到1942年底）。刘金戈一中队因为是沈项淮常备队，且与日军还常在战斗，所以，接到通知时，太平洋战争爆发刚刚，而正式接到命令，则是1942年初了。

但在接到撤退的命令时，刘金戈也接到了另一项命令，这就是争取傅秀山加入共产党，也要与他们一起撤退。

直到这时,刘金戈才恍然记起当初在汇报傅秀山的"沮丧"时,上面及时所作的指示:接近之,争取之。

之前的指示是河南省委作出的,而这次的这个命令,则是曾经在这里战斗过的彭雪枫决定的——

"皖南事变"发生后,彭雪枫先后多次与李先念、陈毅、张鼎丞等联合致电蒋介石,要求制止企图围歼遵令北移之叶挺、项英军长,呼吁顾念团结,保障安全,"万一叶、项军长发生不幸,我全军领袖丧失,则将无所从命"!发表《抗议国民党顽固派制造皖南事变通电》,表示"新四军转战大江南北,深远敌后,浴血抗战,肝腑涂地,有功于国",今竟不但"国军攻我于后",且复"我江南部队更以遵令北移被诱围歼",是则,"我华中华南新四军不再考虑北移命令,即对一切命令亦不再执行之"!

这次,当得知一直在敌后抗战的沈项淮常备队中的一中队刘金戈部也要撤退后,他立即想到了那个曾令他十分欣赏的傅秀山,于是,遂在命令中特地加了这一项命令。

然而,正当刘金戈准备动员和发展傅秀山时,不想,傅秀山此时却已接到了另一个命令,而且是密令——

1942年3月1日,元宵节那天,天气雪后放晴,太阳放着白白的光,但照在人身上,却是洋洋的暖。要是往常,这天应该是红灯高悬,锣鼓喧天,可是,在这既来自日本鬼子也来自敌伪顽军的围攻恐怖气氛中,却连一声鞭炮声也难得听到。为了让战士们虽然没有红灯没有爆竹却也一样地能过上个元宵节,傅秀山除了让厨房包了饺子加了菜,还学习一中队,组织大家排演了节目,准备晚上大家一起乐一乐。可谁知,正在临时搭建的礼堂里忙得不亦乐乎的傅秀山,却突然接到刘萼青的"紧急"通知,让他立即、马上、立刻去见他。

"紧急"——一定有事。

傅秀山没有半点犹豫,立刻翻身上马,向公署疾驰而去……

可见了刘萼青,刘专员却一笑两笑地望着傅秀山,根本不像"有事"的样子。

傅秀山心里就像海河里的螃蟹——七上八下了起来(他忽然想起海河来了,呵呵,天津,不用掐指一算,他已与它分别六七年了)。

"首先恭喜你。"刘萼青这样开了话头。

"恭喜我?"傅秀山越发地三丈三的扁担——摸不着头尾了。

"上面来了命令,让你明天就去执行一项秘密任务。"

"秘密任务?"

刘萼青仍微笑着说:"是的。"

"什么任务?"

"什么任务?"刘萼青的笑便敛了起来,"能告诉你的,还叫秘密吗?"

傅秀山不禁就不安了起来。

"明天一早，有车接你，不要多问，不要打听，不要——"刘尊青不知怎么，说话竟有些语无伦次，"不要问为什么，什么人也不要告诉。"

"家属也不行？"

"不行。"

"那——"傅秀山拧了拧眉头，"任务多久能完成？我家属正怀着孕呢，四五个月了。"

"我也不知道多久。"刘尊青的眉头不禁也皱了皱，"对你家属就说省主席卫立煌调你研究作战计划去了，可能需要一段时间才能回来。"

傅秀山还想说什么，刘尊青挥了下手制止了他，"还不赶紧回去安排一下"。说完，将一份注有"密"字样的文件从桌上拿了起来，往傅秀山面前递了递。

"是。"傅秀山机械地接了过来，然后向刘尊青敬了一个礼。

此时傅秀山却并没有转身往外走，而是说道："专员，今天是元宵节。"

"是呀，你小子怎么着，还想在我这儿吃过元宵再回呀？"

"嘿嘿。"傅秀山笑了起来，算是默认刘尊青说的。

"还是回去与你家属一起吃吧，家里的事情你不用担心，我会照顾好他们母子几个的。"刘尊青道，"你走后，我就将她们接过来。"

傅秀山没有理由再待下去了，只好又一次地敬了个礼，心事重重地走了出来——怎能不叫他重重心事？这战争年代，接到密令，不是深入敌后，就是独闯虎穴，要不就是……就是什么，傅秀山一时怎么想也想不出来……

而身后的刘尊青，望着消失在灯光中的傅秀山背影，却是一脸的笑意……

第九章　重庆受训

全场肃然静穆，这时，戴笠缓缓举起右手，呼出了张自忠常说的一句话"我生则国死，我死则国生"口号声中，一种沉重、浓重、深重的"忠义之志"和"壮烈之气"，在教室中，在"精神堡垒"广场，在歌乐山上，久久回荡……

1 远涉

车在一边是河（也许是江）一边是山的路上行走了一天，前面是一座小城——因为从灯火上来看，稀稀疏疏，不像大城更不像后面还缀上一个"市"字的城。车外很少有车与他们擦肩而过。河里的水永远不结冰，此时，仿如春天一般静静地流淌。路边有没有树？傅秀山似乎觉得有，又似乎觉得没有。自从出了河南境地，陆续地车上又上来了几个人。每个人上来都与他一样，只带了一份注有"密"字样的文件，再就是，一脸的茫然或曰疑虑，不知道他们此去是何方、何地、何事……

其实，他们要去的，是重庆。

去重庆？

是的。

但不是去参观1939年5月5日才升格为甲等中央院辖市（即直辖市），而是去参加一个秘密培训班——特警班。那份注有"密"字的文件，其实是他们的报到证。

原来，随着1938年12月18日汪精卫逃离重庆，在越南河内发表降敌"艳电"，尤其是1940年3月30日日本政府"决定给予全力协助和支援"的傀儡政权的成立（汪伪政府），与日本"特高课"狼狈为奸，致使整个敌占区包括平津地区大量军统、中统组织被破坏。所以，党国急需人才。在这种背景下，经蒋介石批准，由军统局副局长戴笠亲任主任，在重庆开办一个短期"特警班"，为军统和中统培训补充人员。

但无论如何急需，无论如何补充，身在河南沈项淮的傅秀山怎么能进"首都"（尽管前面还有"战时"二字）学习？这个说起来，复杂却又不复杂，始作俑者，是李墨元——

当初为避因傅秀山打伤日本浪人小日向（中文名字高旭东）而遭"上面"压力，李墨元以天津市参议会议员的身份与时之周合计，联系上老同盟会会员刘萼青，将他送到了远离天津的中原河南，但李墨元却并没有将他"置之脑后"，而是时时牵挂着，并在傅秀山离开不久后，就开始为他"奔走""呼号"。无奈，其时，时之周已调往重庆，就任国民党中央政治学校边疆教育班主任一职去了，他只手搅水不浑。最近，当他得知国民党将在陪都举办一个"特警班"时，想来想去，便想到并找上了曾受时之周指挥过的老同盟会会员李廷玉。

李廷玉，字实忱，天津人，北洋将牟学堂毕业。考取过功名，中过举，又入军旅，官衔陆军中将。曾做过江宁（南京）将军，赣南、北的镇守使，江西省省长。于1932年5月4日创办国学研究社——说起这创办，还颇有故事。"民国肇造以来，二十有六年矣。欲正人心，而人心日趋于险诈；欲厚风俗，而风俗愈极于卑污。试为参致此之由，实起于民三废经，民七废孔，有心人难怒焉忧之。"在李廷玉看来，废经废孔导致了人们道德失衡，所以尽快恢复对中国传统文化精髓的挖掘和传承，刻不容缓。因此，他联合天津各界学者，倡导成立国学研究社，对中国古典文化进行研究、巩固和发扬。在成立之初，为避免"尊孔"之嫌，李廷玉在学社的命名上可谓煞费苦心。经过多方征询意见，最后定名为"国学研究会"，才得到政府批准认可。社址设在特二区三马路西头海河沿的天津市立师范学校内。其实，李廷玉于1937年5月曾经创办过一个为底层百姓提供义诊和中医研究的机构"国医学院"，地址设在磨盘街上，背靠当时的天津市警察局。遗憾的是，这个成立仅仅两个月的国医学院，便在日机的轰炸中被毁。

可惜，国学研究社坚持了五年余遇七七事变，虽然他热爱国学，但还是毅然决然决定"结束"这"研究"。日本人听说后，或派人劝说，或直接威胁，让他继续开办。为了不再受这三天两头的"登门拜访"，李廷玉再次毅然决定，搬出居住的意租界，自掏腰包在英租界伦敦道（又称四十五号路，即今成都道）三十一号买了一幢装饰着菲律宾门窗的小二楼，闭门著书。

虽然闭门，但他的影响力，尤其是他与时之周也熟悉，且深得时之周青睐，于是，李墨元便找上他，两人联名写信给时之周，希望他多多斡旋，务必使这一人才能为国家建功立业……

李廷玉也由此与后方的重庆国民政府联系上了，并于此后不久与几个国民党同志一起在天津组建了"密设党政军联合办事处"，化名张永安，进行地下抗日活动。傅秀山受训结束重返天津后，曾与之一起从事过分化敌伪、准备抗战胜利后的天津接收工作。

时之周接信后，也不负李墨元与李廷玉所托，先后向戴笠、陈果夫、陈立夫等推荐其忠贞刚毅，终于为傅秀山争得了这一培训机会……

沿着河边又走了一天，傅秀山他们弃车登船。

傅秀山一直生活在北方，虽然对船并不陌生，但像这样航行在河（应该是江，长江）上，却还是第一次，因而，两岸的风景时时让他惊叹、惊悦甚至惊美。

这一天，太阳还没有出来，整个江面上雾岚缥缥缈缈，透着一片白，乳白，有着云的神往。上午九十点钟，雾还没散尽，前面忽然凭空出现了一座如水墨画一般的山，不，是城，不不，是山城——

"看呀，多雄峻！"有人如傅秀山一样激动，指着前面说。

可是，这雄峻的山城，待傅秀山他们登上岸，走进其中，竟然已满目疮痍……

2 特警班

这雄峻而又疮痍的山城，便是重庆。

傅秀山与他的战友们，不，现在应该叫同学，一起从东水门上了岸——山城的主城区因受两江夹持，呈半岛之势，城门与众不同。明洪武年间，镇守重庆的指挥使戴鼎依照"九宫八卦"之象环长江和嘉陵江建成了"九开八闭"，即九道开门、八道闭门共十七道城门，其中只有通远门是主城区唯一的陆路出口，其他"开门"均面临两江。没做任何停留，径直奔向了刚建不久（1941年12月31日）的位于市中区督邮街广场的"精神堡垒"，以瞻仰"坚决抗战到底"之士气和勉励。

> 堡垒为碑形建筑，四方形炮楼式木结构，共五层，通高七丈七尺（象征"七·七"抗战）。抗日战争胜利后，国民政府在这"精神堡垒"原址上修建了全中国唯一的一座纪念中华民族抗日战争胜利的国家纪念碑——"抗战胜利纪功碑"，即今天的"解放碑"，钢筋水泥结构。只是那个时候，我的爷爷傅秀山已在千里之外的天津了，没能目睹……

"怎么涂成了黑色？"傅秀山正沉浸在这种肃穆而崇敬的氛围中，一边的一个个子不高但很精悍的同学轻轻用胳膊肘拐了拐他。

可还没待傅秀山回答，站在精悍同学另一边的一个高个子却答上了："这个还不知道？防飞机空中轰炸呀。"

虽然有了答案，但精悍的同学却还是望着傅秀山，傅秀山只好赞同地点了下头。

这时，有人喊"走了"。

"精悍"与高个子，还有傅秀山，就随着大家走。

"我叫李登喜。"精悍的同学道，"你呢？"

"我叫张爱军。"还没等傅秀山回答，高个子回过头也自我介绍道，"湖北人。"

"我就是四川本地的。"李登喜也忙补充上。

"我叫傅秀山……"傅秀山接下来不知说自己是天津人还是河南人好，正犹豫着，张爱军又答上了，"你是河南的？"

"你怎么知道？"

"乡音，说话的乡音——乡音无改……"

傅秀山只好笑笑，以示默认，只是，他自己问了声自己："我的河南口音有那么明显吗？"

"知道我们来干啥子吗？"李登喜不知问着谁地问。

"我来时，长官告诉我是特殊任务。"张爱军道。

"我们长官说是秘密任务，你呢？"李登喜马上接道。

望着李登喜投来的目光，傅秀山笑了一下，说："我们长官说到了就知道了。"

"对对对，到了就知道了。"张爱军脚下一绊，差点撞上了前面的李登喜，"这城！"

"坡坡坎坎。"李登喜笑应着张爱军。

傅秀山则抬头望了一眼天空——天空被半边的高楼大厦给遮住了，但另半边，却是澄明的，"这样晴朗的天，敌机会不会来轰炸？"傅秀山忽然想。

似乎是应着傅秀山的这"想"，劈空里就响了空袭警报。

"快，跑步前进。"前面传来口令。

于是，他们穿过一条巷子，又跑过一条街道，接着，就进了一条隧道——其时，整个重庆城，遍布着防空洞。

好在，虚惊一场，敌机只是前来侦察，飞了一圈就走了。

敌机走了，傅秀山他们才出来。再往前走不多远，就到了他们的目的地：来龙巷庆德里一号。

到了庆德里一号，一名长官让他们将随身携带着的文件打开，按秩序登记——其实是报到，因为打开来的文件，竟是一张报到证——"特警班"学员报到证。

不过，长官也没错，因为在报到的同时，他们根据事先预定的方案，将所有的学员分成军统和中统两个序列登记造册，进行培训。

然后，长官开始宣布纪律，譬如，严格保密，学习序列不得在任何地方任何时候向任何人透露，学习地点同样也不得在任何地方任何时候向任何人透露，更不能不经批准私自与外界联系，包括家人、亲属、朋友，等等。

接下来的日子，傅秀山与他的同学们，就全身心地投入了学习当中。

不过，在这"全身心"之前，傅秀山第一次见到了"传说"中的戴笠，因为他是他们这批特警班的主任——只是，戴笠的形象，完全出乎傅秀山的想象。他原以为，这位大名鼎鼎的军统局副局长一定长得人高马大，十分魁梧，却不想，他身材并不高，不过中等，而且壮实，且有几分粗犷，嘴唇很厚（当然用"坚毅"来形容也恰当）。好在，他的目光却很尖锐，中山装风纪扣也扣得十分整齐（军统局的工作人员，男的穿中山装，女的穿浅蓝色旗袍），浑身透着一种军人的干练，这倒与傅秀山臆想的差不多。那天，戴笠是来给他们这批新学员训话的。

说是训话，其实，只不过是用幻灯放了两封信——

两封信？

是的。是"一战于淝水，再战于临沂，三战于徐州，四战于随枣宜昌。驰骋沙场，战死沙场。殉国时仰天喟叹：'力战而死，自问对国家、对民族、对长官可告无愧，良心可安'"的张自忠。

一封是1940年5月6日张自忠（时任第五战区右翼集团军兼第三十三集团军总司令）渡襄河截击日寇出发前致副总司令冯治安的亲笔诀别信：

仰之吾弟如晤：

　　因为战区全面战争之关系，及本身之责任，均须过河与敌一拼，现已决定于今晚往襄河东岸进发，到河东后，如能与三十八师、一七九师取得联络，即率两部与马师不顾一切，向北进之敌死拼。若与一七九师、三十八师取不上联络，即带马师之三个团，奔着我们最终之目标（死）往北迈进。无论作好作坏，一定求良心得到安慰，以后公私均得请我弟负责。由现在起，以后或暂别，永离，不得而知，专此布达。

另一封是1940年5月1日，张自忠告将士书：

　　国家到了如此地步，除我等为其死，毫无其他办法。要相信，只要我等能本此决心，我们国家及我五千年历史之民族决不致亡于区区三岛倭奴之手。为国家、民族死之决心，海不清、石不烂、决不半点改变，愿与诸弟共勉之。

（留下这两封信后不到十天，即1940年5月16日下午4时，在襄阳与日军战斗中，张自忠所部全军覆没，张自忠牺牲。）

放完，全场肃然静穆。这时，戴笠缓缓举起右手，呼出了张自忠常说的一句话："我生则国死，我死则国生！"

"我生则国死，我死则国生！"

"我生则国死，我死则国生！"

"我生则国死，我死则国生！"

……

口号声中，一种沉重、浓重、深重的"忠义之志"和"壮烈之气"，在教室中，在"精神堡垒"广场，在歌乐山上，久久回荡……

这回荡中，傅秀山的拳头，越攥越紧，越攥越紧，越攥越紧——"以身许国，死而后已"，傅秀山庄严地告诫着自己！

呼完这一句口号后，戴笠就匆匆忙忙离开了。

戴笠离开了，傅秀山却哪儿也去不了了——课程安排得非常紧，虽然他们中统不像军统那样每天都要在靶场上卡宾枪、汤姆生手枪地射击训练，但侦查、审讯、指纹、毒物、痕迹、罪犯心理、化装、拘捕、刑具还有测试仪（美国最新发明的，全部自动化操纵。受审人坐在特制的椅子上，胸部与臂部都绷上特制的电线，电源打开后，审问者向受审者问话，根据受审人答话，便可知他说的是真话还是谎话。因为机器上的仪表会显示出受审人的心理和生理变化，审问者凭此来断定被审者的回答是否诚实。尽管戴笠对这测谎仪并不十分感兴趣，他还是相信军统那套刑讯逼供）甚至警犬的使用等，他们则也必须认真学会、习会。学会是理论，而习会，则是操练……

　　紧张的学习中,时间总是过得很快,转眼,大半年就过去了,开始有了秋风的凉。这天,傅秀山他们正在进行测试仪的训练,戴笠来了。这个对测试仪一向没有多大兴趣的他,却突然对这个"新式武器"有了兴趣,指着正在排着队临到测试的李登喜说："你,来,我测测。"

　　"我……"李登喜不由得紧张了起来，站在那儿，竟然不知道去坐到测试椅上，"我吗？"

　　"对头。"戴笠少有地幽默道。

　　于是，一边的教官便忙将李登喜拉着坐下，然后替他"绑上"那些电线。

　　"可以了，主任。"教官报告。

　　"可以了，那我就开始问啦——你叫什么？"

　　"李登喜。"

　　"我叫什么？"

　　谁也没想到戴笠会问这个问题。

　　"戴主任。"

　　"我叫什么？"

　　"戴主任。"

　　戴笠便笑着对站在一边的教官说："不准嘛，我明明叫'戴笠'，怎么叫'戴主任'呢。"

　　一边一直紧张的学员们被戴笠如此有趣的一说，再也绷不住了，不禁都笑了起来，只不过，不是太敢放声而已。

　　"要笑就笑嘛，我有那么狠吗？"

　　"不狠。"李登喜以为戴笠仍在测试呢，忙大声道。

　　可他话音刚一落，仪表便立即显示他说了谎。

　　"你看你看，又说了假话。"戴笠指着测试仪笑着道。

　　"你怕我？"

　　"怕。"李登喜脱口而出后，立即后悔，忙又改口："不怕。"

那仪表就摆动了起来，摆得戴笠哈哈大笑——

"到底是怕还是不怕？"

李登喜不知道怎么回答是好了，干脆，闭了嘴，只拿一双眼诚惶诚恐地望着戴笠。

"你想出去玩儿吗？"

"想。"

戴笠看了看仪表，点了点头："嗯，这个是真话。"

"想看戏吗？"

"不想。"

仪表又动了起来。

"到底是想还是不想？"

"想。"

戴笠指了仪表，笑着说："这到底是真的还是假的，怎么都动？"

一边教官的汗就流了出来。

陪他一起流汗的，自然还有李登喜……

"好了好了，不与你们耍了。"戴笠一边往起站，一边说道，"想玩就玩嘛，想看就看嘛，明天，我先带你们去礼园玩。至于看戏嘛，再寻机会……"

礼园，也叫宜园，即如今的鹅岭公园。清末宣统年间（1909—1911年），云南恩安盐商李耀廷父子羡鹅岭之奇美而于此营造园林。李氏友人清侍御赵熙曾书赠"鹅岭"，刻石立碑。礼园建成之初，即有"园极亭馆池台之胜"的说法。光绪年间进士宋育仁《题礼园亭馆》诗，曰"步虚声下御风台，一角山楼雨涧开。爽气西浮白驹逝，江流东去海潮回。俯临木杪孤亭出，静听涛音万壑哀"，对礼园风光描摹颇有传神之处。站在这里，如果将两江夹持的山城看成是一条吸水的龙，朝天门是龙嘴，那这礼园便是龙脊了。此时，蒋介石与夫人宋美龄正居住在园中的"飞阁"，一般人是进不了的，所以，戴笠才有"我带你们去玩"一说。

没想到，玩儿过礼园不久，戴笠还真的又带他们去看了一场戏。

这场戏，不仅让傅秀山感慨万千，而且在戏结束时，他竟然偶遇上了一个让他既十分意外在这里出现又令他十分敬仰的故人……

3 偶遇

看戏？在这个敌机随时都可能前来轰炸的时候？

"听到空袭警报响起时，要让民众先行撤离，然后就近进入防空洞。"临动身时，教官这样告诉大家。

傅秀山听后，将身子不禁挺了挺——他的骨子里只要一听到"民众"二字，就不由得激动起来，因为在他看来，这"民众"与"劳工"是一个同义的词。

"路上就不用列队了，自行走动吧，到了也自行进入；国泰剧院大家也都熟悉，按座位坐下便是。"教官笑着叮嘱。

于是，出发。

于是，看戏——

戏是话剧，名叫《龙城飞将》，据说取自唐朝王昌龄《出塞》诗后两句"但使龙城飞将在，不教胡马度阴山"。故事说的是一个有志青年刘云飞从东北流亡到重庆，报考了航空学校，成了一名飞行员。"端午节空战"中奋勇撞下了一架日本的新式飞机，自己也因此受伤迫降在了一片深山老林中。一直深爱着他的女大学生得知消息后，独自进山寻找，不想，落入一帮袍哥匪窝。大舵爷见其颇有姿色，欲将其纳为压寨夫人。可就在被强行拜堂成亲之时，她发现刘云飞原来竟然在这里养伤。于是，她用一把原准备用来自戕的匕首逼退众匪，与刘云飞一起宣讲抗战局势，申明民族大义，叙述抗日英雄业绩，终于感动了大舵爷，不仅带领自己的武装加入了抗日队伍，而且还亲自主持了刘云飞与女大学生的婚礼。有情人终成眷属，刘云飞重上蓝天……

关于剧中所说的"端午节空战"，时间是1940年端午节，我前面曾提到过的那部小说《重庆之眼》是这样描述的：那天，江面上24条龙舟正"鼓声雷动，彩旗猎猎，百舸争渡，浪花飞溅"，突然，日本海军航空队的96式轰炸机群"瞬间就打落了一千个太阳"——"子弹打在水里，长江淌血，一排排眼泪喷泉般弹跳而出；子弹打在龙舟上，木屑横飞，龙在呻吟"。就在这时，"天空中忽然传来一阵强大的轰鸣，那是世界上最有力的声音。我们的空军杀过来了！一架中国空军的苏式伊-16战机似春回大地的雨燕，一个燕子衔泥般的俯冲，紧紧咬住了那个天上的杀人犯。纵然重庆的天空如此宽阔，但已没有一条是强盗的生路。日机急速地爬升，左拐，再右拐，但伊-16像一个复仇的杀手般机敏、迅猛、果决。当人们再次听到爆竹般的机枪声响起时，心情顿时如过年时放鞭炮一样开心了。因为他们看到日机凌空爆炸，碎片满天飘落。那是重庆上空最令人痛快的一个'大礼花'……"

"哗！"

原来不知不觉中，戏就结束了。

然后，先是演员们谢幕，接着，是文艺名人上台接见——名人，或长衫或西装，其中，傅秀山只认识老舍，其他的，可能听说过，但都不认识。

随着重庆成为中华民国的战时首都，众多文化艺术界名流也来渝工作定居，诸如张大千、胡适、傅斯年、林语堂、钱穆、梁实秋、郭沫若、柳亚子、马寅初、陶行知、梁漱溟、徐悲鸿等，使陪都文化兴盛一时。重庆成为当时西南地区的文化教育中心。学府云集的重庆文化区沙坪坝成为当时大后方著名的"文化坝"。从这里培育出了大批人才，如丁肇中、朱光亚、周光召、邹家华、茅于轼、吴敬琏、丁雪松、王家声等。陪都文化也成为重庆文化发展史上的一块奠基石。

"张伯苓！"一边的李登喜拍着巴掌跳了下。

"你认识？"张爱军不屑地望了眼李登喜。

李登喜立即还以"不屑"："'中国奥运第一人'，这个，你都不知道？"

其实，张伯苓还是西方戏剧的最早倡导者，目的是把戏剧作为美育和道德品质教育的手段。对此，他曾有过一段著名的语录："戏园不只是娱乐场，更是宣讲所、教室，能改革社会风气，提高国民道德。"

张爱军可能真的不知道，听过李登喜的反诘，没接他的话头，转而问傅秀山："你认识？"

傅秀山还真的不认识，只好摇了摇头。

"看，傅秀山也不认识么。"

这时，大家开始一边或议论着剧情，或议论着剧中的人物，开始往外走。

见人已走得松了，舞台上谢幕的演员也进去了，名人们也下台了，傅秀山便也站了起来，准备走。

可是，就在他站起来，准备走，眼睛不经意地最后瞥向舞台时（也许他是想再看一眼老舍吧），在灯光中，他忽然看到一个熟悉的身影也正随着人流（也不知他是刚从舞台上下来还是原本就在前排就座观看）往外走。可是，这个熟悉的身影是谁，他一时竟然想不起来。

"走啦。"张爱军推了一下傅秀山。

傅秀山只好走，可那眼睛还在循着那身影。

"啊！"傅秀山一下想了起来。

想了起来的傅秀山立即撇下李登喜他们，向那身影挤了去……

"时校长！"

时之周正不紧不慢地随着嘈杂的人群往外走着，突然听到一个声音在叫，隐约中，好像是在叫自己，以为是碰上了一个熟人，便笑着侧过头望去。

可是，望去后，却不认识。

"时校长。"

这次，他听清了，那人在叫"时校长"——"时校长"，多么久违了的一个称呼呀。时之周忙抬了抬手，以示他听到了，同时，也往那边挤去。

"时校长，真的是你！"青年激动地拉了时之周的手腕如顽童般跳了起来。

"你是——"

"不认识我了？我，傅秀山。"

"哦，哦哦——"时之周拍了下脑门，立即笑了起来。

傅秀山，他，时之周，当然非常熟悉；他之所以能来重庆，能进"特警班"，乃至包括他的"警局风云"，正是他时之周与李墨元还有李廷玉的杰作呢。

可是，傅秀山对他，自那年送赵欢芝入天津师范学校之后，在四区执委任上时，听倒是常听到，可似乎并没有再见过。

"你怎么在这儿，重庆？"傅秀山边走边大声地道。

尽管大声，如果时之周不仄过耳朵还是听不清楚，这剧院，演出时倒是挺安静的，这散场却简直是菜市场，吵闹得翻了天。

"我怎么在这儿？"时之周愣了一下，但接着便"呵呵"笑了起来，"我来这儿六七年了哦。"

"六七年？"傅秀山有些诧异地望着时之周。

时之周便摇了下手，说："说来话长。"

其实也不长，因为时之周在陈果夫、陈立夫和蒋介石的亲信原南开学生张厉生的赞许、支持下，他同国民党的因缘越来越深，1935年被选为国民党候补中央委员，不久，又补为中央委员，并先后担任宁夏、湖北省教育厅长，抗战全面爆发后，1939年，他又被调来重庆，就任国民党中央政治学校边疆教育班主任一职。

"校长现在住在哪儿？"话一出口，傅秀山就感到自己问得唐突了，不自然地抿了一下嘴后，补充道，"我的意思是，有空我去拜访。"

时之周倒是并不介意，正要说，后面的人轻轻搡了他一下，将他们给推开了，原来，开始出大门了。

出了大门，他们往边上走了走，时之周这才接上刚才的话，道："观音岩。"

"观音岩？那里，离回教救国协会很近。"

回教救国协会，1938年5月成立，原名"中国回民救国协会"，1939年更名为"中国回教救国协会"，1942年12月又更名为"中国回教协会"……

时之周微笑着颔了下首。

实际上，何止是很近，时之其时就住在这救国会，而且该协会理事长白崇禧不经常到会，时之周作为副理事长，虽然"副"，处理的却是日常会务，且一直到抗战胜利、日本投降。

"你的家人还好吗？"

时之周这本是一句常规的客套，却让傅秀山一下陷入了沉思、思念中——"家人"，即亲人，可以是兄弟姐妹，可以是叔伯婶娘，更可以是妻子儿女。可傅秀山一听，第一个想到的，是远在河南沈丘的"妻子"万德珍。他离开时，万德珍已有身孕三四个月，掰着指头算来，这些日子，应该到了生产的时候了。是女儿？儿子？傅秀山曾在夜里睁着两眼不知想过多少回。虽然他告诉自己，女儿儿子都一样，但他内心里，还是希望万德珍这胎能是个儿子。

事实上，万德珍在前不久，即1942年9月12日（农历八月初二），还真的生下了一个他后来取名叫"玉增"的儿子。只是，此时，傅秀山还不知道。

见傅秀山有些走神地发着愣，时之周不由微微一笑："想家了吧？"

"不。"傅秀山忽一下醒了过来，但见时之周正对着他笑，于是，不好意思地也笑了笑，"是——有点……"

"傅秀山。"这时，李登喜与张爱军急急地跑了过来，"你怎么还在这儿？大家归队了。"

"都归队了，你俩怎么还在这儿？"

"教官让我们来等你呢。"张爱军边说，边望了一眼时之周。

时之周笑着朝张爱军点了下头后，转向傅秀山，道："那你归队去吧，咱们后会有期。"说完，伸过手，便要与傅秀山握别。

傅秀山愣了下，但还是立即伸出了自己的双手握住了时之周……

这一握，原以为时之周的那句"后会有期"，一"期"，便"期"到了抗战胜利傅秀山从敌军一四〇七部队（即军人监狱）获释"后"，没想到，在"特警班"结业时，他就"期"上了……

4 大轰炸

只是，后来一直令傅秀山常常后悔不已的，是这次与时之周见面为什么不再多耽误几分钟或是十几分钟。因为耽误上几分钟或是十几分钟，也许，事情就不会发生；即便发生，至少也不会发生得那么惨烈——

傅秀山辞别过时之周，与李登喜和张爱军两人一边走，一边仍沉浸在不知是话剧剧情还是刚才与时之周见面的兴奋中，原本可以径直穿过校场口，可他们却还想再看一看，游一游，玩一玩，转转这难得见到的街市，便从筷子街，过棉花街，走进了瓷器街。

是的，瓷器街。

可刚进瓷器街，空中突然响起了空袭警报。

这种刺耳的警报，这些年，在重庆人，似乎都听习惯了。有资料上这样记载道：从1938年春到1944年冬，日本陆海军航空部队联合对重庆进行了长达六年多的狂轰滥炸，史称"重庆大轰炸"，其地域之广泛、轰炸之频繁、死伤之惨重、罄竹难书。所以，不仅傅秀山他们，就连那些商贩们，也并没有显得十分慌张，甚至有的店铺老板还在与顾客讨价还价。因为一般来说，从预警三分钟后，到敌机飞临重庆上空，需要大致十几二十分钟。谁知，这次，敌机却根本不"一般"，预警刚响过，呈"人"字形的日机每三架一组，就从南山后面幽灵般地扑了过来。

"快，往那边！"傅秀山指着十八梯对这时才紧张了起来的人群大声喊着，"那边隧道——"

其实，他这句完全多余，经过这么多次的空袭，对于十八梯下面的隧道，怎么走最近，大家都了然于胸。

十八梯本来是指从江边上到校场口的十八层阶梯，每层阶梯又有七八步到十几步不等的台阶，每一层台阶上会有一块三四平方米的平地，以供那些在码头上当棒棒的（指靠一根棒子生存的人，即下苦力的）、挑水的、扛包的以及抬轿子的，停下来换一换肩，或是歇一歇脚，喘口气儿。码头在下，城市在上，有了这些人，码头与城市便被串联在了一起。防空洞，在十八梯一边依壁打了进去，洞口对着江面。原本是为了码头上的和停泊在码头上的船只上的人避难。现在，住在上面的附近的人，也将这里当作了逃命之地。

这时，一架敌机发现了这群正慌乱地跑着的人，俯冲着就过来了。傅秀山没听到爆炸声，也没听到机枪声，但他看到了随着一股烟，黄烟，也有黑烟，跑着的人，就飞了起来，但不是整个人，而是胳膊、腿、身子，如散花一般，在天空中四散了开来，或是那么地往前一跳，趴在了地上，然后，他才听见爆炸声、枪声、飞机的引擎声，还有人们的呼号声。

这时，一个妇女抱着一个小孩从傅秀山身边跑过，可被脚下不知是尸体还是什么绊了一下，倒在了地上。傅秀山三步两步冲过去，一手抱起小孩，一手拉起那妇女，就向梯下跑。

可就在他刚踏上第一层阶梯时，第二架飞机（也许还是那一架）过来了，同样，一个俯冲，然后一仰，飞了起来。在这一俯一仰间，傅秀山的眼角看到，跟在他后面的那个妇女还有紧跟在妇女身后的张爱军，却炸飞了起来——妇女划了一个弧线，落向了梯下，而张爱军，在飞起来的时候，整个人还是一整个，可在空中，却分解了开来，落在地上，便成了东一块西一片……

"张爱军！"

傅秀山叫过之后，看了一眼怀中惊恐至极的小孩，顿了一下，想想继续向下跑了起来。而已经到了梯下的李登喜，听到傅秀山的叫声（也许没听到，只是见到傅秀山的表情或是那一顿的身形），忙折回身，又向上跑了来。

"不要！"傅秀山再次叫了起来，"李登喜，快，进洞！"

可李登喜根本听不到，三两下就跑了上来，从傅秀山手中接过了那小孩，就向下跑。傅秀山站在那儿，想回去，可是，这时，敌机第三次过来了，他只好跟着李登喜，转身向下跑进了隧道——而这个隧道，正是去年"六五惨案"发生的地方……

关于"六五惨案"（也就是"大隧道惨案"）的经过，相关资料是这样记载的：1941年6月5日下午6时左右，雨后初晴，当重庆的市民们正准备吃饭乘凉时，突然空袭警报长鸣。得知日军的飞机要来空袭，人们携带行包，纷纷涌向防空隧道的入口。由于袭击突然，疏散来不及，因此，防空隧道内聚集的人特别多，显得十分拥挤。除了两旁的板凳上坐满了人以外，连过道上也站满了人群。洞内空气异常浊闷。晚上9点钟左右，日军飞机进入市区上空，开始狂轰滥炸。霎时间爆炸声此起彼伏，繁华市区顿成废墟。由于人多空间小，再加上洞口紧闭，洞内氧气缺少，人们开始觉得呼吸不畅，浑身发软。地面上日机的轰炸仍在继续，而洞内的氧气越来越少，连隧道墙壁上的油灯也逐渐微弱下来，这时婴儿和孩童们终于忍受不住了，大声啼哭起来，气氛顿时紧张，有些人开始烦躁不安，举止反常。生还者朱更桃回忆当时情景说："在洞内，起初只觉得头脑发闷，大汗淋漓，渐渐身体疲软，呼吸困难，似乎淹在热水当中，脚下温度异常之高。左右的人都不由自主地把自己的衣裤撕碎，好像精神失常一般。"生还者何顺征对当时的感觉也记忆犹新，说："开始感觉热得慌，心脏似欲下坠，如患急病，很想喝冷水。往外走，竟有人拉着，不能举步，黑暗中有人拉我的手乱咬，手和背到处受伤，衣服也被撕破了。"更有甚者，有些人完全失去了理智，如有一老妇人，将自己的头和脸碰烂，披头散发，大哭大叫，很是吓人。随着二氧化碳增多，洞内部分油灯已经由于缺氧而熄灭，人群骚动得更加厉害了。面临死亡，沉默的人们再也按捺不住性子了，开始拼命往洞口拥挤。由于洞门是向外关闭的，因此，人群越往洞口挤，门越是打不开。守在洞外面的防护团员只知道日机空袭时，禁止市民走出防空隧道，而对洞内所发生的危险情况一无所知。洞内的人发疯似的往外挤，人们喊着哭着往外冲，可是门依然紧闭着，无法打开。洞内的氧气在不断减少，洞内人群的情绪更加急躁，他们拥挤在一起，互相践踏，前面的人纷纷倒下，有的窒息死亡，而后面的人浑然不知，继续踩着尸体堆往外挤，惨案就这样发生了……后来洞门被打开，霎时间，洞内的人群如同破堤的河流一样冲出洞门，一部分人因此而得以生还。郭伟波老人是冲出洞外的少数人之一，回忆当时的情景和感受，他说："后来，木栅不知怎样打开的，守在外面阶梯上的防护团也跑掉了。人流穿过闸门，犹如江河破堤，拼着全力往隧道口上冲。我和两位同学因年轻力壮，用尽力气随着人流挤出木栅，昏头昏脑地上了阶梯，终于来到地面上。当时我到底是凌空、是滚爬，还是被人流夹住推出来的，实在是闹不清楚。只觉得一出洞口呼吸到新鲜空气，浑身都感到凉爽、舒畅，瞬即又迷惘、恍惚，似睡非睡、似醒非醒地躺下了。我那时没有手表，昏睡了大约半个小时又苏醒过来，只听见隧道里传来震耳的呼喊和惨叫声。我从地上爬起来一看，自己躺的位置离隧道口约三十米，周围有一百来人，有的正在苏醒，有的呆呆地站着，然而，再也不见有人从隧道口里走出来。我低头一看，自己的上衣已经被扯破，纽扣大部失落，帽子丢掉了，肩上挎包所装的信件、相片、日记本也全部不见了。东西是损坏、丢掉了，但我总算挣脱了死神，回到了人间。"日军的空袭还在继续，飞机呼啸着从空中冲过，扔下无数的炸弹和燃烧弹，地面顿时一片火海。此时此刻，洞内的人群也顾不上那么多了，还在奋力挣扎着往外挤。他们面色红涨，双手挥舞着，拼命狂叫，但是一切都无济于事，身体依然原地不动，一个个生命就这样被耗尽了。经过四个多小时的折磨、挣扎，将近午夜时分，洞内凄厉的惨叫声逐渐减弱，"很多人躺在地上，气息奄奄，面色由红色变成紫蓝色，口角的唾沫由白变红渗着血丝，不少人已无声地扑伏到别人身上。"空袭持续了将近五个小时，当日军的飞机离开陪都重庆时，防空大隧道已是死一般的沉寂，听不见活人的声音，到处都是死难者的尸体。其凄惨情状正如当时重庆市市长吴国桢所说："洞内之（难民）手持足压，团挤在一堆。前排脚下之人多已死去，牢握站立之人，解之不能，拖之不动，其后层层排压，有已昏者，有已死者，有呻吟呼号而不能动者，伤心惨目，令人不可卒睹。"很多死者都是挣扎到生命的最后一刻才含恨离开人世的。他们有的面部扭曲，手指抓地，有的仰面朝天，双手垂地，有的皮肤抓破，遍体鳞伤，十分悲惨。6日凌晨，防空警报解除后，国民政府当局开始组织人处理善后事宜。从隧道内拖出的遇难者尸体成垛成垛地放在洞口。

而关于这次惨案的死亡人数，这份资料是这样说的：在惨案发生后的第二天，即6月7日，重庆防空司令部发布公告，宣称"死亡四百六十一人"，人们无法相信。重庆市政府在6月12日工作报告中再次公布死亡人数为"有户口可籍者六百四十四人"。社会舆论一致认为此数字太低。7月3日，大隧道惨案特别审查委员会发表《审查报告》，宣布死亡九百九十三人，重伤一百五十一。但这些报告也无法令公众信服。

另有资料显示，惨案致使市民死亡九千九百九十二人，儿童为一千五百一十人，重伤者一千五百一十人，轻伤者不计其数。

傅秀山没有见过"六五惨案"之惨，但他今天，却见到了敌机轰炸之惨，尤其是张爱军被炸飞的那一幕，让傅秀山好久好久不能从心头淡去，直到他邂逅了另一个人，一个原本与他没有什么关系，但由于他的一套八极拳动作而有了关系，他才从这悲痛中缓了过来……

5 邂逅张树声

秋天不再只是凉意，如果这是在天津的话，但在重庆，却还只是丝丝凉。树上的叶黄是黄了，但不像北方那样风一吹纷纷落下，而是仍挂在枝上，随风摇曳。可是，情郁于衷的傅秀山，眼里却是落叶满地，随着风打个旋，从这条巷子旋到那条街道，然后沿着街道，一直旋到江边，嘉陵江、长江……再然后，随波逐浪，流去，流去，流去……但他身上的血，却一直在偾张，偾张，偾张……于是，在这泛着秋意的季节中，人们常常看到一个青年，不是快速地跑步的身影，就是"十趾抓地头顶天，怀抱婴儿肘挂泰"屹立之姿；不是面对天空长啸呼号，就是"斜身拗步逞刚强，搜肚挂耳归中堂"的发力声……

早晨就下起了小雨。常言道：春雨霏霏，秋雨绵绵。虽然这两个词都有细密之意，但给人心境却迥然不同。"霏霏"让人联想到烂漫的春花上那晶莹欲滴的凝珠，而"绵绵"却使人感到一种凝滞，一种滞涩，一种涩重……但，这天，傅秀山却一扫了这种感觉，因为正在他"八极顶肘奔胸膛，进步横打往上闯"时，不想，一边却传来了轻轻的掌声——

傅秀山没有理会，这种掌声，如果在初练时，也许会让他兴奋，但现在，不说他的八极拳已炉火纯青、出神入化，但也可以说游刃有余、挥洒自如，所以，他仍心无旁骛地继续练着他的"倒退一步避里裆，里夹外架两分张"。

"年轻人，休息一下吧。"那个鼓掌之人终于发出了声。

傅秀山这才侧过脸看去。

不认识。

但那眉宇间的那股"剑气"，却让他一下住了手。傅秀山然后一抱拳，算是对刚才的掌声抑或是劝他休息的感谢。

"你是哪里人，年轻人？""剑气"挂着手中的一根文明杖笑眯眯地道，"如果我没猜错，你应该是沧县或是天津一带的。"

傅秀山不禁愣了一下。

"我说的没错吧？""剑气"立即捕捉到了傅秀山的这一愣。

"您是——"

"我呀，嘿嘿。""剑气"没说，只高深莫测地"嘿嘿"了两声。

这时，教官从一边跑了过来，傅秀山以为他是来叫他的，可谁知，教官却径直跑向了那"剑气"，然后一鞠躬，道："师傅好。"

师傅？

傅秀山眼睛从教官身上移到"剑气"身上，又从"剑气"身上移到教官身上，一脸的诧异、讶异、惊异。

"他是你们班的？""剑气"用手中的文明杖指了下傅秀山。

"是的，师傅，他叫傅秀山。"

"哪里人？"

"河南。"

"河南？""剑气"的眉头不禁轻轻蹙了下。

"报告教官，我老家是河北盐山。"傅秀山知道教官只记住了他是从河南入班的，并不十分清楚他的籍贯。

"就是，我说嘛。""剑气"眉头这才舒展了开来。

"剑气"眉头舒了开来，傅秀山的眉头却皱了起来：这"剑气"是谁？他怎么知道我是河北或是天津一带的？我可一句话都没说过呢（想如果有过说话的话，他可能是从他的口音中辨识的）。

"哈哈哈，不明白了吧？""剑气"又一眼看穿了傅秀山的心思。

傅秀山不好意思地微微点了下头。

"你那——""剑气"说着，亮了一个招式。

"八极拳！"只一"亮"，傅秀山立即就认了出来，"你是李师傅——"他原准备说"你是李师傅弟子"，但话到嘴边，为免自己唐突，又忍住了。

"你是李书文弟子？"

啊，他这样问，那说明，他不是；不仅不是，至少还是与师傅李书文同辈甚至长辈。傅秀山为自己刚才那一问没问出暗暗感到庆幸。

"是的。"

"您是——"傅秀山不得不再次探询。

"我呀，张树声。""剑气"笑着道。

"张——张树声？那，那……"一个走路跛跛的，动不动就"小心我抽你大嘴巴子"的形象一下跃了出来。

"叫师爷。"教官一边马上纠正着傅秀山的直呼其名。

可张树声却立即用手杖制止了教官，然后望着傅秀山，鼓励他将刚才没有说完的话说完——

"那张树景您认识吗？"

"张树景？"张树声不禁愣了一下，"你与他什么关系？"

"他是我师傅。"

"他……他是你师傅？"

"是的。"

"啊哟喂，他是我叔伯哥哥呢，"张树声立即兴奋了起来，"你得叫我师叔。"

"师叔好。"傅秀山立即鞠躬。

"走走走，我住这儿不远，上我那儿去，我们好好叙一叙。"张树声说完，转过身，就走。

可傅秀山却站在那儿眼睛望着教官。

走了两步的张树声发觉傅秀山没动，似乎这才想起来，回过头，用文明杖指了指教官："我替他请半天假，可以吗？"

"可以，当然可以。"教官站在那儿，愣愣地看着傅秀山随着张树声向前面的一个缓坡走去……

说了他是河北沧县人，说了他早就知晓李书文，说了他自小便喜爱和倡导武术，以强身强国为夙愿，突然，张树声话题一转，问了声："你师傅现在怎么样？"

傅秀山知道，张树声问的是张树景。

可是，自师傅离津去了北京，就像一只黄鹤般，一去便杳无消息。张树声不问，他也正准备问呢，他们既是叔伯兄弟，应该知道吧。

"我……"傅秀山不由嗫嚅了起来。

"算来，我与他，一别有十几二十年了……"张树声沉浸在回忆中，"那时，我刚出道——他比我大个五六岁——"张树声望了一眼傅秀山解释了一句。"而他已在帮'大'

字辈了。"

"师傅待我非常好。"傅秀山感到自己的眼睛湿了起来。

张树声没有立即说话,眼睛望着前面的道旁树,沉吟了良久,才道:"这个是肯定的,记得他最后一次与我分别时,曾说过,他厌恶了这帮会,也厌恶了这官府,说他给自己定下'三不'原则,不收徒,不麻烦人,不做官……既然收了你,那证明你在他心目中,肯定不一般。"

傅秀山脸上便现出一种肃敬、敬仰、仰拱之情,不知是对师傅张树景还是对眼前的张树声。

"好了,不说了,走,那边便是寒舍。"

张树声说的"那边",是一个公园旁边。此时,在小雨中,哦,没了雨了,不知什么时候,雨停了,掩映着一座青砖黛瓦的檐式建筑……

进门两人还没坐上三分钟,张树声便从书房里拿出一本书来——

"秀山,这是我去年5月(1941年)付梓的书稿,有空你可翻翻。"边说,边将书往傅秀山递来,"不长,只有一百零五页。"

傅秀山立即起立,双手接过,眼睛落在了"民族精神"四个大字上。

"书中,我提出了'民族精神团结之根本,在"义气千秋"四字',希望帮会同仁在这国难当前之际'人人却私奉公,勇于起义,庶几唤醒人心,挽救狂澜,济此国难'。不知你是否赞可?"

"当然赞可。"傅秀山立即道,"求民族之独立,民权之平等,民生之自由,是我们每个中华子民所义不容辞……"

两人由这《民族精神》生发了开去……不知不觉,天色就暗了下来,一声归笼的鸡啼,一下将傅秀山啼醒了过来,忙起身,说:"师叔,今天我们暂且就此打住吧,来日得空,我一定再上门请教。"

"好,我只给你请了半天假。"张树声也站了起来,"目前我正在构思这《民族精神》之《续录》,下次,我再详细地说与你听……"

只是,这"下次"却一直没有"下"成,虽然之后他们还见过,甚至争过——好在,临别山城之时,傅秀山还是得到了张树声说的那部《续录》……

6 密会白俄

"傅秀山。"

"到。"傅秀山本能地反应道。

声音很大,大得树上的月光都被惊得掉了下来,撒在地上,清清亮亮。

教官便摆了摆手,意思是随意一点,不用如此严肃,然后说:"你与师傅,哦,就是张树声，是老乡？"

"可以这么说。"

"什么叫'可以这么说'？"

"他是沧县，我是盐山，相邻着呢。"

教官不禁笑了下，接着道："你师傅是我师傅兄长？"

"是。"傅秀山不由又立正。

教官再次摆了摆手，说："你就没听你师傅说过我师傅？"

"是说过，但不多，我没记住。"傅秀山答过后，想想又补了一句，"你不是同样也没听过你师傅说过我师傅吗？"

"我师傅？"教官顿了一下，"他老人家徒子徒孙那么多，怎么介绍？"

"多少？"

"多少？说出来吓你一跳。"

傅秀山就望着教官："说嘛。"

"十万。"

"十万！"傅秀山还真给吓了一跳，"这么多！"

教官得意地笑了笑，说："上至——"教官用一根手指往上指了指，傅秀山明白，这"上"是指"蒋介石"，"周围的工作人员，下至中统军统各机关码头，都有。"

傅秀山想，连教官都是，那这教官说的，自然没有虚夸——其实还是有一点虚，虽然并不那么夸，因为其时，张树声在重庆的弟子应该是在九万多十万不到。

"举一个例子，你就知道我师傅有多厉害了，"教官眼睛向上闭了闭，"大概是前年吧，当时师傅由上海抵达你们河南开封——哦，你不是河南人，住在鼓楼马道街，正好上——"教官又用一根指头往上指了指，"召集第一、第五战区旅长以上军官开会拘押韩复榘，原西北军的将领都在，便邀请师傅共进晚餐，结果你猜怎么着？"

"怎么着？"傅秀山随着教官的话问。

"到场的师长旅长们酒足饭饱之后，一起步入香堂，齐拜师傅为师。"教官不无兴奋，"像一三二师师长王长海，三十七师师长张凌云，二六一师师长孙玉田，三十八师师长黄维纲……"

看着教官如数家珍般数出一大串名字，傅秀山心里真的对这位刚刚才认识的师叔产生了一种敬佩、敬仰、敬慕。

"报告。"这时，一名通信兵跑步过来，"教官，主任让你立即去作战一室。"

主任？作战一室？

作战一室主任是戴笠，作战一室是保密作战室——教官不禁愣了那么一两秒，然后才转过身，随着通信兵向前跑了去；跑出去有几米远后，才想起来朝站在那呆呆地望着他的傅秀山挥了手，意思是让他自由活动或是回去。

可傅秀山"回去"还不到几分钟，就又被叫了回去——仍还是在那棵树下，但教官却没了之前的那种放松，而是一脸的滞重或者叫凝重——

"傅秀山。"

"到。"

这次，教官没有像前次那样让他"随意一点"，而是继续严肃地道："有一项任务需要你去完成，有没有信心？"

"有。"傅秀山答出后想，都还不知道什么任务呢，就有没有？但军人的果决，还是让他大声地答了声"有"。

"好。"教官说，"傅秀山听口令——立正，目标：作战一室，跑步——走……"

作战一室？傅秀山跑出去了，可如上次教官跑出去一样，跑出几米后，回过头来还是看了一眼教官。

教官肯定（也许是鼓励）地点了点头。

傅秀山这才迈开大步，跑了起来……

戴笠在作战一室见傅秀山进来，坐在那儿没有动，只是点了点头，示意他过去。

傅秀山就"过去"了。

傅秀山从戴笠手上接过了一份文件，不，应该说是一份情报，不不，准确地说，是一份密电——

密电是上海军统站发来的。

原来日本飞机来重庆轰炸，不到二十四小时，他们就将轰炸结果大加宣传，而且所宣传的数据虽然不那么准确，但位置却很具体，显然，重庆有他们的情报机关。对此，重庆方面恨之入骨，多次命令上海和重庆的军统和中统，要求无论如何甚至还限时破获泄密案，可是，均告"束手无策"。可刚刚，上海军统站终于发来密电，说上海北极电气冰箱公司有个叫陈三才的中统特情人员认识了一名参加日本特务机构的白俄，由于他对日本不满，经做工作，现基本同意脱离原来的组织，愿将日本在重庆的情报机关与负责人秘密报告给重庆，但他又申明，非重庆派人，否则不透露任何具体情况。

白俄，是指在俄国革命和苏俄国内革命战争爆发后离开俄罗斯的俄裔居民。

得到密电后，戴笠考虑再三，决定将这个任务交给特警班来完成，一是特警班的学员无论是对军统、中统，还是日本间谍，都很陌生；二是，他也想借机检验一下这期特警班培训的"效果"。于是，当他将教官找来布置后，教官想都没想就推荐了傅秀山，因为傅秀山不仅与自己是同参，而且，他还与时之周熟悉。时之周呢，却与CC系领导人陈果夫、陈立夫关系很近。何况，这个情报本身就是中统特情的"功劳"，所以，教官就报上了傅秀山。戴笠一听，也觉这个人选很合适。这样，傅秀山便有了这趟上海之行。

临行前，戴笠一再告诫傅秀山，那个白俄提什么要求都满足他，哪怕是他这个主任位置都行；接上头后，要立即将其带往重庆，然后再让其交代出情报；其他的，傅秀山可以相机而行。

"我会让上海所有的特务机关全力配合你。"

于是，傅秀山从九龙坡机场起飞，在上海民用机场虹桥机场下机，以便掩人耳目。

飞机上，各色人等纷杂，起飞后，有抽烟的，有大声说笑的，还有唱着小调的，是重庆的《十杯酒》——

> 一杯一个酒儿嘛哟嚌喂，
> 慢慢地斟啰哟嚌哟，
> 我劝那个情哥嘛衣呀衣得儿喂，
> 你要吃清啰哟哟；
> 情哥那个不吃嘛哟嚌喂，
> 这一杯酒啰哟嚌哟，
> 枉费那个奴家嘛衣呀衣得儿喂，
> 一片心啰哟哟；
> 小情哥呀——喂！
> 小情妹呀——咧！
> 难舍难丢，
> 情哥哥难舍妹儿也难丢哇！
> ……

真是"商女不知亡国恨，隔岸犹唱后庭花"！傅秀山鄙夷地向那边望了一眼……

只是，这"掩"是掩了，然而似乎没能"掩"得那么严，因为他一出机场，就感到有特务在机场上搜寻，只是不知是例行的还是特意的。

傅秀山立刻决定，将戴笠布置的任务顺序作一调整，就是一旦接上头，立即将那白俄手上的情报弄到，然后再想方设法将其带往重庆，因为如果情报在第一时间没弄到手，万一出现突发事件，譬如白俄死于暗杀，功亏一篑不说，戴笠那儿他也没法交代。

心下有了主意，傅秀山叫了一辆车，直奔亚尔培路的一个军统秘密联络点，可就在拐过弯眼看要到时，傅秀山心眼不由得又多了一个：联络上军统，再通过军统联系中统，这中间，多经过多少环节？而任何一个环节如果没衔接好，他的上海之行，就将陷入万劫不复——

"师傅，麻烦你就停在这儿。"傅秀山在车上欠了欠身子，用拿着一沓钞票的手拍了拍司机的肩膀。

司机一面接过钱，一边道："前面就是亚尔培路。"

可傅秀山已经下车，挥了挥手，开始向前走了。

司机只好摇摇头，收好钱，将车仍还是拐过弯，向前开去了。

见车没了影，傅秀山立即重新招过一辆，说："梅西耶路。"那里，是中统上海室……

很快，傅秀山就见到了陈三才；也很快，傅秀山就见到了那名在租界的白俄——

与白俄见面的地点，傅秀山选在了白俄的租界内的一家咖啡馆，这样，一方面可以方便他出来见面，另一方面，也是为了防止意外，譬如日本人的干扰……

事情似乎进展得很顺利——傅秀山按照自己的方案，在答应了白俄的要求并作出保证后，白俄将重庆的日本情报机关以及负责人还有电台位置，一一标注给了傅秀山。

可是，谁也没想到，就在他们三个人都志得意满准备离开咖啡馆时，突然一名警长模样的人带着几名巡捕向这边扑了过来。

"怎么没有吹警笛？"但傅秀山在这一迟疑的同时，还是叫了声，"不好！快，保护……"

可傅秀山的"保护白俄"还没喊出，巡捕手中的枪便响了起来，但倒下的，却不是白俄，而是陈三才。

"走。"傅秀山想伸手去拉白俄。

可是，白俄却举起了双手，不知用什么语言，也许是俄语法语英语说着同一句话："我投降。"

傅秀山一见，知道再拉无济于事，于是，转过身，向咖啡馆后门跑去。

而在他跑去的同时，还是向白俄瞥了一眼——那个白俄，却并没有因为他的俄语法语英语的"我投降"而被放过，在一迭声的求饶与警笛声中，于一顿乱枪中，也倒在了陈三才身边……

——这也是后来很多研究学者一直没有看到或找到有关这个反间谍故事的后续文字的原因。

7 召见

傅秀山几经周转，终于回到重庆。戴笠对傅秀山的机智勇敢大为赞赏（尽管军统上海站对傅秀山没经过他们颇有微词，不过，傅秀山还是感谢他们的，因为是他们协助他才能顺利离开上海）——不仅他，连蒋介石听后，也连连称好（因为傅秀山带回来的情报，让那些在重庆的日本特务机关几乎是一夜之间全部消失），并且，不久，他还亲自召见了傅秀山……

那是一个特别的日子，如何特别，傅秀山后来怎么想也想不起来，但就是特别——早晨太阳少有地暖暖地照进了窗户，傅秀山和学员们与平时一样，起床，出操，然后三三两两走向教室。也许是平常不太注意，这天傅秀山注意了，在去往教室的路上，两旁的行道树竟然还是那么地青着，只是枝头上的叶，经过秋风的吹拂，又经过这初冬的抚摸，已经变成了红黄。一只喜鹊站在上面，见傅秀山他们过来，喳喳喳地叫了几声后，一振翅，飞到了对面的屋顶上，站在脊上，回过头，又喳喳喳了几声，这才重新振翅飞了去。傅秀山的精神，便少有地随着它也飞了起来，甚至也喳喳喳地叫了几声……

"傅秀山。"

"到。"傅秀山正要进教室，这时，教官从另一边走了过来。

"随我来。"

傅秀山便随了教官向教室的另一头走。

教室的另一头，是幢三层小楼，小楼的二层，分成了两边楼道，可从这边上，那边下；也可从那边上，这边下。傅秀山随着教官这边上后，又下到了另一边，然后，向前面小礼堂走。

"难道有重要客人？"傅秀山一边走一边想。

因为这小礼堂，名曰"礼堂"，其实并不是集会演出的地方，而是接待室。且不是一般的接待室，而是很有规格的；接待的，至少是戴笠邀请来的。平时，不要说傅秀山，就连教官，也很难进得来。

果然，有重要"客人"。

谁？

蒋介石。

原来，蒋介石听过戴笠的汇报后，再听听这几天的电台，果然，日军方面再也没有多少"真实"的重庆播报了，心下不禁大喜，决定前来特警班"看看"，以示慰问——只是，这"大喜"，其中还包含他蒋介石本人对日机狂轰滥炸的切齿痛恨，因为这两三年来，他至少有三次差点儿就被日军飞机给炸了。现在，听到戴笠汇报说特警班将日军的间谍机关一举破获了，让那日军飞机失去了"眼睛"，他焉能不心花怒放？

他来"看看"，可不是小事——试想，只能在电台报纸上听到看到的国家首脑来视察，那将是怎样的一种规格？于是，保卫工作自不必说，保密，却是十分重要的。因此，直到进了礼堂，傅秀山还不知道他将要见到的，或者说召见他的，是蒋介石。

里面过道里，已有几名特警班的教官和学员站在那里了，傅秀山虽然不认识，但知道是他们中统班和军统班的。教官示意他与他站在一起，然后还整了整自己的风纪。傅秀山也赶紧地将自己的军容正了正。

这时，前面的门打开了，大家开始往里走。

走进去，按照座位，依次坐下。

可前面的主座上，却仍空着。

"起立——立正——"

随着一声口令，大家"刷"一下站了起来。

"蒋总裁到。"

1938年，蒋介石任中国国民党总裁。

啊，蒋总裁？傅秀山还没转过脑筋，蒋介石已笑容可掬地从侧门走了进来，然后在中间的椅上坐了下来，同时，伸手示意大家也坐下。戴笠立在其后，也示意大家就座。

接下来，蒋总裁开始训话。

训的什么话，傅秀山没完全记住，只顾沉浸在激动中了，但大致的意思，他却是记着的，譬如："我相信日寇妄想消灭我们中国的时机，已成了过去，我们同胞应知敌寇自去年以来，他已自知其不能避免最后的失败，他唯一的希望，就是不使我们中国以彻底胜利来结束战争。"譬如："我们到了今天，抗战的力量依然挺立，而没有崩溃，国民政府抗战到底的国策，依然为整个中华民族全体同胞所拥护，我们抗战的中心，绝没有为敌寇所动摇，这就是敌寇所显著的失败，也就是我们抗战最后胜利必然实现的明证。"譬如："今年元旦（1942年），中美英苏等二十六个国家在华盛顿举行会议，签署了《联合国家宣言》……日前（1942年10月6日），威尔基在重庆也发表了广播演说，谓全力反攻之时机已到临……"

威尔基是1940年竞选美国总统的候选人。

这时，有人从刚才蒋介石进来时的侧门走了过来，在他耳边耳语了一句，然后退后肃立在其身后，与戴笠形成一左一右。

"我们大家当然要一致警觉，敌人困兽犹斗地挣扎，在今后仍将要继续尝试，或许比过去还要凶猛。"蒋介石说完这句后，站了起来。

戴笠立即上前一步，作出引导。

之后，傅秀山等随着蒋介石走出了小礼堂。

而小礼堂外，特警班的学员们不知什么时候，已集合完毕，个个精神抖擞笔挺地立正着，正在那儿翘首以待着蒋介石的视察……

8 鱼翅宴

自从接受过蒋介石的召见，傅秀山在特警班中一下赢得了不少人的"眼睛"，有钦佩，有羡慕，也有嫉妒与不甘，可无论是哪种情况，傅秀山却全都视而不见。他所见的，仍是那份"初心"，即尽快学成，然后报效国家，以解民众劳工之忧、之愁、之苦……

冬天说来，却迟迟没来。

重庆的天不像河南，更不像天津，似乎一夜北风，那冬便被刮了来，漫山遍野地盖上一层厚厚的雪。虽然已是大雪时节，可里城外城，还是一片融融暖意。只不过，那些红红黄黄的树叶不再挂在枝上，而是随着风散落在地上，旋舞在小巷，甚至飘零在江面上……当然，傅秀山是在城中，如果他此时得空去歌乐山看看，那一定就感受到了"层林披霜"的冬意……

可惜，他没去。不仅没去歌乐山，而且还受邀去了交通银行大楼参加"热火朝天"的鱼翅宴——

本来，这样的宴会傅秀山是没有资格参加的，可因为戴笠要出席，因此，特地吩咐也给傅秀山送来了一份请柬。傅秀山其时只以为是戴笠对他的格外关照，实际上，是因为他与张树声熟识。于是，那天早早地，踏着还有些湿漉漉的太阳（因为前一天刚下了一场雨，使得整个山城显得格外清爽），就开始向位于渝中区打铜街十八号交通银行大楼走去。一路上，这打铜街及附近街区，布满了如中国银行、川康银行、美丰银行、聚兴诚银行、川盐银行、和成银行等众多金融机构总部（因此，那个时候打铜街又被喻为"中国的华尔街"），十八号在街道的三分之二处，远远看去，一幢典型的欧式风格大楼，富丽堂皇、雍容华贵。这栋建筑建于1936年，前身是四川商业银行大楼。抗日战争爆发后，交通银行总行迁至重庆，便购买下来作为交通银行重庆分行，直至抗日战争胜利。这打铜街还与陕西街、小什字等附近主要街道一起，是重庆最先安装上路灯（电灯）的街道（1921年）。因此，傅秀山走在其中，身前身后，都是一片熙熙攘攘，但并不嘈杂，让人有种热闹中的宁静、静谧、谧安。

进入宴会厅，傅秀山举目一看，全是各地的青洪帮头目，他只认识张树声。

张树声在傅秀山一进来，就看到了他，见他在那儿东张西望，便举起手，招呼他过去。

傅秀山就兴冲冲地走了过去，还没寒暄上两句，这时，人们一下静了下来，眼睛全都望向了门口，原来，戴笠与另一个穿着长衫的人走了进来。

戴笠走到主桌边，端起一杯酒，说："今天良辰美景，大家尽管敞怀畅饮……下面我来介绍一下，这位便是有'三百年帮会第一人'之称的杜月笙杜老板。"

"杜……杜月笙？"傅秀山既惊又喜，"就是那个说'头等人，有本事，没脾气；二等人，有本事，有脾气；末等人，没本事，大脾气'的与黄金荣、张啸林三人并称'上海滩三大亨'的杜月笙？"

张树声笑着望了傅秀山一眼。

傅秀山立即便不好意思起来，似乎自己太"井底之蛙"了，见到什么人都大惊小怪，让张树声笑话了。但旋即又一想，张树声是师叔，笑话就笑话去吧，何况，他又怎么会笑话一个晚辈呢？于是，他又兴奋地向那边张望起来……

菜一道一道上来了，什么"贵妃南瓜翅"，什么"蟹黄三丝翅"，什么"酸辣鲍粉翅"，什么"太极烩蛤翅"……每道都是那么赏心悦目。而这赏心悦目的背后，却又是怎么样的精致？就拿这"太极烩蛤翅"来说，不仅选用了糖心鲍，单那鱼翅的发制，就有五道工序。由于干鱼翅的皮骨粘连紧密，因此第一步，要将鱼翅先放入沸水锅内烫八分钟，捞出冷却后再入冷水锅煮，开锅后慢火煮十五至二十分钟捞出，挑出煮好的放入凉水中浸泡，未成的继续煮五至十分钟，然后再挑选，如此反复；挑选煮成的标准，为鱼表面的鳞砂一推就掉，但同时翅体不能卷曲和破裂。第二步，将煮成的鱼翅用凉水浸泡二十四小时后，放入35℃的温水中，用小铁铲去除鳞砂，达到光滑洁白，但不能割破肉面，然后再入凉水缸浸泡三小时。第三步，将浸泡、去砂的鱼翅捞出，把骨头、翅根部的残肉用小刀剔除干净，再入凉水浸泡。第四步，将浸泡过的、去净骨肉的鱼翅放入锅内，加热到100℃，文火煮十五至二十分钟捞出，进行再次挑选，已煮成的鱼翅有的卷曲，所以要放到竹算子上展开，用牙签别住定型，然后放入温水中，未成的继续煮五至十分钟如此反复。煮成的标准为色洁白或微黄，肉厚有弹性，含水量在百分之五十左右。最后一步，将煮成的鱼翅放在温水中冷却，然后才可烹饪。而这只是"发"，发好的"制"，也有两步。首先将发好的糖心鲍入浓汤小火煨二十多小时至入味（当鲍鱼有弹性又不是很软、颜色稍微变深、用牙签插进去容易穿透、鲍心突出、里面呈冻柿子色时即谓入味），捞出冷却后切丝，发好的海虎翅入浓汤小火煨一至二小时（用两手拉起一根鱼翅，感觉橡皮筋一样有弹性），备用。然后，锅上火加入二百五十克浓汤，放入鲍丝、鱼翅、酸辣酱烧开，撇去浮沫，用水淀粉勾芡，这才制成。

可是，如此美味，除了傅秀山，其他人似乎都没什么胃口，尽管戴笠和杜月笙十分客气地劝着尽情享用，且频频为大家或斟酒或撺菜，但他们的胃口似乎却始终打不开。这样，一桌如此丰盛的"鱼翅宴"，便在这没滋没味中很快结束了。

结束后，来宾们被邀入客厅，开始饮茶会谈。

在进入客厅时，傅秀山忍不住悄声问张树声："大家为什么不吃？"张树声轻轻叹息了一声，说："不知道底牌，谁有心思吃，谁又敢吃？"

底牌？

底牌终于在一杯茶喝得快一半时，戴笠"亮"了出来——他先将蒋介石"把全国青洪帮联合起来帮助政府共同抗日"的意思说了一遍，然后由杜月笙提出可用"人民动员委员会"作为这个全国青洪帮大联合的对外名称。

话，虽然声音并不高，但每个字，落在地上，都铿锵有声。

开始有人交头接耳，开始有人举手表示赞同，开始有人……可张树声一直坐在那儿，却并没有明确表态，而是在想：原来这才是戴笠"鱼翅宴"的真正企图，想借此一举控制住全国的帮会，同时，也是帮刚到四川不久吃不开的杜月笙拉拢袍哥。于是，在一片拉拉杂杂的表态声中，他则佯装耳聋，一言不发，以沉默的方式表达着他对这个"人民动员委员会"的反对，尽管傅秀山几次向他投来疑虑的目光……

这"疑虑的目光"，一边的杜月笙也投了几次，只是没有傅秀山那么明显罢了。

——不过，尽管张树声"反对"，但在"人民动员委员会"正式成立后，他还是就任了"常务委员"一职，负责包括苏北、山东、河北的津浦区的帮会工作。

虽然如此，不久，杜月笙还是奉总裁之命找上了张树声，而且还特地邀约了傅秀山一起……

9 劝解

虽然"人民动员委员会"成立了,张树声也如蒋介石之愿担任了"常务委员",但对张树声那近十万的徒弟,蒋介石却一直耿耿于怀——不,不仅仅是耿耿于怀,甚至是有所忌惮。

为什么?

因为张树声原是行伍出身,在北洋二十镇时与张之江、张振扬号称"马队三张",皆一时俊杰。之后,曾任清军第六镇第十一协哨官、营长。进入民国后,又历任陆军第十六混成旅参谋长、第十一骑兵团团长、西北革命军东路军团副司令。只是后来西北军在蒋(介石)冯(玉祥)阎(锡山)中原大战中失败后,他才以上海为据点从事帮会活动。并且他收徒不是一个两个地收,而是一批批地收。每每在收徒时,他还将"祖师创帮主旨及帮会之种族革命精神,隐含于规矩仪注中者,咸为抉发无遗,在入道之始,留有深刻之印象"。徒弟遍及大江南北,此时,已达九万之多。这怎么不叫蒋介石心怀芥蒂?

蒋介石对帮会的"势力"再清楚不过——他自己就曾是帮会中的一员——

蒋介石年轻时是中国第一代股民。他从日本留学归来后,在1920年7月开业的上海证券物品交易所以"蒋伟记"名义炒股。到1922年春,血本无归,欠了一屁股债。债主们雇用青帮门徒向蒋介石逼债。失魂落魄的蒋介石求助于同乡、商界巨头虞洽卿。虞洽卿给蒋介石出了个主意,拜黄金荣为师。翌日,在虞洽卿陪同下,蒋介石便来到黄公馆,向黄金荣递上了一张大红"门帖",上书"黄老夫子台前,受业门生蒋志清"(蒋志清是蒋介石早年用过的名字),然后就磕头行礼——其实,按照青帮投师拜祖的常规,当时黄金荣的身价,压帖贽敬,至少要几百元,甚至上千元。且这门帖也是由黄金荣账房间印就的,约六寸长四寸半宽,淡黄色,双层折子,里层印着姓名、年龄、籍贯、住址、介绍人等,左角上还要贴上二寸的照片。同时,举行仪式的时候,要点起香烛,黄金荣坐在中间,地上铺着红条,拜师之人须跪在红条上叩三个头,才算行礼如仪。可一则因为虞洽卿在当时商界地位高、势力大,黄金荣很想结交,二则因为虞洽卿不熟悉投拜老头子的手续。所以黄金荣就端坐在太师椅上,睁一只眼闭一只眼地受了叩,便算收了蒋介石为门徒。

不久,黄金荣设宴招待蒋介石的债主们。席间,黄金荣指着蒋介石说:"现在志清是我的徒弟了,志清的债,大家可以来找我要。"债主们谁敢向黄金荣要钱?连声说"岂敢,岂敢"……

——但有人说,黄金荣其实并不是青帮中人,只是由于其地位高,与青洪各大帮会的最高人物均有来往,所以也开门收徒。虽不在帮,但他自称是"天"字辈,意思是比"大"字辈还要高上一辈,因为"天"比"大"字要多上一横。

不过，也另有一说，说1924年，虚岁六十的张仁奎因为身体原因退居二线。而此时的黄金荣成为青帮老大没多久，也没拜过任何一位前辈为师傅，难以服众。于是，聪明的杜月笙便建议他去拜张仁奎。后来黄金荣多次送去厚礼，张仁奎才勉强接受黄金荣的拜师帖子——这样，黄金荣就成了青帮"通"字辈……

由此，我倒认为这"另有一说"更为可信，因为其"通"字辈分太低，对于一向心高气傲的黄金荣来说，难以说出口，所以，他干脆不说，而是半认真半玩笑地自称自己是"天"字辈，既说明了自己的地位，也回避了自己的字辈。我的爷爷傅秀山也这么认为，因为他清清楚楚地记得师傅张树景当年在介绍自己"大"字辈时，说过北京有袁克文，上海有张仁奎，并且还特地说明，袁克文是袁世凯的次子，张仁奎是黄金荣的师傅。

不管黄金荣是不是在帮，总之，他一句话使蒋介石摆脱了困境。且为了讨好虞洽卿，他非但没计较那"赘敬""香烛"，反而还"慷慨"地赠送了蒋介石二百个大洋，鼓励他去广州投奔孙中山。

蒋介石"投奔"之后，两人便渐渐断了联系，日久事过境迁，黄金荣将这件事也就淡然若忘了。

谁知五年之后，蒋介石重返上海，黄金荣惊讶地得知，当年的蒋志清，便是当今的中国第一号大人物蒋介石，想这要是让别人知道了他曾拜过他为老头子，伤及其面子，那还了得？思来想去，思了一计想了一法——"顺水推舟"。即以蒋介石过去用的是蒋志清名字，未曾举行过仪式，又未曾"拉过场"（帮会收新门生或徒弟时，设宴请同门师兄弟及有地位的帮会中人，互相介绍关系，称为"拉场"）为由，悄悄将门生帖子送还给了蒋介石，掩了这段师徒关系。

蒋介石对黄金荣的这种诚意表示十分感激，在南京国民党政府成立后，对1927年在四一二反革命政变中帮助他顺利实现了"清党"、反共的帮会头目"论功行赏"，任命杜月笙、张啸林为"军委会"少将参议和"行政院"参议等职衔的同时，也任命黄金荣为"总司令部"顾问。

之后，"运用强硬手段促使上海银行家和商人认购新的国库券"，甚至不惜"绑架富户"，进行勒索；进行各种走私、贩毒活动，从中牟取暴利；镇压工人运动、破坏共产党的地下工作、对付反蒋的地方实力派人物，帮会不时大显身手，以致渐渐不再是民间下层社会的秘密结社，而成了依附于国民党政权的一支具有政治性的、取得合法地位的黑社会势力。

因此，对张树声现在拥有近十万的徒弟，尽管这些徒弟包括张树声本人目前都是积极抗日，但蒋介石心中还是不能不有所顾忌。

于是，他授意杜月笙前去拜会张树声，劝他少收徒弟。

杜月笙接到命令后，立即想到了傅秀山，因为傅秀山不仅是帮会中的，而且，他与张树声还有地域上的渊源、叔侄间的情感。

这一日，杜月笙与傅秀山依约来到位于上清寺的河北饭馆。他们到时，张树声还没来。稍坐了一小会儿，门开了，张树声健步走了进来，热情地与杜月笙又是抱拳又是握手的，一边的傅秀山则只剩下咧着嘴笑的分儿（傅秀山想，师叔一定知道了杜月笙此行的目的，要不，他不会如此虚情假意得让他都能看得出来这热情有多虚多假）。两人寒暄完了，分宾主坐下，杜月笙先是将张树声如何德高望重、如何教徒有方、如何抗日有功夸大其词地恭维了一番，然后才说到正题上——

"求求你老人家，不要再给我们收那么多的小祖宗了。"

杜月笙是"悟"字辈，张树声是"大"字辈，他所收的徒弟都是与傅秀山一样的"通"字辈，自然，就成了杜月笙的师叔，不是小祖宗又是什么？

说完，杜月笙瞥了一眼傅秀山，傅秀山立即领会，他是希望他帮帮腔，也能劝上一劝。

可正当傅秀山准备插话，不想，杜月笙又接着说了一句："只要您老人家不再收徒，我保证，立即孝敬您一百万元……"

"你个人？"张树声脸色虽然有变，但还是忍着冷笑了一下问道。

"不，是国民政府。"

"国民政府？哼。"张树声终于忍不住了，"在这国难当头时刻，国民政府竟然要拿一百万给我一个老朽！"

杜月笙吓得一下站了起来，不知自己哪里说错了。

"有这一百万，为什么不拿去多造几颗炮弹，打小日本子！"张树声见杜月笙站在那张口结舌，想想，缓了缓语气，道："再说，我收徒，与他国民政府何干？"

话说到这个份儿上，傅秀山知道，再劝，也无济于事了。于是，他忙端起水瓶，给张树声与杜月笙杯中续水，算是给他们各自一个台阶下，免了这尴尬。

可张树声虽然领了傅秀山的这份情，但对杜月笙却根本"不管"（他那句"一百万"着实伤了张树声。他哪缺钱？单徒弟入会的那份压帖赘敬，就得一麻袋一麻袋地装），站了起来，将衣襟一摆，起身便走；走了出去，才丢下一句话："他管天管地，还管得了我收徒弟！"

这个"他"，谁都清楚，是指"蒋介石"……

这场劝解，不欢而散。

后来，蒋介石专门下令，公务人员一律不得加入帮会，据说，就是针对张树声的。

10 任务

好在，不久张树声所有的精力都放在了他的新著《民族精神续录》的出版上去了，对杜月笙也好蒋介石也罢，暂时全都置在了脑后。

而傅秀山，此时却面临了他人生中的另一次抉择：结业后是继续留在重庆还是重回战场？如果想留在重庆，通过时之周还有张树声以及教官斡旋斡旋，应该不难。可是，目前抗战正是关键时刻，战斗如火如荼，一个充满着热血的男儿，怎么能不投身那火热的枪林弹雨中？

于是，他在教官征询意见时，十分坚决地表示，愿意重回战场——

"你想好了？"教官眼神炯炯地盯着傅秀山。

傅秀山斩钉截铁地道："想好了。"

"好，"教官望着傅秀山，"你做好准备，随时出发。"

"是。"

因为他们这批特警班学员不是军统就是中统，因此，结业后，并不是如其他院校或是培训那样，举办一个结业典礼，再请一个领导讲些勉励的话，而是一切都在地下进行——分配去向，分配任务，分配方式，甚至出发时间，只有两三个人在场，一个是在重庆的联系人，一个是负责记录存档的书记员。

令傅秀山怎么也没想到的是，他的重庆直接联系人，竟然是时之周——他崇敬的时校长。

"没想到吧？"时之周微笑着对显然吃惊的傅秀山说道，"不过，你别误会，我既不是中统，也不是军统。"

既不是中统也不是军统，那他怎么成了傅秀山的联系人？

原来，这便是国民党特务的"高明"之处，找一个派往战场的特情（"特种情报工作人员"的简称）熟悉的人充当联系人，既可以让特情放心与信任，也可防万一出了事情，这特情也供不出更多的有价值的涉及党国高层的更多的秘密，何况因为之前的"熟悉"，即便出了事，特情一般也不会轻易就会招供。

"你这次回去的战场，在天津；对内公开身份是'特派员'。"时之周这样开始给傅秀山布置任务，"回去的主要任务有三项，一是向天津国府人士宣传抗战必胜之思想，二是让中间力量树立抗战必胜之信念，三是给劳工阶级坚定抗战必胜之决心。"

傅秀山默默地听着。

"你的代号：静予。到达天津后的联系人代号是：冬如。"时之周轻轻笑了一下，"是不是感觉像是女性的名字？"

傅秀山没有说话，只是点了下头，同时，一个"咯咯咯"笑着的少女影像在他大脑中一闪。

谁？

王静怡。

静怡。静予。

一字之差……

"要的就是这种感觉。"时之周说完，眼睛越过了傅秀山的肩膀，望向了他后面，没有注意到傅秀山的走神，他后面，是一幅山水画，"这两个代号取自成语'静如处子，动如脱兔'前两个字的谐音，意思嘛，我想我不说你也明白，蛰伏时要像未出嫁的女子那样沉静，但一旦行动，就要像逃脱的兔子那样敏捷。"

傅秀山的心情便一下紧了起来。

"我的代号：杏花。"

"杏花？"傅秀山差点笑出来，"你，时校长，杏花！"

"与你们的'静予''冬如'相比，这'杏花'是不是太俗了点？"时之周不由得自己先笑出了声，"再说，我一老朽疙瘩，哪里有点花儿样嘛，还杏花？"

"要是敌人知道'杏花'是您时校长，还不要眉头给皱得掉一地呀。"

"哈哈哈……"

布置完任务，时之周又与傅秀山叙了叙别的，譬如要他向李墨元问好，譬如要他多与李廷玉联系，譬如要他自己多加小心，等等。

"专业技术上的事，就不用我叮嘱了，记住与'冬如'的接头暗号。另外，请帮我打听一个人——"

"谁？"

"张永安。"说完，时之周顿了下，接着又道，"应该是个化名。"

"好，我记住了。"傅秀山挺了挺胸。

"其他没有什么了，自己多注意——"没有说"注意"的是"身体"还是"安全"抑或是"政治"……最后，时之周语重心长地道："一切唯抗战至上。"

傅秀山便立正，敬礼，然后，与时之周伸过来的双手紧紧地握了握……

"等待通知出发日期。"时之周放开傅秀山，也立正，对傅秀山敬了一个礼，"等待你的情报，等待你的凯旋，等待抗战的胜利！"

傅秀山再次立正，还礼……

既然出发日期未定，还须"等待"，那他不得不去与张树声告个别。

可还没等他去，张树声通过教官就找上了门，只不过，由于纪律，他进不了特警班驻地，约了他在校场口附近的天津饭馆，既是见面，也是饯行——

"你要再等些时日，这书就印出来了。"一见面，张树声便指着一本厚厚的《民族精神续录》样书道，"现在，我只能送你这样的一本了。"

傅秀山忙伸出双手接了过来。

然后十分郑重加慎重地轻轻翻了翻。

前面扉页上是冯玉祥的题诗："家国伤心万念侵，一生低首拜亭林；梨洲老去船山古，逸韵流风何处寻。"

接着是国民党中央组织部部长陈立夫为之作的序，序中称《民族精神续录》一书"孕大涵深，贯微洞密，诚青门不朽之书也。刊行问世，必将不胫而走"。然后是中央监察委员张继的序，他同样认为"今者张友……择幽抉隐，反始要终，推求于种族主义，归纳于民主新说……足令帮会反璞归真，洵可贵也"。

"我在这本《民族精神续录》中突出地号召——"张树声一边拉着傅秀山入座，一边继续介绍道，"号召青帮老少'束身自爱'，忠义奋发，于家庭求为佳弟子，于帮会求为好门徒，于国家求为有用之公民，于本党求为忠实之同志。在我最高领袖领导之下，服膺三民主义，于抗战建国大业，悉其全力以赴之"……

（张树声对青帮徒众的要求如此之高，是青帮史上绝无仅有的。至于这些人能否做到这些，则只有张树声心里明白了。不过他的这番苦心还是得到了国民党高层人士的赞赏，也使得他声名大振。重庆许多店铺纷纷找上门来，要求为之题写匾额、招牌，张树声来者不拒，一概应允，忙得不亦乐乎。）

在这里再次听到"三民主义"，我的爷爷傅秀山心潮不禁立即澎湃了起来，第一次听到这四个字，还是在海河东岸郑庄子庆元里李培良办的"识字班"上，掐指算来，连头带尾，距今正好二十年。

二十年呀，恍如昨日，怎么能不令他心潮澎湃？

谁知，别过张树声，当晚，傅秀山就接到命令（他想，时之周说的"等待通知出发日期"的"日期"两字，当是"时间"才是；心下也暗暗庆幸，多亏今天去拜别了张树声），乔装打扮，乘船离开了重庆。

当轮船在鸣叫的汽笛中渐渐离开朝天门码头时，傅秀山再次望向山城——山城正是华灯初上，那一盏盏灯火，犹如一朵朵盛开的郁金香，带着春天的消息如信天翁般飞向已经暗了的天空……

此时，已是1943年4月，自傅秀山离开沈丘，整整一年。

第十章　秘密返津

可跑了两步，却一下又转过了身，道："秀山，等等，我南开大学有个下线，在图书馆，叫周鹏飞，你就说你是'老家来的'，叫'黑土'，'身无分文'，她就知道了——记住了，黑土，身无分文！""记住了，保重。"傅秀山匆忙中，冲着李墨元抱了下拳。"保重！"李墨元转过身，很快隐进了巷子……

1　携妻儿北上

一路繁花。如果没有日本人的飞机大炮，没有敌伪的前阻后截，傅秀山简直要像诗人一样放声高唱了——

在这繁花与炮火中，傅秀山仍是水路陆路穿插着，忽东、忽南、忽北，终于近一个月后，到达了他熟悉却又陌生的河南境内，接着又走了一两天，才进了沈丘。经过打听，现在的第七区督察专员公署已迁至原是沈项淮抗日联防指挥部所在的槐店。他马不停蹄，直奔而去。

对傅秀山的归来，刘莘青似乎知道又似乎不知道，因为当他经过打听，一踏进专员办公室，站在刘莘青面前的时候，他一点儿都不激动也不惊奇，而是就像他从来没有离开过一样伸手一指一边的椅子，说："坐。"然后仍低着头看着他面前桌上的文件，直等秘书给傅秀山泡过茶，他都喝了一口后，这才在那文件上快速地批了一行字，站了起来，笑容可掬地走到傅秀山面前——

"小子，站起来，让我看看……嗯，壮实了，壮实了。"刘莘青一边看着一边伸过双手拍了拍傅秀山的双臂，"坐。"

傅秀山没敢。

"坐嘛。"说着，刘莘青自己拉了把椅子坐在了傅秀山的对面。

傅秀山这才坐了下去。

刘莘青伸过一只手抚在傅秀山的一只膝盖上，望着他说："一路上辛苦吧？"

"还好。"

"辛苦就是喽，什么还好？"刘莘青说完，将身子后仰了一下，同时将手收了回去，

"说说，这次回来，组织上将你安排到哪儿？"

傅秀山想跟这个如长辈一样的老专员开个玩笑，道："给您专员大人做秘书。"

"别别，别折我老人家的寿，你可是从'首都'刚镀过金的。"

"什么镀金，还不是专员您的栽培。"

"看看，果然不愧是喝过嘉陵江水的人。"

"也喝过长江水。"

"对对，也喝过长江水。"

"但还是我们黄河的水甜。"

"哈哈哈……这话说得好。"刘萼青笑得眼睛都眯了起来。

笑过之后，刘萼青还是将话题又拉了回来："组织上到底是怎么安排的？"

"先回天津。"

"天津？"也许有些出乎刘萼青的意料，但旋即又似乎了解是情理之中的事，说："刚还说没黄河的水甜呢，恐怕是没有海河的水香吧。"

傅秀山只好笑笑。

"那在这里打算待多久？"

"越快越好。"傅秀山说，"准备接上家属就动身。"

刘萼青的眉头不经意地皱了皱，道："这么紧？"

傅秀山又只好也笑笑。

"那好吧，你的夫人与小子，我都安排得好好的呢，就在我们公署家属院内居住。赶快地去看看，你不在了，少了一根汗毛没有？"刘萼青说着，站了起来，"久别胜新婚，我老朽就不耽误你的时间了。"

傅秀山也就就势站了起来。

"下楼左拐，向前三百米，二号楼……"

"是。"傅秀山立正，对刘萼青敬了一个礼。

"啧啧，到底是经过镀金的，不一样，就是不一样。"刘萼青边说边在傅秀山身上拍了一下，"去吧。"

傅秀山就去了。

三百米，对傅秀山来说，只几步路而已。

当他站在万德珍面前的时候，万德珍硬是惊得半天合不拢嘴。

"怎么，不认识了？"

"玉英，玉喜，你们看，谁来了？"

"是回来了。"傅秀山赶紧地纠正。

万德珍便笑。

"爹！"已经十几岁宛如大姑娘了的玉喜惊喜地叫了声，然后站在那儿，回头招呼也已长了大半截高的玉英,"玉英,爹——"

可玉英却站在玉喜身后,不好意思地衔了手指,躲着。

"都长这么大啦?"傅秀山上前,一把搂了两个女儿。

这时,里面传来了一个娃儿的哭声。

"你儿子也知道你回来了。"万德珍满脸喜悦地将手在身上擦了擦,跑进了里间。

"看看,谁回来了?"不一会儿,万德珍抱着一个五六个月大的小儿走了出来,"叫爹。"

傅秀山的眼泪就漾上了眼眶——儿子出生都这么大了,他还一次也没见过;当然,儿子也还一次没有见过他这个爹。

"辛苦你了。"傅秀山一边伸手接过儿子一边对万德珍道,"叫什么名字?"

"还没取呢,不是等你这个爹给取吗。"

"好,等爹取,等爹取——可叫什么呢?叫个什么呢……"

玉喜和玉英就都望着傅秀山。

傅秀山一边抖动着儿子,一边想了想,道:"叫'玉增'吧。"

"玉增?"万德珍闪了闪眼睛。

"嗯,'增'的原意是加高土堆。"

"什么意思?"几双眼睛都闪了起来。

"例如在挖墓穴时会产生一些废土,当棺椁置入墓穴后就差不多已填满整个墓穴空间了,这时,再把挖掉的废土全部搬运回来加在棺椁上面,便形成一个加高的土堆。加高这个土堆的过程,就叫'增'。"

"什么乱七八……"万德珍后面一个"糟"字还没说出口,脑筋突然一下转过弯来,立马张大了嘴巴,然后那嘴巴就变形成了一个笑字,"哦,你是说,我们老傅家有后人继承香火了!"

傅秀山没置可否,只是笑了笑。

"玉增,玉增。"

"玉增,玉增。"

玉喜和玉英一起围着傅秀山向玉增伸着手拍了起来。

万德珍也喜上眉梢地伸手抹了一下小玉增的鼻子:"玉增。"

"玉增,玉增!"

"玉增,玉增!"

"玉增,玉增……"

一家人沉浸在了重逢的喜庆中久久不能平静……

"我们仍住在这里吗?"入夜,孩子们都睡熟了后,万德珍躺在傅秀山的怀里这样轻轻地问——多么贤惠的女人呀,她没问傅秀山在哪儿工作,而是借这样的问来打探今后的生活。

"不，我们明天就得走。"

"明天？"仍然没问去哪儿。

"是的，去天津。"

万德珍的头一下就翘了起来："真的？"

傅秀山笑着肯定地点了点头。

"那可好了。"

"这些日子，辛苦你了。"

"还算好，有刘专员照顾着，没怎么遭罪。"这倒是真，因为在整个抗战中，沈丘从未沦陷过。万德珍继续道："你刚走，他说你被卫主席调去研究作战计划了，后来你一直没回，我又问，他说你在部队当了大官了，一时离不开……"

傅秀山不禁为刘萼青的这"弥天大谎"感到好笑，但嘴上却说："哪什么大官哦，还不是一个打鬼子的兵。"

万德珍便撇了下嘴，说："我都沾了你当大官的福气了，还不承认？"她将刘萼青对他母子的照顾，当成是傅秀山当了大官后的待遇。

"刘云亭呢，知道他的消息吗？"傅秀山也不再解释，岔开话题道。

"你走后，他们就到外面打仗去了，后来，听说，散了。"

"散了？"

"只是听说。"万德珍道，"也不知他去了哪儿。"

"你们没联系过？"

"你刚走那阵子，他还隔三岔五地过来看过我们。可后来，我们随着刘专员搬到了这里，就再也没有见过了。"万德珍说完，突然一下又翘起了头，"不会被打死了吧？"

"不会。"

"你肯定？"

"肯定。"傅秀山说，"他个惹惹，那么精明，死不了。"

万德珍这才将头重新躺进傅秀山的怀里。

而傅秀山，却陷入了沉默。

不，是沉思……

天，在傅秀山的沉思中，渐渐亮了。

傅秀山在这"亮"中，携了妻儿，悄悄地开始北上……

"你不去向刘专员告个别？"临行前，万德珍不无留恋地道。

"不用了,你看这马车,肯定是刘专员安排的。"傅秀山解释,"他一定知道我的不……"

谁知，傅秀山的"不辞而别"的"别"字还没说完，刘萼青便出现在了他的眼前。

"怎么，不说声'再见'就走？"

"我正在说他呢。"万德珍忙打圆场。

"我是开着他的玩笑呢，不用当真。"刘萼青急忙对万德珍解释，"我知道他这次回来一定有十分重要的任务，所以，他的行踪，越少人知道越好。"

"谢谢。"傅秀山真挚地向刘萼青敬了个礼。

"走吧，我就在这里送送你们。"刘萼青挥了挥手，让万德珍他们上车。

万德珍噙着泪花，带着几个孩子，上了车。

"驾——"傅秀山则坐上驾驶座，挥起了鞭……

刘萼青举起了手……

傅秀山不敢回头，怕一回头，他的眼泪就要像鞭花一样，在这晨光中炸破、炸响、炸开……

携着妻儿，傅秀山，一路北上。

2 接头

北上，北上，北上……经过近一个月的长途跋涉，傅秀山一家终于到达了天津。

啊，天津，离别了许久的天津，傅秀山感到迎面扑来的风也如海河一样热情。他挥了一下脸颊上的汗，不由得放声唱起了当时津南人最爱唱的高跷调《拉骆驼》（高跷表演中一个集体造型，很像一个人骑在骆驼上，一个人拉着骆驼在前进，故名）——

哎，怎么怎么瞧，
怎么怎么妙；
木头底儿踩折了，
我吆喝一声甜桑椹捧樱桃……

高亢，嘹亮，旷远，还带着那么点儿粗野，听起来，就像那纱厂的织机一样雄浑。

纱厂织机，呵，呵呵，多么久远了的记忆！

"爹，你唱的甚呢？"可能是在河南待得久了吧，玉喜带着点河南腔音笑着说道。

"好听吧？"傅秀山喜滋滋地回过头问道。

"不好听。"玉喜还未回答，玉英抢着答上了。

万德珍便嘻嘻嘻地笑。

傅秀山则尴尬地一抖马缰："驾！"马往前猛一纵，纵得车上的玉喜玉英身子不由得一倾一仰，然后发出一串银铃般的笑声。

笑声落在海河上，泛起一片细细的波浪……

安顿好万德珍母子，傅秀山立即开始开展工作。

◎ 第十章 秘密返津

可是，虽然是"老天津"，毕竟离开了有这么些年头，再加上这次回来又不同往日，身怀着的，是特别的任务，因此，工作如何开展，任务从何着手，他不得不慎重。

傅秀山第一个想到的，自然是一直值得他敬重且一直呵护着他的参议会议员李墨元。甚至他还想过，那"冬如"，说不定就是他。因为在天津，能担此重任的，似乎除了他，没有谁更合适。

于是，他回津执行任务的第一项工作，就是去拜见这位国民党元老。果然，李墨元没有令他失望，不仅让他有幸结识了另一位老同盟会会员，而且，还让他结识到了差不多天津各部门的负责人。

"傅秀山！"当傅秀山几经辗转走进位于英租界五十六号黄家花园义聚和米面庄李墨元的办公室时，他正与另一名背对着他的看上去也是一名五十岁左右的老者在说着什么，也许是正面对着门口，所以，傅秀山一进门，他就冲口而出了他的名字。"真的是你？"

"李委员，哦，不，应该是李参议，傅秀山前来向你报到。"傅秀山半玩笑半认真地敬了个礼。因为在来津的路上他就一直在想，到天津后，他的"秘密身份"首先要有一个"光明正大"的外衣（虽然临行时时之周说他是"特派员"，但那是对内；对外，却还是不够"秘密"，他觉得）来打着掩护，及至到了这"参议会"，他才豁然开朗，何不……

李墨元一听，又是一愣。

"请李参议赏碗饭吃。"

"开什么玩笑，"李墨元终于反应过来了，"你以为我不知道你是从哪儿来的？"

这下，轮到傅秀山愣了，仍笑着问："哪儿来？"

"呵呵。"李墨元笑而不答，却望向那个也已转过身来了的老者，"廷玉老兄，你说他从哪儿来？"

"廷玉？"傅秀山不禁喃喃了一声。

"李廷玉，一个老朽。"李廷玉笑着道。

"老朽，哈哈哈，廷玉兄开什么玩笑。你老朽，那我呢？"

"你是国家栋梁。"

"哈哈哈，栋梁。"李墨元一边笑着，一边指了下椅子，"坐吧。廷玉老兄是老同盟会员，你去重庆，他的功劳可不小呢。你以为你与你的时校长相逢只是个偶然？"

原本正准备就座的傅秀山赶紧又站直身向李廷玉行了个礼。

"李老好。"

"李老？哈哈哈……"李廷玉不由得大笑，"唔，不错，执委没有看错人——哦，秀山，你还不知吧，墨元现在是市党部执行委员呢。"

原来，华北沦陷前，面对日本的侵略，国民党党政军组织大部分从原治地点迁到安全地带，未能及时迁出的少数工作人员也进入了潜伏状态。直到1938年国民党临时全国代表大会召开之后，各省市党部机构才逐渐恢复。在新的市党部，李墨元当选为执行委员。

傅秀山眼睛望向李墨元。

李墨元微笑了一下，然后道："廷玉老兄也是委员。"

傅秀山又将眼睛望向李廷玉。

李廷玉也是微笑了一下。

李墨元没进一步说明李廷玉是什么委员，李廷玉也没有解释，傅秀山也就没有再追问——

其实，当年为了避开日本人三天两头的"登门拜访"，李廷玉搬出居住的意租界，自掏腰包到英租界伦敦道三十一号买了一幢小二楼，表面上闭门著书，而实际上，他却继续着他的抗日活动，化名张永安，于1939年冬秘密组建了国民党"党政军联合办事处"（第一任主任由留驻天津英租界的天津电报局局长王若僖担任）。上报名单时，他报的是化名，所以，重庆方面只知道有个"张永安"，却并不知道李廷玉，尽管当年为推荐傅秀山他与李墨元联名写信给时之周早就与重庆方面联系上了且一直保持着联系。

我的爷爷傅秀山要是知道时之周委托他寻找的张永安现在就坐在他的面前，他要少冒多少风险呀！

可惜，他不知。

但傅秀山大脑中立即闪现出"冬如"两个字，于是，他笑着假装很随意地念了一句"竹外桃花三两枝，春江水暖鸭先知"。

对傅秀山突然念出一句诗来，李墨元一时不解，愣愣地望着傅秀山。

傅秀山则望望李墨元，又望望李廷玉，可他们谁也没有反应。要说有反应，是李廷玉感慨了一声："是呀，随着太平洋战争的爆发，抗战的春天就要到来了。"

傅秀山知道，他们，并不是他所要联系的"冬如"……

"正好，明天各单位负责人要来汇报。秀山，你过来，我给你介绍介绍大家。"李廷玉道。

其时，"联合办事处"组织方面实行委员制，初规定委员每周开会一次，1940年1月以后，改为每月召集在津各单位负责人员汇报两次。

傅秀山眼睛就望向李墨元。

李墨元似乎明白傅秀山的意思，说："你原来就是市党部四区执委，这样吧，明天你就以市党部干事的身份出席，如何？"

还如何？当然好。

傅秀山眼睛不禁就亮了一下，一是因为可以借此机会熟识一下大家，另一方面，也可试探一下"冬如"在不在这些负责人当中。

可令傅秀山遗憾的是，第二天当他再次念出"竹外桃花三两枝，春江水暖鸭先知"时，仍无人对应上。

这"冬如"到底是谁呢？接不上头，他在天津的工作，一时就无法展开。

这天傍晚，傅秀山一个人来到海河边，望着河上夕阳的余晖，不禁思绪翻滚——回到天津都这么些天了，可"冬如"还没联系上，心中不免有些惘然。一阵风吹来，带着海河特有的海的味道、河的清新扑在他脸上，让他情不自禁地念起那首用来接头的诗词："竹外桃花三两枝，春江水暖鸭先知……"

"蒌蒿满地芦芽短，正是河豚欲上时。"突然，一个声音在后面接了。

傅秀山惊得一个转身，声音他认识。

"大黑痣！"

"什么大黑痣？""大黑痣"用手摸了摸他的"大黑痣"，一笑两笑地笑望着傅秀山，"我可盯着你好久了。"

傅秀山的心不由得一紧：盯着我？难道我暴露了？可即便暴露，也轮不到他这个警察分局长呀——哦，现在不知是什么职务了，分局长还是当年为协调袁文会与刘光海关系时傅秀山所知道的呢？

"你还认识我？"

"你不也认识我吗？"

两人就互相望着，谁也不知接下来怎么说。

"好闲情雅致呀，在这儿背起了唐诗宋词。"最后，还是"大黑痣"打破了这"接下来"。

傅秀山突然灵机一动：难道……于是，他顺着一问："宋朝苏轼的诗？"

"什么？""大黑痣"眨了眨眼睛。

"竹外桃花三两枝，春江水暖鸭先知——"

"大黑痣"马上再次接上："蒌蒿满地芦芽短，正是河豚欲上时。"

"宋朝苏轼的诗？"

"不，是明代苏洵的词。"

傅秀山的眼睛一下睁大了，问："是吗？"

"哦，我想起来了，""大黑痣"声音就颤抖了，"是宋朝的苏轼，你说得正确。"

啊，真是踏破铁鞋无觅处，得来全不费功夫，原来，"冬如"竟然是"大黑痣"。

"可找到你了！"傅秀山立即伸出了双手。

"上级只告诉我有特派员来天津，可没告诉原来是你。""大黑痣"显然仍还沉浸在激动中，"原来是你！"

两双手紧紧地握了又握，这才放开。

"我现在公开身份是警察局长。"

"呵，都升局长啦。"

"分局长干了那么多年，才提了个局长，有什么稀罕。""大黑痣"自嘲地笑，"当厅长才对呢。"

"等抗战胜利后，你再当。"傅秀山也笑着说。

"大黑痣"就将眼睛望向河面。

河面上，不知什么时候，起了一层薄岚，轻纱般，随着风，缥缈……

"我现在的公开身份是市党部干事。"傅秀山道。

接下来，傅秀山将他这次返津的主要任务说了说，然后，犹豫了下，将时之周所托寻找张永安的事也说了出来。

"重庆方面也曾让我寻找过，可一直没找到，""大黑痣"说，"不过，我基本上锁定了两个……"

"哪两个？"

"李墨元与李廷玉，肯定是他们两人中的一个。""大黑痣"很有把握地道。

"你问过他们？"

"没，那样我就暴露了。"因为"大黑痣"属于中统，而李墨元属于中央，李廷玉则属于政府，所以，根据各自的规矩，他们之间，没有横向联系。

傅秀山就不再作声，但他心中已作出决定，找个机会，自己亲自去求证……

求证的机会很快就找到了。

那天，"联合办事处"又一次例行汇报后，只剩下了李廷玉、李墨元与傅秀山（李墨元原本是不参加"办事处"活动的，但他是市党部执行委员，因此，时常李廷玉请他过来作作指示，传达传达上级最新精神。而傅秀山，知根知底，李廷玉也就不避讳他参加他们的活动。所以，他们在这里总是能遇上。其实，李墨元此时住在"办事处"另一个联络点法租界匡时学校，这里，只是他的秘密办公地点），李廷玉是因为有事要与李墨元商议，傅秀山是留下来打扫会议室。当李墨元与李廷玉从里间商议好事走出来时，傅秀山冷不防叫了声"张永安"。李墨元闻听一愣，而李廷玉则将眼睛迅速向李墨元望了一下。

只这一下，傅秀山就确定了：李廷玉便是张永安。

"原来——"傅秀山一阵惊喜。

惊喜中，他将手伸向了李廷玉。

李廷玉也忙将手伸了过来，想说什么，但嘴唇动了动，却什么也没说出来……

3 分化

确定了张永安就是李廷玉，傅秀山立即与"大黑痣"联系，让他通过电台向重庆的"杏花"报告，并建议让李廷玉出任华北宣抚主任一职。

不久，一份"委员长蒋特字第七九二四六号密令"的任命书，便下来了……这样，

第十章 秘密返津

李墨元代表市党部，李廷玉代表政府，傅秀山代表重庆方面，一个"铁三角"就正式形成了……

一天，傅秀山与李墨元商议，打算争取市长温世珍。因为温世珍与日本大特务土肥原贤二早在北洋政府垮台后就勾结上了，所以，如果能将他争取——估计让他抗日可能性不大，但能争取让他不死心塌地地倒在日本人怀里，对汪伪政权不附和不参与，那就是最大的胜利。

李墨元听完道："你与李主任去吧，我是不待见那个汉奸的。再说，现在李主任是华北宣抚主任，与他接触，也对口。"

"我这不是得先向您汇报吗。"傅秀山笑道。

李墨元挥了下手，说："你别给我灌迷魂汤。说，需要我做什么？"

"你得帮我给李主任说呀。"

于是，李墨元就说了，李廷玉就满口应承了。

临进政府大楼，李廷玉提醒傅秀山道："温世珍不仅是天津市市长，他还是天津日本特务机关任命的'天津防共委员会'会长，进去后，我们提抗日可以，但千万不能让他产生与共党有嫌疑的错觉呀；别以为现在还是国共合作时期。"

"你是国府任命的宣抚主任，我是重庆特派员，与共党哪哪也挨不着嘛。"傅秀山轻松地笑着。

李廷玉望了一眼傅秀山，没再作声。

进了市长办公室，温世珍倒也还热情，指着傅秀山说："我知道你。"

"哈哈，大市长能知道我，是秀山的荣幸呀。"

"你会打八极拳。"

哦，原来他"知道"的是这个呀，傅秀山还以为他"知道"他曾在河南与共党一起抗战过呢，心中不由得轻轻舒了一口气。

"现在还练吗？"

"在练，"傅秀山立即答道，"哪天抗战胜利了，哪天不练。"

"呵呵，练拳也是健身嘛。"温世珍干笑了两声。

"市长的意思是，我们抗战很快就要胜利了，练拳只为健身？"傅秀山接着道，"是呀，胜利应该不远了，太平洋战争爆发了，国际反法西斯统一战线形成了……"

"就别'了'啦，你看，我窗户上的'鸟'都飞走了。"温世珍边说边指了一下窗户。

窗户正对着一棵树，树上，有鸟在那儿飞起飞落……

李廷玉就与傅秀山对视了一眼，说："市长，我们今天来，主要是想向您汇报一下，市政府实行的关于'灯火管制'、'防空体制'和开展'防空演习'活动，有少数政府公职人员反映影响了他们正常的工作……"

原来，自1943年8月始，驻天津日军正式接管了英、法、比三个发电厂，并成立华北电业株式会社(公司)。原大王庄发电厂改为第一发电所,英商发电厂改为第二发电所,比商电灯房改为第三发电所。为了配合日军,温世珍政府提出了这两"管制"一"演习"。

傅秀山便明白,这温世珍已成铁杆汉奸,再无争取的必要。

既无争取必要,那就——"分化"他……

于是,"静予"给重庆"杏花"提出了自己的方法措施——让"冬如"以公开的身份,利用日军对温滥用职权、坑害百姓、捞取大量金银财宝的妒忌,向日军特务机关举报。

重庆很快回电,同意傅秀山的计划。

于是,他立即约见了"大黑痣",两人将温世珍大发国难财的劣迹一一罗列,然后由"大黑痣"向天津特务机关长雨宫巽报告——

关于温世珍就任天津市市长以后,通过索贿受贿克扣群众、损公肥己等手段大发横财的例子,举不胜举,我随意查了下相关资料,便恶稔贯盈:

温世珍上台伊始,通过其亲信卢南生与比商电车电灯公司经理林柯生(人称比国林)秘密协商,进行天津有轨电车增加票价的交易。但是这件事的决定,还须通过日本辅佐官的同意。温向辅佐官加藤以及日本顾问九茂进行贿诱疏通,然后批准,电车票价由六分提高到两角(增加二点三倍),使比商获利颇巨,仅此一项,温世珍个人就得赃款三万元。接着他又和天津济安自来水公司总经理卢开瑗进行协议,并与日籍专员玉田相勾结,批准了自来水加价案,由原来每千加仑自来水一点二元提高为 二点九元(增加一点四倍),温世珍又受贿六万元。民怨沸腾在所不顾。

1939年7月天津遭到了特大洪灾,温以"救济粮荒"为名,主使粮商屈秀章等从澳洲进口一批小麦加价售出,温世珍、蓝振德、李鹏图、陈啸戡等人都捞得不少好处,他们在英德租界置买房产,作为安乐窝。尤其是蓝振德,在温世珍授意下,借"防汛"之名,抢购大宗麻袋,经过勒索回扣及虚报进价方法,大发救灾财达六十多万元。

当年河北省银行行址,坐落在旧英租界中街(现解放南路),后面有一段地基,与大连码头邻近,产权属于河北省银行。日本大连汽船株式会社,为了扩大码头仓库要收买该地。温世珍与王荷舫勾结,很快就达成协议,只因为大连汽船会社是日本的航运企业,不敢勒索,事后就只收了谢礼一万元。在河北省银行收买坐落法租界申街的中法汇理银行大楼时,王荷舫和温世珍都又捞取佣金和回扣等大笔款项,中饱私囊。

天津地区闹大水以后,联银券逐渐贬值,市场物价不断膨胀,投机倒把的商人为了筹措资金,不得不依靠银行贷款,但是借款者必须找对一定的门路,先行请客送礼,才能达到借款的目的。河北省银行的实权既掌握在温世珍和王荷舫手中，他们通过发放贷款，当然能捞到不少好处。据说有个恒升铁工厂和小站农贷事务所，托李松年介绍，向河北省银行借款二十万元，经李松年手送给温世珍酬谢一笔就达两万元。至于其他借款者的馈赠则更多且巨，无法统计。

温世珍在市长任上，每月薪金八百元，另有办公费、交际酬酢费各三千元，还有机密费1万元，实际上一切应酬开支，都由市署报销，他当了四年市长，就获得五十万元的收入。此外，他兼任电车电灯公司的董事长，新民会天津分会会长，河北省银行首席监事，每月收入颇丰。温世珍本是一个老官僚和奸商的混合体，很有贪污敲诈的经验，如收取机关采购的"底子钱"（即十成发票按八折付款），还有工程招标回扣，吃市署工作人员编制的空额，鸦片公卖征收土膏捐，向投机倒把商号吃干股等等，何止八路进财，传说他干四年市长，贪污所得约计两千万元以上。

雨宫巽对温世珍吃"独食"早就不满，接到报告后，他立即向华北方面军司令官冈村宁次进行汇报，并建议把他撤职，甚至还提出了继任者为津海道道尹王绪高。

可令傅秀山遗憾的是，温世珍毕竟是日本人的一条狗，冈村宁次念其亲日有功，虽然免了他的"市长"，但前面免后面却又立即将其调任为华北政务委员会兼平津对华中、华南交易组合理事长，使其继续为日寇侵华服务。

"尽管未能将其完全拉下马，但至少将他拉下了市长宝座，也算是分化成功。"

——"杏花"对傅秀山的遗憾这样劝解道。

4 策反

在成功地"分化"了"市长"的同时，"静予"与"冬如"利用李廷玉宣抚主任的身份，又加紧分化一些政府要员，如社会局局长、财政局局长、工务局局长等，虽然收效甚微，却让他们明白了世界反法西斯形势，尤其在对待汪伪政府的态度上，不能再动摇，而要统一到蒋介石《中国之命运》一书中所提出的"中国从前的命运在外交……而今后的命运，则全在内政"，要坚持"一个主义""一个政府"上……

可正当他们工作开展得热火朝天的时候，这天，"大黑痣"冬如突然找到了傅秀山——为免暴露，他们约定没有紧急情况尽量少见面，说："静予，我怕是被日本人给盯上了。"

"什么？"傅秀山不由得一惊，"盯上了！"

"今天一早，日军宪兵司令部突然来检查我局的电讯设备。"因为与重庆联系，傅秀山一直利用的是"大黑痣"警察局的电台——日本人对电讯器材控制得非常严格，要想有一部自己的电台或是组装一部，简直不可能；即便可能，也是要冒天大的风险，日本人可是有一台侦听车，一天到晚地在大街小巷中像鬼魂一样游荡着。

"以前有没有过这种检查？"

"也有过，但大多是提前与我打招呼的，可这次没有。"

"那你是不是撤离？"傅秀山的眉头就拧了。

"大黑痣"面色沉重，想了半天，最后说："我们做两手准备吧——"

傅秀山就望着他。

"我再回局里一趟，如果他们只是例行检查，则一切安好；如果不是，他们一时两会儿也查不到我这局长头上……"

"我不同意，你这是心存侥幸。"傅秀山立即表明自己的意见。

"静予先生，请相信我。""大黑痣"说着，递给傅秀山一个信封，"这是我与重庆方面联系的方式与情报。如果，我是说如果，出现了我们都不愿意看到的情况，请你替我转告上面，我决不会叛变。"

"你！"

"我们好不容易备下的这条通信渠道，不能轻易地丢弃了。""大黑痣"的意思是，他（警察局）这个公开且相对比较安全的与重庆的联络方式，不到万不得已，得尽量保留下来。

"那这样，你回去探一探，我随在你后面接应。"傅秀山将食指掐着拇指道。

"不，静予先生，你可千万不能暴露。"

"别想那么多了，我不会暴露的。"傅秀山斩钉截铁地挥了下手，还想说什么，但张了张嘴，什么也没说，只是伸过了双手。

"大黑痣"也赶紧伸过手。

两双手用力地握了下，然后，"大黑痣"与来时一样，匆匆又走了出去……

所幸，一切都是虚惊一场，日军宪兵司令部只是例行突查，并未发现什么。

但通过这一场虚惊，"大黑痣"与傅秀山决定还是要想办法另辟一个电台联络点，这样，一是减少从警察局发报的频率，以免引起怀疑，另一方面，也是备用，万一出现问题，还可及时将情报发出去。

可备在哪儿？

两人想破了脑壳，也想不出一个万全之策——想过李墨元，利用市党部；想过李廷玉，利用宣抚主任。可都不行。因为如果利用他们，电台就得公开，而一公开，就得受日军的监控。

"有了。"突然，"大黑痣"醍醐灌顶般地拍了一下腿。

傅秀山就将一双惊喜的眼睛望着他。

"不过，这事，恐怕得你静予出马才成。"

"说吧，别卖关子了。"

"还记得竹竿巷的隆顺号仁记棉纱庄经理的女儿赵欢芝吗？"

傅秀山不禁皱了下眉头，心想，"大黑痣"怎么想到她，但嘴上却说："当然记得。"

"她嫁给了谁？"

傅秀山想了想，道："好像是针市街上一个在政府机关工作的，叫，叫着个女人名字的……男人。"

"曾红艳。"

"对，是叫这个。"一点，傅秀山一下就想了起来，"他有一个远在外地军中就职的叔父。"

"对，""大黑痣"道，"这个曾红艳，现在就在日租界的电报局里。"

傅秀山的眼睛就睁大了："你不是想打他的主意吧。"

"正是。""大黑痣"眯起了眼睛，"要不怎么还得请你亲自出马呢。"

"要是赵欢芝，我倒是可以试试，可这曾红艳——还是日租界，这要是成了，岂不是在日本人的眼皮子底下？"

"什么叫灯下黑？这就是。"

傅秀山就拧起了眉头，陷入了沉默。

"怎么样？"

"冒次险？"

"冒次险？"

"冒次险！"

于是，选了一个"何处秋风至？萧萧送雁群"的日子，傅秀山备了一盒点心，来到位于福岛街（今多伦道）的宪兵司令部家属院（再往前，与荣街即今新华北路相交的，便是市警备司令部）。

通报后，不一会儿，赵欢芝便出来了。

可是，两人站在那儿愣了半天，才一齐大笑起来，因为彼此都变了，变得要不是事先进行了通报，都不敢相认了——赵欢芝又胖又白，除了那个用手背掩嘴的动作，其他，没有哪一样没变；傅秀山则变得高大了，也变得壮硕与成熟了。

屋子里，一副麻将，三个人正在等着赵欢芝。

"来来来，婶，我介绍下，这就是傅秀山。"赵欢芝指着一个更加发福的中年女人介绍道："这是我婶。"

傅秀山跟着叫了一声："婶。"

"咯咯咯——"其他两位一听，立即大笑了起来，"婶，快叫，我们也是婶。"

傅秀山就望向另两位。

可这两位怎么看，年龄也不会超过傅秀山，于是，就窘在了那儿。

"欢芝有客人了，看来今天打不成啰，我们走吧。"婶站了起来，然后望向傅秀山，"婶知道你。"

"知道我？"

"当年，你对我们欢芝可好着呢。"

傅秀山就望向赵欢芝。

可赵欢芝却假装在给傅秀山倒水，背对着他。

"啊，曾夫人，还有过这一出呀。"另两位中一位穿着菊花纹旗袍的伸出一根兰花指指了一下赵欢芝，坏坏地笑道。

另一位打了她一下伸着的指，说："郅燕，别——（原来兰花指叫郅燕；她原本说的是'骚情'两字，但话到嘴边，觉得当着婶的面，不妥，就舌头绕了一个弯）——一出两出啦，走，我们走了……"

"好，我们走了。"郅燕风骚地挥了下手。

"有空家来玩儿。"婶临出门客气了一声。

"我们作陪。"另一位不失时机地嬉笑上。

三个人就嘻嘻哈哈走了。

剩下赵欢芝与傅秀山，两人屏了一会儿，然后才又说起话来，但都显得小心翼翼，不问这些年各自的生活，也不提当年的王静怡。

"你们这是日租界，安全吗？"终于傅秀山找到了一个话题。

"现在是日本人的天下，日租界不安全，那还有哪里安全？"

傅秀山便愣住了，不敢将话再往下延。

"不过，我倒是劝过我们家那位，让他别给日本人做事——这小鬼子，毕竟是小鬼子，哪天要是被赶走了，岂不是要落个汉奸的罪名！"赵欢芝一口气地说着。

傅秀山就知道，这么多年了，这个赵欢芝还是那么不动脑筋，前面说"是日本人的天下"，后面又说"哪天就要被赶走"。

"你家那口子在给日本人做事？"傅秀山明知故问。

"具体做什么我也不知道，是他那叔硬要他去做。"

"他叔？就是那个远在外地军中就职的叔父？"

"是呀，"赵欢芝道，"不过，早就不在'外地军中'了，他叔调到天津了，现在在宪兵司令部当官儿，要不你看，我婶长得，像头猪。"说完，赵欢芝便用手掩了嘴笑。

傅秀山也跟着笑，心想，你婶像头猪，你也不拿镜子照照自己——当然，他只是心里想想，没敢说出口。

正在这时，听到门响。

"他回来了。"赵欢芝边说边去开门。

傅秀山站了起来，望着门口。

进来的曾红艳，中等个子，但很瘦（也许是赵欢芝衬得吧）。

"家里来客人了？"还没等赵欢芝说话，曾红艳抢先道。

"你怎么知道？"赵欢芝有些讶然，然后一下又明白了过来，"一定是婶说的。"

◎ 第十章　秘密返津

曾红艳就一边笑着一边走进了屋，见傅秀山正望着他，便伸手示意了下："坐。"

傅秀山就坐了。

然后，两人先是有一搭没一搭地说着这天气，再然后，就说起了这日租界，再再然后，就说起了日本人……

说着说着，就说到了饭点上。

"走，我请客。"曾红艳看样子谈兴正浓，"咱们边喝边说。"

傅秀山看了一眼赵欢芝。

"别看她，她不去，我们老爷们儿说事，她不掺和。"曾红艳一边拉了傅秀山，一边往门外走，"就在前面，良盛楼，里面的鹿肉烧得可好着呢。"

两人就向前面走去。

前面，路灯已亮了起来，点在天上……

三杯酒下肚，原本不打算今天就和盘托出来意的傅秀山，见时机难得，不由得就说了出来，因为曾红艳一再地表示，他不愿意为这日本人卖命，而且他叔早就料到日本人不会长久在中国待下去，否则，就不会让他不去当警察当宪兵而当这电讯员了。

"是呀，现在世界形势变了，美国向日本开战了，世界各国联合了……"

"谁说不是？"

"那你愿意在这个时候为中国做点儿事吗？"

曾红艳就一下顿住了拿在手上的酒壶，定定地望着傅秀山。

傅秀山心中不禁略噔了一下："坏了，操之过急了。"

可顿过之后，曾红艳却继续为傅秀山斟着酒，说："为中国做事，我倒是想。可我能做什么？"

"能，你可以为重庆搜集情报，然后给他们发过去。"

"你是重庆人？"

傅秀山不置可否。

"算了,不管了。"曾红艳挥了一下手,"能说出这样话来的,不是延安的,就是重庆的。"

"我是重庆的。"傅秀山见话说到这个程度，不得不亮出自己的身份了，"但只是外围人员，更多的，什么也不知道。"

"我不管你是外围还是内围，只有一个要求，就是我直接与你们的重庆联系，不要中间环节。"曾红艳道。

"行。"傅秀山说，"我把我与那边联系的频段告诉你。"

曾红艳就望着傅秀山将一个电讯频率写在了一张纸上。

"你呼叫这个频段，联系人叫静予。"

曾红艳警惕地看了下四周，然后借拿酒杯，将那张纸条拿在了手上，只看了一眼，然后就吞进了嘴里。

"记住了？"傅秀山有些讶然。

曾红艳笑了下："我干什么的？看一眼都多的。"

两人便都言在酒中地举起了杯……

果然，没过两天，"大黑痣"冬如就转来几份电文，说曾红艳联系"静予"了。傅秀山接过来，一破译（他们的规矩，"大黑痣"冬如可以收报、发报，但不能译报；译报密码只有静予傅秀山有），曾红艳不仅表明了自己的立场与决心，而且还报告了一条日军运送物资的情报。

傅秀山让"大黑痣"立即对情报进行核验。

结果，完全属实……

可是，没想到，那天他从赵欢芝当然也是曾红艳家出来，却意外地碰上了一个人，让他大吃一惊之外，还捏了一把冷汗。

碰上了谁？

袁文会。

他只顾着与曾红艳联系，却忘了，袁文会原来也是在这日租界混世——好在，他发现得及时，躲闪得也及时。

"不行，我们得有部自己的电台，"傅秀山与"大黑痣"道，"不说这曾红艳能不能经受得住考验，就这在日租界进进出出的，哪天要是被袁文会碰上了，可就麻烦了。"

"有部自己的电台，你以为我不想呀？""大黑痣"嘬了嘬嘴道，"上哪儿去弄？现在连短波广播都严禁收听，除非——"

"除非什么？"

"抢。"

上哪儿抢？

别说，有了这想法不久，这"抢"的机会，还真的就遇上了……

5 目标一致

机会是曾红艳提供的——

那天傍晚，傅秀山正在逗弄着刚满周岁不久的儿子玉增，忽然接到"大黑痣"要求见面的暗号，他便匆匆忙忙赶到接头地点。

"一份急件。""大黑痣"递给一个角上标志着"急件"符号的电报纸，"曾红艳发来的。"

傅秀山接过来，立即进行翻译。

"哈，好！"译完电文，傅秀山兴奋地用指头弹了一下电报纸，"瞌睡遇着了枕头——"

"大黑痣"就拿眼睛愣愣地望着傅秀山。

"电报上说，日军最近要通过巴延庆的码头运送一批电讯器材去冀东前线战场。"

傅秀山说，"巴延庆，我怎么将他给忘了？"

"你是说河北大街脚行的巴延庆？"

"河北大街？天津还有第二个巴延庆？"傅秀山眯了眯眼睛。

"他原来是在东大街包括海河东码头，不是后来你组织工会，让他将整个东北大街码头都拉入了运输工会吗？后来工会解散了，他就又成了大把头，只不过，地盘由原来的东大街扩大到了河北大街。""大黑痣"啰里啰唆地解释着，"他现在可是在为日本人做事呢。"

傅秀山的眉头就拧了起来："他怎么能为日本人做事？"心下想："这岂不与袁文会同流合污了？"

"但他与袁文会不同，袁是铁杆汉奸，巴延庆还是天津市运输业同行工会的理事长……"

"不是解散了吗？"

"你原来组织的工会解散了，这个是新的。"

新的？

傅秀山有些不解。

他当然不解——原来，1937年七七事变之后，日军于7月30日占领了天津。日本侵略者在拼凑华北伪政权的同时，筹组伪社团新民会。在天津实际负责筹备新民会的是日本人田中，此人早在北洋军阀时期在新疆天津帮福泰成商号搞业务时就和巴延庆合伙贩过烟土。巴延庆回津后，福泰成天津分店的货物装卸起运又是由河北大街脚行承包的。两人关系极熟，因此田中便推荐巴延庆任了天津新民会运输分会的会长。

巴延庆下水后，甘为侵略者驱使效劳，在脚行中大量发展新民会会员。汉奸市长潘毓桂为笼络巴延庆，曾发表天津特别市公署第六十号布告，支持巴延庆对全市各脚行的控制。

"他成了汉奸！"傅秀山眼睛瞪大了，"我去探探。"

"大黑痣"知道傅秀山与巴延庆有过一段交情，想阻止，但想想还是没有说出来，只是叮嘱了一声："万事要小心。"

"我想，他再怎么汉奸，总不会出卖我这个'秀山叔'吧。"傅秀山勉强而自嘲地笑了一下。

"好吧，你去探探也好，探成了，我们就有了自己的电台；探不成，我们就可以将其正式列为汉奸。""大黑痣"道。

于是，傅秀山便去探探——

"秀……秀山叔？"当傅秀山突然站到巴延庆面前时，巴延庆一眼就认了出来，而且吃惊得抬着一只手只顾指着，竟说不出话来。"真……真的是……秀山叔！"

"是我。"傅秀山微笑着，"这些年，过得好吧？"

"托叔的福，好……好着呢。"巴延庆一边将傅秀山往金升茶楼引着，一边仍不知是激动还是因为别的而有些结巴道，"怎么着也想不到……做梦也想不到……在这里，能遇上秀山叔您……"

傅秀山也不客气，随了巴延庆就往楼上走。

楼下是散座，东西两面是隔断包厢，前面戏台上正"紧锣密鼓"地打着开场。

"今天园子正好邀请了小香水演《桑园会》呢——秀山叔真有眼福。"巴延庆一边将傅秀山引进东面包厢一边介绍着，"这小香水嗓音可好着呢，特别是'二六板'，眼起板落，眼起眼落，赶板夺字，顶闪结合，还有那扮相、做派，可传神了……"

"巴爷什么时候如此喜爱上了这梆子？"

"哪敢哪敢，只是闲来听听，听听……"

坐下后，跑堂的上过茶，上过瓜子，傅秀山就"正经"地开始看戏。可一边的巴延庆，则很快地显得坐卧不安起来。

"你有事？"

"没……没事。"巴延庆立即挤出笑容，"就是有事，秀山叔来了，就没了。"

傅秀山看了他一眼，觉得巴延庆对他仍还有所忌惮，心想，可以"探"了，于是，喝一口茶后，他便开了口——

"听说，我走后，你跟上了日本人？"

"唉，说起来——"巴延庆脸色不禁黯了黯，"你秀山叔在，有您罩着，我巴延庆走路下巴颏都朝着天，可您一走，日本人……"

"你就投靠了他们？"傅秀山道，"要知道，不，不仅你要知道，所有的码头工人都要知道，小日本是秋后的蚂蚱，蹦跶不了几天了。现在，美国成了世界反法西斯同盟国的一员。英、苏、中等二十六个国家一年前在华盛顿发表了《联合国家共同宣言》，保证用自己的全部军事和经济资源与德意日法西斯国家作战，与盟国合作，不单独同敌人缔结停战协定或和约；……我们战胜日本，指日可待了……"

"不，不是投靠，是没办法。"巴延庆不由得用手擦了擦额头，有些"委屈"地道，"秀山叔，你知道，我们这行，就靠'活儿'挣命呢，再说，手下还有那么多弟兄——不过，现在好了……"

"现在好了？"傅秀山有些不解。

"好了。"巴延庆将身子挺了挺，"你秀山叔回来了！"

"我回来了，你就不跟日本人了？"

"不跟，跟我秀山叔。"巴延庆坚定地挥了下手，笑着，"不，不仅我跟，我们运输分会所有的弟兄都跟！"

"相信抗战必胜？"

"相信。"似乎还怕傅秀山不信，他又举了举拳头："抗战必胜！"

◎ 第十章　秘密返津

"那行，你就还跟着我。"

巴延庆忙笑逐颜开地抱拳施礼："唯秀山叔马首是瞻。"

"别只'瞻'在嘴上，"傅秀山伸手拍了一下他抱着的拳说，"眼下，我就有一事想请你帮忙。"

"请我帮忙？秀山叔的事，还'请'？这不是打侄儿的脸吗！叔，什么事？"

"听说，你刚接了一个单，要替日本人运送一批货——"

巴延庆嘴就张大了起来，半天才说："叔，你咋知道的呢？"

"别管我咋知道的，你就说有没有吧。"

"有。"

"那好，我也不为难你，我只要其中的一件——东西。"

"那可是日本人的。"

"怎么，怕了？"

"不……不……不是怕，是……"

傅秀山望着巴延庆。

巴延庆将眼睛再次往另一边的包厢望了望。

"你约了人？"

"算是吧。"

"什么叫算是？"傅秀山道，"也是为这事？"

巴延庆就点了点头。

"什么人，我认识？"

"你……应该认识。"

"谁？"

"姜……姜般若……"

"姜般若？"傅秀山不由得暗暗吃了一惊，这青洪帮"双龙头"老大怎么惦记上了这批货？还有，他怎么与巴延庆搭上了关系——

其实，早在他离开天津后的1936年，巴延庆就结识了姜般若，不久，又由姜般若引路加入了洪门。入门后，巴延庆在脚行业中积极发展会员入帮，一度曾达五百人之多，因此，还被封为洪帮内八堂候补"护印"。

可姜般若又怎么会与傅秀山一样，打起了巴延庆刚刚接手的这一批货物的主意了呢？

这说起来，又是一段"故事"——

天津沦陷期间，中共党的地下工作分为工运、学运和民运三个系统，由于姜般若无论在哪个"道儿"上都能吃得开，所以，他就成了中共"争取"的人物。争取他的工作由冀中九支队所属的民运系统负责组织进行。

当时，民运系统有一位年轻的地下党员（这名地下党，傅秀山马上就将见到，而且早就认识；岂止认识，可以说很是熟悉）。姜般若毕竟是个久闯江湖而又有智识的人，经过多次接触，他不仅"晓"了民族大义，而且，抗日形势他也看在眼里，日本侵略者已渐渐日暮途穷。就这样，他的大红桥码头，便成了抗日根据地所需的各种物资的运输线。昨天，那位地下党员又找到姜般若，不仅请他帮忙为杨十三运送一批物资去冀东——杨十三，天津南开中学毕业，后成为造纸专家、大学教授；满怀爱国激情的他在共产党抗日行动的感召下，毅然投笔从戎，拿出了自己全部的家产，典卖了老家的土地，又动员亲朋好友出钱，把自己成都道鹏程里四号的家作为转运站，从禅臣、义利两个洋行买到机枪、望远镜、无线电发报机、地图等装备，准备运送到冀东抗日根据地去。同时，告诉他，据情报，巴延庆正好也要运送一批日本人的电讯器材去冀东。地下党的意思是，让姜般若利用与巴延庆的关系，将这批物资连同杨十三的，一起运送去抗日根据地。于是，他们就约了巴延庆，今天在这金升茶楼见面……谁知，半道上杀出了个傅秀山，所以，巴延庆便一直心神不宁，虽然坐着与傅秀山还说着。

当然，姜般若如此这番的意思，此时的傅秀山并不知道。

"都是熟人，那就叫过来一起看呗。"傅秀山说。

"行吗？"

"当然行。"傅秀山说着，眼睛就望向了另一边的包厢，"要不要我过去招呼一声？"

"这个……不用了，我过去。"说完，巴延庆起了身。

不一会儿，两个人随着巴延庆走了过来。

一走过来，不仅傅秀山，那两个人，也都一起惊讶得张着嘴，半天说不出来话——

姜般若的到来，傅秀山因巴延庆早便知了，并不感到吃惊；可让他吃惊的，是另一个人。

谁？

"鬼头"。

"'鬼头'！"

"怎么是你？"两人同时指着问了一声。

"傅秀山！"

"'鬼头'四哥！"

"什……什么'鬼头''鬼脑''四哥''五哥'的？"姜般若望望傅秀山又望望身边的"鬼头"，连与傅秀山见面按常理的招呼譬如抱拳问好都忘了，"你们——认识？早就！"

是呀，是早就认识，不过，最后一次见面，傅秀山想来，还是在去姜般若的大红桥码头的路上，他为"五百年前是一家"转运了一批货物，结果被当局给盯上了，要对他进行甄别，"鬼头"看似无心实是有意地提醒他，要找市长帮忙。

"你不是在警察局任分局长吗？"傅秀山还记着那次为协调裕元纱厂工人罢工时他

的职务。

"现在是司队长。警察局侦缉队……"姜般若接过了话头,介绍道。

"哦,调局里啦,司队长。"傅秀山这才想起他有一个哥在警备司令部当差,叫司史博,当年,他就是凭着这层关系,才在华新纱厂当了厂警的呢。"侦缉队?"

"坐,坐——"没等"鬼头"说话,巴延庆拉了拉姜般若,然后又望了望傅秀山。

"咦,你有这书?"突然,姜般若眼睛望在了傅秀山随身携带着的张树声的那本《民族精神》和《民族精神续录》上。

"你知道这书?"

"知道,只是没见过。"

傅秀山就用手翻了下,且故意露出张树声的亲笔签名来:"这下见过了。"

姜般若望了一眼傅秀山,眼中不禁就多了很多的内容……

"坐,坐下来慢慢说。"巴延庆再次招呼。

大家就都坐下了。

坐下了的他们——姜般若,巴延庆,傅秀山,当然还有"鬼头",两两相互都熟,于是,谈话很快就切入了正题……

"你们既然是运送到抗日前线去,那我,就不要了。"听完了"鬼头"的陈述,傅秀山立即笑了起来,虽然有些不太情愿,但他还是立即表了态。

姜般若与"鬼头"交换了一下眼色,然后道:"就一台,应该还是可以的。"

"可那打着捆包的,如果要动一台……"巴延庆的意思是,要动一台,就得拆封,而一拆封,如果日本人来检查,就不免要露馅儿。

"要是离开了码头再拆,又如何才能送给傅秀山呢?"姜般若不禁也为难了起来。

"我说过了,你们就一起运走吧,反正我们的目标都是一致的——"

"打鬼子!""鬼头"立即将拳头攥着由上向下收缩到胸口昂扬而坚定地道。

"对,打鬼子!"

"打鬼子!!"

"打鬼子!!!"

——虽然几个人中有中共地下党有帮会有中统的特情,也虽然谁也没明说谁是谁,但他们却都一致地喊出了这三个字……

6 掩护

天气渐渐冷了,风吹在脸上感到凉飕飕的,走在路上,身子不禁就矮了。这天,傅秀山穿了件棉大衣,见太阳出来,将原本竖着遮了脖子的衣领往下拉了拉,扭头往侧面看。侧面新开了一家嘎巴菜馆,里面的热气正一缕一缕地从门缝里往外冒。

"吃碗嘎巴菜，再就着饺子……这要是晚上的话。"傅秀山无头无绪地乱想着。

乱想着的傅秀山抬头又看了一眼太阳。

可就在他将眼睛从太阳上收回来的时候，突然，看到了几个人向他跑了过来。

谁？

"鬼头"和他的侦缉队员。

一定出了什么紧急情况——傅秀山头皮一紧，转身想让过他们……

"傅秀山，秀山！"

傅秀山就停住了脚，望着累得直喘的"鬼头"。

"给，我们局长……让交给你。""鬼头"一手扶了膝盖喘着气，一手拿着个信封伸向傅秀山。

"大黑痣"冬如！

傅秀山立即上前接了过来。

"局长要去开紧急会议，让我过来，听你调遣。""鬼头"仍在喘着。

信封里面是一份电报，曾红艳的。

傅秀山立即翻译。

翻译出来了，傅秀山的汗不禁滋一下就冒了出来，尽管天气仍还是那么寒着冷着——电文上说，他从日军与法租界工部局的通话中得知，日本宪兵正前往匡时学校去逮捕李墨元。

逮捕李墨元！

傅秀山来不及多想，立即道："'鬼头'四哥，我能信任你吗？"

"傅秀山，我们局长说了，我听你调遣。"

"那好，你立即带上你的人，赶往法租界匡时学校，如果见到李墨元，让他立即撤离；若来不及，请你尽可能地设法保护……"

"行，你放心。""鬼头"还没等傅秀山一口气说完，立马挥了下手，带着他的侦缉队员向侧面巷子跑了去。

巷子是通往法租界最近的路。

望着"鬼头"消失在了巷子中，傅秀山也立即转身，向另一边街道跑了起来——那边，是英租界。

傅秀山边跑边想：但愿李墨元今天照常上班，但愿李廷玉也同样得到了消息。

可是，当他气喘吁吁地跑进义聚和米面庄，李墨元不在办公室。傅秀山转身就冲进了李廷玉的"办事处"。

一见傅秀山如此紧张——不，应该是慌张，傅秀山确实慌张了——李廷玉立即站了起来，用眼睛（生怕说话就耽误了时间）急切地问"出什么事了"……

"李墨元来过没？"事情紧急，直呼其名。

◎ 第十章　秘密返津

"他刚接到电话,去市政府开会了。"

"走了多久?"

"刚刚。"

"他暴露了。"傅秀山什么也来不及说,只说了这么一句,人就已到了楼梯口了……

"侧门。"李廷玉追着冲楼下的傅秀山喊了一声。

傅秀山就从侧门追了出去……

其实,李墨元接到市政府打过来的电话不假,但其实不是市政府要开什么会,而是"天津防共委员会"接到日本宪兵队电话,要他们协助逮捕李墨元而设下的一个圈套。如果李墨元前往,后果……李墨元一边走着一边心下也犯着狐疑:这市政府怎么知道他这英租界56号黄家花园的电话?这个电话,只有市党部几个他认为安全的人才知道。

"不对劲。"李墨元不由得摇了摇头。

可到底哪里不对劲?李墨元怎么想怎么感怎么觉却又都想不出感不到觉不察。

正这么犹犹豫豫彳彳亍亍着,突然,后面传来了一阵急促的脚步声,李墨元还没回过头,身子猛一下被推进了正在经过的巷子口。

"你!"

"快,脱。"

李墨元一时反应不过来地望着正在解着自己衣服的傅秀山。

"脱。"傅秀山再次道,"你暴露了,咱俩换身衣服,赶紧撤。"

李墨元忽一下就明白了刚才的"不对劲",也就机械地随着傅秀山脱下外套,两人进行互换。

"你沿着巷子走,我继续去市政府。"傅秀山推了一把仍有些缓不过来的李墨元。

李墨元这才似乎完全明白危险,忙拔腿,可跑了两步,却一下又转过了身,道:"秀山,等等,我南开大学有个下线,在图书馆,叫周鹏飞,你就说你是'老家来的',叫'黑土','身无分文',她就知道了——记住了,黑土,身无分文!"

"记住了,保重。"傅秀山匆忙中,冲着李墨元抱了下拳。

"保重!"

李墨元转过身,很快隐进了巷子……

傅秀山这才重新走上街道,整了整衣衫,以李墨元的身影开始继续往前走。

没走多远,傅秀山就感觉到了后面有人开始盯上他了。

果然,就在他要走进市政府的一瞬间,后面的人突然一拥而上,拧胳膊的拧胳膊,用枪指着的用枪指着,将他给摁在了地上。

"干什么,你们干什么?"傅秀山一边挣扎着一边大声地嚷着,"市政府门前竟然敢抢劫!"

一听声音,其中一个小队长模样的人伸手拽了傅秀山的头发看了看他的脸,然后气得对着他的脸就是一巴掌，同时挥手示意其他人放开他。

"错了？"一个特务还不相信地望着小队长，"我们一直跟着，眼睛都没眨一下呀。"

"眼睛都没眨一下，睁开你的狗眼看看，这是李墨元吗？"小队长举起手就扇了那便衣特务一巴掌。

"怎么回事？"这时，从里面楼门口走过来一个穿着警服的人。

谁？

"大黑痣"冬如。

傅秀山听到声音一回头，两人目光一对上，不由得都暗暗吃了一惊。

"你们是哪部分的？""大黑痣"很快就镇定了下来，"为什么在这里抓人？"

可那个队长根本不把"大黑痣"放在眼里，拍了拍手，自说自话说了声"真晦气"，然后带着那几个人就走。

"站住，你们是哪部分的？""大黑痣"说着，手便伸进了腰间的枪套。

可那几个人头也没回，扬长而去。

"长官，算了算了，他们抢劫又没抢到什么，让他们走吧。"傅秀山赶紧地上前又是鞠躬又是作揖地道。

"没事吧，你？"

"没事。"

"我是说'李'没事吧？"

傅秀山愣了一下立即明白了，"大黑痣"说的是"李"不是"你"，马上再次道："没事。"

可"大黑痣"怎么也知道李墨元有事？

原来，"大黑痣"参加的紧急会议，也正是"天津防共委员会"接到日本宪兵队的电话，要他们协助逮捕李墨元的会议。

会议刚刚部署结束，"大黑痣"领命出来，就碰上了傅秀山。

"你碰上了侦缉队？""大黑痣"仍不放心。

"他们去法租界了。"

"大黑痣"这才舒了口气地点了点头，也不知是对傅秀山已与"鬼头"见过感到放心还是因为自己当时当机立断让"鬼头"听从傅秀山的指挥而感到高兴，或许，二者兼而有之……

望着"大黑痣"匆匆登车而去，傅秀山赶紧地往回跑，他想，李廷玉现在不知要急成什么样呢？

李廷玉确实非常着急，因为这消息来得太突然，之前，李墨元要暴露的迹象一点也没有。

当傅秀山再次出现在他面前时，他才停止了在室内转来转去的脚步——

◎ 第十章 秘密返津

"撤走了？"

傅秀山点了点头。

"肯定？"

"应该吧。"

"什么叫应该！"李廷玉又踱起了步，可踱了两步，又停下了，勉强笑了下，以示对自己刚才语气上的冲动表示歉意，道，"我是担心。"

"我明白。"傅秀山说，"相信他！"

李廷玉就定定地望着傅秀山。

望着望着，他这才发现，傅秀山身上穿着的，原来是李墨元的衣服，指了指，然后这才回到位上坐了下来。

"现在，我们只有被动地等他脱险的消息了。"李廷玉道，"什么也做不了。"

"什么也不用做。"傅秀山补充上一句。

"对，我们现在最需要的是冷静。"

傅秀山点了下头。

"等，我们只有等。"李廷玉不知是对自己还是对傅秀山道……

好在，一个月后，重庆方面来了消息，说李墨元已顺利抵达了大后方，并让李廷玉在不暴露自己的前提下，继续指挥领导华北地区地下抗日工作，"中央对你倚任甚专"，李廷玉对电文中的这句话，感到很是振奋。

与此同时，重庆的"杏花"时之周也发来电报，让"静予"傅秀山与李廷玉联系，为安全起见，将其儿子李帮翰也迅速撤往重庆去。

可当傅秀山将时之周的意思转告过李廷玉后，李廷玉却"觉得不妥"，他认为如果他儿子突然离开，势必会引起日本人的注意，一旦被注意，他自己也就有可能会因暴露而被捕，不如，一切如常，这样，反而日本人不会怀疑。

其实，重庆方面让李帮翰过去，不单是为李廷玉考虑，还因为李帮翰是德国留学回来的"哲学"和"建筑"双料博士，人才难得，值得珍惜。

"（如果自己被抓）后此津接收，无人任办，津之祸深矣。"多年后，李廷玉在他的"回忆录"中这样披露当时自己的内心。

7 追查

1944年元旦的第二天，便是腊八节。与李廷玉他们"办事处"部分同志一起过完元旦（其实不过大家一起吃了顿饭，连酒都没喝上），走在街上的傅秀山，那种莲子、百合、珍珠米、薏仁米、大麦仁、黏秫米、黏黄米、芸豆、绿豆、桂圆肉、龙眼肉、白果、红枣及糖水桂花甚至还有黑米的香味，便直往他的鼻孔里钻，钻得他的津液便直往上冒。

"啊，好香！"

傅秀山正想感慨一句，不想，斜刺里，一个声音先他喟叹了起来。

"哈哈，大局长呀，我还以为谁呢。"傅秀山一看，原来是"大黑痣"正站在那儿望着他笑，不知是有意在等他还是正巧路过。

"怎么，急着回去熬粥？"

"早晨出来就泡好了米，你嫂子在家熬着呢。"傅秀山道，"要不要一道儿去，一起过节？"

"算了吧，就不打扰你一家的温馨了。"

傅秀山笑了下，也不勉强，然后往四边看了看，道："你巡逻还是下班？"

"等你。"

"等我？"

"大黑痣"笑了下，递过来一张纸条。

原来是重庆来的电报。

傅秀山展开借着路灯看了看，不禁露出笑来："老家派人来了。"

"老家"两个字一出口，傅秀山想到了前不久去南开大学图书馆与李墨元那位的下线周鹏飞的接头情形。

周鹏飞，傅秀山想当然地以为"péng fēi"即"鹏飞"，是名男同志。可去了后，傅秀山在图书馆找了半天才知道，原来是位女士，是"蓬菲"而非"鹏飞"，且年纪也不太大，不过三十岁左右，清清秀秀，一笑俩酒窝。他装着有些落魄的样子，上前道："周老师，你不认识我啦？"周蓬菲忽闪着一双美丽的大眼睛想了想，大概想不起来，摇了摇头，说："不认识。""我是老家来的，叫黑土，现在身无分文了。"周蓬菲眼睛一霎就睁大了，但立即又镇定了下来，说："噢，你说的那本书呀，在那边，你随我来，我找给你。"就将他引进了一排书架后，急切地问："他怎么了？"傅秀山愣了一下，她怎么就知道李墨元出事了——后来当说起这段时，周蓬菲说，黑土不就是个"墨"字么，身无分文，不是说没有"元"么，"黑土身无分文"，意思不就是"墨元不在"。"他安全到达后方了，今后你，就由我来单线联系"……

"什么时间到？""大黑痣"也不禁有些兴奋。

"腊月二十三，小年儿。"

"大黑痣"仍定定地望着傅秀山："没了？"

"没了。"

"那一整天，我们怎么接？""大黑痣"皱了皱眉，"地点呢？"

"火车站。"傅秀山先回答了地点，然后才道："说是从北京过来。"

"哦，那只要查一下那天有几趟北京过来的火车就行了。"

"不用查，那天只有一趟。"

"大黑痣"就睁大了眼睛地问:"怎么只有一趟?"

傅秀山笑了下。

——因为电文上说,来人坐的是货车,而且是装煤的。

"大黑痣"见傅秀山笑而不语,也不再追问,道:"需要我做些什么?"

"你与我一道去火车站吧。"

"要带警察吗?"

傅秀山想了想,点了点头:"带上'鬼头'四哥的侦缉队吧。"他是为了防备"万一"呢,万一出现什么情况,'鬼头'还能助上一臂之力(尽管此时,傅秀山还仍不敢完全肯定他就是中共地下党)。

多亏带上了"鬼头"——因为,那天,还真的出了事,只不过,不是出在火车站。腊月二十三那天,傅秀山查过从北京运煤到津的火车时间是下午3点多钟,他与"大黑痣"和"鬼头"3点就到了。

可是,一等没等到,二等没等到,都快5点了,火车仍未进站。正在他们满腹狐疑不知所措时,突然传来消息,说一辆从北京来的货车在郑庄子附近被劫了。

郑庄子附近?

傅秀山立即想起,李培良当年的"识字班"就曾设在那里。

"走。"

"大黑痣"带领"鬼头"的侦缉队,立即向那里赶去。

傅秀山则一个人抄近道,在"大黑痣"他们赶到前就到了郑庄。

火车趴在铁路上,中间几截脱了轨,很显然,刚刚经过一场战斗。在场的保安队仍在搜索。傅秀山一个人没敢上前,转身进了庄子里。

"刚打过仗?"见一个衣衫褴褛的老人圪蹴在一截枯树根上,傅秀山上前打听地问道。

老人翻了翻眼睛,没有搭理。

傅秀山就递过一支烟卷。

老人接了,这才道:"打嘛,也不知为嘛打,这年头,动不动就打。"

"为了嘛?"

"说是一个人带了一份什么情报,几班人都想要,就打了起来。"

"打着了?"

"没呢,跑了。"老人指了一下前面正在搜索的保安队,"这不还在找呢吗。"

"几班人,嘛人?"

"保安队的,宪兵队的,还有黑旗队的,嘛人都有。"说完,老人站了起来,指了一下前边,"这呢,侦缉队的也来了。"

原来"大黑痣"带着"鬼头"他们赶到了。

傅秀山就转过身,向他们走了去。

等他靠近，"大黑痣"已经与保安队接上了头，得知几队人马也不知从哪儿得到情报，都想先下手为强，没等得及到车站，在这里就动起了手。谁知，火车被打停了，几伙人上车一查，却连个人影也没逮着——那个他们要找的人，不知什么时候，跳了车，也不知逃到了哪里……

"大黑痣"用眼睛询问傅秀山怎么办。

傅秀山轻轻说道："设法将保安队弄走，侦缉队也暂时撤了，等天黑后再说。"

于是，"大黑痣"就与保安队打了声招呼，说他们警察不参与了，由保安队善后吧。

保安队一听，他们才不愿意呢，在侦缉队还没走之前，呼啦啦，全都跑了。

"大黑痣"与傅秀山对视了一眼，想：既然保安队走了，那我们就继续寻找吧。

傅秀山与"大黑痣"各带了一帮人，'鬼头'带了一帮，这样，将侦缉队分成三拨，开始向背靠庄子的方向搜索，因为在傅秀山想来，来人因对地形不熟悉，跳车后，肯定首选的方向便是远离庄子。

果然，在天快擦黑时，"鬼头"那一拨终于在一条结了冰的小河沟的苇子中发现了一个负了伤而不知是伤得还是冻得晕了过去的人。

傅秀山得知后，迅速跑了过去。

拨开人群一看，他的脑袋"轰"的一下就炸了。

怎么回事？

原来这个人他认识。

非但认识，而且还曾是好朋友好同学——李登喜！

重庆来人竟然是李登喜！

傅秀山上前一把抱了他，一拭，还有一点气，但已僵硬得不能动弹——

"快，送医院。"

可是，进了医院，虽然李登喜醒了过来，甚至还用几乎傅秀山耳朵贴在他嘴唇上才能听清的声音告诉傅秀山"华北日军军事布防图被抢了"，但在半夜时分，还是永远地闭上了眼睛……

被抢了，是谁？傅秀山先苦苦地想，后是苦苦地找——

他找过宪兵队，从侧面打听，显然不是他们，因为他们也正在寻找；找过保安队，保安队无疑也不是，因为他到时，他们还在搜寻；那就只有黑旗队了。

黑旗队，最早是一群乌合之众。天津水旱码头，各方势力互不相让，争地盘，打群架，红刀子进白刀子出的。"群架"，要布阵，也有"兵法"，有人打头阵，有人接应，有人起哄，更要有一群人站在远处向对方扔砖头石块。这群站在远处扔石块砖头的，就是黑旗队。因为这些人站在远处，由一人指挥，指挥手里持黑旗，黑旗举起来，石块砖头扔出去；黑旗落下，停止扔石块砖头。打过架，定出胜负。胜方，黑旗队人员每人得一份报酬，不多，但够买根油条、一个烧饼、一碗豆腐脑，如此而已。败的一方，白惹惹一场，各自回家，好在不会挨打，因为得胜的好汉们是不会追打这帮"下三烂"的。

后来，日本人来了后，惹惹也不惹了，这些人就改成以盗窃火车运输物资为生。河东郭庄子、何庄子、沈庄子、郑庄子一带，铁路线纵横交错，铁道两侧就是居民住房，这类民居也谈不上是什么建筑，几乎就是用半头砖砌起来的小矮房，屋顶与敞篷货车一般高，火车开过，房顶上的人，只要有胆量，一跳就能跳到火车上；跳进货车，车里的东西就随他往下扔了。

黑旗队极盛时期，据说有五六千人，但队伍松散，今天你跟着干了，你是黑旗队成员，明天你找到正经事由离开了，黑旗队也不少你这一号……

有了方向的傅秀山，于是就天天在这四个庄子上转来转去，寻找黑旗队。

而这四个庄子上的人，可以说人人都是黑旗队，也可以说人人都不是，他要寻找，又谈何容易。

也是巧了，这天傅秀山正垂头丧气地从沈庄子出来，迎面竟然碰上了一个人——这个人都与傅秀山错身而过了，可突然又回过身，试探地叫了声："傅爷。"

傅秀山一惊，这个时候在这里有人叫他"傅爷"，说明这人早就认识他。

谁？

"破帽子"。

原来是那个在宫南大街上曾被巴延庆欺负过的"破帽子"。

"真的是你呀，傅爷。"

"是我，真的是。"傅秀山也很高兴，"你——"

"走走走，傅爷，进庄子，坐下来，慢慢与你说。""破帽子"拉了傅秀山就走。

傅秀山也就随了他重新进了沈庄子，找到一家小饭店，两人要了一壶酒，就着花生，边喝边吃边说了起来。

不说则已，一说，傅秀山竟然喜不自禁起来，因为，这个"破帽子"现在就在黑旗队。

原来，那年在大街上卖"折箩"受巴延庆羞辱后，他就没再回东北角的李把头码头上混了，而是投靠了这河东的黑旗队。

"你说的是前几天那趟货车吧？"

傅秀山点了点头："你知道？"

"我知道，可那天我没在。"

傅秀山不免有些失望。

"不过，我可以帮着打听打听，只要你找的那份文件在黑旗队手里，我'破帽子'就一准能给你找到。""破帽子"喝了一口酒，向傅秀山保证道。

别说，"破帽子"还真的说到做到了，只不过差那么一点点。

怎么就差那么一点点了？

那天，"破帽子"告诉傅秀山，说那文件是黑旗队中的一个他并不认识的人拿了，他正在设法托人，估计这几天就有消息，让傅秀山别着急。

"要不要我动用警察？"

"破帽子"眨巴了几下眼睛，想了想说："黑旗队从不与官府打交道，这个傅爷你是知道的呀。"

"我这不是想尽快些么。"傅秀山不免就有些责怪自己太性急了。

"破帽子"理解地点了下头，说："这事急不得的。"

可傅秀山焉能不急？

当晚，他就与"大黑痣"说了。

"大黑痣"听后，说："只要有线索就好，这事宜早不宜迟，要是迟了，文件被转移走了，就麻烦了。"

"可怎么个宜早呢？"

"真不行，我动用局里的警察，只要还在天津，我想就没有我们警察找不到的。"

傅秀山想了想，说："也只好这样了，但——"傅秀山特地叮嘱道："不要伤了'破帽子'。"

"知道。"

可是，第二天，没想到当从"大黑痣"那里得到行动方案的"鬼头"竟然找到了傅秀山，开门见山地道："那份文件你别找了。"

"我——不找？"傅秀山吃惊地望着"鬼头"。

"鬼头"轻轻点了点头。

"为什么？"

"因为有个人说——"

"谁，说什么？"

"鬼头"笑了一下，说："他说他与你'五百年前是一家'。"

"五百年前是一家！"傅秀山再次吃惊地望着"鬼头"。

"鬼头"也再次点了点头。

在这"鬼头"的点头中，傅茂公那一双有力的大手向着傅秀山就伸了过来……傅秀山赶紧地摇了摇头，将自己的幻觉给摇落、摇散、摇飞……

可"鬼头"误会了，以为他不相信，正要说什么，傅秀山却说了："哦——你……"

"鬼头"立即明白了过来，第三次点了点头，没让傅秀山再说下去。

文件既已到了傅茂公他们手里，那还查什么？

于是，傅秀山当即就去了"大黑痣"那，谎称重庆方面来电，说放弃再查那份文件了。

追查，就此结束。

可是，他这边结束了，而日本宪兵那边，却还没有……

8 锄奸

随着日军军事要地相继被或摧毁或遭袭，华北方面军司令官冈村宁次暴跳如雷，责令天津日军宪兵队无论如何不惜一切代价也要挖出那个送出布防图的中国人（因为他不能确定送出情报的是共产党还是军统或者中统，但可以肯定的是中国人），于是，宪兵队便派出了他们所有的包括袁文会在内的爪牙遍布在饭店旅馆、赌场烟馆、车站码头。可是，令傅秀山怎么也没想到的是，他们竟然抓到了"鬼头"。

其实他们原本并不知道"鬼头"也并不是抓他，但事情就发生了——说起来，这一切都要"归功"于天津市地方治安维持会委员兼天津物资对策委员会委员长王竹林。

王竹林本来也并不是要将"鬼头"送给日本人，但那天——

那天，"鬼头"从美古绅洋行地毯五厂出来，正准备去辅有地毯厂，不想，一队保安却一拥而上，将他给逮住了。

原来，日本帝国主义侵占天津后，地毯工人的生活每况愈下，"一日三餐窝（头）稀（粥）咸（菜），每天工资几毛钱，吃睡都在机架前，昼夜干活不停闲，生老病死没人管，一到年节净裁人"，成了他们的生活写照。因此，为争生存，为求活命，工人们于1941年5月举行了一次当时报纸声称全市各地毯厂有工人四千多人参加的罢工，要求增加工资，织地毯每平方公尺六角；改善伙食，每日午餐增加一个炒菜；设立工人宿舍，维护工人健康和卫生；不准随便解雇工人，若要解雇必须发三个月工资。罢工的方式，有的工人离厂，有的工人上班不干活儿，有的到处串联诉说工人的痛苦生活，让没有直接参加罢工的工人也实际处于怠工、停工，因此，全市地毯工厂完全陷入了瘫痪状态，令当局和日本人痛恨得牙痒。待事件平息后，天津防共委员会认为"此次罢工时间同在5月17日下午，其非有统率指示者，焉有如此共同行动"。而这统率指示者，肯定是共产党。于是，责令天津市地方治安维持会密切注意工人动向，并"放长线，钓大鱼"，挖出这个"统率指示"的共产党。

一开始，身为地方治安维持会委员的王竹林并没有注意到"鬼头"，因为作为警察局侦缉队长，出入各个工厂，很是正常。

可日前，他得到密报，说这些地毯厂如义同、新新、和记、聚康等厂的工人又在准备新的联合罢工斗争。

既然"联合"，这中间，就肯定会有人"穿针引线"，而能在这些工厂自由进进出出的，除了日本宪兵队，就是保安队，再就是警察局的侦缉队。日本宪兵队，自然首先排除在外。然后就是保安队，而保安队是分片管辖，也就是说一个工厂的保安队只在这个工厂，如果要进入另一个工厂，是要事先得到允许的。那剩下来的，就只有警察局的侦缉队了。

于是，王竹林派出特务，紧紧盯着侦缉队在工厂的活动。

这一盯，很快他就发现，"鬼头"常常一个人与各工厂的有嫌疑的共党分子接触，譬如五厂的张和、辅有的安忠信等。

但王竹林一方面忌惮警察局，另一方面他也没有"过硬"的真凭实据，所以，对"鬼头"，也就一直迟迟不敢动手。

这次，他认为机会终于来了，日本人要不惜一切代价地挖出那个"中国人"，这"鬼头"，岂不正是？况且，借日本人之手，也免了他地方治安维持会与警察局的矛盾与冲突。

日本宪兵队接到王竹林的"举报"，立即如狼似虎般扑向了正在往辅有地毯厂走的"鬼头"……

傅秀山得到消息时事情已过去两个小时了，他第一反应是求助"大黑痣"，让他以警察局长的身份将"鬼头"给保下来，但一想，是日本宪兵队抓的人，恐怕"大黑痣"的分量轻了，于是，他又立即想到了"鬼头"在警备司令部的哥司史博。

当傅秀山气喘吁吁地找到司史博时，司史博正站在他的后勤处办公室窗前，望着外面进进出出的汽车，一脸的沉重与悲伤。

"司科长，我是傅秀山，你弟弟的朋友。"傅秀山来不及客套，直报家门。

司史博长长叹息了一声，这才转过身来，望了一眼傅秀山，说："我弟曾说起过你。"

"请原谅我的唐突，不请自来。"傅秀山还是客气了一句，"实在是事情突然、紧急、严重。"

"我知道了。"

"你——知道——了？"

"我刚得到通知，我弟走了。"

"走……走了？"

"在去宪兵队的路上。"司史博伸手轻轻抚了一下额头，"你坐。"

傅秀山没坐也没说话，他还不敢确信"鬼头""走了"，拿一双眼睛紧紧地望着一边招呼他坐一边自己坐下的司史博。

"我也不相信，可是，刚刚，我接到的电话……"

"太可恶了！"傅秀山的食指就掐上了拇指。"日本人怎么知道他的？"

"王竹林。"

"王竹林？"

司史博没有再说话，只是咬了咬牙。

"我饶不了这个狗汉奸。"

司史博就抬起了头，望着傅秀山，试探地问："你是——哪边的？"

傅秀山愣了一下。

"不方便说就不说。"司史博接着又摇了摇手，"反正我知道你是我弟的好朋友就行了。"

"我是中统。"傅秀山觉得对司史博没有必要再隐瞒自己的身份,虽然与他只仅仅说了这么几句话。

"需要我做些什么?"

做些什么?傅秀山脑子迅速转了转:提供情报、武器弹药、药品?但他最后说出来的,却是:"能提供一部电台给我吗?"

司史博顿了下,但很快就点了点头。

"谢谢你,我代表'重庆'谢谢你。"傅秀山不由得十分激动。

"但我有一个条件。"

"你说。"

"替我弟报仇。"司史博再次咬了咬牙,"这事我不方便出面,就交给你这个他的好朋友吧。"

"行。"

司史博站起身,从他身后的密码柜中,取出了一个箱包,不大,但看上去很沉,然后放在桌上,用手拍了拍,说:"这个没有编号,是我备用的,你拿去吧。"

傅秀山疑惑地望着司史博,意思是"我就这么大摇大摆地拿着出去"?

"用我的车。"

……就这样,傅秀山有了一部属于自己的电台,在这重返天津潜伏了大半年后。

回到住所,傅秀山立即将王竹林的汉奸罪行电告给了"杏花"。

"杏花"没有给他回电说怎么处治王竹林,但不久后的元宵节,也就是1944年2月8日,王竹林应邀前往法租界丰泽园饭馆赴宴时,被人暗杀。而且据说,实施暗杀的,是令汉奸闻风丧胆的军统'天字第一号''长江一号'杀手……

只是,仇报了,但傅秀山也被日本宪兵队给"盯"上了。

9 托付

其实,日本宪兵队盯上的,并不是傅秀山,而是"静予"——

自从有了自己的电台后,傅秀山就准备搬家。搬到哪儿?先是考虑到发报时的电频声会引起隔壁邻居的注意,他搬到了海河边,以河上行驶的船只的汽笛声加以掩饰。但一想,那边日本人侦听设备一查,因为人稀,很快就能被锁定。于是,他又想搬到望海楼教堂去。望海楼教堂位于海河东岸狮子林大街西端北侧,坐北面南,为石基砖木结构,正面有三座塔楼,远望呈笔架形,具有欧洲哥特式建筑风格。他想利用这天主教传入天津后建造的第一座教堂作为掩护。可是,万一要是被发现,是不是会影响到那些无辜的信众?傅秀山又犹豫了。

这么左犹豫右犹豫,与重庆联系的电波,也就仍是在这闹市区租居的英租界小白楼附近的小屋中或黄昏或半夜或清晨飞了出去。

一开始，日本宪兵队只是发现了一个新增的无线电信号，直到王竹林被军统'天字第一号''长江一号'杀手暗杀后，他们在破译中，译出了"王竹林"的名字，接着，又译出了"静予"。尤其是这个"静予"，不是出现在收报人中就是出现在发报人中，也就是说，这个"静予"正是他们要找的人。

可这么大一片区域，上哪儿去找。

况且，这"静予"是男是女？不过，从名字上看，应该是位女士，况且，她的联系人是一位叫"杏花"的，这也是个女性化的名字。

于是，他们开始将目标锁定在女性身上。

可他们将所有的人排查来排查去，却一无所获，这时才不得不开始注意上男性。

男性，如果是男性，那这个目标就太多了。

又经过严密的筛选，最终，他们将目标确定在了傅秀山、李廷玉还有曾红艳几个人身上，因为他们经常来往。不，准确地说，是傅秀山与他们来往。当然，之前，他们除了知道曾红艳的身份外，对李廷玉和傅秀山并不知晓。因此，他们首先也就将曾红艳排除了，虽然傅秀山常去联系这一点，他们还无法解释。

但排除了曾红艳，似乎也应该将傅秀山排除，否则，排除曾红艳就没有理由。

这样，他们初步将目标锁定在了李廷玉身上。

可傅秀山知道，李廷玉他们也很快会被排除，最后焦点还是会集中到他身上。因此，他一边继续收集着情报，并及时向重庆报告，另一边，开始着手安排万德珍母子转移。

可如何安排？傅秀山正一筹莫展之时，不想，一个人突然出现了。

这个人的突然出现，让他顿时感到牛背上挂树叶——一身轻松了起来。

谁？

刘云亭。

刘云亭怎么突然出现了？说来，事情也是口渴遇上卖瓜的——巧了。

预感到自己可能会暴露的傅秀山，那天，1944年2月15日，农历正月二十二，赶到巴延庆那里，告诫他无论发生了什么事情，都不要再左右彷徨，绝对不能再倒向日本人，做民族的败类；现在，正是黎明前的黑暗，胜利即将到来，他的一举一动，党国都将记着。

巴延庆被他说得既一愣一愣的，也被他说得激情、热血一起荡漾……

然后，他就告辞了出来，沿着东街，准备再去一趟日租界，也与曾红艳说上一声，让他有个思想准备。

可刚走出不远，后面有人一边叫着"哥"一边追了上来。

傅秀山没回头也知道这人是谁——刘云亭！

"哥，哥，哥……"刘云亭激动得一个劲地叫着，"棠棣子，哥"——连当年他们在小校场一起习武时的昵称也一并叫上了。

◎ 第十章 秘密返津

"你怎么来了?"

怎么来了?

原来自傅秀山从常备队被"调"走后,一中队很快就向东向南转移,去了鄂豫皖苏边,二中队则因前一年春蝗秋旱,致使地里颗粒无收,那些在地方招收来的战士还勉强可以在部队中坚持着,但随着1943年春夏几场雨,庄稼开始发青,再加上,此时国共摩擦日趋增多,于是,今天回一个,明天跑一个,不到两个月,也就散了。

二中队散了后,傅秀山不在,刘苹青他找不到也够不上,虽然找了几回万德珍,可连万德珍也不知了去向,无可奈何,刘云亭只好以流浪的方式回到了家乡,先帮助家里种上了庄稼,然后又帮家里进行了秋收,可一向"惹惹"的刘云亭,又怎么能被这庄稼地所囿,于是,过了正月十五,他就又回到了天津,先是去了他原先熟悉的纱厂,想在那儿寻份工,可那些厂不是濒临倒闭就是三天两头停工停产。于是,他又找到原来的市党部,想从那里打听打听傅秀山的消息。谁知,那里早改成了保安队的驻地。走投无路之下,他忽然想起巴延庆来,他是大把头,现在虽然不这么称呼了,但他毕竟在码头上吃得开,凭之前与他的交情——即便不凭他,凭他与他哥的关系,去那儿谋份差事,应该不会太难。

就这样,他寻到了巴延庆。

"你哥刚走,没碰着?"

谁知,一见面,巴延庆竟给了他一个天大的好消息!

"没……没呀?"

巴延庆就向外探了一下头,用嘴努了下东街:"朝那边去了。"

刘云亭连声"谢谢"也忘了说,立马就追了上来……

"哥,这一两年你去了哪儿?说是你去当了大官,可怎么又回了天津呢?"刘云亭在路上就一直不停地问这问那。进了家门,万德珍给他倒了一杯水,他喝上一口,还是在问:"你与鬼子面对面干上过?"

傅秀山不置可否地笑笑。

"哥,你不知道,自你走后,那常备队简直就不叫队了,仗还没开打,人就跑。"刘云亭道,"那次攻打王小庄——一中队撤退前的最后一仗——说好了一中队打头阵,我们二中队包抄,可一中队都打进庄子了,我们二中队却还在外围有一头没一头地冒一下,枪倒是响了,可全都在打星星呢,气得刘中队说你们二中队难道只有一个傅秀山?你说,你说,这兵当的!"

"你喝水。"

傅秀山仍笑着,但显然有心事,可刘云亭仍处在与他相见的兴奋中,丝毫没有觉察。

"哥,你知道我们少爷——哦,刘云樵吗?他现在可不得了——"

傅秀山就望着刘云亭,等他往下说刘云樵怎么个"不得了"。

"那年，我想想，就是你走后的第二年，1936年，他在日本人设的擂台上，为天津人出了一口气，用师傅的八极拳，一拳将关东军剑道师范太田德三郎给打死了。"刘云亭一脸的骄傲，"接着第二年，也就是1937年，他考入了陕西凤翔的黄埔军校七分校第十五期，与我们一样正式从军报国。"说到这里，刘云亭不自禁地笑了一下，也不知是自豪还是难为情，"毕业时，为分配，他竟然与校长动起了手——你说，哥，你说，他这少爷脾气，咳。"

"后来呢？"傅秀山没接刘云亭的遗憾或是抱怨。

"后来，少爷也是天上的煞星，处处有贵人罩着，他被逮捕时，讯问他的，恰好是西北长官胡宗南将军，少爷因回答'国家正在危急之时，愿上第一线光荣战死沙场'这一句，深得胡宗南将军的嘉赏，不仅免了他无罪，还授了他少尉官阶，到太行山与日军作战，多次受伤，因功擢升连、营、团长，直到1940年受伤被日军俘虏。"

"他被日军俘虏了？"傅秀山不由得有些讶然。

"嗯，被关在山西运城战俘营。但，哥，你知道，刘云樵是什么人呀，战俘营能关得住他？他趁一个月黑风高之夜，以其机智和武功，翻墙逃了出来，去了西安。在西安，他又找到组织，多次深入敌后进行暗杀，成了传说中的军统'天字第一号''长江一号'杀手。"说完，刘云亭情不自禁地伸出舌头还舔了下嘴唇，就差吧唧一下嘴巴了。

"军统'天字第一号'？"

"嗯，还有'长江一号'杀手。"刘云亭补充道。

傅秀山眼前便出现了王竹林被暗杀的情景，尽管他没有亲眼看到，但他还是看到了刘云樵那矫健的身影一闪，王竹林就倒在了地上……

"哥，我到天津后，到华新纱厂，找到了海河边你原来住的小屋，都没找见你，所以，我就想找巴延庆谋份差事，没想到，没想到，就遇上了哥你……"

傅秀山的眼睛从刘云亭的脸上移了移，向外望了一下。

"哦，还有，哥，我这次回去，听到一个消息——"

傅秀山就又将眼睛望刘云亭。

"贾恩绂，你尊敬的那个到处修志写书的贾先生，到北平去了。"刘云亭仍兴致勃勃地说着，"他曾在报刊上发表文章，痛斥一班权贵侵犯民权，迫害无辜之罪行，险遭入狱。日本鬼子来了后，一些军政要员想借重他的声望，邀请他从政，可他却说，自己身为'河北男子'，岂能为虎作伥，辱没一身清白，然后就带着一家老小寓居到了北平……"

刘云亭仍在喋喋不休，可傅秀山的心思却越来越重，一种不好的预感越来越强烈，于是，他抬了下手，示意刘云亭不要再说下云，尽量放缓语气，道："云亭，哥现在很危险，托付你一件事。"

"啊！"刘云亭一下张大了嘴巴。

"你别紧张，事情没你想象得那么严重，但我不得不防。"傅秀山轻轻压了压刘云亭桌上的手,"明天一早,将你嫂子送回老家去。"

"盐山?"

傅秀山点了点头。

刘云亭想说他刚从那里回来,但见傅秀山那凝重的表情,咽了口唾沫,马上道:"好,一切听哥的。"

"你回去后,不管听到什么消息,一不要回来,二要保护好你嫂子,还有玉增他们。"

"哥,你放心,我拿命担保。"

傅秀山就再次将眼睛望向外面。

外面,夜色已上来了,街灯有一盏没一盏地亮着,风一刮,便晃动着,仿佛梦境……

"呱。"

一只老鸹突然叫了一声,从门前飞了过去。

第十一章　不幸被捕

他不敢大摇大摆地走在街上，也不敢去找他之前的熟人，但他可以在小巷中一张一张地查看着那些已经斑驳了的"布告"。可是，查来看去，虽然不少什么共谍、暴匪、资敌的"头像"，却没有一个是傅秀山的。

1　被捕

早晨的天空便布满了云，不是一层一层，也不是一团一团，而是厚厚的、重重的，压在树梢上。

没有风。

送走刘云亭与万德珍母子，已是上午九十点钟了，看着已然只徒四壁的家，傅秀山不自禁地摇了摇头，说不上伤感，也说不上悲壮，但有一种情绪却在潜滋暗长。

什么情绪？

傅秀山却又说不上来。

正在这时，电台传来讯号，有电文要接收。

于是，傅秀山伸手抹了下脸，然后将门窗关好，戴上耳机，迅速调整好自己，开始收听——

不听则已，一听，傅秀山不由得心花怒放，电文说，汪精卫病情恶化，准备于3月去日本治疗，望我党同仁，勠力同心，坚定信心，白水鉴心，将日本赶出中国去。

（汪精卫于1944年3月赴日治疗。11月10日因"骨髓肿"病逝于日本名古屋帝国大学，即今名古屋大学医院。11月23日遵其遗愿，归葬国民党总理孙文之侧，南京中山陵西南的梅花山。）

电报要求静予立即将此消息传布出去，以警示那些仍在观望甚至对汪精卫还抱有妄想的人士，悬崖勒马，可谓大智；然后是一段后来出现在蒋介石1945年元旦广播讲话中说的话："相信日寇妄想消灭我们中国的时机，已成了过去。""我们到了今天，抗战的力量依然挺立，而没有崩溃，国民政府抗战到底的国策，依然为整个中华民族全体同胞所拥护，我们抗战的中心，绝没有为敌寇所动摇，这就是敌寇所显著的失败，也就是我们抗战最后胜利必然实现的明证"……

重新藏好电台，傅秀山第一个想到的，便是将此消息立即报告李廷玉。但转念一想，既然他都收到了电报，想必李廷玉也早得到了消息。于是，接下来，他便想到了"大黑痣"——由于日军巡查日紧，"静予"傅秀山与"冬如""大黑痣"相约（与曾红艳也是如此），没有特殊、特别、特大事情或事件，他们之间电台保持静默，因为一旦查获傅秀山的电台，日军将不费吹灰之力就能查到"大黑痣"；他们之间的联系，便以登门或是接头来实现。

穿过几条街道，傅秀山径直走进了警察局。

"大黑痣"一见，不禁吃了一惊，但看到傅秀山那抑制不住的兴奋在眉梢上弹跳着，一颗心遂又放了下来。

按照常规，"大黑痣"让勤务给傅秀山倒上水，敬过烟，待他出去后，他才迫不及待地坐近傅秀山，问："你怎么跑这儿来了？"

"好消息。"

"大黑痣"就拿眼睛问着什么好消息。

傅秀山便将电文简略地说了，说："这下，那些汉奸们可感到末日了。"说完，还不可抑制地呵呵笑出了声。

"这确实是个天大的好消息，我立即遵照指示，扩散开去……"

告别了"大黑痣"，傅秀山又马不停蹄地赶往日租界的宪兵司令部，他要将这个消息告诉给曾红艳。

曾红艳如"大黑痣"一样，乍一见傅秀山，也是大吃一惊，等听到"电文"消息后，十分振奋，说："我立即向宪兵们传播。"

走出了宪兵司令部，天空的云更加厚了，风也刮了起来，而且，天色也不早了，因为傅秀山的肚子开始叫了起来，他才想起，这一东奔西跑地，连午饭都忘了。于是，他想找家小吃店，填一下肚子，吃饱后再去下一个联络点传达——南开大学图书馆。

可待他吃好走出小吃店，偶或一回头，竟然发现有人跟踪了他。

"特务？"这一发现非同小可，傅秀山心中不禁一惊："自己暴露了！"

但他很快又镇定了下来，事情可能还没那么严重，如果确定是暴露了，那就不是跟踪，而应该是逮捕了。

但为了谨慎起见，他没有直接出日租界就向南开大学方向走，而是一直往前，走向了警备司令部，想一方面迷惑一下跟踪的特务（如果真的是特务跟踪了的话），另一方面，也正好将这个消息转达给司史博，让他在警备司令部也传扬开。

司史博对傅秀山的到来，则没有"大黑痣"与曾红艳他们惊讶，他以为傅秀山只是日常的一般来访，于是，又是问他吃过没有，又是问需不需要什么保暖衣物，或者，他能做些什么。

傅秀山很感动，一一摇过头后，看似不经意地，将汪精卫病情恶化的消息给说了。

司吏博听后，先是睁大了眼睛接着，又皱起了眉头，最后才感慨地说："这是一件大事，一件政治大事。"

傅秀山没有接他的话，只是喝了喝茶，站了起来："天不早了，告辞。"

司史博看了一眼窗外，说："带上雨衣吧，看样子，就要下雪了。"然后从衣架上取下了自己的雨衣，递给了傅秀山。

傅秀山也不客气，接了过来，因为他想，从这里穿过英租界到南开大学，如果真的下了起来，这雨衣应该是可以派上用场的，况且，它还可以保暖。

但更让他"不客气"的，是这雨衣，可以帮他摆脱那还不能肯定的跟踪的特务。

果然，他穿上雨衣，走出警备司令部，一直走出日租界，也没再发现有人跟踪……

其实不是没人跟踪，而是跟踪的人此时正在向袁文会汇报——在七七事变前，袁文会就已经充当了日本帝国主义的走狗，在日本侵占了天津以后，则更进一步地投靠了日本帝国主义。他的爪牙遍布社会的各个角落，饭店、旅馆、娱乐场所、烟馆、赌场、妓院、车站、码头等，都是他替日寇搜集情报的渠道。

这天，他正在为刚刚报告给了日本茂川特务机关（因日本陆军大佐驻天津特务机关长茂川秀和而得名）一个地下党情报而沾沾自喜，一个特务前来报告，说发现了一个颇似傅秀山的人，先后出入于警察局、宪兵司令部，现正在警备司令部。

那次"花会冲突"中，袁文会认为傅秀山帮了刘广海而没有帮他，因此，心中便与傅秀山结下了怨，后来又因为傅秀山"受意西卿"尤其是他打伤了小日向，使得这层怨结得更深了，所以，傅秀山也早就进了他的"情报""网"中，并且他还将傅秀山的特征、习惯以及"八极拳"的厉害等，一一告知了他的手下，言一旦发现，立即报告（本来他是说"立即拘捕"的，可想到不要说他的手下就是他自己也未必是傅秀山的对手，所以，便改成了"立即报告"），然后由他报告给日本特务机关或是日本宪兵队。

"确定？"

"确定。"特务点头哈腰地道，"小六子守在警备司令部门前，我跑来报告。"

"走！"

可等袁文会他们来到警察司令部门前，小六子虽然在，可傅秀山，却早已不见了……

"饭桶！"

袁文会给了两个特务一人一个嘴巴后，转过身，带着一班特务，忙向英租界那边跑去，因为机关长茂川秀和带着宪兵正在逮捕他刚刚报告的地下党……

风越刮越烈了，呼呼呼，刮得树枝发出一阵阵如在天空中磨着刀的阴森恐怖。

傅秀山一路上一边小心地绕过日本巡逻队，一边走小巷穿树林，等快要到南开大学时，却已是夜色沉重了。

按照以往的经验，此时，正是莘莘学子在图书馆博览群书的时间，傅秀山只要穿过

◎第十一章　不幸被捕

一小片林子，就可以进入校园，然后沿着宿舍楼，越过食堂，走进教学楼，前面，就是图书馆。

校园里路灯早已绽放。

但原本明亮的路灯，却由于那呼呼呼的风声，此刻，显得有些昏黄，甚至有些瑟缩。

傅秀山在食堂前徘徊了一下，然后尾随在了下班后的厨师们身后，向教学楼走去。

教学楼前一片安宁。

雪，开始下了。一片一片，在空中，旋转着，然后，轻轻地飘落下来，是那样的轻，仿佛重上一点，就会将那教学楼，教学楼下的傅秀山，给落伤、砸伤、压伤。

转过一个楼角，前面就是图书馆了。

可是，就在他要走过去时，突然，图书馆前一阵骚动，接着，一大群学生在宪兵队的喝斥声中，从图书馆中边被往后赶着边在举着拳头抗议什么。

出事了！

傅秀山心中不禁一紧。

那几名厨师一见，忙向那边跑去；傅秀山立即也跟了上去。

跟了上去的傅秀山，刚刚站到人群后面，就发现一群特务押着周蓬菲从楼上推推搡搡着走了下来。

一见楼前有这么多学生还有老师在，周蓬菲立即激动了起来，她挣了一下被特务紧紧抓着的胳膊，然后甩了一下头发，昂起头，大声地说道："同学们，同胞们，目前，我们最危险的难关已渡过，我们必须坚定必胜的信心，发挥无上的勇气，随时随地准备与任何的困难和不测的危险去搏斗，而予以实现民族的生命，求国家之生存；不仅为自卫独立生存而战，也为维护公理正义与世界和平而战；从抗战胜利以求民族复兴……"

傅秀山的热血开始在心中偾张。

"这些年以来，我们将士的忠勇牺牲、民众的冒死犯难，已经确切奠定了最后胜利的基础！"

"啪。"特务狠狠地抽了周蓬菲一个耳光。

傅秀山的食指就掐上了拇指。

但周蓬菲的声音却仍是那么响亮："不论是共产党人与非共产党人，我们都要团结一致，为国家各尽职责，为抗战贡献一切，集中意志，集中力量，以达成我们驱逐敌寇，光复河山之使命……为抗日战争最后的胜利而奋斗……"

这时，群情一下被点燃了，就连那越下越大的雪，也燃烧了起来。大家一边高呼着"不许抓人""放开她""打倒日寇"，一边向前涌动着。

特务们害怕了，一边鸣着枪，一边先是用手捂，但那手很快便被周蓬菲给咬得血淋淋，后是用胶布蒙，但在周蓬菲的挣扎下，却怎么也蒙不住。这时，机关长茂川秀和从后面走了上来，抡起手枪就砸，周蓬菲额上的血一下就流了出来……

傅秀山的拇指就掐上了食指。

可就在他忍无可忍，正准备冲出去的时候，不想，随着身后一声阴险的"就是他"，一下围上了十几个特务，而在特务们的身后，袁文会，正狞笑地望着傅秀山——

原来，袁文会所报告的"地下党"，正是周蓬菲。

他在寻找傅秀山未果，赶紧地又向这边跑了来，原本是想在他的主子茂川秀和面前邀上一功，没承想，竟意外地发现了傅秀山。

其实傅秀山并不是他发现的。

发现傅秀山的是一个小特务，他挤在外围，开始也没注意上傅秀山，可他无意间却发现了当周蓬菲遭到特务扇耳光时傅秀山的食指掐上拇指的习惯性动作，于是，他立即报告给了袁文会。

袁文会得到报告，喜不自禁，一边派人报告茂川秀和，一边立马跑了过来。

但由于傅秀山裹着雨衣，他还不敢最后确认。

可就在这时，傅秀山的拇指掐上了食指——凭着这一个典型的傅秀山习惯动作，袁文会终于确认了，他就是傅秀山……

这一天，是1944年2月16日，农历正月二十三。

2 护送

刘云亭带上万德珍，还有玉喜、玉英、玉增，雇了一辆驴车，虽然一大早就动了身，但一方面由于天气寒冷，云层低沉，让人感到一种说不出来的压抑，再加上，听说要去盐山老家，玉增倒是非常快乐，因为玉喜曾将傅秀山小时候玩冰排子的故事说给他听过，还有那满村的枣树，虽然他才牙牙学语。可玉英却知道，那里没有天津的狗不理包子，也没有天津的十八街麻花、耳朵眼炸糕，因此，她一见到设在街边的小店或小铺，就吵着要刘云亭带上一些。当然，她没有直说到了盐山她没有的吃，而是说要带上一些去到老家，给爷爷奶奶，尤其是二奶奶三奶奶尝尝。

见玉英要，玉增也要。

不仅要这包子麻花和炸糕，他还要"四大扒"（"四大扒"不是可单独成席的菜肴，而是为成桌酒席的其他主菜起衬托作用的配菜。也不是只有四种，而是由于其相对"八大碗"而言只是配菜，所以称为"四大扒"。主要包括扒整鸡、扒整鸭、扒肘子、扒方肉、扒海参、扒面筋、扒鱼等）。

这样七买八买，等走出城时，风就刮了起来，雪，眼看着也要下了起来。

"前面就是咸水沽，我们歇息了明天再走吧。"万德珍对同样缩着脑袋的刘云亭道。

咸水沽，这便是有"津东第一镇"之称的咸水沽。刘云亭将脑袋伸出来望了望天，天上一片浓重，什么也看不见，又回头看了看除了已经开始下了的雪就是一片厚黑外，什么也看不清，想想，不知是自嘲还是讥讽地笑了一下，指着前面亮着一个灯笼招牌的旅店说："那就在前面住上一宿吧，明天再走。"

进了店，吃过饭，不知是呼呼呼的风声，还是那沙沙沙落在地上的雪，几个人谁也没再说话，各自睡了。

可睡得正香时，前面店堂突然传来了一阵敲门声，接着，是一个，不，是几个声音，在问着什么。

刘云亭正要竖起耳朵听听问的是什么，一阵脚步声就走了过来。

"刘云亭，在吗？"

有人直呼其名，刘云亭忙应了声"在"，就忙爬起来，拉开了门。

可他不认识站在门口的人。

"你们是——"

"别问我们是谁了，你嫂子他们呢？"

"在，我们在这儿。"万德珍听到叫刘云亭的声音，也早起来了，此时，听到问，拉开门应道。

"嫂子，我们是傅先生的朋友，"来人中一个高个子转过身面向着万德珍说，"他让我们来接你们去涞水。"

"去涞水？不是去盐山吗？"刘云亭不由得睁大了眼睛。

这时，大个子身边的另一个胖子轻轻推了下刘云亭，刘云亭就势退回了屋子，胖子跟进来，贴着他耳朵悄悄道："傅先生被日本特务逮捕了，盐山不能去了。"

刘云亭嘴巴就张大了起来。

"他们肯定会追去盐山老家的。"胖子说，"李先生特地让我们火速赶来，护送你们转道向西去涞水嫂子的娘家，估计特务一时想不起来去那儿追。再说，那里山高林密，就是追，也追不上；追上了，也抓不到。"

这时，大个子从万德珍房里将行李拿了出来，另一个人抱了玉增开始往外走。

刘云亭赶紧过去牵了玉英，然后回身让过玉喜，一行几个人，就慌慌张张地走出店，走进了风雪中……

起初，大家都十分惊慌，一边急着赶路，一边又担心着与追上来的特务们撞上，直到重新进了城，又向西快要出城，大家的心才松了一些。而这时，天也早亮了，只是因为一路的紧张，竟然没发觉天是什么时候亮的。

雪，不知什么时候停了。

风也停了。

又走了一炷香工夫，太阳，竟然出来了——也不知什么时候出来的，白白的，没有光，但很刺眼。

"前面就是杨柳青了。"大个子说，"我们就送到这里吧。"

万德珍抬头向前望了望，果然就到了杨柳青，然后回过头，望了眼一个个跑得头上热气腾腾的大个子他们。

"到了这里，应该没有危险了。"大个子说。

"组织上让你保护着傅嫂子，不得有误。"这时，胖子伸手轻轻拍了拍车上刘云亭的膝盖，凑近他道，"组织会设法与你取得联系。"

刘云亭想问是哪个组织，但话到嘴边，又咽了下去——他知道，既然是称万德珍为"傅嫂子"，那一定就是哥傅秀山的人，何况在咸水沽时胖子就说了是"李先生"让他们火速赶来的，这"李先生"想来不是李墨元就是李廷玉，但无论是哪个"李"，都值得信任。

"保证完成任务。"刘云亭不由得就又有了种在队伍中的感觉，要不是车在这时晃动了一下，他还准备敬个军礼的。

"吁——"

车停了，万德珍要下车向大个子他们几个人道谢，大个子赶紧拦了，然后对刘云亭抱了一下拳，说："拜托了。"就站到了一边。

刘云亭也赶紧地抱了拳，想说什么，但嘴动了动，却什么也没说。

"驾！"

车又向前奔了起来。

大个子他们的身影就落在了后面，越来越小，最后只剩了一个点，像个逗号，也像个省略号……

杨柳青，到了杨柳青了，可万德珍此时却什么心情也没有。往日，每每从这里经过——从老家到天津城或是从天津城回老家，她都要忍不住地轻轻哼起那首《画扇面》：

> 天津城西杨柳青，
> 有一个美女白俊英，
> 专学丹青会画画呀。
> 俏佳人，十几冬，
> 不分寒暑苦用功，
> 眼看来到了四月当中。
> 四月里立夏缺少寒风，
> 白二姐房中热赛笼蒸。
> 手拿扇子仔细看，
> 高丽纸，白生生，
> 扇子面上缺点红；
> 八仙桌子放在当中，
> 五样颜色俱都现成。

手拿扇子仔细看哪,
心中想,暗叮咛:
上面画个什么城?
上面画个天津城……

而如今,傅秀山"生死不明",虽然万德珍很少想到这个词,因为他随着傅秀山南征北战,早就习惯了这东逃西躲,可今天不知怎么,她竟然想到了这个词。

想到了这个词,她浑身不禁打了一个寒噤。

"嫂子,你怎么了?"刘云亭显然感受到了万德珍脸上的变化,"是不是冷?"

"不冷。"万德珍伸手捋了一下额角的头发,借以掩饰刚才心中的惶怵,然后伸手替玉增掖了掖包裹着他的被角,"你哥走时有没有说什么?"

"没说什么。"

万德珍就望着他。

刘云亭想了想,说:"他就说让我赶紧送你们走。"

"这次,他怕是真的遇到麻烦了。"

刘云亭不知道怎么安慰万德珍了,眼睛就转向前面。

前面一片白茫茫,在太阳光中,抖动着,蒸腾着,如练般,凌波飘逸……

3 受审

这次,傅秀山是真的遇到了麻烦——

雪,很快堆积了起来。风如这雪一样,越刮越猛。当十几个特务围住傅秀山时,傅秀山原本还想凭着他的功夫迅速撤离,可一回头,发现袁文会站在一边正得意地狞笑着时,他知道,也才确信,他被汉奸出卖了。

这时,机关长茂川秀和一边指挥着特务将周蓬菲押往车上,一边走了过来。

"又一个共党?"

袁文会立即哈了哈腰,望了一眼傅秀山,说:"共党的不是,但他反对大东亚共荣,良心大大的坏。"

茂川秀和就冲特务们一歪脑袋:"带走。"

特务们便如狼似虎地扑上来,将傅秀山紧紧抓住,押上了另一辆车。临上车,傅秀山狠狠地瞪了一眼袁文会,瞪得袁文会不由得身子往下缩了缩,躲在了特务们身后……

汽车直接开到了茂川秀和临时办公地点亚中旅馆,然后将傅秀山与周蓬菲分别押进了不同的房间进行审讯。

傅秀山一路上在想:是袁文会栽赃自己还是日本特务真的发现了他的行踪?如果是

前者，只要坚持说自己无辜，要不了多久，就会出去；但如果是后者，那么自己暴露到了什么程度，换句话说，敌人掌握了自己多少证据？

及至被押进房间，茂川秀和的第一句话，就让他一直悬着的一颗心落了下来——

"你与女共党是什么关系？"

哦，敌人将自己当成了与周蓬菲一伙。傅秀山不禁在心中笑了起来，嘴上却道："没有关系。"

"没有关系？"茂川秀和皱了下眉头，"那你在那儿干什么？"

"看你们抓女共党。"

"为什么要看？"

"好奇。"傅秀山说完反问道，"难道看你们抓共党也犯法？"

茂川秀和看了一眼一边的另一个留着人丹胡子的穿着少佐军服的鬼子，少佐马上道："还狡辩，我们在你家搜出了电台。"

傅秀山一颗心倏一下提了上来。

"说，'静予'是谁？"少佐拍了下桌子。

傅秀山一听，不由又笑了起来，想："'静予'就坐在他对面，他却视而不见，却虚张声势地拍桌子，这充分说明，他们并没有掌握自己的真实情况。"于是，说道："是谁？那个女共党？"

少佐便站了起来，向前倾着身子，逼视着傅秀山："你叫傅秀山？"

"是。"

"市党部的干活？"

"是。"

"那你怎么不知道'静予'？"

傅秀山假装用力地想了想，然后还是摇了摇头："没有，我们市党部没有这个人。"

"那'冬如'呢？"

傅秀山便张着一双迷茫的眼睛望着少佐。

"张永安呢？"

傅秀山仍摇了摇头，说："都不是。"

少佐冷笑了一声，坐回原位，继续问道："李墨元？"

"李墨元？"

茂川秀和紧紧盯着傅秀山。

"是，他是。"

"那他住在哪儿？"

傅秀山又假装用力地想了想，然后又摇了摇头："不知道，我们只是上班的时候在办公室里相见过，他是大领导，我只是个小干事。"

第十一章 不幸被捕

"李廷玉，你的认识？"

傅秀山点了点头："认识，但他不是市党部的。"

"他住哪里？"

到这里，傅秀山心里完全明白了，自己根本就没有暴露，但自己还有"大黑痣"与重庆联系的电文，已被敌人截获了，否则，他们是不会知道"静予""冬如"还有"张永安"的。而之所以承认他认识李墨元、李廷玉，一是因为他们这种身份都是公开的，二是傅秀山知道李墨元早就到了重庆，而李廷玉则是日军曾多次"登门拜访"且积极被"争取拉拢"的人。承认了，谅他们对他俩也无可奈何。

这时，茂川秀和抬起手，打断了少佐的进一步审问，然后用日语不知是骂还是训斥了少佐一声。

少佐便示意身后的一个特务，将傅秀山带了出去……

傅秀山也不知自己在这个小黑屋子里被关了多久，直到听到门锁响动，他才激灵一下醒了过来。

几名特务走了进来，一句话也没说，拉起他就走。

然后是坐车。

再然后，他被押进了宪兵队，在临下车时，他清楚地看到了"泊镇"两个字。

自己怎么被带到泊镇宪兵队来了？

傅秀山正在纳闷，几名宪兵走了进来，不由分说，将他身上的衣服一扒到底，然后用绳子拴住他的胳膊，一扯，就将他吊了起来。

吊完，什么也不说，全都又走了出去。

直到傅秀山感到自己的胳膊就要断了时，一名小队长模样的宪兵才走了进来，绕着傅秀山转了一圈后，道："想好了吗？"

"想什么？"傅秀山问。

"你说想什么？"小队长突然对着傅秀山的腹部就是一拳。

傅秀山疼得不由得倒吸了一口凉气。

"说，你是共党还是军统？"

傅秀山就又想笑，连自己是中统他们都没弄清，竟然让他"说"，他能"说"什么！

"我是市党部的。"

小队长便朝外喊了一声。

随着喊声，一个宪兵牵着一条狼狗走了进来。

"说，你的上线是谁，下线又是谁？"

"我没有上线下线，只有上级。"

"那你的上级是谁？"

"李墨元。"

"李墨元在哪儿？"

"不知道。"

"不知道，马上你就'知道'了。"小队长说完，朝那个宪兵一挥手，宪兵就放开了狼狗。

狼狗立即扑了上来，对着傅秀山的大腿就是一口。

傅秀山想骂，可是，骂什么也不解恨，于是，就咬了牙，狠狠地瞪着小队长。

"说，你们市党部对我们大日本皇军做过一些什么？"

"我们——为皇军献过粮，献过铁，献过铜……"

傅秀山说的献粮献铁献铜，是指为了给日寇补充给养，当时天津市公署先后成立了"征集钢铁物品委员会""收买废品委员会""支援圣战献金运动总会"等机构，大肆征集诸如铜墨盒、钢笔架、铜镇尺、铜锁乃至铜床、铜香炉、铜痰盂、铜盆和大铁门、铁栅栏等。后来铜铁制品少了，扩大到锡、铅、铝、镍等金属物品，也在征集范围。

"八嘎！"小队长恼羞成怒，对着傅秀山又是一拳。

狼狗见主子开打，也立即再次扑上来，咬住了他的腿……

这样"审"了大概有一个月，除了傅秀山被打得咬得遍体鳞伤，宪兵什么口供也没有得到。

于是，在一个夜色浓重的晚上，傅秀山又被转移了。

这次，去的地方，是德县。

可到德县没多久，3月19日（1944年）他又被押回了天津，被关进了水上宪兵队。

这次审讯他的，没有狼狗，却用上了新式审讯工具——电击。宪兵称为"过电"。问的问题，仍还是那几个，除了新添了一个"你的代号是什么"。

"我没有代号。"傅秀山答道。

"你直接与谁联系？"

"我的上级。"

"上级是谁？"

"李墨元。"

话题绕了一圈又绕了回来。

加大电量，再问。

可问来问去，还是什么也问不出来。

起初，傅秀山完全是靠自己的意志在坚持，后来，当电流再通过全身时，他就不仅用意志了，而是用脑——脑海中反复播放着在重庆特警班上，学员们跟着戴笠举着右手，高呼着张自忠常说的那句"我生则国死，我死则国生"口号的镜头……

敌人黔驴技穷，最后，没有办法，将他拉到了楼顶上，绑在一根柱子上，让寒风吹、烈日晒……

审了一个多月，见实在审不出什么来，4月12日（1944年），他又被押往了北平宪兵队。

北平宪兵队的审讯，除了"吊打""狗咬""过电""暴晒"，还使用了"冰冻""灌凉水""夹手指"，到后来，傅秀山感到，敌人并不是为了审讯而审讯他，而是完全将他当作"练习"残忍的道具，譬如"摔活人"——

几个宪兵比着赛地抱起傅秀山，然后或过肩摔或是抱摔甚至还两两分组，将傅秀山悠起来摔出去，看看哪一组摔得远。

这样一直折磨到 5 月 15 日（1944 年），傅秀山莫名其妙地被判了四年徒刑。

然后，被投进了日军一四〇七部队，即军人监狱。

> 其实，我的爷爷傅秀山并不知道，他之所以从亚中旅馆被辗转押至泊镇、德县、天津、北平，是因为日军破获了一起重大的反日案件，他们怀疑傅秀山是他们的同伙，所以，将他分别押往这些地方加以甄别。而最后之所以又将他押往北平，是因为这一路上，他们总是感觉有"影"随行，试图劫走这个犯人……
>
> 而傅秀山真正的抗日活动，日军并没有掌握，否则，他也不会只获刑 4 年。

但他并没有在"牢"中"坐"满四年，一年零七个月后，一个秋高气爽的日子，傅秀山，昂首走出了监狱……

4 出狱

又是一个大晴天。

但得知是个大晴天，已是早上九十点钟了。这北涧头村真如其名——不，说是北涧头村不那么准确，北涧头村离这里还有三四里呢，应该说，这北涧头村的涧头——两边均为高山，一年到头，似乎永远都是那么地青着绿着郁着葱着。中间一条小路，一头羊肠般，蜿蜿着伸向永远也没有尽头似的山里；另一头，也是羊肠般，蜓蜓地连着北涧头村。一条小溪，忽左忽右，伴着小路，一年四季叮叮咚咚，清清亮亮，似乎永远也不停歇。每天早晨，涧头上，总是雾着，有时雾着雾着，云一开，太阳就出来了；有时雾着雾着，云一开，几颗豆大的雨点就落了下来。要是冬天，忽然地门一开，那漫山遍野的雪，便映得人眼睛一下就闭了半天才敢睁开。但那小路却仍在那儿伸着，那小溪仍在那响着。

半年前，刘云亭护送着万德珍和玉喜、玉英、玉增刚到村子时，足足将万宗礼和王氏吓了一大跳，要知道，虽然鬼子到这城北征粮时遭过八路军游击队的几次伏击，平日里轻易不敢出北门，但这里毕竟离城只有六里路，站在村后的小山上便能看见城北门楼。要是被他们知道了，这还了得！"怎么办？"王氏急得一把搂了万德珍直发抖，万宗礼呢，则急得直搓手。

"让德海过来帮个主意？"见万宗礼六神无主的样子，听说万德珍回来了过来看望的兄长万宗信建议道。

万德海是大爷（伯）的儿子。

"德海老实疙瘩一个，帮不上的。"万宗礼摇了摇头，"喜春，让喜春过来吧，他见多识广。"

喜春是万宗信的长孙（他还有个比他小十岁的弟弟），今年二十四岁，平日里做点小生意，常常出山进城出城进山的。

"这样吧，我在涧头那有一个堆放货物的屋子，就让我姑和云亭叔他们躲到那里去。"果然，万喜春听后，略一思索，便拿出了主意，"那里虽然人也不少，但都住得稀，平日里也少往来，四面又是山，藏得住。"

藏得住，万喜春的意思是，在那里可以避过村人的耳目。

于是，万德珍在母亲的帮衬下，与刘云亭带着玉喜姐弟就搬了过来……

足足有半年时间，刘云亭没敢出村，甚至在村中也很少走动。一方面是怕暴露自己和万德珍，另一方面也是记着了那胖子说的"组织会设法与你取得联系"。可半年后，渐渐地，他对周围环境熟悉了，也敢在村头村尾晃悠了，有一次，他甚至还试着离开了村子——

那天，他实在耐不住性子了，这都大半年了，既没见到"组织"，也没有哥傅秀山的一点消息，他心中不免就有些躁。随着这躁，他走出了村子，沿着那条小路，越走越细的小路，走了好半个时辰，终于可以望到山外了。

山外的路上，有影，偶或还有驴车马车经过。

刘云亭就没敢再往前走。

就回。

可回的路，一如他出来时的路，却也是越走越细，就在细得刘云亭简直要怀疑他是不是走错了时，忽然地，前面豁然一下开朗了起来，"别有洞天"，当时刘云亭在心中突然就想到了这个词语。

这个"洞天"，自然就是涧头。

村子很大，足足有二三十户人家，可是却全都掩映在树丛中，如果没有牛哞马嘶毛驴叫，如果没有鸡鸣狗吠小儿闹，竟然看不出这是个村子。

"我怎么就从来没注意过？"刘云亭站在村头，望着一片宛若仙境的村子，不由得深深地呼吸了一口，"这里，原来如此美丽、美妙、美不胜收！"

要不是玉英寻了来，他站在那里，几乎都要忘了回。

"叔，你上哪儿了，娘到处找你呢？"十三四岁的玉喜已然长成大姑娘了，见到刘云亭，不知是急得还是害羞，脸红红着道。

◎ 第十一章　不幸被捕

"找我？"

"怕你出事了嘛。"

"我出事？我能有什么事出？"刘云亭故作轻松地耸了一下肩。

"这山里可有野兽，猛着凶着呢。"

"又是你娘说的？"

"我也见过。"

"你——见过？"

"我小时候……"

玉喜说的小时候，还不知是什么时候，也许她见的，不过是一头野猪甚至是家猪也不定呢。

刘云亭"大度"地笑了笑，也不戳破她，因为他的印象中，玉喜就没有"回过"北涧头村……

不过，刘云亭还真是错了。虽然玉喜脱口而出的"我小时候"有些夸张，但她并没有说一定是在这北涧头村呀。

其实，在中牟，在淮阳，在沈丘，她就曾见过野兔，见过野猪，见过野雉；来到这北涧头村，她又见过山羊、狍子，甚至狼。

不仅如此，玉喜还认识了很多野生药材，譬如五味子、小黄连、刺五加、柴胡、知母、远志、马斗铃、苍术等等。

玉喜见刘云亭那"大度"的笑，脸一下就憋得红了起来，正想说什么，这时，万德珍出现在了前面，大声地招呼着他们："饭都热了两遍了，不饿呀你们？"

"我才见到叔呢。"玉喜赶紧地跑了去。

"下回出去，说一声。"万德珍不知是埋怨还是担心地对刘云亭说过后，与玉喜并肩着，往回走。

在后面，刘云亭发觉玉喜的个头与万德珍相比，竟然还要高出那么一丁点……

这次的外出，让刘云亭的心，就如那鸽子般，总是扑腾腾着要往外飞。

"这样不行，"晚上，刘云亭对万德珍道，"我得出去一趟，看看我哥到底怎么样了。"

万德珍的眼泪就下来了，平息了半天才平息下来，然后轻声道："要不，明天让喜春陪你一起去，我这几天天天晚上做梦都作到他浑身血淋淋的。"

"与喜春一起去，好，我这就找他去。"刘云亭不禁立即露出一脸的兴奋。

一提起与喜春一起，刘云亭就不由得一脸的兴奋，为什么？因为，他与万喜春说得来，尽管他们之间差着辈分，一个"叔"一个"侄"。

说什么？

刘云亭说李书文，说刘云樵，说傅秀山；万喜春说那几次鬼子出城时他如何给山里报了信，平日里如何与山里人做生意，还有他的那头骡子……

骡子？

"是山里人送给我的。"万喜春一脸的骄傲，"那次见我背一卷布进去，累得一身的汗，他们见了，就送了那头骡子，说给我当脚力。"

刘云亭就向拴在门外院子里的那头骡子投去了一个充满着爱意的一瞥。

甚至有一次，万喜春还将刘云亭带着，去看了他进山里时的"通行证"——那证，压在一块大石头下，万喜春说："可不敢带在身上，万一要是被谁看见了或是被查出来了，那可是要掉脑袋的；我只有在进山时，才到这里拿出来揣在身上，当那冷不丁地跳出一个人来用枪指着说'干什么的'，我就将它拿出来递过去，他们一看，立马就笑嘻嘻地不仅让过，有时还派一个人帮着送我"。

刘云亭就知道，这"山里人"，一定就是与早些年的李先生李培良一样的人，但万喜春不说，他也不说，即便抗战胜利后他们在天津城里相见，两人还是"不说"……

但万喜春，"明天"却没立即陪刘云亭"去"，因为刘云亭找上他说了后，他说他要进趟山，问山里人需要进些什么货。进趟天津城，可不容易呢。直到"明天"的"明天"，他们才揣上万德珍为他们烙的饼，走出了北涧头村……

几天后，刘云亭与万喜春到了天津。万喜春去给山里人进货——这回山里人让他进的是染料（染布用）。刘云亭呢，就想方设法地想着打听傅秀山。

首先，刘云亭想到的是巴延庆——他知道，巴延庆对傅秀山一直很是尊敬和景仰。

可当他好不容易找到他，这个一向"秀山叔"前"秀山叔"后的巴爷巴延庆，竟然十分慌张，除了匆忙地给了他一笔钱，还没等刘云亭说出"傅秀山"三个字，便严厉警告他，现在日本人正在到处抓人，让他赶紧地能逃就逃能躲就躲。

可是，好不容易出来一趟，没打听到傅秀山的消息，刘云亭怎么甘心能逃就逃能躲就躲？于是，他不敢大摇大摆地走在街上，也不敢去找他之前的熟人，但他可以在小巷中一张一张地查看着那些已经斑驳了的"布告"。

可是，查来看去，虽然不少什么共谍、暴匪、资敌的"头像"，却没有一个是傅秀山的。

这天他正在针市街口看着一份布告，一个人悄悄靠近了他身后，眼睛虽然也在佯看着布告，但声音却送进了刘云亭耳朵："傅秀山没事——别回头，别看我——他现在关在北平军人监狱，我们正在设法营救……"

"你是谁？"刘云亭站在那儿一动也不敢动，生怕一动，这声音就走了。

"别问那么多，你只要晓得五百年前我们与傅秀山是一家就行了。"

"五百年前？"

"好了，你脚边的包袱里是我们的一点儿心意，拿上赶紧回涞水去。"

"回涞水？你知道我是从涞水来的？"刘云亭问完，才反应过来，这问的岂不是废话，既然能知道他是来找傅秀山的，哪能不知道他是从哪儿来的？

果然，声音没有接刘云亭的话，只是顿了下，接着道："今后轻易不要回天津，有

第十一章 不幸被捕

事我们会想办法与你联系的。记住了。"说完，声音便没有声音了。

等了半天，见没有声音，刘云亭不禁转过身来。

可是，身后，街口，却早已空空如也。

刘云亭再看脚边，真的有一个包袱，不知声音什么时候放的。他装着不经意地拎了起来，用手一摸，便知道里面，是钱……

于是，他依了声音所嘱，赶紧地就往回赶。

刘云亭回到涞水县北涧头村，转眼，又是大半年多过去了——

这天天蓝着，人们已经由单衣换了棉衣了，刘云亭又一次地走上了那条羊肠小路，他幻想着，能在这小路上遇上一个人，一个让他一抬头就认出来的人，这个人来自天津，或是来自河南他曾战斗过的地方，该是多好。

可是，没有。

没有？

不，前面真的出现了一个人。

只是，刘云亭不认识。

那人戴了顶护耳的棉帽，背着一个口袋，像个要饭的，却又不完全像，边走边四处张望——也不知是望这山的风景还是望有没有人或是人家……

刘云亭就站在了那儿，说不上是等着他，也许只是想看看这个来自小路那头的人是个什么模样吧。

那人见刘云亭站在那儿，便磨磨蹭蹭着装模作样地去小溪边喝水或是洗手，就不再往前走。

刘云亭知道，这人肯定有问题。"不会是日本人的探子吧？"他想。

想着，他便往前走。

那人见刘云亭走了过来，也从溪边站了起来，眼睛警惕地注视着他。

可注视着注视着，那人就笑了起来——

"刘云亭！"

刘云亭眼睛兀一下睁大了起来，可是，认了半天，却仍没认出这个人怎么会认识他。

"忘了？"那人将帽子从头上拿了下来。

"啊，胖……"刘云亭一下认了出来，原来竟是那天将他们从咸水沽拦截下来转道这北涧头村在杨柳青与他说"组织会设法与你取得联系"的胖子。

"嘿嘿嘿，终于找到你了。"胖子十分激动，"傅嫂子呢，他们一家都好吧？"

"都好。"

"我找你们都找了好多回了，别人说这里就是北涧头村，可我在北涧头村前村后地找，却怎么也找不着你的影子。再往这里面走吧，每每走着走着，就走得没路了……"

"村子还在里面呢。"

"还在里面？"胖子伸颈向前面望了望。

"至少还有一二里。"

"怪不得，怪不得。"胖子的意思是，怪不得他找不到，因为每次他找到这附近，以为没有路了，就转了回去。

"走，进村子坐。"

可胖子却没动，而是将那个口袋打了开来，将面上的一些破烂抓出来扔了，然后从里面拿出一个小布袋，掂了掂，说："我就不进去看望傅嫂子了，得赶紧回去汇报。这是组织让我交给你们的。"

"组织？"刘云亭想问"你们是哪个组织"，但曾在常备队任过小队长的刘云亭，知道问了胖子也不会告诉他，所以，改口道："请向组织报告，有我刘云亭在……"刘云亭一兴奋，不免又露出了他原来的"惹惹"脾性，但他立即意识到了，"在"过后，一下顿住了。

胖子理解地笑了下，伸手拍了拍刘云亭的肩膀，然后跟他说了说傅秀山的情况，让转告万德珍，一切都会过去，一切都会好起来……然后，转身便离去了。

但胖子走出去了十几步，还是回过头，算是回答了刘云亭先前想问没问出来的问题："我们的组织姓张。"

姓张？

刘云亭想了想，可怎么也想不起来，他，还有他哥认识一个姓"张"的组织呀，如果说是姓"李"，他至少还可以猜出，不，不是猜出，是断定，李墨元或是李廷玉，这姓张的，是谁？

是谁，刘云亭当然不知晓。"张永安"这个化名，只有在与重庆联系或是原来的联合办事处内部（由于日军破坏，国民党驻津各单位失去租界保护，相关工作人员纷纷离津暂避。1944年3月，华北党政军联合办事处宣布解散了），李廷玉才用。

但刘云亭却仍然非常兴奋，因为他终于与"组织"联系上了，与"外面"联系上了，与"哥"联系上了——尽管胖子并没有给他带来更多的关于哥傅秀山的消息，只知道他被日军判了刑，关在北京……

可是，随着天气的转暖，变热，胖子却又接连两三个月没来与刘云亭接头了——刘云亭哪里知晓，此时，日本已经投降，为了争取胜利果实，蒋介石正在天津"排兵布阵"，准备战后接收。与此同时，冀中军区遵照八路军延安总部的命令，也成立了天津解放委员会（即天津市工作委员会，简称"津委会"），并在市内设立了公开的八路军冀中军区驻津办事处。这样的形势下，胖子们，又哪还抽得出时间顾得上远在这偏远的山里的刘云亭？即便是那次，也还是在李廷玉的一再关照下，才匆匆地赶了来……

关于蒋介石的"排兵布阵"，我查了下资料，现简单地罗列（引用）几条：

◎ 第十一章　不幸被捕

　　8月10日得到日本投降消息后，当天夜晚，军事委员会委员长蒋介石对中国陆军总司令何应钦发布了"委员长训令"：一、敌已无条件投降。二、命令敌军驻华最高指挥官（日方的官衔是"支那派遣军"总司令官冈村宁次）维持现状，停止一切军事行动，严禁破坏物资、交通及扰乱治安秩序行为，听候中华民国总司令或各战区长官的处置。三、在各战区应注意下列事项：（甲）敌军可能抵抗、阻扰，必须有应战准备。（乙）警告辖区敌军，除接受政府指定之军事长官的命令之外，不得向任何人投降缴械。（丙）命令伪军（南京汪精卫军队）投诚，并确保联络；同时把握机宜，包围暂时集中的敌军，及陆续控制敌军撤退后的要点、要线，等候国军到达。（丁）禁止加害投降后的敌军俘虏，特别晓喻所属官兵严格遵守。（戊）各战区除均应派遣主力部队挺进，负责解除敌军武装外，同时应留驻必要部队，维持后方治安。（己）国军整编事宜，得由各战区长官依据实际情况，暂行延缓执行。四、着何总司令立即拟具接受沦陷区要点、要线，以及分区集中敌军、并监视其解除武装的详细计划呈核。

　　8月11日蒋介石电第十八集团军司令朱德、彭德怀，政府对处置敌军已统筹决定，该集团军部队应驻原地待命。

　　8月15日，蒋介石急电日军最高指挥官冈村宁次指示日军6项投降原则（这"六项原则"原电大意为：一、日本政府已宣布无条件投降。二、该指挥官应即通令所属日军停止一切军事行动，并派代表至玉山接受中国陆军总司令何应钦将军之命令。三、军事行动停止后，日军可暂保有其武装及装备，保持其现有态势，并维持其所在地之秩序及交通，听候中国陆军总司令何应钦将军之命令。四、所有之飞机及船舰应停留现在地点，但长江内之舰船，应集中宜昌、沙市。五、不得破坏任何设备及物资。六、以上各项命令之执行，该指挥官所属官员均应负个人之责任，并迅速答复为要）。

　　8月15日，朱德令冈村宁次，向中共投降，冈村宁次拒绝接受。

　　8月20日蒋介石再电毛泽东，朱德未明了受降程序，破坏我对盟军共同信守，望即来渝共定建设大计……

刘云亭再次陷入了不安。

可这"不安"他却又不能感染到万德珍，于是，他决定"独自出去"，去看看，外面到底发生了什么，或者说，是什么让胖子竟然这么长时间没能如约……

可他不出去不知，一出去，才知道，天变了——早在十几天前，也就是1945年8月15日正午，日本天皇已向全世界广播，无条件投降了。

"这么大的消息，胖子怎么没来向我说？"刘云亭一边兴奋着一边气鼓鼓地想，"还有这北涧头村，真的成了世外桃源了，这等天大的事，村子上竟然谁也不知道……"

可就在他一边嘟囔着一边往回走时，不想，一抬头，却见胖子站在前面的路上，正微笑地望着他。

"你——你……"

"胜利了！"胖子举了举手，"我们胜利了！"

"胜利了，也不来告诉我一声？"刘云亭不知怎么，眼泪一下就流了出来。

"我这不是来了。"胖子上前几步，一把搂了刘云亭……

等刘云亭情绪平静了些后，胖子才松开他，然后退后一步，道："我这次来，就是来接你们出去的。"

"我哥，那我哥傅秀山也出来了？"

"出来了，在日本新任外相重光葵代表日本天皇和政府、陆军参谋长梅津美治郎代表日本大本营9月2日上午9时，于停泊在东京湾的美国战列舰密苏里号上在投降书上签字后的第三天，就释放出来了。"胖子一口气说道，"我这次来，就是接你们出去，去北平接他。"

"去北平？"

"对。"

"接我哥？"

"是。"

说到这儿，刘云亭没有任何征兆地突然一下抱住了胖子，然后在他的满是胡子的脸上，重重地响响地热热地亲了一口……

◎第十二章　赈济复建

第十二章　赈济复建

傅秀山转过身，对着那个小队长，将那张奖状往他面前送了送，说："请你看仔细了，这是蒋总裁亲自颁给我的（傅秀山故意地大声地强调着'亲自'二字），这下知道我是谁了吧？将门打开，让工人们进去复工。"

1　团聚

太阳出来了。居然有种春天般的温暖。风从半掩着的门口探了下头，一转身，又到别的病房去了——

自从9月4日（1945年）释放出来后，傅秀山便被送到了这协和医院为他特设的康复病房。

尽管在狱中被押了一年零七个月，受尽了非人的折磨，但身体素质一向过硬的傅秀山，在这里"康复"了十天半个月，基本上也就康复得差不多了。

他从床上坐起来，望了一眼阳光，然后再望向阳光下的靠近窗户的一棵冬青树。一只小鸟见他望过去，也偏了头，望着他。

"你好，小鸟。"

小鸟便张开一边的翅膀，拍了拍。

傅秀山又道："小鸟，早上好。"

可就在这时，门开了。"傅秀山，有人来探视。"一位护士站在门口，一手推着门，一手向后面招了招。

"探视？"傅秀山赶紧地下床，习惯性地将衣服整了整，同时心想：谁会来探视我？组织上还是……

"哥！"

"秀山！"

"爹！"

随着声音，几个人影便"扑"了进来。

傅秀山简直不敢相信，"扑"进来的，竟然是刘云亭和自己的一家人……

接下来，傅秀山度过了他一生中与家人最欢乐的一段快乐时光——他给万德珍讲他在狱中的情景，给玉喜姊妹仨讲他如何与鬼子斗智斗勇，给刘云亭讲他出狱后的情形。

他们，万德珍，玉喜姊妹仨，刘云亭，也给他讲，给他傅秀山讲外面的一切，不，不是外面，是北涧头村的一切，尤其是玉喜姊妹仨——

"我认识了许多药材。"玉喜喜滋滋地道，"还知道它们的药理药性。"

傅秀山便眯着眼睛："是吗，我们玉喜成了大夫了？"

玉喜便红了红脸，但还是道："譬如知母性苦寒，有滋阴降火、润燥滑肠、利大便之效；马兜铃有清肺降气、止咳平喘、清肠消痔之功；远志具有安神益智、祛痰、消肿之能，用于心肾不交引起的失眠多梦、健忘惊悸、神志恍惚、咳痰不爽、疮疡肿毒；苍术根状茎入药，性味苦温辛烈，可燥湿、化浊、止痛……还有，五味子——"

"我们玉喜懂得真多。"傅秀山赞扬道，"嗯，还有五味子，怎么说？"

"五味子因'五味皮肉甘酸，核中辛苦，都有咸味'而得名。它分为南、北二种。古医书称它荎蕏、玄及、会及，最早列于《神农本草经》上品中药，能滋补强壮之力，与琼珍灵芝合用可治疗失眠。"

"不错不错，将来我们玉喜就学个女大夫。"傅秀山虽然知道她这是从哪位老先生那"掉"来的"书袋"，但还是兴味盎然地表扬着，然后伸手将玉英往怀中拉了拉："你呢？"

玉英忸怩了一下，但还是非常高兴地昂着头，道："我认得狍子。"

傅秀山笑着一脸幸福地望着玉英。

"狍子大眼睛，大耳朵，公的还长角，分叉，"玉英边说边用手在自己的头上比画着，"但只分三个叉。"

"你是狍子呀。"在傅秀山左膝靠着的玉增便"咯咯咯"地笑话着玉英的比画。

"你呢，我们玉增知道什么？"傅秀山马上将眼睛望向玉增。

玉增将身子正了正，道："我知道野猪和家猪的区别。"

"有什么区别？"

"野猪嘴巴长，还长着牙。"

"嘻嘻嘻，猪都长着牙呢。"玉英马上笑了起来。

玉增脸便绽红了起来："可——可是，野猪的牙叫獠牙，这么长——"玉增用手量着。

"那是什么呀，这么长？"玉英继续挤对着玉增。

"是獠牙，野猪。"玉增解释，"用来咬人，专门咬小孩。"

傅秀山就拿眼睛望向一边如他一样幸福地眯着眼的万德珍，因为这话，肯定是万德珍告诉玉增的。

"大人也咬。"玉英补充道。

玉喜伸手拉了玉英一下，意思是别与弟弟对着戗。

"哥，"玉英正要说什么，不想，刘云亭一头闯了进来，"你看谁来了？"

谁？

贾恩绂。

"啊！"傅秀山一见贾恩绂突然站在了他面前，一时半张着嘴，竟然忘了招呼，"贾先生！"

"贾……贾先生，请坐。"万德珍赶紧地拉凳子。

"怎么，不认得老朽了？"贾恩绂边坐下边道。

傅秀山这才回过神来，忙一边往起站，一边问："您，您怎么来了？"

"我怎么来了？"贾恩绂回仰着头望了一眼身后的刘云亭，"哈哈哈，我怎么来了？"

傅秀山便将眼睛也望向刘云亭。

"哥，前两天不是那报上——"

哦，傅秀山想了起来，前两天，他在看报，突然发现了贾恩绂发表的一篇关于方志文章的撰写心得，于是，便给刘云亭说起鱼香书院，说起贾恩绂的一些趣事，说起"一技在身闯天下"，说着说着，傅秀山还说起了当年维新派严复曾赠诗贾恩绂，说起了他第一次认识"十月革命"记住"工人阶级"就是在贾恩绂的"阅报"课上……

"我找到报社，一问，就问出了贾先生的住址，于是……"刘云亭不好意思地笑了笑。

"也不与我说一声？"傅秀山不知是兴奋还是埋怨地道。

"这不是想给哥一个惊喜嘛。"

"对，是惊喜，惊喜。"贾恩绂赶紧将话头接了过来，"这位刘老弟将你的一些事情，哦，不，是事迹，是丰功，都给我说了……"

傅秀山再一次地望了一眼刘云亭。

"是我让他瞒着你的。"贾恩绂伸手制止着傅秀山对刘云亭抱怨的眼神，"这么些年了，你为革命可受了不少苦。"

"应该的，为了党国……"

贾恩绂立即抬起手阻止了傅秀山："是为了国家。"

傅秀山就有些发愣，想：这党国与国家有什么不一样吗？

"现在抗战胜利了，将来何去何从，秀山啊，要想想，要好好想想呀。"顿了下，贾恩绂接着道，"我从报上看到，8月28日共产党的毛泽东先生受蒋委员长之邀去了陪都，共商国是……唉，真的是希望这'共商'能达成一致，实现和平、民主、团结、统一的建国目标啊……"

傅秀山的嘴不由得又半张了起来。贾恩绂说的，他还真的没有想过。不过，他也懒得去想，因为——

"先生训导得是。"傅秀山道，"不过，我没有先生的高瞻远瞩。我在想，我傅秀山一介草民，何德何能去想这些国家大事？我只要心中一直奉行着当初我在先生的鱼香

313

书院就坚定了的'唯以劳工神圣'信念即可。"

"'唯以劳工神圣',好!"贾恩绂拍了一下自己的膝盖,"你能始终站在劳工之立场,作为曾经做过你先生的我,甚是欣慰。老朽我当也要为国家做些什么……"

做些什么?贾恩绂不久,就做了——他约集数十名有着正义感的老人,联名上书国民党当局,要求实现和平,与民休养生息,以达两党团结合作建设国家。只是,其时我的爷爷傅秀山在天津,也正为这"建设"二字殚精竭虑着,不曾知晓。

"姐,我也要去。"这时,门口传来了玉英的声音。

原来在他们说话时,玉喜悄悄退到了门外,准备出去,玉英一见,要跟着去。

"我也要去。"玉增也叫了起来。

"好,你们去,一起去。"万德珍用手抚着玉增的小脑袋,就势也走出了房间,"慢点儿。你们去哪儿?"

"街上。"玉喜的声音。

这一去"街上",等她们回来,原本还想在这儿多住些日子的傅秀山,突然决定,提前出院。

因了什么?

因了一首歌——

直到华灯绽放,玉喜他们才回来。

"街上好玩儿吗?"傅秀山问。

"好玩。"玉增答道,"姐还会唱歌。"

"唱歌?"傅秀山望向玉喜和玉英。

"姐唱得比我好。"玉英羞怯地笑着,"有些词儿我记不住。"

傅秀山就望向玉喜。

玉喜说:"我也记得不全。"

"嗯,那你们俩就合着唱,让爹听听——"

于是,玉喜与玉英就唱了起来:

你,你,你,你这个坏东西,
市面上日常用品不够用,
你一大批一大批囤积在家里,
只管你发财肥自己,
政府的法令全都是不理。
你这个坏东西,你这个坏东西。

> 坏东西，坏东西——
> 囤积居奇，抬高物价，
> 扰乱金融，破坏抗战，都是你。
> 你的罪名和汉奸一样的，
> 别人在抗战里，出钱又出力，
> 只有你，整天地在钱上打主意。
> 想一想你自己，死要钱做什么？
> 到头来，你一个钱也带不进棺材里。
> 你这个坏东西，真是该枪毙；
> 你这个坏东西，
> 咳，真是该枪毙……

原来是当年传唱一时的《你这个坏东西》。据说，这歌的词曲作者舒模1942年创作时，还有一段小故事。说当时舒模正随演剧四队从柳州到桂林进行演出。这时的桂林，物价飞涨，人民生活十分困苦，而投机官商们却过着花天酒地的日子。舒模总想写一首歌曲来揭露此事，酝酿了半年左右，一直没有合适的歌词。后来，一天晚上，舒模到桂林郊区看望一位朋友，回来时已经很晚了。从他那里到舒模的住地有五六里路，一路上黑乎乎的没有路灯。接近市区才见到几盏像鬼火似的电灯吊在电线杆上，市内大街的店铺都关门休息了，门口屋檐下躺着一些身盖麻布片的难民，远远地又不时传来舞厅里"彭嚓嚓，彭嚓嚓"的爵士乐声。此时此景，两种生活的强烈对比使舒模感到那些消极抗日、大发国难财的坏蛋们都该枪毙！于是，一边走，一边想，一边不禁就哼唱了起来。等舒模走到住地，这首《你这个坏东西》连词带曲的初稿，也就完成了。

傅秀山起初听着女儿们那稚嫩的声音还咧着嘴笑着，可笑着笑着，他的笑容便不见了——他想起了天津，他的第二故乡，此时此刻，是否也如歌中唱到的"囤积居奇，抬高物价"？因为刚刚，在玉喜他们进来之前，他从报上看到，目前天津物价正在飞涨，最高涨了三十五倍，而且，大批工厂倒闭，大量工人失业……

"我要立即出院，立即回去，立即工作！"

——这个念头倏地便跳到了傅秀山的眼前……

2 嘉奖

说回就回。

第二天，傅秀山就携着刘云亭及妻子儿女坐火车回到了天津。

天津还是那个天津，但天已不再是那个天——日本无条件投降的消息使得天津工人和市民沉浸在一片庆贺的气氛之中：庆贺中国人终于取得抗日战争的伟大胜利，庆贺从此结束了日本帝国主义在天津的殖民统治，庆贺沦陷时期天津工人和全市人民一道向日本侵略者进行英勇斗争所作出的巨大贡献……虽然这种气氛已经过去了一个多月，但傅秀山依然能感受得到。

不，不是感受到得，而是亲身体验了，因为在他回津的第二天，参加了10月3日才从重庆飞抵天津的市长张廷谔、副市长杜建时（9月29日重庆国民政府委任张廷谔为天津市市长，杜建时为副市长并兼任第十一战区北宁铁路线区护路司令）为10月8日上午9时成功在原法租界公议局大楼（今和平区承德道十二号）门前由美国海军陆战队第三军团司令骆基将军和国民党第十一战区前进指挥所主任施奎龄，代表美国政府和中国政府接受天津日本驻屯军司令官内田银之助的投降仪式而举行庆祝晚宴。

晚宴设在五十一号花园。

五十一号花园坐落在台儿庄路五十一号，是一座具有浓郁英国别墅风格的建筑，始建于1902年，主人是来华帮助创办中国最早的铁路公司——津沽铁路公司的财务首脑、英国人纽玛斯·波尔顿。1907年京奉铁路管理局设在天津，这里经过大规模改建，成为京奉铁路宾馆。

傅秀山之前虽曾来过这里，但似乎今天，他才感觉到这里原来是那么宽敞、富丽堂皇——屋顶为四面陡坡组合式；清水红墙砖体、腰檐、窗口浅色水泥抹面，石料为下碱砌筑，外观既丰富多彩，又富立体感；台基、方柱、挑檐组成的门廊，壮丽典雅；璎珞雕刻等图像生动独特。优美的别墅与宜人的景色相互衬托、相互辉映，仿佛镶嵌在沽水流霞霞练上的珍珠……

李墨元来了，时之周来了，就连冯玉祥的十三太保之一、抗日战争时期因坚守台儿庄而闻名中外的孙连仲将军也来了。

李墨元是回老家，时之周也是，可孙连仲怎么也来了？

原来，日本投降后，在曾任中国远征军司令长官的陈诚保举下，8月18日，孙连仲作为第十一战区司令长官兼河北省政府主席，负责平津河北等地的接收。不过，他今天来，还身负着另一项使命。这使命，傅秀山很快就知道了……

"你的时校长现在是市党部主任委员和天津市临时参议会议长。"李墨元拉着傅秀山的手介绍道。

傅秀山就礼貌地笑着鞠了一躬："议长好。"

"别别别，别什么'议长''议短'的，还是叫'校长'，我爱听。"时之周挥了挥手，对傅秀山笑着说，"墨元同志现在是市党部工运部长。"

傅秀山将眼睛望向李墨元。

李墨元微笑着点了下头，算是应声"是"吧。

傅秀山本想说"你原来就是市党部委员、参议员，现在怎么就只是个'工运部长'"，但他此刻却被另一个念头突然占领了，眼睛也向四周寻望起来。

"别望了，他没来？"李墨元似乎知道傅秀山在望什么。

傅秀山就再次将眼睛望向李墨元。

"你的李老——自从傅秀山从重庆返津后，一直称呼李廷玉为'李老'——他现在可忙着呢……"

傅秀山正要问李廷玉在忙着什么，这时，李墨元拉了傅秀山就走，因为另一边一个身着警服但没戴警帽的很精干的中年人正在向他们打着招呼。

傅秀山回头望了一眼时之周，时之周点了下头，意思是你请便。

傅秀山便随着李墨元走到中年人面前。李墨元道："我来介绍一下，这是警察局长李汉元。"

警察局长？

傅秀山的眉头拧了起来。

"呵呵，'冬如'由于在抗战中有功，被上面——"李墨元用一根手指了指上面，"委以重任，先行去南京了。这是傅秀山——"

"李局长好。"傅秀山上前一步，倾着身子伸出手与李汉元握了握。

可李汉元手握着傅秀山，眼睛却望着李墨元道："今后我们警察局的工作，还望墨元老多多指教啊。"

"应该，应该。"李墨元笑着指了下李汉元又指指自己，"你李汉元我李墨元，只一字之差嘛。"

"对对对，哈哈哈……"李汉元有些做作地大笑着。

傅秀山心中便莫名地对这个李局长生起了一种不快。好在，这时前面传来了一个声音："诸位，诸位，请静一静，下面，由孙长官宣读对在抗战中有功人员的嘉奖——"

原来，孙连仲今天前来天津，还肩负着这项使命呀。

这时，前面舞台上，传来了孙连仲洪亮的宣读奖状的声音。他每宣读完一份，被奖之人上前立正，敬礼，从他手中接过证书，再转身，向台下众人展示一下，退下，然后孙连仲身边工作人员立即再递上另一份……

前面表彰的，傅秀山有的认识，有的只听过名未见过面，还有的，他连听也没听过——也许，与他一样，做地下工作时用的是化名吧，傅秀山想。

这时，孙连仲顿了一下，望了大家一眼，然后接过工作人员递过的杯子浅浅地喝了口，润了下嗓子，这才继续宣读："中国国民党中央执行委员会奖状，奖字第三四号：暴日凭陵，生灵涂炭，左党领导军民式遏寇虐八年……眷念绩勋应予激赏。兹有傅秀山同志……忠勇多方，勋劳并著，合行颁给奖状，用彰懋绩而励众……总裁蒋中正……"

傅秀山站在那儿，一时没反应过来，不，是反应不过来。事先，他一点儿也没有得到有关自己会受奖的消息，直到孙连仲念到最后一句"右给傅秀山同志收执"，在李墨元推了他一下之后，他才反应过来，忙在掌声中向台上走去……

"祝贺！"

"祝贺！"

"祝贺……"

在一片祝贺声中，傅秀山捧着奖状走回到原来的位置——李墨元身边。李墨元伸过一只手与傅秀山握着"祝贺"，另一只却拍在他的后背上，与他耳语了声："要是廷玉老兄在，他一定会非常高兴。"

廷玉老兄？李廷玉！

啊，是呀，李廷玉怎么没来？傅秀山又想起了前边的话题，将眼睛望向李墨元。

李墨元放开傅秀山，有些不自然地笑了下，道："他现在是大忙人，整天忙着著书立说写他的《农书》呢。"

真的？

傅秀山定定地望着李墨元。

李墨元轻轻点了下头，然后将眼睛望向了前面的台上。

前面台上，孙连仲已宣读完了嘉奖令，正从工作人员手中端起一杯红酒举着说着什么……

李墨元赶紧地从走过身前的服务生手中拿过两杯酒，一杯递给了仍在那儿发着愣的傅秀山，一杯自己拿着……

可傅秀山满脑子却在想着，这样的晚宴，不应该不邀请李廷玉呀！

"不行，我明天得去问一问李老。"傅秀山想，"不，就今天！"

想完，傅秀山就悄悄地走出了酒店。

可没想到，在大门前，他正要叫车，两个人影忽然一下站到了他身边，吓得他不禁一个"斜身拗步"亮出了八极拳……

"傅爷，是我们。"

"你们？"

"你不认识我们，但我们认识您傅爷。"见傅秀山望着他们，一个戴着单布帽的看上去是个"扛河坝"（即码头上的装卸工）的中年人忙对傅秀山行了个抱拳礼，"我叫高玉普，原来西头刘爷刘广海的手下。"

"哦，四爷的人？"

"是的，傅爷，我们高爷抓住了袁文会。"另一个也戴着顶单布帽的小个子道——小个子，嗯？傅秀山不禁多望了一眼，因为他两只脚虽然都穿着鞋，但一只穿着，另一只，却是趿着；裤管，也是一只高一只低，俨然一个"混混"。

高玉普瞪了一眼小个子，大概是嫌他不该啰唆称他为"高爷"吧。小个子忙头一缩，吐了下舌头，望着傅秀山笑了下，退到了后边。

◎ 第十二章　赈济复建

"你抓住了袁文会？"

"是的，为了给四爷报仇，我们一直注意着袁文会的行踪，可一直没有机会下手，直到抗战胜利了。一天在墙子河边，我正走着，就遇上了，于是，二话没说，将他扭送到了警察局。"

"听说傅爷您回天津了，我们哥俩就一直寻着呢——"高玉普便拿眼睛笑望着小个子，那意思是"不叫高爷啦"。小个子呢，却假装不明白，继续说着："寻到今天，得知您在这儿，就过来了。可是，他们不让进——"小个子指了一下门卫，"我们哥俩就只好在这门口圪蹴着等……"

"现在关在男二监呢。"高玉普待小个子啰唆完才继续道。

"好，你们四爷听了，一定非常高兴。"

其实，傅秀山心里也非常高兴，抓住了袁文会。袁文会被抓了，这消息对傅秀山来说，无异于今晚上他得到的第二张奖状，他焉能不高兴……

"傅爷，现在四爷不在了，我们哥俩商议好了，今后，我们就跟着您干。"高玉普拍了下胸脯。

"跟着我干？"傅秀山笑了下，"好呀，如果有机会的话。"

"有，有，有。"小个子忙道。

高玉普就又拿眼瞪他。

"别瞪他了，他说'有'，那就'有'吧。"傅秀山替小个子开解。

"就是，你看，傅爷都说'有'了。"

高玉普不由得笑着抬起脚就踢，小个子机灵地一闪，躲过了，然后向前边巷子跑了去，边跑边兴奋得手舞足蹈地叫着："噢，我是傅爷的人喽……"

不久，他们便真的成了"傅爷"的人，而且为"傅爷"还做了不少有益的事……

看着高玉普他们离去的身影，傅秀山抬起头望了望天空。天空中繁星点点，想：这夜恐太深了，这个时候去拜访李老，怕是要打扰他休息了，还是明天吧，明天再去。

明天，等傅秀山去了，他这才知，根本就不是他前面所想的这种晚宴"不应该不邀请李廷玉"，而是李廷玉压根就是自己"不愿意"参加……

3 乱象

昨夜还一天繁星，可早晨起来，却是少有的漫天的雾，而且不是那种轻烟似的，而是走在其中，有种蒙蒙细雨的感觉。

"哥，要下雨了，嘛事这么早？"住在隔壁间里的刘云亭听到动静，一边穿着衣服，一边走了出来。

傅秀山站在门前望了望天，天空一片灰白，想想，又将门关了，说："没嘛事。"

刘云亭就打了个哈欠，又回了房间——回到天津后，刘云亭就暂住在了傅秀山这儿。

可一会儿，傅秀山还是打开了门，走了出去。

"带上伞。"万德珍在后面叫道。

傅秀山回身摇了摇手，意思是"不用"，然后就钻进了雾中。

"哥这是去哪儿？"刘云亭站在房门口，一脚门里一脚门外地问。

"说是去李老那儿。"

"李老？"刘云亭顿了下，但立即想了起来，"哦，是李廷玉那儿。"

"你知道？"

"嗯，在伦敦道三十一号。"

"那你寻去吧，这一清早地，我不是太放心。"万德珍说着，将手中的伞示意了一下刘云亭。

刘云亭就将鞋后跟拔上，从万德珍手里接过伞，走了出去……

傅秀山冒着蒙蒙细雨，哦，应该说是大雾，穿街过巷，那雾，便一颗一颗地堆在他的头上，虽然晶莹，却是凝重，如他的心思一样。

当他站到多坡瓦顶砖木结构的李廷玉的两层小洋楼前，门房为他打开那道菲律宾木门站到李廷玉面前时，将李廷玉惊了一吓："啊呀，你，你这是从哪儿来？"

"从家来呀。"傅秀山边说边将头摇了一摇，既是想将头上的雾珠摇落，也是想将他一路上想的心思摇掉。

"管家，快拿条干毛巾来。"李廷玉半是心疼半是嗔怨地说道，"你呀，什么时候不能来？来也带把伞嘛。"

"没心思。"

"没……没心思？"李廷玉又是一吓，"出什么事了？"

"我没事。"

"那是——"

"你。"

"我？"李廷玉算是三吓了，"我有嘛事？"

"你……"

"来来来,坐下慢慢说。"傅秀山正要说，李廷玉一边接过管家递过的毛巾递给傅秀山，一边将傅秀山拉进了客房。

待傅秀山三下两下将头上的雾珠擦去后，李廷玉这才将身子往前倾了倾，问道："到底怎么了？"

"还怎么了？李老，天津发生了这么大的事，您却躲在家里写你的《农书》，这能不怎么！"傅秀山也不转弯抹角，直接就"牢骚"上了。

李廷玉一听，原来如此，不由哈哈大笑了起来，说："为这呀，至于嘛，你？"

◎第十二章 赈济复建

"当然至于。"傅秀山道,"你是谁?"

"我是谁?"

"您是张永安呀。"傅秀山眼睛睁大了地道,"永安,永安,你就这样待在家里永安啊?"

李廷玉眼睛里就飘过一片雾,但他马上就将这片雾给挥散了,指了下茶盏道:"喝点儿水,先喝点儿水,点心一会儿就上。"

经李廷玉如此一打岔,傅秀山也冷静了下来,端起茶喝了一口,问:"您的《农书》写得怎么样了?"

"第三册初稿已经写得差不多了。"李廷玉淡淡地道,然后似乎才想起来地问,"你什么时候回来的?你看我,光顾着……"

"我前两天回来的,原思谋着昨天在五十一号花园能遇上您给您请安,可是,你竟然没去!"傅秀山就再次拿眼睛望着李廷玉。

"别望了,你望得我心里发慌。"李廷玉轻轻挥了挥手。

"发慌?李老,您没什么事吧?"

"我能有什么事?"语气中有了那么点儿怒,"是他们,他们有事!"

"他们?"

"你说,好好地,经过这么多年,将小鬼子打走了、赶跑了,老百姓心想着应该能过上些安稳日子了,和和平平的。可是,你看看,你上街看看,什么人都来了,什么人只要将一张写有'封条'两个字的纸条往门上一贴,就是他的了……"

对李廷玉这气愤的说辞,傅秀山根本就没听明白(他刚刚回津,又哪里能明白),发着蒙地望着李廷玉。

"这哪是接收,简直就是'劫收'嘛。"

这下,傅秀山听明白了,眨了眨眼睛,问:"怎么就成了'劫收'了?"

"怎么就成了?"李廷玉又气愤上了,"你看看,他时之周,哦,你的时校长,他们来了,代表市政府接收,是吧?"

这个傅秀山知道,10月3日市长张廷谔和副市长杜建时由重庆飞抵天津后,4日,便正式成立了以张廷谔为主任、以杜建时和时之周为副主任的"天津市党政接收委员会",开始进行对天津政治、经济、文教方面的接收工作。

"是。"傅秀山点着头。

"可是,中央,国民党中央什么这个部那个会的,却又派来了多如牛毛的'特派员',群众叫他们什么'天上飞来的'。"

"'天上飞来的',难道还有'地下钻出的'?"傅秀山睁大了眼睛。

"对,说得对,譬如你们中统的甘舍棠……"

"甘舍棠?"傅秀山道,"是那个中统河南室主任的甘舍棠?"

"人家现在可是中统天津区区长。"

321

一般来说，军统的外勤单位叫"站"，中统叫"室"，但中统也有"区"一级单位。甘舍棠原是中共共青团安徽桐庐县委书记，1932年9月与未婚妻方桂珍同时叛变，并出卖了中共桐庐县委书记陈雪吾（陈雪吾被捕后，坚贞不屈，于1933年3月17日在县城紫来桥下高呼口号，英勇就义，时年三十一岁）。后甘舍棠加入中统。抗战胜利后，来到了天津，也加入了"劫收"行列。

"甘舍棠，还有那些个原来的军统，还有什么警察局、宪兵队甚至他刘光海这些被群众愤慨地称作'地下钻出的'也都蜂拥而上来接收。什么接收，听起来好听，说白了，就是抢占，就是明火执仗，就是……"

"刘广海？"傅秀山又是一惊，不得不打断已经不只是愤愤而简直是义愤填膺的李廷玉，"刘广海回来了？昨晚我还见到过他的两个手下呢，其中一个叫高玉普的说他抓住了袁文会。"

"是的，是那个高玉普抓住了那个老蟊贼。"

"那他怎么不知道刘广海回来了，还在接收？"

"他哪能知道？人家现在正忙着捞着金发着财呢，有工夫让他知道？"

"那一说'刘广海'三个字，就算刘广海不找他们，他们也会去找上他呀。"

"人家现在不叫'刘广海'了，叫什么'刘四一'……"

"刘四一？"

"'一''爷'，刘四一，就是刘四爷嘛。而且，这个'一'字，还告诉人，他刘广海仍是一嘛，老大嘛。"

"他怎么也能接收？"

"人家是从香港钻出来的嘛。"

"香港？早些年不是说他去了内地吗？"傅秀山不由得拧起了眉。

"谁个知道。"

是呀，谁知道？当年，傅秀山匿伏西门时，劝刘广海说袁文会有日本人做靠山，暂时不要与他硬碰，最好能出去走一走避一避，留得青山在，不怕没柴烧。刘广海便听了劝，没两天就去了上海。可是后来不久，据说又带着在上海新讨的一个小老婆远走内地去了。

——其实，他远走是远走了，但不是内地——准确地说内地是内地，只不过时间很短，很快他便又去了香港。

怎么又去了香港？

原来他到了内地后，凭着他的"四爷"身份，很快加入了国民党，不久，又凭着他的"青帮"身份，被秘密派去了香港。所以，这次回来，他是以参议员的身份回来的。一回来，见到"各路英雄""尽显英豪"在"接收"，于是，他摇身一变，也成了这"劫收大员"乱象中的一乱……

"他也能接收？"傅秀山眉头拧得更紧了。

◎ 第十二章 赈济复建

"他也能接收？哼。"李廷玉仍情绪十分激动，"这样你劫过来他劫过去，劫得工厂停工，工人失业。就是有工，工厂也开不了，工人也做不了……"

"怎么开不了做不了？"

"被接收了呀，贴了封条了呀。"李廷玉挥着手道，"你说，我，李廷玉，能在这乌烟瘴气中苟延残喘？可不苟延残喘又能奈何？只好对这一团乱象视而不见！"

"可你能做到视而不见吗？"傅秀山笑了起来，因为突然之间，一道灵光划过他的脑海，将他的热烈的澎湃的带着方刚的血映得一片丹红，"您刚才怎么说，有工有人也开不了？"

"是呀。"

"政府不管？"

"管呀，政府成立了'天津市失业工人临时救济委员会'，成立了'天津市各工厂劳资纠纷调解委员会'（1946年7月16日，改组为'劳资纠纷评断委员会'），还成立了一个什么'天津市工人联合会'，可这会那会，哪个会真正管工人、救工人、济工人？全都在争夺利益，争夺势力，争夺……"

"那我们也成立一个'会'。我们这个'会'不争夺——不，要争夺；争夺劳工的利益，劳工的势力，劳工的工作，劳工的生活，劳工的安身立命！"

李廷玉便诧愕地望着傅秀山。

"成立后，您老当会长。"傅秀山急切兴奋地道，"您说，行不行？"

"我说？"

傅秀山急切地望着李廷玉。

"我说当然行。可是——"

"可是什么？"

李廷玉眼睛暗了一下，说："我说行没用，那些人肯定会说不行。"

"只要你说行，剩下来的事，我去找时校长；时校长不行，我就去找分管的杜副市长。"

"我说过了，当然'行'。不说这是支持劳工的事，就是你傅秀山，也要支持呀，不是吗？"李廷玉笑着道，"会长还是你来当，我老朽一个，就什么名也不要挂了，你就让我安安静静地仍写我的《农书》。"

"这不行。"傅秀山马上道。

"有什么不行的？"李廷玉说，"我早就对自己说过了，这辈子，我李某人，不再涉足官场。"

"这不是官……"

李廷玉举起了一只手，道："不要再说了。"

傅秀山愣了一下，也就只好"不再说了"……

（但后来，李廷玉，1946年，还是出任了天津市地方自治协进会理事长。）

323

"要成立，就得抓紧，工厂的机器在等着，工厂的工人在等着，时间逼人呀。"李廷玉说着，站起了身子。

"那好，我这去市党部。"傅秀山也站起身，边说边就往外走。

李廷玉还想说什么，但想想又什么也没说，说出的，是："外面下雨了，带把伞。"

傅秀山接过来管家递给李廷玉又从李廷玉手里递过的伞，就走出了伦敦道三十一号（李廷玉一生，仅此一处是他的"私产"，晚年在此深居简出，每天坚持写日记。八十二周岁那年，在这里，他感怀自己一生，曾写下了一首七言绝句："晚年多病邀天佑，乱世奇穷享自由；道义侈谈千古重，功名耻为一身谋。"），走出多远，傅秀山还看得见，李廷玉仍站在门前，目送着他……

4 创建"工职"

"哥，哥——"傅秀山正走着，刘云亭从后面追了上来，"你走得真快，我只去茅房解了个手，你就走了这么远。"

"你——早在了？"

"嗯，你走后，嫂子不放心，让我给你送把伞。"

"那你怎么不进去？"

"我哪敢呀，人家那小洋楼……"

"没出息。"傅秀山笑着说了句，"走吧。"

"上哪儿？"

"市党部。"

"我认识近路，喏，穿过前面巷子，然后走过一条街，再穿，就到了南马路……"刘云亭絮絮叨叨地说着，傅秀山却已又走出三四米了。

可刚穿过巷子，正要往大街上走，前面转弯处转传来了一片哄闹声。不，不只是哄闹，还有口号。

什么口号？

"我们要吃饭！"

"我们要开工！"

"打倒接收人员……"

"是什么厂，那边？"傅秀山的眉头拧了起来。

刘云亭望了望，说："原大木厂。"

"走，过去看看。"

"哥，那有什么可看的，现在街上到处都是呢。"

"到处都是？"

◎第十二章 赈济复建

"是呀,有的要加工资,有的要复工,有的要救济,还有的要遣散费……乱着呢。"

"这怎么行!"傅秀山不禁攥紧了拳头。

"有什么不行?"刘云亭道,"工厂被接收了,可又不知道是哪家接收的,门上贴着封条,工人没工作,机器成废铁,不这样还能怎么样?都是苦力,又不能……"

"又不能"什么,刘云亭还没说出来,傅秀山却已走向原大木厂去了。

"哥,哥!"刘云亭只好赶了上去。

傅秀山站到群情激愤的工人中,一边听着他们的口号,一边问着身边的工人:"这样能解决问题吗?"

"不这样问题更不能解决。"一名用头巾包裹着一只手的工人说道,"我受伤了,连工伤药费都没地方报……"

"你还报药费,我家都揭不开锅了,再不复工,我们一家七八口子只能喝西北风了。"另一名工人挥着手恨恨地说道。

"那就复工呀。"

"复工?"那个受伤的工人道,"你没看见厂子大门上的封条?能复,我们还用站在这里!"

傅秀山就朝前挤去。

前面,几名警察拿着枪站在工厂大门两侧,大门紧闭着,中间交叉贴着封条,封条上似乎还盖了个红印。

"工人要求复工,为什么不把门打开?"傅秀山挤到警察面前。

可警察却将眼睛磨向了另一边,看也不看傅秀山。

傅秀山就伸手推了那警察一下:"问你话呢?"

"你谁呀你?"这时,看上去是名小队长的警察歪戴着帽子走了过来,"想干嘛事?"

"我不是谁,也不干嘛事,这么多工人……"

小队长不待傅秀山说完,拉了他胳膊指着封条,说:"你是没睡醒还是眼睛看不见?"然后将傅秀山一推,"滚!"

"我要是不滚呢?"

小队长将脑袋歪了下,原先的那名警察立即把长枪端在了傅秀山与小队长之间,说:"识相点,走开,别妨碍我们执行公务。"

傅秀山站在那儿,一时气恼得竟然说不出话来。

"哥,哥——"刘云亭忙跑了过来,"我们走。"

"走?"傅秀山愣了一下,然后摇了摇头,"不行。"

"不行?不行你又能怎么办呀?"

"怎么办?"傅秀山突然想起来,身上还带着昨天晚上从孙连仲将军手中接过的奖状呢,原准备是给李廷玉看看的,谁知,去了,只顾着说事,竟然忘了拿出来;现在,看来应该能派上用场。

"诸位，诸位，"傅秀山转过身，面向着工人，举着双手，"你们都是这家工厂的工人，是吗？"

"是。"

"你们要复工，是吗？"

"是。"

"好。"傅秀山从怀中拿出那份"奖状"，向大家扬了扬，又向身后的警察扬了扬，"这是蒋总裁颁给我的，我叫傅秀山……"

"我们知道您，傅执委。"

工人还记着他，傅秀山不由得十分激动。

"傅执委，我们要吃饭——"另一个声音从人群中响了起来。

"我们要复工！"

"我们要工作……"

一个人响，百千人呼。

傅秀山转过身，对着小队长，将那张奖状往他面前送了送，说："请你看仔细了，这是蒋总裁亲自颁给我的（傅秀山故意地大声地强调着'亲自'二字），这下知道我是谁了吧？将门打开，让工人们进去复工。"

刘云亭上前一步从傅秀山手中拿过奖状，"认真"地看了看，然后一手举着，一手跷着大拇指，对着小队长挺了挺胸，道："我哥是蒋总裁亲自嘉奖的民族抗日功勋，还不将门打开？"

小队长显然被镇住了，向两边的警察望了望，一时不知道怎么回答傅秀山，嗫嚅了半天，才道："我们也是奉上面的命令做事，要开门，请您与我们上面去说。"

"你们李局长我认识，"傅秀山说，"现在，先让工人们进厂，回头我跟你们李汉元局长去说。"

见傅秀山不仅知道"李局长"，还直呼其名，小队长不禁犹豫了起来。

一见小队长犹豫，傅秀山顺势将他往旁边一推，走上去，三下两下将那封条给撕了，然后手向工人们一挥，大声道："工友们，进厂！"

"进厂，工友们！"刘云亭学着傅秀山也手一挥。

工人们便一片欢呼，走，不，是跑进了工厂……

"哥，这下你闯下大事了。"望着兴高采烈地奔进工厂的工人，刘云亭还是不无担心地轻声说道。

"不怕，我就是要将这些工厂恢复起来，将工人们组织起来……走……"

傅秀山这偶然遇上的一幕，让他更加意识到尽快成立一个工人自己的组织是多么地必要与迫切。

◎第十二章　赈济复建

"去……去哪儿？"

傅秀山没好气地望了一眼刘云亭，说："市党部。"

可到了市党部，傅秀山原本正大踏步走向时之周主任委员办公室的步子，却一下小了下来，也慢了下来，他在想：直接去找时校长，是不是太唐突了些？这事得先向李（墨元）部长报告，也算是征求一下他的意见；如果能得到他的支持，办起来，这事，肯定更要简单……想到这里，他脚下一转，走向了李墨元的工运部。

"呵呵，怎么到现在才到？一直等着你呢。"一进门，李墨元便爽朗地笑着说道。

傅秀山有些莫名其妙：我来他怎么知道，还等我？

似乎知道傅秀山的疑问，李墨元指了指桌上的电话，说："廷玉老兄早跟我说了。"

哦，原来如此。

既如此，傅秀山也就不再拐弯抹角，直奔了主题。

"好。"首先李墨元说了这么一个字，"但要成立，得有个名。叫个什么名？"

叫个什么名？傅秀山还真没想那么仔细。

"'天津工人联合会'已有人叫了，简称'工联'。"李墨元提示。

"反正得有'工人'二字。"傅秀山边想着边道。说完，又补充道，"还得要有'救济'二字，叫个'工人''救济'什么'会'才好，不用'联合'。"

"那叫个什么？"李墨元微笑地望着傅秀山，"你这一'得有'，就占了四个字了，再加上一个'会'，五个了。"

"这个也有字数限制？"傅秀山望着李墨元。

"那倒没有。"李墨元仍笑着，"但要突出这个组织的主旨。"

"主旨，当然就是要让失业工人有工做，停产工厂重开工……叫个'天津工人救济会'？"

"嗯，不仅仅是'失业工人''停产工厂'，要成立，就成立一个内涵更大一些的。"李墨元道。

"那就将'职员'也加进去。"傅秀山说，"叫'天津工人职员救济会'？"

"我看这行。"李墨元边点着头，边思考着，然后眉头一展，道："干脆，叫'天津工人职员救济委员会'，将政府各部门的头头脑脑们都拉进来，包括我与廷玉老兄，都是这个'会'的委员。壮大力量嘛！"

傅秀山想了下，然后说："行，就叫'天津工人职员救济委员会'，简称'工职'，与那个'工联'相区别。"

"好。"李墨元二次说这个"好"字，"就这样定。接下来，得有章程，然后还要报市党部审批……我这有样本，你拿回去看看……"

"我就不看了，"傅秀山推了下李墨元递过来的一沓材料，"我们现在就拟。"

一直站在一边的刘云亭一听傅秀山马上就拟，立即过去站在了李墨元身边，磨起了墨——砚台上，搁着的毛笔还润湿着呢，显然李墨元刚用过。

不知不觉，天色就暗了下来，快天黑了——这要是晴天，应该叫傍晚，充其量说是暮色四合。可惜，不是。这是个阴雨天，只能是"暗"，只能是"快黑"了。

"行了，这样差不多了。"李墨元将毛笔放下，伸了个懒腰，然后才继续道，"晚上你回去再看看，明天送给你的时校长。"

"还要给他？"

"他是市党部主任委员，又是参议长，有他支持，你还怕杜副市长不批？"

"今天不行了吗？"

"你看看，外面天都黑了，他不下班了呀。"

"下班也得要他批了再下。"

"你知道他在哪儿？"

"不就在你楼上吗？"

李墨元笑着摇了摇头，说："他不在这。"

"那在哪儿？"

"在'接收委'那边呢。"

"接收委？"

"就是'党政接收委员会'，在意租界二马路四十号。"

傅秀山望了一眼刘云亭。

刘云亭马上道："我们马上过去，兴许他还没走呢。"

"兴许没走。"傅秀山说完，将"章程"等文件资料一把撸了，起身就走。

"你就说，我支持……"李墨元在身后嘱咐道。

"当然得扛您的牌子。"傅秀山回头笑着挥了挥手……

没想到，时之周还真的没下班，他正在与一个清瘦一个白净的两个中年人谈着什么，傅秀山就闯了进去。

"这么晚了，有事？"

"有事。"傅秀山也不与时之周客气。

"坐下说，哦，我介绍下，这是平津特派员天津《民国日报》卜社长。"

"卜青茂。"卜社长欠了欠身。

"傅秀山。"傅秀山也躬了躬身。

"市教育总长。"

"郝任夫。"郝总长点了下头。

"傅秀山。"傅秀山同样躬了躬身。

"找我有什么事？"

"这个还望您时校长能审批一下。"说着，傅秀山将刚从李墨元那撸来的文件资料一股脑地堆到了时之周面前。

"什么东西？"时之周伸手拿了起来。

"这个——"时之周看一页，然后递给一边的卜青茂和郝任夫一页，"有点意思。"

"岂止是有点意思？"卜青茂一边看着一边就激动地接上了，"是十分有意思，议长大人，您批——您批了，我明天就在报上发。"

"这个，是好事。"郝任夫用指头点着文件。

时之周就拿眼看卜青茂，又看郝任夫。

卜青茂和郝任夫也看他。

看着看着，仨人都笑了起来……

这是傅秀山第一次见卜青茂和郝任夫。郝任夫此后傅秀山倒是不常见，而这卜青茂，谁知这一见，就见出了他们的真挚友情，就连最后一面，傅秀山见的，也是他！

笑过之后，时之周拿起笔，在报告上签署了自己的意见，然后递给傅秀山道："我批了不行，这还得要分管的政府杜副市长批了才作数。"

"行，明天我就去找杜建时副市长。"

第二天，杜建时一见，报告有李廷玉、李墨元还有时之周的支持，二话没说，不，说了一句"希望你们能为天津的和平稳定作出贡献"，就批了。

5 斗争

"工职"成立伊始，傅秀山简直要将自己掰成八瓣，对停工工厂进行登记，对半停工工厂进行登记，对失业工人进行登记，办理各厂成立工会或是重新改组工会选举事项。就连刘云亭、高玉普还有小个子他们，也一时忙得脚跟打后脑勺，见天不见黑或是见黑不见天。很快登记出电业、纺织业、纱业、钢铁业等共七十二家单位和五万多失业工人。形势如此严峻，得要尽快复工。只有尽快复工，才能避免这些工人流离失所；而这流离失所，流去的失去的，不是工人这个人数，却是这个工人一身的本领、技术、经验——这些工厂工人，都是技工，一旦流失，即便工厂大门打开，那些机器一时也很难运转。

于是，傅秀山又分期分批地向社会局呈文，申请救济："本会成立以来，各工厂踊跃登记，其中失业者占十之八九，迄今仍有未复工者……工人生活极为窘迫，今谨将工人已被解雇而无法度生之工厂单位名单呈上。"

与此同时，傅秀山深入各工厂，组织工会——既然"唯以劳工神圣"，工会，便是其用武之地。所以，傅秀山历来都非常重视工会组织。很快，很多工厂的工会重新运行了起来，为工人的要求打通了一个流畅的渠道。但这其间，铁路局，却是让傅秀山颇费了些周折，因为他们原来的工会虽然在，可工人们却因其"内部派系"而要成立自己的工会——

早在1945年9月，北宁铁路局天津东站二百多工人就进行过一次向站长（当时站长还是日本人）追索欠薪的斗争。虽然这次斗争没有取得完全胜利，但将工人群众心中的"火"给点燃了。不久，铁路局为建立特别党部开始派系矛盾——一个派系企图利用工人群众排挤另一个派系，以商讨给工人加薪加福利为饵，召开代表大会。会是开了，可只有"商讨"没有"结论"。工人们不答应了，一气之下，于第二天即1946年2月1日农历除夕，一千多人包围了铁路局，要求发年终双薪，每月津贴四万元，而且以后还要随物价上涨而增加。结果，谈来谈去，铁路局只答应每人暂借工资两万元。聚集在路局门外的工人一听，非常气愤，然后一边高呼着"反对欠发工资""要求增加工薪""我们要吃饱饭"等口号，一边示威游行，虽然当局派出军警摩托车阻拦，甚至冲撞游行队伍，但工人们仍坚持游行到金钢桥附近才结束。

傅秀山得到这一消息时，已是警察局得到报告，与警备司令部的"国军"一起赶往现场了。他想军警齐出动，对工人肯定不利。于是，略一思忖，忙向杜建时办公室跑去——因为杜不仅是副市长，还兼任第十一战区北宁铁路线区护路司令，铁路上的事，他应当最有权处理。

可是，杜建时正在参加一个重要的会议，一时走不开。但他还是离开了会议室，来到门口，见了傅秀山。

傅秀山简单地介绍了一下情况之后，杜建时想了下，说："这样，我授权给你去一趟铁路局，以不扩大、不动枪、不死人为原则，相机权宜。"

于是，傅秀山带着这"三不"指示，立马赶到路局。

好在，此时工人游行结束了。

可是，工人游行虽然结束了，但铁路局里的派系之间仍吵得热火朝天。傅秀山听了听，无非是各派之利益的大小得失，于是，不耐烦地果断打断了他们的争吵，说工人们的要求合情合理，我看这样，在原有的两万元基础上，再每月暂借五千元，增发半个月奖金，然后，再发——三十斤玉米面，过年嘛。名义么，就说是"蒋总裁奖给的"……

这边"决定"了，傅秀山立即又赶往工人那边，找到代表，先是将增加的福利说了，然后让他们提出自己的想法。

"既然你为我们争取到了这些，在福利上，我们暂时就不提了，但是，在另一件事上，我们要提——"一位代表望了望大家，对傅秀山道。

"提，什么事？"傅秀山鼓励地笑着点了点头。

"我们要求成立工会。"

"现在不是有工会吗？"

"这个工会是铁路局党部包办的，不是咱们工人自己的工会。"

傅秀山眼睛就望向其他代表。

其他代表立即表示这是他们大家共同的意愿。

"那好，我答应你们，过完年，就成立咱们工人自己的工会！"

"你答应了？"

"答应了。"

"好！"工人代表们立即鼓掌欢呼了起来……

这样，在傅秀山的积极参与下，"天津铁路职工联合会"（简称"铁联"）于1946年2月正式建立了起来。

随后，私营东亚、仁立两个毛纺织厂也先后改选旧工会，成立了新工会……

这天，傅秀山刚参加完德兴泰工厂工会改组回来，正走着，迎面刘云亭急急地跑了来，说："哥，快，杜副市长找你。"

"杜副市长找我？什么事？"傅秀山嘴上问着，脚下却不由得使了劲，与刘云亭快步走了起来。

"好像是为了那天的那个原大木厂工人在市政府门前请愿。"

"请愿？"

"好像是不让他们复工，把工厂大门又给封上了。"

"为什么？"

刘云亭就顿住了，没有再"好像"，半天才说道："不知道。"

不知道就不知道吧，见了杜副市长就知道了。

可是，当他紧走慢走赶到市政府时，杜建时却应宋子文的电话而去了机场，提前飞往南京，就"还都"有关事项方案进行最后讨论——国民政府定于1946年5月5日还都南京（事实上，蒋介石于4月30日就离开了重庆）。杜副市长不在，那他"找"的事怎么办？

"杜副市长临走前交代，说这原大木厂祸是你'闹'下的，就仍由你去解决。"秘书还好，将原本的"闯"字说成了"闹"，多少给了傅秀山点面子。

仍由我去解决？

可现在在现场围着工厂的是警备司令部的"国军"——警备司令部不似警察局，警察局他傅秀山可以打着天津市政府再不济还可打着他杜建时杜副市长的牌子，唬一唬吓一吓地给"解决"。可这警备司令部，"国军"，怎么解决？

傅秀山站在那儿眉头拧成了一个疙瘩。

"哥，你不是认识那个司屎钵吗？"

"什么司屎钵？是司史博。"

"还不是'司屎钵'嘛……"刘云亭小声地嘟囔了一声，傅秀山没听到。

纠正过刘云亭，傅秀山暗暗叹息了一声，想：眼下，也只有找找他，碰碰运气了。

好在，傅秀山的运气不差——

"傅秀山，真的是你？"一见面，司史博眼睛瞪得老大。

"怎么，不是我难道还是你？"

"不是说，你……你被日军抓了吗？"

"是呀，抓了又出来了吗。"傅秀山便笑。

"出……出来了，啊，什么时候出来的？"司史博似乎直到这时才醒转过来。

"你怎么这表情？"

"我这表情怎么了？"司史博说着，伸手摸了下脸，但还是将自己心中的疑云说了出来，"不是说你被日军给杀了？"

"谁说的？"傅秀山将自己从上到下看了一遍，然后抬起头，笑着道："这不好好地站在这吗？我被关到北京军人监狱去了。"

司史博这才笑了，说："怪不得在天津怎么也打听不到你。"

"你找我了？"

"是呀，可将天津的监狱花名册找了个遍也没找着，有人便告诉我说，十有八九，你被日军给处决了。"

"呵呵，谢谢你呀，司史博。"傅秀山真感动了，伸手拍了拍司史博，"今天来，又有事要麻烦你了。"

"什么事？"

傅秀山就将他如何撕了封条，让原大木厂工人复工，现又遭警备司令部的查封的事简略地说了一遍。

"这事他娘的一定是稽查处那个陈仙洲干的。"还没听完，司史博便愤愤然地说，"他现在不得了，除了司令就是他老大，连老子我这干了一辈子后勤处的科长都不放在眼里。"

傅秀山一听，这是司史博为自己没能升迁和对陈仙洲权力的妒忌而发的"怨愤"，但他佯装不懂，搓了下手，望着司史博："那，这事如何是好？"

"不用如何，今天司令正好在部里。"司史博挥了下手仍带着气地说，"我领你去找他。"

司令怎么还"正好"在"部里"？原来，这新任的警备司令部司令林伟俦还是天津驻军第六十二军军长，司令，只是"兼"任。

由司史博领着，傅秀山省了很多盘查的麻烦，径直走进了司令室。

林伟俦虽行伍，却十分和气，在司史博介绍过傅秀山退出后，他便亲自给傅秀山倒了杯水，让他坐下慢慢地说。

傅秀山哪还有心思"慢慢"，可对面是司令——警备司令部司令，原大木厂近千名工人的生死，就凭着他的一句话呢，所以，他只好"慢慢"地说……

"这个事，就这个事吗？"

"是。"傅秀山站了起来。

"小事，你去给那个陈处长说一声，就说我说的，让那些工人进去。"顿了一下，林伟俦继续道，"他不让进，就让那些工人老婆孩子上他家吃饭去。"

"是。"傅秀山抑制着兴奋大声地说。

"嗯？"林伟俦望着傅秀山，"当过兵？"

"没有。"

"那你这左一个'是'右一个'是'，答得这么响亮？"

"我曾在重庆受过训。"

"呵呵，还在重庆受过训？"

"是。"

"好好好。"林伟俦一连说了三个"好"字后，也站了起来，"好，今后有什么事，直接过来找我林伟俦。"

"是。"

"别'是'啦，去吧。"

"是。"

傅秀山"是"过，零点一秒后，不由得与林伟俦一起哈哈大笑了起来……

可是，说是有事过来"直接"找他林伟俦，而傅秀山真的有事来找时，他却不在——也不知是真不在，还是避而不见……

什么事？

对傅秀山来说，还能有什么事？当然是劳工的事——

那天，5月2日（1946年），由于傅秀山与平津特派员天津《民国日报》社长卜青茂在李廷玉那儿有过一面之缘，于是，社会局长胡梦华便邀他一起前往报社，调解4月30日报社工人为要求增薪而全体罢工事件。虽然卜青茂在他当初申报"工职"时表现出了积极态度，但事涉工人，所以，傅秀山还是坚定地站在了工人一边，与他力争。最后，终于迫使卜青茂允诺"今后工人待遇依照中央颁布的公务人员薪俸标准改善；增发工人技术津贴，自5月份起施行；追加4月份津贴每人一万五千元"。

事情是"调解"成了，可是，傅秀山仍不放心，5月4日，他再次来到报社，名义上是看望卜青茂，实际上，是暗访他承诺工人的三项条件是否落到了实处。卜青茂是何等精明之人，一见面，就让财务将相关报表拿了过来让傅秀山过目。傅秀山表面上客气着，但眼睛还是将那一笔笔账目看了个仔细。

"没错吧？"卜青茂笑望着傅秀山，"我卜青茂不答应则已，一旦答应，唾沫也是钉。"

这一说，反倒让傅秀山不好意思起来。但同时，在心里对卜青茂的性情也暗暗地竖了竖大拇指。于是，两人由工人罢工说到眼下形势，由眼下形势说到国家未来……两人正聊得热火朝天，不想，刘云亭火急火燎地跑了来——

"哥，不好了。"

傅秀山原本准备为他的莽撞责备一下刘云亭，说："卜社长在这儿，也不知道问个好。"但一见刘云亭那神情，就站了起来，问，"发生了什么事？"

"棉四棉五打了起来，警察局、警备司令部都去了。"刘云亭望了一眼卜青茂弯了下腰以示招呼，然后对傅秀山急急地说道。

"四棉五棉打了起来？"傅秀山理解成了中棉四厂和中棉五厂打了起来。

——1945年12月4日，国民政府"中国纺织建设公司"成立。20日，中国纺织建设公司天津分公司成立。25日，天津分公司将日营裕丰等七个纱厂接收完毕，宣布自1946年1月1日起，大直沽裕丰纱厂改称中国纺织建设公司天津第一厂，小刘庄公大六厂改称天津第二厂，郑庄子天津纺纱厂改称天津第三厂，陈塘庄上海纱厂改称天津第四厂，郑庄子双喜纺纱厂改称天津第五厂，李公祠大康纱厂改称天津第六厂，小于庄公大七厂改称第七厂。

"不，不是四棉五棉打了起来。"刘云亭急得直摇手，"是四棉五棉工人与警察、'国军'打了起来。不，不对，是'国军'、警察与四棉五棉工人打了起来。"

"如此严重！"卜青茂也站了起来，"我立即派记者过去。"

"那我就先走了，卜社长。"傅秀山转身就走，走了两步，才想起来还没跟卜青茂打招呼，遂转过身，向卜青茂摆了下手……

一路上，傅秀山不停地不知是问刘云亭还是问自己："怎么就打了起来？"

怎么就打了起来？说起来，简单也简单，不简单，也不简单——

（1946年5月4日）上午，七名棉四工会代表去海河对岸的棉五联系工作，不想，到了门口，驻厂"国军"不仅不让他们进，还威胁他们。代表们据理力争，"国军"理屈词穷后，竟用刺刀刺向工人。棉五在场工人与棉四工人代表当即徒手与"国军"就搏斗了起来。棉五工会得知后，立即拉响警笛，向全厂和附近各厂发出求援信号。

棉五全厂工人听到笛声马上停工，前来支援；棉四听到笛声，工会负责人左振玉宣布立即罢工，并率领全厂一千多名工人涌向棉五。

可棉四工人走到杨庄子渡口时，警察局水上派出所下令把摆渡船只开到海河中心，不准工人过河。这时，正好造纸厂的几辆卡车路过，目睹此状，主动援助，让（部分）工人上车。与此同时，棉五十二名青年工人奋不顾身跳入海河，把渡船抢到了对岸，然后与棉四（部分）工人一起，渡过河回来冲进派出所，切断电话线，推倒半边围墙，砸掉蒋介石挂像，将派出所捣了个稀巴烂……

而这时，附近的钢厂，棉纺一、二、三厂，毛织厂，北洋纱厂，植物油厂，自行车厂等十多个厂成千上万的工人闻讯赶来支援，天津学生联合会也派来代表……一时间，棉五大院里人山人海，口号声震天动地……

在如此严重的情势下，警察局、警备司令部焉能不火速出警、出兵？

刘云亭怎么对棉四棉五情况如此熟悉？

原来，棉四有他一个熟人。

熟人，谁？

万喜春。

万喜春？

对，就是涞水县北涧头村的那个万喜春——抗战胜利后，他也来天津了，进了棉四，先是当工人，后在工人们的推举下，成了新组建的工会代表——

这个新工会，其实是在中共地下组织的具体领导下，通过斗争建立起来的工人自己的工会。

在这个新工会成立的时候，他与傅秀山才第一次认识，尽管他从刘云亭嘴里早就知道了傅秀山。

那天，傅秀山受市党部指令去棉四"控制"一下工会工作，因为在厂里，有人要"推翻"现在的工会另立山头。刘云亭也跟了去。结果一去，刘云亭认出了原来这个要另立山头的"有人"，万喜春竟是其中之一。当下两人不仅相识了，而且万喜春也认了傅秀山。于是，几经谈判后，"姑父"傅秀山提出了一个折中的方案，将原来的工会与现在要另立的"山头"两相结合，重组一个新工会；算是默认了地下党的领导，只是谁也"不说破"。

"现在情况怎么样了，你来的时候？"傅秀山边跑边问着刘云亭。

"警察先出动的，部队正在路上。"刘云亭道。

傅秀山跑着跑着，突然一下站住了，说："你快回棉五去，看着那里的形势。"然后转过身就往警备司令部跑。

"你去哪儿？"

"我去找警备司令。"

傅秀山知道，这军警一去，正在激愤中的工人肯定要与他们"短兵相接"，而能制止这场"相接"的，恐怕也只有林伟俦司令了。

可是，当他气喘吁吁地赶到警备司令部，却被告知，林伟俦不在司令部，到部队上去了。

这可怎么办？

傅秀山急得团团转。

转了两转后，也是"转"中生智，他想到了曾红艳。上次（这一"上次"，却已"上"到抗战胜利前了）听赵欢芝说过"他叔调到天津了，现在在宪兵司令部当官"。警备司令不在，但如果宪兵司令部下令，也是一样可以制止的。

——宪兵本质上虽然也是陆军的兵科，但是平时为独立运作，身兼军事警察及军、司法警察身份，不受陆军司令部管辖，彼此间互不隶属。1914年孙中山先生于广州就任中华民国临时大总统，为警卫及纠察军纪需要成立宪兵部队，当为民国宪兵之肇始。1932年1月16日，宪兵司令部正式成立于南京，首任宪兵司令是谷正伦将军。

想到，脚就动了。

一路疾走，赶到了曾红艳家——抗战胜利后，曾红艳现在也不知调任到哪个岗位上去了，傅秀山还一次没见过他，只好到他家去找。不管他在哪儿，找到赵欢芝，就应该找到他了。

巧的是，当傅秀山敲开曾红艳的家门，出来开门的，正是曾红艳。他现在也在宪兵司令部工作，今天正好休假在家，陪着赵欢芝和他婶还有那个郏燕正打着麻将呢。

傅秀山简单地客气了两句后，将曾红艳拉到一边悄悄地如此这般地将棉五现在的紧急情形大致说了说，请他帮忙，看看能不能……

"什么能不能，我叔现在就是宪兵司令部司令呢。"傅秀山以为他与曾红艳在"悄悄"地说，谁知，赵欢芝甚至包括婶和郏燕全都听到了。"是吧，婶？"

"还'是吧，婶'？这事对你婶来说，还不是小菜一碟？"郏燕笑着推了婶一把。

被曾红艳回过头这么追问了一句和郏燕暧昧地一推的婶，望着同样望着他的傅秀山与曾红艳只好笑了起来，然后转向郏燕道："你说'一获'就'一获'吧。"

原来，傅秀山在没来之前，他们正在说着张学良与赵四小姐一获的轶事。

"那婶，这事恐怕得您亲自出马，红艳过去恐怕还不行。"赵欢芝不动声色地帮傅秀山给婶又加了一码。

傅秀山感激地轻轻朝赵欢芝点了下头。

"人命关天，婶，咱说走就走。"曾红艳知道傅秀山的"急"，立即上前扶了婶。

婶让了一下，说："看看，这好好的一场麻将，又诈了和了。"

"那我还等你吗？"郏燕见曾红艳恨不能背起婶就走地拉着她，在后面道。

"等，我一会儿就回。"

"燕姐，我陪你，我陪你。"赵欢芝马上用手抚在郏燕肩上道。

原来，曾红艳的叔，那个曾远在外地军中就职现在在宪兵司令部当官的叔，竟然就是宪兵司令曾家琳——虽然傅秀山早就知道宪兵司令叫曾家琳，当然也知道曾红艳有个叔在宪兵司令部"当官"，可就是始终没能将二者联系到一起。

见面后，曾红艳一提起，曾家琳居然知道傅秀山，直接称呼他为"傅主任"——当初在创建"天津工人职员救济委员会"时，傅秀山有意与其他"会"相区别，不称"会长"而称"主任"，他的理由是，既然是"委员会"，那自然是"主任"而不是什么"长"。

傅秀山来不及与他虚与委蛇地客套，因为这样一来一去，棉五那边的"危急"还不知"危"成了什么"形"，"急"成了什么"势"，就直接简明扼要地将自己来的目的说了出来。

"你不是管着那帮'国军'吗？"婶虽然不懂什么警备司令宪兵司令，也不知什么'国军''宪兵'，但她这句话却说得十分"恰当"。

曾家琳瞪了婶一眼，说："大事呢，妇道人家别插嘴插舌。"但转过来望向傅秀山时，还是露着笑意。

婶就嘟了嘴，白着脸，一转身进了厨房。

"这样,你马上去那边。"听完傅秀山的"目的",曾家琳略一犹豫后,先对傅秀山道,然后又转向曾红艳:"你们机动组也去。"

原来,曾红艳现在是宪兵司令部机动组组长。

傅秀山还想等着曾家琳的下句"我来命令"之类的,可曾红艳却一把拉了他就走,走出门,才对仍回着头的傅秀山道:"他会打电话的。你稍等我一下,我去调人——"

果然,当傅秀山他们赶到棉五时,社会局局长胡梦华也赶到了。警察和"国军"只围在外面,与厂门口的工人纠察队相峙着。

刘云亭一见傅秀山,马上跑了过来,直拍着胸口,道:"差点,就差那么一丁点儿,就打起来了……都响枪了,兵都冲进去了,可突然地,就又退了出来……我想,肯定是我哥搬的救兵……果然……"

"果然什么果然!"傅秀山一边拨开正望着他身后的曾红艳和宪兵的刘云亭,一边向厂门口走去。

"傅主任来了!"

随着一声喊,里面的口号声一下停了下来,然后左振玉从里面走了出来。

傅秀山一见,立即一边使着眼色一边大声地道:"左振玉,怎么回事?赶快让工人们都散了。"

"严惩打人凶手!"

"驻厂'国军'滚出去!"

"赔偿工厂损失。"

……

一听傅秀山让工人们都"散了",左振玉后面的口号声立即又响了起来。

傅秀山回过头对正在与一个"国军"上尉说着什么的曾红艳苦笑了一下,然后抬起双手,示意大家静下来,道:"大家有什么要求,可以提……"

"提了你能保证兑现吗?"左振玉逼视着傅秀山。

"你看,胡局长也在这里——胡局长,胡梦华局长,工人们请你过来——"傅秀山向站在"国军"身后的胡梦华大声地喊着。

胡梦华只好走了过来。

"现在社会局的胡局长在这里,大家有什么要求,由左振玉,然后再派几个代表,到厂工会来谈。其他人,就散了。棉四的,先回去,好吗?"傅秀山道。

"我们不回去,我们就在这里等结果。"万喜春在人群中大声地说道。

"对,我们就在这里等。"工人们立即响应。

傅秀山望了一眼万喜春,回过头,对着胡梦华道:"那就先让他们等在这儿,我们进去谈。"

胡梦华回头看了一下"国军",也不知是给自己壮胆,还是警告左振玉:"国军"

就在外面,你们不要轻举妄动。

谁知,这时候,曾红艳他们机动组走开了,"国军"也开始列队走开了,只留下曾红艳和那个上尉走了过来。

"哎,哎——"胡梦华急得忙向"国军"招手,"事情还没处理完呢。"

傅秀山就将他招着的手拦了,说:"他们走就走吧,在这儿增加敌对情绪,反而与工人们不好谈。走,我们进去——"说着,拖着胡梦华就向棉五工会办公室走去。

"可是,可是……"

"他们不是也派了代表吗。"

"就他们?"胡梦华似乎不太相信曾红艳与那个上尉。

"他们代表宪兵和国军嘛,走走走——"

拉拉扯扯着,几个人走了进去……

谈判进行了一两个时辰,最后,傅秀山和左振玉还有胡梦华出来宣布:一、答应赔偿受伤工人医药费;二、严惩肇事者,撤退所有纱厂驻军;三、工人不负捣毁水上派出所之责任。

——这场声势浩大的保卫工人工会的斗争,在傅秀山或曰"调解"或曰"斗争"或曰"配合"下,最终取得了完全的胜利……

可令我的爷爷傅秀山此时没有想到的是,不久(即1946年6月5日),国民党北平行营主任电令天津市政府、天津市党部、经济部特派员办事处,称"据报天津上海纱厂(即棉四)异党分子潜伏势力甚大,所有工会及有力分子多受其领导掌握,现仍继续扩张赤化势力范围,企图扩大工潮,破坏我工业生产……希迅查明,妥为处理,以免扩大蔓延为要"(这"据报"的"据",显然,是军统或是中统特务所为,虽然此时军统主体正在改为国防部保密局,部分部门并入国防部二厅)。接着,两厂的工会领导均遭到了逮捕,工会也被迫解散……

6 复工

夏日的风,白天像劳作的工人们一样,热得汗如雨,将枝头都给热得打了卷儿。可这傍晚,却又如女人温柔的手,抚得人待在家里坐不住,便走出来,或望望天,或望望树,或望望也一样望着他的狗。黄狗,黑狗,花狗,有摇尾巴的,有半蹲坐的,还有沿着墙根跑着的。

又一条狗从身边跑过后,傅秀山和刘云亭有一句没一句地说着也不知什么的什么,信马由缰着,不知不觉,就走到了华新纱厂——华新纱厂?傅秀山站在二三十米外望着那早已破损的厂牌,心中不由得升起一股莫名的责怪自己的情绪。自己整天忙这工厂复工,忙那工人救济，怎么就没想到到华新纱厂来看看？

想到这儿，他抬步向厂门口走。

"找谁呢，没人了。"突然，门后边传来一个声音，"没见这灯都不亮了吗？"

傅秀山就停了脚步，向声音望去，同时，不禁轻咳了一声，因为一股烟不经意地一下钻进了他的喉咙。

"声音"手中拿着一把扫帚，也不知是在扫落在地上的树叶还是扫那堆用来驱蚊虫而点燃的草堆。

"他原来是这个厂的工人，过来看看。"刘云亭一边扇着烟一边道。

"工人？""声音"有些惊讶。

"声音"惊讶的同时，傅秀山也不禁一惊，因为这个声音，他认了出来："你是文刀刘？"

"啊，傅……傅秀山！"

"是的，是我，傅秀山。"傅秀山忙上前，伸过手要与文刀刘握。

文刀刘也忙伸出手，可伸了一半，却又赶紧地缩了回去，道："早就听说，你现在出息了呢，成了大人物了。"

"是吗，出息了还大人物？"傅秀山自嘲地笑了下，然后回身指了指厂牌，"怎么成了这样？"

"日本投降后，两帮人都要进来接收，就差没打起来，结果，一帮拉走了原料，一帮拉走了机器……"

"那工人们呢？"

"没了原料，没有机器，工人还叫工人吗？就都散了，回家了。"

"回家了？那日子怎么过？"

"怎么过？挨着呗。"文刀刘道，"但还是天天来看看，今天下午还刚过来一批。唉，几十年的老厂子，几十年的老工人，哪能说散就散得了哦！"

傅秀山顿了半晌，才说："那就再生产呀？"

"再生产？原料呢，机器呢？"

"原料现在还有货进吗？"

"现在正是棉花采摘的时节，你说有没有货进？可钱呢？"

"钱？"傅秀山顿了下，望了一眼刘云亭，刘云亭赶紧地将头缩了缩，走到另一边不知是看树还是看厂房去了。"大家都来想想办法——这样，第一批货钱我们'工职'来解决；可机器……"

"机器也好解决。"文刀刘眼睛亮着，"河对面的三条巷厂，一色的日本造，只要运过来，立马就能运转。只是……"

"只是什么？"

"贴着封条。"文刀刘眼睛黯了下，但接着又亮了起来，"可都贴了这么久了，也没有一个人'接收'，真要有了原料，晚上过去悄悄给运过来。大门有封条，可侧面围墙倒了一个口子，可以进去。即使被发现，也算不得违禁，又没动政府的封条！"

"围墙有口子？"刘云亭顿时来了精神。

"有，我与几个老工人都去看了好几回了。"

刘云亭正想要说什么，傅秀山抬手制止了他，然后就不再说这个话题了，只道："那就麻烦你赶紧将原来的老工人们召集起来，钱的事，我明天……下午送来。"

"当真？"

"当然当真。"

"那我代表全厂的老少谢过你的大恩大德了。"文刀刘说完，还学着当年的样，对傅秀山施了一个抱拳礼……

第二天一早，傅秀山就将刘云亭叫了来，问："我们当初登记停工的厂子时，怎么没有华新？"

"华新？你是说昨晚我们去的华新纱厂？"

"你说呢？"傅秀山瞪着刘云亭。

"那块片区是高玉普他们负责登记的……说起来，这高玉普也不靠谱，这多久都没看到过他影子了。"刘云亭也不知是牢骚还是才突然想起来。

傅秀山想想这也怪不上刘云亭，那么多厂，当时确实是分块分片分区让他们去登记的，就说："也许他有他的事吧。跟我走——去官银号。"

"官银号？干吗，存钱呀？"

"存钱，存的哪门子钱？"傅秀山笑着伸手打了一下刘云亭正要去拿桌上水杯的手，"昨晚我答应过文刀刘的呢，得兑现。"

到了位于东北角处，正兴德茶庄大楼西侧，走进官银号，按照一切规程办好了取钱手续，刘云亭的嘴就一直合不拢："哥，哥，什么时候你存了这么多钱？"

"这哪是我存的，是华新原来的周老板。"

"周老板？他存的钱，你怎么能取出来？"

"我当年由厂工会主席调到市党部四区后，我的薪水，周老板一直给发着……"说到这里，傅秀山不禁长长喟叹了一声，"现在，算是物归原主吧。"

"你要捐给华……华新纱厂？"

"不捐我取出来干吗？他们正等着这钱购买原料开工，这是救命钱呢。"傅秀山说完，先拎起一只箱子，然后示意刘云亭拎上另一只，"走吧。"

他们就往出走。

可还没走到华新纱厂，半路上傅秀山就"走不动"了——德和机器厂门前，正在进行着一场"战斗"……

· 340 ·

◎ 第十二章　赈济复建

什么战斗？

工人们要进厂复工，可"接收"人员不让。一方说"我们要吃饭，我们要工作"，另一方说"没有政府命令，没有接收单位同意，坚决不能进"，双方正在对峙着。

"你先将钱送过去。"傅秀山将自己手中的箱子交给刘云亭，拍了拍，"这可是华新纱厂的救命钱！"

"哥，哥——"

"小心点儿。"傅秀山挥了挥手，又指了下箱子，"快点，别让人给发现了。"

"你也要小心，哥，我送到后就回。"

说完，刘云亭抱起箱子便撒开腿跑了起来……

"傅主任来了。"有人认出了傅秀山。

"大家静下来，说说怎么回事？"傅秀山在工人们目光的注视下，走到了前面，然后背对着厂门道。

"我们都停了这么久的工了，可这厂子他们光'接'不'收''收'了不'接'地，大门仍关着；我们一家老老小小，都指望着这厂子呢；这不复工，还让不让人活了！"几名工人你一言我一语地说着。

傅秀山便转过身望向他身侧的"保安"——因为他们上身穿着"国军"的军服，下身穿着"警察"的警裤，脚上还穿着"宪兵"的皮鞋，所以，傅秀山就知道，他们是被雇主雇的"保安"，而且还是"杂牌军"，说道："你们为什么不让他们复工？"

"他们没有复工的手续。"

"他们有手续就能进去？"傅秀山指了一下工人。

"是。"

"那行，"傅秀山道，"我是'工职'主任，这手续，我来给他们补办。现在，请你们让他们先进去。"

"不行。"一个歪脖子立即答道。

"为什么不行？"

"没有手续。"

"我不是说了吗，我来给他们补办。"

"补……补办，不行。"

"为什么不行？"工人们大声地责问。

"没……没……"

这时，歪脖子"没有手续"还没说出来，工人们却不知怎么全都向侧面跑了起来……

怎么？

原来，刘云亭将钱送到华新纱厂后回了来，见傅秀山正在那与歪脖子就"手续"理论着，灵机一动，想起了文刀刘昨晚给傅秀山说的，拉了工人们，说"那边围墙倒了，不用走大门"，

· 341 ·

于是，工人们心领神会，跟着刘云亭来到侧面，一二三，就将围墙给推倒了一个口子。

"快，快去报告。"歪脖子一边吹着挂在歪脖子上的口笛，一边指挥着手下。

一个大头保安转过身，一溜烟儿地跑了……

不一会儿，几个人拥着一个坐在黄包车上的人过来了。

"哥，哥——那，那不是高玉普吗？"刘云亭指着黄包车道。

其实应该是黄包车后面，黄包车上，那个人，傅秀山认识。

谁？

刘广海。

"停，停下。"还有十几米，刘广海就认出了傅秀山，还没待车停稳，就急步边走边伸出了抱着双手的拳拱着："叔，秀山叔，哈，果然是你！"

"是你，四爷！"傅秀山也抱起拳。

"岂敢岂敢，秀山叔。"刘广海又客套地抱了下拳，"早就听说你从'那儿'（刘广海指了指北京方向）出来了，可一直没有机会去看望您。"

"我可没听说你回来了。"傅秀山轻轻"刺"了一下刘广海，"怎么，现在成了'接收大员'了？"

"什么'大员''小员'，还不是为党国做点儿事。"

"这个厂子是你'接收'的？"傅秀山不再与他虚情假意。

"啊，是……是的。"刘广海说着，眼睛就望向了身后的高玉普，然后指着那边早就只剩一个口子的围墙，"那……那怎么回事嘛！"

高玉普这时不得不上前来与傅秀山打着招呼："傅爷。"

"什么时候找着四爷的，也不说一声？"傅秀山微笑着道。

"也是才找着，才找着。"刘广海赶紧替高玉普解释。

其实，什么"才"找着？他们早就"找"着了——刘广海从香港一回到天津，就将他原来的手下全都又网罗了起来，当他得知傅秀山也从"监狱"出来回到了天津，就将高玉普还有那个小个子安插到了他身边，希望能得到一些有关"接收"的"内部"消息。高玉普与小个子呢，心想，跟在傅爷身边，既能为四爷探听"内幕"，又能捞些"油水"，这可是个肥差，所以也就屁颠儿屁颠儿地跟在了傅秀山"后面"。可谁知，傅秀山不仅一点"内部"消息没有，而且还完全以纯正之工人立场不是促使工厂复工就是救济失业工人，再不就是平息劳资纠纷，一点"用"也没有——不要说"油"了，就连"水"也没见过一点。于是，高玉普他们就又满腹失望地回到了刘广海身边……

"我过去看看。"说着，高玉普就要过去。

傅秀山忙一伸手，拦了，但眼睛却望着刘广海，道："刚才我跟这里的保安说了，明天我来给他们补办手续。"

"补办？"高玉普就将眼睛望向刘广海。

第十二章　赈济复建

刘广海轻轻挥了下手，示意高玉普暂且退到一边，然后皮笑肉不笑地说道："这'补办'，手续不大好吧？"

"有什么不大好？"傅秀山道，"你看，反正这些机器在厂子里，停着也是停着，你一时半会儿也变不来钱，死疙瘩一坨嘛，不如就让工人们去……"

"那政府要是追究起来，我该怎么说？"

"这个好说，"傅秀山道，"我们现在就去社会局找胡局长，给你出个证明，就说这个厂子你四爷接收了，现在决定献给社会，献给政府……这样，两头儿你都落个'情'字。再说，现在工人们已经进去了，你何不做个顺水人情？"

"胡局长能给开？"刘广海犹豫了下，因为他虽然是以"议员"身份在这儿"接收"，但对"政府"，却还一直没有"表"过"功"，现在既已如此，那就不如像傅秀山说的来个"顺水人情"，而且，这"顺"的"水"不是"两头人情"，而是"三头"，他傅秀山也是"一头"，于是说道："如果他能给开，那就这么办吧。"

胡梦华怎么会不给开，他为这工厂工人们要求复工的事没少受气呢，上面政府"挤"，下面工人"压"，他正想着能少一件事便少一件——只是，令他胡梦华未想到的是，此后，那些仍被贴着"接收"封条的厂子，却隔么两天，便有一家围墙被"开"了口子……

从社会局出来，傅秀山正要与刘广海分手，可刘广海却拉了他，说："秀山叔，陪我一起去看个人。"

"看个人？什么人？"

"什么人，去了你就知道了。"说完，不由分说，将他拉上了车。

车一直驶进了男二监。

"你把我拉来监狱干吗？"

"不是说了来看个人么，走走，进去进去……"刘广海生拉硬扯地就将傅秀山给拉拽了进去。

看谁？

袁文会。

原来刘广海是来看袁文会的……

监舍里关着四十多个案犯（这对那些一向颐指气使、养尊处优、骄奢淫逸的汉奸"大人"们来说，不啻是"砍头"。不，比砍头还要难受，砍头只受一下罪，而这罪，却还不知道要受到哪天呢）。袁文会正坐在墙角里发着呆，一听说有个国民党"要人"来看他，以为是谁来保他出去，即使不是保他出去但至少是送些好吃好喝的，立即兴冲冲地走了出来。可当他看到站在面前的，竟是衣冠楚楚的刘广海，还有他要将其置于死地而后快的傅秀山，一下屏住了气息，脸红一阵白一阵，憋成了猪肝色。

刘广海则一副得意的神情，与袁文会说着诸如"来得匆忙，忘了给三爷带些吃的"之类，而傅秀山，一见与袁文会关在一起的，还有原市长温世珍、财政局局长李鹏图、教育局局长何庆元以及同样是原市长的周迪平、特务头子徐树强、汪伪政权外长徐良等，心中忽然跳上一个念头——不，应该是主意。

什么主意？

在华新纱厂时，文刀刘不是说复工没有原料资金吗？这没有资金的，又岂止是华新纱厂一家？自己正愁着找谁去募集呢，现在，"哈哈，天助我也"，傅秀山简直有点喜不自禁了——眼前不正是一个个很好的募集对象？

傅秀山立即找到正在为"防止工潮"而焦头烂额的杜建时杜副市长，说："我有一个好办法，但你市长得授给我权。"

杜建时以为傅秀山"要"什么权，可当他听完，原来这个"权"如此简单，当即就书了一个"手令"……

于是，傅秀山再次来到男二监，对那些这个"长"那个"头子"宣布，凡是能认捐五万元的，可以不用三五十个人住在一起，而可三五个人住"别墅"；能认捐十万元的，可以与家人见上一面并可一起吃顿饭；认捐二十万元的，不仅可以见面、吃饭，还可一起待上半天……

不几日，傅秀山便筹集到了一千多万元。

当那些虽然复了工却正为进料资金愁眉不展的工厂得到这笔"捐款"后，无不喜笑颜开、欢欣鼓舞、扬眉吐气，深深感激着傅秀山，感激着傅秀山领导的"工职"，感激着政府……

可谁知，在这"感激"声中，有片乌云——是的，是"乌"云，不是"黑"云，尽管"乌"与"黑"一样，但傅秀山却一直固执地以为，"乌"没有"黑"那么黑——却向傅秀山"飘"了过来……

好在，还没等"飘"过来，随着一阵秋风，很快，这"云"，便开了，便散了，便消了。

7 当选

天气眼看着凉了下来——真的是"天凉好个秋"。傅秀山从社会局催问今年1月就递交上的报告怎么还没有"下文"出来，迎面一股风吹过，竟然让他不由得打了个寒噤……

今年1月就递交上的报告？什么报告？

要求改名的报告。

改什么名？

原来，1946年1月，傅秀山觉得"天津工人职员救济委员会"已不再适应当时的形势，因此，向社会局递交了一份报告，呈请将"工职"改名为"天津市总工会"，可这一报告，都报上去大半年了，却一直没有结果。

这次，得到的仍还是那句话："报告我们早就报上去了，等待上面审批。"

上面？这上面也不知是市政府还是市党部抑或是参议会，于是，傅秀山决定先去时之周那里打听一下。

他刚走进时之周办公室，一句"时校长"还没喊落音，时之周就站了起来，哈哈笑着，抱着拳，道："恭喜恭喜啊，静予。"

"喜从何来，杏花大人？"傅秀山也少有地与时之周幽默了一下。

他还以为他的"总工会"批下来了呢，可是时之周说的却是："你当选了。"

"当选？"傅秀山一下愣住了，"当选什么？"

"你当选为'制宪国大'代表了——刚刚结果出来，还没有对外正式公布。"时之周道。

"国大代表！"

"是呀，是不是可喜可贺？"时之周仍兴奋着，"国大代表，而且是制宪国大，开天辟地呀……"

国大就国大，代表就代表，怎么还成了"开天辟地"？原来，辛亥革命一声炮响，埋葬了清帝国，结束了两千多年的封建专制制度。但是，孙中山所提倡的"民主共和"并不像开花结果那么顺其自然，相反，却走向了军事强人政治——谁的枪杆子多，谁的拳头最硬，谁就是老大。

痛定思痛，孙中山在经过反复思考之后，提出了三步走的"民主共和"路线图。1923年1月29日，孙中山于《申报》五十周年纪念专刊上发表《中国革命史》一文，称："余之革命方略，规定革命进行之时期为三：第一为军政时期，第二为训政时期，第三为宪政时期。"但这个建国大纲没有规定"三步走"的时间表，只是提出了明确的标准——按照大纲规定，军政就是军政府，由军队暂时管理国家；训政就是政府训练民众自治，直接选举县级官员；当一个省所有的县完全自治后，即该省就进入宪政阶段，可以选举省长；当全国有一半的省进入宪政阶段后，即召开国民大会，颁布宪法，全国进入宪政阶段。

1924年，冯玉祥推翻了曹锟后，邀请孙中山北上商讨大计。不幸的是，孙中山于1925年去世，国民会议未能召开。

在去世之前，孙中山把尽早召开国民会议写入遗嘱，并成为国民党执政的基本方针："余致力国民革命，凡四十年，其目的在求中国之自由平等。积四十年之经验，深知欲达到此目的，必须唤起民众及联合世界上以平等待我之民族，共同奋斗。现在革命尚未成功，凡我同志，务须依照余所著《建国方略》、《建国大纲》、《三民主义》及《第一次全国代表大会宣言》，继续努力，以求贯彻。最近主张开国民会议及废除不平等条约，尤须于最短期间，促其实现。是所至嘱！"

本来，1928年北伐结束后，国民党完成了形式上的统一，此后就进入训政时期，应该准备筹备国民大会，草拟中华民国宪法，为实施宪政做准备，但蒋介石没有这样做，而是迅速通过了一部《中华民国训政时期约法》，明确了国民党一党专政制度，以致反对"一党专政""以党治国"，要求"还政于民"的批评声一直不绝于耳。这样，在社会各界的强烈要求下，国民党当局终于于1936年5月5日公布了《中华民国宪法》的草案，被称为"五五宪草"。"五五宪草"公布后，接下来的工作就是召开制宪国民大会来加以审订通过。原定在中华民国二十六年（1937年）召开制宪国民大会。然而抗战随之爆发，制宪国民大会不得不延后；这一延就延到了抗战胜利。

抗战胜利后，各方通过努力，于1946年1月10日至31日，国民党八人、共产党七人、民主同盟九人、青年党五人、无党派人士九人等三十八位代表在重庆召开了政治协商会议。根据政协决议，制宪大会定于5月5日（孙中山就任大总统纪念日）召开。可因国共两党无法达成改组政府之协议，会议不得不再次延期，延至11月12日孙中山诞辰纪念日。于是，从年初起，在十年前选举出来的代表资格仍旧有效基础上，天津市再次举行公选，增补部分代表。

虽然傅秀山知道他是候选人之一，但一直也就将自己"候选"着，从来没有过问过。

"你准备准备，一俟公布，即去南京出席……"时之周刚说到这儿，桌上的电话铃急促地响了起来，他笑着伸手接了起来，"喂，杜市长……啊……什么？状告傅秀山……他正好在我这儿呢，我们马上过来……"

"状告我？谁呀？"傅秀山对这"状告"二字早就见怪不怪了——这些日子来，他为工人们四处奔走，惹得"一些人"恼羞成怒，隔三岔五地，便告上他傅秀山一状……

"走，我们去杜市长那边说。"

于是，他们就去杜市长那边……

"告的什么状，他甘舍棠不也是代表么。"一见杜建时，时之周便阴着脸说道。

"你自己看看。"杜建时倒是微笑着，将几页纸递给了时之周，然后招呼傅秀山道，"你坐。"

"这，这——"时之周一目十行地看过之后，用手弹了下那几页纸，递给了傅秀山。

傅秀山接过来，一看，不由得笑了起来。

"你笑什么？"

"说我贪污，这个腐败分子，在他眼里什么人都是贪污犯。"傅秀山说完，将那几页纸捏捏整齐，恭敬地放在了杜建时面前，"欢迎对我监督。我每一笔筹措的款项，都在社会局备了案，请市长和参议长派人去核查。"

原来，胡梦华为了展示自己社会局工作有成效，与傅秀山商量，将他每一次的"功绩"也给他一份，这样，他既可以往自己脸上贴金，也可以向上面譬如市政府乃至南京方面邀功；而傅秀山呢，正好可以借此一方面多个对这些资金的管理渠道，另一方面也多个人对这些资金监督，只要资金用于工人职员，何乐而不为？

"好，既然要查，我们就公开查——成立个调查组。"杜建时立即拨通了有关方面的电话……

结果，不用说，傅秀山不仅没有贪污挪用一分募集的款项，而且一查，竟查出了傅秀山自己除了基本的生活开支外，其他所有的工资也全都捐了出来。

甘舍棠自讨了个没趣不说，而且还在时之周授意李墨元主持召开的市党部会上作了公开检查，在中统内部也受了通报批评，因为傅秀山名义上还是中统特情，尽管戴笠曾建议他加入军统……

第十三章　出席国大

　　随着一阵轰鸣，飞机开始爬行，开始升腾，开始翱翔……那翼下的"121"编号，仿佛被晨雾清洗过一般，是那么的醒目，打在天上，不，是上海是青岛，不不，是人们的眼里，不不不，是我们的心中，永远……

1 欢送

　　霜降一过，风便不再是凉，而是冷了。
　　一大早，傅秀山便起来，将前不久政府发的一套出席"国大"代表的制式服装精心地穿上，然后带上洗漱用具和简单的几件换洗衣物，与万德珍还有儿女们告别——他原定于前两日与天津代表团一同坐车前往南京的，可他手头正在处理天津永利化学公司被迫停工事宜（公司负债法币五亿元以上，美国资本趁机插入，通过进出口公司对该厂"贷款"一千六百万元，以图控制），确实走不开，所以延迟到今天，单独乘机前往。
　　"爹，去南京后就别想着工作了，好好休息休息，你看——"玉喜边替父亲抹平制服，边在傅秀山头上拔了根头发，"您都有白发了。"
　　"我要看。"玉增听后，拉着玉喜的衣襟。
　　"白发有什么好看的？"玉英伸手拉过玉增，"让爹开会回来带好多好吃的。"
　　"爹，带好多。"玉增稚气地拉了傅秀山的衣襟。
　　傅秀山就弯下腰，抱起玉增，刮了他一下鼻子，笑道："玉增在家里要乖，听娘的话。"
　　"嗯，听娘的话，也听姐的话。"
　　"真乖。"万德珍伸手从傅秀山手里接过了玉增，催道："时候不早了，动身吧。你等飞机不要紧，飞机可不等你。"
　　"好，那我走了。"傅秀山顺势从玉喜手里接过那个装着衣物的藤箱子。"你们娘儿几个在家里平平安安的。"
　　"你也一路平安。"万德珍边说着，边与玉喜、玉英一起送着傅秀山走出家门，走出胡同，一直走到路口，才借着玉增的手挥了挥，"和爹再见。"
　　"再见，爹——"

第十三章 出席国大

"再见。"

傅秀山就与万德珍母子"再见"了。

傅秀山以为,他一个人进了机场,走上飞机,谁也不知,谁也不晓,然后抵达南京,履行他的代表职责——通知上写得清清楚楚,代表大会于11月12日开幕,今天却已是10号了,到后报过到,正好是开会的时间。

可谁知,他刚一到机场,不想,两边竟然站满了送行的工人代表,足足有一两千人,手里拿着自制的小红旗,一见傅秀山过来,全都挥了起来——有喊"傅代表",有喊"傅主任",还有喊"傅执委""傅主席"的——

"结束训政,实行宪政,还政于民!"

"现在革命,尚未成功,凡我同志,继续努力!"

"谋求工人福利,属望于君"……

在这热情、真挚、热烈的口号声中,傅秀山两眼不知不觉湿润了,除了附和着工人代表们的口号"现在革命,尚未成功,凡我同志,继续努力"外,剩下的,就是抱起双拳,向大家,向工人代表们,拱着,拱着,拱着……

别了,天津。

别了,我的亲人。

别了,我的工友父老,我的工友兄弟,我的工友姊妹,我的工友……

傅秀山站在登机口,再次回过头,尽管他的视线已被飞行大楼挡住了,但他知道,他们,他的工友们,还在那儿站着,瞩望,目送……

"欢迎国大代表傅秀山!"

这边心绪还没有平静下来,一进机舱,乘客们却一下全都站了起来,向他鼓掌行着注目礼。

"谢谢,谢谢!秀山一定努力,不辱使命……"傅秀山再次抱拳拱手。

这时,有人开始呼口号——

"建设一个民有民治民享之民主共和国!"

"信仰自由,思想自由!"

"尊重民意,广集民智,顺乎民心"……

虽然是口号,傅秀山心里明白,这是民众对他这个制宪国大"代表"的期待,对"国大"的期待,对"制宪"的期待。

"女士们,先生们,欢迎您乘坐本次航班……飞机很快就要起飞了……"

直到空乘开始起飞前的安全广播,机舱里才渐渐平静了下来。

可傅秀山的心潮,却仍在起伏着——既有对工友民众重托的惶恐与忐忑,也有对制宪"国大"的神圣与向往。

可是,令他没想到的是,到了南京,到了"国大",这种惶恐忐忑却一下变成了惶惑,神圣与向往，却演绎成了惴惴不安……

2 相见

"你终于赶到了，其他代表都到了，只差你一个呢。"一进会议报到处，同为这次国大代表的时子周便迎了上来，"快报到，然后我领你去你的休息处。"

于是，傅秀山便报到。

"大会安排两人一个房间，没什么困难吧？"时之周客气道。

"只要时校长说没有，那就什么困难也没有了。"傅秀山与时之周开着玩笑。

"与你一起住的，是天津市漂染业同业公会理事长、市商会常务理事李聘之，商界代表……"

"商界？好呀。"傅秀山忙道，"这下回去后，那些工厂工人复工……"

"李理事长，这是傅秀山代表，工界。"还没等傅秀山后面"筹集资金又有了一个好渠道"说出来，时之周对正在不知是从外面回来还是要出去正在锁着（开着）门的李聘之介绍道，然后指了一下前面，说，"你们互相熟悉熟悉吧，然后去餐厅就餐。我还有事，先过去那边。"

李聘之就热情地伸过手帮傅秀山拿过会议材料和那个藤箱子。

"你早就到了？"傅秀山寒暄道。

"我10月就来了，刚刚参加完全国商职会。"

"哦，那你出来有个把月了？"

"谁说不是？"李聘之边将行李等放到傅秀山用的柜子上边道，"家里一大堆事积着呢。"

"餐厅远吗？"傅秀山将藤箱子打开，取出自己的衣物，放进柜子中，"肚子还真有些饿了。"

"走，我们这就去。"

餐厅很大，有中餐有西餐，自助式，大家边吃边聊着，气氛不亚于一个大型派对。

晚餐后，有舞会，有电影，还有戏曲演出。傅秀山对李聘之说："你去玩儿吧，我累了，想回去休息休息。"

"我也不玩儿了，回去抓紧写建议案，后天大会就要开幕了。"

两人就又匆匆回了房间，关上门，一个想睡会儿，一个趴在桌前铺开稿纸"开动脑筋"……

可是，没睡时，感觉一躺下就会立即进入梦乡的傅秀山，等真的躺下来了，眼睛虽然闭着，可大脑却又格外的清醒，一点儿睡意也没有了。

于是，索性他也起了来，拿出笔，与李聘之一样，也准备起建议来……

"你准备提些嘛？"李聘之大概草稿拟好了，转过头来望着傅秀山。

傅秀山正要说，李聘之却又马上接上了，道："我提了几条，请你给看看——"说着，将椅子移到了傅秀山对面。

"你提了几条？"傅秀山就饶有兴趣地望着李聘之。

李聘之将手中的稿纸抖了下，然后一条一条地念道："（一）国都建于北平。（二）国民大会代表应增加职业团体选出之代表。（三）立法院立法委员应增加职业团体选出者。（四）公务人员之选拔应实行公开竞争之考试制度，并应按省区分别规定名额分区举行考试。（五）基本国策一章应分列国民经济及社会安全二节。（六）六岁至十二岁之学龄儿童一律受基本教育免纳学费及一切费用。（七）国家应注重各地区教育之均衡发展并推行社会教育以提高一般国民之文化水准。（八）国家对于边疆地区各民族之地位应予以合法之保障，并扶植其地方自治事业。"

"'六岁至十二岁之学龄儿童一律受基本教育免纳学费及一切费用'，这条好。"傅秀山说道，"你还是忘不了教育呀。"

"你知道我？"李聘之望着傅秀山。

"我当然知道你，曾去过你们商会几次，可是，我一次也没碰上你。"

"我是最近才改选上的常务理事。"

"哦，怪不得。"傅秀山顿了一下，"但我对你还是了解一些的，最初是信泰漂染厂副经理，是吧？"

"对，那是我刚到天津不久的事。"

"那你之前在哪儿？我只知道，你之前是名教官。"

"我在国立北京大学毕业后，第一份工作就是当教员，直到民国十四年任直隶献县知事，然后还当了一年的县长，再接着被调充绥远省政府民政厅科长、秘书主任等职，并代厅长职务。"

"呵呵，你还当过厅长？"

"代行，代行。"李聘之笑着道，"但民国二十六年事变后，随同绥远省政府退至西安，我就回原籍省亲了。"

"这个我知道，你那段日子很是艰苦，几至无以为生，但矢志不参加任何伪组织工作。"

"是的，这样，我才来到天津，在朋友的帮助下，进入了漂染业……"李聘之说完，长长地叹息了一声，然后望向傅秀山，"你呢？"

傅秀山以为他问的是他的经历，正要说，李聘之却又接上了，道："你的建议是什么？"说完，发现傅秀山愣了一下，不禁抱歉地笑了下，说："你的大名，我早如雷贯耳，所以，你的经历也早就了然于胸。"

傅秀山只好报以一笑，说："我没有你那么多这条那条，只抱着'唯以劳工神圣'这一中心……"

"你总忘不了你的'劳工'！"

"你不也一样，忘不了你的'教育''行政'！"

说完，两人不禁相视大笑了起来……

"大会后天就要开了。"

"是呀，真的是希望早些开。"李聘之感慨道。

谁知，令此时的李聘之和傅秀山意想不到的是，大会不仅没有"早些"，反而一拖再拖地"后延"，将他们的一腔热情与热血，硬是拖得"凉"了延得"冷"了……

3 曾经

1946年11月12日一早，傅秀山就激动而庄严地将自己衣服整了又整，准备进入会场。

可是，令他怎么也没想到的是，当他正要出门的时候，却被通知，大会延期三天，15日再开。

延期？如此神圣的会议竟然延期！

傅秀山热血沸腾的胸腔，仿如突然被灌进了一瓢凉水，站在那儿半天缓不过劲来。

"傅秀山，发什么愣呀你？"这时，从外面又转了回来的李聘之道，"今天是什么日子，你知道吗？"

"什么日子？"

"孙中山先生诞辰纪念日。"李聘之道，"国府主席蒋中正将率所有代表去中山陵拜谒。"

"我们也去？"

"所有代表，当然也包括你我喽。"说完，李聘之将之前一直拿在手上的材料放回房间柜子，转身又出去了，"快点儿啊，在前面大厅集合。"

不开会，去拜谒！

这拜谒安排在大会开幕之前，本也无可厚非，可是，拜谒也就拜谒了，后面两三天，居然——"放假"！

"怎么回事？"在中山陵，傅秀山终于逮着个机会，向时之周打听。"这么严肃的举世瞩目的大会怎么说延期就延期召开？"

"原定是今天开的，可早晨民盟决定与中共采取一致行动，拒绝参加；而青年党和民社党名单到目前还没有提交。如果这两个党也不参加，那代表人数就达不到四分之三法定开会人数。所以，为了等他们提交名单，大会不得不延期。"时之周面无表情地说道。

"中共和民盟不参加？"

时之周轻轻点了下头。

傅秀山的眉头不禁就拧了起来。

这时，前面传来了音乐声，然后是蒋介石领誓总理遗嘱的声音："现在革命，尚未成功；凡我同志，继续努力。"

现在革命——

尚未成功——

凡我同志——

继续努力……

誓声在中山陵上空，伴着松涛，回响……

虽然整个过程也不乏严肃、慷慨，但傅秀山心中，总有种"感觉"压着，想咽咽不下，想吐又吐不出。

好在，在回来的路上，他遇上了一个人，一个故人——

谁？

杜月笙。

杜月笙是上海代表团代表，他们本来隔着好几个代表团，可傅秀山因心中不快，走走停停，便落在了后面，不想，就被杜月笙给喊住了。

"秀山兄，哈，我早就在代表名单上见到了你，正准备抽空过去看看呢。"

傅秀山先是一愣，但接着便认出了杜月笙，忙抱拳施礼："久违了。"

"是呀，重庆一别，多少年了。"杜月笙热情地拉了傅秀山，"走走走，到我那里坐坐。"

傅秀山就"走"就到他那里"坐"了。

坐了，自然就说到了重庆，说到了重庆，自然就说到了往事，说到往事自然就说到了戴笠——

"那天（1946年3月17日）我们通电话时我就告诉他，天气不好，不要飞了，过两天再飞嘛。可他却说不行，南京要开会，一定要去的。结果……几个小时后，便传来噩耗……"杜月笙一脸的悲戚、神伤。

傅秀山伸手拍了拍杜月笙，安慰他道："这也是他的命，在重庆时，你不就请人给他算过命吗，说他'八'字中全部是火，为此，他还专门给自己取了个字'雨农'，并且在化名时也都取个带'水'的，譬如沛霖、洪淼，飞机撞山起火，正好印证了他的命呀。"

其实，嘴上这么安慰着杜月笙，傅秀山内心里，何尝不也满是悲怆？想当年戴笠带领大家誓言张自忠将军的名言，想与他一起参加鱼翅宴，想他傅秀山第一次执行任务策反白俄任务去上海时他的谆谆告诫，尤其是今年年初，戴笠再一次地来到天津，当得知上面任命甘舍棠为中统天津区区长后，在他的借住地马场道十六号曾热情相邀傅秀山，说："我知道你的性情，如果干得不开心，就到我的军统来……"可是，当时傅秀山一心只在赈济复建上，根本没工夫管什么中统军统。只是，令他不知道的，是他不管，可甘舍棠却管上了，由此，对傅秀山不仅处处设防，还处处设障……

"卿虽乘车我戴笠，后日相逢下车揖；我虽步行卿乘马，后日相逢卿当下……"杜月笙轻轻吟诵起戴笠名字出处的《风土记》。

戴笠原名戴春风。相传 1918 年，戴笠与许世友、徐长卿等人一起在少林寺习武，三年后回浙江开办"春风武馆"。1926 年 9 月考入黄埔军校第六期时，他从"卿虽乘车我戴笠"中摘出后两字，将自己的名字改为了戴笠。

"雄才冠群英，山河澄清仗汝迹；奇祸从天降，风云变幻痛予心。"杜月笙接着吟诵起蒋介石亲笔为戴笠题写的挽联。

傅秀山听着，情不自禁地也吟诵了起来："生为国家，死为国家，平生具侠义风，功罪盖棺犹未定；誉满天下，谤满天下，乱世行春秋事，是非留待后人评。"这是国民党元老、大律师章士钊先生为戴笠所写的一首挽诗。

"罢罢罢，"杜月笙不知是对自己还是对傅秀山摇了摇手，"雨农已去，我等还得继续……"

"对。"傅秀山附和上一句，正要再说什么，这时，一个戴着礼帽的人走了过来与杜月笙耳语了几句。

"我还得要去为——（杜月笙用指头指了指上面，意思是蒋介石）——去一趟民社党，"杜月笙道，"有空，我去你们代表团看你。"

"你忙，你忙。"傅秀山赶紧告辞。

可杜月笙这一有空，竟"有"到了会议结束……

三天很快就过去了，11 月 15 日，大会正式开幕。

但让傅秀山百思不得其解的是，大会虽然开幕了，可蒋介石除了再次率领所有代表到灵谷寺国民革命军阵亡将士公墓祭奠抗战先烈，告慰他们在天之灵，大会，却又进入休会阶段。

"这简直是在浪费时间嘛。"李聘之一晚上都闷闷不乐。

傅秀山又何尝不是。

一夜辗转反侧，天快亮时，傅秀山才睡着。待睁开眼睛，已是快中午了。李聘之不知去了哪里。他起来洗漱了一下，然后信步走上了街。

街上倒是车水马龙。

傅秀山在一个小吃店要了碗面条，然后一边吃着一边看着那熙来攘往的人流、车流，还有那引车卖浆者流……

可是，他正看着，突然，几名女学生手上拿着小红旗，急急忙忙跑过，接着，又有几名匆匆而过。

"快呀，去迟了，没有前排位置了。"

"等等我，我脚都扭了。"

"我实在是跑不动了……"

"你们干吗去？"这时，一辆人力车停在了那个说脚扭了的女学生身边。

◎第十三章　出席国大

那女学生抬眼看了一下车夫，说："周恩来在梅园新村17号举行中外记者招待会。"

"周恩来，共产党？"

"对呀。"

"来，上来，"车夫又一指那个说"我实在跑不了"的女生，"你也上。"

"可是，我们没钱。"

"不要钱。"

两个女生犹豫了一下，但还是坐了上去。

车夫也不再说二话，拉起就走。

剩下那个催着"快呀"的女生只好挥着手，大声地道："替我占一个座啊。"

傅秀山看到这儿，面条也吃完了，想：周恩来召开记者招待会，中共不是不参加这次大会了吗？怎么还在南京召开记者会？我得去看看……

傅秀山一走进梅园新村，一眼发现那些在园外活动着的摊贩、鞋匠、算卦先生，还有三轮车夫，全是化了装的特务，正如后来一名诗人在诗中写的那样："仿佛在空气里面四处都闪耀着狼犬那样的眼睛，眼睛，眼睛。"傅秀山却全然不顾，昂首走了进去。

当找到十七号，傅秀山走进去时周恩来正在发表《对国民党召开"国大"的严正声明》，里面记者济济一堂，傅秀山挤了几挤，才挤到一个窗口位置。傅秀山听了听，大致意思是"这一'国大'是违背政协决议与全国民意而由一党政府单独召开的，中国共产党坚决反对，一党国大的召开最后破坏了政协以来的一切决议及停战协定与整军方案。隔断了政协以来和平商谈的道路"。和谈之门已为国民党政府当局一手关闭了。"这一党'国大'还要通过一个所谓宪法，把独裁'合法'化，把内战'合法'化，把分裂'合法'化"，"中国共产党人坚决不承认这个'国大'"。最后，周恩来表示："中国共产党愿同中国人民及一切真正为和平民主而努力的党派，为真和平真民主奋斗到底。"

接下来，是记者提问。

有记者问："假如国民大会通过对中共讨伐令，中共将何以自处？"

周恩来笑笑，表示："那有什么不同呢，早就打过了。中共在南京的人，早就准备坐牢的。抗战前十年内战，抗战中也有摩擦，抗战胜利后一年纠纷，都经历过了。再过二十年还是如此，中共还是要为人民服务。只要不背叛人民，依靠人民，中国共产党在中国土地上一定有出路的。"周恩来又以十分平静的语气表示："假如为他们担心的话，那是不要紧的。

在场的人听到这番话，都会心地笑了。

当记者询问国共双方战争的前途时，周恩来精辟地分析为两种前途：一是国民党占领了许多空城，并要为此付出代价。过去这一年多，国民党已损失了三十五个旅，而中共的主力未受损失。等国民党损失到总兵力的二分之一时，所占的城市和交通线就将渐渐地保不住。到那时，就逼着他不得不重新考虑问题。二是国民党既占领了好多地方，也消灭了中共的主力，那就叫胜利。但他肯定地说，这种胜利是永远不会到来。

接着，周恩来向大家宣布：由于国民党一党包办的国民大会的召开，和谈的大门已被蒋介石关死，他将在两三天内返回延安（此后的11月19日，周恩来便离开南京，飞返延安）。

这时，有位记者追问道："什么时候回来？"

周恩来从容地回答：中共肯定要回来的。只有两种可能：一种是被请回来，国民党被打得一败涂地，必定要再次请求谈判。再一种就是中共打回来。并表示后一种可能性要大得多。

话音一落，掌声便响了起来……

可是，傅秀山鼓着掌的手还没落下，眼睛却一下"直"了——

怎么了？

那个身影，不，不是身影，是那个女士，怎么如此眼熟？

谁？

王静怡。

是她，是王静怡，那个站在周恩来侧后的工作人员——王静怡，傅秀山的眼前，立即跳出一个叫着"秀山哥"整天"咯咯咯"笑着的青春美少女来！

距王静怡拜托他帮忙将一箱"管控的食品"送出去，掐指算来，多少年了？

——十七八年了吧。

傅秀山想喊，可是，他知道这将会立即被身边的记者或是与他一样来旁听的听众赶走。他只好将手举了又举，希望王静怡能发现他。

可是，她却一直镇静地站在那儿，目不斜视……

会一结束，傅秀山便想进去见见她，然而，当他好不容易从人缝里钻进去，代表团成员早就离开了。

回去的路上，傅秀山很是有些沮丧，离别了这么多年，眼看着重逢了，却一句话也没能说上！

这时，一阵风过，树叶发出了一片"哗哗"声，傅秀山不由得一惊，他以为是王静怡那"咯咯咯"的笑声，猛一回头，却什么也没有，只有一股旋风，卷着地上的落叶，向前面旋着，旋着，旋着……让他魂牵梦萦……

"咯咯咯"……

4 起飞

11月20日，民社党终于提交名单参加大会，这样，除中共和民盟代表外，参会人数已达到四分之三，于是，大会继续进行。

第十三章 出席国大

可这"继续"刚刚开始,却又引起一片哗然——

代表们按照事先安排好的顺序入场,可一入场,迎面悬挂着的中国国民党党旗,就引起了轩然大波,因为参加大会的还有民社党、青年党这些党派。民社党代表蒋匀田立即起立发言。他说今日大会乃全体国民大会,非一党大会,如挂国民党党旗,也应挂民社党、青年党党旗,建议只悬挂国旗。经过短暂的骚乱,这个意见被采纳,国民党党旗被撤下,只保留青天白日满地红国旗(在此后的行宪国民大会及国民政府场所中,仅悬挂国旗成为惯例)。

接着,又发生了青、民两党拒绝宣誓事件。依照国大组织法,国大代表应当宣誓,而誓词中有"三民主义"等字样(较适合国民党国大代表)。因此,青、民两党认为孙中山先生虽然思想很多,但并不适合他们两党,不能完全拘泥。青年党领袖余家菊更是表示:"宪法草案所规定的信仰自由和思想自由,应当立刻实现。我们尊重国民党朋友的信仰自由,同时也保持自己的思想自由。我们不参加补行宣誓的理由就是这样。"

这两个"哗然"发生后,傅秀山感觉这次大会虽为"国大",而且是制宪国大,准备得却太不充分,尽管从时间跨度上来说,从1936年5月到1946年11月,长达十年之久,而且,还没有中共和民盟代表。于是,在接下来的"三读会"模式会议议程中,他再也提不起兴致,甚至他还打趣李聘之说"你准备了那么多条,看看哪条能在会上通得过",直到12月25日会议闭幕——

大会闭幕后,傅秀山准备第二天就回,可是,没想到,杜月笙却找了来。

一见门,杜月笙便抱拳道:"啊呀,怠慢怠慢了,秀山兄。"

"哪里哪里。"傅秀山赶紧也抱拳。

"原说抽空来看你,可是,你看,会一开,就哪有'空'了?"说着,又朝一边的李聘之抱了下拳。

李聘之没有抱拳,而是深深施了个鞠躬礼。

"明天,跟我回上海耍耍。"杜月笙一片盛情道,"反正代表们分散离京,一时半会飞机也轮不上你们。"

这倒是实情,考虑到代表安全,大会安排代表们分期分批地离开。

"坐火车去上海,很近的。"杜月笙见傅秀山有些犹豫,马上又补充了一句,"就这么定下啦,明天我来接侬。"

"哎——"傅秀山还想说什么,可杜月笙已走出去了……

第二天,杜月笙如约前来接上了傅秀山,还有李聘之。为什么说是"还有",因为傅秀山一走,房间里就只剩下李一个人了,再说,其他界别的代表有的拜访有的走亲,跑的跑溜的溜,也基本上都走了,所以,在杜月笙的一再邀请下,他与傅秀山一起,也踏上了去上海的火车。

几个小时后,刚刚还在呼吸着中山陵的恬静的傅秀山,一下就跌进了十里洋场,"华灯初上，火树银花""灯火阑珊，街市如昼""流光溢彩，万家灯火""灯红酒绿，光怪陆离""霓虹闪烁，灯火通明""夜色迷人，五光十色"，这些所有的形容词加在一起，也难形容出此时傅秀山对上海"美"的形容，何况还有那如练一般在空中飘着的《夜上海》曲调，收腰的旗袍配上烫发、透明丝袜、高跟皮鞋、项链、耳环、手表、皮包的时尚女郎，更有那热乎乎的糖炒栗子、黄包车、弄堂雨巷、石库门……

不知不觉，时间就过去了五六天。

可是，去天津的机票却仍是一票难求。

这天，他们从黄浦江游玩回到杜月笙的七号楼，一进门，便传来了一个熟悉的声音。

谁？

卜青茂，平津特派员天津《民国日报》社长。

"哈哈，是我请卜先生来的。"杜月笙笑着对有些愕然的傅秀山道，"没想到吧？"

"没想到，真的没想到。"

"卜社长明天与我们一道回津？"李聘之却在傅秀山寒暄后，冒出了这么一句。

"不，我这次来是出差，差事没完成，还得有几天。"卜青茂接着开玩笑道："怎么，李代表想夫人了？"

"哪里唷，家里一大堆子事呢。"

"他出来有两个多月了。"傅秀山替李聘之解释，"公事私事都等着他。"

"再急，也得让我尽尽地主之谊嘛。"卜青茂道。

"地主之谊？"杜月笙转向卜青茂道，"侬成了上海人了？"

"没没没，"卜青茂忙摇起了双手，"我的意思是，上海我比他们熟悉。"

其实，杜月笙不知道，我的爷爷傅秀山也不知道，卜青茂这次来上海，是受国民党中宣部部长黄少谷的密令，准备将天津《民国日报》新购进的高速轮转印报机及主要器材迁往上海——但因时局变化迅速，这个"南迁"后来未能实现。

"那行，我们明天就去你那蹭顿饭去。"傅秀山接过话头说道。

"好，就这么说定了，明天去我那儿。"卜青茂说完，起身告辞，"杜老板一身的事，我就不打扰了。明天我来接二位。"

杜月笙也不挽留，只说了声"侬走好"，就将卜青茂送出了门。

第二天，傅秀山应约来到卜青茂在上海居住的礼查饭店。站在房间里，便能看到对面的百老汇。

可是，刚坐下来没多久，李聘之就坐不住了，说："我真的心急如焚，没有心思观风景。"然后对傅秀山说道，"你们俩聊着，我去中航公司看看，看能否买到机票。"

◎第十三章 出席国大

"再玩儿一两天嘛,事情永远干不完的。"卜青茂笑着劝道。

"随他吧,他在参加'国大'前还在南京参加了一个全国商会。"傅秀山再次帮着李聘之解释,"再说,上海来玩玩儿也就够了。"

"那行,你去吧。"

李聘之就去了。

他这一去,哪是如他所说的是去中航公司"看看",而是坐在那儿向公司当班经理要票,不,是索票,说今天买不到票,他就坐在那儿不走了。

公司经理实在被缠不过,几经调剂,终于为他调到了两张1月5日飞往北平的机票。

李聘之拿到票十分欣喜,要不是机票上明明白白地写着登机时间是明天,他恨不能马上就走。

"121号班机,明早的!"李聘之兴高采烈地将两张机票亮给傅秀山。

一边的卜青茂笑着道:"今晚,可以睡个好觉了。"

"恐怕更睡不着了,家里那么多事,我得想想先从哪件做起……"

卜青茂与傅秀山对视了一眼,接着,两人都笑了起来。

第二天,1947年1月5日,星期日,小寒的前一天,天还没亮,李聘之便将傅秀山拉了起来,然后简单洗漱后,就直奔了机场。

机场上,一层青青的岚雾如炊烟一样袅绕着。候机大厅似还没醒来,十分安静——走在里面发出的回响,如空谷幽音。

傅秀山不由得打了个寒噤。

"冷吗?"李聘之仄过头问了一声。

傅秀山将那只藤箱子往上提了提,摇了摇头……

班机正点起飞。

随着一阵轰鸣,飞机开始爬行,开始升腾,开始翱翔……那翼下的"121"编号,仿佛被晨雾清洗过一般,是那么的醒目……打在天上,不,是上海是青岛……不不,是人们的眼里……不不不,是我们的心中,永远……

下雨了。

细雨——

尾 声

　　天津《民国日报》1947年2月2日消息：1月5日，中航沪平班机为121号。是日晨7时45分，班机飞抵青岛上空。时青市大雾弥漫，未能降落，乃与地上联络，拟直飞北平或返沪。至8时许，地上之航空站即与该机失去联络。121号机在8时以后，汽油亦告不济，遂于浓雾中误触距青市六十里之李村北桃源村石榴山顶。因是机毁坠落，机上工作人员及乘客共四十一人，同遭非命。

　　傅李二氏也在其内。

　　噩耗传来，津市各界无不悲悼……

　　无不——

　　悲悼！